BOOKSPOT

Tereza Vanek

Das Geheimnis der Jaderinge

Roman

BOOKSPOT VERLAG

1. Auflage Dezember 2011
Satz/Layout: Martina Stolzmann
Covergestaltung: Nele Schütz Design, München
Lektorat: Dr. Christine Laudahn
Druck: CPI – Clausen & Bosse, Leck
Made in Germany
ISBN 978-3-937357-53-9
www.bookspot.de

Für meine Mutter, Eva Vanek,
die ihre Begeisterung für China
an mich weitergab.

Prolog

Das Orchester hatte aufgehört zu spielen, als Männer in schwarzen Fracks die kristallenen Gläser mit Champagner füllten. Viktoria spürte, wie alle Anwesenden erwartungsvoll ihre Blicke auf sie richteten, und zwang sich zu lächeln. Die angesehene Gesellschaft Hamburgs war heute in der Villa der Virchows in Marienthal bei Hamburg versammelt: Adel und Bürgertum, sogar ein paar jüdische Geschäftsleute, denn Viktorias Vater war die Meinung von Leuten, die er für engstirnig hielt, völlig gleichgültig. Er ließ sich daher nicht vorschreiben, mit wem er Umgang haben durfte. Viktoria war derartige Aufmerksamkeit gewöhnt. Ein stetes Stechen von Nadeln und Kämmen an ihrer Schädeldecke drohte Kopfschmerz an, versicherte aber auch, dass ihre Frisur sich weiterhin tadellos türmte. Das Collier aus Saphiren an ihrem Hals stimmte farblich mit der Seide ihres Kleides überein. Sie hatte ihre Zofe Magda das Korsett heute Abend so eng wie nur möglich schnüren lassen, obwohl die Beengtheit ihres Körpers ihr alle Lust nahm, ihren Magen mit den verführerisch duftenden Speisen zu füllen, die bereits serviert worden waren. Doch dieser Tag versprach der Höhepunkt ihres bisherigen Daseins zu werden. Sie musste so vorteilhaft aussehen, wie ihre Erscheinung es zuließ.

Ihr Vater erhob sich. Sie hörte das Quietschen des Stuhls auf den Fliesen, als er ihn zurückschob, und bemerkte, wie alle Gäste sogleich verstummten. Der Herr Virchow war ein kleiner Mann, doch da ihm eine der größten Reedereien Hamburgs gehörte, verdiente er Aufmerksamkeit.

»Es war heute, um diese Zeit, vor genau 21 Jahren. Am 13. August 1859, zwanzig Minuten nach acht Uhr abends«, begann er nun mit bemüht lauter Stimme. »Da erhielt ich das wunderbarste Geschenk meines Lebens: Meine Tochter wurde geboren.«

Viktoria spürte eine Woge der Wärme durch ihren Körper wallen, denn diese Worte klangen völlig ehrlich. Sie sah ihrem Vater in die Augen. Vermutlich hatte nur sie das leichte Zittern seiner Stimme wahrgenommen und konnte erahnen, dass er in diesem Moment Tränen der Rührung niederkämpfte. Für einen Moment waren alle anderen Anwesenden vergessen, sie fühlte sich sicher und geborgen in seiner Liebe. Das schmale Gesicht ihrer Mutter drang nur schwach in ihr Bewusstsein. Sie registrierte die zu dünnen Strichen verengten Lippen und die nach unten gezogenen Mundwinkel. Amalia Virchow hasste öffentliche Gefühlsbekundungen.

»Nun sind wir alle versammelt, um ihren Geburtstag zu feiern. Sie ist volljährig geworden«, fuhr Viktorias Vater fort. Ihre Mutter hob kurz die Hand, um das Orchester an seine Aufgabe zu erinnern. Eine feierliche Melodie erklang. Viktoria erkannte Vivaldis Vier Jahreszeiten, die sie selbst gern auf dem Klavier spielte. Ihr Vater musste dieses Stück ausgesucht haben, denn im Gegensatz zu seiner Gemahlin wusste er, was der Tochter gefiel. Gläser klirrten zum weichen Klang der Geigen, als auf ihren Geburtstag angestoßen wurde. Sie bemühte sich, ihrem Lächeln noch etwas mehr Strahlen zu verleihen, und hoffte, die Aufregung würde keine feucht glänzenden Flecken auf ihr Gesicht treiben. Das Licht der kristallenen Lüster war unangenehm hell. Anton, der bei seiner Familie unter den anderen Gästen stand, warf ihr einen fragenden Blick zu. Sie nickte nur. Ihr Vater würde die Neuigkeit bald verkünden.

Die Musik konnte das Stimmengemurmel nicht ganz unterdrücken. Viktoria spürte neugierige, neidisch stechende Blicke über ihren Körper streifen. Da stand also die einzige, nun volljährige Erbin des Virchow-Vermögens. In dem Bewusstsein, nicht wirklich anders zu sein als die meisten Mädchen ihres Alters, zog sie trotzig die Schultern zurück. Sobald die Musiker ihre Instrumente gesenkt hatten, sah sie ihren Vater erwartungsvoll an. Nun sollte die wirklich wichtige Veränderung in ihrem Leben öffentlich gemacht werden.

»Bei dieser Gelegenheit möchte ich auch die Verlobung meiner Tochter mit Anton von Scharpenberg verkünden«, erklärte der Herr Virchow auch schon. Kurz blieb es so still, dass jedes Hüsteln zu hören war. Viktoria stellte sich weiter dem bohrenden Starren der geladenen Gäste, obwohl ihr der Schweiß aus den Poren trat. Dann erklang Applaus, begleitet von aufgeregtem Getuschel. Anton war aufgestanden und wandte sich an die Musiker.

»Einen Walzer!«, rief er. Sobald wieder eine flotte Melodie den Saal füllte, schritt Viktoria mit ihrem Verlobten auf die Tanzfläche. Zwar lag das Fischbein des Korsetts zwischen ihrer Taille und der Wärme seiner Umarmung, aber ihr war wohl in seinem Griff. Gemeinsam drehten sie ihre Runden auf dem Parkett. Viktorias Wangen glühten, was nun sicher auch die Puderschicht nicht verbergen konnte. Sie hoffte, dass die allgemeine Aufmerksamkeit sich auf ihr Kleid aus kobaltblauer Seide richten würde, auf die modisch aufgebauschte Tournüre an ihrem Gesäß und den eleganten Faltenwurf des Stoffes, der an dem Gestell entlang zu Boden floss. Ihr fiel plötzlich eine Karikatur aus der Zeitung ein. Die neue Mode ließ Frauen wie Enten mit Stummelschwanz aussehen. Sie unterdrückte ein Kichern und versuchte, sich auf den gegenwärtigen Moment zu konzentrieren, denn sie hatte lange ungeduldig darauf gewartet, ihre Verlobung öffentlich und dadurch endgültig werden zu lassen. Anton strahlte. Sie wurde von seiner Begeisterung angesteckt, vergaß darüber die Angst, vor lauter Aufregung einen falschen Schritt zu tun oder gar zu stolpern.

»Nun weiß ganz Hamburg, dass wir zusammengehören, Vicki«, flüsterte er ihr ins Ohr und zog sie enger an sich. Sie spürte seinen Blick frech in ihren Ausschnitt gleiten und war plötzlich dankbar für das Korsett, das ihren Busen emporquellen ließ. Anton wollte sie nicht nur wegen ihres Geldes, ganz gleich, wie viel Gift neidische Zungen im Saal gerade eben zischend verbreiten mochten.

Die Gesichter der Anwesenden sausten an Viktorias Augen vorbei. Der einzige bleibende Eindruck war die steinerne Miene ihrer alten Freundin Sophie, die gedroht hatte, sich umzubringen, falls ihre Eltern sie zu der geplanten, überaus vorteilhaften Heirat mit einem wohlhabenden, zwanzig Jahre älteren Geschäftsmann zwangen. Diese Drohung hatte aber keinerlei Wirkung gezeigt, und da Sophie schließlich die nötige Verzweiflung oder vielleicht einfach der Mut gefehlt hatte, um sie wahr zu machen, stand sie nun an der Seite ihres dicklichen Gemahls, der ein Monokel vor sein rechtes Auge klemmte. Ihr einst so ungezwungenes Lachen war in dieser Ehe gestorben.

Viktoria wandte den Blick ab. Es beschämte sie manchmal, welches Glück sie selbst im Leben hatte. Anton war ihre Wahl gewesen. Sie hatte ihn vor einem Jahr bei einem Empfang kennengelernt, wo er von einer Reise nach Griechenland erzählte und im Detail die Schönheit nackter Männerstatuen beschrieb, was einiges Stirnrunzeln ausgelöst hatte. Viktoria hatte seine gelbe Samtweste gefallen, mit der er sich dreist gegen die Diktatur dezenter, dunkler Männerkleidung auflehnte und die ihn als Dandy auszeichnete, seine Unverfrorenheit, die sichtliche Freude an Provokation offenbarte. Davon abgesehen erinnerte der hochgewachsene Mann mit seinen honigfarbenen Locken selbst an die Bilder griechischer Statuen.

»Erzählen Sie uns doch bitte mehr«, hatte sie lächelnd in die versammelte Runde gemeint. »Kultivierte Menschen wie wir lieben die Kunst!«

Die graublauen Augen hatten sie zunächst staunend, dann mit einem verschwörerischen Blitzen gemustert. Von diesem

Moment an hatte ein Naturgesetz zu wirken begonnen, das sie beide zueinander hintrieb.

Die Musik verstummte. Neuer, lebhafter Applaus erklang. Der Tanz zweier junger Verliebter von gefälligem Aussehen und mit vielversprechender Zukunft hatte den Anwesenden gefallen. Viktoria legte ihre Hand erleichtert auf Antons Arm und ließ sich an die Tafel zurückführen.

»Es ist nun an der Zeit, dass meine Tochter ihre Präsente öffnet«, verkündete Herr Virchow. Ein Vorhang, der bisher eine Ecke des Saales verdeckt hatte, wurde zurückgezogen. Viktoria erblickte einen mit bunten Paketen überladenen Tisch. Pflichtbewusst trat sie vor. Nun würde sie völlig sinnlose Geschenke auspacken müssen und Karten lesen, auf denen die Namen jener Leute standen, bei denen sie sich für ein mit Plunder überladenes Zimmer zu bedanken hatte.

»Ich habe etwas ganz Besonderes für dich, mein Kind«, erklang die Stimme ihres Vaters an ihrer Seite und ihre Hand wurde zu einer kleinen, mit roter Seide überzogenen Schachtel gelenkt. Neugierig griff Viktoria zu, streifte das Band ab und suchte nach dem Knopf, der den Verschluss aufspringen ließ.

Zwei bunte Drachenköpfe, die einander zugewandt waren, als würden sie miteinander flüstern, ragten ihr entgegen. Der Schöpfer dieser Drachen hatte ihnen spitze Zähne verliehen, ihre Häupter mit türkisfarbenen und gelben Farbtönen bemalt. Sie waren durch einen Reif aus Korallenperlen miteinander verwachsen. Etwas Fremdes ging von ihnen aus. Viktorias sonstiger Schmuck war von einer verschnörkelteren, verspielteren Art.

»Herr Salomon hat diesen Reif aus Shanghai mitgebracht«, erklärte Viktorias Vater das fremde Schmuckstück. »Ich hatte ihn losgeschickt, um dort Kunstgegenstände einzukaufen.«

Viktoria hörte den schicksalsergebenen Seufzer, mit dem ihre Mutter dieses unsinnige Verhalten kommentierte.

»Mir schien, das Türkis passt zu deinen Augen, Vicki«, begründete der Vater sein Geschenk. Sie streifte den Reif sogleich über ihren Handschuh aus weißer Seide, wo er weiterhin fremd wirkte, aber eben durch diese Fremdartigkeit das Auge fesselte. Er glich einer Botschaft aus einer anderen, geheimnisvollen Welt.

»Dieser Reif passt nicht zu deinem Collier«, nörgelte die Mutter im Hintergrund. »Das Material und vor allem der Stil ist ganz anders. Du solltest ihn bei einer anderen Gelegenheit tragen.«

Viktoria fuhr aufgebracht herum. Warum musste ihre Mutter alles schlecht machen?

»Der türkise Farbton harmoniert mit meinem Kleid. Ich finde, dieser Reif passt gerade heute Abend hervorragend!«, erklärte sie an alle Gäste gewandt. Das Gesicht ihrer Mutter glich zerknülltem Papier. Viktoria bemerkte plötzliches Stillschweigen in der Menge und begriff, dass sie lauter als notwendig gesprochen hatte. Ein Räuspern lenkte ihren Blick zu den von Scharpenbergs, die sich in ihrem Rücken versammelt hatten. Antons Mutter versuchte gerade, durch ein dezentes Hochziehen ihrer Augenbrauen anzudeuten, wie Damen wahrhaft Missmut auszudrücken hatten. Eine Hitzewelle zog durch Viktorias Körper, doch sie schüttelte sie mit einem Schulterzucken ab. Selbst wenn die Baronin von Scharpenberg ihren Töchtern beigebracht hatte, ihr niemals in der Öffentlichkeit zu widersprechen, würde sie dennoch eine aufmüpfigere Schwiegertochter hinnehmen müssen, da nur deren Erbe es ermöglichte, marode Landgüter wieder in Schwung zu bringen. Um von dem peinlichen Moment abzulenken, ergriff Viktoria eines der anderen Pakete. Während sie eine rosafarbene Schleife löste, schoben sich die Drachenköpfe immer wieder in ihr Blickfeld, wie um sie in jene Welt zu locken, aus der sie stammten.

Buch 1

Kapitel 1

Hier gehe ich gern angeln«, meinte Anton, als er sich aus dem Sattel schwang. Viktoria fragte sich, ob er bei diesen Angelausflügen immer bunte Westen und samtene Kniehosen trug, so wie jetzt. Sie musterte eine von Büschen umsäumte Grasfläche an der Außenalster. Das Wasser floss ruhig dahin, war im Moment sogar frei von Schiffen. Nur Enten tummelten sich auf dem hellen Blau, und der Anblick von zerzausten Küken weckte in ihr den Wunsch, sie mit Nahrung zu versorgen. Sogleich packte sie das Bündel mit belegten Broten aus ihrer Satteltasche, überreichte Anton eine der mitgebrachten Servietten und die Flasche Champagner. Er entkorkte sie mit professionellem Geschick. Bald schon perlte kostbare Flüssigkeit in robusten Holzbechern.

»So habe ich Schampus noch nie getrunken. Das verspricht ein einzigartiger Ausflug zu werden«, meinte Anton, als er mit ihr anstoßen wollte.

Viktoria hockte sich an seine Seite. An ihrem dunklen, schlichten Reitkleid würde niemand Grasflecken erkennen können und ihr Korsett war nun so locker geschnürt, sodass sie auch im Sitzen unbehindert atmen, ja mit Appetit essen konnte. Hinter ihnen grasten die Pferde, scheinbar ebenfalls zufrieden, dem Trubel der großen Stadt wieder entkommen zu sein. Viktoria gab ihnen Äpfel, dann zerkrümelte sie eine Brotscheibe, um die Enten nicht leer ausgehen zu lassen.

»Welch ein fürsorglich mütterliches Herz meine Zukünftige doch hat!«, witzelte Anton, als Krümel über die Büsche aufs Wasser fielen, und füllte ihren Becher erneut mit Champagner, obwohl sie den gesamten Proviant für das Picknick schon verzehrt hatten. Viktoria fühlte den Rausch bereits durch ihre Adern kreisen. Sie war es nicht gewöhnt, tagsüber Alkohol zu trinken, doch vermochte sie Antons Angebot nicht abzulehnen. Seit der Bekanntgabe ihrer Verlobung fühlte sie sich leichter und beschwingter als jemals zuvor in ihrem Leben. Ein Holzbecher mehr konnte nicht schaden, auch wenn ihr schon ein wenig schwindelig war.

»Dieser Ausflug war eine wunderbare Idee«, rief sie und nippte nochmals an dem Champagner.

»Ich habe immer wunderbare Ideen«, erwiderte Anton und legte seinen Arm um ihre Taille, um sie näher an sich heranzuziehen. Viktoria gab zufrieden nach. Sie hatten stets Gelegenheiten gefunden, für ein paar Stunden der fürsorglichen Beobachtung von Verwandten und Bediensteten zu entkommen, um miteinander allein zu sein. Nun, da sie offiziell verlobt waren, gab es keinen Grund mehr, sich vor heimlichen Beobachtern und deren bösen Zungen zu fürchten.

»Ich habe meiner Mutter gesagt, dass Sophie und ihr Bruder bei dem Ausritt dabei sind«, flüsterte Viktoria Anton kichernd ins Ohr. »Ich weiß nicht, ob sie mir geglaubt hat. Ich denke, sie hat es schon aufgegeben, mich zu einem anständigen Fräulein erziehen zu wollen.«

Er rückte ein Stück von ihr weg, um ihr mit staunend hochgezogenen Brauen ins Gesicht zu sehen.

»Tatsächlich? Ich dachte, eben so ein Fräulein heirate ich.«

Kurz stockte Viktorias Atem und sie fühlte klamme Kälte in ihren Knochen. Dann wurde sie von dem vertrauten, spöttischen Blitzen in Antons Augen erlöst. Lachend schubste sie ihn an.

»Nein, mein Lieber. Du bist einer raffinierten Täuschung zum Opfer gefallen. Du bekommst eine durch anrüchige Romane und Kunstwerke verdorbene, hoffnungslos verzogene, exzentrische, stinkreiche Erbin.«

Anton stieß einen dramatischen Seufzer aus und schlug sich die Hände vors Gesicht.

»Oh mein Gott, meine Mutter hatte tatsächlich recht. Ich muss mich opfern, um meine Familie vor dem Ruin zu retten! Da mein armer Großvater von der unheilbaren Krankheit der Spielsucht heimgesucht wurde, werde ich unschuldiges Wesen einem verderbten, lüsternen Weib in den Rachen geworfen.«

Viktoria brach in schallendes Gelächter aus. Gleichzeitig hämmerte ihr Herz in einem Rausch des Glücks. Wie unglaublich gut Anton selbst bei diesen albernen Späßen aussah!

»Falls du dich nicht überwinden kannst, mir deine Unschuld zu opfern, verdienst du sicher gut auf der Bühne«, meinte sie mit einem breiten Grinsen. »Du bringst alle nötigen Voraussetzungen mit. Aber der Lebenswandel unter Schauspielern ist verrufen. Es dürfte für dich auf jeden Fall schwer werden, ein Unschuldslamm zu bleiben.«

»Welch ein Sündenpfuhl diese Welt doch ist! Wie soll sich ein junger, mittelloser Adeliger gegen verderbliche Einflüsse wehren?«, setzte Anton mit verzerrt hoher Stimme das Theaterstück fort. Viktoria suchte gerade nach einer passenden Erwiderung, da wurde sie plötzlich in seine Umarmung gerissen.

»Ich würde Ihnen sehr gern meine Unschuld opfern, Fräulein Virchow«, flüsterte Antons Stimme in ihr Ohr, während Küsse über ihren Hals glitten. »Aber ich fürchte, sie wurde mir gutgläubigem Wesen bereits gewaltsam entrissen.«

Viktoria war überrascht, dass sie einen Hauch von Enttäuschung empfand. Sie hatte bisher nur vage Andeutungen von dem Unaussprechlichen gelesen, das sich in Schlafzimmern zwischen Mann und Frau abspielte, denn trotz allem Gerede über ihre unkonventionelle Erziehung hatte ihr Vater durchaus eine Auswahl bei ihrer Lektüre getroffen. Sophie sprach ebenso wenig über dieses geheimnisvolle Detail des Ehelebens wie Viktorias Mutter es je getan hatte. Den Vater wollte sie trotz aller Vertrautheit, die zwischen ihnen herrschte, nicht wirklich fragen. Dennoch flößte die bevorstehende Hochzeitsnacht ihr keine Angst ein, denn Anton war ihr Seelenfreund, ihr Verbündeter im Spotten über eine engstirnige Welt. Aber es missfiel ihr ein wenig, nicht seine erste Geliebte zu sein.

Er presste einen Kuss auf ihre Lippen und schob sie sanft auf das frische Gras. Viktoria schlang ihre Arme um seinen Nacken, versank in einer duftenden Wolke von Rasierwasser. Ein so charmanter, anziehender Mann hatte natürlich Affären gehabt. Nur eine naive Gans würde sich etwas anderes erhoffen.

»War es schlimm, als du deiner Unschuld beraubt wurdest?«, flüsterte sie ihm spöttisch ins Ohr. Wieder zog er die Brauen hoch.

»Entsetzlich. Ich habe heute noch Albträume. Aber um dich nicht zu verlieren, würde ich einen zweiten Versuch wagen.«

Nun streiften seine Hände über ihren Körper. Viktorias Kopf begann sich zu drehen, als läge sie in einem Karussell. Sie hatten sich bereist früher geküsst und berührt, doch niemals war Anton so fordernd, so ungezügelt gewesen. Ein angenehmes Kribbeln begann in ihrem Magen, schlich rasch zwischen ihre Schenkel, wo eine heftige Sehnsucht nach etwas Namenlosem erwachte. Sie hörte sich seufzen und sah, wie er die Knöpfe ihrer Jacke zu öffnen begann. Bald schon glitten seine Lippen am Ausschnitt des Korsetts entlang. Ein leises Wimmern drang aus ihrer Kehle.

»Hilf mir, diesen verdammten Panzer aufzuschnüren«, drängte Anton. »So sehr mir schmale Taillen gefallen, manchmal wünsche ich mir eine Frau ohne Korsett.«

Viktoria richtete sich auf, doch in dieser Haltung geriet auch ihr Kopf wieder ins Gleichgewicht.

»Wir sollten vielleicht warten, bis wir verheiratet sind«, meinte sie zögernd und zog ihre Jacke wieder zu, um sich selbst vor der Versuchung zu schützen. Über Tabus zu spotten war eine Sache. Doch sie staunte, wie viel Unbehagen ihr die Vorstellung einflößte, diese Tabus selbst endgültig zu brechen.

»Mein Gott, sei nicht so altmodisch, Vicki! Du warst doch sonst keine unnahbare Zierpuppe wie all die adeligen Damen, die mir vor dir präsentiert wurden. Das mochte ich immer an dir.«

Viktoria rieb sich die Schläfen. Anton hatte verärgert geklungen und so kannte sie ihn nicht. Zum ersten Mal kam ihr der Gedanke, dass sie ihn verlieren könnte, denn sie waren noch nicht verheiratet. Sie zwang sich mit klarem Verstand abzuwägen. Was Anton jetzt wollte, würden sie früher oder später ohnehin miteinander tun. Warum einen Streit riskieren, wenn sie sich selbst weiter nach seinen Berührungen sehnte? Mit einem Schulterzucken streifte sie die Jacke von ihrem Oberkörper, sodass er die Verschnürung des Korsetts an ihrem Rücken lösen konnte. Dann ging alles sehr schnell.

Viktoria starrte die Wolken an, die am Himmel vorbeizogen. Sie formten sich zu Gesichtern, zu Schiffen, zu Drachenköpfen. Kurz blickte sie zu ihrem rechten Arm, an dem immer noch das Geschenk ihres Vaters hing.

»Wohin soll unsere Hochzeitsreise gehen?«, flüsterte sie Anton ins Ohr. Er wandte ihr den Kopf zu. Seine zufriedenen, entspannten Gesichtszüge brachten die Welt wieder in Ordnung. Sie vergaß den bis zu ihren Hüften hochgeschobenen Rock und das Brennen zwischen ihren Schenkeln. Nur beim ersten Mal war es für eine Frau unangenehm, hatte Anton versichert. So hatten sie die Aussicht auf eine vergnügliche Hochzeitsnacht. Entschlossen schob sie das Gefühl, benutzt und beschmutzt worden zu sein, aus ihrem Bewusstsein.

»Keine Ahnung. Wo möchtest du hin?«, beantwortete er etwas gelangweilt ihre Frage. Viktoria hätte sich gewünscht, dass er selbst einen Vorschlag machte, aber sie verdrängte ihre Unzufriedenheit.

»Griechenland vielleicht. Du kannst mir die Statuen zeigen.«

Anton stieß ein glucksendes Lachen aus.

»Da kommst du nur auf dumme Gedanken und siehst dich nach den schönen Griechen um. Irgendwann hast du mich ganz vergessen.«

Er kniff sie sanft in den Oberarm. Viktoria fühlte ihre gute Laune neu erwachen. Anton war der Mann, den sie wollte, und nichts an dem, was gerade geschehen war, konnte daher falsch sein.

»Wir könnten auch nach China fahren«, sprach sie den allerersten Gedanken aus, der sich in ihrem Kopf geregt hatte. Anton stützte sich auf seinen Ellbogen und blickte ihr mit einem verschmitzten Lächeln ins Gesicht.

»Also China ist wirklich verdammt weit weg. Da sehen die Leute sehr komisch aus.«

Er presste seine Finger an die äußeren Winkel seiner Augen und zog sie nach oben. Dann streckte er die Zunge raus. In Viktorias Magen begann erneut der Ärger zu kribbeln. Manchmal benahm Anton sich unnötig dämlich.

»Mein Vater hat wunderschöne Kunstwerke aus China bekommen«, beharrte sie. »Aus diesem Grund würde ich wirklich gern einmal hinfahren.«

»Wie meine reiche Erbin befielt. Sie mag mich willenlosen Sklaven bis ans Ende der Welt schleppen.«

Anton ließ sich mit einem weiteren bühnenreifen Seufzer wieder ins Gras fallen. Auf der Außenalster zogen die Umrisse von Schiffen vorbei. Viktoria überkam plötzlich Unbehagen. Ob die Passagiere sie hier im Gras mit dem Geliebten liegen sehen konnten? Vermutlich nicht, denn sie waren von Büschen umgeben, durch die sie hindurchspähten. Ein böser Gedanke schlich sich in ihren Kopf. War Anton früher wirklich nur zum

Angeln hierher gekommen? Dazu hätte er sich direkt ans Ufer setzen müssen, und dort wucherte das Gebüsch. Diese Stelle am Ufer der Außenalster schien für ganz andere Zwecke geeignet.

Sie riss sich zusammen. Es gab keinen Grund, sich wie eine missbrauchte Unschuld zu benehmen. Der Mann an ihrer Seite war ihr zukünftiger Gemahl, um den viele Frauen sie beneideten. Selbst wenn sie nicht seine erste Geliebte gewesen war, würden nach ihr keine anderen mehr folgen.

»Wenn die Leute in China komisch aussehen, brauchst du wenigstens keine Angst zu haben, dass ich dir untreu werden könnte«, entgegnete sie in dem leichten, spöttischen Plauderton, den Anton schätzte. Er zuckte nur mit den Schultern.

»Da hast du wohl Recht. Mit den kleinwüchsigen Chinamännern kann ich es auch als zitteriger Tattergreis, der am Stock geht, noch aufnehmen.«

Dann richtete er sich auf und streifte Grashalme aus seinen honigfarbenen Locken.

»Wann müssen wir zurück?«, fragte er nur.

»Ich sollte bald schon bei Sophie auftauchen«, erwiderte Viktoria mit plötzlicher Unruhe. »Sie muss von meiner Lüge, dass wir den Ausflug gemeinsam unternahmen, erfahren, um mich im Notfall zu decken.«

Kurz überkam sie ein Anflug von Zweifel, ob der Plan gelingen würde. Aber Sophie war seit Kindertagen ihre engste Vertraute.

»Na dann«, meinte Anton und knüpfte sein Jackett zu, »sollten wir in die Stadt aufbrechen. Wohnt der Ehemann dieser Sophie nicht am Nikolaifleet?«

Viktoria nickte und streifte den Rock wieder über das weiße Leinen ihrer Unterwäsche.

»Du musst mir helfen, das Korsett wieder zuzuschnüren. Gewöhnlich macht das meine Zofe, aber die ist im Moment abwesend.«

Anton stieß ein Kichern aus und zerrte energisch an der Verschnürung. Viktoria schnappte nach Luft. Magda war dabei sanfter, aber vielleicht fehlte Männern das nötige Feingefühl, da ihre Körper nicht derart eingezwängt wurden.

»Ich frage mich, wie ihr Frauen in so einer engen Rüstung überhaupt atmen könnt«, bestätigte Anton diese Vermutung, doch mit einem Kuss auf ihren Rücken, bevor er ihr die Jacke reichte, besänftigte er ihren Unmut. Als sie auf ihr Pferd zuging, bohrten Stiche sich in ihren Unterleib. Es konnte nicht immer so sein, sagte sie sich. Die meisten verheirateten Frauen gingen ohne schmerzverzerrte Gesichter durch die Welt. Sie nutzte einen herumliegenden Stein als Trittbrett, um allein in den Damensattel zu kommen, und war zum ersten Mal in ihrem Leben erleichtert, nicht breitbeinig zu Pferd sitzen zu müssen wie ein Mann.

Sie ritten die Alster entlang, bis Bauernhäuser allmählich von mehrstöckigen Gebäuden abgelöst wurden, die Arbeiter beherbergten. Auf der Binnenalster tummelten sich Schiffe. Ein kleiner Dampfer voll neugieriger Schaulustiger kreuzte herum. In der Badeanstalt plätscherten sorgfältig voneinander getrennt Männer und Frauen, um die allerletzten warmen Tage des sterbenden Sommers zu genießen. Schließlich erreichten sie den Jungfernstieg und sahen elegant gekleidete Herrschaften in vollem Bewusstsein ihrer Wichtigkeit auf und nieder flanieren. Viktoria liebte es, im Getümmel der Stadt zu versinken. Sie verstand nicht, warum Sophie darüber klagte, nun nicht mehr im edlen, stillen Marienthal zu wohnen, wenn hier im Herzen Hamburgs das Leben doch zu hören, zu sehen, ja förmlich zu spüren war.

Entschlossen schlängelten sie sich an Karren und Kutschen in der Deichstraße vorbei, bis schließlich die Fassaden jener großen Häuser auftauchten, die zwischen dieser Straße und der Nikolaifleet lagen. Eines davon war nun Sophies Heim.

»Bei dem vertrauten Geplauder zwischen zwei jungen Damen will ich nicht stören«, meinte Anton vor der Eingangstür. Kurz drückte er Viktoria an sich.

»Heute sind wir endgültig ein Paar geworden«, flüsterte er in ihr Ohr und vertrieb dadurch alle Zweifel, ob sie das Richtige getan hatten.

Ein Mann im Frack öffnete mit säuerlicher Miene die Tür.

»Die gnädige Frau erwartet Sie schon, Fräulein Virchow«, meinte er, bevor Viktoria Gelegenheit hatte sich vorzustellen. Dann wurde sie Treppen hochgeführt.

Sophie trug ein rotes, gerüschtes Hauskleid und saß in einem höchst biederen Salon. Bilder von Wäldern mit und manchmal auch ohne röhrenden Hirsch schmückten die Wände; Sessel und Sofa waren mit glutrotem Samt bezogen und wurden von einer Unmenge bestickter Kissen erdrückt. Viktoria verdrängte den Gedanken, welches Entsetzen dieser Anblick bei ihrem schöngeistigen Vater ausgelöst hätte.

»Da bist du endlich. Ich habe dich schon vor einer halben Stunde erwartet, aber du hast ja immer viel zu tun«, wurde sie von Sophie begrüßt. Viktorias Arme hoben sich leicht. Als ihre Freundin noch Sophie von Schütte geheißen hatte, da hatten sie einander oft umarmt, aber dieses in seinem Unglück versteinerte Wesen sehnte sich nicht nach Berührungen. Daher zwängte sich Viktoria einfach zwischen die Kissen eines der Sessel.

»Ich war mit Anton ausreiten«, erklärte sie die Verspätung.

»Und da war ich natürlich so unwichtig, dass du mich beinahe vergessen hast«, giftete Sophie. Sie war niemals eine Schönheit gewesen, doch die fahle Haut und der verbissene Zug um ihren Mund ließen sie unnötig alt aussehen. Viktoria fuhr auf.

»Ich habe nicht dich vergessen, nur die Zeit. Jetzt bin ich ja hier.«

Sophies Kopf senkte sich zu einem Nicken. Sie griff nach einer Klingel, um ihr Dienstmädchen zu rufen. Ein Tablett mit Kaffeetassen und Kanne wurde hereingetragen. Das Porzellan schien von guter Qualität, aber die Farben der darauf gemalten Figuren schrien dem Betrachter grell ins Gesicht. Sophie stieß einen leisen Seufzer aus.

»Mein Mann hat das Service ausgesucht«, meinte sie schicksalsergeben. Viktoria wollte fragen, warum sie ihm nicht zu einem anderen Kauf geraten hatte, aber dann verstand sie plötzlich. Sophie wollte tapfer und machtlos leiden. Hätte sie versucht, ihre Lage durch diplomatisches Geschick zu verbessern, wäre das ein Zeichen von Einsicht gewesen. Ihre Familie, die stets meinte, sie würde in dieser notwendigen Ehe irgendwann Zufriedenheit finden, hätte Recht behalten.

Viktoria nippte an der farbenfrohen Tasse. Der Kaffee schmeckte unerwartet gut und sein Duft löste Wohlbehagen aus.

»Ich habe meiner Mutter gesagt, dass wir auch den Morgen zusammen verbracht haben«, meinte sie zu Sophie. »Bitte widersprich nicht, falls sie dich fragen sollte.«

Dann wartete sie unsicher die Wirkung dieser Worte ab. Das Dienstmädchen erschien nochmals, um einen Teller mit Gebäck zu bringen. Obwohl Viktoria keinerlei Hunger verspürte, griff sie zu, um sich irgendwie abzulenken.

»Und mit wem warst du bis jetzt zusammen? Lass mich raten! Du warst allein mit deinem Anton«, fragte Sophie, ohne eine Miene zu verziehen.

»Wir sind verlobt«, wehrte Viktoria sich gegen die unausgesprochene Anklage.

»Natürlich. Dich will er heiraten.«

Es klang sehr nüchtern, sachlich und kalt. Die Geister von Frauen, mit denen Anton Zeit verbracht hatte, ohne sie heiraten zu wollen, wurden heraufbeschworen. Viktoria rutschte auf dem Sessel und stieß gegen Kissen.

»Ja, wir werden heiraten«, erwiderte sie trotzig. »Das Fest ist schon geplant und mein Hochzeitskleid bestellt. In vier Monaten ist es so weit.«

Sophies Kinn verschwand hinter der Kaffeetasse, als sie trank.

»Was habt ihr denn die ganze Zeit gemacht?«, fragte sie beim Abstellen der Tasse. »Nett miteinander geplaudert?«

Viktoria spürte das Glühen ihrer Wangen.

»Wir sind die Alster entlanggeritten«, begann sie so belanglos wie möglich. »Dann machten wir am Ufer halt.«

»Und dort habt ihr gemeinsam Karten gespielt«, redete Sophie spöttisch weiter. Viktorias Hände verkrampften sich zu Fäusten. Hatte das heftige Stechen zwischen ihren Beinen irgendetwas an ihrer Person derart verändert, dass Sophie ihr am Gesicht ablesen konnte, was geschehen war?

»Nein, wir haben ein Picknick gemacht, uns unterhalten und … und …«

Sie verstummte unter Sophies bohrendem Blick. Dann schüttelte sie entschlossen das Schamgefühl ab. Warum sich in unnötige Lügen und Ausflüchte verstricken?

»Wir haben auch andere Dinge getan, die angeblich unter Eheleuten üblich sind. Denn wir sind ja so gut wie verheiratet.«

Sie schenkte sich eine weitere Tasse Kaffee ein. Ihre Hände zitterten leicht. Vermutlich war sie noch ein wenig beschwipst. Sophie glich weiter einer unbeweglichen Statue, gefangen in einem stummen, ergebenen Ausdruck der Trauer. ›Mater Dolorosa‹ schoss es Viktoria durch den Kopf. Sie unterdrückte ein Kichern und schämte sich für ihre boshaften Gedanken.

»Und«, kam es schließlich mit tonloser Stimme. »Kannst du es jetzt nicht mehr erwarten, die zukünftige Baronin von Scharpenberg zu werden und regelmäßig das Bett deines Gemahls zu teilen?«

Viktoria stellte die Kaffeetasse ab. Sophie verstand es, ins Schwarze zu treffen.

»Ich denke, es wird mit der Zeit angenehmer«, meinte sie nur. »Ich liebe Anton. Er gefällt mir. Da ist es doch selbstverständlich, dass wir … dass wir uns eben wie richtige Eheleute verhalten.«

Sie sah Sophie den Blick senken. Zum ersten Mal fragte Viktoria sich, wie es wohl war mit dem Herrn Deggentoff. Ein vorquellender Bauch, drahtige Schnurrbarthaare, die auf der nackten Haut kratzen mussten. Konnte das breite, grundsolide Gesicht jemals so reizvoll verzückt aussehen, wie sie selbst es bei Anton erlebt hatte?

Vielleicht taten Sophie und ihr ältlicher Gemahl es nicht miteinander. Viktoria würde einem derart unansehnlichen Mann niemals erlauben, sie zu berühren, selbst wenn sie drei Eheringe an jedem Finger hätte.

»Ich will in jeder Hinsicht Antons Frau sein. Sein Vorleben ist mir egal, denn all das geschah, bevor er mich kennenlernte«, erklärte sie mit Nachdruck.

Sophie nickte leise seufzend.

»Ja, so hat er es dir sicher erklärt.«

Viktoria fuhr zusammen, als hätte eine unsichtbare Hand ihr eine Ohrfeige versetzt.

»Was willst du damit sagen?«

Kurz blieb Sophie völlig still. Sie nagte in sehr undamenhafter Weise an ihrer Unterlippe. Dann fuhr ein Ruck durch ihren Körper und sie richtete sich auf.

»Ach was, ich will gar nichts damit sagen. Warum solltest du nicht weiter Glück im Leben haben, so wie bisher? Einen Mann heiraten, der dir gefällt und mit dem du glücklich bist?«, meinte sie mit einem Hauch von echter Zuneigung in der Stimme, die in Viktoria Erinnerungen an ihre frühere Verbundenheit weckte. Da war sie endlich wieder, ihre gute Freundin Sophie, ehrlich und gerecht. Sie beugte sich vor, wagte aber immer noch keine Umarmung. Stattdessen streifte sie nur leicht über Sophies Hand, die auf der Tischdecke lag.

»Es tut mir so leid, dass deine Eltern dich in diese Ehe gezwungen haben, in der du kein Glück finden kannst«, sagte sie und ihr wurde bewusst, dass sie diese Worte schon viel früher hätte aussprechen müssen. Seit sie Anton kennengelernt hatte, war ihr ganzes Leben nur noch von ihm ausgefüllt gewesen. Sie hatte Sophie nicht den nötigen Beistand gezeigt, nach keiner Möglichkeit gesucht, ihr zu helfen. Machte das Glück alle Menschen so selbstsüchtig?

»Wenn du willst, kannst du bei uns einziehen, sobald ich verheiratet bin«, redete Viktoria weiter, ohne groß nachzudenken. »Die Villa der von Scharpenbergs ist groß genug, um auch dich zu beherbergen. Dein Mann wird keinen Skandal riskieren, indem er dich gewaltsam zurückholt. Und falls er es doch versucht, sehe ich mich nach einem guten Anwalt um, der dir hilft.«

Ein zaghaftes Lächeln huschte über Sophies Gesicht. Viktoria vermochte nicht einzuschätzen, ob es von Freude zeugte oder einfach nur von bitterem Spott.

»Die Baronin von Scharpenberg, deine zukünftige Schwiegermutter, wird ihr Heim sicher nicht in ein Asyl für entlaufene Ehefrauen verwandeln wollen«, meinte sie nur. Viktoria schlug entschlossen mit der Hand auf die Tischkante. In ihrem Kopf tauchte das missbilligende Gesicht ihrer Mutter auf. So benahm eine Dame sich nicht. Sie schüttelte die Ermahnung ab.

»Ich bin der Grund, warum sie ihr schönes Heim überhaupt behalten können«, sagte Viktoria mit stolz erhobenem Kinn. »Als bürgerliche Tochter eines reichen Reedereibesitzers rette ich das uralte Adelsgeschlecht vor dem Ruin. Anton wird sich von mir erweichen lassen und seine Mutter gibt auch nach, das werde ich schon irgendwie durchsetzen.«

Als diese Worte ausgesprochen waren, ließ sie schnell ein Kichern folgen, denn ihr wurde bewusst, wie arrogant sie geklungen hatte. Sophie lächelte nochmals, diesmal auf die alte, freundschaftliche Weise.

»Im Augenblick geht es mit meinem Mann, obwohl wir einander nicht lieben. Nicht jeder Mensch kann sich seine

Träume erfüllen, und als entlaufene Ehefrau hätte ich keine Zukunft.«, meinte sie gelassen. »Aber sag einmal, Vicki, wie geht es deinem Vater eigentlich?«

Viktoria riss staunend die Augen auf. Sophie hatte ihren Vater zwar gemocht, aber sich niemals so direkt nach seinem Befinden erkundigt. Der Herr Virchow galt als glücklicher Sonderling. Er hatte ein Vermögen geerbt, das es ihm ermöglichte, seiner Leidenschaft nachzugehen und Kunstwerke zu sammeln. Die Leitung der Reederei lag seit Jahren in den Händen von Albert Behm, dem Direktor, der für seinen Einsatz großzügig entlohnt wurde.

»Meinem Vater geht es gut wie immer«, erwiderte sie wie aus der Pistole geschossen. Dann setzte ein wenig Reflektion ein.

»Er leidet wahrscheinlich darunter, dass er nicht mehr der wichtigste Mann in meinem Leben ist«, gestand sie. »Er … also … er traut Anton leider nicht ganz. Aber ich bin mir sicher, wenn ich glücklich verheiratet bin und meinen Vater trotzdem noch oft besuche, dann kommt alles wieder in Ordnung.«

Sophie schüttelte nachsichtig lächelnd den Kopf.

»Du meinst immer, dass die Welt sich nur um dich dreht«, sagte sie ohne echte Bosheit. »Dein Vater könnte doch auch andere Sorgen haben.«

»Was für Sorgen denn?«, fragte Viktoria verwirrt. Sophie rutschte kurz auf dem Sofa herum. Auch sie wurde von dem Übermaß an Kissen behindert.

»Ach, ich meine nichts Bestimmtes. Mein Mann deutete kürzlich an, dein Vater hätte vielleicht finanzielle Schwierigkeiten.«

Viktoria schüttelte ungläubig den Kopf. Seit sie denken konnte, war Geld niemals ein Problem gewesen. Das Virchow-Vermögen hatte elegante Kleidung, Gouvernanten und eine Schar emsiger Dienstboten zu einem selbstverständlichen Teil ihres Lebens gemacht. Ihr Vater lebte in seiner eigenen Welt von Schönheit und Kunst. Bei der Vorstellung, er könnte unter finanziellen Sorgen leiden, musste sie laut auflachen.

»Mein Vater hat Geld genug, keine Sorge.«

Sophie nickte schweigend.

»Dann ist ja alles in Ordnung. Möchtest du noch etwas Kaffee? Die Kanne ist leer.«

Viktoria spürte ein nervöses Knurren in ihrem Magen. Sie hatte zu viel von dem mitgebrachten Brot an die Enten verfüttert.

»Ich glaube, ich muss bald aufbrechen«, sagte sie und stand auf.

»Zeig mir noch mal das Geschenk deines Vaters. Ich würde es gern aus der Nähe sehen«, hielt Sophie sie zurück. Viktoria streckte gehorsam den rechten Arm aus, an dem der Drachenreif hing.

»Wunderschön. Ausgefallen und exotisch, ohne protzig zu sein. Dein Vater lebt auf großem Fuß, aber er hat auch Geschmack. All das kann er sich ja erlauben«, kommentierte die Freundin das Schmuckstück. Viktoria meinte, einen Hauch von Gift in ihrer Stimme zu hören, umarmte Sophie aber dennoch zum Abschied. Als sie die Stufen hinabstieg, drückte plötzlich die Ahnung von etwas Bedrohlichem und Ungewissem ihre Schultern nieder. Sie schüttelte sich entschlossen. Bisher war in ihrem Leben alles ihren Wünschen gemäß verlaufen. Sie sah keinen Grund, warum sich dies auf einmal ändern sollte.

Ein junger Bursche brachte Viktorias Pferd zurück, das in dem kleinen Stall hinter dem Haus des Herrn Deggentoff auf sie gewartet hatte, und half ihr in den Sattel. Sie ritt durch enge Gassen, bis weite, von Bäumen umsäumte Alleen sie ins vornehme Marienthal führten. Schließlich konnte sie das Pferd einem weiteren Stallknecht anvertrauen. Erst als sie durch die große Eingangstür der Villa trat, wurde ihr bewusst, dass diese Heimkehr das Missfallen ihrer Mutter erregen könnte. Eine Dame ritt nicht einfach allein durch die Stadt. Anton hätte sie begleiten sollen, aber Viktoria war es unangenehm, die Dienste eines Wachhundes von ihm einzufordern. Davon abgesehen hatte er sich nicht angeboten zu warten. Viktoria störte sich nicht daran. Warum sollte Anton ein hilfloses Wesen in ihr sehen, das stets seinen Schutz brauchte?

Sie betrat ihr Heim, grüßte kurz den herbeieilenden, ranghöchsten Kammerdiener und ging weiter, um ihm klar zu machen, dass sie keiner Hilfe bedurfte. Als sie die Stufen zum ersten Stock erklommen hatte, hoffte sie, unauffällig in ihr Zimmer zu gelangen und dort nach Magda klingeln zu können, doch die Tür zu den Räumen ihrer Mutter flog auf und zerstörte diese Illusion.

»Ich muss mit dir reden, Viktoria«, meinte die Stimme Amalia Virchows mit dem gewohnten Hauch von Missfallen. Viktoria nickte schicksalsergeben und ließ sich von ihrer Mutter in deren Privatzimmer ziehen. Es war erstaunlich karg eingerichtet, wie Viktoria immer wieder auffiel. Schlichte Möbel aus Mahagoniholz, ein paar Gemälde von Familienmitgliedern an der Wand, deren Tapete eintönig weiß war. Amalia Virchow duldete keinerlei Zierrat. Viktoria staunte immer wieder, wie sehr ihre Eltern sich voneinander unterschieden. Ihr Vater füllte jedes Zimmer mit Statuen und Bildern, sodass die Augen der Eintretenden sofort beschäftigt waren.

Amalia Virchow setzte sich auf einen ihrer harten Stühle. Mit einer Handbewegung forderte sie die Tochter auf, diesem Beispiel zu folgen.

»Weshalb wünschen Sie mich zu sehen?«, fragte Viktoria mit einem unangenehmen Kribbeln im Magen. Sie sprach nicht gern allein mit ihrer Mutter, die ihr so fremd war.

»Du hast deiner Zofe Schmuck geschenkt«, kam es ohne Zögern. Viktoria nickte.

»Wer hat es Ihnen erzählt?«, fragte sie lediglich.

»Das ist unwichtig. Eine gute Hausherrin weiß immer, was unter ihrem Dach vor sich geht.«

Viktoria staunte über das Talent ihrer Mutter, jede Aussage in einen Vorwurf oder eine Ermahnung zu verwandeln.

»Ja, ich habe Magda mein Bernsteincollier und die passenden Ohrringe gegeben. Sie wird demnächst einen Angestellten meines Vaters heiraten und ich dachte, dabei sollte sie angemessen gekleidet sein.«

Ihre Mutter verzog keine Miene.

»Du bist Magda gegenüber sehr großzügig. Das schickt sich nicht immer. Es kann bei den anderen Dienstboten zu Missstimmung führen. Du musst lernen, deine Gunst gerecht zu verteilen.«

Viktoria fuhr verärgert zusammen, denn sie hasste Maßregelungen. Dann stieß sie ein Kichern aus.

»Meinetwegen. Ich habe so viele Schatullen mit Schmuck, dass ich den Überblick verliere. Schicken Sie die anderen Dienstmädchen zu mir und ich werde ihnen auch etwas geben.«

Dann wollte sie aufstehen und gehen, doch eine Handbewegung ihrer Mutter zwang sie auf den unbequemen Stuhl zurück.

»Du bist leichtsinnig und verantwortungslos. Wie kannst du das Erbe deiner Vorfahren so einfach aus Trotz verschleudern?«

Viktoria zuckte mit den Schultern.

»In Silber gefasster Bernstein, wie ich ihn Magda gab, ist kein Vermögen wert. Den anderen Mädchen kann ich Ähnliches schenken. Dann bleiben noch genug Juwelen, mit denen ich bei Empfängen brillieren kann.«

Sie wollte nicht sagen, welches Glück sie empfunden hatte, ein freudiges Strahlen in Magdas Augen zaubern zu können.

Ihre Mutter hätte es nicht verstanden. Sich mit schönen Dingen zu umgeben und weniger wohlhabenden Menschen Freude schenken zu können, waren für Viktoria die zwei wesentlichen Vorteile der reich Geborenen. Nachteile, so befand sie, gab es ebenfalls genug. Man wurde überall angestarrt und nicht selten aus Neid angefeindet.

Ihre Mutter seufzte nur.

»Wie einfach du das alles siehst. Man merkt, dass es dir nie an Geld gemangelt hat. Du verschleuderst gedankenlos, was du besitzt.«

Viktoria zog die Schultern zurück. Sie wollte fragen, was daran denn so schlimm wäre, wenn doch genug übrig blieb, zog es aber vor, die Mutter nicht weiter zu provozieren.

Sie stand nochmals auf.

»Es tut mir sehr leid, wenn ich Ihr Missfallen erregt habe«, erklärte sie aus alter Gewohnheit, um das Gespräch endlich zu beenden. »Ich werde mich bessern und Magda nichts mehr von meinem Besitz überlassen.«

Zu ihrer Erleichterung hielt die Mutter sie nicht mehr zurück. Viktoria fühlte, wie ihre Anspannung nachließ, sobald sie wieder durch den Gang in ihr Zimmer eilte. Sie legte den Hut ab und schnürte selbst ihre Stiefel auf. Dann klingelte sie nach Magda.

Ihre Zofe erschien sogleich mit schuldbewusst gesenktem Blick.

»Es tut mir leid, Fräulein Virchow. Ich weiß, die gnädige Frau sollte es nicht erfahren, aber eines der anderen Mädchen hat mitbekommen, dass ich den Schmuck hatte. Ich war wohl unvorsichtig.«

Viktoria fegte Magdas Selbstanklage mit einer Handbewegung fort.

»Jetzt weiß meine Mutter es eben. Daran ist nichts zu ändern. Hol mir bitte noch etwas Brot und Käse aus der Küche. Ich habe einen riesigen Hunger.«

Nachdem die Tür wieder hinter Magda zugefallen war, legte Viktoria ihr Reitgewand ab und holte das weiße, mit hellen Blüten verzierte Musselinkleid aus dem Schrank, das sie am liebsten trug. Zwar vermochte sie nicht allein ihr Korsett zu schnüren, aber sich ohne Magdas Hilfe umzuziehen, dazu war sie durchaus in der Lage. Leise summte sie ein Lied von Schubert, während sie den Knoten ihres Haares löste, um es vor dem Spiegel durchzubürsten. Viktoria hatte niemals etwas Besonderes an ihrem Aussehen feststellen können. Rotblondes Haar, blaue Augen, helle Haut, die zu lästigen Sommersprossen neigte. Ein leidlich hübsches junges Mädchen mit weichen Wangen und Stupsnase, wie es auf Hamburgs Straßen zuhauf herumlief. Nur ihr Name und ihre teure Kleidung hoben sie aus der Masse hervor, nichts daran war ihr eigener Verdienst. Doch heute hatte sie am Alsterufer einen Mann bezaubert, von dem zahllose Frauen schwärmten. Sie spürte, wie das Glücksgefühl durch ihre Adern floss, obwohl ihr Rausch endgültig verklungen war. Am liebsten hätte sie die nächste Flasche Champagner geöffnet, aber dann kam ihr eine bessere Idee, wie sie diesen Tag feiern konnte.

Als ihre Zofe mit einem Tablett eintrat, saß Viktoria bereits fertig angezogen und frisch frisiert auf ihrem Sofa. Genüsslich biss sie in ihr Käsebrot und leerte ein Glas frischer Zitronenlimonade.

»Weißt du, Magda«, meinte sie kauend, denn ihre Mutter war nicht hier, um sie zu ermahnen, dass sie beim Essen nicht reden sollte. »Ich wollte dir auch noch eines meiner Kleider für deine Hochzeit schenken. Das aus der blauen Seide zum Beispiel. Da würde die Familie deines Bräutigams doch Augen machen.«

Ein Lächeln huschte über Magdas Gesicht. Ihre zukünftigen Schwiegereltern waren nicht begeistert, dass sie ein gewöhnliches Dienstmädchen war. In diesem Kleid hätte sie tatsächlich Eindruck gemacht.

»Aber das geht nicht, weil meine Mutter mir soeben verboten hat, meine eigenen Sachen an Bedienstete weiterzureichen«, fuhr Viktoria fort.

Magdas Kopf senkte sich zu einem schicksalsergebenen Nicken. Falls sie enttäuscht war, wagte sie es nicht zu zeigen.

»Und aus diesem Grund«, redete Viktoria sogleich weiter. »Um dieses Verbot nicht zu missachten, sollten wir beide heute noch aufbrechen, um dir ein nagelneues Kleid zu kaufen. Das wäre doch eine gute Idee, findest du nicht?«

Magdas Augen, deren Blau noch strahlender war als bei Viktoria, weiteten sich ungläubig.

»Aber ... aber das geht nicht. Das ist unmöglich«, stammelte sie. Viktoria sprang auf und ergriff ihr Ridikül.

»Natürlich ist es möglich. Wir brechen gleich auf und fahren zu Herrn Behrens, meinem Schneider. Sag dem Kutscher, dass er anspannen soll. Dann sind wir bis zum Abendessen rechtzeitig zurück.«

Zunächst stand Magda ratlos herum, doch als Viktoria in ein paar Schnallenschuhe schlüpfte und einen mit Blumen geschmückten Strohhut aus dem Schrank holte, wurde ihr klar, dass es der jungen Dame ernst war. Sie huschte hinaus, um Viktoria bald darauf mitzuteilen, dass sie losfahren konnten.

Sie schlichen die Stufen hinab. Amalia Virchow litt häufig an Migräne und dämmerte dann hinter zugezogenen Vorhängen vor sich hin, was es erleichterte, ihrer Kontrolle zu entkommen. Viktorias Vater war wieder einmal unterwegs. Sie schaute aus dem Kutschfenster, genoss den vertrauten Anblick des bunten Treibens der Stadt, die sie durchquerten, bis sie endlich am noblen Jungfernstieg zum Stillstand kamen. Dort befand sich schräg gegenüber vom Alsterpavillon Behrens Modesalon, eine der vornehmsten Adressen der Stadt. Viktoria wurde beim Anblick des Schaufensters bewusst, dass sie in ihrem Lieblingskleid zu schlicht aussah, um in dieses edle Geschäft zu passen, aber das störte sie nicht weiter. Schließlich gehörte sie zu den besten Kundinnen. Allein ihr dort bestelltes Hochzeitskleid würde ein Vermögen kosten. Sie ließ die Tür aufschwingen und wurde von Fräulein Michels, der ranghöchsten Verkäuferin, mit einem freudigen Lächeln begrüßt.

»Wie geht es Ihnen, Fräulein Virchow?«

Viktoria brachte das höfliche Geplänkel pflichtbewusst hinter sich. Drei weitere Mädchen waren herbeigeeilt, rückten ihr einen Stuhl zurecht und brachten Kaffee.

»Ich brauche nochmals ein Hochzeitskleid«, wandte sie sich an Fräulein Michels, auf deren Gesicht ein ratloses Stirnrunzeln erschien.

»Diesmal geht es nicht um mich, sondern um meine Zofe, Fräulein Magda Skerpov. Sie wird demnächst einen Angestellten meines Vaters heiraten«, löste Viktoria das unausgesprochene Rätsel. Blicke bohrten sich in Magda, die vergeblich versuchte, sich im Hintergrund versteckt zu halten.

»Ich weiß nicht, ob wir dafür die richtige Adresse sind, Fräulein Virchow. Bei uns kaufen die vornehmsten Damen der Stadt ein. Selbst die Ehefrauen ausländischer Geschäftsleute begleiten ihre Männer manchmal nach Hamburg, nur um unseren Salon aufzusuchen«, kam es mit leicht empörtem Unterton von Fräulein Michels, der das Ansehen ihres Ladens scheinbar wichtiger war als die Aussicht auf ein gutes Geschäft. Viktoria wandte sich zu Magda. Der Anblick ihres dunkelrot verfärbten Gesichts versetzte ihr einen Stich.

»Dann ist dies genau der richtige Ort für meine Zofe, die ich für viele Jahre treuer Dienste belohnen möchte«, erklärte sie entschlossen. »Ihr Zukünftiger ist sehr fleißig und ehrgeizig. Er könnte eines Tages Generaldirektor einer Reederei werden. Da wollen Sie doch sicher, dass Ihr Salon seiner Frau in guter Erinnerung bleibt.«

Fräulein Michels Mundwinkel zogen sich abwärts, dann wurden sie in ein Lächeln gezwängt. Nur ein Blitzen in den Augen der Verkäuferin machte Viktoria deutlich, dass sie die

Ermahnung durchaus begriffen hatte, aber nicht erfreut war, derart belehrt zu werden.

»Nun, wir haben auch schlichtere Modelle, die sich für die Gemahlin eines einfachen Mannes mit vielversprechender Zukunft schicken«, meinte sie und wies eines der anderen Mädchen mit einer barschen Handbewegung an, den Katalog mit Zeichnungen zu holen.

»Allzu schlicht muss es nicht sein. Eine junge Frau möchte ihrem Bräutigam bei der Hochzeit gefallen, Fräulein Michels. Ich dachte eigentlich, das wäre allgemein bekannt«, sagte Viktoria mit einem leicht schnippischen Unterton. Es gefiel ihr, das schmale Gesicht der Verkäuferin nun ebenfalls in Dunkelrot zu sehen. Den Makel, mit fast dreißig Jahren noch unvermählt zu sein, konnte selbst eine so beherrschte Frau nicht einfach wegstecken.

Der Katalog wurde geöffnet und Viktoria winkte Magda heran, die nervös auf den Fußballen wippte. Sie schien kaum in der Lage, sich auf die Skizzen von prächtigen Kleidern zu konzentrieren, die nacheinander vor ihr ausgebreitet wurden. Immer wieder huschte ihr Blick zu den Gesichtern der Verkäuferinnen, als wolle sie um Vergebung für all die Mühe bitten, die sie ihnen soeben bereitete. Doch plötzlich sank ihr Zeigefinger wie von selbst auf ein klassisch schlicht geschnittenes Modell mit der modischen Tournüre.

»Das hätte ich gern. In Dunkelblau mit weißer Spitze am Kragen«, meinte sie mit unerwarteter Entschiedenheit. Fassungsloses Schweigen folgte.

»Es scheint mir so … so … zu sehr verbreitet, in Weiß zu heiraten«, erklärte Magda unsicher ihre Wahl. Viktoria staunte. Ihr war niemals bewusst gewesen, wie viele eigene Gedanken sich hinter der glatten Stirn ihrer Zofe verbargen.

»Gut«, beendete sie die Auswahl. »Nun soll man bei Fräulein Skerpov bitte Maß nehmen. Ich werde das Kleid bestellen.«

Der Katalog wurde zusammengeklappt. Zwei Mädchen zogen die verkrampfte Magda hinter einen Vorhang, um die notwendige Arbeit durchzuführen.

»Ich fürchte, Herr Behrens wird in diesem Fall eine Vorauszahlung wünschen«, wandte Fräulein Michels sich indessen an Viktoria, die sogleich nach ihrem Ridikül griff.

»Ich werde Ihnen einen Wechsel ausstellen«, meinte sie. »Mein Vater hat mir eine Vollmacht dazu gegeben, da ich jetzt volljährig bin.«

Sie grub das Dokument heraus und hielt es vor Fräulein Michels bebrillte Augen. Ein knappes Nicken folgte, dann zog die Verkäuferin ihre Schultern zurück.

»Wenn Sie gestatten, ich muss das kurz mit Herrn Behrens besprechen«, meinte sie und verschwand durch die Hintertür, ohne eine Antwort abzuwarten. Viktoria bewegte ungeduldig ihre Füße. Ihr wurde jetzt erst bewusst, dass der Inhaber des Modesalons bisher nicht erschienen war, um sie persönlich zu begrüßen. Das war ungewöhnlich. Er saß stets in einem Hinterzimmer, wo er weitere Skizzen für Modelle anfertigte und gleichzeitig die Ereignisse in seinem Laden mit anhörte. Das Eintreten von wichtiger Kundschaft brachte ihn aber meist sehr schnell dazu, persönlich in Erscheinung zu treten. Viktoria leerte den letzten Rest ihrer Kaffeetasse. Herr Behrens würde sicher gleich kommen und sich für die Unhöflichkeit seiner Verkäuferin entschuldigen.

Aber Fräulein Michels kam allein zurück. Ihre Lippen schienen noch schmaler geworden zu sein, als würden sie von dem blassen Gesicht aufgesaugt. Mit krampfhaft lächelnden Mundwinkeln baute sie sich vor Viktoria auf.

»Ich bedauere.« Sie verstummte und räusperte sich. »Ich bedauere außerordentlich im Namen von Herrn Behrens. Wir können keine Wechsel von Ihnen annehmen, Fräulein Virchow.«

Viktoria schüttelte ungläubig den Kopf. Dann stieß sie ein kurzes Lachen aus.

»Stimmt mit der Vollmacht etwas nicht? Ich weiß, mein Vater ist oft zerstreut. Vielleicht fehlt irgendwo ein Stempel. Das lässt sich leicht beheben, das wissen Sie doch.«

Sie zog die Schultern stramm und blickte der Verkäuferin in die Augen. Gute Kunden hatten ihre Rechte.

»Nein«, kam es ungewohnt leise zurück. Fräulein Michels sah aus, als wäre sie in diesem Augenblick gern ein anderer Mensch an einem weit entfernten Ort. Ihre Hände hatten sich zu kleinen, schwachen Fäusten geballt, wie um gegen eine Rolle zu protestieren, der sie nicht entfliehen konnte. »Nein, es ist nicht das Dokument. Das ist in Ordnung. Es ist ... keine Wechsel mehr von der Familie Virchow. Ich bedauere.«

Sie senkte den Blick. Der rosige Farbton auf ihrem Gesicht ließ sie ungewohnt frisch aussehen.

Viktoria sprang auf.

»Herr Behrens und Sie werden noch mehr Bedauern empfinden, wenn ich niemals wieder diesen Salon aufsuche«, zischte sie entschlossen und rief nach Magda, die mit halb zugeknöpftem Kleid hinter dem Vorhang hervortrat. Sie sah nicht glücklich aus. Viktoria zweifelte plötzlich, ob sie ihrer Zofe mit diesem Ausflug wirklich einen Gefallen getan hatte.

»Komm«, rief sie und legte ihre Hand auf Magdas Arm »Wir gehen in einen anderen Salon. Hier ist alles doch nur altbacken und überteuert. Die Bestellung für mein Hochzeitskleid storniere ich hiermit! Morgen bekommen Sie das schriftlich.«

Sie hatte lauter gesprochen als notwendig. Bis zum allerletzten Moment erwartete sie noch, dass Herr Behrens auftauchen würde, um Fräulein Michels zurechtzuweisen. Doch niemand hielt sie zurück, als sie die Tür hinter sich zufallen ließ.

Auf der Straße sog Viktoria gierig Luft in ihre Lungen. Eine unsichtbare Schnur lag an ihrer Kehle.

»Es tut mir sehr leid, gnädiges Fräulein. Es lag sicher an mir«, stammelte Magda. Viktoria schüttelte verärgert den Kopf.

»Ich weiß nicht, woran es lag. Vielleicht war Herr Behrens betrunken und begriff nicht, wer ich bin. Die Folgen muss er nun tragen, denn wir gehen woanders hin.«

Entschlossen schleppte sie die zögernde Magda in einen weiteren Modesalon in einer Seitenstraße, wo sie mit Freude begrüßt wurden, sobald der Name ›Virchow‹ gefallen war. Die Bestellung für ein ähnliches Kleid aus dunkelblauer Seide wurde angenommen und mit Viktorias Wechsel bezahlt. Viktoria versprach, in den nächsten Tagen nochmals vorbeizukommen, da sie selbst ein Hochzeitskleid brauchte. Die Eigentümerin des Modesalons, eine junge Frau, die vor Kurzem ihr Geschäft eröffnet hatte, strahlte über das ganze Gesicht, wodurch Viktorias Welt wieder in Ordnung geriet. Als sie in der Kutsche saßen und Richtung Marienthal fuhren, verdrängte Viktoria die Erinnerung an den Besuch in Behrens Modesalon aus ihrem Gedächtnis. Sie würde ihrer Mutter einfach sagen, dass sie woanders ein schöneres Kleid gesehen hatte und es nun bestellen wollte, um längere Diskussionen zu vermeiden. Es gab wichtigere Dinge in ihrem Leben, als sich wegen des merkwürdigen Benehmens eines Schneiders den Kopf zu zerbrechen.

Kapitel 2

»Gestern hat es wieder Schwierigkeiten gegeben«, meinte Amalia Virchow zu der Zeitung, hinter der sich das Gesicht ihres Mannes verbarg. »Die Köchin schickte ein Küchenmädchen los, um in der Stadt neuen Vorrat an Tee zu bestellen, der mir bei meiner Migräne hilft. Wieder hieß es, er müsste auf der Stelle bar bezahlt werden. Das hat früher niemand von uns verlangt.«

Viktoria wurde aus den Erinnerungen an ihr letztes Treffen mit Anton gerüttelt. Der Besuch bei Herrn Behrens stieg in ihrem Gedächtnis hoch. Er lag bereits drei Wochen zurück und sie hatte ihn erfolgreich verdrängt. Nun überkam sie ein unbestimmtes Gefühl der Beklemmung. Kamen derartig unschöne Dinge nun wirklich öfter vor?

Sie griff nach einem Brötchen, schnitt es auf und beschmierte es mit Butter. Eine weitere Kanne Kaffee wurde hereingetragen. Viktoria wurde bewusst, wie selten es in letzter Zeit vorkam, dass sie gemeinsam mit beiden Eltern frühstückte. Ihr Vater verschwand regelmäßig am Nachmittag und kehrte erst im Laufe des nächsten Tages zurück. Früher war er öfter zuhause gewesen.

»Vielleicht sollten Sie mit Herrn Behm, dem Geschäftsführer, reden«, wandte ihre Mutter sich nochmals an die Zeitung. »Etwas scheint nicht in Ordnung zu sein.«

Nun sank die Zeitung auf den Tisch und gab das Gesicht von Viktorias Vater frei. Dunkle Schatten lagen unter von Schwellungen verkleinerten Augen. Warum sah er plötzlich so verlebt aus?

»In den letzten Jahren, meine liebe Amalia, lief es mit der Wirtschaft nicht zum Besten«, meinte er leise. »Das hat natürlich Folgen. Händler und Verkäufer werden misstrauisch. Damit müssen wir alle uns arrangieren, auch Sie, verehrte Gemahlin.«

Viktoria lächelte ihrem Vater aufmunternd zu. Sie wusste, wie schwer es war, ihre Mutter zur Einsicht zu bewegen.

»Trotzdem würde ich ein Gespräch mit Herrn Behm vorschlagen«, beharrte Amalia Virchow auch schon. »Warum soll die angesehenste Reederei Hamburgs auf einmal nicht mehr kreditwürdig sein?«

Viktoria hörte ihren Vater seufzen.

»Wir sind nicht die angesehenste Reederei, nur eine recht angesehene. Für uns gelten deshalb nicht besondere Regeln.«

Viktoria war völlig fassungslos, als ihre Mutter mit der Hand auf den Tisch schlug. Derartige Gefühlsausbrüche passten nicht zu ihr.

»Diese Reederei könnte die angesehenste Hamburgs sein, wenn jemand sich darum kümmern würde, dass alles ordnungsgemäß abläuft. Wir besitzen zahlreiche, modern ausgestattete Dampfschiffe und könnten neue Märkte erschließen, nicht nur Baumwolle aus Amerika und Kaffee oder Gewürze aus den afrikanischen Kolonien importieren. Doch stattdessen werden Leute nach China geschickt, um Kunstgegenstände zu kaufen.«

Das Gesicht des Herrn Virchow verzog sich gequält. Er hasste Streitereien und beendete sie allgemein dadurch, dass er den Raum verließ. Viktoria hörte auch schon, wie er den Stuhl zurückschob. Sie legte die Hand auf seinen Arm, um ihn zurückzuhalten. In letzter Zeit hatte sie so selten Gelegenheit gehabt, ihren Vater zu sehen.

»Diese Kunstgegenstände, die Vater nach Hamburg hat bringen lassen, sind sicher auch einiges wert«, wandte sie sich sogleich an ihre Mutter. »Sie können gewinnbringend verkauft werden, falls es notwendig sein sollte.«

Amalia Virchow schüttelte seufzend den Kopf. Ihre Wut war verraucht und so ging sie wieder dazu über, die Unannehmlichkeiten des Lebens mit resignierter Bitterkeit hinzunehmen.

»Als ob es nicht lukrativere Geschäfte gäbe«, murmelte sie in ihre Kaffeetasse. Ihr Mann griff wieder nach der schützenden Zeitung, doch bevor er ganz hinter ihr verschwunden war, wandte er sich noch kurz an seine übel gelaunte Gemahlin.

»Um das einschätzen zu können, muss man etwas von Kunst verstehen. Ihnen fehlt dieses Verständnis. Zum Glück hat unsere Tochter es von mir geerbt«, meinte er völlig ruhig. Viktoria spürte, wie ihre Mutter kurz zusammenzuckte. Dann begann sie, mit langsamen, ruhigen Bewegungen Marmelade auf ihrem Brötchen zu verteilen.

Das Gespräch war beendet.

»Kannst du mir auch die anderen Dinge zeigen, die du aus China bekommen hast?«, wandte Viktoria sich nach einer Weile an ihren Vater. Das eisige Schweigen war unangenehm, doch sie kannte ihre Eltern nicht anders. Sie hatte nur gesprochen, weil sie die Kunstwerke aus China wirklich sehen wollte, und störte sich auch nicht an dem Kopfschütteln ihrer Mutter, der es nicht gefiel, wenn sie ihren Vater duzte.

»Gern, mein Kind. Sobald das Frühstück beendet ist.«

Die Zeitung war wieder kurz gesunken und Viktoria erhielt einen warmen Blick von ihrem Vater, der sie mit dem unerfreulichen Beginn des Tages versöhnte. Ihre Mutter hatte sie bereits vergessen. Sie überlegte nur, dass sie gegen Mittag mit Anton ausreiten wollte. Wieder einmal hatte sie Sophies Teilnahme an dem Ausflug vorgetäuscht. Doch bald schon würde das Frühstück abgetragen werden und so blieb ihr noch genug Zeit, um sich von ihrem Vater Kunstwerke zeigen zu lassen und dann ihr Reitgewand anzuziehen. Sie biss zufrieden in ihr Frühstücksbrot.

»Das ist eine Vase aus der Ming Dynastie«, erklärte Viktorias Vater und wies auf ein Gefäß aus zartem, fast durchscheinendem Porzellan, das mit bunten Figuren bemalt war.

»Und hier ein moderneres Werk. Die Farben sind etwas anders, heller und zarter. Doch es ist kein so wesentlicher Wandel feststellbar wie in der europäischen Kunst. Chinesen glauben an Tradition, an das Bewahren des Alten, das nur immer mehr verfeinert und leicht abgeändert wird. Die Unterschiede sind für das ungeübte, europäische Auge kaum zu erkennen.«

Viktoria war erleichtert, denn sie hatte wirklich keine stilistischen Änderungen an den Vasen und Malereien feststellen können. Zarte Landschaften, kleine Menschen in fremdartigen, farbenfrohen Gewändern und manchmal possierliche Tiere taten sich vor ihren Augen auf. Eine große Buddhastatue aus Jade war die Krönung der Sammlung. Sie bewunderte die zarte Harmonie der Formen, die leichte, liebliche Darstellung der Welt. Hässlichkeiten gehörten offenbar nicht zu den Motiven chinesischer Künstler. Sie sah sich in dem übervollen Zimmer ihres Vaters um. Die Lithographien der Werke von Dürer und Caravaggio, seinen alten Lieblingsmalern, waren wesentlich düsterer, denn sie blendeten das Brutale, Abgründige nicht aus. Dann vertiefte sie sich in ein Bild von miteinander kämpfenden Dämonen, das eine der chinesischen Vasen zierte. Auch deren Gesichter waren nicht unbedingt freundlich. Vielleicht drückten Chinesen das Unschöne dieser Welt nur anders aus? Versonnen musterte sie weitere Bilder an den Wänden, zeitgenössische Originale. Spitzweg, Ludwig Richter und gar ein Renoir, der größte Stolz ihres Vaters. Die Motive der Maler waren friedlicher geworden, die Farben heller. Sie lebten nun in keiner derart brutalen Zeit mehr. Hatte es in China einen ähnlichen Wandel gegeben?

»Was weißt du eigentlich über China? Hat der Angestellte, der auf deinen Auftrag hin diese Werke sammelte, dir denn etwas erzählt?«, fragte sie neugierig und sank auf einen Stuhl. Ihr Vater nahm seine Brille ab, um die Gläser mit einem Taschentuch zu reinigen. Ohne Brille wirkte sein Gesicht sanft und jugendlich trotz aller Falten und der verquollenen Augen.

»Sehr viel weiß ich nicht. Es hat eine uralte, weise Kultur, die das Abwenden von irdischem Streben lehrt. Der rote Staub, so heißt bei ihnen alle Eitelkeit, Reichtum und Macht. Die Beschäftigung mit Philosophie und Kunst wird sehr geachtet«, erklärte ihr Vater mit einem erfreuten Lächeln. Vor Viktorias innerem Auge entstand das Bild von zahlreichen asketischen Gelehrten in grauen Kutten, deren Nasen in Büchern steckten. Aber ein Volk, das nur aus weltabgewandten Mönchen bestand, wäre schon längst ausgestorben.

»Ich meine die politische Lage. Und die Wirtschaft. Vielleicht lohnt es sich ja, Handel mit China zu betreiben.«

Ihr wurde bewusst, dass sie nun wie ihre Mutter klang. Ein wenig schämte sie sich dafür, doch ihr Vater machte ihr keinen Vorwurf.

»Wir Deutschen haben bisher nicht sehr viel Kontakt mit China. 1859 wurde der Diplomat Graf zu Eulenburg von der preußischen Regierung auf eine Expeditionsreise nach Ostasien geschickt, aber das hatte kaum Folgen. Erst in den letzten Jahren ist Interesse an wirtschaftlichen Beziehungen mit China erwacht, wie die Briten sie schon längst erfolgreich aufgebaut haben«, erklärte er stattdessen. »Aus China lassen sich Tee und Seide günstig importieren. Herr Behm hat vorgeschlagen, in dieses Geschäft einzusteigen, und ich habe zugestimmt. Die erste Lieferung dürfte demnächst eintreffen. Dann wird auch deine Mutter sich nicht mehr unnötig aufregen müssen.«

Er lehnte sich zufrieden in seinen Sessel zurück.

»In zwei Tagen ist übrigens eine große Kunstauktion in Hamburg. Es werden wieder ein paar französische Impressionisten angeboten. Würdest du mich begleiten wollen, Kind?«

Viktoria nickte voller Freude. Sie hatte ihren Vater in letzter Zeit viel zu selten gesehen, und es gab für sie nichts Schöneres, als von seinem Kunstverständnis zu lernen.

»Natürlich komme ich mit.«

Ihr Vater streichelte kurz über ihren Arm.

»Schön. Ich hoffe, als Baronin von Scharpenberg wirst du immer noch meine Tochter bleiben.«

»Das werde ich mit Sicherheit. Und Anton bringe ich auch dazu, sich ernsthaft für Kunst zu interessieren. Lass mir nur Zeit!«

Ihr Vater sah nicht wirklich überzeugt aus, doch als sie ihm um den Hals fiel, drückte er sie liebevoll an sich.

»Ich wünsche dir Glück in dieser Ehe, Vicki«, murmelte er leise. Viktoria stieß ein übermütiges Kichern aus.

»Mach dir da keine Sorgen. Ich bin jetzt schon glücklich mit Anton.«

Ihr wurde bewusst, dass es an der Zeit war, sich für ihren Reitausflug umzuziehen. Doch bevor sie sich von ihrem Vater verabschiedete, tauchte eine vergessene Idee wieder in ihrem Gedächtnis auf.

»Papa, wenn du in Zukunft Schiffe nach China schickst, dann könnten Anton und ich uns dieses Land doch einmal ansehen. Vielleicht sogar als Hochzeitsreise.«

Der Herr Virchow blickte sie aus großen, grauen Augen an.

»Das wäre eine ziemlich anstrengende Hochzeitsreise. Allein die Überfahrt dauert einige Wochen. Und in Shanghai herrscht ein unangenehm schwüles Klima. Davon abgesehen ist China nicht ungefährlich. Angeblich tobte dort ein Bürgerkrieg, der zu völligem Chaos führte.«

Soviel zu der Kultur weltabgewandter Gelehrter, dachte Viktoria und zuckte mit den Schultern.

»Das klingt für mich eher aufregend. Ich will keine langweilige Hochzeitsreise in irgendein malerisches Hotel in den Alpen. Du weißt doch, ich habe eine völlig undamenhafte, robuste Gesundheit. Die Hitze halte ich sicher aus. Und deine Angestellten werden in Shanghai auf Anton und mich aufpassen. Es sind doch schon viele Leute heil aus China zurückgekommen.«

»Wie du meinst«, gab ihr Vater sich seufzend geschlagen. »Aber besprich es erst mit deinem Bräutigam. Ich könnte mir vorstellen, dass dem verwöhnten Dandy die Aussicht auf eine lange Schiffsreise in ein wildfremdes Land nicht unbedingt behagt.«

Viktoria konnte es sich ebenfalls vorstellen. Aber sie hoffte auf ihren Einfluss. Anton liebte sie, wie er ihr immer wieder versicherte. Während sie sich ohne Magdas Hilfe umkleidete, fiel ihr wieder ein, dass Antons Familie auch dringend ihr Geld brauchte. Zwar missfiel es ihr, dies offen als Druckmittel einzusetzen, doch war sie sich sicher, ihren eigenen Kopf durchsetzen zu können.

Beschwingt eilte sie die Stufen hinab und stieß beim Hinausgehen fast mit einem uniformierten Boten zusammen.

»Ich habe ein Telegramm für den Herrn Virchow«, stammelte der Mann verwirrt, als er statt eines Bediensteten eine junge Dame im Reitkleid vor sich erblickte.

»Oben im ersten Stock«, erklärte Viktoria lächelnd. »Der Kammerdiener wird Ihnen den Weg zeigen.«

Dann lief sie los, um sich auf ihr bereits gesatteltes Pferd zu schwingen. Anton wartete am Jungfernstieg. Die ungewöhnliche Freiheit, die seine Verlobte genoss, ermöglichte es ihm, sie nicht zuhause abholen zu müssen, wo er sich angeblich nicht willkommen fühlte. Auch dieses Problem würde sie mit der Zeit schon lösen, dachte Viktoria, als sie losritt.

Bei der Rückkehr war Anton an ihrer Seite. Sie hatte ihn davon überzeugen können, dass ihre Eltern sich sehr freuen würden, wenn er sie bis nach Hause begleitete, doch als er ihr durch die Eingangstür folgte, sah er sich mit einem todernst dreinblickenden Kammerdiener konfrontiert.

»Fräulein Virchow, der gnädige Herr hat etwas Dringendes mit Ihnen zu besprechen.« Viktoria drehte sich lächelnd zu Anton um.

»Dann komm mal mit. Mein Vater soll lernen, dich ernst zu nehmen. Das wünschst du dir doch.«

Anton verzog kurz das Gesicht, doch schien er willens, der Aufforderung zu folgen. Der Diener räusperte sich verlegen.

»Bitte verzeihen Sie, gnädiges Fräulein, aber es scheint mir eine sehr persönliche Familienangelegenheit.«

»Mein zukünftiger Gemahl gehört zur Familie«, protestierte Viktoria, aber Anton war schon einen Schritt zurückgetreten.

»Das ist vielleicht nicht der richtige Moment, Vicki. Rede erst allein mit deinem Vater«, murmelte er, bevor er sich mit einem Nicken verabschiedete. Viktoria wollte ihn zurückhalten, doch als ihr Arm ins Leere griff, ließ sie ihn wieder sinken. Dann stieg sie die Stufen hoch. Was konnte plötzlich so wichtig sein, dass ihr Vater unbedingt allein mit ihr reden wollte?

Der Herr Virchow kauerte zusammengekrümmt in einem Sessel. Das Gesicht hatte er in den Händen verborgen. Die chinesischen Kunstwerke standen noch an jener Stelle, wo sie Viktoria gezeigt worden waren. Mit einem Mal schienen all diese kostbaren Dinge, mit denen der Raum gefüllt war, übermächtig und erdrückend im Vergleich zu der kleinen Gestalt ihres Vaters.

»Du wolltest mit mir reden, Papa«, begann sie und staunte, wie belegt ihre Stimme klang. Ihr Vater fuhr zusammen, dann wandte er sich um. Wieder fiel ihr der erschöpfte Ausdruck seines Gesichts auf. Sie hatte ihn jünger und beschwingter in Erinnerung.

»Setz dich, mein Kind.«

Viktoria gehorchte. Eine Weile blieb es still.

»Möchtest du einen Tee?«, fragte ihr Vater leise. Sie schüttelte ungeduldig den Kopf. Ihr Vater klingelte trotzdem nach einem Bediensteten und ließ sich Sherry einschenken. Auch Viktoria erhielt ein Glas, an dem sie zögernd nippte.

»Es sind … es sind unerwartete Dinge geschehen. Die Fracht, die ich aus China nach Deutschland bringen lassen wollte, wurde in der Nähe Shanghais von Piraten gekapert. Wie ich schon sagte, es ist ein sehr wildes Land, sobald man die internationalen Häfen verlässt.«

Viktoria dachte an Geschichten über gesetzlose Räuber, die sich in schöne Damen verliebten. China klang wirklich aufregend.

»Aber die Fracht war doch versichert«, meinte sie lächelnd. »Das ist doch alles keine große Tragödie.«

Wieder spürte sie den Blick der müden, grauen Augen.

»Ich fürchte, die Fracht war nicht versichert. Es ist ein schwerer Verlust.«

Eine unsichtbare Hand drückte Viktorias Kehle zusammen. Ihr Vater hatte niemals so niedergeschlagen geklungen, doch sie zwang sich trotzig zu einer aufrechten Haltung. So schlimm konnte das alles nicht sein.

»Diesen Verlust stecken wir schon weg. Wir haben genug finanzielle Reserven. Lass den Kopf nicht hängen, Papa, das wird schon wieder. Rede mit Herrn Behm.«

Sie wollte nicht fragen, warum die Fracht nicht versichert gewesen war, denn es hätte wie eine Kritik an der allgemein bekannten Vergesslichkeit ihres Vaters geklungen. Aber gewöhnlich sorgte Herr Behm dafür, dass die Dinge ordnungsgemäß abliefen.

»Ich habe bereits mit Herrn Behm gesprochen«, sagte ihr Vater zu dem Teppich unter seinen Füßen. »Die Lage ist sehr ernst. Vicki, ich fürchte, wir sind … wir sind sozusagen ruiniert.«

Diese Worte jagten einen kalten Schauer über Viktorias Rücken. Dann sagte sie sich, dass ihr Vater ein wenig zur Theatralik neigte.

»Jetzt sei nicht albern, wir sind reich«, rief sie mit einem lauten Lachen. »Vielleicht ein bisschen weniger reich als zuvor, aber was macht das schon?«

Ihr Vater wandte ihr langsam den Kopf zu. Tiefe Schatten lagen unter seinen Augen, die gerötet waren, als habe er geweint oder zu viel Sherry getrunken oder beides.

»Vicki, wirklich reich sind wir schon lange nicht mehr. Wir haben über unsere Verhältnisse gelebt und Schulden gemacht, um unseren Lebensstil aufrecht halten zu können. Doch die Krise in den letzten Jahren hat auch unsere Reederei schwer getroffen. Ich hatte unser letztes Kapital in dieses Chinageschäft gesteckt und auf neue Möglichkeiten gehofft, da die Wirtschaft sich zu erholen schien. Jetzt ist es damit vorbei.«

Er sackte zusammen, als sei mit einem Schlag die letzte Kraft aus seinem Körper gewichen. Ohne weiter nachzudenken, sprang Viktoria auf und legte ihren Arm um seine Schultern, um ihn in eine etwas aufrechtere Position zu drängen.

»Na wenn schon«, flüsterte sie ihm ins Ohr. »Wir … wir verkaufen diese riesige Villa und nehmen uns ein Haus am Hafen. So hat doch dein Urgroßvater angefangen. Zwei oder drei Schiffe bleiben uns sicher noch. Wir beginnen von vorn. Ich werde deine Bücher führen, wenn du dir keine Angestellten mehr leisten kannst. Ein paar Bedienstete für Mama, mehr brauchen wir doch nicht.«

Erst beim Reden begann sie den Sinn ihrer Worte wirklich zu begreifen. Ihre Kehle wurde eng, denn sie meinte, in eine fremde Welt gedrängt zu werden, die voller Gefahren und Widrigkeiten sein musste. Sie war niemals im Leben arm gewesen und kannte auch kaum Leute, die es waren. Was empfand Magda dabei, den größten Teil eines jeden Tages nach den Bedürfnissen ihrer Arbeitgeber ausrichten zu müssen? Sie schüttelte diese unbehaglichen Überlegungen ab, denn sie durfte ihren Vater nun nicht im Stich lassen, indem sie selbst verzagte. Wenn das neue Leben begann, musste sie sich ihm stellen, doch nun galt es, erst einmal Trost zu spenden.

Ihr Vater ließ seinen Kopf lange auf ihrer Schulter ruhen, während sie sanft sein Haar streichelte. Dann drückte er kurz und innig ihre Hand.

»Es ist spät. Geh jetzt schlafen, Kind. Du musst dich ausruhen«, flüsterte er. Viktoria stand zögernd auf. Tatsächlich war es draußen dunkel geworden. Die Stunden waren an ihr vorbei gerauscht. Sie hatten nicht zu Abend gegessen, aber Viktoria verspürte auch keinen Hunger, nur den Wunsch, eine Weile in Ruhe grübeln zu können.

»Wir sehen uns morgen. Lass den Kopf nicht hängen«, meinte sie zu ihrem Vater, als sie aufstand. Wieder presste er ihre Hand so heftig zusammen, dass es fast schmerzte.

»Es tut mir leid, Vicki. So schrecklich leid«, rief er ihr nach. Bevor die Tür zufiel, wandte sie sich nochmals um. Mit seinen großen, unglücklichen Augen erinnerte ihr Vater sie an ein zur Schlachtbank geführtes Lamm.

»Soll ein Diener dir noch etwas bringen? Du solltest vielleicht etwas essen, Papa«, meinte sie besorgt. Er hob kurz die Hände.

»Noch etwas Sherry. Oder besser eine Flasche Rotwein, der französische Burgunder, weißt du noch? Er schmeckt köstlich.«

Viktoria nickte. Die Aussicht auf dieses Getränk hatte wieder etwas Leben in das niedergeschlagene Gesicht ihres Vaters gebracht. Erleichtert klingelte sie nach dem Kammerdiener und bestellte die Flasche. Morgen, wenn ein neuer Tag begann, würde ihr Vater sicher aus seiner Verzweiflung erwachen und neuen Mut schöpfen.

Sie betrat ihr eigenes Zimmer und ließ sich auf einen Sessel fallen. Mechanisch schnürte sie ihre Reitstiefel auf. Es tat wohl, die Zehen frei bewegen zu können. Viktoria überlegte, nach Magda zu klingeln. Sie hätte jetzt gern noch ein Glas Sherry getrunken und außerdem war es nicht einfach, sich selbst aus dem Korsett zu befreien. Doch während sie die Hand nach der Klingel ausstreckte, wurde ihr klar, dass Magda ihr jede Gefühlsregung vom Gesicht ablesen konnte. Sie war nicht in Stimmung für Erklärungen.

›Wir sind ruiniert‹, hallte es in ihrem Kopf. Viktoria lehnte sich zurück und presste die Hände an ihre Schläfen. Ihre Gedanken wurden zu Dominosteinen, die sich nacheinander zum Einsturz brachten. Kein teures Essen mehr. Wovon ernährten sich arme Leute eigentlich? Sie sahen nicht alle verhungert aus, versuchte sie sich zu beruhigen. Keine modischen Kleider mit Tournüren oder sonstigen Extravaganzen, die in Zukunft das Leben vornehmer Damen beherrschen mochten.

Wenigstens würde sie nicht mehr die Ohren vor neidischem, bösem Geflüster verschließen müssen, während sie öffentlich zur Schau gestellt wurde. Dennoch ballten ihre Hände sich zu Fäusten, denn trotz aller vernünftigen Überlegungen, mit denen sie sich zu beruhigen versuchte, meinte sie in einen Abgrund zu stürzen, ohne zu wissen, wann und wo sie aufprallen würde. Krampfhaft drückte sie ihren Kopf weiter zusammen, um die Panik aus ihm herauszupressen. Es musste irgendwie weitergehen. Sie würden die Villa verkaufen und in ein bescheideneres Heim ziehen. Dann waren da noch all die Juwelen. Sie liebte ihre böhmischen Granaten, das Erbstück ihrer Großmutter, und natürlich den Drachenreif. Daran würde sie sich eisern klammern, ganz gleich, was geschah. Die Vorstellung, alle anderen Schmuckstücke zu verkaufen, tat zwar weh, war aber nicht unerträglich. Nur bei der Ahnung, dass ihr Vater sich von seiner Kunstsammlung würde trennen müssen, stach ein heftiger Schmerz in ihre Brust. Es ergab alles keinen Sinn, schien so unglaubwürdig wie ein schlechter Traum. Morgen musste sie mit Anton reden und ihm sagen, dass …

Plötzlich begann Viktoria zu frieren, obwohl es durchaus warm im Zimmer war. Die von Scharpenbergs hatten eine reiche Erbin als Gemahlin ihres Sohnes erwartet, nicht die Tochter eines ruinierten Reedereibesitzers. Die Zukunft, welche sie sich ausgemalt hatte, zerfiel soeben in Tausende von Scherben. Sie krallte ihre Finger in die Lehnen des Sessels, um nicht laut zu schreien, dann zwang sie sich, dem Sturm in ihrem Kopf Einhalt zu gebieten. Anton und sie waren ein Paar, das hatte er ihr versichert und heute am Alsterufer erneut bewiesen. Diesmal war es nicht mehr so unangenehm gewesen, auch wenn sie ihn um den Genuss beneidete, den Männer bei diesen merkwürdigen Verrenkungen des Körpers offenbar empfanden. Er konnte sich nun nicht mehr von ihr trennen.

Viktorias Atmung beruhigte sich, aber unsichtbare Nägel stachen von Innen gegen ihre Schädeldecke. Sie fühlte sich zu schwach und müde, um aufzustehen und das Reitkleid auszuziehen. Die Petroleumlampe war bereits angezündet gewesen, als Viktoria in ihr Zimmer getreten war. Vermutlich hatte der Kammerdiener dafür gesorgt. Sie ließ das Licht weiterbrennen. Die Lider senkten sich über ihre Augen, sodass es dennoch dunkel wurde. Sanft fiel sie ins Reich des Schlafes, sah Piraten mit Drachenköpfen Schiffe überfallen. Einer von ihnen wandte sich ihr zu. Plötzlich erblickte sie Antons Gesicht mit freudig leuchtenden Augen und einem zufriedenen Zug um den Mund, so wie heute am Alsterufer, als sein Körper auf dem ihren gelegen hatte. Sie streckte die Hände aus, um zärtlich über seine Wangen zu streichen, doch plötzlich wich er zurück. Sein Gesicht verwandelte sich wieder in einen Drachenkopf, dann löste es sich in einem dichten Nebel auf. Sie zuckte unruhig und ihre Augenlider flackerten. Störende Helligkeit riss sie aus ihren Träumen. Sie wollte nur die Lampe löschen, um im Sessel weiterzuschlafen, da wurde die nächtliche Stille von dem lauten, harten Geräusch eines Schusses zerrissen. Viktoria fühlte, wie eisige Kälte durch all ihre Glieder fuhr. Sie sprang auf, ergriff die Petroleumlampe und rannte durch das schlafende Haus zum Zimmer ihres Vaters. Hinter sich hörte sie Schritte. Auch andere Bewohner der Villa mussten aufgeschreckt sein, doch alle Geräusche, die sie verursachten, schienen leise im Vergleich zu Viktorias Herzschlag. »Lieber Gott, bitte lass es nicht wahr sein«, murmelte sie, als sie die Tür öffnete. Dann presste sie die zur Faust geballte Hand gegen den Mund, um einen Schrei zu unterdrücken.

Das Leben war eine Last, von der sie sich befreien wollte, doch fehlte ihr die Kraft zu jeder Bewegung. Sie saß in einem tiefen, dunklen Loch, in das kein Licht eindrang, verweigerte die Nahrung, denn beim bloßen Anblick von Essen wurde ihr übel. Sie sprach nicht, sie weinte nur. Ihr Körper war zu nichts anderem mehr fähig als Tränen zu vergießen. Schließlich erschien Dr. Hartmann, der alte Hausarzt der Virchows, und verschrieb Medikamente, die ihr halfen die Augen vor dem Unansehnlichen zu verschließen und betäubt in einem Halbschlaf dahinzudämmern. Zwar tauchte das seltsam verzerrte Gesicht ihres Vaters immer wieder darin auf, entstellt von einem Rinnsal frischen Blutes, das von seiner rechten Schläfe aus über die Wange floss und auf dem schwarzen Ärmel des Jacketts unsichtbare Flecken bildete, doch sie entwickelte Fähigkeiten, dieses Bild zu verjagen und durch andere, angenehmere zu ersetzen. Die vertraute, warme Hand ihres Vaters hielt die ihre umklammert, als er mit ihr an ihrem zwölften Geburtstag durch die Gassen Venedigs lief. Sie tanzte wieder in Antons Armen, hörte seine Stimme spöttische Bemerkungen über die anderen Paare murmeln. Es war so wunderschön, einfach nur träumen zu können. Schöner als alles, das sie vielleicht noch vom Leben zu erwarten hatte. Nur der Anblick von Magdas besorgter Miene störte gelegentlich. Ein stummer Vorwurf schien in den braunen Augen zu liegen. »So geht es nicht weiter«, hörte sie eine Stimme sagen, ohne zu wissen, wem genau sie gehörte. Doch sie begann immer lauter und unangenehmer zu werden, bis Viktoria beschloss, wenigstens für einen Tag auf eine neue Dosis Laudanum zu verzichten. Sie würgte stattdessen ein trockenes Brötchen hinunter, spülte ihren Mund mit Wasser aus. Dann sprach sie den Entschluss, dass sie heute aufstehen würde, laut aus, wodurch es unumgänglich wurde, ihm treu zu bleiben. Das freudige Strahlen auf Magdas Gesicht half ihr, sich auf den Beinen zu halten, als sie angekleidet wurde, obwohl die Wände des Zimmers sich wild um sie drehten.

»Wir brauchen das Korsett nicht, Fräulein Virchow. Sie sind sehr dünn geworden«, meinte Magda mit einem schwachen Lächeln. Viktoria schlüpfte in ihre Pantoffeln. Das geliebte Musselinkleid hing tatsächlich lose an ihr hinab, obwohl sie nicht eingeschnürt war.

»Die gnädige Frau wird sich sehr freuen, Sie im Salon zum Frühstück zu sehen«, hörte sie Magdas Stimme, während sie zögernd ein paar Schritte wagte. Die Aussicht, ihrer Mutter zu begegnen, ließ sie kurz schwanken. Niemals wieder würde sie das verschwörerische Augenzwinkern auf dem Gesicht ihres Vaters erblicken, wenn eine der nörgelnden Bemerkungen ihrer Mutter sie wie eine spitze Nadel stach.

Viktoria wischte sich die Augen trocken und ging in den Salon. Er wirkte auf einmal riesig und leer. Auch ihre Mutter schien schmächtiger als zuvor, eine kleine, verlorene Gestalt hinter dem großen Tisch.

»Schön, dass du dich endlich hierher bemühst. Wir müssen dringend miteinander reden«, wurde Viktoria begrüßt. Sie sank auf den Stuhl, erleichtert, dass ihre Beine nicht mehr das Gewicht ihres Körpers tragen mussten. Dann schenkte sie sich eine Tasse Kaffee ein. Er tat erstaunlich wohl.

»Wir sind ruiniert, wie du vielleicht schon weißt«, fuhr Amalia Virchow mit verbissener Miene fort. »Dein Vater, den du so sehr geliebt hast, hat uns alles genommen.«

Viktoria fuhr auf. Der Zorn riss sie aus aller Benommenheit.

»Es waren die Umstände. Die schlechte Wirtschaftslage in den letzten Jahren. Und dann die Piraten in China. Was konnte mein Vater dafür?«

Ihre Mutter stieß ein kurzes, trockenes Lachen aus.

»Die Wirtschaftslage war schlecht, das stimmt, aber deshalb sind nicht alle Reedereien ruiniert. Die Leidenschaften deines Vaters, auf die er nicht verzichten konnte, haben unsere Situation verschlimmert. Er liebte die Kunst, was du ja verstehen kannst. Diese Liebe war nicht billig. Aber noch teurer kam uns seine Liebe zu einer Schauspielerin am Thalia-Theater zu stehen. Er machte ihr überaus großzügige Geschenke. In letzter

Zeit war er ihr geradezu verfallen, deshalb haben wir ihn kaum zu Gesicht bekommen. Nur damit du begreifst, was ihm wirklich wichtig war.«

Viktoria hielt sich an der Tischkante fest, denn ihr war, als sei sie in den Magen getreten worden.

»Man soll über Verstorbene nicht schlecht reden«, fuhr ihre Mutter unbeirrt fort. »Also beschränken wir uns auf die Überlegung, was wir nun tun können. Die Beerdigung ist nächste Woche. Bis dahin wird man taktvoll mit der Zwangsvollstreckung warten, aber danach müssen wir dieses Haus verlassen.«

Die Worte rauschten an Viktorias Ohren vorbei, während sie versuchte, sich die Schauspielerin vom Thalia-Theater vorzustellen. Welche Frau war ihrem Vater wichtiger gewesen als sie selbst? Das Bild einer verführerischen, berechnenden Schönheit entstand in ihrem Kopf. Lieber wollte sie diese Unbekannte hassen, als Groll gegen ihren Vater zu empfinden.

»Mein Bruder Erik ist bereit, uns für eine Weile aufzunehmen«, drang die Stimme ihrer Mutter unerbittlich in ihr Bewusstsein. »Bis geklärt ist, was noch von dem Virchow-Vermögen bleibt. Hoffentlich gibt es noch ein oder zwei Schiffe, die wir verkaufen können, um nicht ganz auf die Gnade meiner Familie angewiesen zu sein.«

Viktoria fröstelte. Sie mochte den strengen, kalten Onkel Erik nicht. Ihre Mutter stammte aus einer Familie engstirniger Krämerseelen. Leider hatte ihr Vater keine Verwandtschaft mehr. Sie zitterte vor Kälte, als ihr bewusst wurde, wie einsam sie nun war. Dann riss sie entschlossen die Schultern zurück. Sclbstmitlcid half nicht.

»Wir behalten die Schiffe«, mischte sie sich erstmals ins Gespräch. »Wir suchen eine billigere Unterkunft. Und dann versuche ich, die Reederei neu aufzubauen.«

Sie zwang sich weiter zu einer aufrechten Haltung, auch wenn sie selbst nicht genau wusste, wie sie diesen Plan würde verwirklichen können. Ihre Mutter verzog erwartungsgemäß das Gesicht.

»Ein junges Mädchen wird als Besitzerin einer Reederei niemals ernst genommen werden«, meinte sie gelassen. Sie zögerte einen Moment, bevor sie fortfuhr: »Vor allem, wenn diese Dame bereits einen zweifelhaften Ruf hat.«

Viktorias Hände formten Fäuste. Das Schwindelgefühl kehrte mit unerwarteter Heftigkeit zurück, sodass sie kurz fürchtete, sich übergeben zu müssen.

»Ach ja, welchen Ruf habe ich denn?«

»Du giltst als exzentrisch und verwöhnt«, erklärte ihre Mutter. »Das hast du deinem Vater zu verdanken. Jedes Mal wenn ich versuchte, korrigierend auf dein Verhalten einzuwirken, fiel er mir in den Rücken. Das hat dich ins Gerede gebracht, vor allem durch dein dummes Benehmen mit Anton von Scharpenberg.«

Viktoria fühlte, wie ihr Schweiß aus den Poren trat. Sie nahm einen weiteren Schluck Kaffee, doch er beruhigte sie nicht. Lauter als notwendig ließ sie ihre Tasse auf dem Unterteller landen.

»Anton ist mein Verlobter! Was habe ich denn in Ihren Augen so Dummes getan?«

Die Mundwinkel von Amalia Virchow sanken abwärts. Sie warf der Tochter einen abfälligen Blick zu.

»Über deine Ausflüge zum Alsterufer wird bereits geredet. Eine junge Dame muss auf ihren Ruf achten. Den hast du selbst mit Füßen getreten.«

Viktoria fuhr auf. Plötzlich fiel es ihr nicht mehr schwer, sich auf den Beinen zu halten. Der Zorn hatte die Welt wieder gefestigt.

»Ganz Hamburg weiß seit meiner Geburtstagsfeier, dass ich Anton heiraten werde! Was kümmert es die Leute, wenn ich … wenn ich mit ihm ausreite?«

Ein Seufzer erklang. Ihre Mutter begann in einem Stapel von Papieren zu wühlen, der neben ihr auf dem Tisch lag. Sie zog einen weißen Umschlag heraus.

»Anton von Scharpenberg hat natürlich von dem Unglück gehört. Er ließ dir eine Nachricht zukommen«, meinte sie tonlos, während sie das Schreiben an ihre Tochter weiterreichte. Viktoria spürte ihren Herzschlag wie ein Trommeln in der Brust. Wieder begannen die Wände des Zimmers einen Reigen zu tanzen, doch sie achtete nicht darauf. Der Umschlag war nicht aufgerissen worden, also konnte ihre Mutter den Inhalt nicht kennen. Warum sah sie so niedergeschlagen aus?

Mit zitternden Händen riss sie den Brief auf. War Anton selbst hier gewesen und nicht zu ihr vorgelassen worden? Sie beschloss, ihrer Mutter niemals zu vergeben, falls sie dem einzigen Menschen, der ihr hätte Trost spenden können, den Eintritt verwehrt hatte.

Ihre Augen jagten über schwungvolle Schriftzüge. Wie kurz dieser Brief doch war! Vermutlich schlug Anton ein baldiges Treffen vor, um die neue Lage zu besprechen. Gierig sog sie den Inhalt des Schreibens in sich auf.

›Es tut mir schrecklich leid, Vicki. Anton‹

Sie fiel wieder auf den Stuhl, suchte ratlos nach der verborgenen Bedeutung dieser einzigen Zeile. Sie fand keinen Hinweis auf ein baldiges Wiedersehen. Vielleicht wollte Anton warten, bis sie sich besser fühlte, verzichtete rücksichtsvoll auf jedes Drängen.

»Es ist alles in bester Ordnung. Ich werde heute zu dem Haus der von Scharpenberg fahren und mit meinem Verlobten sprechen«, sagte sie laut. Ihre Mutter seufzte nochmals.

»Hat er denn um einen Besuch gebeten? Diesen Brief hat sein Diener gebracht. Anton von Scharpenberg ließ sich nicht blicken.«

»Er weiß eben, dass Sie ihn nicht leiden mögen«, erwiderte Viktoria bissig. »Deshalb will er, dass ich zu ihm komme. Das hat er mir geschrieben.«

Die Lüge war ihr leicht von den Lippen geglitten. Sie ließ den Brief unter den Tisch sinken und zerknüllte ihn rasch.

Der Rest des gemeinsamen Frühstücks verlief bei eisigem Schweigen. Viktoria zwang sich, zwei weitere trockene Brötchen zu schlucken, denn in völlig geschwächtem Zustand wollte sie Anton nicht begegnen. Sie spülte das Essen mit vielen Tassen Kaffee in ihren Magen. Das Haus war so leer ohne ihren Vater, als hätte es durch seinen Tod die Seele verloren. Sie wollte nur noch weg. Möglichst bald musste sie Viktoria von Scharpenberg werden.

Magda half ihr, ein dezentes Trauerkleid anzuziehen, und zwängte das strohige, ausgetrocknete Haar in einen Knoten. Viktoria musterte erschrocken ihr eigenes Spiegelbild. Ihre Augen waren verquollen von all den Tränen, die geflossen waren wie Wein aus einem lecken Fass. Sie ließ sich ein Becken mit eiskaltem Wasser bringen, doch vermochte selbst der Schock plötzlicher Kälte nicht wirkliche Frische in ihr Gesicht zu zaubern. Verzweifelt kniff sie sich in die Wangen. Warum nur verbot ihre Mutter Rouge? In diesem Punkt war ihr Vater sogar mit seiner Gattin einer Meinung gewesen. Erschrocken spürte sie neue Tränen in ihrer Kehle und zwang sich, ruhig zu atmen. Während der Reise zum Haus der von Scharpenbergs musste sie versuchen, nicht an ihren Vater zu denken, denn eine innere Stimme flüsterte ihr zu, dass Anton von einem verheulten Häufchen Elend nicht angetan wäre. Sie ballte die Hände zu Fäusten, bis die Enge in ihrer Brust allmählich nachließ. Mit den Granatohrringen und dem dazugehörigen Collier sah sie wenigstens nicht aus wie eine Bittstellerin. Den Drachenreif streifte ihr Blick nur kurz, dann wendete sie sich ab. Die Erinnerung tat zu weh.

Viktoria fühlte sich recht sicher auf den Beinen, als sie mit Magda die Kutsche bestieg. Während sie losfuhren, wurde ihr bewusst, dass sie auch sämtliche Pferde vielleicht würden verkaufen müssen. Es gab Droschken, sagte sie sich. Doch was würde aus Charlie, ihrem geliebten Rappen werden, auf dem sie stets ausgeritten war?

»Erwartet der Herr von Scharpenberg Sie?«, riss Magda sie aus der melancholischen Grübelei. Ihr besorgter Tonfall irritierte Viktoria.

»Natürlich! Er ist mein Verlobter«, erwiderte sie barscher als notwenig und brachte die Zofe dadurch für den Rest der Fahrt zum Schweigen.

Das Landgut der von Scharpenbergs lag etwas außerhalb Hamburgs am Elbufer. Umgeben von malerischen Wiesen und Hainen erinnerte es an ein königliches Lustschloss, dessen prächtige Fassade Viktoria auf einmal einschüchterte. Verärgert stellte sie fest, dass ihre Hände zu zittern begannen und ihr Herz wieder unruhig raste. Am liebsten wäre sie auf der Stelle umgekehrt, doch wie wollte sie diesen plötzlichen Sinneswandel ihrer Mutter erklären? Viktoria warf die Schultern zurück. Sie war immer noch die Frau, die Anton liebte.

Der livrierte Kammerdiener sah bei ihrem Anblick verlegen aus. Er räusperte sich, erklärte dann, der junge Herr sei im Augenblick leider abwesend, aber er werde der gnädigen Frau Bescheid geben. Viktoria fühlte neue Schwäche in den Beinen, als stünde sie auf zwei dünnen Zweigen, die ihr Gewicht kaum tragen konnten. Dann zwang sie sich zu nicken.

Die Baronin von Scharpenberg ließ Viktoria auffallend lange warten. Vermutlich musste sie sich noch angemessen herrichten, denn vornehme Herrschaften schliefen bis zum Vormittag, wie Anton manchmal scherzhaft angemerkt hatte. Als sie schließlich in einem gerüschten Hauskleid erschien, war ihr Gesicht zu einem sehr verkrampften Lächeln verzerrt.

»Fräulein Virchow, es freut mich, dass Sie unter diesen tragischen Umständen die Kraft fanden, uns aufzusuchen. Aber mein Sohn ist leider vor ein paar Stunden ausgeritten.«

Viktoria antwortete mit einem höflichen Gruß. Dann fragte sie, wann Anton zurückkäme.

»Das weiß ich leider nicht. Ich werde ihm natürlich ausrichten, dass Sie hier gewesen sind.«

Viktoria wippte unruhig mit den Füßen. Bei früheren Besuchen war ihr stets Kaffee angeboten worden.

»Ich kann eine Weile warten. Wenn es Sie stört, setze ich mich in meine Kutsche«, erwiderte sie bissig.

»Oh, Sie können natürlich hier im Salon warten. Ich lasse Ihnen gern eine Erfrischung bringen. Aber ich weiß wirklich nicht, wann Anton ...«

Die Tür öffnete sich und gab Antons zerzausten Haarschopf frei.

»Mutter, ich suche Sie schon die ganze Zeit, ich brauche ...«

Sein Gesicht versteinerte bei Viktorias Anblick. Er schlug die Augen nieder und sah plötzlich aus wie ein Schuljunge, der bei einem Streich ertappt worden war.

»Fräulein Virchow ist hier, um mit dir zu reden«, flötete die Baronin mit schriller Heiterkeit. »Ich wusste nicht, dass du schon wieder zuhause bist.«

Viktoria unterdrückte den Wunsch, ihrem Verlobten erfreut um den Hals zu fallen, und musterte ihn eindringlich, während ihr der Herzschlag in den Ohren hämmerte. Mit seinem unfrisierten Haar und den verquollenen Augen sah er aus, als wäre er soeben aufgestanden. Es grummelte in ihrem Magen und sie verspürte plötzlich das Verlangen, einfach nur wegzulaufen, doch so leicht wollte sie sich nicht geschlagen geben.

»Das trifft sich gut. Dann brauche ich nicht länger zu warten«, meinte sie laut. Die Baronin verzog das Gesicht, aber sie entfernte sich, nachdem sie ihrem Sohn noch einmal tief in die Augen gesehen hatte. Antons Gesicht war ihrem Rücken zugewandt, der in der Tür verschwand, als wolle er seine Mutter durch intensives Starren zurückhalten. Dann betrachtete er eine Weile die Samtpantoffeln, in denen seine Füße steckten. Er trug eine Hose aus dünnem Leinen und ein schlecht sitzendes, da falsch zugeknöpftes Hemd, was Viktorias Verdacht bestätigte, dass er mitnichten von einem Reitausflug zurückkehrte.

»Wie geht es dir, Vicki?«, fragte er und hob endlich sein Gesicht. Verschlafene Augen musterten Viktoria unter den zerzausten, honigfarbenen Locken. Sie spürte einen Stich in der Brust, denn mit einem Mal wurde ihr wieder bewusst, wie unvorstellbar anziehend dieser nachlässige, freche Dandy war. Ein Sehnen zog sich durch ihren Magen bis in die Oberschenkel. Würde Anton sie jetzt in die Arme schließen, wäre sie ohne jedes Zögern bereit, eben jene Dinge, die sie hastig am Alsterufer miteinander getan hatten, hier in seinem Elternhaus auf dem Sofa des Salons zu wiederholen.

»Es geht einigermaßen«, antwortete sie stattdessen, denn Anton machte keine Anstalten, sie zu berühren. »Ich versuche weiterzuleben. Danke für deine Nachricht.«

Sie war stolz, wie gefasst und vernünftig sie klang. Welchen Sinn machte es, ihm zu sagen, dass sie sich mehr von ihm gewünscht hätte als einen kurzen, abgedroschenen Satz? Anton zitierte zwar gern provokative Sprüche von Lord Byron und Baudelaire, aber ihm selbst lag das Schreiben nicht.

»Ich weiß, du bist ein tapferes Mädchen«, meinte er nun mit einem verlegenen Grinsen. Dann ging er ein paar Schritte auf Viktoria zu, was in ihr die Hoffnung auf eine Umarmung weckte. Doch er blieb auf einmal wieder stehen und strich die Spitzendecke auf einem Tischchen glatt. Solcher Ordnungssinn war bei ihm höchst ungewöhnlich.

»Soll ich uns Kaffee bringen lassen? Oder Tee?«, murmelte er, den Blick immer noch auf den geglätteten Stoff gerichtet.

Viktoria holte Luft. Dieses Geplänkel sägte an ihren zum Zerreißen gespannten Nerven.

»Ich will nichts trinken. Ich muss mit dir reden. Wie soll nun unsere Hochzeit aussehen? Eine große Feier können wir nun nicht mehr bezahlen und eine Hochzeitsreise wird auch nicht möglich sein. Wir müssen den Termin verschieben, denn ich will natürlich die Trauerzeit einhalten, aber …«

»Vicki, jetzt mach dir keine unnötigen Sorgen«, unterbrach Anton schnell. Er hatte abwehrend die Hände gehoben. »Du musst erst einmal verarbeiten, was geschehen ist, dich ausruhen und … und dann sehen wir weiter.«

Er musterte sie mit einem aufmunternden Lächeln. Viktoria verstand selbst nicht, warum sie auf einmal den Wunsch verspürte, ihm in sein unverschämt anziehendes Gesicht zu schlagen. Sie ließ sich wieder auf das Sofa fallen, wo sie die ganze Zeit gewartet hatte, doch auch im Sitzen fand sie keine wirkliche Ruhe.

»Ich kann mich nicht ausruhen, solange ich nicht weiß, woran ich bei dir bin«, sagte sie nur. Ihre Mutter hatte vergeblich versucht, ihr diese Neigung zu undamenhafter Direktheit abzugewöhnen.

Anton drehte sich kurz zur Tür um, als erwarte er das Eintreten einer weiteren Person. Doch niemand kam. Er stieß einen Seufzer aus.

»Vicki, das ist nicht der richtige Moment für solche Gespräche. Du bist völlig aufgelöst und weißt nicht, was du sagst und … «

»Ich weiß sehr gut, was ich sage. Willst du mich noch heiraten, nun, da ich kein Vermögen mehr in die Ehe bringe? Ich will eine Antwort. Jetzt, auf der Stelle!«

Sie hatte die Hände zu Fäusten geballt und geschrien. Anton wandte sich nochmals unsicher zur Tür. Dann sank er auf einen Sessel und vergrub sein Gesicht in den Händen. Eine unsichtbare Schnur legte sich um Viktorias Hals. Mit jeder Minute des Schweigens zog sie sich enger zusammen.

»Ich bin der charmante, gut aussehende Anton von Scharpenberg und muss eine reiche Erbin finden, um den maroden Besitz meiner Familie wieder aufzupolieren«, hörte sie Anton leise in seine Handflächen murmeln. »Das habe ich immer gewusst. Dich hätte ich wirklich gern zur Frau gehabt. Du gefällst mir und wir hatten Spaß zusammen. Aber jetzt, da geht es eben nicht mehr. Es tut mir leid.«

Viktoria begann zu frieren. Ihr ganzer Körper zitterte, als litte sie an Fieber.

»Aber … aber am Alsterufer, da sind wir ein Paar geworden, das hast du selbst gesagt. Angeblich reden die Leute schon davon«, stieß sie hervor und schämte sich, weil sie wie eine Bettlerin klang. Eine klare Stimme in ihrem Kopf riet ihr laut, einfach nur aufzustehen und zu gehen. Aber sie konnte nicht, war nicht willens, auf den Mann zu verzichten, den sie mehr wollte als alle anderen Vorzüge, die das Vermögen ihres Vaters ihr gebracht hatte.

Anton ließ die Hände sinken. Er war kreidebleich geworden und rutschte unruhig auf dem Sofa hin und her, als sei es plötzlich mit Dornen gepolstert.

»Bitte, Vicki«, sagte er auffallend leise. »Fange jetzt nicht damit an. Versuche nicht, mich zu erpressen. Du kennst meine Mutter nicht. Sie ist gerissen, und wenn du versuchst, meinen Ruf zu schädigen, dann schlägt sie erbarmungslos zurück.«

Wieder wandte sein Gesicht sich zur Tür. Viktoria begann zu ahnen, dass jemand direkt dahinter stand, aber es war ihr egal geworden. Das Blut rauschte in ihren Ohren. Sie wollte schreien und verzweifelt um sich schlagen, um nicht von dem Schmerz, der in ihr tobte, zerrissen zu werden.

»So einfach ist es also! Ich bin keine reiche Erbin mehr und plötzlich muss ich mich hüten, dir zu nahe zu kommen! Noch vor einer Woche haben wir von unserer Zukunft gesprochen, du hast in aller Öffentlichkeit gezeigt, dass du mich heiraten willst und … und ich bin in jeder Hinsicht deine Frau geworden, aber jetzt tust du so, als wäre es eine Kleinigkeit ohne irgendwelche Folgen!«

Sie hörte, wie ihre eigene Stimme gegen die hohen, verputzten Wände hallte. Wer auch immer vor der Tür stand, hatte sicher jedes Wort verstanden, aber der Gedanke erschreckte sie nicht einmal. Es hatte so wohl getan zu schreien. Sie vermochte wieder zu atmen und aufzustehen. Langsam bewegte sie sich zur Tür, doch als sie sich Anton näherte, stach der Schmerz wieder in ihre Brust. Bei jedem Schritt hoffte sie, er würde wider Erwarten aufstehen und sie zurückhalten. Doch er sah sie nur aus großen, fassungslosen Augen an.

»Vicki, du willst doch nicht etwa sagen dass … dass … ich meine, ich bin vorsichtig gewesen. Ich habe Erfahrung in diesen Dingen.«

Viktoria versteinerte. Zunächst begriff sie den Sinn seiner Worte nicht, doch allmählich tauchten Andeutungen und Gerüchte, die sie im Laufe ihres Lebens gehört hatte, in ihrem Bewusstsein auf und formten ein klares Bild.

»Nein, ich bin nicht schwanger«, entgegnete sie. Die sichtliche Erleichterung auf Antons Gesicht ließ sie bissig hinzufügen: »Wenigstens habe ich noch nichts bemerkt.«

Anton ließ die Hände neben den Sofalehnen baumeln.

»Dann wird es auch nicht der Fall sein. Ich wünsche dir Glück, Vicki«, murmelte er. Viktoria fuhr herum.

»Und dir wünsche ich eine reiche Erbin mit Buckel und Hasenscharte, bei der du um jeden Pfennig betteln musst!«, zischte sie und riss die Tür auf.

»Wie schön, Sie so unerwartet wiederzusehen, Frau Baronin!«, rief sie Antons Mutter zu, die dem zynischen Angriff mit unbewegter Miene standhielt.

»Wir bedauern alle die unglückliche Entwicklung der Dinge, Fräulein Virchow«, entgegnete sie lediglich. »Bitte verhalten Sie sich vernünftig. Sollten Sie versuchen, meinen Sohn wegen der Auflösung der Verlobung in der Öffentlichkeit anzuschwärzen, weise ich Sie darauf hin, dass ich in Kontakt mit Ihrer einstigen Freundin Sophie von Schütte, nun Frau Deggentoff stehe. Sie hat mir bereits einige unerfreuliche Details aus Ihrem Vorleben erzählt. Nun können Sie es sich nicht mehr erlauben, die öffentliche Meinung als lästige Kleinigkeit abzutun.«

Jedes mit völliger Sachlichkeit ausgesprochene Wort schien Viktoria wie ein Hieb. Die ganze Welt hatte sich gegen sie verschworen, selbst einstige Freunde waren zu Gegnern geworden. Ohne sich zu verabschieden, lief sie aus jenem Haus, wo sie einst zu leben erwartet hatte, und sprang in die Kutsche. In diesem kleinen Raum, den sie nur mit Magda teilte, empfand sie endlich wieder Sicherheit. Sie vergrub ihr Gesicht in den Händen und sah keinen Grund mehr, Tränen zurückzuhalten. Sie flossen mit neuer Heftigkeit, ließen sie zittern und verzweifelt nach Luft ringen.

»Gnädiges Fräulein, wollen Sie nach Hause fahren?«, hörte sie Magda zaghaft fragen. Sie antwortete nicht. Sie wollte lieber in den Tiefen der Alster versinken, als ihrer Mutter nun zu begegnen.

»Fräulein Virchow«, drang Magdas Stimme wieder an ihr Ohr. »Es ist vielleicht besser so. Sie wären nicht glücklich geworden. Jeder im Haus weiß, dass der Herr von Scharpenberg Liebschaften mit … mit … leichtlebigen Damen hat.«

Viktoria wischte sich die Augen. Sie brauchte dieses dumme Gerede nicht.

»Ich wusste selbst, dass er kein Unschuldslamm war, bevor er mich kennenlernte. Ich bin kein Dummchen.«

Magdas Arm legte sich um ihre Schultern. Viktoria fuhr kurz zurück, doch tat die Wärme eines anderen Menschen zu wohl, um sich ihr zu entziehen.

»Sein Verhalten änderte sich nicht, nachdem er Sie kennenlernte. Erst kürzlich wurde er in … in einem Freudenhaus gesehen. Das weiß ich von meinem Bruder«, meinte das Mädchen nur. Viktoria fehlte die Kraft, um weiter nachzufragen. Zuerst ihr Vater und nun auch Anton hatten sie verraten, verführt von weitaus schöneren, verruchten, billigen Huren.

Sie trocknete mit einem Taschentuch nochmals ihre Augen, als sie aus der Kutsche stieg und ihr Heim betrat, das sie bald würde verlassen müssen. Kein Diener kam ihr entgegen, was sie erleichterte. Sie wollte nur noch rasch in ihr Zimmer laufen und die auf einmal so feindselige Welt hinter sich lassen. Als die aufrechte Gestalt ihrer Mutter sich ihr in den Weg stellte, versuchte sie auszuweichen.

»Viktoria … es … es ist nicht gut gelaufen, nicht wahr?«, kam es sanfter als erwartet. Sie wurde am Ärmel festgehalten.

»Wenn Sie das bereits wissen, warum fragen Sie dann?«, zischte sie nur und versuchte sich loszureißen, doch der Griff ihrer Mutter war hartnäckig.

»Es tut mir leid für dich, mein Kind.«

Das klang unerwartet ehrlich. Viktoria blieb verwirrt stehen und blickte in das Gesicht ihrer Mutter, das sie niemals mit besonderer Freude gemustert hatte. Es schien auf einmal weniger hart, als hätten Schmerz und Enttäuschung die eiserne Schale ihrer Selbstbeherrschung zerfressen. Dunkle Ringe umrandeten ihre Augen, das Fleisch an den Wangen war eingefallen und erschlafft.

»Wir müssen alle lernen, mit den Widrigkeiten des Lebens zurechtzukommen«, belehrte Amalia Virchow sie, nun mit ungewohnter Sanftmut. Viktoria schüttelte den Kopf. Ihre Mutter schien sich in einer Rolle zu versuchen, die ihr nicht lag. Es hatte niemals Vertrautheit zwischen ihnen gegeben und jetzt war nicht der Moment, sie herzustellen. Viktoria wollte keine Ratschläge von einer Frau, die es für den Sinn des Lebens hielt, mit steinerner Miene ein Unglück nach dem anderen zu ertragen. Sie riss sich energisch los und flüchtete in ihr Zimmer. Als die Tür hinter ihr zugefallen war, drehte sie den Schlüssel um und warf sich aufs Bett. Am liebsten hätte sie den Rest ihres Lebens allein in diesen vier Wänden verbracht.

Kapitel 3

Möchtest du noch etwas Kuchen, Viktoria?«, fragte Tante Gerta mit einem Lächeln, das ihr Gesicht in eine grinsende Dämonenmaske verwandelte. Viktoria schüttelte den Kopf. Sie vermochte weiterhin keine Freude am Essen zu empfinden. Die Erdbeertorte wurde von einer dicken, klebrigen Sahneschicht erdrückt. Ein weiteres Stück davon wäre wie Zement im Magen.

»Gewöhnlich hat sie einen sehr gesunden Appetit. Wir müssen ihr nur Zeit lassen, all … all das, was geschehen ist, zu verarbeiten«, mischte ihre Mutter sich unnötigerweise ins Gespräch. Die drei anderen Anwesenden nickten voller Verständnis.

»Herrn Fiedlers Konditoreien sind bekannt für ihre hervorragenden Torten«, erklärte Onkel Erik. Viktoria fragte sich, wieso ihr magerer, knochentrockener Onkel sich plötzlich für Torten begeisterte. Wahrscheinlich war der Herr Fiedler ein guter Kunde in seinen Gemischtwarenläden.

»Ich hoffe, Sie geben mir eine Gelegenheit, Ihren Gaumen zu verwöhnen, wenn Sie sich wieder besser fühlen, mein Fräulein«, fügte der kleine, dickliche Herr Fiedler hinzu. Viktoria versuchte vergeblich, sich zu einem höflichen Lächeln zu zwingen. Tante Gerta war ein grinsender Dämon, Onkel Erik eine klapperdürre Vogelscheuche und dieser Mann, der aus unerfindlichen Gründen eingeladen worden war, glich einem vor fetter Sahne überquellenden Windbeutel.

»Wir würden mit großem Vergnügen eine Ihrer Konditoreien besuchen, vor allem, wenn der Besitzer uns dabei mit seiner Gegenwart beehrt«, hörte sie ihre Mutter sagen. Plötzlich überkam Viktoria der dringliche Wunsch, eine Kuchengabel in den Arm eben dieser Mutter zu rammen.

Sie atmete tief durch. Sie durfte nicht aufhören, sich wie ein zivilisierter Mensch zu benehmen, auch wenn die Welt plötzlich nur noch aus Gespenstern und widerwärtigen Kreaturen bestand.

»Es tut mir leid, aber mir ist wirklich nicht wohl. Ich würde jetzt gern nach Hause fahren«, entschuldigte sie sich erschöpft. Missbilligende Blicke streiften sie kurz. Herr Fiedler sah aus, als wäre eine seiner Torten vor seinen Augen von Ratten angeknabbert worden.

»Das Kind ist eben noch sehr geschwächt. Wir müssen uns gedulden«, flötete ihre Mutter mit verkrampfter Nachsicht. Zu Viktorias Erleichterung stand sie aber sogleich auf. Sie verließen Onkel Eriks Haus in Sankt Georg. Der erste Ausflug in die durch unerwartete Hässlichkeit entstellte Welt war endlich beendet.

Sie fuhren mit einer Droschke heimwärts, denn Kutsche und Pferde, auch der geliebte Rappe Charlie, waren bereits verschwunden. Amalia Virchow musterte schweigend Hamburgs Fassaden, die an ihnen vorbeizogen. Viktoria fühlte sich leichter, als sie endlich vor der vertrauten Villa hielten. Nun, da sie Marienthal bald würde verlassen müssen, gefiel es ihr besser als jemals zuvor. Sie wollte sogleich in ihr Zimmer eilen, um sich aus Korsett und elegantem Tageskleid zu befreien, doch ihre Mutter zerrte entschlossen an ihrem Ärmel.

»Wir müssen reden.«

»Worüber?«, fragte Viktoria müde. Warum ließ man sie nicht ungestört in ihrem Zimmer liegen, solange sie es noch hatte?

»Über die Zukunft. Du kannst nicht ständig die Augen vor ihr verschließen. Das Leben geht weiter«, meinte ihre Mutter unbarmherzig. Viktoria seufzte. Sie fühlte sich zu schwach für einen Streit, deshalb folgte sie gehorsam in das Zimmer ihrer Mutter. Es gab keine Diener mehr, die Kaffee servierten. Nur Magda und die treue Köchin waren geblieben.

»Du hast Herrn Fiedler gefallen«, begann Amalia Virchow unvermittelt, als Viktoria noch im Begriff war, sich auf einen Stuhl zu setzen. »Er ist durchaus vermögend. Ein Witwer, aber kinderlos.«

Ein hysterisches Kichern zwängte sich aus Viktorias Kehle.

»Ich würde mich ja gern geschmeichelt fühlen, aber die Torten des großen Konditors zeugen nicht von gutem Geschmack.«

Amalia Virchow holte unnötig laut Luft.

»Ganz gleich, was du von seinen Torten hältst, er macht gute Geschäfte damit. Er könnte dir ein angenehmes Leben bieten.«

Viktoria riss fassungslos die Augen auf. Dies also war der Grund für den heutigen Ausflug zur lieben Verwandtschaft gewesen! Zuerst begann ein heftiger Zorn in ihr zu kochen, dann befreite sie sich davon, indem sie in schallendes Gelächter ausbrach. Herr Fiedler mochte ja ein durchaus netter Mann sein, doch sie wollte in ihrem Ehebett nicht unter diesem Windbeutel liegen.

»Bei dem Gedanken, diesen Mann zu heiraten, fühle ich mich so unwohl wie nach dem Verzehr seiner Torte«, stieß sie haspelnd hervor.

Amalia Virchow wartete geduldig, bis der Anfall vorbei war. Dann setzte sie völlig ruhig zum Reden an.

»Ich weiß, er ist kein Anton von Scharpenberg. Aber du hast dich von einer schönen Erscheinung in extravaganter Kleidung blenden lassen. Herr Fiedler scheint mir ein ehrlicher, zuverlässiger Mann, und das ist viel wert. Deine Lage hat sich geändert, mein Kind. Du kannst es dir nicht mehr erlauben, wählerisch zu sein.«

Viktoria richtete sich auf. Die Erschöpfung der letzten Wochen hatte schlagartig nachgelassen. Sie war auf einmal hellwach und entschlossen.

»Nein«, sagte sie nur.

Amalia Virchow hob die Hände, doch schien diese kurze, klare Antwort etwas Wind aus ihren Segeln genommen zu haben, denn sie verfolgte das Thema nicht weiter.

»Und wie soll es deiner Meinung nach weitergehen?«, fragte sie stattdessen. »Die Beerdigung deines Vaters war vor drei Tagen. Wir müssen dieses Haus verlassen, bevor man uns gewaltsam herauszerrt.«

Viktoria rieb sich die Schläfen. Wie gern wäre sie wieder in ihr Zimmer geflüchtet! Aber allmählich wurde ihr klar, dass sie sich nicht auf Dauer verstecken konnte.

»Wie viele Schiffe bleiben uns noch?«, fragte sie unsicher.

»Keines. Sie wurden alle von den Gläubigern beschlagnahmt. Ein paar Kunstgegenstände sind geblieben, weil niemand etwas mit ihnen anfangen konnte. Onkel Erik wird uns aufnehmen, aber er wird nicht begeistert sein, dich bis an dein Lebensende durchfüttern zu müssen.«

Viktoria verschränkte die Hände vor der Brust, um diese Worte abzuwehren. Dann versuchte sie verzweifelt, Klarheit in ihre Gedanken zu bringen. Sie hatte nach dem Besuch bei Anton wieder begonnen, Laudanum zu nehmen. Jetzt bereute sie es auf einmal, denn es verlangsamte ihr Denkvermögen. Sie war arm. Sie hatte keinen Vater und keinen Verlobten mehr, die für sie sorgen konnten. Und nun musste irgendetwas geschehen.

»Ich werde mir eine Arbeit suchen müssen, um uns über Wasser zu halten«, sagte sie schließlich, erfreut, eine so offensichtliche Lösung für ihre Probleme gefunden zu haben.

Jetzt lachte Amalia Virchow derart bissig und abfällig, dass Viktoria sich ungewollt duckte, als müsse sie Schlägen ausweichen.

»Arbeiten! Und was bitte genau? Du hast über Handarbeiten stets die Nase gerümpft, kannst nicht einmal richtig nähen. Möchtest du als brave Dienstbotin herumhuschen? Schon nach einer Woche würdest du wegen deines frechen Mundwerks entlassen werden. Davon abgesehen, dass es ein Hungerlohn wäre.«

»Das also haben wir unseren Bediensteten bezahlt! Wie schön, dass Sie es zugeben!«, erwiderte Viktoria in ebenso giftigem Tonfall, doch ihre Mutter verzog nur das Gesicht, als sei dieser Vorwurf zu albern, um eines Kommentars würdig zu sein. Viktoria stützte sich an der Stuhlkante ab. Am liebsten wäre sie auf der Stelle davongelaufen, aber sie musste ihrer Mutter einen glaubwürdigen Plan darlegen, um nicht als Verliererin dazustehen. Ihr Gehirn arbeitete auf einmal mit rasender Geschwindigkeit. Was machten verarmte Töchter aus gutbürgerlichen Verhältnissen? Die Lektüre der geliebten Romane der Brontë-Schwestern hatte ihr die Antwort gegeben, auch wenn es ihr jetzt erst bewusst wurde. Wer nichts weiter gelernt hatte, als eine Dame zu sein, konnte dieses Wissen wenigstens weitergeben.

»Ich kann fließend Englisch und Französisch«, hielt sie ihrer Mutter entgegen. »Ich kenne mich mit Kunst aus, und beim Zeichenunterricht wurde ich stets gelobt. Außerdem spiele ich gut Klavier. Ich werde mich als Gouvernante oder Gesellschafterin bewerben. Morgen besorge ich mir eine Zeitung und suche nach Stellenanzeigen.«

Im Geiste glitt sie in die Welt von Charlotte Brontë, deren verhuschte Romanheldin sich in Brüssel mit verwöhnten, biestigen Mädchen herumschlug. Ihr würde so eine Aufgabe vielleicht leichter fallen, denn sie selbst war doch bis vor Kurzem so eine Tochter gewesen.

Entschlossen stand sie auf und wollte hinausgehen, doch die Stimme ihrer Mutter riss sie zurück.

»Du hast einen schlechten Ruf. Keine angesehene Familie in Hamburg wird dich einstellen.«

»Dann muss ich Hamburg eben verlassen. Ins Ausland gehen, wo mich niemand kennt.«

Viktoria drückte die Türklinke nieder. Ein Schritt noch, dann war sie von ihrer Mutter erlöst.

»Aber was wird aus mir, wenn du fortgehst?«

Die Frage klang so ängstlich und schwach, dass Viktoria sich umdrehen musste.

»Sie können den Herrn Fiedler heiraten. Ihnen gefällt er ja, und er wäre ungefähr in Ihrem Alter«, meinte sie so scherzhaft, wie die Lage es nur zuließ. Ihre Mutter lachte nicht, noch wurde sie wütend.

»Ich würde ihn gern nehmen, aber er wünscht sich eine junge Frau, mit der er noch Kinder haben kann«, flüsterte sie nur. »Einen Mann, der sich um sein Geschäft kümmert, anstatt Geld für hochgeistige, sinnlose Kunst zu verschwenden, den habe ich mir immer gewünscht. Aber meine Eltern ließen mir damals keine Wahl.«

Auf einmal schien Amalia Virchow klein und unglücklich. Mit den großen Augen und der spitzen Nase glich sie einem aus dem Nest gefallenen Eulenküken. Viktoria wusste, dass sie Mitleid empfinden sollte, aber es war ihr nicht möglich. Die Worte ihrer Mutter hatten an einer kaum verheilten Wunde gekratzt.

»Mein Vater war ein kluger, guter Mann«, hörte sie sich empört rufen. »Reden Sie nicht schlecht von ihm!«

Ihre Mutter lehnte sich erschöpft zurück.

»Zu dir war er nett. Mich mochte er nicht, von Anfang an. Ich hätte ihm seine Liebschaften verziehen, doch warum musste er uns deshalb ruinieren?«

Sie schüttelte den Kopf, als hätte sie immer noch keine Erklärung für dieses Unglück gefunden. Viktoria wurde zunehmend unwohl. Sie wünschte sich, der Gegenwart ihrer Mutter entkommen zu können, doch ihr Gewissen hielt sie zurück. Sie musste Trost spenden, aber ihre Zunge war nicht fähig, die nötigen Worte zu formen.

»Und du bist wie er«, redete ihre Mutter unbeirrt weiter. »Du denkst nur an dich. Ich bin dir gleichgültig.«

Sie legte eine kurze Pause ein und putzte sich mit einem Taschentuch die Nase. Viktoria stand völlig still. Sie fühlte sich zu ausgelaugt für einen Streit mit ihrer Mutter, hoffte nur, das Gespräch sei endlich beendet. Doch Amalia Virchow holte nochmals Luft.

»Deine Unachtsamkeit, der Starrsinn, mit dem du stets missachtet hast, wie ein anständiges Mädchen sich benehmen soll, haben alles noch schlimmer gemacht.«

»Was meinen Sie denn immer mit diesem Vorwurf?«, flüsterte Viktoria, ohne wirklich zu wissen, ob sie eine Antwort hören wollte. Sie kam trotzdem ohne jedes Zögern.

»Du hättest deinen Verlobten bis zur Hochzeitsnacht warten lassen sollen wie jede vernünftige Frau. Ich kann dieses Verhalten nicht verstehen. Diese … diese Dinge sind unangenehm, oft widerwärtig, aber eine Frau muss in der Ehe ihre Pflicht erfüllen. Du aber wirfst dich wie ein billiges Schankmädchen diesem Schönling an den Hals, bevor du es überhaupt musst. Ich habe nur eine Erklärung für dein Verhalten: völlige Dummheit!«

Nun hatte sich ein Dolch in Viktorias Brust gebohrt. Sie begann zu schreien.

»Es wundert mich nicht, dass mein Vater Liebschaften hatte, wenn er zu einem Leben an der Seite eines Eisblocks verdammt war!«

Ihre Mutter verwandelte sich schlagartig in eben jenen Block aus Eis. Dann richtete sie sich langsam auf und zog die Schultern zurück. Ihre Niedergeschlagenheit war von eiskaltem Zorn weggeschwemmt worden.

»Geh weg!«, zischte sie mit funkelnden Augen. »Ich will dich nicht sehen!«

Viktoria strauchelte und hielt sich am Türknauf fest.

»Dann gehe ich eben. Ich verlasse das Haus, um Ihnen nicht weiter zur Last zu fallen!«

Sie lief durch die bereits halb geöffnete Tür, durch den Gang und eilte in ihr Zimmer. Sobald sie sich allein wähnte, riss sie Schubladen und Schränke auf. Ihr Musselinkleid und ein schlichtes Gewand aus braunem Tuch für den Winter wurden herausgerissen. Sie warf den Granatschmuck darauf und nach kurzem Zögern auch den Drachenreif, obwohl sein Anblick immer noch wehtat. Sie wollte eine letzte Erinnerung an den Vater in ihr neues, ungewisses Leben mitnehmen. Dann sank sie für eine Weile erschöpft auf das Bett, denn allein die Auswahl ihres Gepäcks hatte sie unerwartet angestrengt. Sobald sie die Augen schloss, begann die Schwermut wieder wie Gift durch ihre Adern zu fließen. Wo sollte sie denn hin, sobald sie aus dem Haus gestürmt war? Aus halb geöffneten Augen warf sie einen sehnsüchtigen Blick auf die Flasche mit dem Laudanum auf ihrem Nachttisch. Warum sich nicht noch eine Nacht des friedlichen Dahindämmerns gönnen, bevor sie sich der plötzlich so unerbittlich hart gewordenen Welt stellte?

Viktorias Arm streckte sich, um nach der Flasche zu greifen. Sie schraubte den Stöpsel ab und wollte ein paar Tropfen in das leere Glas fallen lassen, als ihr auf einmal bewusst wurde, dass sie im Begriff war, sich in ein ergeben leidendes Wesen zu verwandeln wie Sophie. Ohne weiter nachzudenken, schleuderte sie die Flasche gegen die Wand. Als braune Flüssigkeit die zarten Blüten der Tapete zu verfärben begann, fühlte sie einen Stich des Bedauerns, denn Laudanum würde sie sich nicht mehr leisten können. Aber es war wohl besser so.

Viktoria stand auf und zog die große Gobelintasche unter dem Bett hervor, die Magda bei Reisen stets für sie gepackt hatte. Sie stopfte die bereits ausgewählten Kleidungsstücke und den Schmuck hinein, wählte noch zwei Nachthemden, Strümpfe und sonstige Utensilien. Die Brontë-Romane mussten mit, denn immerhin war sie von ihnen auf diesen Weg geschickt worden. Schließlich wurde ihr klar, dass sie für den Anfang Geld brauchen würde. In ihrem Ridikül klimperten noch ein paar Münzen, doch würden sie nicht einmal für eine Nacht in einer billigen Absteige reichen. Ihr Blick schweifte ratlos durch den Raum, um schließlich an der Schmuckschatulle hängen zu bleiben. Sie wusste nicht, ob all die Juwelen juristisch ihr Eigentum waren oder das ihrer Mutter, aber sie würde ein paar Stücke mitnehmen, um sie zum Pfandleiher zu bringen.

Bald darauf schleppte Viktoria eine unerwartet schwere Tasche durch den Gang. Vor der Tür zum Zimmer ihrer Mutter ließ sie ihre Schritte bewusst langsam und laut werden. Tief in ihrem Inneren sehnte sie sich nach einem einzigen Wort, das sie daran hindern würde, völlig allein in eine ungewisse Zukunft aufzubrechen. Aber es blieb totenstill.

Zwei Monate waren vergangen. Durch das schmutzige Fenster wirkte der Himmel wie eine graue, düstere Masse, hinter der die Umrisse von Schiffen sich verschwommen abzeichneten. Viktoria starrte auf ein leeres Blatt Papier, das danach verlangte, mit Schriftzügen bedeckt zu werden. Eine weitere Bewerbung als Erzieherin in Bremen. In ihrem Kopf ratterte sie Sätze nach gewohntem Muster herunter, erwog und verwarf sie wieder. Tochter aus gutem Hause, leider durch tragische Umstände gezwungen .... Sie wollte nicht wie eine Bettlerin klingen, denn dies hatte bisher nicht zum Erfolg geführt. Dann also eine junge Dame, die ... die eine Herausforderung suchte. Das klang nach einer unzuverlässigen Abenteurerin. Eine kinderliebe, kultivierte junge Dame ... das war vielleicht ein Anfang. Niemand brauchte zu wissen, dass sie sich bisher nichts aus Kindern gemacht hatte. Aber hatte sie diesen Satz nicht schon irgendwann geschrieben?

Viktoria unterdrückte ein Gähnen und rieb sich die Schläfen. Wie wohl täte jetzt doch eine Tasse frischen, starken Kaffees! Am Anfang hatte die Wirtin ihr mit honigsüßem Lächeln ganze Kannen serviert, doch jetzt, da sie mit der Miete zwei Wochen im Rückstand war, warf sie Viktoria nur noch missbilligende Blicke zu, sobald ihre Wege sich kreuzten. Dabei hatte Viktoria sich für dieses schäbige Hotel entschieden, weil sie sich dort sicher vor Begegnungen mit Bekannten aus ihrem früheren Leben fühlte und weil sie gedacht hatte, der Name Virchow könne an diesem Ort noch die gewohnte Wirkung haben. Doch die Wirtin hatte keine Miene verzogen. Sie wusste vermutlich nicht, wer die Virchows einst gewesen waren. Eine zahlungsfähige junge Dame hatte sie mit ausgesuchter Freundlichkeit behandelt, die aber ebenso schnell nachgelassen hatte wie deren Zahlungsfähigkeit.

Viktoria wusste nicht mehr genau, wie viele Briefe an unbekannte Schulen und Familien sie in letzter Zeit geschrieben hatte. Papier und Tinte, die in ihrem früheren Leben selbstverständliche Kleinigkeiten gewesen waren, hatten sich in eine Kostbarkeit verwandelt. Sie rieb sich ratlos die Stirn und drückte den Füllfederhalter so fest zusammen, dass er knackste und sie einen Moment lang fürchtete, er könnte zerspringen.

Bisher hatte sie einige sehr höflich formulierte Absagen erhalten. In den meisten Fällen war allerdings gar keine Antwort gekommen. Zwei Familien hatten sie um Referenzen gebeten, doch war ihr nicht klar, von wem sie etwas Derartiges bekommen sollte. Machte es überhaupt Sinn, sich hier weiter zu plagen?

Viktoria legte den Füllfederhalter auf den Tisch. Hätte sie vielleicht damals ein billigeres Exemplar nehmen sollen, ohne vergoldete Feder, wie sie es gewöhnt war? Arm zu sein erwies sich als täglicher, schmerzhafter Abschied von vertrauter Annehmlichkeit. Sie konnte sich allmählich keinen Kuchen in feinen Konditoreien mehr leisten, musste auf das Abendessen in gepflegter Atmosphäre verzichten. In billigen Lokalen zu essen war gewöhnungsbedürftig, nicht nur für den Magen. Während eine Frau allein am Tisch in feinen Lokalen nur angestarrt wurde, gab es in den schlichten Eckkneipen des Hafens lästige Annährungsversuche und eindeutige Angebote männlicher Gäste. Viktoria war nie bewusst gewesen, wie viel unangenehme Wirklichkeit das Vermögen ihres Vaters lange vor ihr verborgen hatte. Gestern hatte sie sich überwunden, am Hafen eine Fischverkäuferin zu fragen, ob sie eine Aushilfe brauchte. Sie war stolz gewesen, so vernünftig und unvoreingenommen zu sein, dass sie sich mit ihrer kultivierten Erziehung zu einer solchen Tätigkeit bereit zeigte. Doch statt einer erfreuten Annahme des Angebots hatte es nur fassungsloses Starren gegeben. Diese Arbeit sei nichts für vornehme Fräuleins, wurde ihr hinterhergerufen, nachdem sie mit einem energischen Händefuchteln verjagt worden war. Dabei waren die Ärmel des Musselinkleides bereits zerschlissen.

Sie vergrub ihr Gesicht in den Händen. Sie sehnte sich nach Laudanum oder wenigstens einem Glas guten Sherry. Niemals hatte sie sich ein eigenständiges Leben derart schwierig vorgestellt. Es war, als müsse sie in Seidenpantoffeln eine steile Klippe erklimmen.

Ein Klopfgeräusch riss sie aus ihrem Dahindämmern. Sie zuckte ängstlich zusammen. Es musste die Wirtin sein, die wissen wollte, wann sie endlich ihre Miete bekäme. Mit gepresster Stimme stieß Viktoria ein »Herein« hervor, denn sie konnte sich nicht ewig vor der Hausherrin verstecken. Nun müsste sie wohl das Winterkleid zum Pfandleiher bringen, der ihr bereits einen erschreckend geringen Betrag für all ihren Schmuck gegeben hatte.

Ein junges, liebliches Gesicht schob sich durch die halb geöffnete Tür. Braune Mädchenaugen musterten Viktoria fassungslos.

»Fräulein Virchow! Mein Gott, Sie hier in diesem … diesem Hotel!«

Viktoria stand auf, um ihre einstige Zofe zu begrüßen. Ihr Herz schlug schneller. Magda war hier, jemand musste sie geschickt haben.

»Komm herein. Ich … ich wohne nur vorübergehend hier«, sagte Viktoria hastig und legte die Hände auf ihre Wangen, damit Magda keine verlegene Röte erblicken konnte. Das Bett in dem Hotel roch nach all den verschwitzten, ungewaschenen Körpern, die bereits in ihm gelegen haben mussten. Obwohl die Bettwäsche frisch gewaschen war, wies sie Löcher und Flecken auf, deren Herkunft Viktoria besser nicht wissen wollte. Das Fenster war undicht, sodass der kräftige Wind, der am Hafen die Schiffe schaukeln ließ, auch in ihr Zimmer drang. Wie dumm sie gewesen war, ihren gefütterten Paletot nicht mitzunehmen, als sie aus dem Elternhaus geflüchtet war! Sie war davon ausgegangen, vor Herbstbeginn ein eigenes Auskommen zu haben, das ihr selbstverständlich auch eine Garderobe ermöglichte.

Die Zofe zog eine prall gefüllte Tasche hinter sich her.

»Ich habe Ihnen Ihre restlichen Kleider mitgebracht. Ich wollte es gleich tun, aber es dauerte, bis ich herausfand, wo Sie sind.«

Viktoria entfuhr ein glückliches Lachen. Sie verzehrte sich danach, wieder das Rauschen von Seide zu hören, wenn sie sich bewegte. Die missmutige Wirtin würde Augen machen! Hoffentlich befand sich auch der Paletot unter all den Schätzen.

»Sie können die Sachen zum Pfandleiher bringen«, erklärte Magda unaufgefordert. »Die Wirtin … nun … sie war nicht gerade freundlich, als ich nach Ihnen fragte. Mir scheint … ein bisschen Geld könnte das schnell ändern.«

Nun meinte Viktoria, ihr Gesicht müsse vor lauter Scham verbrennen. Sie wünschte sich, Magda möge einfach wieder verschwinden statt sie in diesem Zustand völliger Demütigung zu begutachten.

»Die gnädige Frau war sehr bestürzt über Ihr Fortgehen«, redete die Zofe unbeirrt weiter. »Sie hat das sicher nicht gewollt.«

Viktoria stützte sich am Tisch ab, denn ihr war leicht schwindelig geworden.

»Hat sie dich geschickt?«, fragte sie zaghaft. Hoffnung keimte auf. Wenn ihre Mutter sie nur bat, nach Hause zu kommen, könnte sie dieses hässliche Hotelzimmer endlich wieder verlassen. Wie gern wäre sie jetzt im frischen, blitzsauberen Marienthal! Oder auch in Sankt Georg, wo Onkel Erik wohnte. Doch Magda schüttelte nach kurzem Zögern den Kopf.

»Nein. Mit Verlaub, Fräulein Virchow, sie haben beide denselben Dickkopf. Ihre Mutter grollt Ihnen, weil Sie so einfach verschwanden. Sie wartet darauf, dass Sie von selbst wiederkommen und sich entschuldigen. Dann würde sie Ihnen aber sicher vergeben.«

Trotz Magdas erwartungsvollem Lächeln fasste Viktoria in diesem Moment den Entschluss, dass ihre Mutter darauf sehr lange warten sollte.

»Gut. Ich danke dir, dass du mir die Sachen gebracht hast«, wandte sie sich an Magda. »Ich werde sehen, was ich mit ihnen mache. Jetzt wirst du sicher von meiner Mutter erwartet.«

Magda blieb hartnäckig stehen.

»Fräulein Virchow ... mit Verlaub ... Sie können nicht ewig in einem Hotelzimmer wohnen, das sie nicht bezahlen können.«

Viktoria fuhr zusammen. Sie hasste es, belehrt zu werden, und einer Bediensteten stand das ganz und gar nicht zu.

»Vielen Dank, das weiß ich selbst. Du kannst jetzt gehen«, meinte sie mit dem eisigen Tonfall einer verärgerten Hausherrin. Eine leise Stimme in ihrem Kopf mahnte, dass dieses Verhalten unpassend war. Sie wappnete sich innerlich gegen eine scharfe Antwort, aber Magdas freundliches Gesicht sah nur leicht gequält aus.

»Sie waren immer freundlich zu mir«, begann sie völlig unerwartet. »Ganz anders als viele Damen es zu ihren Angestellten sind. Nun brauchen Sie Hilfe. Ich möchte Ihnen helfen.«

Fassungslos lehnte Viktoria sich an den Tisch. Magda trat zögernd einen Schritt auf sie zu.

»Hier können Sie auf Dauer nicht bleiben. Wenn Sie wollen, dann … also meine Familie wäre bereit, Sie für eine Weile aufzunehmen. Es ist nicht besonders schön in meinem Zuhause, nicht so wie in der Villa, aber … mit Verlaub … dieses Hotel … Also ich habe mit Richard gesprochen, der weiter in der Reederei Ihres Vaters arbeitet. Der neue Besitzer hat ihn übernommen. Er sagt, dass er vielleicht Arbeit für Sie finden kann … also etwas, das … das auch Ihrer gesellschaftlichen Stellung entspricht.«

Viktoria entfuhr ein Kichern.

»Meine gesellschaftliche Stellung ist mit den Zwangsvollstreckern aus der Villa getragen worden. Sie kann ja nun öffentlich versteigert werden, so wie die Kunstsammlung meines Vaters.«

Aus dem Kichern wurde ein Lachen, das ihr Tränen in die Augen trieb. Schluchzer schüttelten ihren Körper. Sie drehte sich um, sehnte sich nach Einsamkeit, aber Magdas Arme umschlangen unaufgefordert ihre Schultern.

»Es wird alles gut, Fräulein Virchow. Richard sagt, er kann vielleicht dafür sorgen, dass Sie eine gut bezahlte Stelle als Gesellschafterin einer alten Dame bekommen. Aber es wäre nicht in Hamburg.«

Viktoria lachte auf.

»Ich wollte mich gerade in Bremen bewerben. Meinetwegen gehe ich auch nach Frankreich oder England. Dort kann ich mich verständigen. Wo soll es denn sein?«

Magda lächelte sie verlegen an.

»Fräulein Virchow, es wird eine große Überraschung für Sie sein. Ich möchte es erst sagen, wenn es sicher ist. Und jetzt packen Sie am besten Ihre Sachen.«

Leichter Ärger stach in Viktorias Brust. Magda hatte Fragen zu beantworten. Und als Zofe hatte sie auch selbst das Packen zu erledigen. Dann wurde ihr bewusst, wie sehr ihre Lage sich verändert hatte, und sie beschloss, sich zusammenzureißen. Es war nicht leicht, ohne Hilfe anderer Menschen durchs Leben zu kommen, wie sie in den letzten Wochen gelernt hatte. Sie ging zu dem klapperigen Schrank, wo die Gobelintasche lag.

Viktoria erwachte von dem mittlerweile vertrauten Krach aus der Wohnung über ihnen. Zunächst brüllte ein Mann wüste Flüche. Möbelstücke oder auch andere Gegenstände prallten mit lautem Krachen gegen die Wände. Danach protestierte eine Frauenstimme empört, doch als das Toben nicht aufhörte, wurde ihr Klang zu einem ängstlichen Wimmern. Am Ende folgten gellende Schmerzensschreie, die Viktoria immer noch nicht aus ihrem Bewusstsein verdrängen konnte.

»Dein Nachbar verprügelt schon wieder seine Frau«, flüsterte sie der neben ihr schlafenden Magda ins Ohr. Die Skerpovs waren zu fünft und bewohnten zwei Räume des verdreckten, nach undefinierbarem Unrat stinkenden Mietshauses im Gängeviertel. Einen davon hatten sie gnädig der jungen Dame überlassen, doch hatte Viktoria nach einigem Grübeln begriffen, dass sie ihn wenigstens mit ihrer einstigen Zofe und Wohltäterin teilen sollte. Gemeinsam schliefen sie in einem schmalen, harten Bett. Nun rührte Magda sich leicht, öffnete widerwillig die Augen.

»Das macht er doch immer, wenn er im Morgengrauen betrunken nach Hause kommt« murmelte sie schlaftrunken. »Einmal habe ich meinen Bruder Eddie überredet einzugreifen. Er kam mit einem blauen Auge zurück. Das stammte aber von der Ehefrau, die wütend war, dass er ihren Mann angriff.«

Magda rollte sich auf den Rücken und rieb ihre Augen.

»Meine Mutter sagte immer, ein Mädchen solle so früh wie möglich heiraten, damit es keinen Unsinn anstelle«, fuhr sie nach einer Weile fort. »Aber nach alldem, was ich als Kind in der Nachbarschaft erlebt hatte, begriff ich, dass eine frühe Heirat der allergrößte Unsinn ist. Ich habe lange darum gekämpft, als Bedienstete in einem reichen Haus arbeiten zu können. So brauchte ich keinen Ernährer.«

Viktoria staunte immer noch, wie wenig sie früher über Magda gewusst hatte. In diesem zarten Wesen, das wie ein Mäuschen durch die Villa in Marienthal gehuscht war, steckte eine unerschütterliche Zähigkeit.

»Aber deinen Richard, den magst du doch«, meinte sie nur. Magda begann versonnen zu lächeln.

»Er ist fleißig und bemüht sich, im Leben voranzukommen. Er trinkt nicht, wird niemals ausfallend und wünscht sich Kinder, denen er eine Zukunft bieten möchte. Nur dank meiner Stellung als Hausmädchen bei einem Reedereibesitzer hatte ich die Chance, einen Büroangestellten kennenzulernen, der andere Ziele vor Augen hat, als sein nächstes Gehalt zu versaufen.«

Nun waren ihre Augen wach und leuchteten. Rasch erzählte sie Viktoria, wie ihr Richard mit Herrn Behm und Herrn Salomon in die Villa gekommen war, doch hatte seine hauptsächliche Aufgabe darin bestanden, Akten zu tragen. Bei dem geschäftlichen Gespräch war er nicht erwünscht gewesen, was ihm die Möglichkeit gegeben hatte, mit Magda zu plaudern. Danach war es sehr schnell zu einer ersten Verabredung gekommen, bei der Richard sich ›überaus anständig‹ verhielt. Offenbar wies ein erfahrenes Mädchen aus dem Gängeviertel voreheliche Annährungsversuche mit jener Entschlossenheit zurück, die Amalia Virchow an ihrer Tochter vermisst hatte.

»Heute wirst du ihn treffen«, fügte sie schließlich hinzu. »Ich hoffe mit dieser Stelle geht alles gut. Du musst mir Briefe schreiben.«

Viktoria nickte und schloss wieder die Augen, denn der Ehekrach über ihnen hatte sich nach lautem Türenknallen in ein leises, einsames Schluchzen verwandelt. Hier im engen Gängeviertel gab es kaum Privatsphäre, hinter der sich die Abgründe menschlichen Zusammenlebens verbergen ließen, und wenige Möglichkeiten, einander aus dem Weg zu gehen. Vielleicht, so überlegte Viktoria, war das der wirkliche Unterschied zwischen reichen und armen Familien, und entspannte sich, um noch ein bisschen zu schlafen. Sie wusste, dass sie genug Grund hatte, um aufgeregt zu sein, doch die Erlebnisse der letzten Monate hatten sie in einen Kokon gehüllt, der die Außenwelt abschirmte. Sie würde die Dinge hinnehmen müssen, ganz gleich, was geschah.

Sie trafen Magdas Verlobten Richard in einem Kaffeehaus in der Nähe des Alsterufers. Es war nicht der vornehme Alsterpavillon, den ein ehrgeiziger kleiner Angestellter sich wohl noch nicht leisten konnte, aber eine durchaus reinliche Lokalität, die keinerlei Ähnlichkeiten mit den Bierlokalen aus dem Gängeviertel hatte. Magda trug ein hochgeschlossenes Kleid aus braunem Leinen. Viktoria konnte sich erinnern, es ihr einmal großzügig überlassen zu haben, da es ihr selbst zu altbacken erschienen war. Nun wirkte sie in ihrem zerschlissenen Musselin wie die ärmliche Verwandte der einstigen Zofe, was ihr einen leichten, aber unangenehmen Stich versetzte. Sie ahnte, dass Magdas Zukünftiger nicht mit allzu großer Deutlichkeit mitbekommen sollte, aus welchen Verhältnissen seine Braut stammte. Magda, nun wieder ohne Anstellung, kämpfte mit Zähnen und Krallen darum, dem Elend zu entkommen.

»Es freut mich, Sie wiederzusehen, Fräulein Virchow«, wurde Viktoria von einem kleinen Mann mit schwabbeligem Bauchansatz und dünnem Haar begrüßt, der ihr ehrfurchtsvoll die Hand küsste. Sie konnte sich trotz pflichtbewusster Beanspruchung ihres Gedächtnisses nicht erinnern, ihn jemals gesehen zu haben. Ein so farbloses Gesicht wie das seine hätte sie sich ohnehin nicht gemerkt. Früher hatte sie nicht einmal den Namen von Magdas Verlobten gekannt. Sie wusste lediglich, dass er zu der Abteilung von Herrn Salomon gehört hatte, jenes leitenden Angestellten, der damals nach China geschickt worden war.

»Ich hoffe, Sie fühlen sich in der Firma weiterhin wohl«, begann sie höflich ein Gespräch.

»Oh, es hat sich nicht viel verändert. Herr Behm ist weiterhin Geschäftsführer. Er hat rechtzeitig …«, Richard räusperte sich. »Er hatte schon vorher Kontakte zu den neuen Besitzern.« Schweißflecken glänzten auf seiner Stirn, und Viktoria ahnte, dass die Begegnung mit der Tochter des ruinierten, ehemaligen Eigentümers der Reederei ihm unangenehm war. Wie ein Hamster mit breiten Backen nagte er an seiner Unterlippe. Was fand ein hübsches Mädchen wie Magda bloß an diesem Mann? Genügten ihr allein ein gutes Einkommen und Zuverlässigkeit? Nach zwei Wochen im Gängeviertel konnte Viktoria es allmählich verstehen, wenn auch nicht wirklich nachvollziehen.

»Mein Vorgesetzter Herr Salomon reiste damals nach China, um Geschäftsbeziehungen aufzubauen«, redete der aufstrebende Angestellte weiter. »Er traf sich unter anderem mit einem britischen Kaufmann namens Robert Huntingdon. Der besorgte die Waren und versprach einen sicheren Transport.«

»Da war der Engländer aber allzu optimistisch«, warf Viktoria ein.

»Ja … er beging sozusagen einen Fehler. Er verließ sich ganz auf die britische Marine, die chinesische Piraten schon lange erfolgreich bekämpft. Doch fuhren die Schiffe eine andere Route, die Ware wurde zunächst auf Flüssen transportiert, wo die Piraten noch sehr aktiv sind. Es ging jedenfalls schief.«

»Das habe ich mitbekommen«, erwiderte Viktoria und fragte sich, was der Sinn dieser Unterhaltung war.

Magda kaute zufrieden an einer Schokoladentorte. Sie selbst hatte Erdbeerkuchen bestellt. Er schmeckte besser als damals bei Onkel Erik, sodass dieser Ausflug nicht ganz sinnlos gewesen war.

»Robert Huntingdon trägt teilweise die Verantwortung für den Ruin Ihres Vaters, Fräulein Virchow.«

»Ach ja. Er hat deshalb sicher schlaflose Nächte«, meinte Viktoria grinsend. Sie hatte sich ein Glas Sherry zum Kaffee bestellt und nippte genüsslich daran. Dieser lang vermisste Genuss allein war dieses Treffen mit Magdas langweiligem Verlobten wert, der sich mal wieder räusperte, um peinliches Schweigen zu überbrücken.

»Herr Salomon erzählte mir, dass Robert Huntingdon eine Gesellschafterin für seine alte Mutter sucht«, redete der Hamster weiter. »In Shanghai gibt es nicht viele Frauen, die für eine solche Stellung geeignet wären. Sie müsste aus Europa kommen.«

»Na dann hoffe ich mal, dass diese kostbare Fracht unterwegs nicht von Piraten gestohlen wird.«

Viktoria trank weiter Sherry und kicherte.

»Ich habe Herrn Salomon gesagt, dass er dem Herrn Huntingdon eben Sie für diese Stelle vorschlagen könnte, gnädiges Fräulein«, fuhr Magdas Richard todernst fort. Es klirrte laut, als Viktoria die Kuchengabel aus der Hand fiel und auf dem Teller landete. Sie sah durch das Fenster und musterte die vertrauten Fassaden Hamburgs. Diese Stadt war ihr Zuhause. Sie wollte es nicht verlassen.

»Ich ... aber ich bin keine Engländerin. Seine Mutter möchte sicher ...«

»Sie sprechen fließend Englisch, Fräulein Virchow. Magda erzählte mir, dass Sie recht abenteuerlustig sind. Ich dachte mir, dass es vielleicht einen Versuch wert wäre. Aber Sie müssten auf unbestimmte Zeit nach Shanghai ziehen.«

Viktoria wurde leicht schwindelig und sie musste sich an der Tischkante festhalten. Piraten mit Drachenköpfen zogen in ihrem Geist vorbei, gefolgt von bunten, winzigen Gestalten auf zartem Porzellan. China. Shanghai. Dort hatte sie einst ihre Hochzeitsreise verbringen wollen, doch schien ihr diese Zeit der sorglosen, glücklichen Zukunftspläne nun so weit entfernt wie ein vergangenes Jahrhundert. Ihre Finger glitten über den Drachenreif, den sie am Handgelenk trug. Als sie die Drachenköpfe streichelte, hoffte sie auf einmal, sie würden ihr Glück bringen. Einst hatte es wie ein aufregendes Abenteuer geklungen, nach China zu fahren. Nun schnürte die Angst ihren Brustkorb noch enger zusammen als jedes Korsett. Aber sie hatte keine Wahl.

»Na gut, wenn dieser Robert Huntingdon mich will, fahre ich eben nach Shanghai«, meinte sie, leerte das Sherryglas mit einem Zug und winkte dann den Kellner heran, um ein neue Runde für alle Tischgäste zu bestellen. Von dem Geld, für das Magdas Bruder Eddie ihre Seidenkleider verkauft hatte, war noch genug übrig. Er hatte aus vier Ballroben eine weitaus höhere Summe herausgeholt als sie selbst für ihren Schmuck bei dem Pfandleiher. Es lag wohl daran, dass Eddie Erfahrung im Verkauf von Diebesgut hatte, wie Magda andeutete, aber niemals offen zugab. Viktoria stieß mit der lächelnden Magda und dem immer noch schwitzenden Richard an. Dann leerte sie ihr Glas zum Wohl von Gaunern und Piraten, von denen nun wohl ihre Zukunft abhing.

Kapitel 4

»Ich kam als junges Mädchen nach Asien, mit meinem Mann. Das war 1840, glaube ich. Manchmal schwirren die Zahlen nur noch in meinem Kopf herum, ich komme durcheinander«, erzählte Margaret Huntingdon, während die Krankenschwester ihr Nachthemd anhob, um den leblosen Körper zu waschen. Weiches, weißes Fleisch, durch das sich blaue Adern zogen wie Flüsse auf einer Landkarte, schob sich vor Viktorias Augen, bis sie taktvoll den Blick abwandte. Sie staunte über die Gelassenheit der alten Dame, der es offenbar nichts mehr ausmachte, von fremden Händen entblößt zu werden. Ein Schlaganfall vor über zwanzig Jahren hatte Margaret Huntingdon ans Bett gefesselt, aber sie vermochte mittlerweile klar zu sprechen und musste nicht mehr gefüttert werden. Viktoria fragte sich, ob das Erwachen der geistigen Kräfte der alten Dame nicht mehr Qualen als Freude bereiten musste. Sie war an der Seite ihres verstorbenen Gatten, eines Geschäftsmannes aus Liverpool, zunächst quer durch Europa, dann nach Indien und China gereist, hatte mit Neugier Orte aufgesucht, in die andere, wohlerzogene Damen sich freiwillig niemals gewagt hätten. Nun war sie hier in Shanghai im Haus ihres Sohnes dazu verdammt, im Bett zu liegen und sich von einer ruinierten jungen Deutschen Romane vorlesen zu lassen, um überhaupt noch etwas von der Welt mitzubekommen.

»Mein Mann durfte nach Kanton, aber ich musste in Macao bleiben, denn die Chinesen wollten keine weißen Teufelsfrauen in ihrem Land dulden. Keine Ahnung, warum sie dachten, wir seien schlimmer als unsere Männer!«

Viktoria trat einen Schritt an die Dame heran und sah ihr bewusst nur ins Gesicht. Der rechte Mundwinkel hing etwas hinab, doch die Augen strahlten wach und spöttisch in dem faltigen Gesicht.

»Aber jetzt sind wir weiße Teufelinnen in Shanghai«, stellte Viktoria fest. Margaret Huntingdons linke Gesichtshälfte lächelte.

»Ja, wir Briten führten deshalb einen Krieg und haben sie gezwungen, ihre Häfen zu öffnen. Beliebt wurden wir dadurch sicher nicht, aber wir sind eben hier.«

Die Krankenschwester namens Maud bewegte emsig ihren Lappen aufwärts, dann griff sie mit kräftigen Händen unter das Gesäß ihrer Patientin.

»Könnten Sie bitte das Tuch entfernen, Miss«, meinte sie, ohne Viktoria anzusehen. Mittellose junge Damen konnten durchaus auch einmal etwas Sinnvolles tun, sagten die strengen Gesichtszüge von Schwester Maud. Viktoria gehorchte nach einem kurzen Moment des Widerwillens. Um Margaret Huntingdons willen würde sie diesen Augenblick aus ihrem Gedächtnis verbannen. Die breiten Finger der Krankenschwester ergriffen das von Kot und Urin verschmutzte Stück Stoff mit professioneller Geschwindigkeit, rollten es zusammen, um es durch ein neues zu ersetzen. Der schwere, da willenlose Körper durfte wieder auf die Matratze sinken.

»Damals beschlossen ich und ein paar andere Frauen, uns das verbotene Kanton einmal anzuschauen«, redete die Dame unbeirrt weiter. »Wir hüllten uns in dunkle Umhänge und ließen uns in die Stadt schmuggeln. Als es dunkel wurde, wollten wir einen Ausflug wagen. Doch leider hatten die Chinesen von unserem Abenteuer Wind bekommen. Vermutlich hatte ein Dienstbote geplaudert. Jedenfalls stellte sich uns eine Art Miliz entgegen, mit Dolchen und Messern in der Hand. Wir mussten auf der Stelle verschwinden, um einen Aufstand zu vermeiden.«

Wieder kicherte die alte Dame als handele es sich um nichts weiter als einen missglückten Streich. Viktoria fragte sich, wovor diese Chinesen sich derart gefürchtet hatten. In Shanghai lebten viele Europäer und Amerikaner, zudem gab es indische Sikhs mit kakaofarbenen Gesichtern unter farbenfrohen Turbanen als Wachmänner und jüdische Geschäftsleute, die aus Bagdad eingewandert waren. Trotzdem war die Masse der Menschen, die sich plärrend und stinkend durch die engen Straßen drängte, hauptsächlich chinesisch. Bisher hatte kein böser Fluch die Stadt befallen.

»Für heute sind wir fertig. Der Dame scheint es gut zu gehen«, meinte die Krankenschwester, ohne eine Miene zu verziehen. Sie erhob sich zu ihrer stattlichen Größe. Die

Amah, eine der chinesischen Bediensteten, die mit gesenktem Blick durch das Haus der Huntingdons huschten, kam unaufgefordert herein, um den Koffer der Krankenschwester nach draußen zu bringen. Sie trug eine graublaue Jacke, die ihr bis zu den Kniekehlen reichte. Eine weite Hose umhüllte ihre Beine. Viktoria blickte wieder einmal fassungslos auf die winzigen Füße, die in mit Stickereien und Bändern verzierten Stoffschuhen steckten. Es war ihr ein Rätsel, wie diese Frau sich auf den kleinen Hufen fortbewegen konnte. Überhaupt war ihr China noch sehr fremd, obwohl sie seit über einem Monat hier lebte.

»Haben Missee Wunsch?«, fragte die kindlich hohe Stimme der Amah. Margaret Huntingdon bestellte eine Kanne Tee. Mit einem raschen Nicken huschte die Chinesin Schwester Maud hinterher.

Bisher waren die Bediensteten des Hauses die einzigen Chinesen gewesen, mit denen Viktoria ein paar Worte wechseln konnte. Bei den seltenen Gelegenheiten, da sie das Haus der Huntingdons verlassen hatte, war sie nur von dunklen, schrägen Augen angestarrt worden, doch jede Kommunikation scheiterte an einer unüberwindlichen Sprachbarriere. Die Dienstboten verfügten über ein sehr vereinfachtes, beinahe verniedlichtes Englisch, konnten aber alle Weisungen auf der Stelle verstehen. Einmal hatte Viktoria die Amah beim Verhandeln mit Straßenhändlern beobachtet. Da hatte das zarte Wesen sich in einen erwachsenen Menschen verwandelt, der sehr laut kreischte und offenbar genau wusste, was er wollte. Doch sobald ein europäisches Gesicht vor ihr auftauchte, sah die Chinesin sich genötigt, wie eine dienstbare Kreatur von beschränktem Verstand aufzutreten.

Die Amah erschien mit einer dampfenden Teekanne und zwei zarten, rosa gemusterten Tassen. Wieder konnte Viktoria ein neugieriges Starren auf die winzigen Hufe nicht unterdrücken. Sie spürte einen feindseligen Blick aus den schmalen

Augenwinkeln und zog die Schultern zurück. Sobald sie auf die Straße trat, wurde sie selbst doch genug angegafft!

»So, jetzt können wir in Ruhe ein bisschen plaudern«, meinte Margaret Huntingdon und kämpfte sich mühsam in eine aufrechte Position. Viktoria hatte mittlerweile gelernt, der Dame nur zu Hilfe zu kommen, wenn es unbedingt nötig war, denn sie legte Wert auf größtmögliche Unabhängigkeit.

»Wie gefällt es Ihnen denn bisher bei uns in Shanghai, Miss Virchow?«, fragte Margaret Huntingdon, nachdem die Teetassen gefüllt worden waren. Viktoria zuckte etwas ratlos mit den Schultern.

»Es gibt keinen Grund zur Klage.«

Das stimmte. Die Lektüre der Brontë-Schwestern hatte ihr ein deutliches Bild von dem Schicksal mittelloser Damen in dieser Welt vermittelt. Als Gesellschafterin einer humorvollen, umgänglichen Lady führte sie ein durchaus angenehmes Leben. Ihre hauptsächlichen Aufgaben bestanden im Plaudern oder im Lesen von Büchern, die sie ohnehin mochte. Das erste Gehalt hatte ihr ein neues Musselinkleid mit strahlend frischem Blumenmuster ermöglicht. Bei der Hitze, die bereits im April hier herrschte, wäre es eigentlich nötig gewesen, sich mehrfach täglich zu waschen und neu umzukleiden. Aber selbst das hätte kaum etwas genützt, denn bereits nach den ersten Minuten spürte man wieder, wie Schweißbäche kitzelnd die Haut entlangflossen. Viktoria begann, sich allmählich daran zu gewöhnen. Sie weigerte sich, ein Korsett anzulegen, das nun endgültig ein Folterwerkzeug gewesen wäre. Emily Huntingdon, die Gemahlin des Hausherrn, trug eines, wie an ihrer steifen Haltung zu erkennen war. Viktoria trotzte tapfer den kritischen Blicken der Hausherrin, der sie Gott sei Dank nur selten begegnete. Margaret Huntingdon war es völlig egal, wie ihre Gesellschafterin aussah. Überhaupt glich die alte Dame jenem Wunschbild einer verständnisvollen Mutter, das Viktoria lange in sich getragen hatte. In ihren Diensten fühlte sie sich, als läge sie tagaus tagein auf einem Sofa, wo sie gemütlich die Zeit vertrödeln konnte. Nur manchmal kribbelte die Unruhe in ihrem Körper, fraß sich bis in die Knochen. Es musste mehr geben, das sie in diesem fremden, geheimnisvollen Land tun konnte.

»Kein Grund zur Klage, das klingt aber, als ob es auch keinen Grund zur Freude gäbe«, riss Margaret Huntingdon sie aus ihren Überlegungen. Viktoria stellte ihre Teetasse ab.

»Nun, manchmal, ja sogar sehr oft, hätte ich lieber Kaffee als Tee«, gestand sie unumwunden. Die alte Dame lächelte kopfschüttelnd.

»Also dieser bescheidene Wunsch dürfte sich erfüllen lassen. Ich werde mit Emily reden, denn sie gibt den Dienstboten Weisungen für Einkäufe. Natürlich muss den Chinesen auch erklärt werden, wie Kaffe zubereitet wird. Aber sie sind nicht dumm, die Chinesen, wie ich Emily immer wieder klarzumachen versuche, obwohl sie mir nicht glauben will.«

Viktoria nickte, obwohl sie nicht wirklich wusste, was von Chinesen zu halten war. Innerlich triumphierte sie, denn Kaffee zu bekommen wäre ein weiterer, kleiner Sieg gegen die Widrigkeiten ihres Schicksals. Gouvernanten und Gesellschafterinnen fielen unter die Kategorie der Domestiken, verdienten keine besondere Beachtung und entbehrten jeglichen Rechts, eigene Ansprüche zu stellen.

»Ich werde einfach sagen, dass ich selbst mir Kaffee wünsche«, fuhr Margaret Huntingdon fort, als habe sie diese Gedanken lesen können. »Wir bringen die aufrechte Schwester Maud vielleicht so weit, dass sie sagt, er täte mir gut. Das könnte sogar stimmen. Damals, als ich meinen James geheiratet hatte und wir zusammen nach Wien fuhren …«

Es folgte eine Geschichte, die sich in einem edlen Kaffeehaus abspielte, wo dieses Getränk einen betörenden, verführerischen Duft verbreitete. Zwei Männer gerieten wegen einer geheimnisvollen Schönen in Streit und ein Duell wurde angekündigt. Viktoria lauschte neugierig, obwohl ihr einige Unstimmigkeiten auffielen. Aus dem ungarischen Husar wurde plötzlich ein russischer Adeliger im Exil. Die begehrte Dame hatte zunächst blondes, dann auf einmal teuflisch schwarzes Haar. Viktoria hatte schon viele solcher Erzählungen von der bettlägerigen Dame gehört, die sich alle darin ähnelten, dass sie trotz aller Widersprüche höchst dramatisch und aufregend klangen. Vielleicht sollte Margaret Huntingdon ihre Zeit nutzen, um Romane zu schreiben. Viktoria überlegte gerade, ob sie sich dafür als Schreibkraft anbieten sollte, als die knitterigen, von blauen Adern gezeichneten Finger sich auf ihre Hand legten.

»Ich mag Sie, Miss Virchow. Schwester Maud hört niemals zu, wenn ich ihr von meinem Leben erzählen will. Emily verzieht nur das Gesicht und unterbricht mich baldmöglichst, bevor ich etwas Unanständiges berichten kann. Aber Sie … Sie gieren nach dem Abenteuer. Diese Rastlosigkeit, die kenne ich. Ich wuchs in einem kleinen Dorf in Südengland auf und starb fast vor Langeweile, bis mir mein James über den Weg lief und sich großzügig anbot, mir die Welt zu zeigen.«

»Na, da hatten Sie ja Glück«, erwiderte Viktoria spontan. Sie staunte, dass ein neidvoller Stachel in ihrer Brust steckte und riss sich zusammen. Sie hatte doch selbst Glück mit dieser Anstellung. Unverschämtes Glück.

»Auch zu Ihnen wird das Abenteuer noch kommen. Vielleicht sollten wir ein bisschen nachhelfen«, plauderte die alte Dame. Bevor Viktoria ratlos fragen konnte, wie das gemeint war, fuhr sie auch schon fort. »Sie sind zu jung und zu hübsch, um Ihr Leben als alte Jungfer zu verbringen. Hier in Shanghai gibt es genug Möglichkeiten für eine Frau. Sie müssten nur ein wenig unter die Leute kommen.«

Enttäuschung stieg in Viktoria hoch. Sie hatte von Margaret Huntingdon mehr erwartet als das Angebot, baldmöglichst unter die Haube gebracht zu werden.

»Ich habe kein Interesse an einer Eheschließung«, erwiderte sie ohne Zögern. Die alte Dame kicherte.

»Aber, aber, solche Worte passen nicht zu einem jungen, hübschen Mädchen. Sind Sie enttäuscht worden?«

Das Gefühl, ertappt worden zu sein, ließ Viktoria zusammenzucken. Auf einmal wurde sie wütend.

»Selbst wenn es so war, dann tut es nichts zur Sache«, zischte sie auf sehr unhöfliche Weise.

»Nein, das tut es nicht, wenn die Leidenschaft wieder entflammt ist. Eine neue Liebe ist die beste Medizin gegen ein gebrochenes Herz«, erwiderte Margaret Huntingdon mit nervtötender Weisheit. Bevor Viktoria etwas erwidern konnte, fuhr sie auch schon fort.

»Es gibt so eine unausgesprochene Verschwörung unter den angesehenen Damen der Gesellschaft, hübsche Gouvernanten und Gesellschafterinnen unter Verschluss zu halten, damit sie den heiratsfähigen Töchtern nicht in die Quere kommen. Wir müssen etwas dagegen unternehmen. Ich werde Emily sagen, dass ich wieder mehr Leute sehen möchte. Sobald sie irgendwo eingeladen wird, bleibt ihr nichts anderes übrig, als mich mitzunehmen, und Sie brauche ich dann natürlich auch an meiner Seite.«

Margaret Huntingdon tätschelte weiter Viktorias Hand, aber ihre Lider begannen zuzufallen. Viktoria erinnerte sich, dass sie es mit einer Invalidin zu tun hatte, und ließ ihren Unmut mit einem Seufzer entweichen, anstatt energisch zu widersprechen. Die alte Dame war bereits in einen Schlummer gefallen. Morgen schon hätte sie diesen albernen Plan sicher vergessen.

Sobald ein leises Schnarchen erklang, schob Viktoria sanft das Kissen unter den Kopf Margaret Huntingdons und zog ihr die Decke aus dünnem Leinen bis zum Kinn. So schlief es sich angenehmer. Dann stand sie auf, um an den kleinen Schreibtisch zu gehen und ein leeres Blatt Papier aus ihrer Tasche zu ziehen. Sie hatte schon seit mehreren Tagen vorgehabt, Magda endlich einen Brief zu schreiben, doch in den wenigen, einsamen Stunden, die ihr täglich zur Verfügung standen, schien ihr Kopf wie leergefegt. Es gab so vieles, was sie berichten konnte, aber es wollte sich nicht in ein zusammenhängendes Ganzes fügen, das lesenswert wäre. Die endlosen Wochen in dem engen, schwankenden Raum, nachdem sie in Antwerpen Abschied von Europa genommen hatte, um an der Küste Afrikas entlangzufahren. Ein kurzer Aufenthalt im arabischen Jeddah, wo sie sich nach langer Seekrankheit für einen Ausflug zu elend gefühlt hatte. Danach nichts als die endlose Fläche des Ozeans bis Jakarta. Sie hatte allmählich begonnen, sich an das Fehlen eines vertrauenswürdigen, festen Bodens unter ihren Füßen und an schweißgetränkte Kleidung zu gewöhnen. Zum Glück hatte Robert Huntingdon ihr eine Reise in einer Kabine ermöglicht, die sie nur mit der Gemahlin eines Pastors teilen musste. Deren ständiges Gerede über die armen, verlorenen Heiden in China war anstrengend gewesen, aber immer noch erträglicher, als in einer jener stickigen, überfüllten Kammern im Bauch des Dampfers zu liegen, wo arme Leute untergebracht waren. Einen Sturm hatten sie wohlbehalten überstanden, obwohl Viktoria eine Weile der Überzeugung gewesen war, ihr Leben in den reißenden Tiefen des tobenden Gewässers beenden zu müssen. Dann war endlich Land zu sehen. Bunte Dächer mit Giebeln, die sich Richtung Himmel bogen, erlösten das Auge vom eintönigen Graublau des Ozeans. Singapur, Hongkong, endlich die lang ersehnte Ankunft in Shanghai. Spitze, rote Segel chinesischer Dschunken an der Seite großer Segelschiffe und Dampfer, die sie aus Hamburg kannte. Dazwischen schlängelten sich Sampans, kleine Ruderboote. Das Gebrüll der Chinesen, als sie sich in einer Menge erschöpfter Reisender von Bord gedrängt hatte. Hände hatten nach ihr gegriffen und gezerrt, während ihre Ohren von geschrienen, unverständlichen Worten zu bersten drohten.

Und schließlich die Huntingdons in ihrem zweistöckigen, ganz und gar europäischen Steinhaus, das wie eine Insel der Vertrautheit inmitten all dieser farbenfrohen, lauten Exotik schien.

Viktoria trat ans Fenster. Die Huntingdons wohnten in der Nanking Road, einer breiten Straße der internationalen Siedlung. 1840 hatte der chinesische Kaiser den Ausländern nicht ganz freiwillig das Gelände um die alte, von einer Mauer umschlossene chinesische Stadt Shanghai überlassen. Wo damals nur sumpfiges Gelände gewesen war, erstreckte sich nun der Bund, eine lange Promenade am Ufer des Huangpu, um alle eintreffenden Schiffe mit einer Fassade aus hohen, steinernen Bauten zu begrüßen, sodass man den Eindruck bekam, nach einer Reise um die halbe Welt in einer ganz und gar europäischen Stadt anzukommen. Das Zollhaus war im britischen Tudorstil erbaut, es gab ein europäisches Theater, einen englischen Club, Geschäfte mit westlicher Mode und Nahrung, ein paar Hotels und Banken. Etwas abseits stand eine anglikanische Kirche, wohin die Huntingdons gelegentlich zur Messe gingen. Neben ihr befand sich eine Pferderennstrecke. Gegenüber vom englischen Konsulat erstreckte sich ein Park zur Erholung aller westlichen Anwohner. Die Engländer und Amerikaner hatten sich zusammengetan, während die Franzosen auf ihrer eigenen Konzession beharrten, die etwas weiter südlich lag, abgegrenzt durch die Yangjing Creek. Mit der Zeit aber war die internationale Siedlung tatsächlich international geworden, denn es ließen sich immer mehr Chinesen in ihr nieder. Eine bunte, schreiende Menschenmasse zog unter Viktorias Augen vorbei. Ein Wasserträger mit spitzem Hut und Zopf balancierte eine Stange auf seinen Schultern, an der zwei Eimer hingen. Eine mit roten Vorhängen bedeckte Sänfte lag auf den Schultern schmaler, muskulöser Männer, die sich durch das Getümmel drängten. Chinesen verstanden es, auf sehr schicksalsergebene, unpersönliche Art zu schubsen. Eine europäische Dame im rosa Sommerkleid spazierte sehr gelassen dahin, als sei sie das Gedränge bereits gewöhnt. Sie hielt der glühenden Sonne einen Schirm aus zarter Seide entgegen und hatte drei Chinesen im Schlepptau, die ihre Einkaufstaschen trugen.

Viktoria liebte Hafenstädte. Shanghais internationale Siedlung lockte durch eine völlig neue Mischung aus Vertrautem und Exotischem zu Streifzügen, doch eine Gesellschafterin hatte sich hauptsächlich im Haus aufzuhalten. Während der Abendstunden, da die Huntingdons gemeinsam speisten und Viktoria ihr Essen allein in ihrem winzigen Zimmer zu verzehren hatte, überkam sie manchmal der Drang, ein wenig draußen herumzuschlendern, doch verließ sie im letzten Moment stets der Mut. Wie sollte sie wissen, welche Gefahren diese in China gelegene, europäisch geprägte Stadt für sie bereithielt? So beobachtete sie wieder einmal das bunte, laute Leben hinter der Fensterscheibe mit einer Mischung aus Sehnsucht und Angst. Sie wollte in dieses riesige, unbekannte Land eintauchen und mahnte sich gleichzeitig zur Vorsicht.

Margaret Huntingdon hatte ihren Plan leider nicht vergessen, denn zwei Wochen später saß Viktoria an ihrer Seite bei einem Ball, den der britische Konsul veranstaltete. Sie hatten nur eine kurze Strecke in einem von Chinesen gezogenen Gefährt zurücklegen müssen, um an den Ort des Geschehens zu gelangen. Viktoria hatte dem Musselinkleid mit ihrem Granatschmuck nachgeholfen, doch war ihr durchaus bewusst, dass sie neben den in Seide gehüllten, mit Gold behangenen Damen schäbig wirkte. Immerhin hatte sie sich überwunden, wieder ihr Korsett anzuziehen, und es so eng geschnürt, wie sie es allein fertigbrachte.

Es war einigermaßen kühl in dem Garten des englischen Konsulats, das am nördlichen Ende vom Bund, dicht an der

Suzhong Creek, einem Seitenfluss des Huangpu lag. Eine Blütenpracht, wie Viktoria sie nie zuvor gesehen hatte, betörte das Auge. Im Hintergrund spielte ein Orchester gefällige Melodien. Es war ein wenig wie zuhause in Marienthal, nur hatten die Diener allesamt asiatische Gesichter und chinesische Kleidung, deren Eigenart darin bestand, dass Frauen ebenso wie Männer unter ihren langen, weiten Jacken Hosen trugen. Auch war das Haar beider Geschlechter lang, wobei die Männer sich den Kopf rasiert hatten und nur einen Zopf an ihrem Hinterkopf hinabhängen ließen. Mit undurchdringlicher Miene servierten sie Tee, Limonade, Sherry und manchmal Whiskey. Robert Huntingdon war aufgestanden und hatte sich mit einigen Herren etwas abseits gestellt, um die Damen nicht durch Zigarrenrauch zu belästigen. Emily Huntingdon saß schicksalsergeben neben ihrer Schwiegermutter. Sie schien sich in Gesellschaft nicht unbedingt wohlzufühlen, denn ihre Finger lagen nervös verkrampft in ihrem Schoß, während um sie herum geplaudert wurde. Eine unsichtbare Glaswand umgab Robert Huntingdons blasse, unscheinbare Frau.

»Ich hoffe, Sie hatten auf dem Weg hierher nicht wieder Probleme mit den Kulis«, wandte sich eine Dame in Schwarz mit Monokel vor dem Auge an Emily, wie um sie aus ihrer Starre zu reißen.

»Aber nein, wir wurden gleich hierher gebracht«, erwiderte die Angesprochene hastig, als wolle sie das Reden schnell hinter sich bringen »Aber es ist so schrecklich laut auf den Straßen. Früher, bevor wir den Chinesen erlaubten, sich in der internationalen Siedlung niederzulassen, war alles zivilisierter. Dieser barbarische Aufstand vor über zwanzig Jahren brachte alle Ordnung, die dieses Land noch hatte, zum Einsturz.«

Die Dame mit Monokel hielt diese Aussage nicht für wichtig genug, um sie zu kommentieren, wandte sich daher wieder an den Pastor, der neben ihr saß.

»Ach, der Taiping-Aufstand«, redete Margaret Huntingdon sogleich drauflos, als habe sie nur auf eine Gelegenheit gewartet, um sich ins Gespräch einzubringen. »Wir wussten ja damals gar nicht, was da auf uns zukam. Eine neue Regierung in China, aber wie würde sie aussehen? Da glaubte so ein Chinese plötzlich, er sei der jüngere Bruder von Jesus. Mein Gott, auf so eine Idee muss man erst einmal kommen!«

Der betrübte Blick des Pastors hinderte sie nicht am Kichern.

»Aber wie kam er denn dazu, das zu denken?«, fragte Viktoria staunend.

»Er war Chinese«, kam es von Emily Huntingdon, als erkläre allein dieser Umstand alle verrückten Ideen, die ein Mensch haben konnte.

»Meinen denn viele Chinesen, mit unserem Herrgott verwandt zu sein?«, bohrte Viktoria weiter nach und erntete ein Stirnrunzeln der jüngeren Mrs. Huntingdon.

»Aber warum sollten sie denn, um Gottes willen?«, erwiderte Margaret lachend. »Nein, die haben ihre eigenen Götter. Dieser Chinese, also seinen Namen habe ich vergessen, hatte eine chinesische Bibelübersetzung gelesen und sie sehr fantasievoll interpretiert, würde ich sagen. Aber das wirklich Verrückte ist ja, dass er Tausende von Anhängern fand. Der brachte fast das Kaiserreich in China zum Einsturz, das muss man sich einmal vorstellen. Ob der Missionar, der damals mit ihm die Bibel studierte, wohl ahnte, was das für Folgen haben würde?«

Wieder sprudelte ein Lachanfall aus der beweglichen Hälfte des faltigen Gesichts. Emily seufzte gequält. Der anwesende Pastor räusperte sich und begann, mit der Dame in Schwarz zu plaudern. Ahnte Margaret Huntingdon, wie peinlich sie wirkte? Viktoria vermutete, dass es ihr egal war. Immerhin hatte sie einen Schlaganfall überlebt, was ihr ein Recht auf absonderliches Benehmen verlieh.

Robert Huntingdon hatte seine Zigarre ausgeraucht und war wieder zu den Damen getreten. Seine Frau beachtete er nicht, der Mutter schenkte er nur einen kurzen Blick.

»Wie ging dieser Aufstand der Tai…Ta… also wie verlief er denn?«, fragte Viktoria neugierig und merkte überrascht, dass der Hausherr sich ihr zuwandte.

»Brutal, wie alles in diesem Land. Wir Briten überlegten lang, auf wessen Seite wir uns schlagen sollten. Es war sozusagen die Entscheidung zwischen einem alten, geschwächten und völlig weltfremden Greis, also der Kaiserdynastie, und einem unzivilisierten, muskelbepackten Barbaren.«

»Also ich als Frau hätte den Barbaren genommen und versucht, ihm ein paar Manieren beizubringen«, gluckste Margaret Huntingdon fröhlich und ließ sich Sherry nachschenken. Emily seufzte laut. Viktoria zwang sich, ein Grinsen zu unterdrücken. Die alte Margaret war einfach köstlich.

»Zum Glück werden politische Entscheidungen aber nicht von Frauen getroffen«, entgegnete Robert Huntingdon sehr laut. Es gefiel ihm offenbar ganz und gar nicht, wenn jemand seine Aussagen nicht ernst nahm. Viktoria vermied es taktvoll, ihn auf das Geschlecht des gegenwärtigen englischen Monarchen hinzuweisen. »Die Taiping waren unberechenbare Fanatiker«, setzte er mit Nachdruck hinzu. »Es war eine kluge Entscheidung, gegen sie vorzugehen. Nur ein Verrückter konnte auf die Idee kommen, sie zu unterstützen.«

»Jetzt spiel dich nicht so auf, als würdest du etwas von China verstehen. Andrew, der hatte sich mit chinesischer Geschichte befasst und beherrschte die Sprache fließend, während du über die Leute hier nur die Nase rümpfst, ohne sie überhaupt zu kennen!«, rief seine Mutter auf einmal. Viktoria sah erstaunt die Hände der alten Dame zittern, als sei sie ernsthaft aufgebracht. Sanft strich sie ihr über den hellbraunen Ärmel, während sie alle Kammern ihres Gedächtnisses erfolglos nach dem Namen Andrew durchforschte. Von wem hatte die alte Dame bloß mit derartiger Aufregung gesprochen?

Robert Huntingdons Gesicht war erstarrt. Emily holte laut Luft. Mehrere Augenpaare hatten sich auf die Familie gerichtet. Viktoria überlegte gerade, ob es passend wäre, sich nach der Identität von diesem Andrew zu erkundigen, als Margaret wieder zum Reden ansetzte.

»Außerdem war ich damals in Nanking und habe die Rebellen gesehen, ganz im Gegensatz zu meinem klugen Sohnemann«, fügte sie hinzu. Nun hatte ihre Stimme wieder spöttisch geklungen, als genieße sie das erneute Sticheln. Dennoch entspannte Robert Huntingdon sich ein wenig und Emily senkte wieder den Blick. Viktoria ahnte, dass nun eine der aufregenden Geschichten der alten Dame folgen würde. Neugierig beugte sie sich vor, aber der Pastor mischte sich unerwartet ins Gespräch.

»Ich glaube, im Ballsaal wird bereits Musik gespielt. Wir sollten aufbrechen«, mahnte er. Tatsächlich war es im Garten auffallend leer geworden und aus dem Hintergrund erklang eine Walzermelodie. Die Dame mit Monokel runzelte die Stirn, als hätte sie Margaret Huntingdons Bericht durchaus gern gehört, aber Emily war bereits aufgestanden.

»Ja, das stimmt, gehen wir«, meinte sie mit tiefer Erleichterung. Zum ersten Mal an diesem Abend sah Robert Huntingdon seine Frau an. Er nickte, erhob sich und löste so einen allgemeinen Aufbruch aus. Viktoria wusste, dass es ihre Aufgabe war, den Rollstuhl der alten Dame zu schieben. Sie selbst hätte ihren Vater in diesem Zustand niemals der Fürsorge einer Fremden überlassen. Aber die Mutter? Sie konnte es nicht sagen.

Das allgemeine Gedrängel beim Eintritt in den Ballsaal machte eine längere Unterhaltung unmöglich. Menschen schritten auf und ab, formten Grüppchen, die sich wieder auflösten und zu neuen Menschentrauben wurden. Viktoria schob den Rollstuhl und folgte Emily. Der große, mit kristallenen Lüstern erhellte Saal weckte Erinnerungen an ihr Leben in Hamburg, ein Kribbeln ging durch ihre Beine, die sich plötzlich danach verzehrten, Tanzschritte zu tun. Sie blickte an sich hinab. Auf einmal missfiel ihr der gewöhnliche Musselinstoff. Sie sehnte sich nach rauschender, leuchtender Seide, die zu einem solchen Anlass gepasst hätte. Der Entschluss, niemals mehr nach männlicher Aufmerksamkeit zu gieren, schmolz beim Klang der Geigen dahin. Gott, sie wollte endlich wieder einen hübschen Freier haben, der sie zum Tanz aufforderte! Doch es ging weiter in eine Ecke, wo ein paar Stühle standen. Emily setzte sich. Robert sah sich um, und als er ein Grüppchen von wichtig aussehenden, miteinander plaudernden Männern entdeckte, war er auch schon verschwunden. Emily nickte ein paar unscheinbaren Damen zu, die in der Nähe platziert waren. Viktoria stellte den Rollstuhl neben ihnen ab, dann setzte sie sich ebenfalls. Ihre Füße zuckten ungeduldig zur Walzermelodie.

Männer im Frack schritten durch den Saal und musterten die ihnen zur Verfügung stehenden Tanzpartnerinnen. Um eine Schwarzhaarige in glutrotem Taft hatte sich bereits ein Schwarm von Bewunderern gebildet. Sie wedelte nachlässig mit ihrem Fächer.

»Meine Herren, ich kann mich einfach nicht entscheiden. Diesen Tanz lasse ich aus!«, rief sie so laut, dass es auch alle Mauerblümchen in der Umgebung mitbekamen. Die Herren murrten im Chor, dann rückten sie Stühle heran, um an der Seite der schönen Saboteurin zu verharren. Ein Stachel bohrte sich in Viktorias Brust, denn es hatte eine Zeit gegeben, da sie selbst sich vor Aufforderungen zum Walzer nicht hatte retten können. Sie wollte ihren Blick von der Szene abwenden, aber die Schwarzhaarige hatte auch ihre Aufmerksamkeit gefesselt. Kurz zeigte sich ihr Profil. Sie hatte dunkle, mandelförmige Augen.

»Wer ist diese Ballkönigin, die unbedingt will, dass wir alle ihren Triumph mitbekommen?«, wandte Viktoria sich ungewollt an Margaret.

»Ach, das ist Astrid Nielsen, Tochter eines dänischen Seidenhändlers, der in China ein Vermögen gemacht hat.«

Viktoria musste schlucken, denn tief in ihr erwachten boshafte Wünsche, was Astrid Nielsens Zukunft betraf. Nun also gehörte sie selbst zu der Gruppe giftiger Neider, unter denen sie einst gelitten hatte.

»Sie sieht nicht aus, wie man sich eine Dänin vorstellt«, meinte sie, um nicht weiter zu grübeln. »Da ist so ein fremder Zug um ihre Augen. Fast … fast ein wenig asiatisch.«

Margaret kicherte leise und schubste Viktoria mit ihrem beweglichen, rechten Arm.

»Nicht so laut, Miss Virchow. Wir wollen uns doch nicht gleich Feinde machen.«

Dann flüsterte sie: »Das ist mir auch schon aufgefallen. Es gab deshalb Gerede, aber die gute Astrid wurde in Kopenhagen geboren und ihre ganze Familie kam erst vor zehn Jahren nach Asien. Das also kann es nicht sein. Ich vermute, es liegt an diesen nordischen Ureinwohnern, den Eskimos. Dieser Fauxpas eines aufrechten Dänen ist sicher schon viele Generationen her, aber manchmal schlägt so etwas eben wieder durch. Aber bitte, von diesen Dingen redet man hier nicht.«

Viktoria begann zu verstehen. Margaret Huntingdon hatte ihr auch abgeraten, den Drachenreif in der Öffentlichkeit zu tragen. In Europa mochte das Asiatische exotisch und reizvoll wirken, doch hier in Shanghai lebte man Seite an Seite mit Asiaten, was offenbar dazu führte, dass man sich von ihnen abgrenzen wollte.

Der Walzer war vorbei. Eine flottere Melodie erklang und ließ Viktorias Herz hüpfen. Die Polka war ihr Lieblingstanz, den sie niemals in einem Ballsaal in Shanghai erwartet hätte. Sie richtete sich auf, versuchte ungezwungen zu lächeln. Diesmal würde sich schon jemand finden, der sie aufforderte. Sie hätte sogar den verfetteten Herrn Fiedler genommen, so sehr sehnte sie sich danach, ein paar Runden auf dem Parkett springen zu können.

Doch als der Tanz begann, saß sie immer noch.

Warum eigentlich durften Frauen nicht selbst jemanden auffordern? Sie könnte jetzt aufstehen, sich unter die Gentlemen um Robert Huntingdon mischen und … und fassungslose Blicke ernten, das wusste sie genau.

Als das Hopsen begann, traten Tränen in Viktorias Augen. Sie ballte ihre Hände zu Fäusten. Vermutlich lag es an dem schlichten Kleid. Oder an dem Umstand, dass sie den Rollstuhl geschoben hatte. Gouvernanten und Gesellschafterinnen hatten zu dienen, nicht zu tanzen. Dieses ungeschriebene Gesetz schien jeder Mann im Saal genau zu kennen.

Eine kleine, dickliche Gestalt im Frack näherte sich. In ihrem früheren Leben hätte Viktoria nur geseufzt, doch jetzt schöpfte sie Hoffnung. Endlich ein Tänzer! Aber er ging an ihr vorbei, verneigte sich vor einem plumpen Mädchen, das wie eine rosafarbene Torte herausgeputzt war. Deren breites Gesicht nahm die Farbe ihres Kleides an, als sie kichernd aufstand. Bald schon hüpften die beiden auf der Tanzfläche.

»So also sieht es aus, wenn Elefanten Polka tanzen«, verkündete Astrid Nielsen wieder lauter als notwendig. Viktoria begann die kleine Dicke plötzlich zu mögen und hätte der Dänin gern ihre Eskimo-Augen ausgekratzt.

»Kommen Sie, Sir George, bei diesem Trauerspiel müssen wir für Abwechslung sorgen!«, meinte Astrid Nielsen und schubste einen der zahlreichen Verehrer mit ihrem Fächer an. Er stand sogleich auf, um mit strahlendem Gesicht die Ballkönigin auf die Tanzfläche zu führen.

Manche Frauen konnten Männer also auffordern.

»Das war Anette Desmoulins, Tochter eines Krämers aus Lyon«, erklang die Stimme von Margaret. »Sie hat nicht oft die Gelegenheit zu tanzen. Und Astrid Nielsen ist ein Miststück, aber Männer mögen solche Frauen, finden Sie nicht auch, Miss Virchow?«

Viktoria wollte darüber nicht nachdenken. Sie wollte auch nicht sehen, wie flink und schwungvoll die Füße der Dänin über das Parkett jagten. Bisher war Shanghai eine fremde Welt gewesen. Eine Sturmflut neuer Eindrücke hatte Viktoria vor allzu viel Heimweh und Grübelei bewahrt, doch hier war es fast wie zuhause, nur dass ihre Rolle eine völlig andere war. Sie brauchte Ablenkung, um diesen Abend ertragen zu können.

»Sie haben gesagt, dass Sie damals, während dieses … dieses Aufstands in Nanking gewesen sind«, wandte sie sich an Margaret, deren Augen sogleich zu funkeln begannen.

»Ach ja, das war so. Zunächst, also ca. 1850, da schickten die Briten eine Gesandtschaft nach Nanking, das nun in den Händen der Rebellen war. Wir wollten zu dieser neuen Macht in China Kontakt aufnehmen, aber das Zusammentreffen verlief nicht zum Besten. Der Gesandte hatte uns nichts weiter mitzuteilen, als dass der chinesische Gottessohn unerträglich arrogant sei. Dann beschlossen die Franzosen, es ebenfalls zu versuchen. Monsieur de Bourbelon, ein französischer Minister, segelte höchstpersönlich los. Ich war mit seiner Frau, einer Engländerin, befreundet, deshalb konnten mein James und ich mitfahren. Also, diese Kate de Bourbelon, das war so eine dieser sehr modernen Frauen, die zu allem eine eigene Meinung haben und diese auch ständig überall kundtun müssen. Sie meinte unter anderem, dass Jesus ein großartiger Philosoph war, aber mitnichten der Sohn Gottes. Sie setzte dem armen französischen Priester, der mit von der Partie war, unterwegs schon ganz schön zu. Und ich dachte mir, wenn wir einmal in Nanking sind, und sie diesem chinesischen Gottessohn erzählt, dass er mitnichten göttlicher Abkunft ist, dann wird es richtig Ärger geben.«

Sie kicherte kopfschüttelnd. Viktoria überlegte, ob die Dame diese Reise damals mit ebenso viel Sinn für Humor angetreten hatte. Immerhin war sie zu einer unbekannten, neuen Macht unterwegs gewesen.

»Und wie war es dann in Nanking«, fragte sie ungeduldig.

»Also wir segelten den Yangtse entlang und kurz vor Nanking wurden wir von Kanonen beschossen. Das war bei der ersten Expedition auch so gewesen. Monsieur de Bourbelon wusste, dass die Qing, also die Kaiserlichen, daran schuld waren. Sie verbreiteten das Gerücht, wir Europäer kämen in feindlicher Absicht, damit die Taiping sich nicht mit uns verbündeten. Als wir nicht zurückschossen, ließ man uns in Ruhe Anker legen. Aber in einem waren die Taiping mit den Qing einer Meinung: keine weißen Teufelsfrauen. Kate und ich mussten auf dem Schiff bleiben. Eigentlich war ich ganz froh, ich meine nach dem ersten Kanonenfeuer wollte ich nicht, dass die redselige Kate gleich für das nächste sorgt. Nur als mein James an Land ging, da wurde mir doch ein wenig mulmig.«

Sie nippte an einem Glas Champagner, das einer der chinesischen Bediensteten ihr serviert hatte. Viktoria vermochte sich nicht vorzustellen, dass diese ständig lächelnden, glatten Gesichter jemals Furcht einflößen konnten. Dann fiel ihr der feindselige Blick der Amah wieder ein. Wie fühlte man sich wohl dabei, im eigenen Land Fremde bedienen zu müssen?

»Meine Schwiegermutter soll doch keinen Alkohol trinken, hat Schwester Maud gesagt«, mischte sich plötzlich Emily ins Gespräch und musterte Viktoria tadelnd, als trüge eine Gesellschafterin die Schuld an jedem Fehlverhalten der Dame, die sie zu betreuen hatte. Viktoria spürte, wie ihr Gesicht rot anlief. Zorn mischte sich mit Scham, öffentlich zurechtgewiesen zu werden. Am liebsten wäre sie einfach aus dem Ballsaal gerannt. Dies war der schlimmste Tag seit ihrer Ankunft in Shanghai.

»Papperlapapp, ich habe schon Schlimmeres überlebt als ein Glas Champagner«, erwiderte Margaret heftig und fegte den Vorwurf mit einer Handbewegung zur Seite. Viktoria bemerkte zufrieden, dass Emilys Gesicht sich nun leicht zu verfärben begann.

»Also, damals in Nanking«, redete Margaret unbeirrt weiter. »Die Taiping hatten einen himmlischen König und dann noch ein paar mehr Herrscher des Westens und Ostens und so weiter. Einer davon, ich weiß nicht, für welche Himmelsrichtung er zuständig war, empfing die Gesandtschaft. Dann gab es das übliche Herumgegockel, wie immer, wenn ach so wichtige Männer aufeinandertreffen. Der König wollte auf einem höheren Podest sitzen, was Monsieur de Bourbelon gar nicht lustig fand. Schließlich einigten sie sich, in einem Nebenzimmer Tee zu trinken. Aber das gesellige Zusammensein machte die Lage nicht harmonischer. Wir Christen sollten den himmlischen König als Bruder von Jesus anerkennen, und als wir es nicht wollten, schickte man uns wieder aufs Schiff zurück. Der arme Priester war ganz blass um die Nase. Aber ein wenig freute er sich auch. Ein Chinese hatte ihm auf der Straße heimlich einen Rosenkranz gezeigt. Er wusste daher, dass es in Nanking noch ein paar chinesische Katholiken gab. Dort hatte eine große Gemeinde gelebt und der Priester war mitgekommen, um zu sehen, wie es ihr so erging.«

Viktoria hatte den Tanz vergessen. Auch Emilys tadelnde Bemerkung war unwichtig geworden. Diese Geschichte klang so fremd und aufregend, wie sie sich das Leben in China früher vorgestellt hatte.

»Wie erging es denn den chinesischen Katholiken?«

»Na ja, zunächst waren einige massakriert worden, weil sie nicht einsehen wollten, dass Jesus plötzlich einen Bruder haben sollte. Aber die meisten ließ man am Leben, so lange sie den Mund hielten.«

Margaret stellte das leere Champagnerglas auf ein Tablett, das einer der Diener ihr entgegenhielt. Zu Viktorias Entsetzen griff sie nach einem weiteren, bis zum Rand gefüllten und drehte es nachdenklich in der Hand.

»Vielleicht dürfte ich das jetzt trinken, Mrs. Huntingdon. Sie hatten doch schon eins«, meinte Viktoria mit einem freundlichen Lächeln.

Das Glas wurde ihr überreicht.

»Na gut, dann soll die arme Miss Virchow mal nicht zu kurz kommen.«

Margarets linkes Auge blinzelte verschwörerisch. Viktoria konnte nicht umhin, Emily einen triumphierenden Blick zuzuwerfen. Man konnte kranke Menschen auch ohne Nörgeln zur Vernunft bringen.

Emily räusperte sich. Sie war weiterhin hinter ihrer Glaswand gefangen, wirkte in dieser Menschenmenge wie eine Einsiedlerin.

»Die Taiping waren grausam, wie es eben die Art der Chinesen ist«, begann sie plötzlich zu reden, als wolle sie sich irgendwie ins Gespräch einbringen. »Sie haben den christlichen Glauben für ihren Machtkampf missbraucht, ohne ihn wirklich zu verstehen. Den Chinesen fehlt … wie soll ich sagen … das notwendige Empfinden für Menschlichkeit und Anstand. Ihre uralte Kultur ist doch völlig dekadent.«

Sie blickte sich um, als wolle sie überprüfen, ob ihr überhaupt jemand zugehört hatte. Ein paar Gesichter hatten sich kurz umgewandt, doch schien der Tanz interessanter als Emily Huntingdons Vortrag. Viktoria musterte unsicher die Mienen der chinesischen Diener. Durch ihre Freundschaft mit Magda war ihr endgültig klar geworden, dass Bedienstete durchaus zuhörten, wenn ihre Herrschaften sich unterhielten. Sie war sich auch sicher, dass die anwesenden Chinesen jedes Wort der Schimpftirade verstanden hatten. Ihre Gesichter blieben glatt wie frisch polierte Spiegel. Trotzdem wurde Viktoria etwas unwohl.

»Ach Emily, sie sind eben anders. Aber du weißt doch fast nichts von ihrer Kultur«, kam es zu Viktorias Erleichterung von Margaret. Die alte Dame hatte den Kopf gesenkt, als wäre sie plötzlich bekümmert. Ihre Hände zitterten leicht. Viktoria umschloss Margarets rechtes Handgelenk mit ihren Fingern und erhielt ein dankbares Lächeln.

»Sich mit ihrer Kultur zu beschäftigen, reißt jeden aufrechten Christen ins Verderben, wie Sie selbst doch wissen müssten!«, zischte Emily nun. Viktoria drehte sich staunend um. Sobald bei den Huntingdons über Chinesen gesprochen wurde, schien plötzlich Dynamit zu explodieren.

Margaret schwieg, nur ihre Lippen formten unlesbare Worte. Viktoria bemerkte, dass die flotte Polkamelodie verstummt war. Eine plaudernde Menschentraube verteilte sich allmählich im Saal, denn das Orchester machte eine Pause. Astrid Nielsen spazierte an der Seite ihres Tänzers, vergaß aber nicht, allen anderen Herren, die sie anstarrten, ein strahlendes Lächeln zu schenken. Anette Desmoulins plauderte noch kurz mit dem kleinen, dicken Dunkelhaarigen, der sie kurz aus ihrem Mauerblümchen-Dasein erlöst hatte. Dann ging sie brav zu ihrem Platz zurück.

»Emily, ein guter Christ muss lernen zu vergeben. Aber ich weiß selbst, wie schwer das sein kann«, sagte Margaret unvermittelt. Das Stimmengewirr erstickte ihre Worte. Nur die plötzliche Verkrampfung von Emilys Körper verriet, dass sie dennoch alles verstanden hatte.

Anette Desmoulins stieß beim Vorbeigehen gegen Viktorias Fuß und entschuldigte sich sogleich. Die hilflose Betroffenheit ihrer Miene verriet einen Menschen, der davon ausging, stets irgendwelche Dummheiten zu machen. Viktoria lächelte sie aufmunternd an. Sie konnte sich dunkel erinnern, dass sie einst Mauerblümchen als unsichtbare Wesen wahrgenommen hatte, die bestenfalls eines spöttischen Kommentars würdig waren, wenn sie durch Tritte auf ihre Existenz aufmerksam machten. Doch nun gehörte sie selbst zu dieser unwichtigen Kategorie Mensch.

»Anette, viens. Assieds-toi!«, rief eine nörgelnde Stimme. Die propere Mademoiselle setzte sich sogleich in Bewegung. Viktoria wandte ihren Kopf in die Richtung, aus der dieser Ruf gekommen war. Eine kleine, zierliche Frau mit dem Gesicht einer Porzellanpuppe sah Anette ungeduldig entgegen.

»Das ist Madame Desmoulins, die gern davon redet, wie viele Herzen sie in ihrer Jugend gebrochen hat«, kommentierte Margaret sogleich. Viktoria blickte verwirrt von Mutter zu Tochter. Nur das dunkle, dicht gelockte Haar ließ eine Verwandtschaft erahnen. Da hatte eine liebliche Fee ein Elefantenbaby auf die Welt gebracht, dachte sie und stellte fest, dass auch in ihr noch immer die Bosheit der umschwärmten, reichen Tochter steckte. Dank langjährigem Französischunterricht konnte sie mit halbem Ohr lauschen, als Anette begeistert von ihrem Tanz berichtete. Die breiten Wangen des Mädchens glühten vor Stolz, doch sah ihre Mutter weiterhin aus, als litte sie an Zahnschmerzen.

»Wer war denn der Tanzpartner des Mädchens?«, wandte Viktoria sich neugierig an Margaret.

»Nathan Sassoon. Neffe eines dieser Bankiers, die aus der arabischen Welt hierher zogen. Die jüngere Generation kleidet sich meist europäisch.«

Ein Jude also. Das erklärte die mangelnde Begeisterung der Madame für die erste Eroberung ihrer Tochter.

Viktoria erinnerte sich an ihre Eltern, die einander stets aus dem Weg gegangen waren. Auch Robert und Emily Huntingdon tauschten tagtäglich nur die allernotwendigsten Worte, obwohl ihre Herkunft sie füreinander bestimmt hatte. Die breite Anette und der runde Nathan aber hatten sich angeregt unterhalten und gemeinsam gelacht, während das Parkett unter ihren Füßen erbebte. Auf einmal fühlte Viktoria Zorn in sich aufsteigen. Warum musste man Menschen dem Stammbaum entsprechend verpaaren wie Rassetiere?

»Ich habe in Hamburg viele angesehene Familien gekannt, die ihre Töchter mit erfolgreichen jüdischen Männern vermählten«, sagte sie laut. »Wer daran etwas auszusetzen hat, scheint mir einfach nur rückständig.«

Das stimmte nicht ganz, denn diese Ehen waren selten gewesen und hatten für Gerede gesorgt, aber das brauchte hier niemand zu wissen. Sie hörte Emily nach Luft schnappen. Margaret stieß ihr vertrautes Kichern aus. Madame Desmoulins Blick streifte Viktoria nur kurz, doch die Augen der jungen Anette blieben eine Weile an ihr haften. Neugier und eine erstaunliche Sehnsucht lagen in dem Blick der plumpen Mademoiselle.

Drei Tage nach dem Ball traf ein Schreiben ein. Anette Desmoulins wünschte Unterricht in der deutschen Sprache zu nehmen, und ihre Mutter fragte, ob die Huntingdons ihre Gesellschafterin gelegentlich entbehren könnten.

»Sagen Sie zu«, meinte Margaret nur. »So verdienen Sie etwas mehr Geld. Und die arme Anette braucht dringend eine Vertraute.«

Kapitel 5

Ein zweirädriges Gefährt namens Jinrikscha brachte Viktoria zum Haus der Desmoulins, das in einer Seitenstraße der Rue du Consulat, ein Stück südlich eben jenes Konsulats stand. Es war Viktorias erster Ausflug in die französische Konzession, die sich nicht wesentlich von der internationalen Siedlung unterschied. Doch lag sie näher an dem chinesischen Stadtteil, wo der westliche Einfluss angeblich kaum zu spüren war. Viktoria hatte von Emily gehört, dass es lebensgefährlich wäre, derart unzivilisiertes Gelände zu betreten. Neugierig musterte sie die Umrisse der Mauer, die diesen verbotenen Stadtteil abschirmte, und rätselte, was sich dahinter verbarg, während die Jinrikscha zum Stehen kam. Ein einziger Mann, ein Diener der Huntingdons, hatte sie gezogen, denn Emily wollte sich nicht länger auf unbekannte Chinesen verlassen müssen, wenn sie irgendwo hinfahren musste, und hatte daher auf die Anschaffung einer eigenen Jinrikscha bestanden. Viktoria war etwas unwohl dabei gewesen, dass ein Mensch statt eines Pferdes ziehend vor ihr herlief, doch der kleine, breitschultrige Mann wirkte nicht sonderlich erschöpft. Im Gegensatz zu den meisten Jinrikschamännern, die ihre Dienste in der Stadt anboten, war er durchaus kräftig und wohlgenährt. Man musste den Huntingdons zugestehen, dass sie ihre Bediensteten wohl anständig versorgten.

»Ich bin in einer Stunde wieder da«, meinte sie zu ihm und fragte sich, ob er ohne Uhr die Zeit würde erkennen können. Er nickte.

»Danke für den Transport«, fügte Viktoria unsicher hinzu. Er verzog keine Miene. Schließlich griff sie in ihren Beutel, um ihm einen Tael zu überreichen. Margaret hatte ihr diese chinesische Silbermünze als Kuriosität geschenkt. Mit englischem oder amerikanischem Geld, das in der internationalen Siedlung verwendet wurde, konnte der Chinese vielleicht nichts anfangen. Auch asiatische Gesichter vermochten offenbar mehr auszudrücken als undurchdringliche Glätte, denn nun sah sie zum ersten Mal ein chinesisches Lächeln, das lebendig schien und auch die Augen zum Leuchten brachte.

»Danke. Ich wünsche Missee langes, erfolgreiches Leben.«

»Tja, das hätte ich gern. Wie heißt du eigentlich?«

»Shikai.«

Er verneigte sich, ließ die Münze in seinem Kittel verschwinden und wandte sich um. Viktoria sah ihm hinterher, als er durch ein bunt verziertes Tor verschwand, das in die Chinesenstadt führte. Auf einmal überkam sie der unsinnige Wunsch, ihm hinterherzulaufen und in diese verborgene Welt einzudringen.

»Guten Morgen, Fräulein Virchow. Wie geht es Ihnen?«, sprach Anette ihren ersten fehlerfreien deutschen Satz.

»Danke, mir geht es gut. Und Ihnen?«, erwiderte Viktoria langsam. Sprachunterricht war anstrengend und zudem langweilig. Wie hatte Charlotte Brontë das nur ausgehalten?

»Mir geht es auch gut. Vielen Dank.«

Anette musterte ihre Lehrerin unsicher.

»Das war schon sehr gut. Sie haben große Fortschritte gemacht«, versicherte Viktoria pflichtbewusst auf Französisch, um endlich mit normaler Geschwindigkeit reden zu können. Anettes Wissensdurst wurde von einem schwerfälligen Verstand behindert. Als ihre Schülerin verlegen zu lächeln begann, schämte Viktoria sich der bösen Gedanken.

»Finden Sie wirklich? Meine Mutter hält mich für begriffsstutzig, auch wenn sie es nie offen sagt.«

Viktoria seufzte innerlich. Warum konnte eine zarte, kluge Fee sich nicht damit abfinden, dass ihre Tochter nicht zu ihrem Ebenbild herangewachsen war?

»Ja, Sie reden schon sehr gut deutsch.«

Das stimmte, solange man sich auf ein paar Sätze beschränkte, die sie Anette in den letzten Wochen eingebläut hatte.

»Wie schön! Nathan kann auch deutsch. Er hat ein paar Jahre in Berlin verbracht, das stand in seinem letzten Brief.«

Das glückliche Leuchten ließ Anettes breites, unscheinbares Gesicht plötzlich wunderschön aussehen. Viktoria nahm einen Schluck Kaffee. In diesem französischen Haus schmeckte er so köstlich, dass sie mit ihrem Schicksal als Lehrerin immer wieder versöhnt wurde.

»Mademoiselle Virchow, ich wollte Ihnen schon lange sagen, wie sehr ich Ihren Mut bewundere«, plauderte Anette weiter, während sie sich eine Praline in den Mund schob. Beim Unterricht wurde stets ein ganzes Tablett mit raffinierten Süßigkeiten serviert. Die meisten davon verzehrte Anette.

»Ich meine«, fuhr sie kauend fort. »So völlig allein in ein fremdes, weit entferntes Land aufzubrechen, wo man niemanden kennt. Also ich würde sterben vor Angst.«

Damit beschrieb sie Viktorias Gefühle während der Reise recht treffend, nur hatte die Seekrankheit als drohende Todesursache all ihre Ängste, was sie in Shanghai erwarten würde, in den Hintergrund gedrängt.

»Ich hatte kaum eine andere Wahl«, gestand sie. »Ich war eine ruinierte junge Dame.«

Anette riss die Augen auf.

»Mein Gott, wie schrecklich!«

Das Entsetzen ließ sie nach einer weiteren Praline greifen.

»Ich kam mit meinen Eltern nach Shanghai. Das ist drei Jahre her. Ich vermisse meine Heimat, aber Mama meint, hier habe ich bessere Aussichten, einen Ehemann zu finden, weil es nicht so viele europäische junge Damen gibt.«

Viktoria wurde klar, dass sie selbst der Madame Desmoulins womöglich ein Dorn im Auge war.

»Es ging aber nicht so richtig voran, genauso wenig wie in Lyon. Doch jetzt …«

Anette kicherte verlegen und kramte in einer Schublade herum.

»Das ist Nathans letzter Brief. Er will sich heimlich mit mir treffen. Wir könnten im Park am Bund spazieren gehen.«

Sie verstummte kurz und warf Viktoria einen unsicheren Blick zu.

»Was meinen Sie, wäre es … wäre es sehr ungehörig von mir, wenn ich diese Einladung annehme? Ich meine, ohne Mama etwas zu sagen, denn die würde es mir sicher verbieten.«

Anette senkte den Blick, während sie an ihrer Praline kaute. Viktoria unterdrückte einen ungeduldigen Seufzer. Warum konnte dieses Mädchen keine eigenen Entscheidungen treffen?

»Es geht um Ihr Leben, Mademoiselle. Nicht um das Ihrer Mutter«, erwiderte sie. Anette riss ungläubig die Augen auf.

»Sie haben eine sehr ungewöhnliche Art, die Dinge zu beurteilen. Das liegt wohl daran, dass Sie ganz auf sich gestellt sind.«

Viktoria fuhr leicht zusammen und spürte sogleich Anettes Hand auf ihrem Ärmel.

»Es tut mir schrecklich leid, wenn ich Sie verletzt habe. Das wollte ich nicht. Ich bewundere Ihre Unabhängigkeit.«

Anettes braune Augen waren groß und rund wie die eines verschreckten Rehs. Viktoria versicherte sogleich, nicht wirklich verletzt zu sein. Auf einmal begriff sie, was der ebenfalls dickliche, aber vermutlich weltgewandte Nathan in der plumpen Französin sah. Ihre kindliche, unverstellte Gutherzigkeit weckte den Wunsch, den Kopf in ihren weichen Schoß zu legen, um sich ein wenig von der Welt zu erholen.

»Also, ich habe mir gedacht, wenn ich mich mit Nathan treffe, dann muss ich natürlich eine Entschuldigung für Mama finden«, plauderte Anette erleichtert weiter. »Und da dachte ich … ich meine, wenn Sie mir nicht böse sind … vielleicht könnte ich sagen, dass wir gemeinsam einen Ausflug machen, um deutsche Konversation zu üben. Wären Sie … ich meine, es ist natürlich nicht ganz anständig … aber wären Sie bereit, für mich zu lügen?«

Viktoria meinte, den flehenden Blick des Mädchens wie eine Berührung auf ihrem Gesicht zu spüren.

»Seien Sie vorsichtig, Mademoiselle Desmoulins«, mahnte sie. »Lassen Sie sich nicht auf … auf Dummheiten ein, bevor Sie sich sicher sind, Nathan vertrauen zu können.«

Anette nickte ernsthaft wie ein folgsames Schulmädchen.

»Aber natürlich, das werde ich tun.«

Viktoria war klar, dass sie einfach tun würde, was ihr gefiel. Aber wann konnte eine Frau denn wissen, dass einem Mann zu trauen war? Sie selbst hatte ihrem Vater vertraut. Und Anton. Zu ihrem Entsetzen trieb die Erinnerung ihr Tränen in die Augen, und sie wandte sich ab, um Anettes Gewissen nicht weiter zu belasten.

»Gut, dann soll die nächste Unterrichtsstunde also im Park stattfinden«, meinte sie schnell. »Aber jetzt muss ich gehen. Mrs. Huntingdon wartet auf mich.«

Sie stand auf und wischte sich rasch die Augen trocken. Zum Glück war Anette der Gefühlsausbruch entgangen, denn als sie brav ihr deutsches »Auf Wiedersehen, Fräulein Virchow. Ich wünsche Ihnen einen schönen Tag« deklamierte, leuchtete ihr ganzes Gesicht vor Glück.

Eine Woche später zog Shikai die zwei Damen zum Rand des Parks, dessen Betreten Chinesen verboten war. Viktoria drückte ihm eine weitere Münze, diesmal einen mexikanischen Dollar, in die Hand, was in der internationalen Siedlung die gängige Währung war.

»Warte hier, ich komme bald wieder«, sagte sie dann. Sie hatte keine Lust, allein durch das Grün zu laufen, auch wenn hier unbekannte Sträucher und Pflanzen wuchsen. Die Erinnerung an ihre heimlichen Treffen mit Anton verfolgte sie mit erneuter Heftigkeit, seit sie Anettes heimliche Komplizin geworden war. Sie suchte ein Entkommen. Eine völlig unvertraute Umgebung, die sie so sehr in den Bann ziehen könnte, dass die Vergangenheit unwichtig wurde.

Nathan und Anette kamen freudig aufeinander zugeeilt. Viktoria musterte unsicher die anderen Spaziergänger. Hier flanierten die wohlhabenden westlichen Bewohner Shanghais, eine durchaus nicht kleine, aber dennoch überschaubare Gemeinde. Sie war sich sicher, einige Gesichter von dem Ball des britischen Konsuls wiederzuerkennen und drückte sich an den Stamm eines knorrigen Baumes, um nicht aufzufallen. Anettes verbotenes Treffen würde sicher nicht unbemerkt bleiben, überlegte sie, doch dann sah sie, wie Nathan auf eine andere Jinrikscha wies, die ebenfalls am Parkrand wartete.

»Die Damen sollten mir möglichst unauffällig folgen. Mademoiselle Desmoulins muss schnell einsteigen, wenn niemand zusieht«, meinte er knapp. Sein Englisch war fehlerfrei, wenn auch mit Akzent behaftet. »Ich hoffe, ihre Lehrerin kann sich die Zeit irgendwie vertreiben, ohne allein im Park herumzulaufen, wo sie auffallen könnte. In genau zwei Stunden sind wir wieder hier. Und die Lehrerin sollte dann auch da sein, um die Mademoiselle nach Hause zu begleiten.«

Er schenkte Viktoria ein großzügiges Lächeln und steckte ihr rasch ein paar Geldscheine zu. Viktoria überwand den Drang, sie ihm ins Gesicht zu werfen. In diesem neuen Leben konnte sie jedes zusätzliche Einkommen gebrauchen.

Das heimliche Verschwinden des Liebespaares ging schnell vonstatten. Zwei Hunde hatten sich aufeinander gestürzt und der Streit ihrer Besitzer, wer für diesen Angriff vor dem Eingang des Parks verantwortlich war, zog allgemeine Aufmerksamkeit auf sich. Viktoria blieb am Parkrand stehen, drängte sich durch die Menschenmenge auf der Straße, bis sie wieder Shikai erblickte. Entschlossen schwang sie sich in die Jinrikscha.

»Wir machen jetzt einen Ausflug, von dem du nicht reden wirst, denn sonst gibt es kein Geld mehr von mir«, meinte sie. Er nickte gleichmütig.

»Wohin wollen Missee fahren?«

Ja, wohin eigentlich? Die internationale Siedlung kannte sie einigermaßen und mittlerweile auch die französische Konzession. Aber es gab noch ein geheimes, hinter einer Mauer verborgenes Shanghai.

»Ich möchte in den chinesischen Stadtteil. Dort, wo du immer hingehst, wenn ich bei den Desmoulins bin.«

Shikai, der bereits die Griffe der Jinrikscha in der Hand hielt, drehte sich plötzlich um. Zum ersten Mal sah Viktoria ein völlig verblüfftes chinesisches Gesicht. Mit den weit aufgerissenen Augen und dem halb offenen Mund wirkte er keineswegs undurchschaubar und weise, sondern ganz und gar menschlich.

»Das kein Ort für weiße Lady«, erwiderte er entschieden. Viktoria erinnerte sich an Margarets Erzählungen.

»Du meinst wohl, ich bin eine Teufelin, die deine Leute verhext«, entgegnete sie kichernd. »Keine Angst, ich will mich nur umschauen.«

Shikai war weiterhin auf der Straße festgewachsen. Andere Jinrikschafahrer schubsten sich mit zornigem Plärren an dem Hindernis vorbei. Redeten Chinesen jemals leise miteinander? Schließlich ließ Shikai die Griffe auf den Boden sinken, um näher an Viktoria heranzutreten, als er es je zuvor gewagt hatte. Sie hätte nur die Hand heben müssen, um seinen pechschwarzen, glatten Schnurrbart zu berühren. Ein starker, scharfer Geruch ging von dem Mann aus.

»Missee wollen sehen Hinrichtung?«, flüsterte er mit einem Funkeln in den Augen. »Finden heute statt. Junge, schöne Frau, hat Mann vergiftet. Wird in Stücke geschnitten. Wollen sehen? Ich fahren Missee hin, schnell und sicher, für nur zwei Dollar.«

Viktoria begann trotz der Hitze zu frieren und presste ihren Rücken in den Jinrikschasessel. Shikai zeigte grinsend gelbe Zähne.

»Ich weiß, weiße Leute sagen wir Barbaren, weil machen solche Hinrichtung. Aber oft wollen sehen.«

Der Zorn riss Viktoria aus ihrer Beklemmung. Sie richtete sich auf und krallte ihre Hände in das Polster des Sessels.

»Ich will das nicht sehen!«, zischte sie. »Ich will … ich will einfach sehen, wie Chinesen leben, ganz ohne Blutvergießen und sonstige Spektakel. Und deshalb bringst du mich jetzt in die Chinesenstadt. Sonst erzähle ich Mrs. Emily Huntingdon, dass du heimlich Opium rauchst.«

Es war nur ein Schuss ins Blaue. Ihr war der glasige Blick aufgefallen, mit dem Shikai von seinen Ausflügen zurückkehrte. Sein leichtes Schwanken beim Ziehen der Jinrikscha auf dem Heimweg. Zunächst hatte sie befürchtet, er sei krank, doch Margaret hatte ihr von diesem in Shanghai weit verbreiteten Laster erzählt, das Emily ihren Angestellten unter Androhung sofortiger Entlassung verbot. Als Shikais Augen sich zu schmalen, zornigen Schlitzen verengten, wurde ihr klar, dass sie ins Schwarze getroffen hatte.

»Gut«, knurrte er. »Aber Missee bleiben in Jinrikscha. Nicht springen heraus und laufen herum.«

»Ich mache, was ich will«, protestierte Viktoria. Was erlaubte dieser Diener sich eigentlich? Er trat knurrend einen Schritt zurück und musterte sie mit einem Blick, der ihr ebenfalls sehr vertraut und zutiefst männlich schien. Der Unmut angesichts weiblichen Eigensinns stand ihm ins Gesicht geschrieben.

»Jetzt hören zu«, sagte er lauter als jemals zuvor. »Ich haben drei Kinder, alte Mutter und Frau. Jetzt haben gute Arbeit, gutes Geld. Nicht wollen verlieren, nur weil weiße Lady finden Leben langweilig und wollen machen Unsinn. Chinesenstadt nicht für Lady. Gefährlich. Diebe, Mörder, Leute, die wollen Frau verkaufen. Verstehen?«

Viktoria spürte ihr Herz vor Aufregung schlagen, doch gleichzeitig wurde ihr flau im Magen. War es wirklich eine gute Idee, in diese unbekannte Welt aufzubrechen?

Shikai kam einen Schritt näher. Sein Gesicht schien plötzlich wieder freundlich, fast unterwürfig, wie es sich für einen Diener gehörte.

»Aber ich kann aufpassen auf Lady.« Er zog einen kleinen, krummen Dolch aus seinem Kittel, den er stolz in der Sonne glänzen ließ. »Ich fahren Lady durch Chinesenstadt. Für fünf Dollar.«

Viktoria musste ungewollt lächeln. Überall auf der Welt drehte sich alles ums Geld. Vermutlich hatte Shikai übertrieben, um ihr Angst zu machen und für seinen versprochenen Schutz bezahlt zu werden. Aber das großzügige Bestechungsgeld von Nathan Sassoon machte es ihr möglich, das Angebot ohne weitere Diskussionen anzunehmen.

Wieder ging es südwärts durch die französische Konzession, vorbei an der amerikanischen Baptisten-Mission, bis sich schließlich ein weiteres, mit gekrümmten Giebeln und roten Laternen verziertes Tor vor ihnen auftat, das die Jinrikscha verschluckte.

Plötzlich wurde es dunkel, eng und ohrenbetäubend laut. Der Lärm, den sie bereits mit Shanghai verband, bekam hier eine neue Dimension. Unbekannte Gerüche bissen in Viktorias Nase. Sie konnte nur einen schmalen Streifen Himmel erkennen, denn überall kauerten Hütten und Häuser eng aneinander. Menschen sprangen vor der Jinrikscha zur Seite, obwohl es ihr ein Rätsel war, wohin sie verschwanden. Hier war nirgendwo der winzigste freie Platz zu entdecken. An manchen, etwas größeren Gebäuden baumelten die üblichen Laternen. Grellbunte, chinesische Schriftzeichen funkelten auf, doch konnte ihre Pracht nicht über den Schmutz der Straße hinwegtäuschen. Sie war dankbar, dass Shikais Tempo ihr nicht die Gelegenheit gab, herauszufinden, woraus dieser Unrat sich zusammensetzte. Aber die vor den Hütten herumliegenden Gestalten vermochte sie nicht zu übersehen. Sie hatte gedacht, im Gängeviertel Armut und Verwahrlosung gesehen zu haben, doch hier erschreckte das Elend sie nicht nur, es erschütterte ihr Verständnis der Welt. Lebten diese ausgemergelten, mit Ausschlag übersäten Wesen überhaupt noch? Kümmerte es jemanden außer ihr selbst? Wie um diese Frage zu beantworten, überrollte die Jinrikscha den Körper eines Kindes. Viktoria schrie auf. Erst als sie sich umdrehte, erkannte sie die verfaulten Gliedmaßen eines Leichnams. Aber es waren nicht alle hier tot. Sie spürte gierige, hungrige Blicke, an denen Shikai sie vorbeirasen ließ. Kurz schloss Viktoria die Augen. Es war zu viel. Es war unerträglich. Sie wollte aus dieser Hölle fliehen, doch wusste sie den Rückweg nicht. Ohne Shikai war sie verloren. Viktoria beugte sich vor, um ihn anzuschreien, dass er umkehren sollte, doch da kam die bereits heftig holpernde Jinrikscha endgültig zum Schwanken. Es krachte. Die Welt neigte sich zur Seite. Viktoria krallte ihre Hände in die Polster und kreischte aus Leibeskräften.

Sie wollte weg. Sie wollte zu der netten, verständnisvollen Mrs. Huntingdon. Auf jeden Fall fort aus diesem China, das so ganz und gar nicht ihren Träumen von einer exotischen, zauberhaften Welt entsprach.

Der schlammige Boden näherte sich ihrem Gesicht. Sie klammerte sich an das Geländer der Jinrikscha, um in einer aufrechten Haltung zu bleiben. Neben ihr fielen Käfige zu Boden, in denen Menschen steckten. Kleine Menschen. Kinder. Ein großer Karren ruhte inmitten der Straße. Seine Räder drehten sich sinnlos in der Luft. Shikai und ein anderer Chinese brüllten, als wollten sie die ganze Stadt mit ihrer Stimmgewalt zum Einsturz bringen. Allmählich fügte ein Bild sich in Viktorias Kopf zusammen. Die Jinrikscha war mit dem Karren zusammengestoßen, beide waren umgekippt. Viktoria stützte sich auf einen der Käfige, um aufstehen zu können, was ihr zum Glück ohne Schwierigkeiten gelang. Sie sah zersplittertes Holz zu ihren Füßen und begriff, dass dieser Käfig zerbrochen war. Ein Stück daneben lag der magere Körper eines chinesischen Jungen. Auf zitternden Beinen tastete sie sich vorwärts. Sie beugte sich hinab und berührte vorsichtig eine der schmalen Schultern. Ihr wurde bewusst, dass sie zum allerersten Mal einen Chinesen anfasste. Ein leichtes Beben fuhr durch den Körper. Viktoria atmete erleichtert auf. Dieses Kind war nicht tot. Sie griff fester zu, wollte den Jungen herumdrehen, als er sich plötzlich aufbäumte. Ein Schrei erklang, scharfe Zähne bohrten sich in Viktorias Hand, die sogleich von Blut überströmt wurde. Dann war der Junge auf den Beinen und rannte. Viktoria presste ihre verletzte Hand gegen den Stoff ihres Kleides, um irgendwie die Blutung zu stillen. Sie würde Jod brauchen, schoss es ihr durch den Kopf, denn hier war die Gefahr einer Infektion sicher groß. Das Brüllen hatte aufgehört, da der Besitzer des Karrens nun dem Jungen hinterherlief. Er hatte ihn am Kragen gepackt, noch bevor er um die nächste

Ecke biegen konnte. Plötzlich lag eine Rute in der Hand des Mannes, die auf den mageren Rücken nieder raste. Ein Wimmern steigerte sich zu einem herzzerreißenden Plärren, als die Hiebe einfach nicht aufhörten.

Eine Sänfte tauchte zwischen den Hütten auf. Ihre Träger blieben ratlos stehen, denn der Karren versperrte ihnen den Weg. Der Vorhang der Sänfte bewegte sich, und Viktoria schöpfte Hoffnung, dass nun eine wichtige chinesische Person für Ordnung sorgen würde. Doch der alte Mann mit Spitzbart, dessen Gesicht sich durch die Vorhänge schob, rief den Trägern nur einen kurzen Befehl zu, sodass sie rückwärts gingen, um dem Chaos zu entkommen.

Der Junge schrie nicht mehr. Er hing als lebloses Bündel in der Hand seines Peinigers, der unbeirrt auf ihn eindrosch.

»Das soll aufhören«, sagte sie zunächst leise, als rede sie mit sich selbst. Dann begann sie immer lauter zu schreien, rüttelte Shikai, der gerade die Jinrikscha wieder aufstellen wollte, wie einen Baum, der Früchte abwerfen sollte. »Sag ihm, er soll aufhören! Er soll aufhören, das Kind zu schlagen. Er bringt es ja um!«

Sie spürte Blicke in ihrem Rücken und drehte sich um. Die Kinder in den anderen, noch völlig geschlossenen Käfigen musterten stumm den geprügelten Jungen und die schreiende, fremde Frau. Nur einem kleinen Mädchen liefen Tränen über die Wangen.

»Das Menschenhändler«, erklärte Shikai. »Junge ihm gehören, nicht dürfen weglaufen.« Mit stumpfer Miene wandte er sich wieder zu der Jinrikscha. Viktorias Beine drohten nachzugeben. Dieses verlockende, geheimnisvolle Tor hatte mitten in die Hölle geführt.

»Gib ihm Geld!«, schrie sie, ohne weiter nachzudenken. »Gib ihm Geld, damit er den Jungen in Ruhe lässt.«

Shikai wandte sich ihr mit einem leichten Schnauben wieder zu.

»Hier viele arme Leute. Warum nicht ihnen geben Geld? Warum geben Menschenhändler, damit er erst wieder Jungen schlägt, wenn Lady weg?«

Viktoria stampfte mit dem Fuß auf. Warum stellte Shikai sie stets als verwöhnte Idiotin hin?

»Dann gib ihm das Geld für den Jungen. Wir nehmen ihn mit.«

Entschlossen hielt sie ihm sämtliche Geldscheine, die ihr Nathan Sassoon überreicht hatte, unter die Nase. Shikais Augen begannen zu leuchten. Zwar sah er Viktoria immer noch an, als gehöre sie zu einer ganz besonders undurchschaubaren Gattung Mensch, aber er setzte sich in Bewegung.

Eine Weile später standen sowohl Jinrikscha als auch Karren wieder auf ihren Rädern. Die Käfige mit den Kindern verschwanden im Dickicht der Hütten. Nur der Junge war zurückgeblieben, lag blutend in der Jinrikscha, doch regten seine Beine sich allmählich wieder.

Viktoria war ihr Geld los. Sie war sich sicher, dass Shikai etwas davon eingesteckt hatte, aber darauf kam es jetzt nicht an. Ihr gehörte nun ein chinesischer Junge, der sich wie eine bissige Ratte benommen hatte. Sie hatte nicht die geringste Ahnung, was sie mit ihm anfangen sollte.

»Er braucht einen Arzt«, meinte sie zu Shikai, der nur knapp nickte.

»Er leben, werden wieder gesund. Chinesen zäh. Soll ich ihn festbinden?«

»Wozu denn?«, fragte Viktoria entsetzt und erhielt wieder einen ungeduldigen Blick.

»Damit nicht kann beißen. Oder weglaufen.«

Nun war es an Viktoria, zornig zu schnauben.

»Wenn er weg will, dann kann er gehen. Ich meine, er hat doch sicher ein Zuhause. Eine Familie. Dieser Sklavenhändler muss ihn entführt haben.«

Shikai verzog das Gesicht.

»Arme Leute verkaufen ein Kind, damit andere Kinder nicht verhungern. Meist Tochter, doch wenn viele Söhne auch Sohn. Wenn Junge hier herumlaufen, andere Menschenhändler ihn fangen. Das hübsche Junge. Manche Männer das mögen.«

Viktoria hoffte, die Bedeutung dieser Worte missverstanden zu haben, doch Shikai legte ihren fassungslosen Gesichtsausdruck wohl falsch aus.

»Auch weiße Männer manchmal mögen hübsche Junge«, erklärte er, als wolle er sein Land verteidigen. Viktoria presste die Hände an ihre Wangen. All das wurde ihr zu viel. Sie schob den verletzten Jungen sanft zur Seite, um selbst in die Jinrikscha klettern zu können.

»Bring mich jetzt zurück zum Park. Dann reden wir weiter«, sagte sie und war erleichtert, dass Shikai ohne jede Widerrede gehorchte.

Der Junge hatte die Augen weit geöffnet, als er durch das Tor in die französische Konzession gefahren wurde. Unter den offenen Wunden erkannte Viktoria Narben, die von früheren Schlägen zeugten. Sie wollte ihm tröstend übers Gesicht streichen, fürchtete aber, erneut gebissen zu werden.

Zunächst musste sie Anette nach Hause bringen. Dann würde sie versuchen, den Jungen ins Haus der Huntingdons zu schmuggeln, ohne dass es Emily auffiel. Sie hoffte auf Margarets Unterstützung. Irgendeine Arbeit konnte dieses Kind sicher verrichten, sobald es wieder auf den Beinen war.

Anettes Strahlen verwirrte Viktoria, denn sie selbst begann Schmerzen an ihren Knien und Unterschenkeln zu spüren, die wohl von dem Aufprall der umgekippten Jinrikscha herrührten. Der große Blutfleck auf ihrem Kleid sah sicher nicht besonders apart aus. Sie hoffte, ihn auswaschen zu können, denn ein neues Kleid würde sie sich so schnell nicht leisten können.

»Ach, Miss Virchow, wir waren in einem chinesischen Theater«, plapperte die Französin sogleich los. Sie sprach nun Englisch, vermutlich, damit auch Nathan sie verstehen konnte. »In der Foochow Road. Da waren außer uns fast nur Chinesen, die haben geschubst und gebrüllt wie immer. Auf der Bühne sprangen sie durch die Luft und kreischten in sehr hohen Tönen. Ich habe einfach nicht begriffen, worum es in der Geschichte ging, obwohl Nathan mir alles übersetzte. Er kann fließend Chinesisch, er ist hier geboren, wissen Sie, ein sehr gebildeter Mann … aber Miss Virchow, was ist denn mit Ihnen passiert?«

Anettes Redeschwall verstummte schlagartig, auch wenn ihr Mund weiter offen stand.

»Ich hatte einen kleinen Jinrikscha-Unfall«, erklärte Viktoria mit einem bemühten Lächeln. Jetzt musste sie noch den Jungen erklären, der in der Jinrikscha lag.

Anette wandte sich ratlos an Nathan.

»Sind Sie verletzt?«, fragte der sogleich. Viktoria schüttelte den Kopf. Sie fühlte sich, als hätte sie Prügel bezogen, doch vermutlich würde mit der Zeit alles heilen.

»Da ist ein Kind, ein kleiner Junge«, begann Viktoria zaghaft. »Ich … er saß in einem Käfig, der umkippte. Und dann wollte er weglaufen und … also ich habe ihn sozusagen gekauft, weil ich ihm helfen will.«

Unsicher blickte sie in Nathans Gesicht, wartete auf einen abfälligen Blick, der über ihre weibliche Sentimentalität spotten würde. Aber der junge Mann nickte nur.

»Das Elend in diesem Land ist sehr groß, ich weiß. Soll ich mir das Kind ansehen? Ich könnte versuchen herauszufinden, woher es kommt.«

Auf einmal ging es Viktoria wie Anette. Sie war froh, Nathan an ihrer Seite zu wissen.

Er beugte sich langsam über den Jungen, der ihn mit schreckgeweiteten Augen ansah. Nathan redete ein paar Worte. Der Junge starrte weiter. Nathan redete nochmals.

Dann wurde endlich eine Antwort geflüstert, ein kurzes Gespräch kam in Gang.

»Er stammt aus Wuhu«, erklärte Nathan. »Sein Name ist Dewei. Er scheint Mandarin besser zu beherrschen als den Wu-Dialekt, der in Shanghai gesprochen wird.«

Viktoria erfuhr zum ersten Mal, dass Chinesisch in verschiedenen Dialekten gebrüllt werden konnte. Und sogar manchmal leise gesprochen, wie sie gerade erlebt hatte.

»Er dürfte ungefähr sieben Jahre alt sein, aber es ist schwer einzuschätzen, denn hungernde Kinder wachsen langsamer. Seine Eltern sind tot. Sein Onkel verkaufte ihn und seine Schwester an einen Menschenhändler«, erklärte Nathan in völlig ruhigem Tonfall. Viktoria sah wieder das stumme, weinende Gesicht des Mädchens im Käfig.

»Wenn seine Schwester noch bei dem Menschenhändler ist, dann könnten wir sie vielleicht auch kaufen«, sprudelte es aus ihr heraus. »Ich meine ... ich müsste Schulden machen, aber das zahle ich schon zurück.«

Ihr wurde bewusst, dass es nicht einfach wäre. Schamesröte stieg ihr ins Gesicht. Es war so erniedrigend, arm zu sein! Einst hätte sie alle Kinder auf dem Karren kaufen können, ohne mit der Wimper zu zucken.

»Die Schwester wurde bereits in Wuhu fortgebracht«, erklärte Nathan nach einer kurzen Unterhaltung mit dem Jungen. »Er weiß nicht wohin. Es hätte keinen Sinn, nach ihr zu suchen. Zu viele kleine Mädchen werden in diesem Land verkauft!«

Viktorias Magen verkrampfte sich. Das also war die Welt der erhabenen Gelehrten, von der ihr Vater geschwärmt hatte.

Nathan musterte sie mit erstaunlich viel Verständnis.

»Ich habe versucht, dem Jungen klarzumachen, dass wir ihm nichts Böses wollen. Aber ehrlich gesagt bezweifle ich, dass er es glaubt. Er hat genug anderweitige Erfahrungen gemacht. Hindern Sie ihn daran wegzulaufen, Miss Virchow. Dann hätten Sie ihr Geld umsonst ausgegeben, die Freiheit wird ihm nicht gut bekommen. Es gibt hier in Shanghai christliche Missionen, die sich um Waisenkinder kümmern. Am besten wäre es, wenn Sie ihn dort hinbrächten.«

Viktoria nickte dankbar. Anette sah ihren Verehrer strahlend an.

»Nun sollten wir alle heimwärts fahren«, redete Nathan weiter. »Ich werde für die Damen eine weitere Jinrikscha organisieren, damit der verletzte Junge in Ruhe liegen kann.«

Er blickte Anette an, deren breites, leuchtendes, vor Freude gerötetes Gesicht Viktoria an die chinesischen Laternen erinnerte. Taktvoll trat sie ein paar Schritte zur Seite, damit die Liebenden sich ungestört verabschieden konnten.

Seltsam, es tat nicht mehr weh, sie miteinander turteln zu sehen. Sie war nun mit anderen Dingen beschäftigt. Wartend stand sie vor Shikais Jinrikscha und musterte das in ihr liegende Kind. Seine Augen waren nun wach, aufgebracht, wütend und ängstlich. Sie wagte immer noch nicht, Dewei zu berühren. Aber das Schicksal hatte sie beide aus einer Jinrikscha und einem Käfig geschleudert, sodass sie Seite an Seite landeten. Vielleicht war sie von nun an nicht mehr ganz so auf sich allein gestellt, wie Anette gemeint hatte.

Kapitel 6

Die Form asiatischer Augen kann sehr schön sein, finden Sie nicht, Miss Virchow?«, meinte Margaret Huntingdon, während sie den vor ihr sitzenden Dewei musterte. Glücklicherweise hatte Emily schlafend in ihrem Zimmer gelegen, als Viktoria ins Haus gekommen war. Shikai hatte sich erstaunlicherweise hilfsbereit gezeigt, ohne weitere Dollars zu verlangen. Schnell und unauffällig war der Junge in das Zimmer der alten Lady getragen worden, die von seinem Auftauchen nicht aus der Ruhe gebracht wurde.

»Ja, er ist ein durchaus hübsches Kind«, stimmte Viktoria zu, obwohl ihr das bisher völlig unwichtig gewesen war. Dewei, über den gesprochen wurde als sei er ein neu erworbener Gegenstand, saß aufrecht auf seinem Stuhl. Fluchtversuche hatte er aufgegeben, vielleicht eingeschüchtert durch so viele fremde Gesichter. Er blieb völlig starr wie eine von Katzen umzingelte Maus, starrte stumm in eine ihm unbekannte Welt.

»Ich frage mich«, murmelte Margaret Huntingdon, deren Kopf langsam Richtung Kinn sank. »Hat mein Enkel auch solch wunderschöne Augen? Oder sind sie so blau wie die von Andrew?«

Viktoria sah die alte Dame fragend an. Sie hatte kein Enkelkind. Robert und Emily hatten beide die Vierzig längst überschritten, und so, wie sie zueinander standen, war die Kinderlosigkeit ihrer Ehe nicht erstaunlich. Wahrscheinlich wünschte Margaret sich ein Enkelkind und entwarf im Geiste gerade Bilder von ihm. Aber wer war dieser Andrew, von dem immer wieder gesprochen wurde?

Das Eintreten der Amah riss sie aus ihren Gedanken.

»Wanne jetzt voll«, erklärte sie. Dann warf sie Dewei einen Blick zu, mit dem sie vielleicht auch eine Kanalratte gemustert hätte.

»Dieses Kind schmutzig. Ich nicht wollen anfassen«, protestierte sie mit einer empörten Fistelstimme.

»Deshalb soll er ja gewaschen werden«, erwiderte Viktoria giftig und erhielt einen feindseligen Blick.

»Waschen Straßenkind nicht meine Aufgabe«, stellte die Amah hartnäckig fest. Viktoria holte Luft. Aufsässigkeit sollte bei Bediensteten niemals geduldet werden, hatte ihre Mutter immer wieder gemahnt. Diesmal sah sie einen triftigen Grund zur Strenge.

»Es ist schon gut, das musst du nicht«, mischte Margaret sich plötzlich wieder ins Gespräch. »Hol den Diener, der die Jinrikscha zieht.«

Die Amah verließ rasch den Raum.

»Wenn sie wütend wird, dann redet sie gleich mit Emily«, erklärte Margaret ihr Verhalten. »Aber ich glaube, das Kind will nicht von uns angefasst werden. Wir sind ihm zu fremd.«

Dewei saß immer noch reglos da, allein der Amah hatte er einen aufmerksamen, fast hoffnungsvollen Blick geschenkt. Margaret beugte sich nun vor und sprach ein paar Worte auf Chinesisch. Die mandelförmigen Augen, welche die alte Dame sich bei ihrem Enkelkind erträumt hatte, nahmen eine etwas rundere Form an. Vermutlich wusste er von weißen Männern, die seine Sprache beherrschten, denn Nathan hatte er nicht so erstaunt angeblickt. Aber den fremden Teufelsfrauen traute er es offenbar nicht zu, sich in seiner Sprache verständlich zu machen. Etwas Leben kam nun in sein Gesicht, er öffnete leicht den Mund, wagte aber nicht zu sprechen. Seine Finger, die bisher den Stuhl umklammert hatten, wie um daran Halt zu suchen, entspannten sich.

Shikai trat zögernd ein und ließ jenen typisch chinesischen, unauffälligen Blick aus den Augenwinkeln rasch durch den Raum huschen. Die privaten Gemächer seiner Arbeitgeber betrat er wohl zum ersten Mal. Seine Verbeugung drückte nichts als tiefste Ergebenheit aus. Viktoria unterdrückte ein Lächeln. Sie kannte mittlerweile einen anderen Shikai.

»Bring den Jungen ins Nebenzimmer, wo eine Wanne mit Wasser steht«, meinte Margaret. »Er kann sich sicher selbst waschen, wenn man es ihm erklärt. Und dann reibst du seinen Rücken mit dieser Salbe ein, ob er will oder nicht.«

Sie griff nach der Dose, die Schwester Maud immer benutzte, wenn ihre Patientin wunde Stellen an den leblosen Teilen ihres Körpers bekommen hatte. Shikai nickte gehorsam, nahm die Dose in Empfang. Dann packte er Dewei an den Schultern, um ihn wie ein Bündel herauszutragen. Viktoria wollte protestieren, denn der Griff schien ihr unnötig grob, doch der Junge fügte sich widerstandslos in sein Schicksal.

»Ich glaube, er hatte eine Großmutter, die er mochte«, meinte Margaret mehr zu sich selbst als zu Viktoria. »Als ich ihm sagte, dass er sich nicht zu fürchten braucht, da glaubte er mir.«

Ihre lebendige Gesichtshälfte formte wieder einmal ein Lächeln, das aber nicht spöttisch wirkte, sondern sanft, beinahe glücklich.

»Und jetzt ihre Hand, Miss Virchow«, redete sie weiter, nachdem sie sich selbst aus den Träumen gerissen hatte. »Sie brauchen auch etwas von der Wundsalbe und einen Verband. Das wird die Amah erledigen müssen. Geben Sie ihr das Kleid, um es zu reinigen. Sie haben doch noch eines, nicht wahr? Und wenn alle wieder frisch und sauber sind, sollten wir eine kleine Mahlzeit zu uns nehmen.«

Entschlossen streckte sie die Hand nach der Klingel aus.

Dewei steckte in einer jener weiten chinesischen Hosen, die Shikai für ihn aufgetrieben haben musste, denn im Gegensatz zu seiner bisherigen Kleidung war sie frei von Schmutz- und Blutflecken. Auf seinem verletzten Rücken glänzte die Salbe.

Die Amah servierte jene mit Schinken, Käse und Gurken belegten Brothälften, die Engländer so liebten. Mit ausdrucksloser Miene stellte sie das Tablett auf dem Tisch ab, um sogleich wieder zu verschwinden. Shikai war bereits fort. Zufrieden hatte er ein paar Doller eingesteckt. Vielleicht für seine Familie. Oder für die Opiumpfeife.

Viktoria füllte die Teetassen und reichte Margaret eine davon. Dewei griff nach kurzem Zögern selbst zu. Mit gierigen Schlucken ließ er den Inhalt der Tasse in seiner Kehle verschwinden, die Sandwiches jedoch musterte er etwas ratlos. Verlangen blitzte in seinen Augen auf, gedämpft von Misstrauen und Verwirrung.

Wieder sagte Margaret etwas auf Chinesisch. Dann biss sie selbst in ein Gurkensandwich, kaute und schluckte, ohne ihren

Blick von dem Gesicht des Jungen zu nehmen. Auffordernd hielt sie ihm ein mit Wurst belegtes Dreieck entgegen. Er griff rasch zu, schluckte, ohne lang zu kauen. Dann holte er sich weitere belegte Brote, verschlang Käse, Gurken und Eier, als fürchte er, das Essen könne wieder verschwinden, wenn er nur einen Moment lang zögerte. Das Tablett war leer, noch bevor Viktoria ein einziges Käsesandwich aufgegessen hatte.

Dewei krümmte sich plötzlich und presste seine Hände auf den Magen. Dann rannte er zu dem Nebenzimmer, wo er gebadet worden war, doch schaffte er es nicht schnell genug. Hilflos würgte er die halb verdauten Sandwiches wieder aus, blieb dann kauernd in der Ecke sitzen.

»Er verträgt unser Essen nicht«, stellte Margaret ruhig fest. »Das hätte ich mir denken können. Als ich zum ersten Mal etwas Chinesisches aß, war mir einen ganzen Tag lang übel.«

Dewei war aufgestanden. Langsam ging er auf Margaret zu, verbeugte sich und sprach ein paar Worte. Er sah unglücklich aus. Margaret antwortete ihm mit beruhigender Stimme, sodass er wieder auf seinen Stuhl kletterte.

»Er hat sich entschuldigt!«, meinte sie triumphierend zu Viktoria. »Das Kind hat Manieren. Er wurde anständig erzogen, bevor das Schicksal es übel mit ihm meinte. Ich glaube, es wird mit ihm gar nicht so schwierig werden, wie ich dachte.«

Zufrieden griff sie nochmals nach der Klingel.

»Wir sagen der Amah, dass Sie mich zum Bad bringen wollten, als mir plötzlich übel wurde. Sonst räumt sie das Erbrochene nicht weg. Dann schicken wir jemanden los, um bei einem Straßenhändler chinesische Nudeln holen zu lassen. Der Junge ist ausgehungert. Bringen Sie ihn in ihr Zimmer, Miss Virchow. Dort soll er erst einmal essen und schlafen.«

Viktoria sah die alte Dame dankbar an. Allein wäre sie mit der Lage niemals fertig geworden. Nachdem Margaret ihm alles erklärt hatte, ließ Dewei sich fügsam an der Hand nehmen, auch wenn er es vermied, Viktoria anzusehen. Sie ging entschlossen los, fühlte, wie er nach kurzem Zögern folgte. Sein Gesicht war Margaret zugewandt, solange sie noch zu sehen war. Viktoria stieg die Stufen zu ihrer winzigen Kammer hoch, wo sie bisher nur geschlafen hatte. Die Handfläche des Jungen schien unerwartet warm und sie staunte, dass sie dies als angenehm empfand. Bisher hatte sie Kinder ausgesprochen uninteressant gefunden.

»Meine Mutter hat mich von der Geschichte in Kenntnis gesetzt.«

Robert Huntingdon schritt im Salon auf und ab. Er kam selten zur Ruhe. Seine Finger zogen eine Zigarre aus der Jackentasche. Kurz zögerte er, denn es gehörte sich nicht, in Gegenwart von Damen zu rauchen. Dann fiel ihm wohl wieder ein, dass Viktoria nur eine seiner Angestellten war, denn er zündete die Zigarre zufrieden an.

»Der Junge wohnt in Ihrem Zimmer?«

Viktoria nickte. Am ersten Tag hatte sie Dewei in ihrem Bett liegen lassen, denn er war nach dem Verzehr chinesischer Nudeln in einen steinernen Schlaf gefallen. Dann war zum Glück eine Matte aus Bambus hereingetragen worden, sodass sie einander nachts nicht störten.

»Er ist ein folgsames Kind«, sagte sie und schob die immer noch verbundene Hand unter den Stoff ihres Kleides.

»Ja, das mag sein.«

Robert Huntingdon ging zum Fenster, warf einen kurzen Blick hinaus, um dann zum Kamin zu schreiten, den Viktoria für eine Dekoration hielt. Margaret hatte ihr zwar erzählt, dass es im Winter in Shanghai durchaus schneien konnte, aber sie konnte sich diese Stadt nicht anders vorstellen als so schwül wie ein Treibhaus.

»Wie soll es nun weitergehen?«, meinte Robert Huntingdon und wandte sich ihr wieder zu. Nervös musterte sie ihren

Arbeitgeber, den sie bisher nur selten zu Gesicht bekommen hatte, denn bei den Mahlzeiten der Familie war die Gesellschafterin nicht erwünscht.

Er war ein mittelgroßer, breitschultriger Mann, weder attraktiv noch hässlich. Seine Neigung, ständig herumzulaufen und bei festlichen Anlässen die Gesellschaft einflussreicher Männer zu suchen, ließ die Sehnsucht erahnen, ebenfalls wichtig zu sein.

Anton hätte Witze über diesen aufstrebenden kleinen Händler gerissen, dessen schlichte, fast schäbige Kleidung auf fantasielosen Geschmack und einen billigen Schneider schließen ließ. Sie selbst hätte fröhlich mit eingestimmt. Doch nun war sie von diesem kleinen Händler abhängig. Viktoria riss sich zusammen, um nicht in Bitterkeit zu verfallen.

»Ich denke, der Junge kann erst einmal in meinem Zimmer bleiben. Dort stört er niemanden«, meinte sie hartnäckig.

Robert Huntingdon legte beide Hände auf den Tisch, der zwischen ihnen stand, und beugte sich vor.

»Meine Frau, Emily, sie mag keine Chinesen. Sie findet ihre Nähe höchst unangenehm. Sie hat ein sehr nervöses, schwieriges Naturell, wie so viele Damen dieser Welt.«

Auf seinem Gesicht erschien der Hauch eines Lächelns. Viktoria staunte, dass der Hausherr tatsächlich Rücksicht auf seine Frau zu nehmen schien. Oder war es nur ein Vorwand?

»Ich sagte doch schon, der Junge bleibt in meinem Zimmer. Ich kann ihn zu Mrs. Huntingdon mitnehmen, wenn ich ihr vorlese und mit ihr rede. Sie stört sich nicht daran, ich glaube, sie mag Kinder. Seine Gegenwart scheint ihr gut zu tun.«

Die offensichtliche Sehnsucht der alten Dame nach Enkeln ließ sie taktvoll unerwähnt. Robert Huntingdon schien trotzdem einen Zusammenhang herzustellen, denn ein dunkler Schatten huschte über sein Gesicht.

»Miss Virchow, bei allem Respekt für Ihr mitfühlendes Herz, hier geht es nicht um einen ausgemergelten Straßenhund sondern um ein chinesisches Kind.«

Viktoria fuhr auf.

»Sie meinen, ich dürfte einem chinesischen Hund helfen aber keinem kleinen Chinesen?«, fragte sie so bissig, wie sie einst manchmal mit ihrer Mutter geredet hatte. Sie erschrak, als ihr bewusst wurde, dass sie sich in ihrer gegenwärtigen Lage keine Frechheiten erlauben konnte. Doch Robert Huntingdon seufzte nur.

»Er wird kein kleines Kind bleiben, sondern heranwachsen«, meinte er völlig ruhig. »Als niedliches Spielzeug meiner Mutter und ihrer Gesellschafterin wird er auf Dauer nicht taugen. Er muss eine Arbeit lernen.«

Viktoria gab sich kurzfristig geschlagen, auch wenn ihr der abfällige Tonfall nicht gefiel.

»Er könnte doch den Dienstboten helfen«, schlug sie zaghaft vor.

»Wir haben genug Bedienstete und die schlafen nicht in den Zimmern weißer Leute. Ein derartiger Bruch mit der herrschenden Ordnung würde zu Unmut führen.«

Viktoria fiel ein, dass Robert Huntingdon zu den Männern gehörte, die ihre Mutter gern geheiratet hätte. Er hatte denselben, unerbittlichen Pragmatismus. Angestrengt grübelte sie, was sie der Aussage entgegenhalten konnte.

»Es wäre nur für den Anfang«, räumte sie schließlich ein. »Der Junge hat Schlimmes erlebt, wurde misshandelt und sollte sich in Ruhe erholen können. Wenn es ihm besser geht, dann … dann könnte er ja bei den anderen Dienstboten leben.«

Dieses Zugeständnis löste eine seltsame Mischung aus Erleichterung und Schmerz in ihr aus. Als kärglich entlohnte Gesellschafterin war sie kaum in der Lage, für ein Kind zu sorgen. Vielleicht waren Chinesen auch grundsätzlich anders und sollten untereinander bleiben. Aber die Vorstellung, Dewei wieder aus ihrem Leben zu stoßen, versetzte ihr einen Stich, obwohl sie den Grund dafür nicht begreifen konnte. Es wäre ja nicht sofort. Sie würde abwarten, wie sich alles entwickelte.

»Zwei Wochen«, räumte Robert Huntingdon nach kurzem Überlegen ein. »Aus Rücksicht auf Ihr mitfühlendes Herz soll dieses Kind sich meinetwegen in Ihrer Obhut erholen. Dann schlage ich vor, Sie bringen ihn in eine der Missionen hier in Shanghai. Er wird anständig und christlich erzogen werden, eine moderne Schulbildung erhalten. Etwas Besseres kann einem jungen Chinesen kaum widerfahren.«

Er trat einen Schritt zurück, zog wiederum an der Zigarre und richtete seinen Blick zum Fenster.

»Sie können jetzt gehen, Miss Virchow«, meinte er nur. »Meine Mutter erwartet Sie.«

Viktoria wurde klar, dass er es nicht für nötig hielt, auf ihr Einverständnis zu seinem Vorschlag zu warten. Sie stand auf und verabschiedete sich so freundlich sie konnte. Trotzdem klang ihre Stimme bissig, was der Hausherr entweder nicht wahrnahm oder ignorierte.

Mit einem Seufzer betrat sie Margarets Zimmer. Ihr wurde etwas wohler, als sie die vertraute Gestalt in ihrem Sessel ruhen sah, denn Margaret gab ihr niemals das Gefühl, eine Untergebene zu sein.

»Wie geht es Ihnen, Mrs. Huntingdon?«, fragte sie und schloss leise die Tür hinter sich. Es kam keine Antwort. Auf dem Schoß der alten Dame lag ein aufgeschlagenes Buch. Sie hatte die Augen geschlossen und den Kopf zurückgelegt. Ihre Brust hob und senkte sich in ruhigen Atemzügen. Dewei kauerte an ihrer Seite. Margarets rechte Hand strich sanft über sein pechschwarzes Haar. Er hatte sich an ihre Beine geschmiegt.

Viktoria trat zaghaft vor. Der Anblick dieser idyllischen Vertrautheit tat fast weh, denn sie fühlte sich ausgeschlossen. Der Junge wandte ihr sein Gesicht zu und lächelte sie zum allerersten Mal an. Auf einmal schien er weder fremd noch vollkommen andersartig.

»Er ist ein aufgewecktes Kind«, murmelte Margaret ohne aufzublicken. »Er mag Geschichten. Er brachte mir das Buch, als ich darum bat. Dann habe ich ihm vorgelesen. Nickolas Nickleby. Es hat ihm gefallen. Er hörte die ganze Zeit zu.«

»Haben Sie es denn für ihn übersetzt?«, fragte Viktoria verwirrt. Was sollte ein kleiner Chinese mit einem englischen Roman anfangen? Nun, bei Dickens ging es um arme, ausgebeutete Kinder, also wenn Margaret wirklich übersetzt hatte …

»Ein kluger, nachdenklicher Junge, mein Andrew. Wir verstehen uns hervorragend«, redete Margaret unbeirrt weiter und streichelte das Haar des kleinen Chinesen, der darüber höchst erfreut schien.

Viktoria setzte sich stumm auf einen Stuhl. Hatte Margaret Dewei einen englischen Namen gegeben? Aber sie hatte die alte Dame bereits von einem Andrew reden hören. Eine Ahnung erwachte in ihr.

»Ist Andrew Ihr Sohn?«, fragte sie vorsichtig. Margaret beugte sich leicht zur Seite, doch sah sie Viktoria nicht an. Sie kicherte, als habe jemand eine besonders dumme Frage gestellt.

»Ja, natürlich, er ist mein Goldjunge. Immer wieder kommt er zu mir, um Geschichten zu hören.«

Ihre Hand lag immer noch auf Deweis Kopf, aber sie streichelte ihn nicht mehr. Nach einer kurzen Pause fuhr Margaret sich über die Stirn und wandte ihrer Gesellschafterin das Gesicht zu. Sie wirkte verstört, als sei sie aus einem Traum in die Gegenwart gerissen worden.

»Ach, Miss Virchow, da sind Sie ja! Haben wir uns unterhalten? Sie müssen meinem Gedächtnis nachhelfen, ich glaube, ich bin kurz eingenickt.«

Nun lächelte sie wieder auf ihre übliche leicht verschmitzte Art. Viktoria zögerte einen Moment. Sie ahnte, dass sie sich auf gefährliches Terrain wagte, doch siegte ihre Neugier.

»Sie haben mir von Ihrem Sohn Andrew erzählt«, meinte sie schließlich. Margaret erstarrte. Ihre Finger krallten sich um die Lehnen des Sessels, als habe sie Angst, in ein unsichtbares Loch zu stürzen.

»Ich habe … ich habe von Andrew gesprochen? Es tut mir leid, ich weiß, das soll ich nicht. Robert … Sie dürfen es Robert nicht sagen.«

Ein Zittern fuhr durch ihren Körper. Viktoria stieg der Schweiß aus den Poren, doch war sie das in der Hitze bereits gewöhnt.

»Geht es Ihnen nicht gut?«, fragte sie nur. Margaret fand ihre Ruhe sogleich wieder, klappte langsam das Buch auf ihrem Schoß zu.

»Ach, mir geht es prächtig. Ich habe Dewei ein bisschen vorgelesen und ihm die Geschichte dann erklärt. Kinder lernen Sprachen einfach durch Zuhören. Sogar ganz fremde, wie das Chinesische. Ich habe es an meinen Söhnen gesehen. Robert fiel es nicht so leicht. Ihm fiel alles nicht so leicht wie …. Vielleicht sind wir ungerecht zu ihm gewesen.«

Ihr Kopf sackte leicht nach vorn und ihr Atem beschleunigte sich. Dewei blickte auf, sah sich nach Viktoria um. Wieder war das asiatische Kindergesicht leicht zu lesen. Die nackte Angst vor einer Welt, in der überall Gefahren lauerten und keine Geborgenheit von Dauer sein konnte, stand darin geschrieben. Viktoria verspürte den Wunsch, ihn zu umarmen. Sie beide fühlten, dass mit der alten Dame etwas nicht stimmte. Vielleicht sollte Viktoria jetzt mit ihr über unverfängliche Themen wie das Wetter reden, doch was gab es dazu zu sagen, außer über Hitze zu klagen? Sie konnte nicht anders, als den Weg nach vorn zu wagen.

»Sie haben einen zweiten Sohn namens Andrew«, stellte sie einfach fest. Margaret blieb ruhig, nickte nur. Viktoria schöpfte Mut.

»Was ist aus ihm geworden?«, fragte sie nach einer kurzen Pause, da sie Margaret aufmerksam beobachtete und auf weitere Zeichen der Aufregung wartete, die ihr Einhalt gebieten würden. Doch die alte Dame blieb völlig gelassen.

»Er ging fort«, sagte sie nur. »Nach ein paar Jahren kehrte er zurück, aber … aber …«

Ein Ruck fuhr durch ihren Körper. Sie stemmte ihren Arm in die Stuhllehne, warf den Kopf zurück und schnappte nach Luft, als werde sie gewürgt. Ein paar heisere Laute drangen aus ihrer Kehle, als habe sie Schwierigkeiten, Worte zu formen. Viktoria wurde unwohl, denn Robert Huntingdon hatte einmal erzählt, dass seine Mutter nach ihrem Schlaganfall fast ein Jahr lang nicht hatte reden können.

»Er hinterließ mir den Ring. Ich musste ihn verstecken, damit Robert ihn nicht wegnimmt und verkauft, so wie all die anderen Dinge«, stieß Margaret nun doch mühsam hervor. »Er ist in meiner Schmuckschatulle, ganz unten, da ist eine Stelle unter dem Futter, die habe ich ausgeschnitten und wieder zugenäht. Bitte, Miss Virchow, ich will den Ring sehen.«

Nun bebte Margaret als hätte sie hohes Fieber. Dewei sprang auf und flüchtete in die Zimmerecke, wo er kauernd sitzen blieb. Vermutlich hielt er sich an dem Anfall für schuldig, doch sein Fortgehen änderte nichts an Margarets Zustand.

»Den Ring!«, krächzte sie wie ein trotziges Kind. »Ich will den Ring sehen!«

Viktoria stand auf, lief zu der Kommode, auf der Margarets Schmuckschatulle stand. Sie hoffte, die alte Dame dadurch zu beruhigen, doch brannte sie auch vor Neugierde. Bildete Margaret sich das alles nur ein? Hatte es diesen Andrew, von dem sonst niemand sprach, wirklich gegeben? Viktoria riss die kleinen Schubladen des chinesischen Kästchens auf und begann zu suchen.

»Miss Virchow, alles dreht sich«, drang Margarets Stimme nun sehr leise und langsam an ihr Ohr. »Mir geht es nicht gut. So wie damals. Ich brauche Hilfe. Es ist schlimm. Ich glaube, es ist schlimm.«

Viktoria rannte zurück an Margarets Seite. Die alte Dame röchelte laut und hatte ihren Kopf mit beiden Händen umklammert, presste ihn zusammen, als wolle sie ihren Schädel zerdrücken. Sie beugte sich vor, dann quoll Erbrochenes aus ihrem Mund, ergoss sich über ihr Kleid und spritzte auf den bildschönen Seidenteppich. Dewei, der plötzlich wieder neben dem Sessel stand, begann auf Chinesisch zu schreien. Viktoria griff nach der Klingel und schüttelte sie mit aller Kraft, zu der sie fähig war. Obwohl sie nie besonders gläubig gewesen war, hörte sie sich laut beten. Schritte erklangen. Dewei huschte rasch zur Tür hinaus.

»Der Anfall scheint keine schlimmen Folgen zu haben«, erklärte Robert Huntingdon beim gewohnten Auf- und Abschreiten im Salon.

»Meine Mutter hat weder ihre Sprache verloren, so wie damals, noch an Bewegungsfähigkeit eingebüßt. Dennoch beunruhigt es mich. Es war ein Schlaganfall, wenn auch ein sehr leichter.«

Emily nickte kurz. Sie sah blass und verbittert aus. Aber das tat sie immer.

»Es freut mich, dass es Ihrer Mutter wieder gut geht«, meinte Viktoria. Die anklagenden Blicke von Robert und Emily lösten unklare Schuldgefühle aus, machten sie aber auch wütend. Was hatte sie denn getan, außer Fragen zu stellen?

»War der chinesische Junge anwesend, als meine Schwiegermutter den Anfall bekam?«, fragte Emily plötzlich. Viktoria fuhr ein Schauer über den Rücken. Man suchte die Schuld also nicht einfach bei ihr.

»Nein«, log sie ohne zu zögern. Dewei hatte sofort gewusst, dass man ihn verantwortlich machen würde. Wo versteckte er sich bloß?

»Ich glaube, es war meine Schuld«, fügte Viktoria schnell hinzu. Sie musste den Jungen schützen. »Ihre Mutter redete von … von einem Sohn namens Andrew.«

Ein leiser, wimmernder Laut drang aus Emilys Mund. Robert sah seine Frau mit wütend funkelnden Augen an, und sie sackte leicht zusammen.

»Und?«, fragte er unnötig schnell.

»Und ich habe nachgefragt«, gestand Viktoria. »Ich wollte wissen, was mit diesem Sohn geschehen ist. Es tut mir sehr leid, wenn es unangebracht war, aber …«

»Schon gut«, unterbrach Robert. »Was hat meine Mutter Ihnen erzählt?«

Seine Schritte beschleunigten sich. Er zog eine Zigarre heraus, die er ohne Rücksicht auf sämtliche Damen der Welt anzündete.

»Sie sagte, Andrew sei fortgegangen und nach ein paar Jahren zurückgekommen«, erzählte Viktoria.

Emily sank auf einen Stuhl. Robert blieb stehen, als sei er plötzlich versteinert. Nach einer Weile kam wieder Leben in seine Gestalt, er zog gierig an der Zigarre und pustete Rauch in den Salon.

»Ich hatte einen älteren Bruder namens Andrew«, gestand er nach einer kurzen Pause. »Er war der Liebling meiner Mutter, ein Abenteurer, so wie sie. Er verließ uns vor über zwanzig Jahren, um China zu erforschen. Doch …«

Robert wandte sich Viktoria zu und stützte sich mit beiden Händen auf dem Tisch ab, wie immer, wenn er eine bedeutungsvolle Äußerung zu formulieren gedachte.

»Doch er ist niemals wiedergekommen. Wir haben nichts mehr von ihm gehört. Verstehen Sie? Meine Mutter sehnt sich danach, ihn wiederzusehen, sein Fortgehen brach ihr das Herz.

Es wäre sehr vernünftig, Miss Virchow, wenn Sie niemals wieder Andrews Namen in Gegenwart meiner Mutter erwähnen würden.«

Viktoria senkte schuldbewusst den Blick.

»Ich werde es nicht tun. Das verspreche ich.«

Angst schnürte ihr die Kehle zu. Was sollte sie allein in Shanghai anfangen, wenn sie diese Stellung verlor?

Zu ihrer Erleichterung wurde ihr gestattet, sich in ihr Zimmer zurückzuziehen. Erschöpft schlich sie die Stufen hoch, öffnete die Tür und erstarrte, als sie Dewei auf seiner Matte kauern sah. Er umklammerte mit beiden Armen die Knie, sah ihr furchtsam entgegen.

»Es war nicht deine Schuld, das weiß ich«, rief sie, obwohl er sie nicht verstehen konnte. »Keine Angst, sie schicken dich nicht gleich fort. Und Margaret wird wieder gesund. Sie will dir sicher bald wieder etwas vorlesen.«

Dann schloss sie den Jungen zum ersten Mal in die Arme.

Als es endlich dunkel geworden war, lag Viktoria mit weit aufgerissenen Augen im Bett und lauschte dem Ticken der Uhr. Vor dem Fenster schrien ein paar chinesische Stimmen. Licht drängte sich durch die Gardinen. Ein Hafen schlief niemals, das kannte sie bereits aus Hamburg. Gewöhnlich störte das nächtliche Treiben sie nicht, doch nun, da sie sich ohnehin hin und her wälzte, wäre etwas mehr Ruhe paradiesisch gewesen.

Andrew war fortgegangen und galt als verschollen. In einem wilden Land wie China konnte das sicher geschehen. Aber was hatte es mit diesem Ring auf sich? Vermutlich war er nur ein Wunschtraum der alten Dame, die sich ein Erinnerungsstück an ihren geliebten Sohn wünschte.

Falls sich jedoch wirklich ein Ring in der Schmuckschatulle verbarg, so konnte dies nur bedeuten, dass Robert log. Andrew war zurückgekommen und war jetzt trotzdem nicht mehr hier.

Viktoria richtete sich auf. Sie vermochte einfach nicht zu schlafen, es hatte keinen Sinn, sich darum zu bemühen. Sie hörte Dewei, der neben ihr auf seiner Matte lag, etwas auf Chinesisch murmeln. Seine Stirn glänzte schweißbedeckt im eindringenden Licht. Viktorias Blick ließ ihn die Augen aufschlagen. Erwartungsvoll und unsicher sah er zu ihr hoch.

»Na, was meinst du, kleiner Freund? Wollen wir mal nachsehen, ob Robert Huntingdon ein Lügner ist?«, murmelte sie.

Der Junge reagierte nicht, starrte sie nur weiter stumm an. Viktoria wusste nicht, weshalb sie immer mehr das Gefühl bekam, dass er durchaus begriff, worum es ihr ging. Es musste an seinem sehr aufmerksamen Blick liegen. Ohne weiteres Zögern stand sie auf.

»Komm mit. Du bist ein schlaues Kerlchen. Wenn du jemanden hörst, dann gibst du mir Bescheid.«

Sie hüllte sich in einen grellbunten, chinesischen Morgenmantel, den Margaret ihr vermacht hatte. Dann schlüpfte sie in ihre Pantoffeln und öffnete die Tür. Dewei folgte ihr stumm, als sie sich vorsichtig durch das Dunkel tastete und Stufen hinabstieg, um den vertrauten Weg zu Margarets Räumen einzuschlagen. Die alte Dame hatte sicher Beruhigungsmittel erhalten. Selbst wenn sie aufwachen sollte, würde sie Viktoria das nächtliche Eindringen nicht übel nehmen. Nur durfte niemand anderer im Haus etwas davon mitbekommen, denn sonst stand sie schon morgen mittellos auf Shanghais Straßen. Viktoria verjagte die Angst, die ihr wie ein Schatten hinterher schlich. Sie wollte wissen, ob es diesen Ring gab, und wenn sie tagsüber nach ihm suchte, würde das Margaret nur unnotig aufregen.

Vorsichtig öffnete sie die Tür. Margarets Zimmer lag auf der Straßenseite, sodass es vom Licht der Gaslampen erhellt wurde, die zum Glück noch nicht gelöscht worden waren. Sie erkannte die Umrisse einer friedlich schlafenden Gestalt, während sie sich vorsichtig zur Kommode tastete. Dewei verharrte treu an ihrer Seite, als sie erneut begann, die Schubladen des Schmuckkästchens zu öffnen. Sie schob Ketten und Ringe zur Seite, um das mit Seide überzogene Polster abzutasten. Im untersten Fach spürte sie die rauen Formen von Nähten. Mit vor Aufregung zitternden Händen zog Viktoria das Fach ganz heraus, ließ seinen Inhalt in ihre linke Hand gleiten. Wenn jetzt jemand hereinkam und sie ertappte, dann galt sie als Diebin und konnte froh sein, ohne Anzeige entlassen zu werden. Ihr Herz raste vor Angst, aber sie vermochte so kurz vor dem Ziel nicht aufzugeben.

Ungeduldig riss sie an der Seide, nahm schließlich die scharfe Kante eines Ohrrings zu Hilfe. Der Stoff gab endlich nach. Sie ließ ihre Finger in weiches Polster gleiten, spürte Papier und zog ein zusammengefaltetes Blatt hervor, das sie auf der Kommode ablegte. Dann tastete sie weiter, bis sie auf die runde Form eines kleinen, harten Gegenstandes stieß.

Das berauschende Gefühl von Triumph schwemmte alle Angst hinweg. Der Fund war mit weiterem Papier umhüllt, das sie so schnell wie möglich entfaltete. Ein schlichtes Schmuckstück tauchte auf und entglitt ihren unruhigen Fingern. Viktoria stockte der Atem, doch zum Glück war der Aufprall kaum zu hören. Noch bevor sie begonnen hatte, den Boden abzutasten, hielt Dewei ihr auch schon den Ring entgegen.

»Braver Junge«, flüsterte sie und steckte sich den Ring an den Finger, um ihn nicht wieder zu verlieren. Er saß sehr locker, musste entweder für eine Frau mit breiten Händen oder für einen Mann angefertigt worden sein. Mit ihrem Daumen strich sie über glattes, kühles Material, auf dem sie nur ein paar Gravuren spürte. Es war zu dunkel, um mehr zu erkennen.

Viktoria eilte mit ihren Funden zum Fenster, wohin der treue Dewei ihr folgte. Sie bemerkte Unruhe in seinem Blick, achtete aber nicht darauf. Entschlossen schob sie die Vorhänge ein Stück zur Seite. Im Licht der Straßenlaternen erkannte sie ein Schmuckstück aus Jade, in das Blumen eingeritzt waren. Es schien ihr hübsch, doch nicht außergewöhnlich. Dann entfaltete sie das zuallererst gefundene Papier, erblickte die schwungvollen, harmonischen Formen chinesischer Schriftzüge. Die untere Hälfte des Blattes war zackig, als hätte jemand ein Stück abgerissen. Schließlich kam ihr die Idee, auch einen Blick auf das Papier zu werfen, in das der Ring eingewickelt gewesen war. Es war ebenfalls mit chinesischen Schriftzeichen bedeckt, doch wirkten diese gleichmäßiger und breiter, als seien sie mit einem Stempel gedruckt worden.

Ratlos wandte sie sich an Dewei.

»Kannst du damit etwas anfangen? Was steht dort geschrieben?«

Er sah gehorsam auf die zwei Blätter. Der erste, längere Text schien auch ihm unverständlich, doch beim Anblick des Stempels riss er erschrocken die Augen auf. Ein Schwall chinesischer Worte quoll aus seinem Mund. Viktoria fuhr zusammen. Sie durften sich nicht laut unterhalten. Dewei duckte sich unter ihrem vorwurfsvollen Blick. Eine Weile standen sie beide völlig still, hörten jedoch nichts außer ihren eigenen, angstvollen Atemzügen.

»Was steht denn da? Warum regst du dich so auf?«, flüsterte Viktoria schließlich, ohne wirklich eine verständliche Antwort zu erwarten.

Die Lippen des Jungen formten flüsternd das erste chinesische Wort, das ihr vertraut schien: »Taiping«.

Drei Tage später begleitete Viktoria Anette wieder in den Park, wo ein geheimes Treffen mit Nathan verabredet war. Sie hatte Dewei mitgenommen, damit ihm keine eventuellen Unglücksfälle im Haus der Huntingdons angelastet werden konnten. Margaret ging es inzwischen wieder gut, doch schien sie die Unterhaltung vor ihrem Anfall vergessen zu haben. Sie sprach nicht mehr von Andrew, redete von keinem Ring. Ihr Benehmen war von sehr bemühter, fast künstlicher Heiterkeit, als wolle sie alle Welt überzeugen, keine Invalidin zu sein.

Der Ring lag wieder im untersten Fach der Schmuckschatulle. Viktoria war es zu gefährlich erschienen, ihn mitzunehmen, denn wurde er bei ihr entdeckt, konnte dies als Diebstahl ausgelegt werden. Die beschriebenen Papiere schienen ihr weniger kompromittierend, da völlig wertlos. Margaret hatte sie nicht einmal erwähnt. Nun ruhten sie in Viktorias Ridikül. Aus Dewei war nichts mehr herauszuholen gewesen, aber dank Anette kannte sie jemanden, der fließend Chinesisch sprach und es hoffentlich auch lesen konnte.

Viktoria folgte der hastig dahineilenden Anette. Als sie an dem Sikh vorbeigingen, der den Eingang zum Park bewachte, fiel ihr plötzlich ein, dass Chinesen das Betreten der Anlage verboten war, mit Ausnahme von Bediensteten, die ihre Herrschaften begleiteten. In der Erwartung, dass Dewei als solcher eingeschätzt würde, zog sie ihn an dem dunklen, von einem Turban gekrönten Gesicht vorbei. Dabei hatte sie bewusst eine sehr damenhafte Miene aufgesetzt, um jede Einmischung im Keim zu ersticken. Es wirkte, denn der Sikh verzog keine Miene.

Nathan wartete bereits am Rande eines kleinen Pavillons. Die dunklen Augen des jungen Mannes begannen bei Anettes Anblick zu leuchten. Sie beschleunigte ihre Schritte, sodass ihr Gang endgültig zu einem Dauerlauf wurde. Viktoria sagte sich, dass sie Anette wieder einmal zu mehr Vorsicht ermahnen sollte. Die Romanze musste geheim bleiben, und außerdem war es allgemein unklug, Männern eine Eroberung allzu leicht zu machen. Aber im Moment hatte sie andere Prioritäten.

»Mr. Sassoon, wie schön, Sie hier zu treffen«, begann Viktoria so gelassen wie möglich, um eine zufällige Begegnung vorzutäuschen. »Da ist etwas, das ich Sie schon lange fragen wollte.«

Unter den ratlosen Blicken des Liebespaares betrat sie mit Dewei das Innere des Pavillons, wo sie etwas unbeobachteter waren. Nathan folgte schließlich, und dann tat Anette es natürlich auch.

»Bitte, es tut mir leid, Sie aufzuhalten, aber könnten Sie ein paar Texte für mich übersetzen? Ich habe sie einem Straßenhändler abgekauft, weil ich diese chinesische Schrift so hübsch finde. Aber jetzt würde ich natürlich gern wissen, was da geschrieben steht.«

Sie lächelte den jungen Mann so unverkrampft wie möglich an. Sein bohrender Blick machte ihr klar, dass sie eine schlechte Lügnerin war. Welcher Straßenhändler würde altes Gekritzel auf gewöhnlichem Papier verkaufen? Aber Nathan nahm die zwei Blätter höflich entgegen, um einen Blick darauf zu werfen. Zunächst studierte er das abgerissene Blatt, wo weitaus mehr zu lesen war.

»Es ist ein Liebesgedicht«, erklärte er nach einer Weile.

»Wie schön! Jetzt übersetze doch endlich!«, drängte Anette. Nathan holte Luft.

»Dich und mich verbindet glühende Leidenschaft. Wenn Leidenschaft brennt, ist sie wie Feuer. Nimm einen Klumpen aus Lehm, knete ein Dich, forme ein Mich, dann zerschlage sie beide und vermische sie mit Wasser.«

Er verstummte mit einer ratlosen Falte zwischen seinen dichten Brauen.

»War das alles? Ich finde es nicht sehr romantisch«, murrte Anette. »Na ja, Chinesen sind eben anders.«

»Das ist nicht der ganze Text«, erklärte Nathan. »Es ist ein recht bekanntes, altes Gedicht, das eine vornehme Chinesin an ihren Mann schrieb. Ich habe es schon einmal gelesen, kann mich aber nur dunkel daran erinnern. Doch der Rest wurde hier abgerissen, ungefähr in der Hälfte.«

Seine Finger zeigten auf das zerfledderte Ende. Viktoria schluckte.

»Na ja, da habe ich wirklich mein Geld verschwendet«, kicherte sie. »Vielleicht hat eine enttäuschte Frau das Gedicht einmal in Stücke reißen wollen.«

»Aber nein«, protestierte Anette, deren Augen plötzlich zu funkeln begannen. »Ich glaube, es war so: Ein Liebespaar, das sich für eine Weile trennen musste, schrieb den Text gemeinsam auf. Dann rissen sie ihn in zwei Teile. Jeder nahm eine Hälfte mit. Sie wollten es wieder zusammenfügen, sobald sie vereint waren. Aber dazu kam es wohl nicht. Wie tragisch!«

Sie stieß einen bühnenreifen Seufzer aus. Viktoria runzelte die Stirn. Zu viel Sinn für Romantik war nicht nur dumm, sondern gefährlich.

»Wir werden wohl nie erfahren, wie es war«, beendete Nathan ganz sachlich das Gespräch. Dann inspizierte er das zweite Blatt. Diesmal las er nur sehr kurz, warf Viktoria dann einen besorgten Blick zu.

»Das Siegel der Taiping. Hat das wirklich ein Straßenhändler verkauft?«

»Aber natürlich. Das sagte ich doch«, beharrte sie auf ihrer Lüge. Anette scharrte ungeduldig mit dem Fuß, denn das Gespräch begann sie allmählich zu langweilen. Doch Nathan wandte sich nochmals an Viktoria.

»Sie sollten mit diesem Siegel niemals außerhalb der internationalen Siedlung herumlaufen«, mahnte er todernst. »Zwar ist der Aufstand niedergeschlagen worden, doch es gärt immer noch im Land. Die kaiserlichen Soldaten und Beamten wären auf niemanden gut zu sprechen, den sie mit dem Taiping-Siegel erwischen.«

Viktoria fand seinen Tonfall etwas schulmeisterlich, verzieh ihm aber, denn nun brannte sie wieder vor Neugier.

»Woher kann das Papier mit dem Siegel stammen?«

»Nun, ich vermute, es kommt aus dem Lager der Taiping, denn das Papier scheint schon etwas vergilbt. Wenn Sie es nicht wegwerfen wollen, dann lassen Sie es immer in Ihrem Zimmer liegen. Und nun, Miss Virchow, entschuldigen Sie bitte, dass wir uns entfernen möchten.«

Er nickte Anette zu, die sogleich den Pavillon verließ. Viktoria wusste, dass sie nun folgen sollte, damit Nathan nach einer kurzen Pause ebenfalls unauffällig heraustreten konnte. Aber sie verzehrte sich danach, mehr zu erfahren.

»Mr. Sassoon, Sie sind doch in Shanghai aufgewachsen«, sprudelte es aus ihr heraus, sobald Anette fort war. »Können Sie mir sagen, wie Andrew Huntingdon damals verschwand?«

Nathan musterte sie mit einem kurzen, scharfen Blick.

»Ich war noch ein Kind. Aber ich hörte Gerüchte. Es heißt, er sei nach Nanking gegangen, damals, als die Taiping die Stadt in ihrer Gewalt hatten.«

Viktoria wurde vor Aufregung fast schwindelig.

»Und er kehrte nie zurück, das habe ich auch gehört. Wenn er nun aber doch zurückkehrte, was kann dann aus ihm geworden sein?«

Plötzlich ergriff Nathan ihren Arm.

»Miss Virchow«, murmelte er eindringlich. »Wenn er zurückkehrte, ist er aus gutem Grund untergetaucht. Die britische Regierung verbot ihren Untertanen jede Einmischung in den Bürgerkrieg. Später, als die Taiping nach Shanghai marschierten, halfen alle Europäer der kaiserlichen Armee, sie zurückzuschlagen. Einem Engländer, der für die Taiping kämpfte, drohten überall in China Strafen.«

Viktoria schüttelte seinen Griff ab, der ihr ungehörig schien.

»Schon gut, ich habe verstanden«, meinte sie kühl. Nathan senkte schuldbewusst den Blick.

»Ich wollte nicht grob sein. Aber lassen Sie diese Dinge auf sich beruhen. Es ist zum Besten aller Beteiligten. Ich will nicht wissen, woher Sie diese Papiere haben, aber zeigen Sie sie bitte niemandem mehr.«

Dann sah er Viktoria leicht ungeduldig an, bis sie endlich die Pagode verlassen hatte. Dewei, der bei dem Gespräch stumm gelauscht hatte, lief ihr gehorsam hinterher. Gemeinsam mit Anette spazierten sie zum Ende des Parks, wo ihre Wege sich trennten.

Viktoria beschloss, ein wenig in der internationalen Siedlung herumzulaufen. Sie musste sich beruhigen, denn ihr Atem raste. Vermutlich hatte Nathan Recht. Sie sollte nicht weiter in Geheimnissen wühlen, die sie nichts angingen.

»Da Shikai!«, hörte sie plötzlich eine vertraute Kinderstimme. Verwirrt blickte sie zu Dewei hinab.

»Shikai wartet«, erklärte er ungeduldig und wies auf die Jinrikscha.

Viktoria verstand nicht, warum die Freude, dass Dewei seine ersten englischen Worte gesprochen hatte, sie sämtliche Papiere und Rätsel vergessen ließ. Sie drückte seine Hand.

»Wir fahren jetzt ein bisschen herum und essen irgendwo etwas Chinesisches. Du suchst es für mich aus«, meinte sie nur. Wieder blitzte Verständnis in seinen Augen auf.

»Shikai auch hungrig«, meinte er mit ernster Stimme. Viktoria überlegte kurz, was sie mit dieser Information anfangen sollte. Dann schien es auf einmal ganz klar.

»In dem Fall sollten wir ihm auch eine Mahlzeit kaufen. Ihr beide schlagt euch die Mägen voll und wenn mir von dem Essen schlecht wird … dann … dann ist es eben himmlische Gerechtigkeit«, fügte sie kichernd hinzu.

Kapitel 7

»Also du sagst, es ging um eine schöne Frau, die einen Gelehrten heiraten möchte«, meinte Viktoria, als sie mit Dewei aus der Jinrikscha stieg. Sie hatte nun ihr viertes chinesisches Theaterstück gesehen, ohne mehr mitzubekommen als sehr hohen, schrillen Gesang, der manchmal von akrobatischen Kampfhandlungen unterbrochen wurde. Trotzdem liebte sie die Theater in der Foochow Road, denn sie konnte sich nicht satt sehen an den farbenfrohen, seidenen Gewändern, die sowohl Schauspieler als auch Gäste trugen. Frauen mit komplizierten Hochsteckfrisuren, an denen bunte Steine und künstliche Blumen hingen, standen auf Balkonen, um den Gästen Luft zuzufächeln. Unter den Zuschauern waren Chinesinnen selten, doch tauchten sie auf, so trugen sie eine unglaubliche Pracht an langen, am Körper entlangfließenden Roben und glitzernden Juwelen zur Schau, die Viktorias Blicke fesselten. Das wunderschöne, exotische China existierte tatsächlich, wenn auch nicht an jenem Ort, wo gewöhnliche Chinesen lebten. Die Chinesenstadt hatte sie nach dem ersten Ausflug gemieden.

»Das nicht normale Frau«, entgegnete Dewei mit vor Anstrengung gerunzelter Stirn. Zwar sprach er Englisch, doch fehlten ihm immer noch viele Worte. »Das … das Frau, die kann machen ungewöhnliche Dinge.«

»Du meinst, sie kann zaubern. Simsalabim«, kicherte Viktoria und erhielt einen ratlosen Blick.

»Sie kann Gelehrtem Botschaft schicken, obwohl sie nicht auf Erde. Sie Xiānnǚ … sie anderes Wesen.«

»Ein Engel?«, rätselte Viktoria. »Oder eine Hexe, nein, dazu war sie zu schön. Ich glaube, bei uns heißt das Fee.«

Dewei sah sie aufmerksam an und wiederholte das Wort.

»Das war nicht Frau, sondern Mann«, mischte Shikai sich ins Gespräch. »In chinesische Theater nur Männer auf Bühne.«

Viktoria schluckte verwirrt, denn das war ihr bisher nicht aufgefallen. Wie konnten Männer so hoch und schrill singen?

»Aber wir haben Frauentheater«, erklärte Shikai. »Nur Frauen auf Bühne, spielen auch Männer. Wenn wollen, ich fahren hin für drei Dollar.«

Viktoria grinste.

»Nein, Freundchen, mehr als einen Dollar bekommst du nicht dafür. Und erzähle mir nichts von deinen Kindern, die auf wundersame Weise jede Woche mehr werden. Dann bis zum nächsten Ausflug in drei Tagen.«

Als sie die Stufen zum Hauseingang hochstieg, wandte sie sich kurz um und sah, wie Shikai mit dem Kopf nickte. Seit sie sich um Dewei kümmerte, nahm er sie etwas ernster. Sie hatte zwei chinesische Verbündete bei ihren heimlichen Ausflügen, die immer dann stattfanden, wenn Anette sich mit Nathan traf. Shanghai begann ihr vertrauter zu werden. Auch in der internationalen Siedlung gab es viel Chinesisches zu entdecken.

Sie betrat das Haus und erzählte Dewei, dass die letzten chinesischen Nudeln ihrem Magen nicht mehr zugesetzt hatten, ja dass sie sich inzwischen auf die nächste chinesische Mahlzeit freute, solange sie nicht aus Schlangenfleisch bestand. Er nahm die Aussage leicht verwirrt zur Kenntnis.

»Schlange gesund, bringen Kraft. Du können bezahlen«, widersprach er. Viktoria wollte ihm erklären, weshalb dieses Fleisch ihr zuwider war, doch fiel ihr im ersten Moment kein rechter Grund ein. Ein Schatten legte sich vor ihre Füße. Sie hob den Kopf und erblickte Emily Huntingdon.

»Da sind Sie ja endlich, Miss Virchow. Ich wollte schon heute Morgen mit Ihnen reden.«

Viktoria wurde etwas unwohl. Emilys Gesicht rief ihr immer wieder in Erinnerung, dass das Leben für manche Menschen wie ein steter Biss in einen sauren Apfel war.

»Würden Sie mir bitte in mein Zimmer folgen. Die Amah kann sich um den Jungen kümmern«, fuhr Emily unerbittlich fort. Viktoria ließ Deweis Hand nur ungern los, doch klang die Stimme der Hausherrin unerbittlich.

»Nun«, begann Emily, als sie in einem mit rotem Samt bezogenen Sessel Platz genommen hatte, ohne Viktoria ebenfalls zum Sitzen aufzufordern. »Mein Mann hatte mit Ihnen vereinbart, dass dieser chinesische Junge zwei Wochen bei uns bleiben darf. Diese Zeit ist nun vorbei.«

Viktorias Knie wurden schwach und sie sank ohne Erlaubnis auf einen Stuhl. Ja, sie hatte damals zugestimmt, doch wie hatte sie ahnen können, dass ein fremdes Kind ihr derart ans Herz wachsen würde?

»Aber … aber«, stammelte sie ratlos. »Er fällt doch niemandem zu Last.«

Emily seufzte.

»Er muss durchgefüttert werden und bringt keinerlei Nutzen. Miss Virchow, er ist ein chinesisches Kind. Er braucht eine Erziehung, die seiner Mentalität entspricht, um auf den rechten Weg gebracht zu werden. Die Missionen sind dafür hervorragend geeignet, denn sie haben Erfahrung im Umgang mit Chinesen. Ich habe mich bereits umgehört. Ein Waisenhaus in der Nähe ist bereit, ihn aufzunehmen. Er wird heute noch dort hingebracht werden. Das müssen Sie natürlich nicht selbst tun, wenn es Ihnen schwerfällt.«

Die Hausherrin hob resolut das Kinn. Viktoria fuhr empört auf, aber eine Stimme in ihrem Kopf flüsterte, dass sie auf verlorenem Posten kämpfte. Sie brauchte diese Anstellung bei den Huntingdons. Nachdem sie durch die Ausflüge mit Dewei allmählich Freude an ihrem Leben in Shanghai gefunden hatte, trieb die neue Erkenntnis ihrer Machtlosigkeit ihr nun Tränen in die Augen

»Ich werde ihn selbst hinbringen«, murmelte sie leise und stand dann schnell auf, um dem Anblick von Emilys verbissenem Gesicht zu entkommen.

Sie nahm nicht die Jinrikscha, denn sie brauchte Zeit, um Dewei alles zu erklären und zu versprechen, dass sie ihn regelmäßig besuchen würde, doch ihre Worte prallten gegen eine Mauer des Schweigens. Die Amah musste bereits mit ihm gesprochen haben, denn er stellte keinerlei Fragen, vermied es aber, Viktoria anzusehen. Als sie sich zu ihm wandte, war sein Blick so misstrauisch und verschlossen wie an jenem Tag, da er sie in die Hand gebissen hatte. Schicksalsergeben lief er neben ihr her, als sei sie nichts weiter als eine Fremde, die ihn in eine ungewisse Zukunft schleppte.

Das Waisenhaus war ein großes, blitzsauberes Gebäude. Viktoria blieb vor der Eingangstür kurz stehen und atmete tief durch. Es ging nicht anders.

Eine Frau in hochgeschlossenem schwarzem Kleid begrüßte sie. Ihr Gesicht wirkte durchaus freundlich, sodass Viktoria Hoffnung schöpfte. Vielleicht war es das Beste für Dewei, mit anderen chinesischen Kindern aufzuwachsen.

»Ich bin Jane Newton. Mrs. Huntingdon hat bereits mit mir gesprochen. Es war sehr edel von Ihnen, einen kleinen Jungen aus der Sklaverei zu befreien und ihn vor allen Verderbtheiten zu bewahren, die seine Kultur für ihn bereithält«, meinte die Missionarin lächelnd. Viktoria nickte brav. Jane Newton inspizierte Dewei mit einem kritischen Blick.

»Er sieht durchaus sauber aus. Keine Läuse mehr, wie ich vermute.«

Sie ließ ihre Hand rasch durch Deweis Haar fahren, der unter der Berührung ängstlich zusammenzuckte.

»Gut, wir müssen ihn nicht scheren und mit Petroleum einreiben. Er kann gleich zu den anderen Kindern, die gerade im Speisesaal sitzen. Haben Sie ihm schon einige Gebete beigebracht?«

Viktoria schüttelte den Kopf.

»Das müssen wir dann wohl machen«, meinte Jane Newton leicht missmutig. »Chinesen sind ein von Natur aus abergläubisches und … und von niederen Instinkten geleitetes Volk. Es ist unsere Aufgabe, ihre Seelen zu retten.«

Viktoria wünschte sich plötzlich, dass Dewei nichts von der Unterhaltung verstand.

»Kann ich sein zukünftiges Zimmer sehen? Oder den Speisesaal?«

Miss Newton musterte sie staunend.

»Die Zimmer der Jungen sollen nicht von fremden Frauen betreten werden. Sie müssen verstehen, Chinesen sind sehr … sehr anfällig für Versuchungen. Aber wenn sie wollen, dann können Sie mit in den Speisesaal kommen.«

Dewei wurde Viktorias Hand entrissen und trabte widerstandslos hinter Miss Newton her. Der Saal, den sie betraten, war ebenfalls blitzsauber. Ein schlichtes Holzkreuz hing an der Wand. Reihen von Kindern in dunklen Kitteln löffelten Suppe aus tönernen Schüsseln. Viktoria vermisste den ihr mittlerweile vertrauten, scharfen Geruch chinesischer Gewürze. Die Suppe war dünn, nur ein paar Karotten und Nudeln schwammen verloren in einer Flüssigkeit, die nach ranzigem Fett stank. Viktoria rief sich die verhungerten Gestalten in der Chinesenstadt in Erinnerung. Sie wären dankbar gewesen für solche Nahrung. Ihr eigener, verwöhnter Geschmack war kein Maßstab. Doch da war noch etwas Anderes, das störte und Unbehagen weckte. Etwas, das hätte da sein müssen, aber fehlte. Sie brauchte eine Weile, um zu begreifen, dass es die gespenstische Stille war. Da saßen zahlreiche Kinder zusammen, doch sie hörte kein Tuscheln, kein Lachen, nur verhaltene Schlürfgeräusche. Mit einem flauen Gefühl im Magen ließ sie ihren Blick durch den Raum streifen. Am Kopfende stand ein Pult, auf dem ein Rohrstock lag. Einige schwarz gekleidete Frauen, die Fotografien von Miss Newton hätten sein können, schritten hinter den Kindern auf und ab.

Viktoria trat einen Schritt zurück. Obwohl sie kein Korsett trug, schnürte ein Gefühl von Enge plötzlich ihren Brustkorb zusammen, und sie musste mühsam nach Luft schnappen. Wurden hier wirklich Seelen gerettet? Die Atmosphäre schien ihr so erdrückend, dass sie fürchtete, ihre eigene Seele würde an einem solchen Ort auf Dauer verkümmern.

Sie zwang sich, ruhig zu atmen. In europäischen Waisenhäusern ging es sicher nicht anders zu. Sie selbst war schon als Kind verwöhnt worden, wie ihr immer wieder bewiesen wurde. Vielleicht war es besser, eine härtere Kindheit zu haben, denn so lernte man das Leben zu ertragen.

Miss Newton führte Dewei zu einem leeren Stuhl, wo er sich gehorsam hinsetzte. Eine Schüssel wurde in seine Richtung geschoben, doch er füllte seinen Teller nicht, sondern starrte nur stumm auf die hölzerne Tischfläche.

Viktoria drehte sich um. Sie musste nun gehen. Dewei schien nicht empfänglich für Abschiedsworte.

»Ich danke Ihnen, dass Sie den Jungen aufnehmen«, sagte sie schnell zu Miss Newton und eilte hinaus, ohne eine Antwort abzuwarten. Sobald die Eingangstür hinter ihr zugefallen war, fiel ihr das Atmen leichter. Vor ihr lag Shanghai mit seinen europäischen und chinesischen Bauten, die zu eigenartigen Mischformen zusammenwuchsen. Das Brüllen, das Schubsen, das stete Feilschen und der eindringliche, scharfe Geruch der Garküchen. Dewei hatte ihr dabei geholfen, sich weniger fremd zu fühlen, doch jetzt war sie wieder allein. Sie stieg die Stufen hinab. Sollte sie laufen oder eine Jinrikscha nehmen? Ohne eine Entscheidung fällen zu können, stand sie wie festgewachsen da.

Wieder fühlte sie den Druck eines Korsetts, das sie nicht trug. Tränen überschwemmten ihre Wangen, die sie entschlossen trocken wischte.

Dewei hatte sie angelächelt und ihretwegen versucht, englisch zu reden. Er hatte ihr vertraut.

Viktoria drehte sich auf dem Absatz um und lief zurück ins Waisenhaus. Sie rauschte an drei oder vier Miss Newtons vorbei, die sie verblüfft anstarrten. Dann packte sie im Speisesaal Deweis Arm.

»Wir gehen wieder. Ich fürchte, es gefällt uns hier nicht«, meinte sie zu niemand Bestimmten und lief hinaus. Dewei folgte widerstandslos. Sobald sie wieder auf der Straße standen, blieb Viktoria stehen. Sie hatte das unsichtbare Korsett abgeschüttelt, doch nun schnaufte sie vor Aufregung, während sie den Weg zur Nanking Road einschlug.

»Du willst nicht, dass sie mich töten?«, hörte sie Deweis Stimme und blieb fassungslos stehen.

»Sie hätten dich nicht getötet. Wie kommst du darauf?«

Sein Gesicht bekam wieder Leben. Sie hatte diesen Blick schon öfter an ihm gesehen, wenn sie in seinen Augen dumme Fragen gestellt hatte.

»Ihr weiße Geister, töten und essen Kinder«, erklärte er todernst. »Aber du willst mich nicht töten. Pópo, alte Frau, auch nicht. Sie nett, wie meine Năinai.«

Viktoria schüttelte verwirrt den Kopf.

»Niemand wollte dich töten. Auch die Missionarinnen nicht. Bei denen hättest du es allemal besser gehabt, als bei … bei dem Mann, wo du vorher warst.«

Dewei sah sie verwirrt an. Seine Welt schien etwas durcheinander geraten zu sein. Viktoria wurde klar, dass er an Todesangst gelitten haben musste, als sie ihn ins Waisenhaus schleppte. Was hatte diese gottverdammte Amah ihm bloß erzählt? Beruhigend drückte sie die Finger seiner Hand. Sie staunte über die Welle von Glück, die durch ihren Arm floss, als er diesen Druck erwiderte.

»Was machen wir jetzt?«, fragte er nur.

»Wir gehen zu den Huntingdons zurück«, erklärte Viktoria und schritt entschlossen los. »Und wenn sie uns hinauswerfen, dann … dann finden wir zusammen eine neue Bleibe.«

Dewei trabte neben ihr durch die Menschenmenge, ohne ihre Hand loszulassen.

Viktoria sprach mit Mrs. Huntingdon. Sie erklärte, dass sie selbst dem Jungen alles beibringen konnte, was er im Waisenhaus lernen würde. Und dass sie fortgehen würde, wenn man ihr nicht erlaubte, den chinesischen Jungen zu behalten. Margaret hörte schweigend zu, nickte und ließ dann Emily holen. Bei dieser Unterhaltung war die Gesellschafterin nicht erwünscht, doch noch vor dem Abendessen erfuhr Viktoria, dass Dewei bleiben durfte.

Zum ersten Mal, seitdem das Schicksal sich unerwartet gegen sie gewandt hatte, meinte sie, ihm einen kleinen Sieg abgetrotzt zu haben.

Es gab ihn tatsächlich, den Winter in Shanghai. Der Schnee war meist mit Regen vermischt, doch nach der langen schwülen Hitze schienen die kühleren Temperaturen ausgesprochen frostig. Viktoria sah sich bald genötigt, ihren Paletot aus den Tiefen ihres Koffers hervorzuholen, da Anette sich weiter mit Nathan traf. Das europäische Neujahrsfest verbrachten die Huntingdons zusammen mit einigen anderen ansässigen Geschäftsleuten. Viktoria war nur ein geduldeter Gast, um Margaret zu unterhalten. Doch im Februar sollte das chinesische Fest stattfinden. Aus diesem Anlass ließ die Amah erneut einen gründlichen Hausputz durchführen. Dewei erzählte Viktoria, dass die Dienstboten vor den Statuen des Küchengottes Reis opferten, damit er nur Positives über das Haus berichtete, wenn er wie jedes Jahr zum himmlischen Jadekaiser aufstieg. Shikai besorgte dem Jungen ein langärmliges Hemd und eine Hose aus Baumwolle sowie eine gefütterte, chinesische Jacke für die kalten Tage. Auch Viktoria wurde von beiden Chinesen vorgeschlagen, sich neu einzukleiden, da dies ein Teil ihrer Tradition zum neuen Jahr war. Sie folgte bereitwillig dem Rat, denn sie besaß nur ein einziges warmes Kleid und erhielt von Nathan immer noch genug Schweigegelder, um sich mehr zu erlauben. Ein Ausflug zu einem ansässigen britischen Schneider ermöglichte ihr ein schlichtes, flaschengrünes Winterkleid aus dickem Leinen. An dem Tag, da die chinesischen Feierlichkeiten begannen, überreichte Dewei ihr mit strahlendem Lächeln eine Kette aus grünen Jadeperlen und dazu passende Armreifen. Sie wusste nicht, woher er diese Schätze bezogen hatte, hielt sie für mögliches Diebesgut, doch nahm sie das Geschenk ohne Fragen an, um ihn nicht zu verletzen. Sie würde später Shikai zur Rede stellen. Der Schmuck passte zum neuen Kleid, und Viktoria war nach langer Zeit endlich wieder zufrieden mit ihrer äußeren Erscheinung, als sie gemeinsam mit Dewei loszog, um Anette Desmoulins abzuholen. Ein Ausflug zu den chinesischen Festlichkeiten war geplant, doch mussten sie vor Einbruch der Dunkelheit zurück sein.

Nathan wartete diesmal vor dem Gebäude der Oriental Bank am Hafen. Auf dem Huangpu glitten hell erleuchtete Papierdrachen vorbei. Die Laternen an den Hauswänden hatten sich plötzlich vermehrt und waren jetzt mit Schriftzeichen bemalt. Viktoria staunte, dass noch mehr Menschen auf den Straßen Platz finden konnten als gewöhnlich. Überall wurde geschubst, geschrien, gesungen und gelacht. Die ausgelassene Menschenmenge wirkte ansteckend, denn anders als bei dem Fest der Huntingdons war Viktoria plötzlich in Feierstimmung. Sie beschloss, auch Shikai zu einem chinesischen Essen einzuladen, sobald Nathan und Anette sich verabschiedet hatten.

»Es freut mich, die Damen zu begrüßen. In China beginnt nun, im Februar 1883, das Jahr der Wasserziege. Wer in diesem Jahr zur Welt kommt, wird angeblich ein künstlerisch begabter, einfühlsamer, aber auch etwas chaotischer Mensch sein«, erklärte Nathan mit einem höflichen Kopfnicken. Viktoria hielt dies für netten Aberglauben, doch staunte sie wieder einmal über Nathans Kenntnisse der chinesischen Kultur. Sie hätte gern mehr erfahren, wusste aber, dass ihre Anwesenheit nicht lange erwünscht war. Nathan und Anette hofften vermutlich, in diesem Getümmel unbemerkt herumspazieren zu können. Sie würde mit Dewei dasselbe versuchen.

»Es wäre mir eine Ehre, Sie und ihren kleinen chinesischen Freund heute in ein Teehaus einzuladen«, fuhr Nathan zu ihrem Erstaunen fort. Anette lächelte Viktoria strahlend an.

»Ja bitte, Sie haben so viel für uns getan«, drängte sie sogleich. Viktoria stimmte zu, überreichte Shikai wieder zwei Dollar und bat ihn, bei Einbruch der Dämmerung vor dem Bankgebäude zu warten.

Eine Weile drängelten sie sich durch die Massen, hielten sich an den Händen fest, um einander nicht zu verlieren. Straßenhändler priesen schreiend fertig gekochtes Essen und rote, mit goldenen Schriftzeichen verzierte Gehänge an, die angeblich Glück bringen sollten. Trotz des allgemeinen Platzmangels fanden an allen Ecken irgendwelche Darbietungen statt. Grellbunte Löwenmasken mit Kulleraugen, in denen mehrere Menschen steckten, schüttelten sich und zuckten zum schrillen Schlag von Gongs. Das Kreischen chinesischer Lieder betäubte Viktorias Ohren. Sie war fast erleichtert, als sie ein hölzernes Gebäude betraten, wo zahlreiche Chinesen in irgendein Glücksspiel vertieft waren und dabei leider herumbrüllten, wie es eben ihre Art war. Nathan führte sie zu einem freien Tisch.

Ein junger Mann mit langem Zopf verteilte Tassen, in denen bereits Teeblätter lagen. Dann hob er eine silberne Kanne, um einen Wasserstrahl in elegantem Bogen auf die Teeblätter zu gießen. Nathan schob ihm eine Münze zu und er entfernte sich mit einer Verbeugung.

»Wir sind Ihnen beide sehr verbunden, Miss Virchow«, begann Nathan das Gespräch. »Ich hoffe, Sie sind bereit, ein Geschenk von uns anzunehmen.«

Er überreichte Viktoria einen Umschlag, in dem weitere Dollarscheine steckten. Sie nahm das Geschenk dankbar an, obwohl ihr bewusst wurde, dass dies die Art war, wie sie selbst

Shikai behandelte. Dabei wollte sie sich gern als Anettes Freundin sehen, nicht als Bedienstete.

»Es freut mich, Ihre geheimen Treffen ermöglicht zu haben«, meinte sie vorsichtig. »Doch sollten Sie die Augen nicht vor der Wirklichkeit verschließen. Sie können sich nicht bis in alle Ewigkeit immer wieder heimlich treffen.«

Anette begann aus unerfindlichen Gründen glücklich zu strahlen. Nathan nickte kurz.

»Anette Desmoulins ist das Mädchen, das ich heiraten möchte. Und niemand außer ihr selbst kann mich daran hindern«, erklärte er völlig sachlich. Viktoria nahm dies mit einem leichten Schulterzucken zur Kenntnis. Männer versprachen viel. Aber was würde Nathan wohl tun, wenn ihm die Enterbung drohte? Leider waren Viktorias Ermahnungen zur Vorsicht bisher an Anettes verträumtem Gesichtsausdruck abgeprallt. Sie bemerkte, dass die Französin etwas abgenommen hatte. Mit dem weichen, aber weniger runden Gesicht sah sie durchaus hübsch aus. Viktoria fielen die ersten Monate nach ihrer Begegnung mit Anton ein, als eine Sehnsucht von bisher ungekannter Heftigkeit ihren Appetit völlig verdrängt hatte. In jener Zeit hatte sie sich schöner gefühlt als jemals zuvor in ihrem Leben. Es überraschte sie, wie sehr diese Erinnerung immer noch schmerzte. Rasch wandte sie den Blick von dem Liebespaar ab, das nun miteinander tuschelte, ohne sie zu beachten.

In dem Teehaus stand eine Tribüne, auf der plötzlich zwei Schauspieler mit Dämonenmasken erschienen. Zum Schlag der Gongs, der sich immer mehr beschleunigte, um schließlich als schrilles Dröhnen in Viktorias Ohren zu stechen, schwangen sie Stöcke und simulierten einen Kampf, bei dem sie wendig herumsprangen, um jedem Angriff auszuweichen. Der Größere von ihnen schien besonders geschickt. Er berührte nur für den Bruchteil einer Sekunde mit seinen Füßen den Boden, um gleich wieder hochzufliegen und in der Luft Purzelbäume zu schlagen, als könne er mühelos das Gesetz der Schwerkraft widerlegen. Viktoria starrte, fasziniert von der katzenhaften Geschmeidigkeit seiner Bewegungen. Doch geschah ihm plötzlich ein Missgeschick, wie es Aufschneider wohl immer wieder ereilt. Nachdem er sich schwungvoll in Handständen überschlagen hatte, geriet plötzlich die Maske ins Rutschen und glitt zu Boden, um das schmale, scharf geschnittene Gesicht eines jungen Mannes freizugeben. Eine Flut blauschwarzen Haares ergoss sich über seine Schultern. Jede Frau hätte ihn um diese Pracht beneidet, doch durch die Menge der anwesenden Chinesen ging ein entsetztes Raunen. Viktoria meinte, im Hintergrund wieder ein vertrautes Wort in der fremden Sprache zu hören: Taiping.

Auf einer Balustrade oberhalb der Tribüne tauchte die schmale Gestalt einer Chinesin auf. Viktoria starrte sie fassungslos an, denn diese Frau schien unbeschreiblich schön mit ihrem kobaltblauen, zart geschmückten Kopfputz und dem weich fließenden, bodenlangen Gewand aus türkiser Seide, das mit goldenen Drachen verziert war. Ihr Gesicht war wie makellos gemeißelter Marmor. Sie hob nur kurz die Hand, rief etwas in gellendem Chinesisch. Der Kampfkünstler blickte erschrocken zu ihr hoch, verneigte sich und rückte seine Maske zurecht, die sein Haar hinter einem Schleier verbarg. Dann ging die Darbietung weiter und die Chinesin zog sich wieder zurück.

»Das war Shen Akeu, die Besitzerin des Teehauses«, flüsterte Anette Viktoria aufgeregt ins Ohr. »Ich habe sie schon manchmal aus der Ferne gesehen. Sie ist sehr reich, hat mehrere solche Häuser und Spielhöllen und … und noch andere Etablissements in Shanghai und Hongkong und Peking. Früher, da war sie eine … eine Professionelle, verstehen Sie?«

Viktoria verstand. Sie dachte an die Schauspielerin aus dem Thalia-Theater. Hatte ihr Vater wegen einer ebenso betörenden Frau sein Vermögen verschleudert?

»Nathan hat mir einmal gesagt, dass sie schon über fünfzig sein müsste«, plapperte Anette munter weiter. Viktoria schüttelte ungläubig den Kopf. Die Schönheit dieser Frau schien dem Alter mühelos zu trotzen.

Sie plauderten noch eine Weile über Belanglosigkeiten und verzehrten einen Teller voller chinesischer Süßspeisen, die ein wenig wie Salami aussahen. Dann knallten die ersten Feuerwerkskörper. Viktoria blickte hinaus und erkannte graues Dämmerlicht hinter all den strahlenden Lampen.

»Wir müssen gehen«, mahnte sie Anette. »Ihre Mutter erwartet Sie zum Abendessen.«

Entschlossen stand sie auf. Zwar hätte sie selbst gern mehr von dem Feuerwerk mitbekommen, doch Anette durfte nicht in Schwierigkeiten geraten. Zu ihrer Erleichterung folgte das Liebespaar ohne Protest ihrem Beispiel. Sie traten wieder auf das Gedränge am Bund, der Straße am Ufer des Huangpu.

»Ich verabschiede mich nun«, meinte Nathan mit todernster Stimme. »Ich danke Ihnen nochmals für Ihre Hilfe, Miss Virchow, und wünsche Ihnen viel Glück im Jahr der Wasserziege.«

Ein kurzer Händedruck, dann war er fort, ohne ein Wort an Anette gerichtet zu haben. Viktoria wandte sich besorgt zu der Französin. Das hatte wie ein endgültiges Lebewohl geklungen, doch Anette sah nicht im Geringsten verstört aus. Sie holte entschlossen Luft und fiel Viktoria inmitten all der neugierig spähenden Chinesen um den Hals.

»Je vous remercie de tout coeur. Au revoir«, hauchte sie ihr ins Ohr. Bevor Viktoria etwas erwidern konnte, war auch Anette von der Menschenmenge verschluckt worden.

Einen Augenblick lang blieb Viktoria fassungslos stehen. Dann sah sie sich um, tapste ohne klares Ziel vorwärts.

»Anette«, versuchte sie das allgemeine Geschrei der feiernden Chinesen zu übertönen. »Wo sind Sie? Kommen Sie zurück, wir müssen nach Hause!«

Sie wiederholte diese Worte auf Französisch, schließlich auf Deutsch. Köpfe drehten sich, um herauszufinden, wem die fremde Frauenstimme gehörte. Doch alle Gesichter, die um Viktoria auftauchten, waren chinesisch.

Nachdem sie sich eine Weile durch das Getümmel gekämpft hatten, zupfte Dewei sie plötzlich am Ärmel.

»Vi Ki, die sind weg. Die wollten sich schon die ganze Zeit verabschieden. Hast du es nicht gemerkt?«

Viktoria fuhr zusammen, als die Erkenntnis sie niederschmetterte.

»Wir müssen sie finden«, rief sie entschlossen. »Anette bekommt einen Riesenärger, wenn sie nicht rechtzeitig daheim ist.«

Das Herz hämmerte ihr in den Ohren. Sie ballte ihre Hände zu Fäusten und spürte Schweiß auf deren Innenflächen. Welchen Wahnsinn hatte sie selbst die ganze Zeit unterstützt?

»Aber sie wollen nicht gefunden werden«, widersprach Dewei. »Meine älteste Schwester lief weg, als sie verkauft werden sollte. Niemand konnte sie finden, weil sie es nicht wollte«

Er blickte Viktoria mit ernster Miene an, als könne er nicht begreifen, warum sie das Offensichtliche nicht einsehen wollte. »Wir müssen jetzt zu Shikai. Er wartet«, fügte er dann hinzu.

Viktoria stierte weiter in die Menschenmenge, suchte verzweifelt nach der blauen Feder von Anettes Hut oder einem Zipfel ihres karierten Kleides. Der Anblick von zahlreichen Schiffen und Booten, die auf dem Huangpu schaukelten, raubte ihr die letzte Hoffnung, das entflohene Liebespaar aufstöbern zu können. Vielleicht waren sie bereits im Begriff, den Hafen zu verlassen.

»Mein Gott«, murmelte sie auf Deutsch. »Worauf hat diese verliebte Gans sich da bloß eingelassen?«

Verzweifelt fuhr sie sich durchs Haar, schubste dadurch ungewollt die Kapuze ihres Paletots zurück und löste ein paar Nadeln. Gelockte blonde Strähnen fielen ihr in die

Stirn und sie hob trotzig den Kopf. Wie es den Chinesen doch immer wieder gelang, direktes Starren zu vermeiden, obwohl ihre neugierigen Blicke so spürbar waren wie eine Berührung! »Gafft doch so viel ihr wollt!«, flüsterte sie bissig vor sich hin.

Dann sah sie plötzlich den Kampfkünstler aus dem Teehaus. Er stand ein Stück von ihr entfernt und stierte mit sehr unchinesischer, fast unverschämter Deutlichkeit über die Köpfe kleinerer Landsleute hinweg. In seinem Blick lagen weder Belustigung noch Ablehnung, wie sie es in Shanghai oft erlebt hatte, sondern schlichte Neugier. Sobald Viktoria das Starren trotzig erwiderte, schlug er die Augen nieder, als sei ihm die Ungebührlichkeit seines Verhaltens bewusst geworden. Ohne einen klaren Grund trat Viktoria einen Schritt näher, denn plötzlich hatte die Menschenmenge Platz gemacht. Sie musterte das schmale, scharf geschnittene Gesicht, dessen Züge aristokratisch schienen. Er hatte hohe Wangenknochen und überaus asiatische, elegant geschwungene Augen in Mandelform. Sein langes, offenbar als anstößig empfundenes Haar war hinter einem Tuch verborgen, das er im Nacken verknotet hatte. Statt des grellbunten Dämonenkostüms trug er nun eine schwarze chinesische Jacke, die mit schräg aufgenähten Verschlüssen versehen war. Ein fast vergessener Mechanismus kam in Viktorias Kopf in Gang. Einst war sie ein begehrtes Mädchen gewesen, das Männer schon bei der ersten Begegnung danach beurteilte, ob sie ihrer Aufmerksamkeit wert schienen. Obwohl dieser Mann nichts weiter war als ein geschickter Jahrmarktgaukler, empfand sie plötzlich das Verlangen, ihn näher kennenzulernen, um festzustellen, wie fremd und anders ein Chinese wirklich war.

Der Gaukler hob nochmals seinen Blick, um ihr ebenfalls ins Gesicht zu sehen. Wieder erkannte sie Neugier in seinen Augen, doch diesmal starrte er nicht mehr dreist, sondern zaghaft und etwas verlegen.

Zu ihrem Entsetzen spürte Viktoria, wie ein beschleunigter Herzschlag ihr das Blut ins Gesicht jagte. Die meisten Chinesen hatten eine etwas dunklere Haut und liefen vermutlich nicht so schnell rot an. Wie albern musste sie aussehen mit einem Kopf, der einer Tomate glich!

»Schau mal, Vi Ki. Da ist ein Sedanstuhl für vornehme Leute«, riss Dewei sie aus ihren Gedanken. Viktoria drehte sich um und begriff, warum die Menschenmenge Platz gemacht hatte. Vier Träger hatten eine chinesische Sänfte auf der Straße abgestellt. Sie erkannte die elegante, zarte Gestalt der Teehausbesitzerin, die gerade im Begriff war, sie zu besteigen. Kurz wandte Shen Akeu den Kopf, und wieder schossen scharfe, chinesische Worte aus ihrem rot bemalten Mund. Der Kampfkünstler kam sogleich auf sie zu. Beide verschwanden hinter dem Vorhang der Sänfte, die von vier Trägern in die Höhe gestemmt und davongetragen wurde.

Viktoria hörte chinesische Worte im Hintergrund. Gelächter erklang.

»Was haben die Leute gesagt?«, wandte sie sich neugierig an Dewei. Er sah kurz verlegen aus und meinte, die Leute aus Shanghai kaum verstehen zu können.

»Aber du redest doch mittlerweile ganz fließend mit Shikai«, bohrte Viktoria nach. Deweis Gesicht verzog sich in der Erkenntnis, bei einer Ausrede ertappt worden zu sein.

»Das war Gerede von Männern«, meinte er nur.

»Und was redeten die Männern so?«

Er zögerte einen Moment, dann gab er nach.

»Shen Akeu hat sich früher an alte, reiche Männer verkauft. Jetzt ist sie selbst alt und reich. Und kauft sich junge Männer.«

Viktoria verstand nicht, warum Ärger in ihrem Magen kribbelte. Die Worte der Missionarin über die Verderbtheit der chinesischen Kultur fielen ihr wieder ein und schienen mit einem Mal treffend. Bekam eine Hure denn niemals genug?

»Wir gehen jetzt zu Shikai«, meinte sie entschlossen und lief los. Während sie sich durch die Menge drängelte, schwand ihr Unmut über alte, reiche Huren und ihre jungen Liebhaber, da ihr bewusst wurde, in welch unangenehmer Lage sie sich selbst gerade befand. Irgendwie musste sie erklären, warum sie ohne Anette Desmoulins zurückkehrte. Am liebsten hätte sie alles mit Margaret besprochen, doch nach dem Anfall der alten Dame schien es ihr selbstsüchtig und verantwortungslos, deren Nerven zu belasten. Sie musste erzählen, dass sie Anette in der Menschenmenge verloren hatte und vortäuschen, von deren Treffen mit Nathan nichts zu wissen.

»Missee Emily Sie erwarten«, meinte die Amah, nachdem sie nach kurzem Klopfen ihren Kopf in Viktorias Zimmer gesteckt hatte. Dann kam sie unaufgefordert herein, um eine gefüllte Waschschüssel abzustellen und die Gaslampe aufzudrehen, denn draußen war es noch dunkel. Dewei sprang sogleich auf die Beine und warf Viktoria einen besorgten Blick zu. Sie rieb sich seufzend ihre verquollenen Augen. Gleich nach ihrer Rückkehr zu den Desmoulins war ein Suchtrupp losgeschickt worden, der sogar die Dschunken und Sampans am Hafen nicht verschonte. Im Grunde hatte Viktoria gehofft, so könnte das entflohene Liebespaar schließlich aufgestöbert werden. Die herzzerreißenden Weinkrämpfe von Madame Desmoulins, die ihre Tochter in den Fängen chinesischer Menschenhändler vermutete, hatten es ihr schwer gemacht, die wahren Umstände weiter zu verschweigen. Falls Anette bis jetzt nicht aufgetaucht war, musste sie reden. Dieser Entschluss war das Ergebnis einer schlaflosen Nacht. Sie hatte sich grübelnd im Bett hin und her gewälzt, während am Himmel vor dem Fenster das Feuerwerk tobte.

Nun stand sie auf und schüttete sich etwas Wasser ins Gesicht. Die Amah verschwand wieder im Türrahmen, wobei sie

Viktoria einen letzten Blick zuwarf, der eindeutig feindselig war. Viktoria beschloss, dem keine Bedeutung beizumessen. Sittenstrengen Frauen war sie stets ein Dorn im Auge gewesen. Vielleicht wollte Emily sie noch vor dem Frühstück sprechen, weil Anette aufgetaucht war. Der Gedanke gab ihr etwas Mut. Rasch schlüpfte sie in ihre Kleidung, die sie gestern einfach auf den Boden geworfen hatte.

»Mach dir keine Sorgen«, meinte sie zu Dewei und strich ihm über den Kopf. Sein Gesicht erhellte sich nicht. Der Junge hatte in seinem kurzen Leben ein erstaunliches Gespür für nahende Katastrophen entwickelt.

Emily saß im Esszimmer. Der Duft von Rühreiern ließ Viktorias Magen gequält knurren. Gestern Abend hatte sie keinen Bissen heruntergebracht.

»Nehmen Sie Platz, Miss Virchow. Sie können gern etwas essen, wenn Sie wollen. Aber wir müssen reden«, erklang plötzlich die Stimme von Robert Huntingdon, während die Tür hinter ihm schwungvoll zufiel. Viktoria folgte dankbar der Aufforderung. Nachdem sie die Eier mit einer Tasse Tee hinuntergespült hatte, war ihr ein wenig wohler.

»Also nun die Neuigkeiten«, redete der Hausherr weiter. »Anette hat einen Brief an ihre Eltern geschrieben, der noch in der vergangenen Nacht von einem unbekannten Boten überbracht wurde. Darin steht, dass sie nach Hongkong unterwegs ist. Zusammen mit Nathan Sassoon.«

Eine Last glitt von Viktorias Schultern. Nun also war alles geklärt. Sie hörte Emily theatralisch seufzen und stellte wieder einmal fest, dass Margarets Schwiegertochter eine missmutige Nervensäge war.

»Dann braucht Madame Desmoulins ja nicht mehr zu befürchten, dass ihre Tochter in die Sklaverei geraten ist«, meinte sie aufmunternd.

Robert Huntingdon unterbrach schlagartig seinen üblichen Lauf durch das Zimmer.

»Nein, das braucht sie nicht«, meinte er nur. »Wir alle wissen jetzt, wie es war.«

Sein zorniger, anklagender Blick ließ Viktoria Übles ahnen. Sie hob entschlossen den Kopf.

»Und wie war es denn?«, fragte sie so unschuldig wie möglich.

Robert Huntingdon baute sich wieder als drohender Schatten über dem Tisch auf.

»Wie es war, wissen Sie vermutlich besser als irgendjemand anderer hier«, donnerte seine Stimme auf Viktoria nieder. »Eine weiße Frau, die allein mit einem chinesischen Jungen und einem Diener in der Stadt herumspaziert, fällt auf. Als der Suchtrupp Fragen stellte, kam die Wahrheit schnell ans Licht. Sie deckten die heimlichen Zusammenkünfte zwischen Anette und Nathan Sassoon auf, deren bedauerliches Ergebnis die gestrigen Ereignisse sind. Miss Virchow, Sie haben sowohl uns als auch die Desmoulins aufs Schändlichste hintergangen.«

Seine Hand schlug auf die Tischfläche. Tassen und Teller erzitterten. Viktoria wurde schwindelig.

»Das stimmt«, gab sie sich widerstandslos geschlagen. »Ich fand nichts Schlimmes daran, einem Liebespaar zu seinem Glück zu verhelfen.«

Wieder seufzte Emily. Robert stieß ein bissiges Lachen aus.

»Mein Gott, eine wahre Romantikerin! Ich dachte, Sie wären die Tochter eines Geschäftsmannes. Wo haben Sie ihr bisheriges Leben denn verbracht? Auf dem Mond?«

Viktoria zog die Schultern zurück. Niemand hatte jemals in diesem Tonfall mit ihr geredet.

»Vielleicht an einem Ort, der Ihnen sehr fremd ist, Mr. Huntingdon. Aber erklären Sie mir bitte, wie ich Ihnen geschadet haben soll, indem ich zwei jungen Verliebten heimliche Treffen ermöglichte?«

»Die Desmoulins gehören zu meinen besten Geschäftspartnern«, erwiderte der Hausherr in bellendem Ton. »Sie kaufen Kaffee, Baumwollstoffe und sonstige Waren, die ich aus Europa und Amerika importieren lasse, für ihren Laden. Dank dieser Familie hatte ich noch weitere gute Kontakte in der französischen Konzession. Als meine Angestellte haben Sie durch Ihr Verhalten meinem Ruf als Geschäftsmann geschadet, Miss Virchow. Ich sehe leider keine Möglichkeit, Sie weiter zu beschäftigen.«

Den letzten Satz hatte er etwas leiser gesprochen, als sei ihm klar, dass ein Brüllen nicht mehr nötig war, um sein störrisches Gegenüber in die Knie zu zwingen. Viktoria sackte in ihrem Stuhl zusammen. Ihr Verstand war gelähmt, sie empfand nichts weiter als den Wunsch, laut um Hilfe zu schreien. Was wurde in diesem fremden Land aus einer Frau, die keine Arbeit mehr hatte? Die ausgemergelten Gestalten aus dem chinesischen Stadtteil tauchten vor ihren Augen auf. Sie krallte ihre Finger in die Lehne des Stuhls, um einen letzten Rest an Fassung wahren zu können.

»Wenn dies Ihr Entschluss ist, kann ich wohl nichts daran ändern«, meinte sie verzweifelt um Gelassenheit bemüht. Trotzdem klang ihre Stimme belegt.

»Es ist eine notwendige Folge Ihres Verhaltens, Miss Virchow«, mischte Emily sich unnötigerweise ins Gespräch. »Die Wirklichkeit entspricht nicht den Geschichten aus Liebesromanen.«

Zorn ließ Viktorias Widerspruchsgeist neu erwachen, denn sie hatte ohnehin nichts mehr zu verlieren.

»Wir alle tragen durch unser Verhalten dazu bei, die Wirklichkeit zu gestalten«, meinte sie an Emily gewandt. Den Satz kannte sie von ihrem Vater. Sie selbst hatte als Kind eine Weile gebraucht, um seine volle Bedeutung zu verstehen. Doch Emily verstand sofort. Ein bitterer Zug legte sich um ihren Mund und sie senkte den Kopf.

»Das ist nicht der Moment für hochgeistige Diskussionen«, erwiderte Robert stattdessen. »Mir ist klar, in welcher Lage

Sie sich befinden, Miss Virchow. Da ich eine gewisse Mitschuld am Ruin Ihres Vaters trage, bin ich bereit, Ihnen die Rückreise in Ihre Heimat zu bezahlen. Und Ihnen ein kleines Startkapital mit auf den Weg zu geben.«

Viktoria vermochte etwas ruhiger zu atmen. Eben noch hätte sie diesem Mann das Gesicht zerkratzen können, doch nun erwies er sich als unerwartet großzügig. Auch Nathan hatte ihr gestern zum Abschied eine stattliche Summe überreicht. Sie würde in Hamburg wieder ein Hotel beziehen und sich in Ruhe um neue Stellen bewerben können, anstatt sofort im Elend zu versinken. Dennoch kam keine rechte Erleichterung auf. Dewei würde nun endgültig ins Waisenhaus müssen. Und sie selbst würde niemals wieder mit ihm durch Shanghais Straßen bummeln, laute, unverständliche Theateraufführungen sehen und seltsam riechendes Essen kosten, von dem ihr inzwischen nicht mehr schlecht wurde.

»Aber, aber, Miss Virchow. Jetzt trinken Sie noch eine Tasse Tee und beruhigen sich bitte. Die Welt geht nicht so schnell unter, wie man als junger Mensch glaubt.«

Margaret lächelte aufmunternd. Viktoria wischte sich beschämt die Augen trocken. Sie hatte sich vor dem zornigen Robert und der bitteren Emily beherrschen können, doch Margarets mütterliche Güte ließ ihre Tränen fließen.

Dewei strich ihr zaghaft über den Arm.

»Es ist nicht schlimm im Waisenhaus, das hast du selbst gesagt. Und du, Vi Ki, kannst wieder nach Hause«, flüsterte er. Viktoria fuhr auf.

»Aber ich will nicht fort. Ich will in China bleiben«, entgegnete sie empört. Erst in diesem Moment wurde ihr bewusst, dass es tatsächlich so war. Dieses Land war noch zu fremd, um ein Zuhause sein zu können. Aber es hatte sie durch eben diese Fremdheit bezaubert. Bereits nach einem Jahr wieder nach Hamburg zurückzukehren wäre einer Kapitulation gleichgekommen.

Ein zufriedenes Lächeln huschte über Margarets lebendige Gesichtshälfte.

»Wenn dem wirklich so ist, dann kann ich vielleicht etwas für Sie tun«, meinte sie leise. Viktoria blickte auf. Ihre weinerliche Stimmung schwang schlagartig um.

»Wenn Sie mit Ihrem Sohn reden, dann ...«

Margaret schüttelte den Kopf.

»Es gibt einige Gründe, warum mein Sohn Robert kein Verständnis für Verliebte und ihre Verstöße gegen die gesellschaftliche Ordnung hat«, meinte sie nur. »Aber ich habe hier in Shanghai noch einige Kontakte. Leider wird die Geschichte mit Anette Desmoulins Wellen schlagen. Bei den angesehenen Familien der Stadt werden Sie dadurch wohl einen schlechten Ruf bekommen.«

Viktoria nahm das resigniert zur Kenntnis. Sie verfügte allem Anschein nach über eine besondere Begabung, ihren Ruf im Handumdrehen zu ruinieren.

»Es gäbe natürlich noch andere Leute, die eine junge, hübsche Frau beschäftigen würden«, fuhr Margaret fort. »Aber in einer Hafenspelunke als Kellnerin zu arbeiten scheint mir nicht die geeignete Tätigkeit für Sie.«

Viktoria nickte. Sie dachte an die billigen Lokale, wo sie in Hamburg hatte essen müssen, und schüttelte sich. Margaret nahm unbeirrt einen Schluck Tee.

»Ich kenne auch die Sassoons. Mein James arbeitete eine Weile für diese Familie. Ich habe eine Nachricht von Elias David, ihrem Geschäftsführer in Shanghai, erhalten. Er mag Nathan, war seiner Romanze mit einer christlichen Französin nicht so abgeneigt wie der Rest der Familie. Auf seine Bitte hin hat er sich bereits nach einer Möglichkeit umgehört, wie Sie weiter beschäftigt werden könnten, falls Robert Sie entlässt.«

Viktoria staunte. In den letzten Stunden hatte sie Anette und ihren Nathan wegen jener Selbstsucht verflucht, die Verliebten wohl eigen war.

»Im Unterschied zu früher sind die Chinesen heute gewillter, sich westlichen Einflüssen zu öffnen«, redete Margaret sogleich weiter. »Es gäbe vielleicht eine Möglichkeit für Sie, als Lehrerin im Haushalt eines reichen Chinesen zu arbeiten: In Peking. Aber bitte bedenken Sie, Miss Virchow, dort gibt es ein paar Gesandtschaften, aber keine internationale Siedlung. Sie wären sozusagen mitten im wahren China, müssten die Sprache lernen, um überhaupt mit jemandem reden zu können, denn Sie hätten nur Umgang mit Chinesen.«

Viktoria lehnte sich zurück. Sie empfand keine Erleichterung, sogar ein wenig Furcht, doch das Gefühl völliger Hoffnungslosigkeit war verflogen.

»Könnte ich Dewei mitnehmen?«, fragte sie nur. Margaret nickte.

»Ein chinesischer Junge in einem chinesischen Haus dürfte kein Problem sein.«

»Na dann.«

Viktoria stand auf.

»Ich danke Ihnen, Mrs. Huntingdon. Könnte ich mich jetzt noch eine Weile hinlegen, denn ich habe heute Nacht kaum geschlafen und muss ein bisschen nachdenken.«

Margaret entließ sie mit einer kurzen Handbewegung. Viktoria schob Dewei vor sich her, als sie aus dem Zimmer ging.

»Kleiner Freund, es wird Zeit, dass du mir ein bisschen Chinesisch beibringst«, meinte sie auf dem Weg in ihr Zimmer.

Zwei Monate später waren ihre Sachen gepackt. Vor dem Haus der Huntingdons wartete eine Sänfte, die sie nach Peking zu dem Mandarin Lao Tengfei tragen sollte. Viktoria hatte wieder einmal auf ihr Korsett verzichtet, denn ihr stand eine lange Reise bevor. In ihren Paletot gehüllt stieg sie mit Dewei die Stufen hinab, um Abschied von den Huntingdons zu nehmen, die tatsächlich alle im Salon versammelt waren.

»Ich hoffe, Sie wissen, worauf Sie sich einlassen, Miss Virchow«, meinte Robert kurz. »Wenn Sie in Schwierigkeiten geraten, wenden Sie sich an die britische oder die deutsche Gesandtschaft. Man wird Ihnen eine Rückreise nach Shanghai ermöglichen, denn es würde dem Ansehen unserer Zivilisation schaden, wenn eine weiße Frau in China mittellos auf der Straße endet.«

Obwohl sie wieder einmal den Tonfall nicht mochte, in dem er zu ihr sprach, war sie erleichtert über die Versicherung, in der Fremde nicht ganz allein zu sein.

»China ist ein rückständiges, mittelalterliches Land«, fügte Emily hinzu. »Es wäre empfehlenswert, sich an die gegebenen Normen und Sitten zu halten, wenn Sie Ihre neue Stellung etwas länger behalten wollen.«

Viktoria bedankte sich mit leicht bissigem Unterton für den guten Rat. Dann beugte sie sich zu Margaret, deren Rollstuhl ein Diener hereingeschoben hatte.

»Sie werden mir fehlen, Mrs. Huntingdon«, meinte sie nur. Margarets Augen blitzten freudig auf.

»Auch ich werde Sie vermissen. Hier noch ein letztes Geschenk von mir.«

Sie überreichte Viktoria eine Holzkiste, in der eine Kaffeemühle, eine Dose voller Bohnen und ein metallenes Sieb lagen.

»Gehen Sie sparsam mit den Bohnen um, die sind in Peking sicher schwer zu bekommen«, meinte sie mit dem üblichen leicht spöttischen Lächeln. Viktoria nahm die Gaben freudig entgegen.

»Ich wünsche Ihnen viel Glück. Ich glaube, es wird Ihnen in Peking gefallen«, sagte Margaret zum Abschied. Viktoria war froh, wenigstens ein paar aufmunternde Worte gehört zu haben, bevor sie in die Fremde aufbrach. Mit einem nervösen Knurren im Magen verließ sie das vertraute europäische Haus der Huntingdons.

Die Sänfte war mit blauen Vorhängen aus Seide versehen. Ein wichtig scheinender Chinese trat vor, verneigte sich und sprach einige Worte. Viktoria fand die Erscheinung vornehmer chinesischer Herren etwas gewöhnungsbedürftig. Neben dem üblichen Zopf unter einer schwarzen Kappe trug er ein bodenlanges Gewand, das mit Vögeln und Blumen bestickt war und dessen Form eher einem Morgenmantel glich denn männlicher Tageskleidung. Shikai hatte wenigstens Hosen getragen.

»Er fühlt sich geehrt, dich begrüßen und zu seinem Herrn führen zu dürfen«, übersetzte Dewei die Worte des Herrn im Morgenmantel. Viktoria murmelte ein paar Dankesworte und betrat das unbekannte Gefährt. Drinnen erblickte sie eine schmale Bank, ähnlich wie bei der Jinrikscha. Mühsam ordnete sie ihre Röcke und versuchte, sich in eine bequeme Position zu rücken. Es war so eng in diesem Gefährt, dass sie mit einer Tournüre kaum in der Lage gewesen wäre, ihre Beine auszustrecken. Zum Glück schützte wenigstens ein seidenes Kissen sie vor der Härte des hölzernen Sitzes. Dewei war hinter ihr hereingeklettert und ließ sich zu ihren Füßen auf dem Stoff des Rockes nieder. Er verstand es hervorragend, sich klein und unauffällig zu machen. Viktoria überlegte, ob es nicht für sie beide komfortabler wäre, wenn er irgendwo anders unterkäme, denn sie hatte auch berittenen Begleitschutz gesehen sowie Karren, die vermutlich ihr Gepäck transportieren sollten. Der bezopfte Anführer hatte seine eigene Sänfte und trug weniger umständliche Kleidung als sie selbst. Doch trotz der Enge war sie froh darüber, Dewei an ihrer Seite zu haben, der ihr immerhin schon beigebracht hatte, dass man des Vormittags mit einem ›Zǎo'ān‹ grüßte, nach der Mittagszeit höflich fragen sollte, ob jemand schon gegessen habe, und sich mit ›Xièxie‹ bedankte. Die chinesische Sprache war ein Sprechgesang aus an- und abschwellenden Tönen, was ihren sehr eigentümlichen, mitunter schrillen Klang ausmachte. Doch reichte es, einen dieser Töne nicht richtig zu treffen, um eine unverständliche oder gar lächerliche Aussage zu machen. Viktoria fühlte sich mitunter wie im Musikunterricht, während sie bemüht war, nachzuplappern und ihr Ohr für unbekannte Klangunterschiede zu sensibilisieren. Sie hatte einen englischen Roman mitgenommen, um ihn unterwegs zusammen mit Dewei zu lesen. Der Junge machte beschämend schnellere Fortschritte beim Lernen einer fremden Sprache als sie selbst. Bereits nach den ersten Unterrichtsstunden gelang es ihm, eigenständig Wörter zu entziffern.

Sie wurden in die Höhe gehoben. Die Sänfte begann mit den Schritten ihrer Träger zu schaukeln.

»Tragen die uns wirklich auf ihren Schultern bis nach Peking? Was ist, wenn sie unterwegs zusammenbrechen?«, wandte Viktoria sich an Dewei, der plötzlich kein kleiner Junge mehr schien, sondern ein Fels in den Stürmen einer unbekannten Welt.

»Sie brechen nicht zusammen«, erwiderte Dewei empört. »Dann würden sie hart bestraft werden!«

Er schob den Vorhang ein wenig zur Seite, um auf seine zu Fuß laufenden Landsleute hinabzusehen.

»Wir reisen wie Kaiser!«, rief er stolz.

Viktoria war weniger begeistert und untersuchte zur Ablenkung Margarets Geschenk. Sie öffnete die Dose mit den Kaffeebohnen, um einen geliebten, vertrauten Duft einatmen zu können, bevor sie all das hinter sich ließ, was zu ihrer alten Welt gehörte. Doch mitten unter dem Braun entdeckte sie einen kleinen, grellroten Beutel, der mit chinesischen Mustern bestickt war. Neugierig löste sie die Verschnürung und ein glatter, runder Gegenstand glitt in ihre Handfläche.

Es war der Jadering aus Margarets Schmuckschatulle.

Kapitel 8

Margaret hatte sie darauf vorbereitet, dass die Reise im Sedanstuhl über einen Monat dauern würde. Viktoria versuchte, es sich auf ihrem Kissen so bequem wie möglich zu machen und das Gefühl der Beklemmung zu unterdrücken, als sie die internationale Siedlung Shanghais hinter sich ließ. Die ersten Stunden spähte sie neugierig durch die Vorhänge. Sie zogen nun durch eine ländliche Gegend, die nicht einmal so fremd wirkte wie befürchtet. Hügel, Gras und Bäume, das hatte sie auch während ihrer Ausritte mit Anton bewundern können. Ein Teil der Vegetation schien ihr durchaus vertraut. Sie erblickte helle, von dunklen Einkerbungen durchzogene Baumstämme, die wie Birken aussahen. Die Bäume ragten insgesamt weniger in die Höhe, und sie sah nicht so viele Nadeln an ihnen wie in den Wäldern Deutschlands. Bei allen Parallelen zwischen ihrer Hamburger Heimat und der vorbeifliegenden Landschaft gab es aber auch deutliche Unterschiede. Wirklich fremd waren ihr die von menschlicher Hand hinterlassenen Spuren in der Natur. Bauern mit breiten Hüten standen bis zu den Knöcheln in bewässerten Feldern, wo sie kleine Setzlinge eingruben. So wurde Reis angebaut. Manchmal waren diese Felder wie Terrassen angelegt, dann erstreckten sie sich wieder in endloser, flacher Weite. Ausgemergelte Wasserbüffel dienten den Bauern als Lasttiere. Sie selbst transportierten schwere Gegenstände meist an einer Stange, die auf ihren Schultern ruhte. Die braunen Gesichter dieser Landbevölkerung glichen verbranntem Ton. Sie waren von tiefen Falten durchzogen und hatten kaum etwas gemein mit den hellen, gepflegten Mienen der Schauspieler und Gäste des Teehauses, die Viktoria als letzte Erinnerung an die Chinesen aus Shanghai mitgenommen hatte. Shen Akeu, die Besitzerin des Teehauses, hatte das Geheimnis ewiger Jugend gekannt. Chinesische Bauernmädchen schienen zu altern, bevor sie überhaupt zu Frauen heranreiften.

Ein wenig war es wie in dem chinesischen Stadtviertel Shanghais, nur war das Elend hier breiter gestreut und in eine malerische Natur gesetzt, die seinen Anblick erträglicher machte. Außerdem stank es zum Glück kaum.

Gelegentlich durchquerten sie Dörfer, deren Bewohner ehrfurchtsvoll vor der berittenen Wache zurückwichen. Die Hütten waren mit Strohdächern bedeckt und schienen mittelalterlich in ihrer Schlichtheit. Mitunter wagten sich Kinder vor, die bettelnd ihre Hände ausstreckten. Viktoria war erleichtert, als ein paar der berittenen Männer ihnen Münzen zuwarfen, anstatt sie einfach zu verjagen, obwohl die Stimme des Anführers barsch aus der Sänfte bellte. Sie selbst kramte ein paar Dollarscheine aus ihrem Ridikül hervor, die sie Dewei zur Verteilung übergab. Er verzog das Gesicht und meinte, in Bauerndörfern sei dieses Geld kaum bekannt.

»Vielleicht kommen diese Kinder ja eines Tages nach Shanghai«, entgegnete Viktoria, um ihr Gewissen zu beruhigen. Warum nur war ein Land, das solch wunderbare Kunst erschaffen hatte, so unerträglich arm?

Als es zu dämmern begann, erreichten sie einen größeren Ort und hielten vor einer Herberge, wo sie die Nacht verbringen sollten. Viktoria streckte erleichtert ihre vom langen Sitzen steif gewordenen Beine und versuchte, die neugierigen, stechenden Blicke in ihrem Rücken zu ignorieren. Im grauen Abendlicht wirkte die Landschaft wie der Traum von einer fremden Welt, in deren Weite sich Viktorias Blick verlor. Am liebsten wäre sie noch eine Weile herumgelaufen, doch der Anführer, dessen Namen sie sich allmählich als Gu Xiadong einzuprägen begann, winkte sie mit ein paar Verbeugungen ungeduldig in das große Holzhaus. Diese Mischung aus Unterwürfigkeit und energischem Auftreten schien Chinesen wohl eigen. Viktoria war überzeugt davon, dass er in der Lage wäre, sie an den Haaren in die Herberge zu zerren, falls höfliche Worte keine Wirkung zeigten. Gehorsam durchquerte sie einen Raum mit Tisch und Bänken. Man führte sie ins nächste Stockwerk. In einer kleinen Kammer, die ihr zugeteilt worden war, standen ein Bett sowie ein kleiner Tisch. Viktoria machte ein paar ruhelose Schritte. Sie fühlte sich eingesperrt und verloren in einem Land, wo allein ihr Gesicht sie zu einer Außenseiterin machte. Aus dem Zimmer unter ihr drangen Stimmen und der Geruch chinesischer Gewürze, der ihren Magen schmerzhaft knurren ließ.

»Dürfen wir denn nicht mitessen?«, fragte sie ungehalten.

»Sie werden uns Essen bringen«, beruhigte Dewei sie. »Doch dass du unten bei den Männern sitzt, das … das tut eine vornehme Dame nicht.«

»Na großartig«, murrte Viktoria und sank erschöpft auf das Bett. Es schien hart, aber wenigstens konnte sie ihre Beine besser ausstrecken als in der Sänfte. Sie schnürte die Stiefel auf.

»Ich brauche mein Gepäck. Mein Nachthemd«, wandte sie sich wieder an Dewei, der sie erschöpft ansah.

»Ich werde Bescheid geben. Aber jetzt essen wir erst einmal.«

Tatsächlich brachte bald darauf ein Mädchen ein Tablett mit einer Schüssel und zwei Schalen. Sie kniete nieder, als sie die Speisen auf dem Tisch abstellte. Obwohl sie bemüht war, den Blick gesenkt zu halten, konnte sie nicht umhin, Viktoria immer wieder verstohlen zu mustern.

»Xièxie«, murmelte Viktoria und empfand Stolz, als das Mädchen sie staunend ansah und ein paar Worte murmelte. Zum allerersten Mal hatte sie sich auf Chinesisch verständlich gemacht.

»Frag sie, wie sie heißt«, wandte sie sich hilfesuchend an Dewei. Er erklärte, dass der Name Hua Blume bedeutete, und das Mädchen lächelte verlegen angesichts der plötzlichen Beachtung, die ihrer Person geschenkt wurde. Anschließend wollte sie Viktorias Namen wissen. An der vollständigen Variante scheiterte sie, aber es gelang ihr recht schnell »Vi Ki« auszusprechen, worauf Dewei sich ja auch beschränkte.

Viktoria musterte ungeduldig den Inhalt der Schüssel, in der eine mit Kohl angereicherte Nudelsuppe schwamm. Hua brachte bald darauf noch Reis und ein undefinierbares Fleischgericht. Viktoria füllte erleichtert ihren Magen, obwohl ihr der Umgang mit Stäbchen nicht so recht gelingen wollte und sie schließlich einen hölzernen Löffel zu Hilfe nahm, der eigentlich nur für die Suppe gedacht war.

»Bekommen wir auch etwas anderes als Tee zu trinken?«, murrte sie schließlich, denn bei den Huntingdons waren selbst ihr Wein und Sherry vergönnt gewesen.

Dewei gelang es nicht ganz, einen Seufzer zu unterdrücken, aber er rief erneut nach der Blume. Bald darauf standen eine schlicht bemalte Flasche aus Ton und ein kleiner Becher auf dem Tisch. Viktoria nippte neugierig an dem Getränk. Es schmeckte süß und schwer wie Portwein, aber eine geringe Menge davon würde ihr vielleicht etwas Entspannung schenken. Als die dienstbare Blume sich mit einer leichten Verbeugung verabschiedete, hatte Viktoria plötzlich eine Idee, wie sie den Abend etwas geselliger gestalten konnte.

»Sag ihr, dass sie mittrinken kann, wenn sie will. Und falls hier noch andere Frauen sind, die nicht unten bei den Männern sitzen dürfen, sollen sie auch kommen. Allein schaffe ich diese Flasche sowieso nicht.«

Dewei sah überrascht, aber durchaus erfreut aus. Hua lauschte seinen Worten, kicherte verlegen und verschwand. Viktoria zweifelte, ob das Mädchen diese Einladung wirklich annehmen würde, doch bald darauf öffnete sich die Tür erneut und drei Frauen traten ein. Hua schien eine Schwester zu haben, die etwas kleiner war als sie, aber Viktoria war es kaum möglich, das genaue Alter der Mädchen einzuschätzen. Sie konnten erst vierzehn sein, oder auch vierundzwanzig. Ihre Gesichter schienen weniger ausgezehrt als die der Bauern auf den Reisfeldern, doch fehlte ihnen die künstliche, zerbrechliche Schönheit vornehmer Chinesinnen. Schließlich erschien eine winzige, faltige, leicht gekrümmte Frau, vermutlich die Mutter der zwei jungen Dienerinnen. Sie überschüttete Viktoria mit einem Schwall chinesischer Worte, sank in die Knie und verbeugte sich mehrfach, bevor sie mit sichtlich zufriedenem Gesichtsausdruck auf dem Fußboden hocken blieb. Becher aus Ton machten die Runde und die drei Chinesinnen schnatterten durcheinander.

»Sie wollen wissen, ob du Witwe bist«, übersetzte Dewei. Viktoria verneinte.

»Hat dein Mann dich verstoßen?«, lautete die nächste Frage. Viktoria erklärte, dass sie keinen Ehemann hatte. Das Geplapper wurde lauter. Fassungslose Blicke streiften Viktoria. Sie hörte Dewei lachen.

»Vielleicht macht der Mandarin Lao Tengfei dich zu seiner Konkubine«, übersetzte er die Mutmaßungen der Frauen. Viktoria lachte ebenfalls und wies diese Möglichkeit entschieden von sich.

»Ich habe keinen Mann und will auch keinen haben«, stellte sie die Dinge in aller Deutlichkeit klar. Die Erinnerung an Anton versetzte ihr einen Stich, doch tat er kaum noch weh. Sie war erfolgreich in eine andere Welt geflohen.

Die drei Chinesinnen debattierten eine Weile untereinander, denn eine junge, heiratsunwillige Frau schien ihnen rätselhaft. Dewei wurde immer wieder einbezogen, was ihm sichtlich gefiel. Viktoria wusste immer noch nicht, wie alt er genau war, denn er konnte das Datum seiner Geburt nicht nennen. Doch hatte er offenbar bereits ein Alter erreicht, da ein Junge es genoss, in weiblicher Gegenwart wichtig zu scheinen. Während die Frauen allmählich wagten, ihre Becher selbst neu aufzufüllen, mischte Dewei sich stolz in ihre Gespräche, wies mit dem Kopf auf Viktoria und klärte seine Zuhörerinnen über die Eigenheiten dieser rätselhaften Fremden auf.

»Was erzählst du ihnen denn über mich, du kleiner Aufschneider?«, kicherte Viktoria. Nach zwei Bechern des süßen Weins fühlte sie sich völlig entspannt.

»Sie haben gesagt, sie werden im Tempel für dich beten, damit du einen Mann findest und Kinder haben kannst«, erklärte er todernst. Viktoria lehnte sich mit lautem Lachen zurück.

»Sie sollen lieber beten, dass dieser Mandarin mich nicht so schnell entlässt wie Robert Huntingdon. Ich muss irgendwie Geld verdienen. Was Kinder betrifft, so habe ich ja dich.«

Dewei sah sie verdattert an. Nach kurzem Zögern begann sein Gesicht auf einmal zu strahlen. Er lächelte zaghaft, senkte dann verlegen den Blick und schwieg eine Weile, obwohl die Frauen weiter vor sich hinplapperten. Schließlich stupste Hua ihn an, um ihn aus seiner Starre zu reißen. Höflich beantwortete er die nächste Frage.

Als es draußen stockdunkel war und in der Flasche kein einziger Tropfen mehr verblieb, öffnete Viktoria ihren inzwischen eingetroffenen Koffer in Gegenwart der Gäste, zeigte ihre Kleider, Unterröcke und den kümmerlichen Rest ihres Schmucks. Staunende Rufe erklangen, Finger befühlten neugierig Musselin und Baumwolle.

»Sehr viel Stoff für ein einziges Kleid. Sie meinen, du musst reich sein«, übersetzte Dewei die Kommentare. Viktoria fragte sich, was die Chinesinnen wohl zu einer seidenen Ballrobe mit Rüschen und aufgebauschter Tournüre gemeint hätten. Spontan überließ sie den Mädchen zwei Haarkämme aus Horn, die mit glitzernden Steinen verziert waren, und eine samtene Schleife. Ihre dunklen Augen strahlten ungläubig, als hätte die seltsame Fremde ihnen kostbare Schätze geschenkt. Viktoria empfand ein lang vermisstes Gefühl der Zufriedenheit, denn es war über ein Jahr her, dass sie sich hatte großzügig zeigen können. Die verknittert aussehende Mutter schickte daraufhin eines der Mädchen energisch hinaus. Es kam mit einem jener grellroten Gehänge, die Glück bringen sollten, und der kleinen hölzernen Statue einer Göttin der Barmherzigkeit zurück. Beides wurde Viktoria überreicht, die zunächst ablehnen wollte, denn diese Leute schienen ihr zu arm, um etwas abgeben zu können. Dewei erklärte, dass sie es nach längerem Debattieren dennoch annehmen sollte, um die Frauen nicht zu kränken. Viktoria gehorchte, erleichtert darüber, durch diese unbekannte Welt gelotst zu werden. Vermutlich sollten ihr diese beiden Gaben zum schnellen Erwerb eines Gemahls verhelfen. Aber in Deutschland hätten ihr ein paar Dorfmädchen wohl eine ähnliche Zukunft als einzig mögliches Glück gewünscht. Wenn jene Ehefrauen und Kinder des Mandarins, die sie unterrichten sollte, ebenso umgänglich waren, stand ihr vielleicht keine so schwierige Zeit bevor wie befürchtet. In bester Laune nahm sie von den drei Frauen Abschied, trank dann den verbliebenen Tee, da der Wein ihre Kehle ausgetrocknet hatte. Schließlich sank sie auf das Bett. Auf einmal schien es ihr nicht mehr hart, sondern entspannend, da ihr Körper ausgestreckt liegen blieb, statt in weichen Tiefen zu versinken. Viktoria räkelte sich zufrieden. Dewei stand eine Weile unschlüssig herum. Schließlich legte er sich auf den Boden.

»Jetzt komm schon zu mir. Du bist doch kein Hund«, murmelte Viktoria mit halb geschlossenen Lidern. Er gehorchte nach kurzem Zögern, kroch unter die Kamelhaardecke und schmiegte sich an ihren Rücken. Leise murmelte er ein Wort, das in allen Sprachen der Welt wohl ähnlich klang: »Ma«. Viktoria wälzte sich herum und legte ihren Arm um seine schmalen Schultern. Warum hatte ihre eigene Mutter ihr niemals das Gefühl vermittelt, dass Kinder Freude machen konnten?

Am nächsten Tag wurde sie im ersten Morgengrauen von lautem Gerede im unteren Raum geweckt. Erschöpft rieb sie ihre Schläfen, hinter denen leichter Kopfschmerz pochte. Der schwere, süße Wein war ihr nicht bekommen. Sie zog die Decke über ihren Kopf, um wieder in den Schlaf zu flüchten, doch bald darauf erklangen Schritte vor der Tür. Hua brachte erneut ein Tablett herein. Auch zum Frühstück wurde Suppe serviert. Außerdem schwamm in zwei großen Bechern eine weiße Flüssigkeit, die wie Milch aussah, doch als Viktoria daran nippte, machte ein unbekannter, eigenartiger Geschmack sich auf ihrer Zunge breit. Sie verzog angewidert das Gesicht.

»Trink. Dòujiāng. Es ist gesund«, forderte Dewei sie hartnäckig auf. Nach ein paar Schlucken wurde das Getränk erträglicher und begann beinahe erfrischend zu schmecken. Viktoria machte sich daran, ihre Suppe zu löffeln, denn sie brauchte einen vollen Magen für die Reise. Ihr Gaumen sehnte sich nach weichem, frischem Brot, Butter und Käse, nach dem vertrauten Frühstücksei und vor allem nach einer Tasse Kaffee, die ihre Lebensgeister in Schwung gebracht hätte. Doch fehlte ihr die Zeit, Margarets Kaffeemühle in Gang zu bringen.

Widerwillig sah Viktoria ein, dass sie sich an fremde Nahrung würde gewöhnen müssen. Die Suppe schmeckte nicht übel, doch wäre sie ihr als Mittagsmahl lieber gewesen.

Danach wurden ein Eimer Wasser und Seife hereingebracht, die sogar angenehm duftete. Nachdem Viktoria sich gewaschen und rasch angekleidet hatte, verstand Dewei zum Glück eine zaghafte Andeutung und sorgte für das Auftauchen eines breiten tönernen Topfs. Er verließ taktvoll das Zimmer, als Viktoria ihre Röcke raffte und sich niederhockte. Danach benutzte er ihn selbst, ohne sich an ihrer Gegenwart zu stören. Sie verdrängte das missbilligende Gesicht ihrer Mutter aus ihrer Erinnerung.

Viktoria gewöhnte sich an die wechselnden Herbergen, das fremde Essen und das Starren, sobald sie der Sänfte entstieg. Das Land schien so unermesslich groß, dass ihr manchmal fast schwindelig wurde, wenn ihr Blick sich wieder einmal in der Ferne des Horizonts verlor. Als Stadtmensch hatte sie sich in

Shanghai schnell eingelebt, doch hier fühlte sie sich winzig und unbedeutend wie ein Kieselstein, der in einen Ozean gefallen war. Obwohl sie sich dem Zauber zackiger Felsen und blühender Bäume, die wie mit feinen Pinselstrichen gezeichnet schienen, nicht entziehen konnte, erleichterte es sie, dass immer wieder Zeichen menschlicher Besiedelung auftauchten. Kleine Städte und mit der Landschaft verwachsene Pagoden zogen an ihr vorbei. Die kunstvollen Bauwerke glichen einander, waren allesamt von feiner, graziler Architektur, die Harmonie und Leichtigkeit zum Ausdruck brachte. Dachgiebel wiesen himmelwärts, als wollten sie den Blick fort von allem Elend dieses Landes führen, das dennoch nicht zu übersehen war. Auch inmitten der malerischen Landschaft lagen manchmal halb verweste Leichname. Ausgemergelte Gestalten machten Viktorias Sänfte ehrerbietig Platz. Sie fragte sich, was die bewaffneten Männer wohl andernfalls mit ihnen angestellt hätten.

Unterwegs las sie mit Dewei Dickens, ließ ihn auf einem Blatt Papier das Schreiben üben und prägte sich weiter chinesische Worte ein. Mittlerweile konnte sie problemlos grüßen, Dank sagen und sich verabschieden, doch auf Dauer würde das nicht genügen. Beim Verlassen der Sänfte fühlte sie sich stets wie eine zur Schau gestellte, seltene Tierart. Die erwachsenen Chinesen versuchten, ihr Starren so unauffällig wie möglich zu gestalten, doch fehlte Kindern, wie wohl überall auf der Welt, derartige Zurückhaltung. Viktorias Auftauchen ließ sie sofort herbeieilen, als sei ein unbekanntes Kennwort geflüstert worden, das alle Halbwüchsigen aus ihren Verstecken lockte. Sie erwiderte das Gaffen mit einem bemühten Lächeln, versuchte, sich als harmlos und nett zu präsentieren, doch trotzdem wurde vorsichtiger Abstand von ihr gewahrt. Sobald sie den Kindern ihren Rücken zuwandte, vernahm sie Getuschel und lautes Gelächter. Sie bemühte sich, es zu überhören. Dewei jedoch fuhr energisch herum und überschüttete seine Altersgenossen mit einer Flut chinesischer Worte, die sich nicht besonders freundlich anhörten. Manchmal wies er auf die berittenen Männer, an deren Gürteln Dolche hingen. Viktoria ahnte, dass er den Kindern eine sofortige Hinrichtung androhte, falls sie nicht aufhörten, über seine seltsam aussehende Begleiterin zu spotten. Das war so unsinnig, dass sie selbst fast darüber lachen musste. Für all jene Chinesen, die damit beauftragt waren, sie nach Peking zu bringen, schien sie nichts weiter als eine zu transportierende Last zu sein, die für ihren Herrn aus unerfindlichen Gründen wichtig war. Doch Deweis Drohgebärden zeigten eine fast magische Wirkung, denn sie ließen allen Spott sogleich verstummen. Viktoria nahm es dankbar hin. Sie fühlte sich in nahezu lächerlicher Weise abhängig von diesem Jungen, war nicht mehr seine Retterin, sondern musste selbst immer wieder gerettet werden, wenn unverständliche Worte auf sie niederprasselten.

Leider verschwand der Junge regelmäßig, sobald sie irgendwo Halt machten. Viktoria verstand den Grund zunächst nicht, doch als er ihr von seinen Gesprächen mit den Männern, die sie auf der Reise begleiteten, erzählte, wurde ihr klar, dass er herausfinden wollte, wie ihrer beider unbekannte Zukunft aussehen könnte. Bereits Bekanntes und neue Erkenntnisse fügten sich langsam zu einem klareren Bild.

Lao Tengfei war Richter in Peking. Er hatte die Provinzialprüfung für Beamte bestanden und durfte sich daher »Jŭrén« nennen. Seine nächste Ambition galt dem Amt eines Provinzgouverneurs, doch dazu musste er die nächste Prüfung in der Hauptstadt erfolgreich absolvieren. Von diesen Prüfungen hing die ganze Zukunft eines chinesischen Mannes ab, wie Viktoria zu ahnen begann. Lao Tengfei war zudem ein Bekannter des Generals Li Hongzhang, der im Kaiserpalast eine hohe Stellung genoss, und hoffte von diesen guten Beziehungen profitieren zu können. Viktoria erfuhr zu ihrem Staunen, dass China nun ebenso wie England von einer Frau beherrscht wurde. Eine Konkubine des verstorbenen Kaisers, Mutter seines einzigen Sohnes, hatte sich gegen alle Intrigen durchgesetzt und galt nun als wahre Machthaberin. Offiziell teilte sie das Amt der Regentin mit einer anderen Frau, der ersten Gemahlin dieses toten Kaisers, aber die hatte kein Interesse an Politik, verhielt sich in einer Art, die von den Männern als weiblich bezeichnet wurde.

Viktoria verspürte Respekt für jene unbekannte Chinesin, die sich eben nicht wie eine Frau benahm, sondern ein riesiges Reich unter ihre Kontrolle gebracht hatte. Li Hongzhang hatte sie dabei unterstützt und schien allgemein offen für neue Ideen. Es war seinem Einfluss zu verdanken, dass nun westliche Sprachen und Wissenschaften in China unterrichtet werden sollten. Viktoria begann zu ahnen, dass Lao Tengfeis Wunsch nach einer europäischen Lehrerin für seine Kinder damit zusammenhing. Er wollte sich als loyaler Gefolgsmann von Li Hongzhang erweisen, wovon er sich Vorteile versprach.

Es klang alles nicht so übel, beschloss sie, und versuchte der Zukunft gefasst entgegenzusehen.

Die Reisfelder wurden seltener, denn im Norden baute man Mais, Hirse und Süßkartoffeln an, wie Dewei ihr überflüssigerweise erklärte. Viktoria hatte nichts für Landwirtschaft übrig. Obwohl der Frühling ins Land zog, schien es mit jedem Tag eher kälter als wärmer zu werden. Sie packte ihren Paletot aus dem Koffer. In Peking, so hatte Margaret Huntingdon erzählt, herrschte ein ähnliches Klima wie in England oder Deutschland. Sie konnte sich auf eisige Winter mit heftigem Schneefall gefasst machen und grübelte, wie diese chinesischen Holzhäuser wohl beheizt wurden.

Nach einigen Wochen mussten sie ein breites Gewässer überqueren. Huang He, der gelbe Fluss, übersetzte Dewei. Er schien eher schmutzig braun und schlängelte sich zwischen Felsen dahin. Der steile Abstieg in der schwankenden Sänfte schien Viktoria ein halsbrecherisches Unterfangen. Wieder sah sie im Geiste die zähen Träger stolpern oder zusammenbrechen, wäre am liebsten ausgestiegen, um sich auf ihre eigenen Füße zu verlassen, doch Dewei riet empört davon ab. Es wäre eine Kränkung für die Männer, erklärte er mit Nachdruck, wenn sie ihnen so wenig Vertrauen schenkte. Viktoria fügte sich, zog die Vorhänge der Sänfte zu und schloss schicksalsergeben die Augen, um einem hysterischen Anfall vorzubeugen. Geschrei hätte diese Träger wohl nur verwirrt, ja vielleicht abstürzen lassen. Nach einigem Gerüttel und Geschüttel erreichten sie endlich das Ufer, wo ein Floß auf sie wartete. Wieder kam Viktoria sich wie eine Last vor, die es zu verladen galt. Sie wagte es, nun aus der Sänfte zu spähen, und musste sogleich einen Schrei unterdrücken. An dem Ufer, das sie gerade verließen, waren drei menschliche Köpfe aufgespießt. Mit ihren starren, maskenhaften Gesichtszügen glichen sie Puppen aus einem Geisterkabinett, nur die Blutkruste am Rumpf ließ einen gewaltsamen Tod erahnen.

»Flusspiraten, die bestraft wurden«, kommentierte Dewei. Viktoria fröstelte und zog den Paletot zusammen. Sie beugte sich zum Wasser, um das Mittagsmahl aus ihrer Kehle zu würgen. China war mittelalterlich, wie Emily gemeint hatte. Doch wurde ihr erst jetzt die volle Bedeutung dieser Worte bewusst. War es wirklich möglich, dieses Land zu lieben?

Dann tauchte eines Tages im Morgengrauen eine dicke, kastenartige Mauer am Horizont auf, der sich die Sänfte allmählich näherte. »Beijing«, rief Dewei, und Viktoria begriff, dass er damit Peking meinte. Sie hatten das Ziel der Reise endlich erreicht. Bald schon wurden sie durch das Tor der Stadtmauer getragen.

Die Stadt war ein stinkender, dreckiger Moloch, den eine gelbbraune Staubschicht einhüllte. Sie war aber auch grazil und wunderschön, sobald die richtigen Gebäude auftauchten.

Viktoria bewunderte bunt lackierte Bauten, vor denen Statuen von Löwen, Schildkröten und anderen, nicht klar definierbaren Tieren standen. Jedes Detail war mit filigraner, ebenmäßiger Präzision angefertigt. Kleinere Figuren zierten auch die Dächer, an deren Giebeln zarte, farbenfrohe Malereien aus Holz hingen.

Peking schien von so vielen Menschen bevölkert, dass es einem emsigen Ameisenhaufen glich. Die Sänfte wurde durch schreiende Massen geschoben, die nach den Trägern und Vorhängen griffen. Ein kleiner Junge sprang hoch, um Viktoria winzige Bananen entgegenzuhalten. Zwei Männer in roter Kleidung zogen schwere Ketten hinter sich her. Sträflinge, erklärte Dewei. Eine stark geschminkte Frau schwankte auf winzigen Füßen vorbei. Eine Pfeife hing in ihrem Mundwinkel. Straßenhändler priesen ihre Waren an, Lastenträger drängten sich vorbei und überall wurde aus irgendeinem Grund gebrüllt. Viktoria sah ein kleines, haariges Kamel geduldig durch das Getümmel trotten. Ausgemergelte Elendsgestalten mit grünlich fahlen Gesichtern kauerten an den Wänden, sei es, weil sie betteln oder in Ruhe sterben wollten. Neben einer Frau, die sich nicht mehr rührte, plärrte ein Säugling sich die Seele aus dem Leib. Niemand schenkte ihm Beachtung.

In Viktorias Kopf drehte es sich, dennoch war sie froh, wieder in einer besiedelten Gegend angelangt zu sein. Hier wurde sie weniger angegafft, da die Menschenmassen sie verschluckten. Diese Stadt schien kein Ende zu haben, zog sich über eine unermessliche Fläche dahin. Dann wurde plötzlich eines jener roten Tore geöffnet und Viktoria glaubte, das irdische Paradies zu betreten, denn sie hatte niemals zuvor etwas derartig Schönes erblickt.

Es war still, als läge der Lärm Pekings plötzlich in weiter Ferne. Ein Garten wie aus dem Märchenland tat sich vor ihren Augen auf. Sie sah kleine bepflanzte Hügel, vor denen eine freundlich lächelnde, rundliche Buddhastatue stand. Über einen plätschernden Bach spannte sich in hohem elegantem Bogen eine Steinbrücke. Ein Stück dahinter entdeckte Viktoria eine weitere hölzerne Brücke, die gerade angelegt war, aber aus versetzt aneinander gereihten Vierecken bestand. Alles wirkte, als sei es höchst gründlich ausgemessen und mit Bedacht arrangiert worden, um ein Bild völliger Harmonie zu vermitteln. In einem kleinen Teich schwammen Seerosen. Libellen schwirrten wie glitzernde Edelsteine vorbei. Viktoria spürte, dass sie ruhiger zu atmen begann und die Anspannung der letzten Wochen von ihr abfiel. Sie schloss die Augen und sehnte sich danach, eine Weile an diesem Ort verharren zu können, um Kraft zu schöpfen.

»Wir sind da, Vi Ki«, riss Dewei sie aus ihrem verzauberten Zustand. »Hier wohnt der Mandarin Lao Tengfei.«

Viktoria fand sich in der Wirklichkeit wieder. Überall auf der Welt verstanden es reiche Menschen, sich ein schönes Zuhause zu schaffen.

Die Sänfte durchquerte ein weiteres Tor. Hier standen nun einige hölzerne Gebäude, die mit den üblichen Lampen geschmückt waren. Diener liefen ihnen entgegen, chinesische Worte flogen durch die Luft. Viktoria ballte die Hände zu Fäusten, um ihrer Angst Herr zu werden. Bald würde sie den Leuten begegnen, von denen ihre weitere Zukunft abhing.

Die Sänfte wurde erst abgesetzt, nachdem sie noch zwei andere Tore hinter sich gelassen hatten. Viktoria atmete tief durch, dann trat sie heraus. Wieder begrüßte sie das übliche Starren. Eine ganze Schar von Menschen hatte sich zu ihrer Begrüßung aufgebaut, Männer, Frauen und Kinder standen aufgereiht wie Figuren auf dem Schachbrett und schwiegen erstaunlicherweise. Viktoria nahm eine gerade Haltung an, strich verlegen die Falten ihres Rockes glatt. Man hätte ihr wenigstens Gelegenheit geben können, sich für die erste Begegnung angemessen herzurichten. Sie fühlte sich erschöpft und zerknittert von der langen Reise.

Die Menschenmenge machte einem mittelgroßen Mann in einer prächtigen Seidenrobe Platz, auf die ein goldener Fasan gestickt war, das Abzeichen seines Mandarin-Ranges. Ansonsten unterschied seine Kleidung sich kaum von der anderer chinesischer Würdenträger. In diesem Land schien man bei allem künstlerischen Schaffen immer wieder auf ähnliche Formen zurückzugreifen, die aber sehr sorgfältig ausgearbeitet wurden. Der Mandarin machte langsame, bedächtige Schritte. Da sein Gewand bis zum Boden reichte, schien es Viktoria, als gleite er ihr entgegen. Wie auf einen unhörbaren Befehl hin warfen sich all ihre Reisebegleiter zu Boden und berührten ihn mit der Stirn. Selbst Dewei verhielt sich so, ohne einen Augenblick zu zögern oder auf Viktorias Einverständnis zu warten. Ihr wurde unwohl, da sie als Einzige noch aufrecht stand, doch widerstrebte es jeder Faser ihres Wesens, sich ebenfalls unterwürfig fallen zu lassen. Stattdessen tat sie einen tiefen Knicks.

Lao Tengfei kam einen unsichtbaren Schritt näher. Er schien nicht mehr jung, doch fiel es Viktoria immer noch schwer, das Alter von Chinesen einzuschätzen. Falten lagen unter seinen Augen und um seine Mundwinkel. Die Augenbrauen wiesen ein paar weiße Haare auf. Die schmalen Augen unter ihnen schienen wachsam, klug und etwas hochmütig. Nun, da er fast unmittelbar vor Viktoria stand, wurde ihr bewusst, dass er ungefähr einen halben Kopf kleiner war als sie selbst. In der Ahnung, dass er sich daran stören mochte, knickste sie nochmals, konnte aber nichts an ihrer Körpergröße ändern. In ihrem Magen machte sich ein flaues Gefühl breit.

»Ich heißen willkommen Frau aus Deutschland. Große Ehre, sie zu haben in meine Haus«, begann er plötzlich auf Englisch. Es kostete Viktoria einige Mühe, ihn zu verstehen, da seine Aussprache sehr undeutlich war. Aber sie ahnte, dass sie ihn keinesfalls auffordern durfte, seine Worte zu wiederholen, denn dadurch hätte sie ihn vor der versammelten Dienerschaft blamiert.

»Es ist mir ebenfalls eine Ehre, hier sein zu dürfen«, erwiderte sie langsam und deutlich, damit Lao Tengfei so viel wie möglich verstand. Sein Gesichtsausdruck blieb undurchdringlich.

»Hier meine Frauen und Töchter, die von Ihnen sollen lernen neue Sprache und Klugheit von deutsche Nation«, entgegnete er und wandte sich an die versammelte Menschenmenge.

Eine erschöpft aussehende Frau in blauer Jacke und schwarzer Hose kam auf kleinen, unsicheren Füßen vorwärts. Drei Mädchen, die nicht älter als zwölf sein konnten, folgten ihr. Die zwei Jüngeren konnten noch ungehindert laufen und stützten ihre älteste Schwester, deren Gesicht sich bei jedem Schritt so qualvoll verzog, dass Viktoria ihr am liebsten entgegengelaufen wäre.

»Jinyu, erste Gemahlin. Und Töchter«, meinte der Hausherr. Die Mädchen verneigten sich, dann spähten sie sogleich neugierig in Viktorias Gesicht. Sie lächelte so freundlich wie möglich zurück. Seit sie Dewei kannte, machten chinesische Kinder sie nicht mehr nervös.

Jinyu, die erste Gemahlin, schwankte ein wenig. Lao Tengfei herrschte sie auf Chinesisch an. Sie machte eine ungeschickte Verbeugung. Viktoria musterte ihr Gesicht eindringlicher und erkannte jenen verschleierten Blick, den sie manchmal an Shikai gesehen hatte. Opium, dachte sie.

Lao Tengfei rief nochmals in seiner Muttersprache, diesmal barscher und lauter. Eine kleine, grazile, prächtig geschmückte Dame antwortete klagend. Sie glich einer kunstvollen Porzellanfigur, unfähig, sich selbst fortzubewegen. Zwei Dienerinnen eilten sogleich an ihre Seite, um sie herbeizutragen.

»Meigui, zweite Gemahlin«, stellte der Hausherr vor. Ein spitzes, feines und liebliches Gesicht streckte sich Viktoria entgegen. Sie empfand fast Ehrfurcht angesichts so viel zerbrechlicher Schönheit und lächelte das zarte Wesen an. Wie schrecklich es doch sein musste, ohne fremde Hilfe keinen Schritt tun zu können!

Die erwartete Verbeugung blieb aus. In den zauberhaften Mandelaugen erkannte Viktoria nur Härte, Widerwillen und Hohn. Mit schriller Fistelstimme rief Meigui ein paar chinesische Worte. Viktoria hörte leises Gekicher unter den Dienstboten und ahnte, dass gerade ein Scherz auf ihre Kosten gemacht worden war.

Schweiß sammelte sich in ihren Achselhöhlen, aber sie nickte der zweiten Gemahlin so gelassen wie möglich zu. Als die Dienerinnen das zerbrechliche, gehbehinderte Wesen wieder forttrugen, konnte Viktoria etwas entspannter atmen. Sie sehnte sich nicht danach, Meigui zu unterrichten, doch hoffte sie, mit der Zeit eine bessere Beziehung zu ihr aufbauen zu können.

Jetzt war die Begrüßung überstanden, dachte sie erleichtert, aber dann fiel ihr ein, dass Lao Tengfei von drei Gemahlinnen gesprochen hatte. Dem Hausherrn schien es ebenfalls bewusst zu werden. Er blickte sich verärgert um und brüllte wieder einen Befehl.

»Leider dritte Gemahlin dumm«, meinte er in seinem schwer verständlichen Englisch. »Vergessen Zeit und Pflicht. Aber gleich hier.«

Viktoria wartete schicksalsergeben, obwohl ihr Magen knurrte und sie sich nach einem Bad und frischer Kleidung sehnte. Schließlich kam aus einem der umliegenden, rot lackierten Holzhäuser eine kleine Frau herbeigeeilt. Sie schien wesentlich flotter laufen zu können als die zwei ersten Gemahlinnen. Ihre Füße wirkten fast ausgewachsen, obwohl sie in den üblichen, bestickten Seidenschuhen steckten. Ihre Jacke war falsch zugeknöpft. Aus dem Haarknoten hatten sich Strähnen gelöst. Viktoria dachte an ein zerzaustes, hektisch herumlaufendes Huhn. Die Nachzüglerin vollführte ihre Verbeugung ohne Zögern, sah Viktoria dann mit erstaunlicher Offenheit ins Gesicht. Wieder erblickte Viktoria ein chinesisches Lächeln, das völlig ehrlich schien.

»Chuntian, dritte Gemahlin«, wurde das hektische Wesen vorgestellt.

Chuntian war beim besten Willen nicht hübsch zu nennen. Ihre Nase war flach und breit, der Mund wirkte zu groß in dem schmalen, kantigen Gesicht. Ihren Augen fehlte der elegante Schwung der Mandelform, sie glichen engen, geraden Schlitzen, die sich in ihr Gesicht gruben. Dennoch fand Viktoria den Anblick dieser Frau erfrischend angenehm.

»Nun haben alle gesehen. Meine Diener Ihnen zeigen, wo Sie wohnen. Danach Sie hoffentlich erweisen mir die Ehre eines Besuches.«

Viktoria bedankte sich erleichtert und fügte sogleich hinzu, dass sie sich durch diese Einladung überaus geehrt fühlte. Allerdings hätte sie den Tag lieber allein verbracht, um sich in Ruhe an die neue Umgebung gewöhnen zu können. Höfliches Benehmen bestand aus zahlreichen kleinen Lügen. Das hatte sie schon als höhere Tochter in ihrer Heimat gelernt.

Sie wurde zu einem jener rot lackierten Holzhäuser geführt, die diesen Hof umgaben. Es enthielt nur einen einzigen Raum, der klein, aber hübsch eingerichtet, und insgesamt wohnlicher war als das winzige Zimmer, das die Huntingdons ihr gegönnt hatten. Ein Tisch und zwei Stühle standen Viktoria zur Verfügung, zudem ein von dünnen Papierwänden umgebenes Kastenbett. Es gab eine Art Nachttisch neben dem Bett, wo vermutlich das Frühstück serviert wurde. Viktoria scheuchte zwei beflissene Diener fuchtelnd fort, denn sie sehnte sich nach einem Augenblick völliger Ruhe. Mit einem Seufzer der Erleichterung sank sie auf einen der Stühle, legte den Paletot ab und fuhr mit den Fingern über ihr Haar, in dem sich einige Nadeln gelöst hatten. Vermutlich sah sie nicht weniger zerzaust und schlampig aus als diese Chuntian. In dem Wissen, bald dem Hausherrn erneut gegenübertreten zu müssen, wandte sie sich wieder einmal an Dewei.

»Wir müssen baden. Sie sollen uns Wasser bringen. Und ich sterbe fast vor Hunger, ich glaube, bald kippe ich um.«

Er lief ohne Murren den verjagten Dienern hinterher, um eine Weile später zurückzukehren.

»Gleich kommt Wasser. Und ein Frühstück ist auch unterwegs.«

Dann streckte er sich zufrieden auf dem Bett aus und ließ seinen Blick durch den Raum wandern.

»Mein Großvater soll auch ein reicher Mann gewesen sein. Vielleicht lebte er ähnlich«, meinte er versonnen. Viktoria drehte sich staunend um. Bisher hatte der Junge nie über seine Familie gesprochen, und es war ihr angebracht erschienen, nicht durch Fragen in langsam heilende Wunden zu stechen. Doch nun überwog die Neugier.

»Wie verlor dein Großvater denn all sein Geld, ich meine, sonst … sonst wärest du noch bei deiner Familie.«

Dewei begann die Decke des Bettkastens zu mustern.

»Opium«, sagte er nur. Viktoria stieß einen Seufzer aus.

»Das scheint wirklich eine Unart deiner Landsleute zu sein«, meinte sie und staunte über Deweis empörten Blick.

»Es heißt, deine Leute haben Opium zu uns gebracht«, meinte er nur. Viktoria stieß ein Kichern aus.

»Aber wie denn? Bei uns wächst es doch gar nicht. Das ist sicher so ein Gerücht, wie dass wir angeblich chinesische Kinder essen.«

Sie setzte sich zu ihm auf das Bett und spürte zufrieden die Wärme seines Körpers in ihrem Rücken. Als junges Mädchen hatte sie einen Schoßhund besessen, der ihr auf Schritt und Tritt gefolgt war und sich bei jeder Gelegenheit an sie gekuschelt hatte. Seit sie Dewei als ihr Kind bezeichnet hatte, verhielt er sich ähnlich. Da sie ohne Brüder aufgewachsen war und Jungen stets als freche, laute Wesen erlebt hatte, staunte sie, wie viel Sehnsucht nach Zuneigung in einem heranwachsenden Mann steckte. Sie drehte sich zu Dewei und fuhr mit ihren Fingern durch sein erstaunlich dickes, seidenglattes Haar. Er legte seinen Kopf in ihren Schoß, ohne das Thema Opium weiter zu verfolgen.

»Er hat keine Söhne«, meinte er nur. Viktoria brauchte eine Weile, um zu begreifen, von wem er sprach.

»Lao Tengfei hat aber drei Töchter«, entgegnete sie. Ihrem Vater hatte sie immer genügt.

»Er will sicher Söhne«, beharrte Dewei. Viktoria fühlte einen Stich von Ärger. Jungen hielten sich wohl immer für wichtiger!

»Mit drei Ehefrauen hat er genug Möglichkeiten«, erwiderte sie. »Und dann wird er sehen, ob ihr Jungs wirklich besser seid als Mädchen.«

Sie lehnte sich zurück und schloss die Augen, um sich einen Augenblick ausruhen zu können. Drei Ehefrauen, ging es ihr durch den Kopf. Bisher hatte sie diese Eigenart der Chinesen als Teil ihrer andersartigen Welt hingenommen, doch nun begann sie zu grübeln, wie es wohl sein mochte, wenn drei Frauen sich einen Mann teilten. Sie wusste, dass auch ihr Vater ihrer Mutter nicht treu gewesen war. Und Anton … sie verjagte die schmerzhafte Erinnerung. Aber wenigstens waren Ehefrau und Mätresse voneinander ferngehalten worden, hatten von der Rivalin nur so viel erfahren, wie der Mann für angemessen hielt. Sie fragte sich, wie Lao Tengfeis Frauen miteinander umgingen, wo sie doch tagtäglich zusammenlebten?

Ein zartes Klopfen an der Tür riss sie aus diesen Gedanken. In der Hoffnung auf Nahrung für ihren knurrenden Magen rief Viktoria »Herein!«. Erst dann wurde ihr bewusst, dass sie auf Englisch gesprochen hatte.

Die Tür öffnete sich trotzdem. Chuntians kantiges Gesicht schob sich herein. Erst nach einigem Zögern folgte der schmale

Körper der dritten Gemahlin. Ihre Lippen bewegten sich eine Weile ratlos, bevor endlich Worte aus ihrem Mund drangen.

»Mir tut leid, dass ich war zu spät.«

Obwohl sie sehr leise sprach, war sie leichter zu verstehen als ihr Mann. Viktoria richtete sich verwirrt auf.

»Ach was, das kommt vor. Es war kein Problem«, versicherte sie. Ob Chuntian sie verstand, konnte sie nicht einschätzen. Die Chinesin stand weiter verlegen herum.

»Ich hoffe, es wird Ihnen bei uns gefallen«, meinte sie dann etwas lauter und sicherer. Viktoria lächelte.

»Sie können ja schon Englisch! Wo haben Sie es gelernt?«

Chuntian senkte den Blick.

»Sehr lange her. Ich habe viel vergessen.«

Dann verneigte sie sich und eilte wieder hinaus.

»Die mag dich«, meinte Dewei. »Aber die zweite Frau kann dich nicht leiden. Pass auf, das ist eine Giftschlange.«

»Das ist mir auch aufgefallen«, sagte Viktoria grinsend. »Aber ich werde schon mit ihr fertig.«

Als endlich Badewasser und Morgensuppe eintrafen, fühlte sie sich so frisch und stark, dass sie dem neuen Leben mit Zuversicht entgegensehen konnte.

Lao Tengfei erwartete sie in einem etwas größeren Holzhaus, das weitaus prächtiger eingerichtet war als Viktorias neues Zuhause. Er saß auf einem mit Schnitzereien verzierten Stuhl. In dieser Haltung gelang es ihm, eindrucksvoller zu wirken, denn ein sitzender Mann war stets kleiner als eine stehende Frau. Er hatte die Knie energisch auseinander gepresst und eine stolze, beinahe grimmige Miene aufgesetzt. Viktoria knickste mit leichtem Unbehagen. Sie wurde auf einen Stuhl gewunken. Ein Diener schenkte den üblichen Tee ein. Viktoria dachte mit Sehnsucht an ihre Kaffeemühle, die sie endlich würde benutzen können. Allerdings schienen Chinesen nicht die ihr vertraute Milch und Sahne zu kennen, sodass sie ihn wohl würde schwarz trinken müssen. Nun nippte sie pflichtbewusst an ihrer Teetasse. Ein durchaus angenehmer Geschmack machte sich auf ihrem Gaumen breit, doch gleichzeitig blieben ein paar Teeblätter auf ihrer Zunge haften. Ratlos, wie sie diese entfernen sollte, ohne auf sehr undamenhafte Weise die Finger in den Mund zu stecken, kaute Viktoria tapfer an ihnen herum, bis sie sich schlucken ließen. Erstaunt beobachtete sie, wie der Mandarin seine Untertasse auf die Tasse legte und durch einen schmalen Spalt den Tee schlürfte, sodass nur reine Flüssigkeit in seinen Mund gelangte. Sie erkannte, dass er ihr auf wortlose Weise hatte zeigen wollen, wie es richtig zu machen war, und folgte seinem Beispiel.

»Ich sehr glücklich, eine kluge Lehrerin zu haben in meine Haus«, begann Lao Tengfei. Seine Stimme klang freundlich, widersprach dadurch dem Ausdruck seines Gesichts. »Nur wenige Frauen aus … aus ferne Land wollen leben unter Chinesen. Ich habe gesprochen mit Missionsdamen. Aber sie schienen mir … sehr schlicht.«

Viktoria erinnerte sich an die vielen Miss Newtons in der Missionsstation. Vermutlich hatte deren strenges, selbstgefälliges Wesen dem Mandarin missfallen. Sie lächelte so offen wie möglich.

»Es freut mich sehr, dass Sie bereit sind, mich in Ihrem Haus aufzunehmen«, sagte sie langsam und deutlich. »Es zeugt von Klugheit, erfahren zu wollen, was Menschen in anderen Ländern denken und tun.«

Diese Denkweise hatte ihr Vater ihr vermittelt. Lao Tengfei nickte sichtlich zufrieden.

»Sie selbst sprechen ja bereits sehr gut Englisch«, beschönigte Viktoria sogleich seine Sprachkenntnisse. Sein Wortschatz schien in der Tat nicht schlecht. Sie musste sich nur an seine unklare Aussprache gewöhnen. »Wo hatten Sie denn Unterricht?«

»In Zongli Yamen, wo jetzt werden gelehrt fremde Sprachen«, erklärte er stolz. »Unser neuer Kaiser hat so eingerichtet.«

Viktoria staunte. War es nicht eine Kaiserin, die sich darum bemühte, westliches Wissen in China einzuführen? Aber die regierte nur im Namen eines kleinen Jungen, wie ihr wieder einfiel. Warum hatten Männer überall auf der Welt solche Schwierigkeiten, eine Frau offen als Herrscherin zu bezeichnen?

»Es ist schön, dass Sie aus Deutschland«, fuhr Lao Tengfei zu ihrem Staunen fort. »Engländer und Franzosen oft unhöflich. Deutsche haben Manieren.«

Obwohl Viktoria den Grund für dieses Lob nicht begriff, war sie durchaus erfreut. Allzu schlecht hatte sie sich also bisher nicht benommen.

»Ich kenne deutschen Gesandten. Er will Sie bald treffen. Es gibt sicher ein paar Dinge für sie zu bereden.«

Viktoria wusste nicht, was ein unbekannter Gesandter mit ihr besprechen wollte, doch erleichterte es sie, einen Landsmann in der Nähe zu wissen. Der Rest der Unterhaltung plätscherte gemächlich dahin. Danach wurde Viktorias sehnlichster Wunsch erfüllt: Sie hatte einen ganzen Tag nur für sich.

Eine Woche später bestieg Viktoria erneut die Sänfte, um in die deutsche Gesandtschaft getragen zu werden. Diesmal schien das laute Treiben der Stadt ihr eine willkommene Abwechslung zu der geordneten Welt in den Höfen von Lao Tengfeis Behausung. Fast hätte sie vergessen, wie elend manche Chinesen aussahen und wie ungehobelt sie sich im tagtäglichen Überlebenskampf manchmal benahmen. Die westlichen Gesandtschaftsgebäude lagen in unmittelbarer Nähe jener riesigen, von einem Kanal und dicken Mauern umgebenen Bauten, die von der kaiserlichen Familie bewohnt wurden und deren Betreten gewöhnlichen Sterblichen untersagt war. Sie wurde über einen der Ärmel des Kanals getragen und dann ging es eine Straße entlang, die tatsächlich etwas europäisch wirkte, denn sie wurde von steinernen, mehrstöckigen Bauten eingesäumt. Viktoria konnte sogar eine Kirche entdecken und fühlte sich für einen Augenblick wie an die internationale Siedlung Shanghais erinnert. Schließlich kam die Sänfte vor einem dieser Häuser zum Stillstand. Seine hohe, verputzte Fassade weckte Erinnerungen, eine Mischung aus Sehnsucht, Wehmut und Bitterkeit, die Viktoria aus einem früheren Leben mitgenommen hatte. Dennoch tat es wohl, nach Wochen in der Fremde wieder Vertrautes zu sehen. Ein chinesischer Diener verneigte sich vor Viktoria und führte sie dann ins erste Stockwerk. Sie spürte die Weichheit eines dicken Teppichs unter ihren Füßen. Zudem war ihr ein kristallener Lüster im Eingangsraum aufgefallen. Wieder bohrte sich eine Nadel in ihr Herz, denn so edel hatte sie selbst einst gelebt. Der Diener öffnete eine Tür, hinter der sich chinesische Möbel und Vasen verbargen. Ein großer, stattlicher Mann mit aschblondem Haar stand auf.

Viktorias erster Gedanke war, dass der deutsche Gesandte wie ein geborener Sieger aussah. Das Bewusstsein des Erfolges lag in der aufrechten Haltung seines stattlichen Körpers, dem tadellos gestutzten Backenbart, spiegelte sich in den blank polierten Knöpfen der preußischen Offiziersuniform.

»Max von Brandt. Es ist mir eine Ehre, Ihre Bekanntschaft zu machen, Fräulein Virchow«, meinte er mit einer knappen, aber schwungvollen Verbeugung. Viktorias Hand streckte sich ihm wie von selbst entgegen. Sie erhielt den erwarteten, kaum spürbaren Kuss. Max von Brandt hatte tadellose Manieren.

»Sie sind eine ungewöhnlich mutige junge Dame, die einen wichtigen Beitrag leisten will, um Deutschland den Chinesen näherzubringen. Unser Vaterland, ja ganz Europa, kann stolz auf Sie sein«, meinte er mit völliger Selbstverständlichkeit, als er sie zu einem gedeckten Tisch führte.

Viktorias Verstand wertete die Schmeichelei als übertrieben, aber es kam dennoch Freude in ihr auf. Wie lange hatte sie die Aufmerksamkeit einflussreicher Männer missen müssen!

Sie sank auf den Stuhl, den der Gesandte ihr anbot, und erblickte vertraute Porzellantassen mit rosa Blumenmuster. Als der Diener erschien, brachte er einen köstlichen Duft mit sich. Kaffee! Und ein Kännchen mit Milch, die aus den Eutern von Kühen stammen musste. Viktorias Herz tat einen Sprung.

Der chinesische Diener schenkte das hierzulande fremde Getränk so selbstverständlich ein, als hätte er niemals etwas anderes getan. Kurz darauf wurde ein mit Schokolade überbackener Marmorkuchen serviert und ein Schälchen abgestellt, auf dem kleine weiße Türme aus frisch geschlagener Sahne emporragten. Viktoria spürte, wie sich der Speichel auf ihrer Zunge sammelte. Ihr war bisher nicht wirklich bewusst gewesen, wie sehr sie vertraute Speisen vermisst hatte. Nun griff sie mit einem Appetit zu, den ihre Mutter als höchst undamenhaft bezeichnet hätte.

»Nun, Fräulein Virchow, ganz gleich, wie reizvoll das Fremde auch sein mag, manchmal überkommt auch uns Diplomaten das sehnsüchtige Verlangen nach dem Essen, das wir bereits aus Kindertagen kennen«, kommentierte Max von Brandt mit einem nachsichtigen Lächeln ihr Verhalten. Viktoria fühlte sich ertappt, war aber auch erleichtert über so viel Verständnis.

»Wie ich schon sagte, Sie sind mutig«, fuhr der Gesandte fort. »Sie unterrichten nun Englisch, wie ich gehört habe. Aber es wäre wichtig, auch unsere Muttersprache in China bekannter zu machen. Eine charmante junge Dame wie Sie hier in China könnte unserer Nation weitaus mehr helfen als viele der leider sehr störrischen, oft ungeschickten Missionarinnen.«

Nun ließ Viktoria die Kuchengabel sinken und fuhr sich rasch mit einer Serviette über den Mund, denn mit Kuchenkrümeln auf den Lippen wollte sie einem so schneidigen Mann nicht gegenübersitzen.

»Das Englische wird als wichtiger angesehen. Auf welche Weise sollte ich Deutschland denn helfen, indem ich hier unterrichte?«, fragte sie dann. Als sie die Lehrerin von Lao Tengfeis Frauen geworden war, hatte sie in erster Linie sich selbst helfen wollen.

»Nun«, begann Max von Brandt und lehnte sich auf seinem Stuhl zurück. »Wir Deutschen kommen etwas spät. Die Engländer haben die chinesischen Häfen dem Westen geöffnet, die Franzosen zogen nach. Nun sollte auch unsere Nation versuchen, hier Fuß zu fassen.«

Viktoria nickte.

»In Shanghai haben sich bereits einige Händler aus Deutschland niedergelassen«, erzählte sie. Dann fiel ihr ein, dass Max von Brandt das sicher wusste. Aber er wies sie nicht auf ihre Dummheit hin, sondern begann mit ernster Miene zu reden.

»Es geht um größere Geschäfte, Fräulein Virchow. Dieses Land, ja ganz Ostasien, ist sozusagen eine Goldgrube. Hier wurden schon vor vielen Jahrhunderten erstaunliche Erfindungen gemacht. Bereits im alten Rom verzehrten vornehme Damen sich nach feiner, chinesischer Seide. Darüber hinaus haben viele europäische Völker am Tee Geschmack gefunden. Militärische Stützpunkte auf anderen Kontinenten wären für Deutschland von großem Vorteil, vor allem, was die Marine betrifft. Doch bedauerlicherweise meint unser Kanzler Bismarck, wir Deutschen sollten in Ostasien keine Position beziehen. Ein Fehler, in meinen Augen, ein schwerer Fehler.«

Max von Brandt nippte kurz an seiner Tasse. Dann fuhr er sogleich fort, denn dieses Thema schien ihn zu begeistern.

»Die Briten haben in Indien Fuß gefasst. Nun importieren sie von dort Opium nach China und machen so hervorragende Geschäfte.«

Plötzlich schmeckte der Kaffe erstaunlich bitter auf Viktorias Zunge. Selbst das zweite Stück Marmorkuchen auf ihrem Teller lockte nicht mehr ganz so dringlich.

»Aber schadet die Opiumsucht den Chinesen denn nicht?«, warf sie zaghaft ein. Zu ihrem Staunen musterte Max von Brandt sie mit einer gewissen Anerkennung.

»Ich sehe, Sie wissen bereits einiges über dieses Land. Und Sie haben ein mitfühlendes Herz.«

Viktoria rutschte auf ihrem Stuhl.

»Das gilt ja allgemein als sehr weibliche Eigenschaft«, erwiderte sie bissiger als beabsichtigt, denn sie fühlte sich an die spöttischen Kommentare Robert Huntingdons erinnert.

»Es ist bei beiden Geschlechtern eine überaus löbliche Eigenschaft«, entgegnete der deutsche Gesandte und stieg dadurch in ihrer Achtung. »Aber die eigentlichen Ursachen der Opiumsucht liegen im Wesen der Chinesen. Sie verfügen über eine herausragende Kultur, doch konnten all die großartigen Ideen der alten Gelehrten keine wirklich moralische Gesellschaft schaffen. Der Staat ist von Korruption zerfressen, überall zählt nur der Schein, nicht das Wesen. Der Einzelne muss sich der Gruppe unterordnen, der Familie in erster Linie, deren Wohl am Ende wichtiger ist als alle moralischen Erwägungen. Was den Menschen hierzulande fehlt, ist sozusagen Stehvermögen, Rückgrat. Der Mut, sich aus eigener Überzeugung gegen Verderbtheit und Unrecht zu stellen.«

Viktorias Kopf drehte sich. Es war lange her, dass jemand ein derartiges Gespräch mit ihr geführt hatte. Mit Ideen und Möglichkeiten zu jonglieren, nach den Ursachen für den Zustand der Welt zu suchen und im Geiste andere Bilder von ihr zu malen, all dies hatte sie einst mit ihrem Vater geübt, doch nun schien ihr Vorstellungsvermögen ein erlahmter Muskel.

»Ist es denn nicht überall so, dass Menschen sich lieber fügen und Ärger vermeiden, anstatt offen ihre Meinung zu sagen?«, warf sie nach einigem Grübeln ein.

Max von Brandt nickte.

»Natürlich. Doch in unserer Kultur werden Menschen ermutigt, sich gegen schlechte Einflüsse zu wehren und Widrigkeiten zu trotzen. In China geht es vor allem darum, sich gefällig zu zeigen und nicht dem Ansehen der Familie zu schaden.«

Viktoria war sich nicht sicher, ob nicht auch viele Europäer die Anpassung dem Widerstand vorzogen.

»Aber was hat das mit Opium zu tun?«, fragte sie schließlich.

»Alles und nichts«, erwiderte der Gesandte. »Der Chinese ist unfähig, der Versuchung zu widerstehen. Nicht jeder Chinese natürlich, aber die Mehrheit. Würden die Briten das Opium nicht liefern, so wären es eben chinesische Händler. Wäre es verboten, wie einige Kaiser Chinas es sich wünschten, so würde es illegal verkauft werden. Also mag man darüber streiten, ob den Briten wirklich ein Vorwurf zu machen ist. Doch wir Deutschen haben kein Opium zu liefern.«

Viktoria bohrte ein weiteres Stück aus köstlich weichem Kuchenteig auf ihre Gabel.

»Und was können wir liefern?«, fragte sie, bevor sie zu kauen begann.

Max von Brandt lächelte zufrieden.

»Es freut mich, Ihr Interesse geweckt zu haben. Ich befinde mich derzeit in Verhandlungen mit dem General Li Hongzhang. Er wünscht Waffenlieferungen und deutsche Offiziere als militärische Ausbilder. Aber in China geht so etwas immer sehr langsam voran. Aufgrund der vielen Höflichkeitsfloskeln ziehen sich die Gespräche endlos hin. Wir haben mit harter Konkurrenz seitens der Franzosen und Briten zu kämpfen, die natürlich auch auf derartige Geschäfte erpicht sind. Es ist daher sehr wichtig, dass wir Deutschen höflich bleiben, nicht herrisch auftreten. Dominante, wüste Verhaltensweisen sind den Chinesen von den Engländern und Franzosen bereits bekannt. Sie stoßen auf Missfallen. Wir haben unseren Ruf noch nicht ruiniert.«

Er lachte kurz auf. Viktoria fiel Lao Tengfeis Bemerkung ein. Daher also hatte er das Benehmen der Deutschen gelobt!

»Nun, wenn die Chinesen unsere Waffen wollen, dann können wir sie ihnen natürlich verkaufen«, meinte sie ohne echtes Interesse.

»Ganz recht, ganz recht. Ich sehe, der Kuchen schmeckt Ihnen«, sagte Max von Brandt. »Der Mandarin Lao Tengfei ist ein enger Vertrauter des Generals, mit dem ich verhandele. Überzeugen Sie ihn, dass wir Deutschen ein vertrauenswürdiges Volk sind.«

Viktoria blickte staunend auf.

»Ich werde mein Bestes geben«, versicherte sie mit einer gewissen Ratlosigkeit, wie sie dies anstellen sollte.

»Das freut mich, Fräulein Virchow. Ich würde Sie gern zu einigen Empfängen der Gesandtschaft einladen, damit Sie sich hier in Peking nicht so allein fühlen. Dabei wird natürlich immer europäisches Essen serviert, wie etwa dieser Marmorkuchen.«

Viktoria kicherte.

»Dieser Versuchung kann auch eine aufrechte Europäerin nicht widerstehen«, meinte sie und tauschte ein Lächeln mit dem Gesandten.

»Der Mandarin hat Sie im Hof seiner Frauen untergebracht, den sogenannten inneren Gemächern?«, fragte er nach einer kurzen Pause. Viktoria nickte.

»Nun.« Max von Brandt rieb sich die Nasenwurzel. »Das … das könnte als unpassend angesehen werden.«

Jetzt sprudelte das Lachen aus Viktorias Kehle. Lao Tengfei war einen halben Kopf kleiner als sie. Sie konnte nicht einmal beurteilen, ob er ein weibliches Wesen in ihr sah oder eine zu groß und zu plump geratene, aus Übersee angeschwemmte Kreatur von undefinierbarem Geschlecht.

»Wo soll er mich denn sonst unterbringen? In seiner unmittelbaren Nähe?«, fragte sie kichernd.

Max von Brandt wog den Kopf hin und her, dann gab er nach.

»Da haben Sie wohl Recht. Es war auf jeden Fall ein Vergnügen, Ihre Bekanntschaft zu machen. Ich hoffe, Sie bald wieder hier in der Gesandtschaft zu sehen.«

Viktoria wurde klar, dass ihr Besuch nun zu Ende gehen sollte, denn die Zeit eines Gesandten war knapp bemessen. Sie stand auf, streckte ihm ihre Hand zum Abschied entgegen.

»Welch ungewöhnliches Schmuckstück!«, entfuhr es Max von Brandt auf einmal. Viktoria begriff nicht sogleich, dass er den Drachenreif meinte.

»Sehr alt, würde ich sagen. Vielleicht aus der Tang-Zeit«, rätselte der Gesandte weiter. »Woher haben Sie es?«

Viktoria überkam Ratlosigkeit.

»Es war ein Geschenk. Ich weiß nicht, woher es genau stammt«, gestand sie.

Max von Brandts Augen funkelten.

»Ich sammele chinesische Kunst«, erklärte er das Mobiliar seines Empfangszimmers. »Wenn Sie eine Quelle wüssten, wo derartiger Schmuck zu beziehen ist …«

»Ich kenne sie leider nicht«, erwiderte Viktoria schulterzuckend. Der Gesandte nahm es hin. Sie verabschiedeten sich mit den üblichen Höflichkeitsfloskeln. Viktoria hatte das erleichternde Gefühl, keinen allzu schlechten Eindruck hinterlassen zu haben, und empfand es als durchaus beruhigend, diesen klugen, energischen Landsmann hier in der fremden Stadt zu wissen.

Die Sänfte trug sie wieder zu Lao Tengfeis prächtigen Hofhäusern. Sie entdeckte Dewei, der mit den zwei jüngeren Töchtern des Mandarins im Schatten eines Baumes saß und ihnen die Bilder aus dem Dickens-Roman zeigte. Wieder einmal hatte er eine recht altkluge Miene aufgesetzt, genoss sichtlich das Gefühl, auf Mädchen Eindruck zu machen, indem er ihnen zeigte, was er schon alles über die Welt der Europäer wusste.

»Hilfst du mir jetzt beim Unterrichten?«, rief sie ihm zu, als sie aus der Sänfte stieg. Er hob kurz den Kopf, um sie mit einem zaghaften Lächeln zu mustern. Viktoria überkam das Gefühl, wieder zuhause zu sein.

Ein Diener hinderte sie daran, in ihr kleines Haus zu eilen. Lao Tengfei wollte sie offenbar sehen. Viktoria ließ sich schicksalsergeben in einen weiteren Empfangsraum führen, wo ihr wieder einmal Tee serviert wurde. Statt Süßspeisen gab es unbekannte Früchte, die in kräftigen, satten Farben strahlten und deren Saft erfrischend auf Viktorias Zunge zerfloss.

Lao Tengfei erkundigte sich, wie es ihr in Peking gefiel. Nachdem Viktoria versichert hatte, sich wohlzufühlen, meinte er, dass es sie sicher gefreut haben musste, einen Landsmann zu treffen. Sie konnte völlig ehrlich zustimmen. Der Mandarin fragte nun sehr beiläufig, ob irgendwelche Geschäfte erwähnt worden waren. Viktoria erklärte lächelnd, dass sie von diesen Dingen nichts verstand. Lao Tengfei schien nicht zufrieden mit dieser Antwort, denn er spürte weiter nach. Waren vielleicht einige Dinge erwähnt worden, die sich ihrem Verständnis entzogen? Womöglich könnte er ihr helfen, sie zu begreifen. Viktoria begann das Gespräch allmählich ermüdend zu finden, doch dann ließ ein Blitz der Erkenntnis sie auffahren.

»Soll ich helfen, geschäftliche Verhandlungen zwischen China und Deutschland voranzutreiben?«, entfuhr es ihr, bevor sie lang nachgedacht hatte.

Lao Tengfei musterte sie mit einem Hauch von Missbilligung.

»Diese Verhandlungen Männersache«, meinte er entschieden. »Doch ich wollen meine Land helfen. Vielleicht Sie können dies Gesandten sagen, wenn ihn wiedersehen.«

Viktoria versprach sogleich, dies bei nächster Gelegenheit zu tun. Sie konnte sich allerdings nicht vorstellen, dass Max von Brandt an einer solchen Nachricht interessiert war, denn er verhandelte bereits mit einem Mann, der wichtiger war als Lao Tengfei.

Politik, so befand sie, war eine anstrengende und ermüdende Angelegenheit, die sie gern den Männern überließ. Sie verabschiedete sich höflichst von dem Mandarin und machte sich auf, um ihre nächste Unterrichtsstunde vorzubereiten. Wider Erwarten hatte sie an dieser Aufgabe Freude gefunden.

Kapitel 9

Im Juli wurde es fast so schwül, wie Viktoria es in Shanghai kennengelernt hatte. Manchmal genügte ein kurzer Spaziergang im Garten, damit der Stoff ihres Kleides sich anfühlte, als sei sie in einen der Teiche gefallen. Zur Abkühlung wurden in den Räumen prächtig verarbeitete Kästen aus Porzellan aufgestellt, die Eis enthielten. Heftige Regenfälle brachten manchmal etwas Erholung von der Hitze, doch überschwemmten sie gleichzeitig den Garten und machten viele Straßen völlig unpassierbar, was Viktorias Besuche bei Max von Brandt erschwerte.

Inzwischen kannte sie fast das gesamte diplomatische Corps, dessen Doyen, also Vorsitzender, der deutsche Gesandte war. Sie war zu mehreren Empfängen geladen worden und hatte bei einem Ball sogar die Gelegenheit zu ausgiebigen Runden auf dem Parkett erhalten, da westliche Frauen in Peking rar und als Tanzpartnerinnen daher überaus begehrt waren. Momentan waren diese geselligen Treffen selten, da die meisten Europäer und sämtliche Damen vor der Sommerhitze in die Berge geflüchtet waren, doch im Herbst sollte eine neue Ballsaison beginnen. Viktoria hatte bereits die Adresse eines

Schneiders erhalten, der auch europäische Gewänder anfertigte. Da Lao Tengfei sie großzügig bezahlte, hoffte sie, sich endlich wieder ein seidenes Ballkleid erlauben zu können. In der westlichen Kolonie Pekings galt sie als höchst wagemutige Abenteurerin, die immer wieder gefragt wurde, wie sie es ertrug, die meiste Zeit mit Chinesen zusammenzuleben. Gerade die Damenwelt war ein wenig schockiert, doch die jungen Herren betrachteten Viktoria aus eben diesem Grund mit Neugier, auch wenn eine derart unkonventionelle Frau sicher nicht als mögliche Gemahlin eines aufstrebenden Diplomaten in Frage kam.

Nun saß sie im Schatten der kleinen, knorrigen Bäume, die im Garten wuchsen. Diener hatten Stühle aufgestellt und brachten Erfrischungen, während Viktoria den ersten Versuch unternahm, ihren Schülerinnen ein englisches Buch näherzubringen. Sie hatte sich für Jane Eyre entschieden, eines ihrer Lieblingsbücher, da sie hoffte, dass auch Frauen aus einer anderen Welt Sympathien für die unscheinbare, aber tapfere und aufrechte Heldin würden entwickeln können.

Die Damen hatten bisher sehr unterschiedliche Fortschritte gemacht. Lao Tengfeis Töchter plauderten inzwischen recht munter drauflos, sobald sie den Mut dazu fanden. Viktoria vermutete, dass Dewei hier Mithilfe geleistet hatte. Jinyu, die erste Gemahlin, war meist nur körperlich anwesend, da sie in jenen süßen Träumen schwebte, die ihr das Opium schenkte. Viktoria nahm es hin, denn ein stets abwesender Geist ließ sich nicht mit Wissen füllen. Ein unerklärliches Gefühl von Loyalität mit einer Frau, die inzwischen durch zwei jüngere ins Abseits gedrängt worden war, hinderte sie daran, dies dem Hausherrn mitzuteilen. Vermutlich wusste er es ohnehin. Sie hatte inzwischen begriffen, dass Chinesen viele Dinge gern unausgesprochen ließen, um unnötiges Aufheben zu vermeiden.

Chuntian, die dritte Gemahlin, lernte in einem atemberaubenden Tempo. Ihr zunächst holpriges Englisch, das sie an einem bisher unerwähnten Ort gelernt hatte, war in wenigen Monaten so flüssig geworden, als habe sie von Kindesbeinen an keine andere Sprache gesprochen. Sie liebte die Unterrichtsstunden, blieb meist noch, wenn die anderen Frauen bereits davongeeilt waren, um Viktoria Ratschläge zu geben. Offenbar war es Chinesen völlig fremd, dass Substantive mit Artikeln versehen wurden oder dass ein Verb verändert werden musste, um die Vergangenheit oder Zukunft auszudrücken. Daher plapperte sie beim Unterricht manchmal auf Chinesisch dazwischen, damit alle begriffen, was die Lehrerin meinte. Nun saß sie erwartungsvoll da, hatte ihren Blick auf das Buch gerichtet. Solche Schülerinnen waren Gottes Geschenk an Lehrer, befand Viktoria und lächelte Chuntian dankbar an.

Die zweite Ehefrau Meigui sah wie immer bezaubernd aus. Sie gehörte zu den Frauen, die wohl auch dann einen tadellosen Eindruck machten, wenn sie mitten in der Nacht aus dem Bett springen mussten, weil das Dach über ihnen brannte. Ihr Gesicht war das eines verwöhnten, gelangweilten Mädchens. Viktoria wusste mittlerweile, dass mehr Energie in diesem zarten Wesen steckte, als der erste Anblick verriet. Meigui war die eigentliche Herrin des Hauses, vermochte Diener nur durch einen leisen Seufzer der Ungeduld springen zu lassen und erwies sich eisern bei Verhandlungen über den Preis angebotener Waren. Die Verwaltung von Lao Tengfeis Besitz lag in ihren zarten Händen, die lange, spitze, scharfe Nägel aufwiesen. Den von ihrem Gemahl angeordneten Englischunterricht ertrug sie mit Widerwillen, hob immer wieder die Hand, um Ringe aufblitzen zu lassen, während sie ein Gähnen unterdrückte.

Nun glitt ihr Blick kurz über das Buch in Viktorias Händen.

»Um was für Frau geht es?«, rief sie. Viktoria nahm erfreut zur Kenntnis, dass der Unterricht auch bei dieser störrischen

Schülerin zarte Früchte getragen hatte. Meigui war alles andere als dumm und so sehr das Englische ihr auch zuwider sein mochte, nachdem sie Viktorias Unterricht mehrere Monate ausgesetzt gewesen war, konnte sie sich in der fremden Sprache verständigen.

»Um ein junges Mädchen, das keine Eltern hat, von den Verwandten nur geduldet wird und viel erleiden muss, bevor es den richtigen Mann findet«, erwiderte Viktoria in der Hoffnung, so ein wenig Interesse zu wecken.

»Hat große Füße?«, kam es sogleich von Meigui. Viktoria unterdrückte ein Kichern.

»In Europa haben alle Frauen große Füße, so wie ich.« Sie war sich sicher, dies bereits mehrfach erklärt zu haben.

Meigui stemmte sich mit ihren dünnen Armen hoch und schwankte ein paar Schritte.

»Ich will nicht lesen Buch über Frau mit große Füße. Barbaren nicht wichtig.«

Kurz musterte sie Viktorias Schuhwerk aus den Augenwinkeln. Plötzlich fühlte Viktoria sich plump in ihrer überragenden Körpergröße, mit hässlichen, elefantenartigen Gliedmaßen versehen. All ihre Erleichterung, unbehindert laufen zu können, bröckelte unter der Wucht von Meiguis verächtlichem Blick.

Mit leisem Seidenrauschen entfernte sich die zweite Gemahlin, um ihr Haus aufzusuchen. Viktoria blieb tapfer stehen, obwohl sie in diesem Moment am liebsten auch davongelaufen wäre. Sie hatte das Gefühl, bei einem Zweikampf erbärmlich geschlagen worden zu sein.

»Gibt es in Europa ein Buch, in dem Chinesen vorkommen?«, riss Chuntians Stimme sie aus ihrer Starre. Viktoria kramte verwirrt in ihrer Erinnerung. Sie meinte, nochmals eine Niederlage zu erleiden, als sie den Kopf schüttelte.

»Schade«, meinte Chuntian nur. »In einem sehr berühmten chinesischen Roman wird ein Europäermädchen erwähnt.«

Sie wandte sich den drei Töchtern ihres Gemahls zu, die mittlerweile Englisch verstanden.

»Der Traum der roten Kammer«, erklärte sie sehr langsam und deutlich. »Dort erinnert eine der Freundinnen von Baoyu sich an eine Europäerin, die sie kannte und die sehr schöne Gedichte auf Chinesisch schrieb. Kein Wort von Barbaren!«

Viktoria fiel das Atmen wieder etwas leichter.

»Und da fällt mir noch ein, dass in dem Buch ein europäisches Bild erwähnt wird«, redete Chuntian weiter. Den dankbaren Blick, den Viktoria ihr zugeworfen hatte, nahm sie nicht wahr, denn ihr ganzes Bewusstsein war auf den Text gerichtet, der für Andere unsichtbar vor ihrem inneren Auge ruhte.

»Auf dem Bild war eine junge Frau mit gelbem Haar zu sehen. So wie unsere Lehrerin. Aber aus ihrem Rücken wuchsen Flügel. Gibt es in Europa wirklich solche Frauen?«

Chuntians schmale Augen musterten Viktoria so ernst und erwartungsvoll, dass es unmöglich wurde, über die Frage zu lachen.

»Das war ein Engel«, erklärte Viktoria nur. Dann wurde ihr klar, dass Chuntian dieses Wort nicht kannte.

»Ein magisches Wesen. Xiānnǚ«, wiederholte sie eines der ersten chinesischen Wörter, die sie von Dewei gelernt hatte. Zwar war ein Engel nicht wirklich eine Fee, aber der Vergleich erleichterte das Verständnis.

Chuntian nickte, sichtlich erfreut, etwas gelernt zu haben.

»Auch Europäer kennen Xiānnǚ. Das könnte ein Beweis dafür sein, dass es Xiānnǚ wirklich gibt. Überall auf der Welt«, erklärte sie den Töchtern ihres Gemahls, ja sie sah sogar die in Opiumträumen schwebende Jinyu an, als erwarte sie, eine derartig aufregende Erkenntnis müsse die Frau ins wahre Leben zurückholen.

Aus der Ferne ertönte ein Glockenschlag. Viktoria wurde klar, dass eine neue chinesische Stunde begann, die zwei europäische Stunden umfasste. Jeden Abend, so gegen sieben Uhr, wurde eine Trommel dreizehn Mal geschlagen, um den Beginn einer neuen Berechnung anzukündigen. Nachts erklang nur noch ein einzelner Trommelschlag, tagsüber die Glocke, die das Ende einer weiteren Doppelstunde verkündete.

»Ich denke, wir können den Unterricht für heute beenden«, meinte Viktoria an die restlichen Versammelten gewandt. »Vielleicht ist die zweite Dame des Hauses morgen besserer Laune und willens, sich einem Buch über Frauen mit großen Füßen zu widmen. Denn wie wir gesehen haben, lässt sich aus Büchern einiges lernen.«

Die jüngste Tochter des Hausherrn kicherte.

»Die Dame Meigui oft schlechter Laune«, sprudelte es aus ihr heraus. »Nicht wichtig. Besser nicht hinhören.«

Viktorias Laune verbesserte sich mit jeder Minute. Sie hatte sich angefeindet und öffentlich bloßgestellt gefühlt, doch schien es, als habe sie mit einer Feindin auch mehrere Freundinnen gewonnen. Die Mädchen eilten davon, nur ihre älteste Schwester, deren Füße bereits Bandagen trugen, konnte sich nicht mehr mit kindlichem Überschwang bewegen. Jinyu wurde von ihrer persönlichen Dienerin fortgebracht. Chuntian saß weiterhin auf ihrem Stuhl.

»Ich freue mich auf das Buch«, sagte sie. »Ich wollte schon immer die Bücher der Europäer lesen und sehen, ob sie völlig anders sind als unsere.«

Mit einem Mal erinnerte sie Viktoria an eine ihrer früheren Gouvernanten, eine unscheinbare alte Jungfer, deren Gesicht bei Gesprächen über Bücher und Kultur derart zu strahlen begonnen hatte, dass es auf eine ganz eigene, ungewöhnliche Art hübsch geworden war.

»Sie lesen gern Bücher?«, fragte sie jenes fahrige, unordentliche Mädchen, das gerade ihre Retterin gewesen war.

Chuntian nickte zögernd.

»Es heißt, dass eine gute Frau sich besser um Kinder und Haushalt kümmern soll«, gestand sie leise. »Aber ich komme nicht gegen meine Sehnsucht nach Büchern an. Das ist wie bei der ersten Dame mit ihrem Opium.«

»Da sind Bücher ein wesentlich kleineres Übel«, sagte Viktoria lachend und trat einen Schritt auf Chuntian zu.

»Wollen Sie kurz mit in mein Haus kommen? Ich kann Ihnen einige Bücher zeigen, die ich mitgebracht habe. Und ich würde gern etwas über dieses Buch erfahren, von dem Sie gerade sprachen. Das mit der roten Kammer.«

Chuntian sprang auf die Beine und eilte aufgeregt neben Viktoria her.

»Das mit Meigui«, begann sie unterwegs. »Das ist nicht wichtig. Bitte denken Sie nicht, dass wir alle hier unhöflich sind.«

Viktoria lächelte nachsichtig.

»Das seid ihr ja nicht. Diese zweite Dame mag mich einfach nicht. Das war von Anfang an so.«

Chuntian blieb kurz stehen, legte die Stirn in Falten.

»Es ist nur, weil er mit Ihnen redet. Nicht wegen Ihrer Füße«, meinte sie nach einem kurzen Augenblick des Grübelns. Nun erstarrte Viktoria in einem ihrer Schritte.

»Weil wer mit mir redet? Lao Tengfei!«, beantwortete sie selbst ihre Frage. Es stimmte, dass der Mandarin sie regelmäßig in seinen Empfangsraum lud, um mit ihr bei endlosen Tassen Tee über die Bräuche und Gedanken der Europäer zu reden. Viktoria hatte von ihm auch einiges über China gelernt, ahnte nun etwas von einem höchst komplizierten Gebilde aus Gegensätzen und Übereinstimmungen, das nach chinesischem Empfinden der Weltordnung zugrunde lag. Yin und Yang, weiblich und männlich, Wasser und Feuer, Kälte und Wärme, all dies musste stimmig zusammengefügt werden, damit Harmonie entstand. Sie hätte derartige Vorstellungen als unnötig verzwickten Unsinn abgetan, wäre da nicht dieser zauberhafte Garten, wo sie eben jene Harmonie bis in die Tiefen ihres Seins einsaugen konnte.

»Aber da ist nichts weiter als Gespräche, nicht einmal besonders persönliche«, meinte sie staunend. Lag es daran, dass auch sie im Hof der Frauen wohnte, was bereits Max von Brandt missfallen hatte?

»Bisher war Meigui die einzige Frau hier, mit der er redet«, entgegnete Chuntian sogleich. »Sie weiß, wie schön sie ist. Und wie tüchtig.«

»Und ich«, erkannte Viktoria, »bin in ihren Augen keines von beidem, verdiene daher seine Aufmerksamkeit nicht.«

Chuntian schwieg, was eine höfliche Art der Zustimmung schien.

»Na gut, meine Füße sind tatsächlich viel größer als ihre. Das scheint bei euch ja eine Tragödie zu sein«, meinte Viktoria und tat einen energischen Schritt vorwärts, um sich selbst von dem Vorteil solcher Füße zu überzeugen. Chuntian konnte ihr allerdings ohne große Mühe folgen.

»Ihre Füße sind aber auch fast normal entwickelt«, entfuhr es Viktoria. Dann biss sie sich erschrocken auf die Lippen, denn diese Aussage konnte in China wohl als Beleidigung verstanden werden.

Sie hatten bereits das Haus erreicht. Viktoria schickte Dewei, der lesend auf dem Bett lag, los, damit Tee gebracht wurde. Dann bot sie Chuntian einen Stuhl an.

»Trotzdem sind Ihre Füße deutlich kleiner als meine«, erklärte sie dann, um ihre Taktlosigkeit wieder gutzumachen. Chuntian neigte den Kopf zur Seite.

»Meine Mutter entfernte die Bandagen, als ich noch ein Kind war«, erzählte sie mit plötzlicher Offenheit. »Danach war es zu spät, um noch etwas zu ändern. Ich habe große Füße wie eine Bäuerin.«

»Oder wie eine Europäerin«, fügte Viktoria aufmunternd hinzu. »Warum hat Ihre Mutter denn die Bandagen entfernt?«

Chuntian senkte den Blick auf ihre Finger, die sich ineinander verknoteten.

»Sie hielt es für richtig. Ich sollte mich frei bewegen können und … und …« Plötzlich verstummte sie für einen Moment und bohrte die Vorderzähne in ihre Unterlippe. »Sie war eine … eine Frau mit seltsamen Ideen«, beendete sie schließlich ihre Rede.

Viktoria wollte neugierig nachfragen, was das denn für Ideen gewesen waren, doch Chuntian kam ihr zuvor.

Sie wollten mir Bücher zeigen. Darf ich sie jetzt sehen?«

In den nächsten Wochen wurde Chuntian zu einem festen Bestandteil in Viktorias Leben. Sie war ein gern gesehener Gast in dem kleinen, rot lackierten Holzhaus, wo sie sogar blieb und mit Dewei plauderte, wenn die Lehrerin sich zu längeren Unterhaltungen mit dem Hausherrn traf. Als Viktoria ihr eines Nachmittags die Funktion der Kaffeemühle vorführte, sah sie neugierig zu, sog den Duft der gemahlenen Bohnen ein und äußerte zaghaft den Wunsch, an dem Getränk nippen zu dürfen. Sie versicherte, dass es vorzüglich schmecke, doch ihr Gesichtsausdruck zeugte von mäßiger Begeisterung.

»Gewöhnlich schütten wir etwas Milch oder Sahne dazu«, erklärte Viktoria. »Dann schmeckt es nicht so bitter. Aber ich habe keine Ahnung, wo ich hier Kuhmilch bekommen kann.«

Chuntians schmale Augen wurden etwas runder.

»Niúnăi, Milch von Kuh, das trinkt doch kein Mensch. Es stinkt.«

Viktoria beschloss, Max von Brandt zu fragen, woher er Milch und Sahne bezog. Dann packte sie weitere Bücher aus ihrem Koffer, denn Chuntian hatte sich erkundigt, ob sie etwas über die Literatur und Sprache des Landes erfahren könnte, aus dem ihre Lehrerin stammte. Viktoria beschloss, mit Schiller zu beginnen. Kabale und Liebe hatte sie in Hamburg mehrfach mit ihrem Vater gesehen und von Herzen geliebt.

Sie ließ Chuntian einen Blick auf den Text werfen und fasste die Handlung mit knappen Worten zusammen.

»Verbotene Liebe. Die Familien sind dagegen und es kommt zur Tragödie. Die engstirnige Welt steht den Liebenden im Weg. Solche Geschichten gibt es bei euch ja auch. Ich meine, in diesem Traum von der roten Kammer, da kann der Romanheld auch nicht das Mädchen seiner Wahl heiraten. Es stirbt an gebrochenem Herzen.«

Viktoria war durchaus angetan gewesen von dem fremden, aber überaus menschlichen Text, den Chuntian ihr in gekürzter Fassung vorgetragen hatte.

»Aber Baoyu sieht schließlich ein, dass es richtig war, ihn mit einer anderen Frau zu vermählen«, entgegnete Chuntian leise. »Lin Daiyu ist sehr eigensinnig, will ihr Schicksal nicht hinnehmen. Als verarmtes Mädchen, das auf die Gnade der Familie angewiesen ist, kann sie nicht die erste Gemahlin der Erben werden.«

Viktoria fuhr auf.

»Und warum bitte nicht, wenn sie sich lieben? Warum sollen Familie und Gesellschaft immer alles bestimmen?«

Sie dachte an Anton. In Wahrheit bestimmte alles das Geld.

»Weil die Familie es besser weiß«, entgegnete Chuntian, doch klang ihre Stimme schwach, entbehrte echter Überzeugung.

»Also jetzt erzähle mir bitte nicht, dass all eure Theaterstücke so sind!«, protestierte Viktoria. »Ich habe einige in Shanghai gesehen, aber nicht viel verstanden. Es ging jedenfalls fast immer um Liebe. Die kann doch so übel nicht sein, wenn sie Menschen Glück schenkt.«

Wieder dachte Viktoria an Anton. Ein französisches Lied, das sie einst von einer ihrer Gouvernanten gelernt hatte, erklang in ihrem Kopf: »Plaisir d'amour ne dure qu'un moment.

Chagrin d'amour dure toute la vie.« Das Glück der Liebe dauert nur einen Moment. Der Schmerz der Liebe dauert ein ganzes Leben. Sie riss sich zusammen. Ihr Leben war nicht unglücklich. Vielleicht sollte sie keine Liebesgeschichten mehr lesen, sondern sich mit ernsten Themen wie Politik befassen.

»Du hast in Shanghai chinesische Theaterstücke gesehen?«, rüttelte Chuntians aufgeregte Stimme sie aus den düsteren Gedanken. »Erzähle mir davon! Es gibt einige, die ich gelesen habe. Ich würde sie so gern einmal auf der Bühne erleben!«

Ihre Wangen glichen glatten, roten Äpfeln. Viktoria fühlte sich an ein kleines Mädchen erinnert, das etwas über die Geheimnisse der erwachsenen Welt hören wollte.

»Es muss hier in Peking doch auch Theater geben. Das ist eine riesige Stadt. Warum gehst du nicht einmal hin?«, meinte sie kopfschüttelnd und schenkte sich eine weitere Tasse Kaffee ein.

Chuntian hatte den Kopf gesenkt und musterte sie durch lose Haarsträhnen.

»Das schickt sich nicht. Mein Gemahl wünscht es nicht.«

»Herrje, das sind doch nur Theaterstücke! Ich bin in meiner Heimat schon mit fünfzehn ins Theater gegangen, zusammen mit meinem Vater«, entgegnete Viktoria. »Ich werde mit deinem Gemahl reden und du wirst sehen, in ein paar Tagen schon können wir aufbrechen.«

Sie nippte an ihrem Kaffee, der nun auch schwarz vorzüglich schmeckte. Die Aussicht auf buntes, lautes Treiben auf einer Bühne hatte alle dunklen Wolken aus ihrem Kopf gejagt. Chuntian würde ihr die unverständliche Handlung viel besser erklären können als irgendjemand anderer. Sie lehnte sich auf ihrem Stuhl zurück, dann spürte sie plötzlich den Druck von Chuntians Fingern an ihrem Handgelenk. Sie staunte, denn das scheue, nervöse Mädchen vermied es allgemein, andere Menschen zu berühren.

»Bitte, Vi Ki, sprich nicht mit ihm«, flüsterte ihre chinesische Freundin dringlich. »Er wird wütend werden, weil ich darum bat, vom Theater zu hören. Er meint, dass es den Charakter junger Menschen verdirbt. Diese Liebesgeschichten verleiten Leute dazu, sich nicht nach den Wünschen ihrer Eltern vermählen zu wollen. Und zudem wird auf der Bühne Kampfkunst gezeigt. Junge Männer möchten es dann lernen, werden aufsässig, wollen sich nicht mehr unterordnen.«

Viktoria riss die Augen auf. Sie mochte Lao Tengfei, der ihr weitaus mehr Höflichkeit und Aufmerksamkeit geschenkt hatte als Robert Huntingdon. In seinem Haus fühlte sie sich nicht wie eine aus Notwendigkeit geduldete Angestellte, sondern als geschätzter, geachteter Gast. War er tatsächlich ein derartiger Miesepeter? Sie hätte es gern auf einen Versuch ankommen lassen, doch schien es ihr um Chuntians willen ratsam, darauf zu verzichten. Gleichzeitig aber hatte die Aussicht, durch die Stadt ziehen und Theater aufsuchen zu können wie früher in Shanghai, eine Flamme der Sehnsucht entfacht.

»Gut, mit deinem Mann rede ich nicht«, beruhigte sie Chuntian. »Aber wir zwei gehen bald ins Theater. Ich werde einen Weg finden, mach dir keine Sorgen.«

Chuntians Kopf hob sich nach kurzem Zögern. Ein glückliches Lächeln huschte über ihr Gesicht. Viktoria, die gerade überlegt hatte, ob es nicht besser wäre, Max von Brandt einen Ausflug ins chinesische Theater vorzuschlagen, verwarf diesen Plan sogleich.

Sie wollte mit Chuntian gehen.

Die Gelegenheit fand sich erst im Herbst, als das Mondfest gefeiert wurde. Nach einer alten Legende schoss der chinesische Held Hou Yi neun der zehn Sonnen vom Himmel, die die Erde versengten, befahl der letzten Sonne, regelmäßig auf- und unterzugehen, was der Menschheit zum Wohle gereichte. Als Belohnung erhielt er von der Himmelskaiserin ein Elixier, das ihn unsterblich machen würde, doch wollte er dies mit seiner Frau teilen, die er über alles liebte. Durch eine Verkettung unglücklicher Umstände kam es dazu, dass die Frau das Elixier alleine trank. Sogleich flog sie aus dem Fenster zum Mond. Hou Yi klagte und rief nach ihr, doch konnte er sie nicht mehr erreichen. An einem Abend, da der Mond besonders hell schien, beschloss er ein Fest zu Ehren seiner Frau zu veranstalten.

Viktoria gefiel diese Geschichte, und zudem fand sie Gefallen an der Aussicht auf ein Fest im Mondschein. In der Küche wurden Mondkuchen gebacken, Lao Tengfeis Töchter bemalten gemeinsam mit Dewei und jungen Dienern Laternen, die aufgehängt werden sollten, sobald es dunkel wurde. Sämtliche Höfe waren von emsigem Treiben erfüllt. Meigui hatte sich zurückgezogen, um sich für den Abend herzurichten. Jinyu wusste wohl nichts von dem Fest, da sie in Opiumträumen schwebte. Viktoria gab am Nachmittag vor, sich hinlegen zu wollen, da sie an Kopfschmerzen leide und erholt zur abendlichen Gesellschaft erscheinen wollte. Chuntian bot sich an, ihr Gesellschaft zu leisten, um sie durch das Vorlesen und Übersetzen chinesischer Gedichte aufzumuntern. Kaum war die Tür des Holzhauses zugefallen, packte Chuntian ihr mitgebrachtes Bündel aus. Weite Hosen und eine schwarze Jacke aus grobem Leinen lösten bei Viktoria mäßige Begeisterung aus, aber sie knöpfte sich entschlossen aus ihrem Kleid und dem Leibchen, das sie darunter trug.

»Du bist schön«, murmelte Chuntian ehrfürchtig. »So wie die indischen Frauenstatuen.«

Viktoria begriff erst nach einigem Staunen, dass damit wohl die Rundungen ihrer Hüften und Brüste gemeint waren. Sanft strich sie Chuntian über die Wange.

»Ihr Chinesinnen seid auch schön. Auf eine andere Art«, versicherte sie. Die Zeit, da sie Chuntian für ein unscheinbares, zerzaustes Huhn gehalten hatte, lag lange zurück. Klugheit und Güte vermochten eine Person ebenso reizvoll zu machen wie ein makelloses Äußeres, auch wenn Anton dies als albernes

Moralisieren abgetan hätte. Sie schlüpfte in die Beinkleider und knöpfte die Froschverschlüsse der Jacke zu.

Chuntian begann zu kichern.

»Du bist auf einmal nicht mehr so fremd«, kommentierte sie die Verkleidung. Viktoria musterte sich im Spiegel, verstört über ihr so völlig verändertes Äußeres. Sie hätte eine der bestickten Seidenroben Meiguis vorgezogen, den kunstvollen Kopfputz und die baumelnden Ohrringe, wenn sie sich schon chinesisch kleidete. Aber Chuntian hatte sicher Recht, sie durften nicht unnötig auffallen.

»So, jetzt dein Haar!«, meinte die Chinesin und befestigte Viktorias Locken mit Nadeln und Kämmen am Hinterkopf. Dann stülpte sie ihr einen der breiten Strohhüte über, die von chinesischen Bäuerinnen getragen wurden.

»Halte den Blick gesenkt. Das tun hier anständige Frauen. Die meisten Leute in Beijing haben noch nie eine Lao Wai zu Gesicht bekommen. Sie werden einfach denken, dass du etwas eigenartig aussiehst.«

»Herzlichen Dank«, spöttelte Viktoria, als sie in weiche Stoffschuhe schlüpfte. Dann wandte sie sich an Dewei.

»Willst du wirklich nicht mitkommen? In Shanghai haben dir die Theateraufführungen doch immer gefallen.«

Er schüttelte hartnäckig den Kopf.

»Jemand muss hier sein, um geschickt lügen zu können, falls euer Verschwinden auffällt«, meinte er nur. Sein todernster, fast mahnender Blick versetzte Viktoria einen Stich. Als Chuntian bereits herausgeschlichen war, blieb sie noch einen Moment zurück.

»Warum hast du denn solche Bedenken? Das geht alles gut, niemand wird uns suchen und wenn das abendliche Fest beginnt, sind wir wieder da«, flüsterte sie dem Jungen ins Ohr. Er legte seine Hand auf ihren Ellenbogen.

»Vi Ki, wenn das herauskommt, dann … dir kann Lao Tengfei nicht viel tun. Aber der armen Chuntian drohen harte Strafen.«

Kurz begann Viktoria zu frösteln, obwohl der Herbst in Peking sehr warm war. Dann steckte Chuntian ihren Kopf durch die Tür.

»Jetzt komm schon, es fällt auf, wenn ich hier draußen herumstehe.«

Viktoria setzte sich in Bewegung. Sie schlichen gemeinsam die Mauer des Hofes entlang, schlüpften dann durch eine kleine Tür nach draußen. Eine schmale, schmutzige, vor Leben brodelnde Straße tat sich vor ihnen auf. Dicht neben der Tür stand ein Schubkarren mit jenem Diener, den Viktoria bestochen hatte.

Sie kletterten hinein. Viktoria musste zugeben, dass chinesische Frauenkleidung weitaus bequemer war als alles, was sie bisher getragen hatte, denn sie musste keine wallenden Stoffbahnen sorgfältig in Ordnung bringen, bevor sie sich setzte. Die Hosen erleichterten weite Schritte, obwohl sie im Geiste immer noch das missbilligende Gesicht ihrer Mutter vor Augen hatte, die das Wort ›Hose‹ nicht einmal in den Mund genommen hätte. Dann holperte der Karren los, trug sie durch stinkende Enge auf eine breite Straße, die sie eine Weile entlangrollten. Viktoria versuchte sich zu orientieren, aber sie kannte Peking kaum, da sie die meiste Zeit in Lao Tengfeis Hofhäusern zugebracht hatte oder eben im Gesandtschaftsviertel, wohin sie in einer Sänfte getragen worden war. Max von Brandt hatte ihr erklärt, dass die Stadt in ihren Grundzügen sehr symmetrisch und systematisch angelegt war. Im Zentrum lag der verbotene Kaiserpalast, davor der Stadtteil der Mongolen, die China vor über zweihundert Jahren erobert hatten und sich seitdem als Herrscherkaste behaupten konnten. Der nächste Stadtteil gehörte den Chinesen. Diese Sektoren waren von akkurat pfeilgeraden Straßen durchzogen, die sie unterteilten und umschlossen. Doch zwischen diesen Straßen schlängelte sich ein chaotisches Netz kleiner Gassen, die Hutongs, so dicht bebaut und belebt, dass man in ihnen kaum den Himmel erblickte. Dort herrschte eben jenes stinkende Elend, das Viktoria bereits in Shanghai erlebt hatte.

Diesmal ging es aber eine der geraden Straßen entlang, wo vornehme Leute in ihren Sänften neben Händlern, Bauern und Bettlern dahinströmten. Der Karren rollte schließlich durch ein Tor, hinter dem Viktoria endlich wieder Grün erblickte. Es war eine weitflächige Parkanlage, in der ein stämmiger, symmetrisch gestapelter chinesischer Turm sich trotzig am Horizont abzeichnete.

»Der Himmelstempel«, erklärte Chuntian. »Hier treten viele Schauspieler und Gaukler auf, besonders an einem Festtag.«

Ihre Stimme bebte vor Aufregung. Viktoria war ein wenig enttäuscht, denn sie konnte keine richtige Theaterbühne erkennen, nur vereinzelte Sänger, Erzähler und Akrobaten inmitten der Grünfläche und jener geradlinig angelegten Gehwege, die sie durchzogen und zu dem Turm hinführten. Drei Frauen stolzierten auf Stelzen herum. Sänger kreischten in hohen Tönen jene chinesischen Lieder, die geeignet schienen, Glas zu zersprengen. Chuntian wandte sich an den Diener und wies ihn sehr entschlossen an, wohin er den Karren schieben sollte.

Das Ziel war ein Seitenweg der Parkanlage, wo eine kleine Tribüne stand. Ein einzelner Akrobat prahlte dort mit seinem Können, drehte sich mühelos in der Luft und wirbelte einen Stab herum, den er anschließend in den Boden stemmte, um sich an ihm hochzuschwingen und im Handstand zu überschlagen.

Viktoria erkannte ihn sofort, ohne einen Moment zu zweifeln. Es mochte an der überaus selbstbewussten, fast angeberischen Art seiner Darbietung liegen. Vielleicht war es sein für einen Chinesen ungewöhnlich hoher Wuchs. Oder die Geschmeidigkeit, mit der er sämtliche Gesetze der Schwerkraft überwand. In den letzten Monaten hatte ein Wandel in ihrem Bewusstsein stattgefunden und Chinesen hatten aufgehört, eine unübersichtliche Masse von Exoten zu sein, waren zu Menschen mit individuellen Zügen geworden.

Der Akrobat trug diesmal keine Maske. Er hatte immer noch ein sehr anziehendes Gesicht, schmal, edel und doch von harter Entschlossenheit, wenn er zum nächsten Sprung ansetzte. Seine Augen waren elegant geschwungen wie die Giebel chinesischer Bauwerke. Das Haar fiel blauschwarz über seine Schultern, war im Rücken zusammengebunden.

Chuntian drängte sich mit ungewohnter Resolutheit durch die Menge der Schaulustigen. Sie blieb so dicht an der Tribüne stehen, dass sie diese mit dem Kinn berühren konnte. Dann rief sie laut ein Wort, das Viktoria noch völlig unbekannt war. »Jinzi!«

Der Akrobat hatte seinen Stab wieder in den Boden gestemmt, doch Chuntians Stimme ließ ihn auf einmal erstarren. Der Stab erzitterte, die Finger, die ihn kraftvoll umklammert hatten, lockerten ihren Griff. Er beugte sich vor und sein Blick blieb starr auf die Sprecherin gerichtet, als gäbe es nur noch ihn und Chuntian auf dieser Welt.

Viktoria fühlte einen Stich in ihrem Herzen, für den sie sich hasste. Es war so albern, so ganz gegen all ihre Vorsätze, enttäuscht zu sein, weil ein unbekannter Chinese sie nun nicht mehr beachtete und eine Andere ansah. Es lag wohl an ihrer schäbigen Kleidung, die sie in eine chinesische Bäuerin verwandelt hatte. An dem Hut, unter dem sich ihr Blondhaar verbarg. Sie unterdrückte den abstrusen Wunsch, ihn vom Kopf zu reißen, damit der Akrobat jene Fremde wiedererkannte, die er vor über einem halben Jahr in Shanghai angestarrt hatte.

Er beugte sich zu Chuntian und flüsterte ihr etwas ins Ohr. Dann setzte er zum nächsten Sprung an, doch der Stab rutschte ab, und er wäre um ein Haar gestürzt. Enttäuschtes Murren zog sich durch die Versammelten. Chuntian ging mehrere Schritte rückwärts, ohne den Blick von dem Akrobaten abwenden zu können. Viktoria riss sie am Ärmel.

»Also was soll das jetzt? Möchtest du eine Darbietung abgeben, die alle anderen in den Schatten stellt? Hier sehen Leute zu, verdammt!«

Chuntian fuhr zusammen und wandte ihr verstörtes Gesicht der scheltenden Lehrerin zu.

»Es tut mir leid«, flüsterte sie nur, um dann mit gesenktem Blick aus der Menschentraube zu treten. Viktoria folgte ratlos. Sollte es fortan ihr Schicksal sein, anderen Frauen zu heimlichen Liebschaften zu verhelfen? Dann schalt sie sich für ihre Selbstsucht. Chuntian musste sich einen Mann mit zwei anderen Gemahlinnen teilen, von denen eine so strahlend war, dass sie die übrigen völlig in den Schatten stellte. Warum sollte sie in ihrem Leben nicht ein wenig Liebe erleben dürfen?

Sie gingen schweigend nebeneinander her, während Viktoria die neuen Erkenntnisse in ihrem Kopf hin und her wälzte. Die Erinnerung an ein Gespräch, das sie vor einiger Zeit mit Max von Brandt geführt hatte, ließ sie plötzlich erschaudern.

In China hatten Männer das Recht, mehrere Frauen zu haben. Und sie hatten auch das Recht, diese Frauen wegen Untreue zu töten.

Wieder riss sie die in Gedanken versunkene Chuntian am Ärmel.

»Ich will gar nicht wissen, woher du ihn kennst«, zischte sie. »Du hast mich belogen, aber das ist egal. Wenn du meinst, ein paar Stunden im Gras mit einem schönen Mann sind es wert, dein Leben aufs Spiel zu setzen, dann tue es meinetwegen. Aber mich halte da bitte raus, ich will nicht für die Folgen verantwortlich sein.«

Sie hatte so laut gesprochen, dass sich ihr ein paar Köpfe zuwandten. Ein Glück, dass hier niemand Englisch verstand!

Chuntian starrte sie nur fassungslos an. Dann sprudelte plötzlich ein kurzes, aber hysterisch lautes Kichern aus ihrer Kehle.

»Vi Ki, das ist mein Bruder. Aber es freut mich, dass er dir gefällt.«

Sie konnte wieder lächeln und legte ihre Hand sanft auf Viktorias Arm.

»Komm. Wir müssen reden.«

Sie gingen zu einer der Straßen, die das Grün durchzogen. Neben einer Bäuerin, die Früchte auf der Wiese anbot, hockten sie sich nieder.

»Ich habe dich nicht belogen«, begann Chuntian dann. »Aber ich habe nicht die ganze Wahrheit gesagt. Ich wollte wirklich ins Theater. Doch vor ein paar Tagen erhielt ich heimlich eine Nachricht von meiner Mutter, die ich fast zwanzig Jahre nicht mehr gesehen habe. Sie ist hier, in Beijing.«

Ihre Finger verknoteten sich nervös.

»Sie ist Gauklerin und hat mir beschrieben, wo sie auftritt. Aber heute war sie nicht da. Nur ihr Sohn Jinzi. Mein Halbbruder.«

Viktoria fühlte ihr Herz lauter schlagen.

»Wenn deine Mutter hier ist, warum kannst du sie denn nicht einfach besuchen? Oder sie dich?«

Chuntian stieß einen leisen Seufzer aus.

»Sie hat schlimme Dinge getan. Jinzis Vater war nicht ihr Gemahl. Sie musste die Familie verlassen. Und Gaukler sind verrufen, keine anständige Frau darf Umgang mit ihnen haben.«

Ihre Finger begannen Grashalme auszureißen.

»Jinzi sagte mir, wo ich sie finden kann«, flüsterte sie.

Viktoria verspürte einen Schwall von Energie in ihren Beinen. Sie sprang auf.

»Na gut, dann lass uns hinfahren!«

Sie lief zu dem Schubkarren und hielt dem Diener einen weiteren Tael unter die Nase. Dann wandte sie sich an Chuntian, die nach kurzem Zögern ein paar Worte flüsterte.

Der Ausflug ging weiter.

Diesmal lag das Ziel am äußeren Kanal, der die Stadt umschloss: Ein kleines Haus kauerte neben einem größeren, farbenfroh bemalten und mit Laternen geschmückten Gebäude, wo Leute ein und aus gingen. Chuntian stand eine Weile stumm da. Ihre Schultern krümmten sich.

»Damals, als sie fortging, da nahm sie mich nicht mit. Vielleicht mochte sie mich nicht«, flüsterte sie Viktoria zu.

»Dann hätte sie dir jetzt, nach so langer Zeit, keine Nachricht mehr geschickt. Vielleicht will sie dir alles erklären. Los, jetzt geh! Ich warte solange.«

Sie gab Chuntian einen leichten Schubs und sah sie lostrotten, bis ihre schmale Gestalt durch die Tür des kleinen Hauses geschlüpft war. Dann kam Viktoria sich plötzlich verloren vor, ging ein paar Schritte am Kanal auf und ab, um sich schließlich ein Stück vor dem Hauseingang hinzusetzen. Zum ersten Mal war sie völlig allein unter lauter Chinesen, konnte nur hoffen, dass ihre Verkleidung sie ausreichend tarnte. Max von Brandt hatte erzählt, dass es manchmal zu Angriffen auf Europäer kam. Unruhe zog kribbelnd bis in ihre Fingerspitzen. Sie zwang sich, ruhig zu atmen. Zur Ablenkung beobachtete sie die Vorbeigehenden.

Eine Sänfte wurde abgestellt und gab die zarte, elegant gekleidete Gestalt einer Frau preis. Viktoria musterte beeindruckt das ebenmäßig geschnittene Profil mit den grellrot bemalten Lippen. Fäden aus Perlen hingen von dem aufwändigen Kopfputz der Dame herab und schwankten bei jedem ihrer kleinen Schritte. Viktoria vermutete, dass es sich wohl um die Konkubine eines reichen Mannes handelte, eine zweite Meigui. Auf winzigen Füßen wankte sie dem geschmückten Gebäude entgegen, wo Diener ihr die Tür öffneten und sich ehrfürchtig verneigten. Viktoria starrte neugierig weiter, bis das Gesicht der Frau sich ihr plötzlich zuwandte, um sie für einen Moment durchdringend zu mustern.

Da wurde ihr schlagartig klar, wen sie soeben beobachtet hatte. Shen Akeu, die reiche Besitzerin von Teehäusern. Und von Bordellen.

Erst als eine weitere Gruppe männlicher Gäste eintrat, ein hübsch gekleidetes Mädchen sie mit gekünsteltem Lächeln im Türrahmen empfing, nur schrill kicherte, als einer der Neuankömmlinge sie in die zarten Hüften kniff, begann Viktoria zu ahnen, neben welcher Art von Etablissement Chuntians Mutter wohnte.

Sie kauerte sich zusammen, wich den Blicken der weiteren Männer aus, die hier eintraten. In der Ferne erklang ein weiterer Glockenschlag und sie grübelte, wie die Chinesen sich immer merken konnten, welche Doppelstunde gerade zu Ende ging. Ratlos sah sie zum Himmel. Die Sonne schien bereits recht tief zu stehen. Wann endlich würde Chuntian zurückkommen? Oder wurde sie gerade von ihrer Mutter zu einer gemeinsamen Flucht überredet? Viktorias Zehen begannen, sich nervös ins Gras zu bohren.

Chuntians Schatten befreite sie von ihrer Unruhe. Sie blickte erleichtert in das Gesicht ihrer chinesischen Freundin, sah es blass, verkrampft und mit hellroten Flecken auf den Wangen.

»Jetzt müssen wir schnell nach Hause, sonst sind wir zu spät«, rief sie entschlossen und schob Chuntian zu der Stelle, wo der Schubkarren wartete. Die Chinesin ergab sich ihrem Drängen wie eine leblose, steife Holzfigur. Der Karren holperte energisch los, denn auch der Diener hatte es eilig heimzukehren. Sie flogen über Steine und andere Hindernisse, prallten unsanft wieder auf den Boden der Straße.

»Wie war es?«, fragte Viktoria schließlich. Chuntian starrte wie versteinert vor sich hin. Dann krümmte sie sich plötzlich und wurde von einem Weinkrampf heimgesucht.

»Was ist denn?«, fragte Viktoria hilflos. Als keine Antwort kam, begann sie Chuntians bebenden Rücken zu streicheln, um die Verspannung zu lösen. Chuntian hörte nicht auf zu schluchzen, legte aber den Kopf in Viktorias Schoß, wie Dewei es gerne tat. So erreichten sie Lao Tengfeis prächtige Höfe.

»Ich kann nicht an dem Fest teilnehmen«, flüsterte Chuntian, als sie wieder in Viktorias Haus geschlichen waren. »Ich kann mich heute einfach nicht beherrschen. Bitte entschuldige meine Abwesenheit irgendwie.«

Dann huschte sie hinaus. Viktoria warf Dewei einen ratlosen Blick zu.

»Hat uns jemand vermisst?«, fragte sie ängstlich und sah ihn erleichtert den Kopf schütteln.

»Gut, dann muss ich mich jetzt umziehen.«

Sie griff entschlossen nach ihrem vertrauten, europäischen Kleid. Morgen würde sie mit Chuntian reden und hoffentlich erfahren, wie die Begegnung mit der lang vermissten Mutter verlaufen war. Doch jetzt musste sie einen entspannten Eindruck machen. Zudem knurrte ihr Magen und sie war neugierig auf die Mondkuchen, deren Duft sie anlockte.

Viktoria hatte unerwartet gut geschlafen. Ihr Magen war voll von den schweren, satten Kuchen, die nach gesalzenen Eiern geschmeckt hatten. Das gesellige Beisammensein bei Musik und Gesang, der hell strahlende Mond am endlos weiten Himmel und viele Becher Reiswein, all dies war eine wahre Erholung nach dem anstrengenden Tag gewesen, hatte ihr Entspannung gegönnt und sie bei bester Laune in den Schlaf fallen lassen. Nun räkelte sie sich genüsslich in ihrem Bett, erleichtert, dass der Unterricht heute Vormittag ausfallen würde. Ein Diener trug Tee und Morgensuppe herein. Sie hüllte sich in ihren Morgenmantel, weckte Dewei, der immer noch zusammengerollt wie ein Welpe in ihrem Rücken lag. Dann fiel ihr Chuntian ein und sie schämte sich ein wenig für ihre fröhliche Stimmung.

»Sag der dritten Gemahlin, dass ich sie zum Morgenmahl in mein Haus einlade«, sprach sie langsam und sehr bemüht zu dem Diener, wandte sich dann unsicher an Dewei, der sie ermutigend anlächelte. Offenbar war ihr ein verständlicher chinesischer Satz gelungen. Das stete Lächeln des Dieners schien trotzdem einzufrieren. Er huschte nach mehreren Verbeugungen hinaus. Viktoria schenkte den Tee ein, beschloss aber mit der Suppe zu warten, bis Chuntian kam. Sie wusch sich das Gesicht, kämmte ihr Haar und forderte den widerwillig gähnenden Dewei auf, sich für den Besuch der dritten Gemahlin anzukleiden.

Dann schlüpfte sie in ihr Kleid, denn Chuntian brauchte lange. Sie trank weitere Tassen Tee. Die Suppe begann kalt zu werden.

»Da stimmt etwas nicht. Ich werde mich erkundigen«, meinte Dewei schließlich und eilte hinaus. Viktoria fing an, unruhig im Raum herumzulaufen. Ihre Stimmung wurde düsterer und sie sehnte sich danach, Chuntians ernstes, vergeistigtes Gesicht im Türrahmen zu erblicken.

Endlich kehrte Dewei zurück, doch war er allein.

»Vi Ki, Lao Tengfei hat von eurem Ausflug erfahren«, meinte er, bevor sie ihn mit Fragen bestürmen konnte.

»Und?« Viktorias Beine wurden schwach.

»Er hat sie in aller Eile fortgeschickt. Noch früh am Morgen, als es nicht auffiel. Sie durfte fast nichts mitnehmen und niemand darf wissen, wo sie genau ist.«

Viktoria sank auf einen Stuhl. In ihrem Kopf tobte ein Sturm, und sie rieb sich die Schläfen, um ein paar Gedanken aus dem Chaos herauszufiltern.

»Ich muss mit ihm reden«, sagte sie schließlich und sprang wieder auf die Beine. »Los, finde heraus, wo er ist!«

Hektisch schlüpfte sie in ihre Schuhe, jedoch zitterten ihre Hände so stark, dass sie es kaum schaffte, sie zuzubinden.

»Vielleicht solltest du warten«, mahnte Dewei sanft. »Du bist jetzt sehr aufgebracht. Überlege zuerst, was du ihm sagen willst. Sie ist seine Gemahlin und schuldet ihm Gehorsam. Er hat das Recht, sie zu bestrafen. Du musst um Milde bitten, nicht schimpfen und zetern. Sonst wird alles nur noch schlimmer.«

»Ich weiß selbst, was ich tun muss«, zischte Viktoria und rannte hinaus.

Als der Glockenschlag den Beginn der Doppelstunde des Pferdes ankündigte, warf Viktoria bereits ihre Habseligkeiten in den Koffer. Sie griff spontan nach allen Gegenständen, die ihr in den Blick kamen, musste sich selbst ermahnen, nicht versehentlich Besitztümer des Hausherrn mitzunehmen. Ein paar Bücher, die sie liebte. Kleidung für die nächsten Tage. Den jämmerlichen Rest ihres einst so zahlreichen Schmucks. Das musste fürs Erste genügen, denn Max von Brandt würde sicher jemanden schicken, um den Rest abholen zu lassen. Sie knallte den Deckel des Koffers zu und fluchte, als er wieder aufsprang.

»Lass mich das machen«, meinte Dewei leise in ihrem Rücken und steigerte ihren Unmut, indem er es tatsächlich schaffte, den Koffer zu schließen. Sie packte seine Hand, ergriff den Henkel des Koffers und stürmte los.

Im flotten Marsch ging es durch den Hof. Diener wichen aus und sie vermeinte, den Anflug eines Grinsens auf ihren Gesichtern zu erkennen. Gottverdammte Chinesen! Kriecherisch waren sie, falsch in ihrer Freundlichkeit, hinter der sich diktatorische Härte verbarg. Die Empörung hämmerte mit jedem Herzschlag in Viktorias Ohren. Ein Schritt. Dann der nächste. Sie wollte fort aus dem Heim dieses Tyrannen.

»Ich sehe, Sie wollen uns verlassen«, erklang eine süße Stimme in ihrem Ohr. Meiguis triumphierendes Lächeln ließ Viktoria erstarren.

»Sie waren es. Sie haben Chuntian verraten!«, erkannte sie schlagartig.

Meigui widersprach nicht, stand nur in all ihrer Schönheit da.

»Aber warum? Wie konnte sie Ihnen denn schaden? Sie haben ihn doch ganz für sich allein. Er ist treuer als die meisten europäischen Ehemänner, obwohl er drei Frauen hat. Die anderen sieht er nicht, nur Sie.«

»Die dritte Gemahlin hat ihre Pflichten nicht erfüllt«, meinte Meigui völlig gelassen. Nun, da sie die Lehrerin verabschiedete, schien ihr Englisch weitaus flüssiger als während des Unterrichts. »Sie las lieber Bücher, anstatt Mutter zu werden«, fügte sie erklärend hinzu.

»Aber das sind Sie doch auch nicht!«, staunte Viktoria. Meiguis Gesicht zuckte wie unter einem Hieb, was Viktoria ein wenig Genugtuung verschaffte.

»Ich kann nicht schwanger werden, obwohl ich es lange versucht habe«, fuhr die zweite Gemahlin etwas leiser fort, obwohl keiner der Diener im Hof Englisch verstand. »Jinyu ist zu alt. Aber Chuntian will nicht. Jedes Mal, wenn er zu ihr kam, weinte und bettelte sie, er möge ihr noch etwas Zeit geben. Er ließ sie in Ruhe. Dabei hatte er diese hässliche Frau nur in sein Haus geholt, um endlich einen Sohn zu zeugen. Er hätte sie zwingen müssen, aber er war zu gutmütig.«

Viktoria schnappte nach Luft. Sie hatte sich oft gefragt, wie die scheue, in sich gekehrte Chuntian die Berührungen eines Mannes ertrug, von dem sie niemals sprach und der sie öffentlich als dumm bezeichnete.

»Und nun werfen Sie ihm vor, dass er sich wie ein anständiger Mensch verhielt, anstatt sich auf ein wehrloses Mädchen zu stürzen wie ein wildes Tier? Was für eine Frau sind Sie denn, um einer anderen so etwas zu wünschen?«

Meigui hatte sich wieder gefangen. Das makellos geschminkte Gesicht verriet keinerlei Empfindungen.

»Sie verstehen diese Dinge nicht. Zum Glück haben Sie meinem Gemahl nun gezeigt, dass die Gegenwart von Barbaren unserem Land keinen Gewinn bringt, nur Schaden.«

Viktoria wirbelte herum.

»Ich weiß nicht, wie eine so hinterhältige, gemeine Person wie Sie einem Land nutzen kann«, rief sie. Dann sammelte sie ihre Chinesischkenntnisse zum letzten Rückschlag. Plötzlich herrschte in ihrem Kopf erstaunliche Klarheit, als habe der Sturm ihn von allem Ballast befreit.

»Jiānxié«, schrie sie. Hinterlistig und böse. Dann stürmte sie aus dem Hof hinaus, floh vor dem Gelächter in ihrem Rücken. Die Diener mussten sie verstanden haben und fanden den öffentlich ausgetragenen Streit zweier Frauen höchst erheiternd.

Der Zorn trieb Viktoria durch sämtliche Höfe. Selbst der einst so bewunderte Garten vermochte sie nicht zur Ruhe zu bringen, sie wünschte nur noch der Behausung Lao Tengfeis zu entkommen, die nichts weiter war als ein goldener Käfig, in dem die Eingesperrten nach einander hackten. Die große, rot lackierte Ausgangstür schien nun das Tor in die Freiheit, zur Gesandtschaft, zu Max von Brandt und der vertrauten Welt, die er verkörperte.

Kurz bevor sie dieses Tor erreichte, zerrte Dewei sie plötzlich rückwärts.

»Vi Ki, da will ein Diener mit dir reden.« Viktoria wandte sich einer jener Gestalten zu, die in ihrem Kopf allesamt zu kriecherischen, charakterlosen Wesen geworden waren.

»Der edle Herr bietet der Dame eine Sänfte an, die sie in die Gesandtschaft tragen wird«, sagte er auch schon mit der üblichen Verbeugung. Viktoria erinnerte sich an das steinerne Gesicht, mit dem der Mandarin sämtliche Bitten und Vorwürfe abgeschmettert hatte. Nur seine Augen hatten zornig gefunkelt, während er sie ermahnte, dass die Herrschaft über dieses Haus in seinen Händen lag und er die Belehrungen einer Fremden nicht duldete.

»Sage dem edlen Herrn, ich brauche seine Sänfte nicht«, erwiderte sie in bestmöglichem Chinesisch. Der Diener verstand offenbar, denn er entfernte sich schweigend. Das Tor wurde geöffnet. Vor Viktoria lag Peking in all seiner Größe und Fremdheit.

Sie trat auf die Straße und hörte die Flügel des Tors hinter sich zufallen. Ein wenig ratlos stellte sie den Koffer ab, um kurz durchatmen und ihre Gedanken ordnen zu können. Nun musste sie zur Gesandtschaft laufen und Max von Brandt darum bitten, sie irgendwo unterzubringen und ihr die Rückreise nach Shanghai zu ermöglichen, wo sie hoffentlich eine neue Arbeit finden würde. Die Sänfte war immer nach links abgebogen, daher schlug Viktoria dieselbe Richtung ein, kämpfte sich entschlossen durch die Menschenmenge und ignorierte die bohrenden Blicke in ihrem Rücken. Vielleicht wäre es klüger gewesen, sich als einfache Chinesin zu verkleiden und dadurch weniger aufzufallen, doch nun war es dafür zu spät. Sie lief weiter. Die gerade Straße war wie ein breiter Fluss, der sich in kleine Hutongs verzweigte. Auf dem Weg zur Gesandtschaft war Viktoria stets an einem Zeltlager vorbeigekommen, wo Kamele herumliefen und mit schwerem Silberschmuck behängte Frauen Fleisch und andere Waren anboten. Der Gesandte hatte ihr erzählt, dass dies ein Quartier der Mongolen war, aber wie sollte sie es finden? Sie folgte der Straße, bis diese schließlich an einem Stadttor endete. Viktoria reckte den Hals. Wenn sie irgendwo die Umrisse des verbotenen Kaiserpalastes erblickte, so wäre dies eine kleine Orientierungshilfe, doch zahlreiche Gebäude raubten ihr die Sicht.

»Wohin gehen wir?«, hörte sie Dewei fragen.

»Zur deutschen Gesandtschaft.«

Seine Hand glitt aus der ihren.

»Dort will man mich nicht. Du hast mich niemals mitgenommen. Ich bleibe hier.«

Viktoria stampfte ungeduldig auf. Ein bockiger Dewei war so ziemlich das Letzte, das ihre brachliegenden Nerven nun ertragen konnten.

»Und was gedenkt mein schlauer, kleiner Freund hier ganz allein anzustellen?«, fragte sie spitz. Er senkte den Blick auf die schmutzige Straße.

»Ich kann betteln. Vielleicht finde ich Arbeit. Du gehst jetzt wieder zu deinen Leuten, dort brauchst du mich nicht mehr.«

Viktoria packte die Schultern des Jungen und presste ihn an sich.

»Wo auch immer ich hingehe, da nehme ich dich mit. Das ist ein Versprechen. Nur wenn du mich verlassen willst, dann kannst du gehen.«

Er verharrte reglos in ihrer Umarmung, doch als sie ihn wieder losließ, strahlte sein Gesicht.

»Ich werde fragen, wie wir zu der Gesandtschaft kommen«, bot er sich an und lief los, ohne ihr Einverständnis abzuwarten.

Eine Weile später kam Dewei mit einem zerlumpten, ausgemergelten Mann zurück, der einen Schubkarren zog. Jinrikschas gab es in Peking nicht, hatte Max von Brandt erzählt, denn die Träger der Sedanstühle und Fuhrleute hatten gegen die Einführung einer solchen Konkurrenz protestiert, indem sie sie einfach in den Kanal warfen.

»Der bringt uns zur Gesandtschaft«, rief Dewei erfreut. Viktoria kletterte erleichtert in den Karren und zahlte sogleich zwei Tael, wie der Mann es verlangte. Deweis Mahnung, dass sie hätte handeln sollen, fegte sie zur Seite, denn dazu fehlte ihr jetzt die Geduld.

Sie verschwanden im Dickicht der Hutongs. Viktoria versuchte, ihren Blick von dem Elend abzuwenden, den Gestank nicht wahrzunehmen und in keines jener Gesichter zu blicken, das sich ihr erschöpft oder auch bettelnd entgegenstreckte. Sie schüttelte Hände ab, die nach ihr griffen. Warum war der Schubkarren so langsam? Sie konnte es nicht erwarten, endlich wieder die hohen, eleganten Gesandtschaftsgebäude zu sehen, in eine vertraute, sichere Welt einzutauchen. Von China hatte sie endgültig genug.

Doch statt wieder eine weite Straße zu erreichen, zog der Karren sie immer tiefer in die unüberschaubare, verwinkelte Welt gewöhnlicher Chinesen. Sie begann, ungeduldig mit dem Fuß zu wippen. Für zwei Tael konnte sie durchaus einen schnelleren Transport erwarten. Wenn diese Lumpengestalt den Weg nicht wusste, warum fragte er dann niemanden?

»Vi Ki, das gefällt mir nicht. Vielleicht sollten wir aus dem Karren springen und zurücklaufen«, murmelte Dewei ihr unsicher ins Ohr. Sie schnaubte. Allein durch die Hutongs zu rennen hatte ihr gerade noch gefehlt!

»Ach was, der hat sich verirrt, aber er bringt uns schon irgendwie hin«, meinte sie und klopfte Dewei beruhigend auf die Schulter.

Dann blieb der Karren plötzlich stehen. Viktoria sah sich verwirrt um, konnte aber nur verdreckte, baufällige Hütten entdecken. Es stank so erbärmlich, dass sie sich zum Schutz eine Hand vor die Nase hielt.

»Los, frag ihn, was das soll. Wenn er eine Pause braucht, dann bitte nicht hier«, forderte sie Dewei auf, denn im Augenblick fühlte sie sich außerstande, die melodischen Töne des Chinesischen verständlich auszusprechen. Dewei gehorchte jedoch nicht, sondern starrte nur mit weit aufgerissenen Augen in das Elend seines Landes.

»Worauf wartest du, verdammt!«

In diesem Moment begann der Besitzer des Karrens laut zu rufen. Viktoria spürte erneut eine Hand an ihrem Arm. Sie war schwarz vor Schmutz, mit eitrigem Ausschlag übersät, ließ sich aber nicht abschütteln. Dieser Griff war nicht bettelnd, sondern hart wie eine Fessel. Bevor sie protestieren konnte, hatte Dewei seine Zähne in das abstoßende Fleisch gebohrt. Blut sprudelte hervor. Ein wütender Schrei erklang.

»Vi Ki, raus und lauf! Das ist eine Falle!«, rief der Junge, bevor er selbst vom Karren sprang. Viktoria griff verzweifelt nach dem Koffer mit ihren Besitztümern, an dem bereits etliche Hände zerrten. Es gelang ihr, ihn loszureißen, dann wollte sie aus dem Karren klettern, doch eine Schar elender Gestalten streckte bereits erwartungsvoll die Arme nach ihr aus. Sie wich entsetzt zurück, wurde aber gepackt und zu Boden gerissen. Der Koffer sprang auf. Dreckige Krallen wühlten in ihrer Kleidung, zogen Bücher heraus und warfen sie fort. Viktoria kreischte empört. Fahle, ausgezehrte Gesichter mit Schlitzaugen musterten sie triumphierend. Gottverdammte Chinesen, Ausgeburten der Hölle waren sie! Sie trat um sich, kratzte und biss, versuchte mit aller Kraft, wieder auf die Beine zu kommen. Dann tauchte ein Holzscheit in ihrem Blickfeld auf, verdrängte alle anderen Bilder und sank unbarmherzig auf sie nieder. Schmerz explodierte in ihrem Kopf, bevor Finsternis sie erlöste.

Kapitel 10

Viktorias Lider flackerten. Licht stach in ihre Schädeldecke. Sie wollte ihm entkommen, indem sie wieder die Augen schloss, doch auch im Dunkel fand sie keinen Frieden, denn ihr Kopf wurde von Nägeln durchbohrt, die sie wieder ins Leben zurückzwangen. Sie erblickte eine hölzerne Decke über sich. Unter ihr war es weich. Sie lag auf einer Matte.

»Wie geht es Ihnen?«

Das Englisch war sehr langsam. Die Aussprache etwas undeutlich, aber leicht zu verstehen. Viktoria wandte stöhnend den Kopf in Richtung der Worte.

Eine Chinesin stand vor ihr. Sie trug die schlichte, farblose Kleidung der Bäuerinnen. Falten hatten sich unter ihre Augen gegraben und das schwarze Haar wurde von silbrigen Strähnen durchzogen. Dennoch schien dieses Gesicht anziehend, beinahe schön, obwohl ihm die Zerbrechlichkeit einer Porzellanfigur fehlte, die Viktoria bisher an vornehmen Chinesinnen bewundert hatte.

Die Frau kam näher und hockte sich neben die Matratze.

»Sie haben einen Schlag auf den Kopf bekommen. Ist Ihnen schwindelig oder übel?«

Viktoria versuchte, eben jenen Kopf zu schütteln, doch stöhnte sie sogleich auf.

»Nur ruhig, bleiben Sie liegen. Die Wunde wird verheilen. Sonst haben Sie keine schweren Verletzungen.«

Viktoria ließ ihre Lider zufallen. Die Stimme der Frau war ungewöhnlich tief für eine Chinesin, wohltuend weich und warm. Langsam fügten Bruchstücke sich in ihrem Gedächtnis zusammen und ließen sie wieder auffahren.

»Wo ist Dewei?«, fragte sie entsetzt. »Ein chinesischer Junge, der …«

»Es geht ihm gut. Er ist mit meinem Sohn zur deutschen Gesandtschaft gelaufen, um Hilfe für Sie zu holen. Aber ehrlich gesagt …«

Die unbekannte Chinesin lachte auf.

»Ich glaube nicht, dass man auf der Gesandtschaft hören will, was zwei gewöhnliche Chinesen zu sagen haben.«

Viktoria nahm einen unterschwelligen Vorwurf wahr, konnte aber nicht widersprechen.

»Ich werde eine Nachricht an Max von Brandt schicken. Den deutschen Gesandten«, versprach sie. Dann zwängte sie sich in eine aufrechte Haltung. Der Schmerz wurde schwächer, als hätten ihre Augen sich an die Helligkeit gewöhnt. Sie erblickte einen winzigen, spärlich möblierten Raum mit einer einzigen Fensteröffnung. In einer Ecke türmten sich bunte

Kleidungsstücke, auf denen eine Dämonenmaske thronte. Daneben lehnte ein langer Stab an der Wand, der ihr bekannt vorkam. Ein Tisch stand in der Mitte des Raumes. Auf ihm erkannte sie jene schlichten Tongefäße, die sie während ihrer Reise nach Peking in einigen Herbergen benutzt hatte. Lao Tengfei hatte ihr edleres Essgeschirr aus Porzellan und Jade zur Verfügung gestellt. Sie befand sich nun in einem weitaus ärmlicheren Haus, das dennoch wohnlich wirkte. Aber wie war sie hierher gekommen?

Ratlos blickte sie zu der Chinesin, die gerade ihre Beine ausstreckte. Viktoria sah, was sie in der kaiserlichen Hauptstadt bisher nur an Mongolinnen gesehen hatte: völlig normal entwickelte, gerade Frauenfüße steckten in den schlichten Stoffschuhen.

»Ich stamme aus dem Volk der Hakka. Bei uns werden Mädchenfüße nicht eingebunden«, erklärte die Frau, als habe sie den Grund für das Starren sogleich erraten. Viktoria senkte den Blick, denn sie war wohl unhöflich gewesen.

»Ich weiß, für euch ist hier vieles sehr ungewöhnlich«, fuhr die Chinesin sogleich fort. »Mögen Sie denn unser Essen?«

Viktoria nickte ehrlich.

»Das freut mich, denn es wäre sehr schwer für mich, hier europäisches Essen aufzutreiben«, meinte die Chinesin mit einem leisen Lachen. »Ich werde Ihnen gleich etwas besorgen, denn Sie sollten essen, um wieder auf die Beine zu kommen. Aber zunächst: Ich bin Yazi. Meine Eltern benannten mich nach einer Ente, weil ich bereits als Säugling eine breite, lange Nase hatte, die sie an einen Schnabel erinnerte.«

Viktoria lächelte höflich. Ihr schien die Nase nicht lang, als Europäerin war sie längere Nasen gewöhnt.

»Sie wollen sicher wissen, wie Sie hierher gekommen sind«, fuhr Yazi fort. »Mein Sohn hat Sie gerettet. Er wartete vor dem Haus des Mandarins, da Chuntian versprochen hatte, eine Nachricht zu schicken. Dann sah er Sie hinausgehen. Chuntian hatte von Ihnen gesprochen, und daher folgte er, obwohl er es nicht gleich wagte, Sie anzusprechen. Er hat noch nie mit einer Lao Wai geredet. Dann sah er sie in den Karren des Bettlers steigen.«

Yazi machte eine kurze Pause.

»Diese Bettler sind organisiert. Sie haben Anführer, die regelmäßige Einnahmen und Abgaben von ihnen fordern. Also jedenfalls wusste mein Sohn, dass Sie in eine Falle liefen. Er folgte und griff rechtzeitig ein.«

Viktoria tastete nach der Wunde an ihrem Kopf. Rechtzeitig war es nicht gewesen.

»Die Bettler wollten nur Ihren Koffer und den Beutel, in dem Sie Ihr Geld hatten. Sie hätten beides fortwerfen und weglaufen sollen, dann wäre Ihnen nichts geschehen.«

Viktoria begann leise zu murren.

»Aber es ist alles nicht so schlimm. Ihr Junge hat Ihren Koffer mitgenommen.«

Yazi wies in die Ecke hinter der Matte, auf der Viktoria lag. Tatsächlich, dort ruhte der Koffer, wenn auch reichlich zerbeult.

»Er hat auch alles eingesammelt, was er noch von Ihren Sachen finden konnte. Der Beutel war völlig zerrissen, aber das Wichtigste ist noch da, die Bettler haben es nicht gefunden.«

Yazi beugte sich und griff in ein Seitenfach des Koffers, um die hölzerne Schatulle herauszuziehen, in der Viktoria all ihren Schmuck aufbewahrte.

»Sehen Sie, kein Grund zur Klage. Nur Ihr Geld ist weg.«

Viktoria empfand tatsächlich Erleichterung, nicht aller Erinnerungsstücke beraubt zu sein. Dann rieb sie sich verwirrt die Schläfen.

»Und Sie also sind … sind …«

»Ich bin Chuntians Mutter«, ergänzte die Chinesin.

Eine Weile später verzehrten sie gemeinsam eine Schüssel Reis, in den gebratene Eier gemischt waren. Fleisch, so ahnte Viktoria, war für einfache Chinesen wohl ein selten erschwinglicher Luxus. Sie versuchte, das Gesicht von Chuntians Mutter zu mustern, ohne sie dabei allzu sehr anzustarren. Die geraden, schmalen Augen erkannte sie wieder, doch insgesamt schien Yazi auch im Alter eine gefälligere Erscheinung als ihre Tochter, da ihre Züge harmonischer und weicher waren. Sie hatte eine chinesisch breite, tatsächlich recht lange Nase, die aber nicht störte, sondern drollig wirkte.

Gemein waren Mutter und Tochter die recht gute Kenntnis der englischen Sprache und eine erstaunliche Offenheit im Umgang mit Fremden. Viktoria grübelte, wie sie nach den Gründen fragen konnte, ohne aufdringlich zu werden, als die Tür am anderen Ende des Raumes aufflog.

»Vi Ki!«

Dewei stürmte herein und fiel ihr um den Hals.

»Geht es dir gut? Ich hatte Angst, die hätten dich umgebracht.«

Viktoria fürchtete in seiner Umarmung zu ersticken. Sie hörte Yazi auf Chinesisch mahnen und wurde tatsächlich wieder losgelassen. Gerade wollte sie versichern, dass sie in der Tat nicht schwer verletzt war, als sie einen Schatten in ihrem Rücken spürte.

Sie wusste, wer es war, ohne sich umdrehen zu müssen. Nur verstand sie nicht, warum ihr plötzlich der Herzschlag in den Ohren hämmerte und ihre Hände feucht wurden. Rasch fuhr sie sich durchs Haar, das leider hoffnungslos zerzaust war. Vermutlich glich sie einer zerfledderten Vogelscheuche. Wie ihr Gesicht mit der Wunde an der Stirn aussah, wollte sie besser nicht wissen.

»Wir waren bei der Gesandtschaft, aber man hat uns nicht vorgelassen«, plapperte Dewei drauflos.

»Schon gut, ich werde Max von Brandt schreiben und dann kommt alles in Ordnung«, versicherte Viktoria. Dann fiel ihr ein, dass jemand diesen Brief würde überbringen müssen. Ein bereits einmal abgewiesener Chinese.

»Gesandter in Korea«, kam es aus dem Hintergrund. Ein ebenfalls langsames Englisch mit sehr undeutlicher Aussprache. Nun musste sie sich umdrehen, auch wenn sie schmutzig und unordentlich frisiert war.

Er trug wieder die schwarze Jacke und ein Tuch auf dem Kopf. Woher die lange Nase stammte, wusste sie mittlerweile. Aber er überragte seine Mutter um zwei Haupteslängen.

Dann wurde ihr die Bedeutung seiner Worte klar. Max von Brandt hatte tatsächlich von einer geplanten Reise nach Korea gesprochen, wo er gute Handelsbeziehungen für Deutschland aufbauen wollte. Wie lange würde es wohl dauern, bis er zurückkam? Viktoria fühlte sich plötzlich allein und verloren in der Fremde.

Hinter ihr erklang lautes Chinesisch, doch ihr fehlte die Kraft, einzelne Worte aus dem Singsang herauszufiltern und so eine Ahnung von dem Inhalt des Gesprächs zu bekommen. Jinzi setzte sich an den Tisch und bekam ebenso wie Dewei von Yazi eine Schüssel Eierreis überreicht, die er hochhob, um das Essen mit den Stäbchen hastig in seinen Mund zu schieben. Diese Tischmanieren ließen zu wünschen übrig, aber Viktoria wusste inzwischen, dass selbst vornehme Chinesen gern schlürften und kleckerten, ohne dass jemand daran Anstoß nahm. Nur Dewei mühte sich inzwischen unter ihrem Einfluss ab, beim Essen weder Tisch noch Fußboden zu beschmutzen, was mit Stäbchen aber höchst schwierig war. Jinzi plauderte kauend mit seiner Mutter, ohne Viktoria auch nur anzusehen.

»Rede Englisch, Jinzi, unser Gast kann dich nicht verstehen«, mahnte Yazi nach einer Weile.

Nun huschte sein Blick zu Viktoria. Er streifte sie nur kurz, als sei sie nicht besonders wichtig.

»Wie lange schon in China?«, fragte er. Viktoria erklärte, dass es ungefähr anderthalb Jahre waren.

»Warum dann nicht sprechen unsere Sprache?«

Sie fühlte Hitze auf ihren Wangen. Empört sammelte sie ihre bisherigen Kenntnisse des Chinesischen, auch wenn ihr die Aussprache jetzt sicher nicht gelingen würde.

»Ich lerne. Aber es ist schwer.«

Dewei grinste anerkennend. Auf Yazis Lippen erschien ein zartes Lächeln.

»Siehst du, Jinzi! Und jetzt benimm dich. Sonst meint sie, ich hätte dich schlecht erzogen.«

Das Gesicht des Akrobaten wurde ein wenig dunkler. Offenbar schützte keine Hautfarbe der Welt vor dem Erröten. Viktoria empfand hämische Freude, dass er zurechtgewiesen worden war wie ein unartiges Kind.

»Ich danke Ihnen, dass Sie mir zu Hilfe kamen«, sagte sie dann langsam auf Englisch, um selbst nicht als unhöflich dazustehen. Diesmal musterte er sie nur aus den Augenwinkeln.

»Schon gut. Tote Lao Wai bringen Unglück. Sie kosten Kaiser einen ganzen Palast.«

Viktoria begriff, worauf er anspielte. Als vor über zwanzig Jahren während des zweiten Opiumkrieges mehrere englische und französische Gesandte in Peking gefoltert worden waren, hatten die Engländer ein Invasionsheer losgeschickt, das die sommerliche Residenz der Kaiserfamilie in Schutt und Asche legte, wobei zahlreiche Kunstgegenstände gestohlen wurden. Dadurch waren die Chinesen wieder einmal in die Knie gezwungen worden, sie mussten den Handel mit Opium weiter dulden und außerdem die Einrichtung westlicher Gesandtschaften in der Kaiserstadt genehmigen. Max von Brandt hatte es als einen Akt notwendiger Härte gegenüber einem Volk störrischer Maulesel bezeichnet und Viktoria von dieser Meinung überzeugt. Allerdings war ihr auch klar, dass niemand sich gern zwingen ließ. Sicher waren die Chinesen deshalb zornig, sie selbst wäre es in ihrer Lage ebenso gewesen.

Es missfiel ihr allerdings, nun dafür verantwortlich gemacht zu werden. Sie fuhr herum, ohne sich weitere Gedanken über ihr Äußeres zu machen.

»Meinetwegen wäre sicher kein Palast zerstört worden, keine Sorge. Die Bettler hätten mich einfach in einen Kanal werfen können. Niemand hätte je erfahren, was geschehen war!«

Jinzi ließ kurz die Essstäbchen sinken.

»Warum hier, wo arme, verzweifelte Leute? Warum nicht zuhause?«, meinte er an seine Reisschüssel gewandt, als sei es ihm trotz allem unangenehm, eine derartige Frage auszusprechen, während er ihr ins Gesicht sah. Viktoria erstarrte. Bisher war nur Meigui so unverschämt zu ihr gewesen.

»Ich bin hier, weil ich in meiner Heimat alles verloren hatte und deshalb fortgehen musste. Arme, verzweifelte Leute gibt es überall«, sagte sie so ruhig wie möglich. Dewei drückte kurz ihre Hand, als wolle er sich für das Benehmen seines Landsmanns entschuldigen. Yazi seufzte leise.

»Dann hoffe ich, dass es Ihnen in China gefällt«, meinte sie versöhnlich und warf ihrem Sohn einen mahnenden Blick zu. Jinzi senkte den Kopf. Er schwieg eine Weile, um dann Viktorias inzwischen leere Tasse zu ergreifen.

»Wollen noch Tee?«

Sie nickte, obwohl sie keinen Durst mehr verspürte. Zufrieden sah sie ihn ihre Tasse füllen. Als er ihr das Getränk überreichte, streifte sein Finger für einen winzigen Moment den ihren. Es musste ein Versehen gewesen sein, denn sein Gesicht nahm wieder eine sehr dunkle Farbe an. Sein Blick blieb gesenkt, als habe er Angst, ihr in die Augen zu sehen. Viktoria hätte dieses verkrampfte Benehmen gern belustigend gefunden, doch leider brannten auch ihre Wangen aus unerklärlichen Gründen.

»Es gefällt mir in China«, beantwortete sie schließlich Yazis Frage. Die Höflichkeit zwang sie, dies zu sagen, obwohl sie in diesem Land bereits zwei Anstellungen verloren hatte und zudem noch ausgeraubt worden war.

Dennoch, als sie an dem Tee nippte, schmeckte er auf einmal so aromatisch und frisch, dass sie sich tatsächlich wieder wohlzufühlen begann.

Das Zusammenleben vierer Menschen in einem Raum war beengend. Viktoria zog sich auf ihre Matte zurück, denn allzu viel Bewegung verursachte immer noch Schwindelgefühle und Kopfschmerzen. Dewei gesellte sich an ihre Seite und schlug vor, ihr aus einem der geretteten Bücher vorzulesen. Sie stimmte zu, denn Yazi und Jinzi verstanden genug Englisch, um dadurch ebenfalls unterhalten zu werden.

Indessen begann der Akrobat sich herzurichten. Viktoria sah ihn ein schillernd buntes Kostüm aus dem Kleiderberg ziehen, ihr dann den Rücken zuwenden, um in einer Zimmerecke aus seiner Jacke zu schlüpfen. Dewei las etwas lauter von Oliver Twists Abenteuern und Viktoria begriff, dass sie abgelenkt werden sollte. Peinlich berührt, so aufdringlich gestarrt zu haben, wandte sie ihr Gesicht der Wand zu. Erst als Deweis Stimme wieder leiser geworden war, wagte sie sich wieder umzudrehen. Jinzi kauerte vor einem zerbrochenen Spiegel in der Zimmerecke und schmierte weiße Schminke in sein Gesicht. Langsam und präzise wie eine Dame der Halbwelt vor einem wichtigen Rendezvous zeichnete er schwarze Striche unter seine Augen, zog sie weiter zu schwungvollen Bögen an den Augenwinkeln und malte sich breite, schräge Brauen. Dann band er das prächtige Haar zu einem Knoten und setzte einen mit zahlreichen Gehängen verzierten Hut auf. Schließlich kramte er ein Schwert heraus, ließ es kurz durch die Luft fliegen, um es geschickt wieder am Knauf zu packen. Mit einem raschen Blick in den Spiegel überprüfte er nochmals sein Aussehen, bevor er seiner Mutter kurz zunickte und durch die Tür verschwand.

Viktoria versuchte sich auf Deweis Lesung zu konzentrieren. Ein Abschnitt war ihr entgangen, aber sie kannte den Text. Obwohl das Schicksal des armen Oliver keineswegs erfreulich war, konnte sie nicht aufhören zu lächeln.

Männliche Eitelkeit hatte sie schon bei Anton amüsiert, doch gefiel sie ihr auch.

Sie hörte Yazi im Hintergrund das Geschirr abräumen und schloss die Augen. Sobald sie ein wenig geschlafen hatte und der Kopfschmerz sie endlich nicht mehr plagte, konnte sie überlegen, wie es mit ihrem völlig aus den Fugen geratenen Leben weitergehen sollte.

Ein Schieben in ihrem Rücken riss sie aus wirren Träumen. Es war dunkel geworden. Aus dem Nebengebäude drang der schrille, einsame Gesang einer Frau. Ansonsten schien die riesige Stadt endlich zu schlafen. Sie ertastete Deweis vertrauten, warmen Körper an ihrer Seite. Aber nicht nur er machte ihr den Platz streitig. Nachdem ihre Augen sich an die Finsternis gewöhnt hatten, entdeckte sie ein Stück hinter ihm zwei weitere Gestalten auf der Matte, denn es gab nur eine Schlafstelle in diesem Raum. Yazi lag auf dem Bauch und hatte ihr Gesicht in der Ellenbogenbeuge vergraben. Jinzi ruhte nun ebenfalls reglos am äußersten Ende der Matte. Er hatte ihr den Rücken zugewandt. Dennoch hätte sie schwören können, dass da eine Bewegung gewesen war, als sie sich aufrichtete. Jinzi hatte sie angestarrt, war rasch herumgefahren, als er ihr Aufwachen bemerkte.

Sie hätte es befremdlich, ja beängstigend finden müssen, von diesem fremden Mann heimlich im Schlaf beobachtet worden zu sein. Doch zu ihrer eigenen Überraschung empfand sie Genugtuung, fast rauschende Freude.

Als Viktoria am nächsten Morgen erwachte, war Jinzi bereits verschwunden. Sie fühlte sich nun stark genug, um endlich aufzustehen, sich aus ihrem verschmutzten Kleid zu schälen und nach gründlicher Wäsche einen schlichten, blauen Kittel anzuziehen, den Yazi ihr hinhielt. Dann inspizierte sie den Zustand ihrer Besitztümer. Das Musselinkleid, mit dem sie im schwarzen Straßenschmutz gelandet war, schien hoffnungslos verdorben, aber zum Glück hatte der Rest ihrer Kleidung nur ein paar Flecken abbekommen. Yazi besorgte einen Eimer Wasser und begann emsig zu schrubben. Viktoria bot sich nach einigem Zögern an mitzuhelfen. Sie hatte kein Geld, um die Dienste einer Wäscherin zu bezahlen, und es war ihr daher peinlich, einfach nur zuzusehen. Bald schon schmerzten ihre aufgeriebenen Finger, doch da Yazi emsig weiter wusch, durfte sie selbst nicht aufhören.

»Gewöhnlich trete ich mit Jinzi auf«, erzählte die Chinesin. »Doch meine Knochen werden alt. Vorige Woche bin ich gestolpert und seitdem schmerzt mein Knöchel. Jinzi meinte, ich sollte mir eine Pause gönnen. Aber ich bin es nicht gewöhnt, untätig herumzusitzen.«

Viktoria dachte, dass ein derartiges Herumsitzen Arbeiten wie dieser vorzuziehen war, sprach es aber nicht aus.

»Was machen Sie denn bei den Auftritten?«, fragte sie stattdessen. Angeblich waren die chinesischen Gaukler doch meist Männer.

Yazi lachte auf.

»Geben Sie mir das Schwert!«

Viktoria besorgte den gewünschten Gegenstand, den Jinzi diesmal nicht mitgenommen hatte. Yazi warf es in die Luft, um es dann ebenso geschickt wie ihr Sohn wieder am Knauf aufzufangen.

»Jetzt nehmen Sie den Hocker dort in der Ecke und halten ihn hoch. Das Holz ist bereits morsch, er bricht ohnehin bald zusammen.«

Verwirrt tat Viktoria wie ihr geheißen. Yazi ließ das Schwert von einer Hand in die andere fliegen. Dann säbelte sie mühelos die Beine des Hockers ab, wobei sie sich wie bei einem Tanz drehte und herumsprang. Viktoria wurde plötzlich bewusst, was sie an dieser chinesischen Frau ebenso ungewohnt gefunden hatte wie die ausgewachsenen Füße. Ihr Körper war zwar klein, aber breitschultrig und sie bewegte ihn selbst beim Verrichten der Hausarbeit mit schwungvoller Energie. Jene Zerbrechlichkeit, die den Reiz schöner Chinesinnen wie Meigui ausmachte, fehlte ihr vollkommen, doch glich sie auch nicht den demütigen Bauernmädchen auf den Reisfeldern.

»Wo haben Sie gelernt, mit dem Schwert umzugehen?«, fragte Viktoria fassungslos.

»Im Krieg. Bevor ich auf der Bühne auftrat, kämpfte ich in Schlachten.«

Viktoria blieb die Luft weg.

»Sie haben getötet?«, hauchte sie erschrocken.

Yazi ließ das Schwert plötzlich sinken, als habe sie die Freude am Spiel mit ihm verloren.

»Ja«, erwiderte sie leise. »Ich habe viele Menschen getötet. Damals schien es mir richtig. Ich folgte den Befehlen eines Mannes, der behauptete, den Willen des einzigen, allmächtigen Gottes zu kennen. Und dieser Gott befahl das Morden.«

Sie wandte sich ab.

»Ich werde uns etwas zu Essen besorgen. Bald bricht die Stunde der Ziege an und Jinzi kommt zurück.«

Bevor Viktoria ein weiteres Wort sagen konnte, war die Tür zugefallen. Sie wandte sich an Dewei, der während Yazis Darbietung stumm in der Ecke gesessen hatte, und forderte ihn auf, ihr beim Auswringen der gewaschenen Kleider zu helfen. Dabei rätselte sie, wo sie ihren verbliebenen Besitz zum Trocknen aufhängen konnte. Das Zimmer war so furchtbar klein! Nach draußen wagte sie sich nicht, denn sie hatte bereits genug Stimmen gehört, um zu wissen, dass in diesem Haus noch andere Leute wohnten, allesamt Chinesen. Es musste sich um ein Nebengebäude des Bordells handeln, in dem die Bediensteten untergebracht waren, zu denen offenbar auch Jinzi gehörte, denn er war in seiner prächtigen Aufmachung dort aufgetreten. Viktoria stand nicht der Sinn danach, sich diesen Leuten zu zeigen. So legte sie die Wäsche schließlich auf die Matte, wo tagsüber zum Glück keiner schlief.

Eigentlich war es keine Matte, wie ihr erst jetzt auffiel, eher ein breites Sofa mit einem Fundament aus Ton. Es nahm fast die Hälfte des kleinen Zimmers ein, diente sicher auch als Sitzgelegenheit, doch nun wäre es eben für eine Weile nicht verfügbar.

Zufrieden musterte sie ihre verbliebenen Kleider, zwei für den Winter und ihr altes Sommerkleid aus Musselin, das sie noch aus Hamburg mitgebracht hatte. Zum Glück schienen sie tatsächlich unversehrt. Dann wurde sie von Dewei zaghaft am Ärmel gezupft.

»Vi Ki, wir sollten hier nicht bleiben.«

»Das werden wir auch nicht. Ich muss mich an die Gesandtschaft wenden. Aber … das dauert eben noch, denn eine Nachricht schicken und mich abholen lassen, das will ich nicht. Wenn jemand merkt, in welchem Haus wir hier untergekommen sind, das wäre peinlich.«

Sie hätte sich gern an Max von Brandt gewandt, der es vielleicht ganz amüsant gefunden hätte, dass sie in ihrer Notlage in einem Bordell beherbergt worden war. Der Gesandte hatte den weiten Horizont eines Weltmannes, frei von spießbürgerlicher Moral. Doch konnte sich sein Koreaaufenthalt über Monate hinziehen. Sie musste überlegen, wie es mit ihr nun weitergehen sollte. Max von Brandt hätte vielleicht Vorschläge gehabt. Und mit Sicherheit gute Beziehungen.

»Eigentlich ist es gar nicht so übel hier«, meinte sie und blickte sich in dem kleinen Raum um, der erstaunlich gemütlich wirkte. Abgesehen von der Musik und dem Lachen, das bis spät in die Nacht aus dem Nebengebäude drang, merkte man nichts von den unmoralischen Vorgängen dort. Wenn sie Yazi ein paar Geschenke überreichte, würde sie vielleicht noch etwas länger bleiben können.

»Aber diese Frau ist böse«, rief Dewei nun etwas lauter. »Sie war bei den Taiping. Die haben meinen Großvater getötet. Und meiner Großmutter haben sie ihr Siegel mit einem Dolch in die Stirn geritzt. Sie behielt die Narbe ihr Leben lang. Deshalb erkenne ich es überall wieder.«

Seine Augen waren weit aufgerissen und starrten flehend in Viktorias Gesicht. Sie wollte ihn sogleich wieder einen abergläubischen Dummkopf schelten, dann fiel ihr ein, dass er damals bei den Huntingdons tatsächlich das Taiping-Siegel erkannt hatte.

»Es stimmt, einige von uns taten diese Dinge«, erklang plötzlich Yazis Stimme im Hintergrund. Sie kam ein paar Schritte näher und stellte eine große Reisschüssel auf den Tisch.

»Am Anfang, da liebten uns die einfachen Leute. Sie schenkten uns Essen, als wir hungerten, weil sie hofften, wir würden dieses Land verändern und ihnen ein besseres Leben ermöglichen. Doch wir brachten nichts als endlosen Krieg und Hunger. Da begannen sie uns zu hassen, aber manche von uns wollten diesen Hass nicht hinnehmen und verhielten sich deshalb noch hassenswerter.«

Zögernd streckte sie die Hand nach Dewei aus, der zurückwich.

»Es tut mir leid«, sagte sie leise. »Es war verkehrt, wie so vieles, was wir taten. Aber es ist geschehen.«

Viktoria schluckte nervös. Dieses Gespräch war Teil einer Welt, zu der sie nicht gehörte, deren Härte und Grausamkeit sie abstieß.

»Die Vergangenheit kann man nicht mehr ändern«, warf sie ein. »Aber vielleicht sollten Sie überlegen, wie sie jetzt ihrer

Tochter helfen könnten. Wissen Sie, was mit ihr geschehen ist?«

Yazi neigte den Kopf.

»Sie wurde bestraft, weil sie ihrem Gemahl nicht gehorchte. Diese Gefahr nahm sie in Kauf, als sie sich heimlich mit mir traf. Aber Lao Tengfei gilt nicht als harter Mann. Er wird ihr nach einer Weile vergeben.«

Viktoria fuhr empört auf.

»Er hat sie aufs Land verbannt. Sie konnte nicht einmal ihre geliebten Bücher mitnehmen. Sie stirbt dort vor Langeweile.«

Yazi setzte sich lächelnd an den Tisch.

»Ich habe Menschen an Krankheiten, an Hunger und an Verwundungen sterben sehen, aber niemals vor Langeweile. Ich mache mir mehr Sorgen um Jinzi als um Chuntian.«

Viktoria setzte sich ebenfalls. Das Gespräch hatte eine Wendung genommen, die sie alle Empörung über die Duldung von Chuntians Strafe vergessen ließ.

»Was ist mit ihm? Er ist ein guter Akrobat. So kann er sicher viel Geld machen.«

Yazi begann kleine Schüsseln und Essstäbchen auf dem Tisch zu verteilen.

»Jinzi hat Talent, aber er ist zu störrisch, um sich bei den richtigen Leuten beliebt zu machen, die ihm einen Aufstieg ermöglichen würden. Wir hatten Glück mit Shen Akeu. Sie stört sich nicht einmal an seiner Herkunft.«

Viktoria hatte ohne weiteres Nachdenken begonnen, beim Verteilen des Essgeschirrs zu helfen.

»Was ist denn so schlimm an seiner Herkunft? Ist es, weil Sie von … von diesem Volk abstammen, das keine Frauenfüße einbindet?«

Yazi begann zu lachen.

»Das sieht nicht jeder. Aber den Vater sieht man ihm an.«

»Warum? Wer war sein Vater?«

Nun wurde sie von Yazi eine Weile ungläubig gemustert.

»Sie sehen es nicht? Vielleicht, weil es für sie nicht fremd ist. Jinzis Vater hatte Haare so hell wie Weizen kurz vor der Ernte. Seine Augen erinnerten mich zunächst an eine kostbare Katze, wie sie von reichen Damen gehalten werden, denn sie waren noch blauer als Ihre.«

Eines der Essstäbchen, die Viktoria in der Hand gehalten hatte, landete gerade scheppernd auf dem Tisch, als die Tür aufging. Sie wandte sich um, voller Erwartung, Jinzi genauer mustern zu können. Aber im Türrahmen stand eine Frau.

Aus der Nähe betrachtet wirkte Shen Akeu ein wenig älter. Selbst dick aufgetragene Schminke vermochte die Falten unter ihren Augen und an ihren Mundwinkeln nicht völlig abzudecken, aber diese kleinen Makel änderten nichts an der edlen Harmonie des Knochenbaus, die ihr Gesicht wie das Werk eines Künstlers wirken ließ. Weiche Seide floss an ihrer Gestalt hinab, ließ zarte, mädchenhaft schlanke Köperformen erahnen.

Yazi berührte den Boden mit der Stirn. Viktoria fühlte ein zorniges Stechen in ihrer Brust. Warum musste eine derart starke, kluge Frau sich vor einer Hure erniedrigen? Dennoch knickste sie selbst ohne Zögern, denn ganz gleich wie Shen Akeu zu ihrem Vermögen gekommen war, sie verfügte über die stolze Ausstrahlung eines erfolgreichen, wohlhabenden Menschen. Zum zweiten Mal spürte sie den Blick dieser Unbekannten auf sich ruhen, was ihr den Schweiß aus den Poren trieb. Die alterslos schöne Hure schien ihr die Verkörperung all dessen, was China geheimnisvoll, faszinierend und gleichzeitig abstoßend machte. Raffinierte Pracht ohne jede Moral.

Reger, chinesischer Wortwechsel begann. Die immer noch kniende Yazi klang dabei erstaunlich selbstsicher. Viktoria hörte immer wieder das Wort Lao Wai und nahm den missmutigen Tonfall der Hausherrin zur Kenntnis, von der sie keines weiteren Blickes mehr gewürdigt wurde. Schließlich entschuldigte sich Yazi bei ihr, weil sie mit Shen Akeu fortgehen musste. Ihre Hilfe im großen Haus wurde verlangt, wo auch Jinzi sich bereits aufhielt.

»Es kann dauern. Esst ruhig von dem Reis«, meinte sie zum Abschied. Viktoria wartete eine Weile, doch als ihr Magen verzweifelt zu knurren begann, verspeiste sie allein mit Dewei das Mittagsmahl. Während sie weiter ihre Sachen ordnete und sich von Dewei vorlesen ließ, verging der Tag. Mehrmals schickte sie den Jungen los, damit er frisches Wasser besorgte und den Nachttopf leerte. Bei Anbruch der Dämmerung legte Viktoria sich mit Dewei nieder, denn sie fühlte sich immer noch etwas schwach auf den Beinen, doch wurde sie mitten in der Nacht von Schritten und Stimmengewirr aus dem Schlaf gerissen. Yazi und ihr Sohn zogen rasch ein paar Kleidungsstücke aus, bevor sie ebenfalls auf das Schlafsofa kletterten. Diesmal war die Ordnung anders. Jinzi hatte sich direkt an Viktorias Seite ausgestreckt, was sie wieder hellwach werden ließ. Das seidenglatte, dichte Haar fiel wie ein dunkler Fluss auf ihre hellen Locken. Sie musterte die Form seiner Schultern und rätselte, wie ein Körper gleichzeitig derart muskulös und doch grazil wirken konnte. Die Flächen ihrer Hände verzehrten sich plötzlich danach, zu erfahren, wie seine hellbraune, glatte Haut sich anfühlte. Ein fast vergessenes Ziehen in ihrem Unterleib ließ sie unruhig werden. Nicht einmal der schneidige Max von Brandt hatte es wecken können, als er ihr beim Gesandtschaftsball endlich wieder Gelegenheit gegeben hatte, in seinen Armen einen Walzer zu tanzen. Sie hatte beruhigt in der Überzeugung gelebt, jedes Verlangen nach dem Körper eines Mannes sei mit ihrer Beziehung zu Anton gestorben. Viktoria entwich ein leiser Seufzer. Jinzi drehte sich plötzlich auf den Rücken, sodass seine Schulter fast die ihre berührte. Nur noch ein Fingerbreit von Luft trennte sie voneinander. Viktoria fiel es schwer, ruhig zu atmen, und sie war überzeugt, er müsse das hämmernde Pochen ihres Herzens hören können, denn obwohl er sich nicht regte, hätte sie schwören können, dass der Mann an ihrer Seite ebenso wenig schlafen konnte wie sie selbst. Ein süßlicher Duft stieg in ihre Nase. Er schien nicht völlig unbekannt, doch fiel ihr erst nach einer Weile ein, welch edle Dame heute so gerochen hatte. Ruckartig rutschte sie von Jinzi weg und schmiegte sich so eng wie nur möglich an Dewei.

»Elender Hurenbock«, flüsterte sie mit fest geschlossenen Augen. Auf Deutsch, damit Shen Akeus Liebhaber sie nicht verstand.

Am nächsten Tag beschloss sie zur Gesandtschaft zu gehen, denn es gab nichts mehr, das sie in diesem kleinen Zimmer hielt. Während Yazi loszog, um ein Frühstück zu besorgen, legte Viktoria ihr grünes Wollkleid zurecht. Die Temperatur war schlagartig abgekühlt, ebenso wie ihre Stimmung. Sie konnte sich allerdings weder waschen noch umkleiden, da Jinzi hinter ihr stumm am Tisch saß und ein paar Papiere durchsah.

»Es wäre sehr nett, wenn Sie mich heute zur Gesandtschaft begleiten würden«, meinte Viktoria beiläufig. Er blickte auf und zwang ein Lächeln auf sein Gesicht.

»Natürlich. Mit Lao Wai darf ich vielleicht hinein.«

Viktoria seufzte.

»Wenn Sie unbedingt die Gesandtschaft von innen sehen wollen, dann ist es sicher möglich.«

Er neigte höflich den Kopf. Sie verstand nicht, warum sie den Wunsch verspürte, ihn zu ohrfeigen.

»Und vielleicht könnten Sie auch versuchen, Ihrer Schwester zu helfen«, griff sie ein Thema auf, das ihr immer noch keine Ruhe ließ. »Sie könnte doch hier leben, bei Ihnen und Ihrer Mutter. Gibt es denn keine Möglichkeit für eine chinesische Frau, ihren Gemahl zu verlassen?«

Zum zweiten Mal erlebte sie nun den Zorn eines chinesischen Mannes. Es war ähnlich wie bei Lao Tengfei. Jinzis Gesicht blieb reglos glatt, nur seine Augen sprühten plötzlich Funken.

»Und was hier machen? Wovon leben? Sollen arbeiten für Shen Akeu?«

Viktoria blieb die Luft weg. Wie konnte er seiner eigenen Schwester wünschen, ebenfalls eine Hure zu werden?

»Diese Mädchen zäh«, fuhr er etwas ruhiger fort. »Aber Chuntian zart wie Rose. Sie kann nicht so leben.«

Das stimmte. Bei der Vorstellung, Chuntian, die vor jeder Berührung zurückschreckte, müsste sich an wildfremde Männer verkaufen, wurde Viktoria beinahe übel.

»Warum reden mit meiner Mutter über Chuntian?«, echauffierte Jinzi sich weiter. »Warum nicht geben Frieden? Sie glauben, es ist einfach, eigenes Kind verlassen? Lao Wai nichts wissen, aber immer sehr klug.«

Er sprang mit sehr unchinesischer Heftigkeit auf und brachte dadurch den Tisch zum Wackeln. Dann stürmte er hinaus.

Viktoria hatte das Gefühl, nun selbst geohrfeigt worden zu sein. Ratlos sank sie auf das Schlafsofa.

»Das habe ich wieder einmal großartig hinbekommen«, meinte sie zu Dewei, der seine Zustimmung durch Schweigen ausdrückte. Unruhe zwang Viktoria wieder auf die Beine. Jinzi hatte die Papiere zurückgelassen. Neugierig griff sie danach und erstarrte.

Sie wusste sogleich, worum es in diesen Zeichnungen ging, doch wäre ihr niemals in den Sinn gekommen, dass die triebhafte Sehnsucht der Männer auf so verschiedene Weisen befriedigt werden konnte. Sie sah eine Frau breitbeinig auf einem Mann reiten, als sei er ein Pferd. Auf dem nächsten Bild waren die Schenkel der Frau gespreizt und ein Mann küsste jene unaussprechliche Stelle ihres Körpers, der sein ganzes Verlangen galt. Viktoria schämte sich für die feuchte Wärme, die plötzlich zwischen ihren Beinen aufkam. Sie verstand nicht, welchen Genuss Männer aus solchen Küssen zogen.

Dann erahnte sie einen Schatten in ihrem Rücken und ließ die Blätter erschrocken fallen. Schweiß trat aus jeder Pore ihres Körpers. Falls Jinzi sie jetzt erwischt hatte, würde sie sogleich ihren Koffer packen und mit Dewei aus dem Haus rennen, ohne dem unverschämten, verderbten Akrobaten auch nur ins Gesicht zu sehen.

»Gibt es bei Ihnen keine solchen Zeichnungen?«, erklang Yazis völlig gelassene Stimme. Viktoria wandte sich mit rasendem Herzen um und fühlte eine Last von ihren Schultern gleiten, als sie sah, dass die Chinesin allein war. In aller Ruhe stellte Yazi eine große Schüssel und eine Kanne auf dem Tisch ab.

»Ich dachte, überall auf der Welt würden Menschen diese Dinge tun. Und auch Bilder davon malen. In Europa nicht?«

»Ich weiß es nicht«, gestand Viktoria. Ihr fiel ein, dass Anton diese Frage hätte sicher beantworten können.

»Auch das ist wohl überall auf der Welt gleich«, sagte Yazi lächelnd, während sie wieder Essschüsseln aus einem kleinen Regal holte. »Männer dürfen es lernen. Aber anständige Mädchen werden in ihrer Hochzeitsnacht wie Lämmer geschlachtet.«

Viktoria widersprach nicht, denn dass sie selbst bereits vor der geplanten Hochzeit Unterricht gehabt hatte, musste niemand mehr wissen.

»Wo ist Jinzi?«, fragte Yazi, als sie die Sojamilch aus der Kanne in kleine Tonbecher füllte.

»Er ist … er ist hinausgerannt.« Viktoria wich Yazis Blick aus.

»Ich habe ihn wohl verärgert.«

Sie sah Dewei zustimmend nicken. Yazi aber lachte nur.

»Meinen Sohn zu verärgern ist nicht schwer. Er hat das Wesen eines Tigers, willensstark und herrisch, obwohl er im Jahr des Hahns geboren wurde. Daher rührt nur seine Loyalität. Lass ihn eine Weile in seinem Zorn schmoren, dann kommt er zurück.«

Sie öffnete die große Schüssel, in der Teigklößchen lagen, wie sie bereits gestern zum Frühstück serviert worden waren. Viktoria gelang es mittlerweile recht gut, sie auf den Stäbchen zu balancieren. Sie legte drei davon in ihrem kleinen Essschälchen ab. Die Gemüsefüllung schmeckte köstlich.

»Wie ich schon sagte, Jinzi macht mir Sorgen«, fuhr Yazi fort. »Ständig stößt er Leute vor den Kopf. Auf diese Weise wird er überall zum Außenseiter. Er verbaut sich jede Aussicht auf eine annehmbare Zukunft.«

Diese Worte hätten Viktoria eigentlich beruhigen sollen, denn sie nahmen alle Schuld an Jinzis Benehmen von ihren Schultern. Aber anstatt Erleichterung zu verspüren, empfand sie den unerklärlichen Drang, diesen störrischen Dickkopf zu verteidigen.

»So düster kann seine Zukunft nicht aussehen. Er ist doch wirklich ein geschickter Akrobat und außerdem … na ja, er sieht gut aus.«, entgegnete sie. Yazi schwieg, aber ihre Augen lachten in einer schelmischen Art, die Viktorias Wangen zum Glühen brachte. »Ich meinte nur, dass sein Aussehen ihm bei den Auftritten sicher hilft, weil … weil er den Frauen gefällt«, fügte sie mit Nachdruck hinzu.

»Das weiß ich«, meinte Yazi nur. »Doch ein mittelloser Akrobat ist ein Niemand. Er muss Demut und gefälliges Benehmen lernen, um Unterstützung zu finden.«

Mit einem Mal fühlte Viktoria sich Jinzi sehr nahe. Sie hatte selbst mehrfach erfahren müssen, dass Demut eine bittere Pille war, die sich nur schwer hinunterwürgen ließ und einen sehr unangenehmen Nachgeschmack hatte.

»Er könnte doch auch diese Beamtenprüfungen ablegen«, sagte sie nach kurzem Überlegen. »Dann wäre er kein Niemand, sondern ein Mandarin.«

Sie bemerkte Yazis fassungslosen Blick und fügte sogleich hinzu, dass Lao Tengfei es ihr so erklärt hatte. Jeder chinesische Mann hatte das Recht, zu diesen Prüfungen anzutreten. Es war ein erstaunlich gerechtes System.

»Das gilt nicht für ehrlose Existenzen wie Bettler und Schauspieler«, wurde ihre Illusion sogleich zerstört. »Und wie soll ein armer Junge, der für seinen Lebensunterhalt schuften muss, die Zeit finden, jahrelang zu studieren? Selbst wenn er aus Ehrgeiz auf Schlaf verzichtet, er kann sich weder Bücher noch Lehrer leisten. Außerdem wäre das alles nichts für Jinzi. Er liebt die Bühne zu sehr, um in der Schreibstube zu hocken.«

Viktoria senkte den Kopf. Die Welt der Chinesen schien auf den ersten Blick ein Reich voll unverständlicher Exotik, doch bei genauerem Hinsehen tat sich durchaus viel Vertrautes auf.

Yazi klemmte eine weitere Teigtasche zwischen ihre Stäbchen.

»Shen Akeu scheint mit Jinzi aber gut zurechtzukommen. Er achtet sie und murrt nicht, wenn sie ihm Anweisungen erteilt. Vielleicht, weil sie auch ihn achtet. Sie verlangt nichts von ihm, das er nicht ertragen könnte.«

Viktoria unterdrückte mühsam ein bissiges Grinsen. Die Zeichnungen fielen ihr ein. Kaum ein Mann würde als unerträglich empfinden, diese Dinge mit einer schönen Hure tun zu müssen.

»Was könnte sie denn so Schlimmes von ihm verlangen?« fragte sie spitz.

Yazi schien den spöttischen Unterton nicht zu hören. Ihr Gesicht blieb ernst, war auf ihre Essschüssel gerichtet.

»Sie wissen, was für ein Haus das hier ist?«

Viktoria nickte zaghaft. Diesen Umstand unausgesprochen zu lassen wäre ihr lieber gewesen.

»Jinzi tritt dort auf, um Gäste zu unterhalten«, fuhr Yazi fort. »Es gibt Männer, die einen schönen Jüngling den hübschesten Mädchen vorziehen.«

Viktoria wurde kalt. Sie wäre am liebsten aufgestanden und fortgelaufen.

»Aber Jinzi darf das ablehnen«, meinte Yazi. »Sogar die Mädchen dürfen manche Männer ablehnen, wenn es nicht zu oft geschieht. Shen Akeu ist eine großmütige Frau.«

Viktoria wurde schlagartig bewusst, dass sie sich in einer fremden Welt befand. So nah ihr Chuntian, ihre Mutter und ihr Bruder auch manchmal gewesen waren, lebten sie dennoch nach Regeln, die sie selbst niemals würde verstehen und hinnehmen können. Sie legte die Essstäbchen zur Seite, obwohl ihr Hunger noch nicht gestillt war. Jetzt war es Zeit zu gehen.

»Wir müssen zur Gesandtschaft«, wandte sie sich an Dewei, der schweigend gegessen hatte. »Du kennst doch den Weg?«

Der Junge nickte. Sie stand auf und begann hastig ihren Koffer zu packen. Dewei half brav mit. Viktoria verstand nicht, warum ihr trotz aller Entschlossenheit Tränen in die Augen stiegen. Aber sobald sie wieder unter ihren eigenen Leuten war, würde diese lästige Schwermut sicher nachlassen.

Kurz bevor sie den Deckel des Koffers zuklappte, wurde ihr bewusst, dass sie Yazi und Jinzi Dank schuldete. Sie erwog, eines ihrer Bücher als Geschenk anzubieten, aber konnte Yazi überhaupt auf Englisch lesen? Es wäre peinlich gewesen zu fragen. Da Viktorias Beutel mit allen Taels verschwunden war, blieb nur noch die Schmuckschatulle. Grübelnd betrachtete sie ihre verbliebenen Schmuckstücke. An jedem Juwel hing ihr Herz, doch hatte Yazi eine teure Gabe durchaus verdient. Viktoria fragte sich, was der Schwertkämpferin gefallen könnte. Sie trug keinen Schmuck, abgesehen von einem schmalen Jadering an ihrer linken Hand. Schließlich ergriff Viktoria die offene Schatulle, um sie Yazi hinzuhalten.

»Bitte, suchen Sie etwas aus«, zwang sie sich zu sagen, obwohl eine Nadel in ihre Brust stach. Yazi könnte den Drachenreif nehmen. Oder die alten Granaten. Aber Viktoria war entschlossen, diesen Verlust ohne Murren hinzunehmen.

»Aber nein, ich möchte nichts«, meinte die Chinesin lächelnd. Viktoria seufzte innerlich. Nun stand ihr eine längere

Verhandlung bevor, sie musste auf ihrem Angebot beharren, das Yazi wiederholt zurückweisen würde. Nachzugeben und die Schatulle einfach wieder zuzuklappen wäre in China noch unhöflicher gewesen als überhaupt nichts anzubieten.

Doch plötzlich blitzten Yazis Augen auf. Sie griff in die Schatulle und nahm das schlichteste Schmuckstück heraus, dessen Existenz Viktoria fast vergessen hatte: jenen grünen Jadering, Margarets heimliches Abschiedsgeschenk.

Bisher war Yazi der Inbegriff gelassener Heiterkeit gewesen, doch nun zitterten ihre Hände. Sie legte den Ring auf den Tisch, zog gleich darauf ihren eigenen vom Finger. Viktoria bemerkte eine Ähnlichkeit, doch fand sie nichts Ungewöhnliches daran. Chinesen fertigten Schmuck und Kleidung nach traditionellen Mustern an, schienen eher geschickt in der Verarbeitung winziger Details denn besonders einfallsreich. Yazi tastete nun beide Ringe ab und hielt sie sich dicht vor die Augen. Schließlich bebten ihre Arme so stark, dass sie die Ringe fallen ließ.

»Sehen Sie! Sehen Sie!«

Yazi hob die Ringe wieder auf, um sie Viktoria hinzuhalten. Auf beiden war zwischen Blumenmuster eine winzige, europäische Jahreszahl eingraviert. 1864. Chinesische Schriftzeichen umrahmten sie.

»Woher haben Sie diesen Ring?«

Yazis Gesicht war spitz und schmal geworden. Ihr Mund zuckte, als kämpfe sie mühsam einen Weinkrampf nieder. Viktoria sank auf den Stuhl. Ganz langsam fügten Splitter sich in ihrem Kopf zu einem schemenhaften Bild zusammen, das etliche Lücken aufwies.

Sie hatte die Möglichkeit kurz erwogen, aber wieder verworfen. Es gab allein in Peking über zweihundert westliche Männer, die sicher auch Liebschaften mit Chinesinnen eingingen, schon weil es an westlichen Frauen mangelte. Ein solcher Zufall war ihr zu unwahrscheinlich erschienen.

Aber war es ein Zufall? Warum hatte Margaret sie so schnell in Lao Tengfeis Haus geschickt, so sichtlich erfreut über ihr Einverständnis, diese Stellung anzunehmen? Sie musste geahnt haben, dass dort eine Verbindung zu Yazi bestand.

»Jinzis Vater hieß Andrew Huntingdon«, stellte Viktoria fest. Fragen waren überflüssig. Sie musterte Yazis verstörtes Gesicht, das sich ihr flehend zuwandte.

»Wie geht es ihm? Ist er glücklich? Hat er … hat er eine Frau aus seinem Volk gefunden?«, stieß die Chinesin flüsternd hervor.

Viktoria meinte durch ein Labyrinth zu irren.

»Sie wissen nicht, wo er ist?«

Yazi schüttelte den Kopf. Nun flossen Tränen ungehemmt über ihre Wangen.

»Dann erzählen Sie mir bitte, wie Sie ihn kennengelernt haben«, begann Viktoria, um dieses Knäuel an undurchsichtigen Informationen entwirren zu können.

Buch 2

Kapitel 1

Yazis Leben begann im fünfzehnten Regierungsjahr des Kaisers Dao Guang, 1835 nach westlicher Zeitrechnung. Sie wuchs in einem mehrstöckigen Rundbau auf, wo ihre Familie zwei Räume bewohnte. Eine wehrhafte Außenmauer versprach trügerische Sicherheit. Die Quartiere der anderen Dorfbewohner schmiegten sich ebenfalls an diesen Schutzwall, sodass ein Kreis gebildet wurde. Inmitten des Rundbaus war eine freie, mit Gras bewachsene Fläche. Dort trieben alle Bauern des Abends ihr Vieh hin, hängten Wäsche an einem breiten, wuchtigen Baum auf und trafen sich zum Plaudern, während in Holzkäfigen gefangene Vögel frische Abendlüfte genießen durften. Das Dasein aller Lebewesen, die Yazi kannte, beschränkte sich auf diesen Bau und ein paar Reisfelder in der hügeligen Umgebung, die seit Generationen ihrem Volk, den Hakka, gehörten. Neben den Abgaben an den Mandarin, der über diese Gegend herrschte, galt es die Räuberbanden zufriedenzustellen, mit denen die kaiserlichen Soldaten nicht fertig wurden. Nur Schutzgelder retteten das Dorf vor regelmäßiger Plünderung, denn die Bambusmauern des Rundbaus hätten die Räuber auf Dauer nicht abwehren können. Yazi fertigte gemeinsam mit ihrer Mutter und ihren Schwestern des Abends Stickereien auf Gürteln und langen, schwarzen Röcken an, die bei Dorffesten zur Schau gestellt werden konnten. Manchmal brachen ihr Vater und ihre Brüder auf, um diese Arbeiten und den Ertrag der Felder in den umliegenden Städten zu verkaufen. Yazi hatte kein klares Bild von dem Rest der Welt und die Sehnsucht nach dem Unbekannten plagte sie kaum, da das Verrichten der notwendigen Arbeiten ihr wenig Zeit ließ, Träumen nachzuhängen. Sobald die Männer losgezogen waren, lag die Verwaltung des Dorfes in den Händen der Frauen. Sie arbeiteten auf den Feldern, trieben das Vieh ein und nahmen Reparaturen an dem uralten Rundbau vor. Keine Frau des Dorfes hatte Lotusfüße. Die meisten von ihnen hatten sich ihre Ehemänner selbst im Dorf ausgesucht. Sie wiesen die übrigen Bewerber so lange ab, bis der Auserwählte endlich seinen Mut zusammennahm und um ihre Hand anhielt. Doch schien ein solches Leben Yazi zu selbstverständlich, um es als glücklich oder auch ärmlich zu empfinden. Sie war Teil eines Ganzen, das sie ernährte, schützte und ihrem Leben Bedeutung gab. Sie kannte Geschichten über Helden, Geister und Götter, konnte unsichtbare Welten in ihrem Kopf entstehen lassen, wenn sie kurz vor dem Einschlafen die Ruhe dazu fand. Doch niemals wäre es ihr in den Sinn gekommen, sich ein Leben abseits dieser Gemeinschaft auszumalen.

Manchmal waren Gäste gekommen. Händler, die Schutz vor den Räubern oder vor Unwetter suchten, wurden in dem Rundbau großzügig bewirtet und hinterließen Geschenke, um sich für die Gastfreundschaft zu bedanken. Daher fand Yazi nichts Ungewöhnliches daran, als das Tor eines Abends geöffnet wurde, weil Reisende sich verirrt hatten und eine Bleibe für die Nacht suchten. Fünf berittene Männer mit Schwertern am Gürtel kamen herein, gefolgt von einer Sänfte, die von ihren Trägern in der Mitte des Rundbaus abgestellt wurde. Yazi war beeindruckt von den zarten, hellblauen, goldbestickten Vorhängen, aus denen ein schmächtiger Mann in langer, verzierter Robe stieg. Er schien ihr sehr jung, fast mädchenhaft mit seinen feinen Gesichtszügen. Ein nervöses Zucken gönnte seinem linken Auge keine Ruhe.

»Ein junger Gelehrter. Der Sohn eines Mandarins aus Nanjing«, erklärte Yazis älteste Schwester Hiun, die stets alle Neuigkeiten als Erste herausbekam. »Er hat in Guangzhou seinen Onkel besucht, der ihm dabei helfen soll, die Beamtenprüfung zu bestehen.«

Yazi stufte den schmächtigen Jüngling schnell als unwichtig ein. Er schien zu schwach, um irgendeine sinnvolle Tätigkeit auszuüben, huschte dahin, als fürchte er sich vor dem eigenen Schatten. Doch für einen Moment blieb er stehen, um die versammelten Dorfbewohner zu mustern. Yazi staunte, wie rasch alle sich ehrfurchtsvoll verneigten, aber sie folgte gehorsam dem Beispiel.

»Es ist uns eine Ehre, den edlen Herrn in unserem bescheidenen Heim begrüßen zu dürfen«, verkündete der Dorfälteste sogleich. »Wir hoffen, dass er uns die Freude erweist, gemeinsam mit uns zu speisen.«

Der Jüngling sah verwirrt aus. Einer seiner Begleiter flüsterte ihm etwas ins Ohr. Er verzog das Gesicht, bevor er eine Antwort murmelte.

»Rong Yingxiong, Sohn des edlen Rong Dongji aus Nanjing, fühlt sich geehrt, eure Einladung anzunehmen«, entgegnete dieser Begleiter dann laut an die Dorfgemeinde gewandt. Yazi fragte sich, ob der fremde Jüngling auch zu schwach war, um mit hörbarer Lautstärke zu reden.

»Er versteht vermutlich unsere Sprache nicht. Die Han aus Nanjing haben einen anderen Dialekt«, flüsterte Hiun ihr sogleich ins Ohr. Der Fremde stieg dadurch nicht in Yazis Achtung. Sein Gesicht hatte keinerlei Freude ausgedrückt, hier mit ungewohntem Aufwand bewirtet und geehrt zu werden.

Dennoch folgte sie den Weisungen ihrer Mutter, zog den schwarzen Rock mit den schönsten Stickereien an und frisierte ihr Haar zu einem Knoten. Hiun nahm wie immer den meisten Schmuck der Familie für sich in Anspruch. Yazi verspürte keinerlei Verlangen, ihr diese Schätze streitig zu machen, denn die langen, hängenden Ohrringe zerrten stets an ihren Ohrläppchen und auch die Ketten schienen ihr nur unnötiges, lästiges Gewicht am Hals.

Sie saßen im Mondlicht im Innenhof des Rundbaus. Zwei Männer spielten auf der Flöte und auf der Ruan, einem Saiteninstrument. Hiun, die stolz auf ihre helle, klare Stimme war, sang dazu ein altes Liebeslied:

Hast du einen Hut auf dem Kopf,
so brauchst du keinen Schirm.
Mein Liebster, du hast mich,
also schaue nicht nach anderen Mädchen.
Du kannst nicht zwei Sorten Wein
in einen Becher füllen.
Es können nicht zwei Arten von Knospen
am selben Baum erblühen.

Yazi gefiel die Melodie. Sie genoss den mit Reis gefüllten Entenbraten, den die Dorffrauen in aller Eile für den Ehrengast zubereitet hatten, und leerte einen Becher Reiswein. Die feierliche Stimmung versöhnte sie ein wenig mit dem Fremdling, der sie ausgelöst hatte. Morgen würde er abreisen und das Leben konnte wieder seinen gewohnten Lauf nehmen.

Der Jüngling schien besserer Laune als bei seiner Ankunft, denn er plauderte lachend mit seinen Begleitern, schenkte den Dorfbewohnern aber weiterhin kaum Beachtung. Hiuns neugierige, lockende Blicke prallten an der Mauer seines Hochmuts ab, was Yazi ein spöttisches Grinsen entlockte. Für den edlen Herrn aus Nanjing war auch die Schönheit des Dorfes nur ein unwichtiges Bauernmädchen.

Hoffentlich sah Hiun keinen Grund, diesem hochnäsigen Schwächling auch noch Tränen nachzuweinen, denn sie genoss es meistens, ihre Umwelt durch heftige Empörung über unerfüllte Wünsche zu plagen.

Es war bereits finstere Nacht, als die Dorffrauen begannen, das Geschirr abzutragen. Der edle Jüngling musste von seinen Begleitern gestützt werden, als er den Weg zu seinem Schlafraum antrat, denn er hatte zu viel Reiswein genossen, um noch selbständig gehen zu können. Trotz der starken Arme, die ihn hielten, geriet er ins Torkeln, stolperte und trat gegen einen Stein, der einen der bereits schlafenden Dorfhunde traf. Es war ein großes, geflecktes Tier, zuverlässig, aber auch reizbar. Derart in seiner Ruhe gestört zu werden, brachte ihn dazu, laut bellend loszustürmen. Der Jüngling begann sogleich zu schreien, wodurch er den Hund noch mehr in Rage brachte. Yazi sah, wie einer seiner Begleiter den Dolch zog, um damit dem heranrasenden Hund entgegenzutreten. Sie erstarrte für einen Moment, legte dann die leeren Schüsseln zu Boden.

Als dieser Hund ein Welpe gewesen war, hatte sie ihn mit Ziegenmilch aufgezogen, nachdem seine Mutter gestorben war. Vor zwei Jahren war der Hunger gekommen, nachdem Stürme die Reisernte vernichtet hatten. Die meisten Hunde des Dorfes waren geschlachtet und verspeist worden, doch hatte Yazi es geschafft, diesen einen zu retten, indem sie ihn in einer nahe gelegenen Höhle festband und die spärlichen Mahlzeiten mit ihm teilte. Ihr Vater war hinter ihr Geheimnis gekommen, aber er hatte geschwiegen, obwohl der Hunger auch sein Gesicht immer schmaler und knochiger hatte werden lassen. Sollte dieses Leben, das sie mit aller Kraft verteidigt hatte, nun wegen eines panischen, betrunkenen Jünglings vernichtet werden?

Yazi lief los, ohne weiter zu überlegen. Sie stellte sich zwischen den Hund und den Dolch, sprach ein paar beruhigende Worte und sah erleichtert, wie das aufgebrachte Tier sich zu ihren Füßen niederlegte und ihre Hand zu lecken begann. Dann drehte sie sich um.

Der Dolch war zurück an den Gürtel gesteckt worden. Die Begleiter des Jünglings tuschelten kichernd. Im Licht des Mondes sah sie das schmale, nervöse Gesicht des jungen Gelehrten. Sein linkes Auge zuckte wie die Flügel eines Insekts, das losfliegen wollte, es aber nicht schaffte. Ihr schien, als sei sie noch niemals im Leben derart durchdringend angestarrt worden, als wolle jemand seinen Blick bis in die Tiefen ihres Wesens bohren. Sie verstand nicht, was ein edler, gebildeter Jüngling wie Rong Yingxiong dort zu finden hoffte.

»Unser junger Herr will den Namen dieser Heldin wissen, die ohne Waffen ein wildes Tier zu zähmen vermag«, übersetzte der Mann, der seinen Dolch gezogen hatte, eine Frage des Fremdlings. Yazi sah ihre Mutter mit stolz leuchtendem Gesicht dastehen. Hiun warf ihr einen giftigen Blick zu. Das Tuscheln in ihrem Rücken war ein immer lauter werdender pfeifender Wind.

Sie strich noch einmal über den Kopf des Hundes, dann hob sie die Schüsseln wieder auf.

Morgen würde dieser schreckhafte Mann endlich abreisen. Sie sehnte sich nach dem vertrauten Tagesablauf, der durch seine Ankunft unnötig durcheinander geraten war.

Nachts lag sie wie immer zwischen Hiun und ihrem Bruder. Gewöhnlich schlief sie ein, sobald alle Lichter gelöscht waren, doch diesmal wollte die vertraute Schwere sich nicht auf ihre Lider legen. Im Nebenraum brannte noch eine Kerze, die das Dunkel störte. Stimmen drangen herein. Die Körper ihrer Eltern fehlten auf dem Kang, wo die ganze Familie schlief.

Yazi stand vorsichtig auf und schlich zu dem Vorhang, der die zwei Räume voneinander trennte. Sie tat nur ungern verbotene Dinge, doch nun wurde sie von einer unerklärlichen Unruhe getrieben. Etwas war anders als sonst.

»Mir gefällt es nicht«, hörte sie ihren Vater sagen. »Wir wissen nichts über diesen Mann. Vielleicht gibt er nur vor, der Sohn eines reichen Mandarins zu sein.«

»Du hast doch die Sänfte gesehen. Seine bewaffneten Begleiter. Seine Kleidung. Wie kannst du da noch zweifeln? Unsere Tochter wird ein wundervolles Leben haben«, entgegnete ihre Mutter energisch.

Yazi fröstelte. Wollte der Fremdling Hiun mitnehmen? Ganz gleich, wie oft sie sich mit ihrer Schwester schon gezankt hatte, wollte sie nicht ganz auf deren Gegenwart verzichten müssen.

»Wir wissen kaum etwas von dem Leben reicher Stadtmenschen«, warf ihr Vater ein. »Und er gehört zum Volk der Han, die ihre Frauen einsperren. Das ist kein Leben für unsere Tochter. Sie liebt die Arbeit im Freien.«

»Sie wird sich daran gewöhnen, in einem prächtigen Haus zu leben, und es gar nicht mehr verlassen wollen«, meinte ihre Mutter nur. Dann fuhr sie etwas leiser fort: »Der Dorfälteste sagte doch schon, dass wir das Angebot nicht ablehnen können. Wir brauchen das Geld, um die Banditen endlich zufriedenzustellen. Außerdem wäre es unklug, den Sohn eines Mandarins zu verärgern. Wir haben keine andere Möglichkeit, als seine Wünsche zu erfüllen.«

Yazi staunte über ihre eigene Dreistigkeit, als sie einfach den schweren Vorhang zur Seite schob. Doch weitaus mehr staunte sie über die schuldbewussten Blicke ihrer Eltern, denn sie selbst hatte doch durch heimliches Lauschen und freches Verhalten Schuld auf sich geladen.

»Ich will nicht«, sagte sie nur. »Ich will nicht mit diesem Fremden fortgehen. Bitte, lasst mich hier bleiben, einen Mann aus dem Dorf heiraten. Oder einen aus der Nachbarschaft, damit ich in eurer Nähe sein kann.«

Sie suchte vergeblich nach den Gesichtern ihrer Eltern, die sich von ihr abgewandt hatten. Hilfloses Schweigen war die Antwort auf ihr Flehen. Es war wie damals, als man beschlossen hatte, alle Hunde zu schlachten, um hungrige Mägen zu füllen. Manchmal mussten Opfer gebracht werden, damit die Gemeinschaft überleben konnte.

Sie hatte es immer gewusst. Und verstanden. Aber niemals wäre ihr in den Sinn gekommen, eines Tages selbst ein solches Opfer sein zu müssen.

Yazi trug den schönsten Rock, den Hiun jemals angefertigt hatte. Er fiel in Falten bis zu ihren Knöcheln und kunstvolle Seidenstickereien zierten den Saum. Die Schlichtheit ihrer indigoblauen Jacke brachte diese Pracht noch mehr zur Geltung. Um ihren Hals hingen zwei Silberketten, der kostbarste Besitz ihrer Familie. Sie wusste, dass ihr damit ein großzügiges Geschenk gemacht wurde.

»Wenn mein Gemahl mich verstößt, kann ich mit dem Schmuck dann wieder zu euch kommen?«, fragte sie hoffnungsvoll, doch das Gesicht ihrer Mutter wies sie zurück.

»Du musst dafür sorgen, nicht verstoßen zu werden. Dein Platz ist jetzt an der Seite deines Mannes.«

Der Vater hielt sich im Hintergrund und vermied es, seine Lieblingstochter anzusehen, als wolle er sich bereits an ihre Abwesenheit gewöhnen. Ihre drei Brüder machten derbe Scherze über Bräute in der Hochzeitsnacht. Früher hätte Yazi sogleich schlagfertige Antworten gefunden, doch nun lag ein Stein auf ihrer Brust, der sie willenlos und schweigsam machte, denn sie war hauptsächlich damit beschäftigt, sein Gewicht zu ertragen. Immer wieder versuchte sie, Hiuns Blick zu erhaschen, doch seitdem ihre Verlobung mit dem Sohn eines Mandarins bekannt geworden war, ging die ältere Schwester ihr aus dem Weg. Yazi konnte ihr nicht einmal sagen, wie gern sie diese Zukunft an eine andere Frau abgetreten hätte, um selbst im Dorf bleiben zu können.

Die Mutter kämmte ihr sorgfältig das Haar und schlang es zu einem Knoten, der mit Nadeln festgesteckt wurde. Yazi genoss diesen Augenblick mütterlicher Aufmerksamkeit, der sie an ihre frühe Kindheit erinnerte. Der breitkrempige, schwarze

Hut, der bei den verheirateten Frauen ihres Dorfes üblich war, wurde Yazi jedoch nicht aufgesetzt, vermutlich, weil er dem edlen Fremdling nicht gefallen hätte.

Yazis Augen versuchten jedes winzige Detail ihres Zuhauses aufzusaugen, um diese Bilder für immer in ihr Gedächtnis zu meißeln. Eine Feuerstelle in der Ecke, Schüsseln, Töpfe und hölzerne Löffel für das tägliche Essen. Ein Tisch aus Bambus, zwei Hocker und eine Bank. An dem schweren Vorhang, der Ess- und Schlafraum voneinander trennte, hatte sie mit der Mutter und ihren Schwestern viele Monate lang gestickt. Dahinter verbarg sich der breite Kang, die Schlafstätte der Familie. Er stand auf einem beheizten Fundament aus Ton, das im Winter den ganzen Raum wärmte. Yazi wusste nicht, wie sie jemals würde einschlafen können, ohne die vertrauten Körper in ihrer Nähe zu spüren und deren Atemzüge zu hören.

»Jetzt ist es so weit, mein Kind. Dein Bräutigam erwartet dich im Hof«, riss die verkrampft heitere Stimme der Mutter sie aus diesen Gedanken. Yazi wollte ihren Körper zu Stein werden lassen, damit er zu schwer wäre, um hinausgetragen zu werden, doch ihre Beine gehorchten aus alter Gewohnheit. Es rauschte in ihren Ohren, obwohl der Tag windstill war. Sie musste sich in einem Traum befinden. Bald würde sie auf dem Kang erwachen, das Licht der Morgendämmerung hinter dem Fenster erblicken und aufstehen, um sich für die Feldarbeit fertig zu machen.

Der Hof war mit Menschen übersät. Neugierig musterten die Dorfbewohner die zur Abreise bereite Eskorte des Fremdlings. Yazis Füße erledigten einen Schritt nach dem anderen und sie blickte fassungslos in all die vertrauten Gesichter. Sie gehörte zu diesem Dorf so wie ein Zeh zu einem Körper gehörte, hatte mit ihm gelebt, gearbeitet, geatmet und gehofft. Wie konnte sie nun verkauft werden, als sei sie nichts weiter als ein Schwein oder eine Ziege?

Sie entdeckte Rong Yingxiong inmitten der Versammelten. Seine lange Robe aus blauer Seide ließ ihn wie einen zarten Schmetterling unter gewöhnlichen Fliegen wirken. Er senkte sogleich verlegen den Blick, als wisse er sehr wohl, dass seine Auserwählte nicht freiwillig mit ihm ging. Yazi holte Luft. Sie wollte schreien.

Plötzlich spürte sie eine Berührung an ihrer Schulter. Hiun stand vor ihr, schüttelte sie leicht, um ihr dann die Arme um den Hals zu schlingen.

»Lebe wohl, kleines Entchen«, flüsterte sie. »Er traf die falsche Wahl, ich wäre die Richtige für den Sohn eines Mandarins gewesen. Aber nun ist es eben so. Du musst ihm auch weiter gefallen, verstehst du? Solange ein Mann für eine Frau entflammt ist, hat sie Einfluss auf ihn. Aber diese Zeit geht sehr schnell vorbei. Nutze seine Leidenschaft, um ihm einen Sohn zu schenken. Das sichert deine Stellung. Denn seine erste Gemahlin bist du mit Sicherheit nicht, nur eine Konkubine, sonst hätte er das Einverständnis seines Vaters gebraucht.«

Hiun wollte sich zurückziehen, aber Yazis Arme hielten sie gefangen. Sie hatte die kleinere, zarte Schwester stets als schwächer empfunden, doch nun schien sie über ein Wissen zu verfügen, das Yazi fehlte.

»Geh an meiner Stelle. Bitte, du wünschst es dir doch«, murmelte Yazi verzweifelt. Hiuns Gesicht verkrampfte sich.

»Darüber haben wir nicht zu entscheiden«, meinte sie nur, als sie sich mit erstaunlicher Energie aus der Umarmung wand.

»Du musst auf das Pferd steigen. Es ist Zeit«, mahnte die Mutter. Yazi ließ sich zu einem gesattelten, braunen Pony führen.

»Im nächsten, größeren Ort bekommst du auch eine Sänfte«, drang die Stimme ihrer Mutter weiter an ihr Ohr, als sei dies ein Grund zur Freude. Yazi war erleichtert, dass sie an der freien Luft reisen durfte und die Welt nicht durch Vorhänge ausgesperrt wurde, denn dies hätte ihren Eindruck verstärkt, eine Gefangene zu sein. Vor allem aber freute es sie, nicht in die Sänfte von Rong Yingxiong steigen zu müssen und sein Gesicht ständig vor sich zu haben.

Das Tor des Rundbaus wurde geöffnet. Yazi hörte zahllose Stimmen, die Abschiedsworte murmelten und ihr Glück wünschten. Sie hielt den Blick gesenkt, denn sie wollte jenen Menschen, die immer Teil ihres Lebens gewesen waren, nicht als bitteres, unglückliches Mädchen in Erinnerung bleiben. Nur eine ganz leise Stimme in ihrem Kopf nannte sie alle Verräter.

Es ging hinaus, den Hügel hinab und an Reisfeldern vorbei. Yazi war nun zu benommen, um die vertrauten Bilder als Erinnerung in ihr Gedächtnis zu graben. Das Rauschen war stärker geworden, obwohl immer noch kein Wind blies. Sie schüttelte sich, um ihren Kopf von diesem Geräusch zu befreien, das aus ihrem Inneren zu kommen schien. Dicht hinter ihr hörte sie plötzlich ein lautes Bellen und sah sich staunend um.

Es war der Hund, dem sie mehrfach das Leben gerettet hatte. Mit langen Sätzen sprang er ihr hinterher, richtete seine braunen Augen treuherzig auf ihr Gesicht. Yazi versteinerte. Schmerz und Wut rissen ihr Herz entzwei. Sie begriff erst in diesem Moment, wie sehr sie diesen Hund liebte, der Schuld an ihrem Schicksal trug. Sie wollte ihn mitnehmen. Und gleichzeitig erwürgen.

»Den Köter will unser Herr sicher nicht haben«, meinte einer der berittenen Begleiter.

»Dann verjag ihn«, sagte Yazi nur, denn sie wusste, dass es besser so war. Sie hatte leise gesprochen, doch wurde sie trotzdem verstanden. Eine Rute sauste auf den Hund hinab, der winselnd zurückblieb. Yazi presste eine Hand vor ihren Mund, um ein Wimmern zu unterdrücken, denn sie meinte, die Schläge der Rute auf ihrem Rücken zu spüren.

Sie zogen bis zur Abenddämmerung durch eine Landschaft aus Hügeln, Wiesen und Feldern. Schließlich tauchte eine größere Siedlung auf, wo in einem Wirtshaus Halt gemacht wurde. Zum ersten Mal in ihrem Leben erhielt Yazi ein eigenes Zimmer mit einer schmalen Schlafstätte, auf der eine Bambusmatte, Decken und Kissen lagen. Tee und ein Abendessen wurden hereingetragen, das sie einsam verzehrte, um den nagenden Hunger zu stillen. Sie fragte sich, wie sie eine Nacht ohne die Atemzüge vertrauter Menschen überstehen sollte. Die Einsamkeit ließ die leisesten Geräusche ohrenbetäubend werden, unheimlich wie das Flüstern von Geisterstimmen. Yazi erstarrte für eine Weile auf dem Bett, fühlte sich von unsichtbaren Augen beobachtet und fürchtete, mit jeder Bewegung eine überirdische, bedrohliche Erscheinung anzulocken. Dann schüttelte sie die Furcht entschlossen ab und schob das benutzte Essgeschirr in eine Ecke neben der Tür, wo die Bedienstete es schneller holen konnte. Die neugierigen Blicke dieses Mädchens, das kaum älter sein konnte als sie selbst, waren ihr unangenehm gewesen. Sie wollte auch nicht hinausgehen und um eine Schüssel Wasser bitten, sondern zog nur ihre Schuhe aus, um sich auf dem Bett auszustrecken. Ihre Augen fielen zu, doch schoben sich die Gesichter ihrer Familie unter ihre Lider und lösten eine Enge in ihrem Brustkorb aus, die es unmöglich machte einzuschlafen.

Es erleichterte sie beinahe, Schritte zu vernehmen, die sie von dem einsamen Starren ins Dunkel erlösten. Die Tür öffnete sich knarrend und Yazi fuhr vor Schreck zusammen, als sie das schmale Gesicht ihres Gemahls im Schein einer Laterne erblickte, die er schweigend hineintrug.

Sie war davon ausgegangen, dass irgendeine Zeremonie stattfinden würde, bevor er nachts ihr Lager teilte, wie es unter Eheleuten üblich war. Doch musste es wohl so sein, wie Hiun gesagt hatte. Sie war nicht die offizielle Ehefrau, sondern etwas anderes, mit dem sie keine klare Vorstellung verband, weil es dies in ihrem Dorf nicht gab. Das Lied mit dem Hut und dem Schirm fiel ihr wieder ein. Wozu brauchte ein Mann mehr als eine Frau?

Rong Yingxiong hatte die Laterne auf den Tisch gestellt. Nun saß er am äußersten Ende des Bettes und starrte den Boden an. Seine Haltung war so steif, dass Yazi sich fragte, ob er umfallen würde wie eine Holzfigur, wenn sie ihn anstieß.

Erst nach einer endlosen Zeit des Schweigens wandte er ihr sein Gesicht zu. Das linke Auge zuckte nun ebenso heftig wie nach dem vermeintlichen Angriff des Hundes. Furcht lag in dem Blick des Jünglings, was Yazi ein wenig beruhigte, denn falls er sich ebenso vor dem Bevorstehenden ängstigte wie sie selbst, konnten sie es vielleicht einfach unterlassen.

Mit heiserer Stimme flüsterte er ein unverständliches Wort. Yazi sah ihn nur ratlos an, dann fiel ihr ein, dass sie nicht einmal in der Lage waren, miteinander zu reden.

Er stieß ein nervöses Kichern aus, als sei ihm dies soeben auch bewusst geworden. Dann hielt er Yazi seine linke Handfläche hin und malte mit dem Zeigefinger der anderen Hand ein Zeichen darauf. Yazi ahnte, welchem Zweck dies dienen sollte, fragte sich aber, wie er auf die Idee kam, dass ein gewöhnliches Dorfmädchen lesen konnte. Sie hob nur die Hände, um ihrer Unfähigkeit Ausdruck zu verleihen.

Wieder schien Rong Yingxiong das Problem sehr schnell zu erfassen. »Wǒ de míngzì jiào Yīngxióng«, sprach er langsam und deutlich, wobei er auf seine Person deutete. Yazi begriff, dass er ihren Namen wissen wollte, der ihm doch bereits einmal genannt worden war.

»Apa«, sagte sie, denn so war sie von ihren Eltern immer gerufen worden. Dann fiel ihr ein, dass auf der Teetasse, die sie vor Kurzem benutzt hatte, die Umrisse einer Ente gezeichnet gewesen waren. Sie holte die Tasse, wies auf das Bild und anschließend auf ihre Nase.

Der Fremdling gluckste kichernd. Das Lachen verwandelte ihn in einen harmlosen Jungen, der Yazi an ihre Brüder erinnerte, als sie noch klein gewesen waren. Sie entspannte sich ebenfalls, denn sie sah keinen Grund mehr, ihn zu fürchten.

Dann streckte er seine Hand in ihre Richtung aus und nannte jenen Namen, den sie für den Rest ihres Lebens tragen sollte: Yazi. Denn so hieß eine Ente in der Sprache der Gelehrten.

Scheinbar ermutigt durch das gemeinsame Lachen sank Yingxiong nun auf das Bett. Yazis Nackenhaare stellten sich auf. Für einen Augenblick hatte sie tatsächlich vergessen, aus welchem Grund sie beide in diesem kleinen Raum gefangen waren. Ihre Blicke trafen sich und der Bräutigam streckte ihr zögernd die Hand entgegen. Wie fein seine Finger doch waren, frei von Narben und Schwielen, die sie bisher an allen Männerhänden gesehen hatte. In seinem langen seidenen Gewand schien er zu zart, zu verletzlich, um eine Bedrohung darzustellen. In der Überzeugung, sich jeder unerwünschten Annäherung erwehren zu können, legte Yazi sich schließlich an seine Seite.

Sie waren so weit voneinander entfernt, wie die schmale Bettstatt es nur zuließ. Yazi hörte seine Atemzüge, die von gelegentlichem Hüsteln unterbrochen wurden. Er verströmte den Geruch von Reisschnaps. Ganz langsam wagte er es, seinen Kopf an ihre Schulter zu lehnen, bevor er mit leichtem Zucken in den Schlaf sank. Sie hob ihre Hand, ließ sie eine Weile ratlos in der Luft schweben, bevor sie einmal kurz über den kahl geschorenen Schädel strich. Yazi war trotz allem froh darüber, einen menschlichen Körper an ihrer Seite zu spüren, der ihr helfen konnte, Eindringlinge aus der Geisterwelt abzuwehren.

In der Morgendämmerung wurde die Reise fortgesetzt. Yazi erhielt tatsächlich eine Sänfte, wenn auch in gedämpfteren Farben und ohne Goldverzierung an den Vorhängen. Ihr

Wunsch, lieber weiter auf dem Pony zu sitzen, wurde von den Begleitern ihres Gemahls sogleich abgewehrt, ohne auch nur übersetzt zu werden. Die Ehefrau eines hohen Herrn zeige sich nicht in der Öffentlichkeit, kam es knapp und barsch zurück.

Yazi fielen die Worte ihres Vaters wieder ein. Hatte sie tatsächlich einen Mann geheiratet, der sie einsperren würde? Aber Rong Yingxiong schien so sanftmütig, so um Freundlichkeit bemüht, dass sie sich vor jeglicher Tyrannei in Sicherheit wähnte. Sobald sie in der Lage wäre, sich mit ihm zu unterhalten, konnte sie ihm einfach selbst ihre Wünsche klarmachen, und die berittenen Männer würden nichts mehr ausrichten können.

Sie folgten einer Straße, die sich durchs hügelige Gelände schlängelte. Yazi schob immer wieder die Vorhänge der Sänfte zurück und versuchte, die Reiter in ein Gespräch zu verwickeln, denn mit ihrem Lebensmut erwachte auch Neugier, wohin die Reise eigentlich ging. Nanjing, so wurde ihr mitgeteilt, dort wohnte die Familie ihres Gemahls. Sie hatten es eilig, denn überall machten Banditen die Gegend unsicher. Neuerdings scharten sie sich um eine eigenartige Gruppierung sogenannter Gottesanbeter, die an einem Berg der Dornen in der Provinz Guangxi, die unmittelbar neben Yazis Heimat Guangdong lag, ihr Zentrum hatten. Ihr Anführer war zum Glauben der Fremdlinge aus dem Westen übergetreten, die einen Gott namens Ye Su verehrten, für dessen Bruder er sich hielt. Sie nannten sich Taiping, die Anhänger des großen Friedens. Doch schienen sie Aufruhr im Sinn zu haben, denn wozu hätten sie sonst die Hilfe von Banditen gebraucht?

Yazi hatte den Namen Taiping bereits einige Male gehört. Drei junge Männer aus dem Dorf waren nicht von ihrer letzten Handelsreise zurückgekehrt, weil sie unterwegs auf Anhänger dieses Rebellen gestoßen waren und beschlossen hatten, sich ihnen anzuschließen. Der Vierte kam zwar nach Hause, doch schwärmte er von den Plänen eines himmlischen Königs, der selbst zum Volk der Hakka gehörte und einfache Leute von der Last stets steigender Steuern und der Tyrannei der Mandarine befreien wollte. Gerade den Hakka, die sich außerhalb ihrer Heimat Guangdong in anderen Provinzen niedergelassen hatten, war lange übel mitgespielt worden und damit sollte nun Schluss sein. Yazis Vater hatte diese Ideen für einen unsinnigen Wahn gehalten. Rebellen wollten Mandarine stets nur stürzen, um dann selbst ihre Stelle einnehmen zu können, meinte er. Und dieser Rebellenführer versuchte, einen neuen Glauben einzuführen, der von Fremden mit kalkweißen Gesichtern und unnatürlich langen Gliedmaßen gepredigt wurde. Wie konnte etwas Gutes von derart seltsamen Gestalten kommen, die nicht in dieses Land gehörten?

Auf der Straße tauchten immer wieder Wachstationen auf, wo kaiserliche Soldaten ihren Schutz anboten, sodass die Reise ohne Überfälle verlief. Yazi begann allmählich Freude an dem Anblick einer sich immer wieder wandelnden Landschaft aus Feldern, Obstbäumen, Felsen und Seen zu empfinden. Sie wurde neugierig, in welchem Ort die nächste Nacht verbracht werden würde. Städte hatte sie bisher nur aus den Erzählungen der Männer gekannt, die von Handelsreisen zurückkamen. Sie hatte niemals wirklich geglaubt, dass so viele Menschen sich freiwillig auf ein enges Gelände zwängen ließen. Nun musterte sie mit leuchtenden Augen die bunten Kaufläden, die jede breite Straße einer Stadt säumten, konnte sich nicht satt sehen an der Farbenpracht von leuchtenden Stoffen und Früchten. Sie gewöhnte sich an die Nähe von Rong Yingxiongs Körper, der jede Nacht an ihrer Seite schlief, aber niemals aufdringlich wurde. Sein Atmen und Hüsteln wurde zu einem beruhigenden Geräusch, das sie regelmäßig in den Schlaf sinken ließ. Allmählich fanden sie eine Form der Verständigung, die aus Gesten und vereinzelten Worten bestand.

Es war kein Eheleben, wie es sein sollte, aber daran störte Yazi sich nicht. Und das Reisen gefiel ihr.

Nach einigen Wochen ging die Reise dann aber zu Ende.

Kapitel 2

Die Familie Rong bewohnte ein prächtiges Haus in der Nähe des alten Kaiserpalastes von Nanjing. Yingxiongs Vater war ein Mandarin des höchsten Grades, der sich daher Jìnshì nennen durfte, und war im Yamen, der Residenz der Verwaltungsbehörde, der Stadt beschäftigt. Als Han-Chinese unterstand er aber der Oberhoheit eines Beamten aus einer angesehenen Mandschu-Familie. All diese Dinge fügten sich innerhalb mehrerer Monate zu einem immer klarer werdenden Bild in Yazis Kopf zusammen, obwohl niemand es für nötig hielt, ihr allzu viel zu erklären. Sie lernte, heimlich Gespräche zu belauschen, begann, sich mit Bediensteten zu unterhalten, um allmählich die neue Sprache zu lernen und zu begreifen, in welcher Welt sich ihr zukünftiges Leben abspielen würde.

Yazis Eintreffen war von der Familie nicht mit Begeisterung aufgenommen worden, doch wurde sie toleriert. Ein eigener Raum mit kunstvoll geschnitzten Möbeln war nun ihr Zuhause. Sie hatte ihre persönliche Bedienstete, ein mageres, schreckhaftes Mädchen, das wie ein scheues Tier herumhuschte und ständig auf die Knie fiel, wenn es angesprochen wurde. Laoshu, Maus, schien ein sehr passender Name.

Gleich nebenan lebte Yingxiongs erste Gemahlin, die ihre neue Rivalin heimlich eine sonnenverbrannte, großfüßige Barbarin nannte. Sie sprach dabei laut genug, um von den Bediensteten gehört zu werden, sodass Yazi recht bald von den Beleidigungen in Kenntnis gesetzt wurde. Zunächst begriff sie den Grund für solche Feindseligkeit nicht. Der Ehemann suchte keine seiner Frauen auf, sondern zog mit anderen jungen Männern herum, um schwer angetrunken in der Morgendämmerung heimzukehren. Die erste Gemahlin betrank sich abends ebenfalls gemeinsam mit ihrer Dienerin. Ihr Geplauder und kreischendes Lachen drangen bis spät in die Nacht durch die dünne Wand. Yazi dämmerte dahin. Sie vermochte keinen Trost im Reisschnaps zu finden, er ließ sie nur mit stechenden Kopfschmerzen und ausgetrockneter Kehle erwachen. Es war ihr tatsächlich verboten, das Haus zu verlassen. Zwar hatte sie ihren Gemahl um mehr Freiraum gebeten, doch er hatte nur verlegen gemurmelt, dass er über diese Dinge nicht zu entscheiden habe. Danach bekam sie ihn kaum mehr zu Gesicht.

Ein Leben ohne Arbeit hätte für viele Leute ihres Dorfes paradiesisch geklungen, doch war ihr niemals bewusst geworden, wie lang die Zeit zwischen Morgengrauen und Abenddämmerung sein konnte, wenn sie nicht durch die Erledigung von Aufgaben ausgefüllt wurde. Ratlos beobachtete Yazi die anderen Frauen, die ihr Schicksal teilten. Yingxiongs Vater hatte mehrere Konkubinen, von denen die Jüngste kaum älter als zwölf sein konnte. Im Gegensatz zu seinem Sohn ließ er regelmäßig nach ihnen rufen, nur die Existenz seiner ersten Frau, deren Haar bereits ergraut war, schien er völlig vergessen zu haben. Doch tagsüber waren auch diese Frauen überflüssig, sie stickten, plauderten und stritten sich in ihrem prächtig eingerichteten Verlies, damit die Zeit verging. Als Yazi ihre Sprache allmählich beherrschte, bemühte sie sich Freundschaften zu schließen, doch wurden ihre Versuche, ein Gespräch zu beginnen, meist sehr schnell abgewürgt, Einladungen unter einfallsreichen Vorwänden zurückgewiesen. Manchmal hörte sie spöttisches Gekicher in ihrem Rücken. Erst ein klärendes Gespräch mit Laoshu half Yazi, dieses Verhalten zu verstehen. Eine Frau, die ihr Gemahl niemals zu sich rufen ließ und die keine Kinder vorweisen konnte, galt in dieser um männliche Aufmerksamkeit wetteifernden Runde kaum mehr als eine Dienerin. Vor allem, wenn diese Frau auch noch ausgewachsene Füße und eine dunkle Gesichtsfarbe hatte, zudem keinen anderen Schmuck besaß als zwei Silberketten.

»Ein Mann, der eine Frau liebt, macht ihr teure Geschenke«, flüsterte das schüchterne Mäuschen mit schuldbewusstem Blick und trat gleich darauf einen Schritt zurück, als fürchte sie, allein wegen dieser Worte geschlagen zu werden. Doch Yazis Wut richtete sich gegen einen ganz anderen Menschen. Manchmal hatte sie Lust loszulaufen, in diesem großen, prächtigen Gebäude nach Yingxiong zu suchen und ihn einfach zu fragen, warum er sie ihren Eltern abgekauft hatte, nur um sie hier lebendig zu begraben und zu vergessen.

Als sie jedoch mitbekam, wie eine der Konkubinen des Hausherrn wegen einiger vermeintlich frecher Worte öffentlich gezüchtigt wurde, gab sie diesen Plan wieder auf.

Das Leben wurde zu einem träge dahinplätschernden Strom. Obwohl Yazi nun täglich Fleisch essen konnte, was als Kind stets ihr Traum gewesen war, verlor sie jeglichen Appetit. Schließlich überwand sie sich nur nach längerem Flehen Laoshus, überhaupt aufzustehen und Kleidung anzulegen. Im Spätherbst, ungefähr ein halbes Jahr nach ihrer Ankunft in Nanjing, ließ sie sich von der Dienerin im sonnenbeschienenen Garten herumführen und stolperte dabei fast über die Leichname dreier Kätzchen. Es waren ganz gewöhnliche, getigerte Tiere, weshalb sie vermutlich zuerst ertränkt und danach wieder aus dem Teich gefischt worden waren, damit sie das Wasser nicht verschmutzten. Die Damen des Hauses hielten nur teure Zuchtexemplare in ihren Zimmern. Yazi beugte sich hinab, erstaunt, wie sehr der Anblick des Todes sie anzog. Diese Tiere brauchten nicht mehr den Beginn eines weiteren sinnlosen Tages zu fürchten. Versonnen strich sie über die starren, aber noch warmen und weichen Körper. Im Hintergrund mahnte Laoshus Stimme, sichtlich befremdet über das Verhalten ihrer Herrin, doch Yazi verschloss ihre Ohren. Sie schob eine Hand unter das kleinste der Kätzchen, um es vorsichtig aufzuheben. Da regte der Leichnam sich plötzlich, stieß ein feines, kaum hörbares Wimmern aus.

»Es lebt«, rief Yazi, fassungslos über dieses Wunder. »Es ist nicht ertrunken.« Sie presste das winzige Tier an ihre Brust. Der Tag hatte plötzlich einen Sinn bekommen, denn es war ihr gelungen, ein einziges kleines Leben vor der Grausamkeit der Welt zu retten.

Laoshu lächelte, wohl mehr erleichtert über die erwachten Lebensgeister ihrer Herrin denn über eine gerettete Katze.

»Ich nehme es mit. Ich werde mich um es kümmern«, fuhr Yazi ohne Zögern fort. Ein gewöhnliches Kätzchen passte zu einer Bauerntochter. Sie gehörten zusammen, weil sie beide an diesem vornehmen Ort Fremde waren.

»Māo«, sagte Laoshu nickend. So hieß eine Katze in der Sprache, die hier gesprochen wurde. Doch Yazi schüttelte den Kopf. Sie hatte auf ihren eignen Namen verzichtet, denn man hatte sie aus ihrer Heimat verstoßen, doch diese Katze sollte so heißen, wie sie selbst als Kind Katzen genannt hatte: Ngiau.

Rong Dongji, Yazis Schwiegervater, war in ihrem Leben bisher nicht in Erscheinung getreten, doch schien sein Name überall im Haus gefürchtet. Am Tag, da die Feierlichkeiten für das Neujahrsfest begannen, begab Yazi sich daher mit einem höchst unguten Gefühl in die große Ahnenhalle, wo sämtliche Mitglieder des Haushalts sich zunächst vor den Tafeln der Ahnen zu verneigen hatten, bevor in einem anliegenden Raum eine endlose Folge von Gerichten aufgetragen wurde.

Yazi sah zum ersten Mal seit langer Zeit wieder ihren Gemahl, der schweigsam an der Seite seines Vaters saß. Er wirkte noch ein wenig schmächtiger als sie ihn in Erinnerung hatte und bläuliche Schatten untermalten seine Augen.

Zum ersten Mal fiel ihr ein Umstand auf, den sie bisher keiner weiteren Überlegung gewürdigt hatte: außer Yingxiong gab es noch vier jüngere Töchter, doch keinen Sohn, was ihr bei der beachtlichen Menge von Konkubinen erstaunlich schien.

Um sie herum wurde geplaudert, doch Yazi hatte alle mühevollen Versuche, in die Gemeinschaft aufgenommen zu werden, inzwischen aufgegeben. So verzehrte sie schweigend ihre Suppe, hoffte der Abend würde schnell vergehen, damit sie wieder in ihre eigene kleine Welt zurückkehren konnte, wo Laoshu und Ngiau auf sie warteten.

Zunächst überhörte sie das Donnern der männlichen Stimme. Erst als verhaltenes Kichern erklang und das Mädchen an ihrer Seite, die zwölfjährige Konkubine, sie unauffällig anstubste, richtete sie ihren Blick in die Richtung, aus der das Brüllen kam.

Der Hausherr sah ihr gerade ins Gesicht. Er hatte aufgeblähte, sehr rote Wangen, was vielleicht auf seinen zornigen Zustand zurückzuführen war.

»Wieso ist sie noch nicht schwanger?«, setzte er einen wohl schon vorher begonnenen Wutausbruch fort. »Ich erlaube meinem Sohn, ein sonnenverbranntes Barbarenmädchen in mein Haus zu bringen, weil er es sich in den Kopf gesetzt hat, doch er schafft es trotzdem nicht, mir einen Enkelsohn zu schenken, genauso, wie er Jahr für Jahr bei den Prüfungen versagt? Wie soll das weitergehen? Was soll aus dieser Familie werden?«

Das Brüllen verstummte und ließ nur Totenstille zurück. Yazi war sicher, dass man es durch den ganzen Saal würde hören können, wenn sie jetzt ein Essstäbchen fallen ließ. Dann kam ein klägliches Murmeln von Yingxiongs, das erst nach mehreren, barschen Nachfragen seines Vaters zu einer verständlichen Lautstärke anschwoll.

Er versprach Besserung im neuen Jahr. Yazi hörte seine erste Gemahlin leise seufzen. Sie selbst maß dieser Aussage keine große Bedeutung bei.

Zwei Tage später teilte Laoshu ihr mit leuchtenden Augen mit, dass ihr Gemahl sie diese Nacht zu sehen wünsche. Yazi vermochte keine Freude zu empfinden, nur Unwillen, aus der Trägheit ihrer Tage gerissen zu werden, die dank Ngiau ein wenig Bedeutung bekommen hatten. Ratlos ging sie zum Spiegel und strich über ihre Haut, die trotz aller Sonnenschirme einfach nicht so weiß werden wollte wie die der anderen Frauen des Hauses.

»Ich glaube nicht, dass ich ihm wirklich gefalle«, sagte sie nur. Laoshu legte ihr eine tröstende Hand auf die Schulter.

»Ihm gefallen keine Frauen«, flüsterte sie. »Er mag nur Männer. Das wissen fast alle hier im Haus.«

Yazi hatte schon in ihrer Kindheit Gerüchte gehört, dass es Männer mit solchen Neigungen gab, und fand nichts Überraschendes an der Neuigkeit. Sie erklärte einiges an dem Spott, der ihr seit ihrer Ankunft zuteil geworden war, und die stets schlechte Laune der ersten Gemahlin. Nur die Frage, welchen Zweck ihr Dasein hier im Haus erfüllen sollte, blieb weiterhin unbeantwortet.

Yazi zog erneut den schwarzen bestickten Rock und ihre blaue Jacke an. Sie besaß keine schöneren Kleider, da ihr keine geschenkt worden waren und sie sich nicht darum gekümmert hatte, der Großzügigkeit ihres Gemahls durch Schmeicheln und Bitten nachzuhelfen. Laoshu wandte viel Mühe auf, um ihr Gesicht mit einer weißen Schicht aus Schminke zu bedecken, ihre Lippen zu röten und das Haar in einen kunstvollen Knoten zu zwängen, der von Spangen und Nadeln festgehalten wurde. Als Yazi schließlich in den Spiegel blickte, sah sie eine fremde Maske. Sie unterdrückte den Wunsch, sich wieder rein zu waschen, schlüpfte in seidene Pantoffeln und lief los.

Die Zeit in den Frauengemächern hatte sie gelehrt, dass die wesentliche Aufgabe von Frauen darin bestand, Männern zu gefallen und ihre Bedürfnisse zu befriedigen. Tief in ihr tobte Aufruhr, den sie gewissenhaft niederzwang. Doch mit jedem Schritt, den sie tat, wuchs die Angst zu versagen. Wie sollten zwei Körper sich vereinigen, die nicht nacheinander verlangten?

Yingxiongs Gemach war größer und prächtiger eingerichtet als alle Zimmer, die sie bisher zu Gesicht bekommen hatte. Auffällig jedoch war die Unordnung. Kleidung lag auf dem Boden neben geöffneten Büchern und auf dem Laken des breiten Bettes erblickte Yazi Tintenflecken.

Er selbst kauerte auf einem Stuhl, das Gesicht in den Händen vergraben. Sie fiel auf die Knie, wie Laoshu es ihr eingeschärft hatte, vollführte den Kotau und sprach ihre Begrüßung aus. Sein Kopf hob sich nur leicht. Dann lächelte er verkrampft.

»Wir müssen es tun. Es geht nicht anders«, meinte er so sanft, als wolle er sich entschuldigen.

Yazi richtete sich auf.

»Die erste Gemahlin hat Vorrang«, sprach sie jenen Gedanken aus, der sie beschäftigte, seit sie von dem Wunsch ihres Mannes gehört hatte.

Nun sprang Yingxiong auf die Beine.

»Ich mag sie nicht«, rief er. »Sie ist so hinterhältig wie eine Schlange. Sie macht mir Angst.«

Yazi fand diese Beschreibung ihrer Rivalin sehr treffend, aber sie verstand nicht, warum ein Mann, der über das Leben zweier Frauen bestimmen konnte, vor deren Gift Angst haben sollte.

Yingxiong lief im Zimmer auf und ab, trat ungeduldig Kleidungsstücke zur Seite.

»Du aber bist stark und gütig. Deshalb hast du mich vor dem Hund gerettet. Du bist eine Heldin wie Hua Mulan.«

Yazi erinnerte sich vage, die Geschichte Hua Mulans von einem reisenden Händler gehört zu haben. Das Mädchen hatte sich als Mann verkleidet, um anstelle seines kranken, alten Vaters in den Krieg zu ziehen.

Sie selbst war jetzt nicht hier, um eine Kriegerin zu sein.

Entschlossen setzte sie sich auf das Bett und sah ihrem Gemahl in die Augen.

»Wir müssen es tun«, wiederholte sie seine Worte.

Sie hatte manchmal mitbekommen, was ihre Eltern miteinander taten, wenn sie meinten, die Kinder auf dem Kang schliefen bereits. Sie hatte auch Tiere bei diesem Akt beobachtet. Dennoch war es nicht leicht, wenn beiden Beteiligten das Verlangen danach fehlte. Ihre Körper umschlangen sich ungeschickt, stießen und drückten einander. Nach einigem Herumrücken gelangten sie in eine erträgliche Position. Yazi ließ Yingxiong ihren Rock hochschieben, fühlte das unsichere Tasten seiner Hände auf ihren Schenkeln. Sein Gesicht blieb verkrampft. Schließlich berührte er selbst einen Teil seines männlichen Körpers, der Yazi bisher verborgen geblieben war, führte rasche, reibende Bewegungen aus, die seinen Atem beschleunigten. Darauf folgte ein scharfes Stechen in Yazis Unterleib. Sie biss sich auf die Lippen, um nicht zu schreien. Glücklicherweise ging es sehr schnell vorbei.

Danach kauerte Yingxiong mit gesenktem Kopf an ihrer Seite.

»Es tut mir leid«, murmelte er. Yazi zwang sich, ihn aufmunternd anzulächeln.

»Jetzt haben wir es getan«, sagte sie voller Erleichterung über die Erledigung einer unangenehmen Aufgabe.

Yingxiong sank an ihre Seite.

»Ein einziges Mal reicht vermutlich nicht, damit du schwanger wirst«, erklärte er, den Blick auf den Baldachin über ihnen gerichtet. Dann drückten seine Finger Yazis Hand.

»Es wird weniger unangenehm sein beim nächsten Mal.«

Er löschte die Lampen, legte sich wieder neben sie und schmiegte seinen Kopf an ihre Schulter. Diesmal schaffte Yazi es nicht, seinen Schädel zu streicheln, denn das Brennen zwischen ihren Beinen tat zu weh.

Drei Monate später stellte die daoistische Nonne, die regelmäßig erschien, um Wehwehchen oder echte Leiden der Frauen des Hauses Rong zu lindern, Yazis Schwangerschaft fest.

Als Laoshu am nächsten Morgen die Tür öffnete, um Yazis Morgenmahl zu holen, stieß sie einen gellenden Schrei aus. Yazi sprang auf die Beine und sah sich ratlos um, was ihre Dienerin derart erschrecken konnte. Alles war wie immer, nur konnte sie Ngiau, die gewöhnlich zu ihren Füßen schlief, nirgends entdecken.

»Sieh nicht hin«, stieß Laoshu mit tränenerstickter Stimme hervor. »Bitte, sieh nicht zur Tür.«

Yazi richtete ihren Blick sogleich in die verbotene Richtung. Dunkelrote Tropfen entstellten den Fußboden vor ihrer Türschwelle.

Sie stieß eine wimmernde Laoshu zur Seite, um genauer nachzusehen.

Ngiau war mit dem Schwanz an der Decke des Ganges festgebunden worden. Ihr kleiner Leib war aufgeschlitzt, Gedärme quollen hervor und baumelten in der Luft wie Glücksbringer beim Neujahrsfest.

Yazi rannte schreiend ins Nebenzimmer, riss die erste Frau ihres Gemahls aus dem Bett und begann auf sie einzuschlagen. Es war unglaublich leicht, denn die Gegnerin hatte so weiche, wehrlose Arme. Yazis Nägel kratzten, ihre Füße traten und schließlich biss sie in die linke Wange des vornehm bleichen Gesichts. Der Geschmack von Blut tat unerwartet wohl. Sie drosch weiter auf die Mörderin ein, wollte ihr so viel Schmerz zufügen, wie Ngiau empfunden haben musste, als ein Messer ihren Unterleib zerschnitt.

Nach einer gefühlten Ewigkeit wurde sie gewaltsam von ihrem Opfer gerissen. Die daoistische Nonne verabreichte ihr einen Trank, der sie in tiefen Schlummer fallen ließ.

Später erfuhr Yazi, dass nur ihre Schwangerschaft sie vor einer schweren Züchtigung bewahrt hatte. Sie musste sich mit einem Kotau vor der ersten Gemahlin entschuldigen. Wie eine von unsichtbaren Fäden gezogene Puppe erledigte sie auch diese Pflicht, war erfreut, hinter der dicken Schicht von Schminke noch die roten Ränder einer Bisswunde auf der Wange ihrer Rivalin erkennen zu können. Dann legte sie sich wieder zum Schlafen in ihr Gemach.

Sie begann dieses in ihr heranwachsende Leben, das den Tod Ngiaus verursacht hatte, zu hassen.

Die Zeit ihrer Schwangerschaft verbrachte sie in jenem Dämmerzustand, der für sie nun Alltag geworden war. Nur Laoshus Drängen sorgte dafür, dass sie regelmäßig aß. Ihr Bauch wölbte sich allmählich zu einem Berg, der sie niederdrückte und jede Bewegung erschwerte. Sie begriff nicht, warum die anderen Frauen sie um diesen Zustand beneideten, denn er schien eine täglich wachsende Qual.

Manchmal versetzte das unerwünschte Wesen in ihrem Inneren ihr Tritte. Wenn Laoshu nicht zusah, schlug Yazi energisch zurück.

Erst das Einsetzen der Wehen erfüllte sie mit Erleichterung, denn nun konnte sie ihren Körper von der unerwünschten Last befreien. Sie folgte gewissenhaft den Anweisungen der Nonne und brachte das Kind zur Welt. An dem erleichterten Gesicht der Geburtshelferin erkannte sie, dass sie dabei unerwartet schnell gewesen war.

Das Plärren des Säuglings schien ihr unwichtig. Sie schloss die Augen, um endlich wieder schlafen zu können. Aus weiter Ferne hörte sie enttäuschtes Murmeln. Ni. Ein Mädchen.

»Die edle Dame hat eine Tochter«, verkündete Laoshu mit erzwungener Heiterkeit, dann hielt sie Yazi ein rotes, zerknittertes Bündel Mensch entgegen.

Vermutlich hätte sie einen Sohn nicht weiter beachtet. Er wäre ihr ohnehin weggenommen worden, denn einem braungebrannten Bauernmädchen traute man nicht zu, den zukünftigen Hausherrn angemessen zu erziehen. Doch eine Tochter war unerwünscht, eine Enttäuschung. Niemand brauchte eine weitere Frau in den Frauengemächern. Diese Erkenntnis weckte in Yazi ein Gefühl von Verbundenheit, gegen das sie entschlossen ankämpfte. Sie wollte keine Gefühle für ihr Kind entwickeln. Leider erinnerte dieses winzige Wesen sie in seiner Hilflosigkeit an Ngiau, als sie ein halbtotes Stück Fell und Fleisch gewesen war.

Yazi verliebte sich in ihre Tochter, die sie Chuntian nannte, nach dem Frühling, der im Garten allmählich Einzug hielt.

Kapitel 3

Nun begann eine Zeit, da Yazi im Haus der Rongs ein angenehmes, fast glückliches Leben zu führen glaubte. Chuntian wurde zum Mittelpunkt ihres Daseins. Die hämischen Blicke und spöttischen Bemerkungen der anderen Frauen, die ihrem Versagen beim Gebären des zukünftigen Hausherrn galten, waren so unwichtig, dass sie nicht darauf reagierte. Entgegen allen Erwartungen betrat Yingxiong am Tag der Geburt die Frauengemächer, um einen Blick auf jenes Wesen zu werfen, das durch gemeinsame Mühsal entstanden war. Auch seine Augen leuchteten beim Anblick des plärrenden, strampelnden Säuglings. Er hob Chuntian fast ehrfürchtig hoch, wiegte sie in seinen Armen. Als sie ihn glucksend anlächelte, sprudelte ein glückliches Lachen aus seinem Mund.

»Unsere Tochter!«, rief er Yazi ungläubig zu. Sie fühlte eine plötzliche Wärme, die in ihrem Herzen begann und allmählich ihren ganzen Körper erfasste.

Yazi und Yingxiong verbrachten fortan mehr Zeit miteinander als unter Eheleuten in diesem Haus üblich war. Sein Vater ließ selbst die schönsten Konkubinen nicht so oft zu sich rufen. Dadurch wurde Yazi wieder zum Opfer neidvoller Sticheleien in den Frauengemächern, doch störte sie sich nicht mehr daran. Yingxiong hatte begonnen, sich auf die nächste Beamtenprüfung vorzubereiten. Yazi lernte die vier Utensilien des Gelehrtenzimmers kennen: Tusche, Schreibpinsel, Tintenstein und Papier. Sie mischte für ihn die Tusche mit Wasser auf dem Reibstein, bis sie dicht und dunkel war. Dann beobachtete sie Yingxiongs Bemühungen, denn er wünschte ausdrücklich ihre Gegenwart, die ihm angeblich bei der Konzentration half. Nachdem Yazi mehrere Tage etwas ratlos herumgesessen hatte, bot er sich schließlich an, sie in die Geheimnisse der Schriftzeichen einzuweisen. Dankbar für jede Abwechslung stimmte sie zu.

Yingxiong erwies sich als durchaus fähiger Lehrer, blieb geduldig, wenn Yazis Verstand sich überfordert fühlte, wiederholte ruhig alle Erklärungen und lobte sie für jede neu gewonnene Erkenntnis. Mit jedem Tag wuchs ihre Achtung vor diesem schmächtigen, ängstlichen Jüngling. Des Nachts schliefen sie Seite an Seite und Yazi vermochte wieder über seinen Schädel zu streichen. Die Pflicht, noch einen Sohn erzeugen zu müssen, sprach keiner von beiden an, als könnte sie dadurch in Vergessenheit geraten. Yazi nahm an, dass ihr nach der Geburt des ersten Kindes eine Schonfrist gewährt wurde.

Leider versagte Yingxiong auch diesmal bei den Beamtenprüfungen, kehrte niedergeschlagen wie ein geprügelter Hund zurück und wurde anschließend von seinem Vater derart mit dem Rohrstock traktiert, dass er eine Woche lang verletzt in seinem Zimmer lag. Yazi musste Chuntian nun ganz Laoshus Sorgfalt überlassen, da sie keinen Augenblick von der Seite ihres Gemahls weichen durfte, der erst nach zwei Tagen ansprechbar war. Dann teilte er ihr mit, dass sie zu bedauern sei, da sie einen Versager zum Mann hatte.

Yazi wollte die Bedeutung dieser Prüfungen nicht so recht einleuchten, denn den Rongs schien es an Vermögen nicht zu mangeln. Sie war durchaus neugierig auf jenes Wissen, das sich in Yingxiongs Büchern verbarg, doch schien eben jene Angst vor dem Versagen seinen Verstand derart zu lähmen, dass er regelmäßig aussetzte.

»Du weißt viel mehr als ich und bist ein guter Lehrer«, meinte sie aufmunternd, als sie ihm eine Tasse Tee reichte.

Er lachte kurz auf.

»Dann könnte ich ja so erfolgreich sein wie Hong Xiuquan. Der war Schullehrer und fiel bei den Prüfungen zu einer höheren Laufbahn immer durch. Plötzlich wurde ihm klar, dass er der Sohn eines fremden Gottes ist. Nun führt er die Taiping-Rebellen an und nennt sich himmlischer König.«

Yazi brauchte eine Weile, sich zu erinnern, um welche Rebellen es hier ging.

»Ich denke, Schullehrer zu sein ist vielleicht die weisere Entscheidung. Diese Taiping gelten als verrückt und gefährlich«, erwiderte sie beruhigend und begann, die Wunden ihres Gemahls zu waschen. Er unterbrach sie, indem er plötzlich ihre Hand ergriff.

»Ich bin sehr froh, dass du hier bist, meine Hua Mulan«, meinte er mit einem warmen, fast liebevollen Lächeln.

Drei Jahre dauerte die glückliche Zeit. Dann erschien Laoshu eines Nachmittags mit einem Bündel weißer Leintücher unter dem Arm und warf Yazi einen sehr hastigen Blick zu, um gleich darauf auf den Boden zu starren.

»Es gibt Anweisungen des Hausherrn wegen Chuntian«, murmelte sie.

»Welche denn?«, fragte Yazi erstaunt. Gewöhnlich beachtete ihr Schwiegervater seine Enkelin kaum.

»Sie soll … sie soll keine Füße wie ihre Mutter haben«, erklärte Laoshu zögernd.

Yazi begann zu verstehen. Die anderen Frauen der Familie hoppelten auf winzigen Füßen durchs Leben und nannten sie einen Bauerntrampel, weil sie gehen konnte wie ein Mann. Da Frauen hier keine körperliche Arbeit verrichten mussten und die meiste Zeit im Haus blieben, war ihre Gehbehinderung kein Problem. Sie hatte gewusst, dass Chuntian diesem Ideal weiblicher Schönheit unterworfen werden würde, doch war sie von einem späteren Zeitpunkt ausgegangen.

»Ist es nicht zu früh? Sie kann doch kaum laufen.«

Laoshu nagte an ihrer Unterlippe.

»Ich glaube, eine der Frauen hat vorgeschlagen, dass man in Chuntians Fall früher beginnen sollte. Weil … weil … wegen ihrer Abkunft. Sie konnte den Hausherrn von dieser Idee überzeugen.«

Yazis Knie gaben nach und sie sank auf einen Schemel. Lange hatte sie geglaubt, ihre Gleichgültigkeit sei ein sicherer Schutzpanzer gegen alle Gemeinheiten, die durch die Gemächer krochen wie Schlangen. Aber jemand hatte einen Weg gefunden, sie trotzdem zu verletzen. Sie verschränkte die Arme, um sich zu wappnen. Früher oder später hätte es ohnehin geschehen müssen.

»Es ist besser, damit zu beginnen, wenn das Mädchen noch sehr jung ist«, fügte Laoshu auch schon hinzu. »Dann sind die Knochen biegsamer. Sie wird weniger Schmerzen haben.«

Yazi verspürte einen Stich. Sie hatte nicht bedacht, dass die Prozedur schmerzhaft sein konnte.

»Es wäre eigentlich deine Aufgabe, aber du weißt ja nicht, wie es geht«, fuhr Laoshu fort. »Ich werde es machen. Geh am besten eine Weile im Garten spazieren.«

Yazi bohrte ihre großen Bauernfüße in den Boden.

»Ich will dabei sein.«

Laoshu blickte zu ihren eigenen winzigen Füßen hinab.

»Geh hinaus. Es ist besser so«, sagte sie lauter und bestimmter, als sie jemals mit ihrer Herrin gesprochen hatte. Eine unergründliche Macht ließ Yazi gehorchen.

Als sie zurückkam, steckten Chuntians Füße in weißen Bandagen. Das kleine Mädchen sah verwirrt aus, aber es tapste seiner Mutter lächelnd entgegen. Es war alles nicht so schlimm, befand Yazi. Chuntian würde lernen, sich auch mit eingebundenen Füßen zu bewegen. Aus diesem Grund war es vielleicht sogar gut, sehr früh damit zu beginnen.

Doch als die Dämmerung aufzog, saß ihre Tochter bereits wimmernd in einer Ecke und zerrte verzweifelt an den Fesseln, die ihre Füße einzwängten. Aus ihren Augen schrie die stumme Frage, was sie getan hatte, um derart gequält zu werden.

An diesem Abend rannte Yazi regelrecht in Yingxiongs Gemächer, wo sie wie immer erwartet wurde. Empört berichtete sie von dem Zustand ihrer gemeinsamen Tochter, sah ihm dann erwartungsvoll ins Gesicht. Nun würde sogleich eine Anweisung kommen, die Chuntian von ihren Qualen erlöste. Aber er senkte nur den Blick.

»Leider müssen alle Frauen dies erleiden«, meinte er leise. »Sonst finden sie keinen Ehemann.«

»Aber du hast mich auch mit großen Füßen genommen!«

»Weil ich deine Kraft spürte«, gab Yingxiong zögernd zu. »Wir wissen nicht, ob Chuntian sie geerbt hat. Aber selbst wenn dem so wäre, die meisten Männer fänden es eher abschreckend als reizvoll.«

Yazi redete weiter, flehte und schrie, bis ein Diener zaghaft an die Tür klopfte und darauf hinwies, dass sie durch das ganze Haus zu hören sei, wo man allmählich zu schlafen wünsche. Aber ihre Worte prallten an einer Mauer der Duldsamkeit ab, die Traditionen für so selbstverständlich hielt wie den Lauf der Flüsse oder den Wechsel der Jahreszeiten.

In dieser Nacht fand sie keinen Schlaf. Und zum ersten Mal seit Jahren war ihre Hand nicht fähig, Yingxiongs Kopf zu streicheln. Er war ein kluger und gutherziger Mann, wie sie mittlerweile wusste. Lange hatte sie geglaubt, sich keinen besseren Gemahl wünschen zu können. Doch nun wurde ihr klar, dass all seine guten Eigenschaften nichts nutzten, weil sie mit Schwäche und Ängstlichkeit einhergingen.

Da Chuntian noch sehr kleine Füße hatte, wurde ihr ein immer engeres Zusammenziehen der Bandagen erspart. Dadurch würde die ganze Prozedur insgesamt weniger schmerzhaft verlaufen, wie Laoshu erklärte. Tatsächlich ließ das Wimmern des Mädchens allmählich nach, auch wenn ein spitzer, verkrampfter Zug um seinen Mund zurückblieb, der einen frühen Verlust der Kindheit andeutete. Chuntian würde niemals über Wiesen und Felder laufen können, wie Yazi es einst mit ihren Brüdern getan hatte. Der Gedanke tat weh, aber Yazi lernte mit ihm zu leben, denn ihrer Tochter war ohnehin ein Dasein in geschlossenen Räumen vorbestimmt, wo sie auf seidenen Kissen sitzen würde, anstatt zu arbeiten, bis jeder Knochen ihres Körpers schmerzte. Für einige Monate kehrte wieder Frieden in ihr Leben ein. Sie verzieh Yingxiong seine Weigerung, Chuntian zu helfen, denn gegen den Willen seines Vaters hätte er ohnehin nicht viel ausrichten können. Allmählich erwog sie, ihn selbst an die Notwendigkeit der Zeugung eines Sohnes zu erinnern, um dadurch einen weiteren Wutausbruch des Hausherrn zu verhindern. Nun, da sie wusste, wie viel Freude ein Kind bereiten konnte, schienen die mit seinem Entstehen verbundenen Unannehmlichkeiten ihr unwesentlich.

Doch es sollte anders kommen.

Yingxiong ließ eines Nachmittags nach ihr rufen und erklärte mit etwas verkrampftem Lächeln, dass sie einen gemeinsamen Ausflug unternehmen würden. Yazi blickte ihn fassungslos an. Einst hatte sie davon geträumt, einmal wieder die Frauengemächer des Hauses verlassen zu dürfen, doch nun war der Zustand des Lebens hinter Mauern für sie so selbstverständlich geworden, dass es sie fast ein wenig ängstigte, ihr gewohntes Umfeld zu verlassen. Zudem war es im Hause der Rongs völlig unerhört, dass Eheleute gemeinsam Ausflüge unternahmen.

»Wohin gehen wir?«, fragte Yazi nun und stellte fest, dass Yingxiong ihrem Blick auswich.

»Freunde von mir wollen meine Hakka-Braut sehen. Sie kennen Leute wie dich gar nicht, denn sie kommen aus dem Norden«, kam es dann mit unnötig lautem Lachen zurück.

Yazi verstand nicht, warum sie plötzlich vorgeführt werden sollte wie eine seltene Tierart. Ihr Schwiegervater hätte keinem anderen Mann einen näheren Blick auf eine seiner Konkubinen gestattet, und es passte nicht zu Yingxiong, derart mit den Regeln des Hauses brechen zu wollen. Doch je mehr sie überlegte, desto größer wurde ihr Verlangen, endlich wieder einen Blick auf die Welt außerhalb der Mauern des Hauses werfen zu können. Sie stellte keine weiteren Fragen mehr, sondern kehrte nur kurz in ihre Gemächer zurück, um sich für den Ausflug herzurichten.

Vor dem Eingangstor bestiegen sie eine bereits wartende Sänfte, und Yazi spähte sehnsüchtig durch den Spalt, den die Vorhänge ihr gönnten. Lange hatte sie erfolgreich verdrängen können, wie sehr sie sich nach Freiheit sehnte, doch nun ging selbst von den verdreckten Pfützen der Straße ein unglaublicher Reiz aus. Sie stanken nach der großen, weiten Welt, die Yazi in den letzten Jahren hatte entbehren müssen.

Die Sänfte kam vor einem prächtig verzierten Haus zum Stillstand. Yingxiong und Yazi wurden von einem Diener sogleich hereingelassen und in einen Raum geführt, wo bereits großzügig Speisen aufgetischt waren. Drei weitere Männer traten ein. Yingxiong begrüßte sie mit krampfhafter Heiterkeit, versicherte mehrfach, welch eine Ehre es für ihn sei, hier empfangen zu werden, und wünschte den Gastgebern ein langes, erfolgreiches Leben. Sein linkes Auge zuckte wieder heftig. Er erinnerte Yazi an einen Hund, der schwanzwedelnd herumsprang, um seinen Herrn gutmütig zu stimmen. Die drei Fremdlinge beachteten ihn kaum. Sie waren größer und kräftiger als Yingxiong, hätten mühelos körperliche Arbeit verrichten können, doch ihre teure Kleidung und das hochmütige Gebaren ließen auf eine vornehme Abkunft schließen. Ihre Blicke ruhten neugierig auf Yazi. Sie empfand dieses Starren als ebenso unangenehm wie die Berührung einer Schlange.

Ein junges Mädchen spielte auf einem Saiteninstrument und sang in einer Sprache, die Yazi nicht verstand, während das Mahl verzehrt wurde. Der Reisschnaps wurde immer wieder tüchtig nachgeschenkt, und nachdem die erste Karaffe leer war, brachte der Diener sogleich die nächste. Yazis Magen schien zunehmend unwillig, mehr von dem Getränk aufzunehmen, und sie füllte ihn mit trockenem Reis, um einen weiteren Becher vertragen zu können, denn eine Zurückweisung des Angebots wäre überaus unhöflich gewesen. Sie wusste inzwischen, dass es sich bei dem hochnäsigsten ihrer Gastgeber um Hukshen, den Sohn eines hohen Beamten von Nanjing handelte, der aus einer alten Mandschu-Familie stammte. Es wäre ein grober Fehler gewesen, ihn zu verärgern, auch wenn Yazi immer noch nicht den Grund für ihre Anwesenheit in diesem Raum begriff, der wohl Teil des Yamen sein musste. In die Unterhaltung wurde sie ebenso wenig miteinbezogen wie das musizierende Mädchen. Es ging um Teehäuser und sonstige Orte der Stadt, wo Männer gern zu ihrem Vergnügen hingingen und von denen sie nichts wusste.

Erleichtert nahm sie wahr, wie Yingxiong endlich aufstand, nachdem auch die dritte Schnapskaraffe geleert worden war.

Nun also ging es nach Hause. Yazi sehnte sich danach, den aus Zwang angetrunkenen Rausch in Ruhe ausschlafen zu können, doch Yingxiong machte eine abwehrende Handbewegung.

»Bleibe noch eine Weile hier«, sagte er schnell. »Die Sänfte bringt dich dann zurück.«

Yazi starrte ihm nur ratlos hinterher, als er durch den Türspalt huschte, ohne sie noch einmal anzusehen. Dann spürte sie wieder die Blicke der Gastgeber auf sich ruhen. Eine Ahnung keimte in ihr auf, ließ einen Schauer über ihren Rücken fahren, aber sie zwang sich zur Ruhe. Das konnte es nicht sein.

»Ich bin leider sehr erschöpft und folge besser gleich meinem Gemahl«, murmelte sie und trat einen Schritt zur Tür. Sobald sie dem Ausgang etwas näher war, würde sie sich sicher genug fühlen, um angemessene Abschiedsworte zu finden.

Ein Arm packte sie an der Schulter und riss sie zurück.

Yazi kauerte in der Ecke des Zimmers. Sie hatte ihr Gesicht in der Ellenbogenbeuge vergraben und genoss es, nur von Dunkel und Stille umgeben zu sein. Das Zittern jagte in Wellen durch ihren Körper und sie hörte ihre Zähne klappern. Vielleicht konnte sie für immer so liegen bleiben und mit der Zeit einfach sterben.

Chuntians Gesicht tauchte in ihrer Erinnerung auf. Sie stieß ein Wimmern aus. Sie konnte das Mädchen nicht im Stich lassen, aber was nutzte eine Mutter, die völlig entehrt und beschmutzt worden war? Schluchzer schüttelten sie. Zum allerersten Mal zweifelte sie an ihrer Fähigkeit, sich weiterhin dem Leben zu stellen.

Schritte näherten sich und ließen Yazi entsetzt zusammenfahren. Kamen die Männer zurück? Sie regte sich, um die zerrissene Kleidung über ihren Körper zu ziehen, doch die Bewegung löste zahllose Blitze von Schmerz aus. Yazi blieb liegen. Sie hatte bereits gelernt, wie schwach und wehrlos sie in Wahrheit war.

»Dazu hatten sie kein Recht«, hörte sie eine Frauenstimme murmeln und wandte den Kopf. Über ihr schwebte ein liebliches Mädchengesicht, weiß gepudert und mit Blumen im Haar.

»Ich bin Lanhua, die Schwester von Hukshen«, redete das Mädchen weiter. »Ich habe dich schreien gehört, aber weil es mein Bruder und seine Freunde waren, konnte ich dir nicht helfen.«

Sie hockte sich an Yazis Seite und strich ihr sanft das Haar aus der Stirn.

»Meine Dienerin wird dir Wasser bringen und eine Salbe für deine Wunden. Du wirst auch neue Kleidung bekommen, damit du nach Hause kannst«, murmelte sie beruhigend, während sie Yazis Wangen streichelte.

»Warum …?«, stieß Yazi mühsam hervor, vermochte den Rest der Frage aber nicht auszusprechen. Lanhua verstand trotzdem. »Rong Yingxiong hatte Schulden bei Hukshen, die er nicht bezahlen konnte. Er versprach wohl, ihm ein Blumenmädchen als Ausgleich zu bringen. Aber du bist kein Blumenmädchen, nicht wahr?«

Yazi schüttelte heftig den Kopf.

»Ich bin Yingxiongs zweite Gemahlin.«

Lanhua seufzte.

»Dafür könnte er vor Gericht kommen. Nicht mein Bruder und seine Freunde, denn sie hielten dich für eine Frau, mit der sie solche Dinge tun dürfen. Aber dein Gemahl. Die eigene Frau wie ein Blumenmädchen zu verkaufen, das ist strafbar.«

Sie richtete sich ein wenig auf.

»Mein Vater ist Richter. Manchmal bespricht er seine Fälle mit mir. Daher weiß ich das. Dein Mann hat gegen das Gesetz verstoßen. Die Ehe müsste aufgelöst werden und du solltest zu deiner Familie zurück. So würde mein Vater entscheiden.«

Ein plötzlicher Hoffnungsschimmer ließ Yazi auffahren.

»Könntest du mir helfen? Ich will so gern wieder nach Hause.«

Die Erinnerung an ihr Heimatdorf trieb ihr Tränen in die Augen. Sie würde Chuntian mitnehmen, denn eine Tochter war unwichtig. Als Erstes würde sie deren kleine Füße von den Bandagen befreien, sobald sie endlich das Haus der Rongs verlassen hatten.

Doch Lanhua senkte den Blick.

»Ich kann nicht anstelle meines Bruders aussagen. Und du bräuchtest einen Mann, der für dich Anklage erhebt«, meinte sie leise und erhob sich, um nach der Dienerin zu rufen.

Yazi erhielt einen langen Rock und eine Jacke aus schwarzer Seide, dann wurde sie von zwei Dienerinnen gestützt, um zur Sänfte gehen zu können. Zwischen ihren Schenkeln brannte ein Feuer, das mit jeder Bewegung höhere Flammen schlug. Aber sie schaffte es, mit gefasster Miene ihr Heim zu betreten, wo Laoshu sie nur mit einem entgeisterten Blick musterte, um gleich darauf einen Bottich zum Baden hereinbringen zu lassen. Yazi verbrachte fast einen ganzen Tag darin, lag mit geschlossenen Augen in dem reinigenden Nass, während Laoshu immer wieder heißes Wasser nachschüttete. Allmählich ließ der Schmerz nach. Sie errichtete eine Mauer in ihrem Kopf, um die Erinnerung an die vergangene Nacht auszusperren. Dann begann ihr Verstand aus seiner Betäubung zu erwachen und löste unbändigen Zorn aus.

»Sag meinem Gemahl, dass ich ihn zu sehen wünsche«, rief sie Laoshu zu und löste sich selbst aus der warmen Umarmung des Wassers. Die Dienerin huschte davon.

Yingxiong empfing Yazi mit einem aufgetischten Abendmahl und einer weiteren Karaffe von Reisschnaps. Seine Hände zitterten leicht, als er selbst ihren Becher füllte. Yazi widerstand der Versuchung, ihm das Getränk aus der Hand zu schlagen.

»Warum?«, fragte sie nur, als sie ohne jeden Appetit auf ihre gefüllte Essschale starrte.

Yingxiongs Kopf blieb gesenkt.

»Ich hatte Schulden bei ihnen. Mein Vater hätte mich totgeschlagen, wenn er davon erfahren hätte. Und … und von anderen Dingen.«

Er stocherte mit den Essstäbchen in seinem Reis herum.

»Sie waren doch alle drei sehr schöne Männer.«

Kurz streifte sein Blick Yazis Gesicht, schien auf eine Reaktion zu hoffen, die ausblieb.

»Ich dachte, dass … dass … sie dir etwas geben, was du bei mir vermisst. Denn ich bin nicht der Mann, den du verdient hast. Das weiß ich. Wenn du jetzt schwanger bist, so wird es vielleicht ein Sohn. Wir hätten dann beide Ruhe vor meinem Vater.«

Yazi sprang auf die Beine, wobei sie zwei Essschalen und die Karaffe mit dem Reisschnaps umstieß. Der Zorn würgte wie ein Stein, der in ihrer Kehle steckte. Sie konnte ihn weder schlucken noch hinausschreien. Ratlos sah sie sich im Zimmer um, erblickte auf einem Tisch den Tintenstein, auf dem sie so oft Yingxiongs Schreibmaterial vorbereitet hatte. Ohne weiter zu überlegen, griff sie zu, um ihn nach Yingxiongs schuldbewusst kauerndem Körper zu schleudern. Er zuckte erschrocken zur Seite, schrie aber auf, als er an der Schulter getroffen wurde.

»Lass uns schlafen gehen. Morgen geht es dir sicher besser«, flüsterte er, ohne Yazi nochmals anzusehen.

Ihr Körper gehorchte wie eine Marionette, gezogen von den Fäden alter Gewohnheit. Sie legte sich an das äußerste Ende des Bettes. Als Yingxiongs Finger zaghaft ihren Ellbogen berührten, trat sie nach ihm.

Sie schliefen Seite an Seite, doch lag ein unüberwindlicher Graben zwischen ihnen. Yingxiongs Schluchzen ließ Yazi in den Schlaf sinken. In dieser Nacht war sie zu erschöpft für Albträume und wusste noch nicht, wie dankbar sie dafür sein sollte.

Yingxiong ließ niemals wieder nach ihr rufen. Auch seine Besuche bei Chuntian blieben fortan aus. Yazi nahm dies mit Erleichterung hin, obwohl sie dadurch in den Frauengemächern in völlige Bedeutungslosigkeit zurückfiel. Ein weiterer Wutausbruch des Hausherrn blieb ihr beim nächsten Neujahrsfest erspart, denn inzwischen hatte die Familie Rong völlig andere Sorgen als das Fehlen eines Erben.

Innerhalb der drei Jahre, die Yazi im Haus der Rongs verbracht hatte, waren die Taiping von einer merkwürdigen Sekte, um die sich ein paar Aufwiegler und Räuberbanden scharten, zu einer riesigen Armee herangewachsen. Wenn Laoshu von Besorgungen in der Stadt zurückkam, berichtete sie, dass die Straßen Nanjings regelrecht von Flüchtlingen überschwemmt würden und man sich fast gewaltsam verzweifelter Bettler erwehren müsse. Lediglich die Eigentümer der Herbergen und Wirtshäuser seien darüber höchst erfreut, denn sie könnten für die winzigsten, schmutzigsten Zimmer schwindelerregende Preise verlangen.

Plötzlich wurde Yazi in den Frauengemächern wieder mehr Beachtung geschenkt, auch wenn diese nicht von besonders freundlicher Art war. Die spöttischen Blicke, mit denen einst das Bauernmädchen mit großen Füßen begrüßt worden war, hatten sich in ein hartes, feindseliges, manchmal aber auch ängstliches Starren verwandelt. Ging sie mit Laoshu im Garten spazieren, hörte sie das Getuschel der Diener und der anderen Frauen wie Fliegengesumm im Hintergrund.

Es dauerte eine Weile, bis Laoshu ihr den Grund hierfür zu erklären gewillt war. Hong Xiuquan, himmlischer König der

Taiping, gehörte ebenso wie die meisten seiner Anhänger dem Volk der Hakka an. Den Damen des Hauses Rong war durchaus bewusst, dass die großfüßige Bäuerin in ihrer Runde demselben Volk entstammte. Yazi begann zu ahnen, dass man sie plötzlich für gefährlich hielt, doch löste diese Vorstellung nur ein Kitzeln in ihrer Kehle aus. Manchmal lachte sie laut in die zarten, weiß geschminkten Gesichter, die sich befremdet von ihr abwandten.

Laoshu erstattete regelmäßig Bericht, was sich außerhalb der Mauern der Frauengemächer ereignete. Manche Neuigkeiten wurden auch von der daoistischen Nonne ins Haus gebracht, die ebenfalls öfter draußen herumlaufen durfte als die Gemahlinnen eines vornehmen Herrn.

Der Sohn des fremden Gottes zog mit seiner stets wachsenden Kriegerschar den Yangzi hinauf. Changsha, die Hauptstadt der Provinz Hunan, war von den kaiserlichen Streitkräften erfolgreich verteidigt worden, doch hatten die Rebellen inzwischen Wuchang, die Hauptstadt von Hubei, eingenommen. Eine Spur von Blut zog sich durchs Land, wie die Flüchtlinge lautstark lamentierten. Wohlhabende, ehrbare Bürger wurden ihres Vermögens beraubt, das die langhaarigen Aufständischen ans gemeine Volk verteilten, um so die Sympathien einfacher Leute zu gewinnen. Tempel, Pagoden, ja sogar die Ahnenaltare in Wohnhäusern fielen ihrer barbarischen Zerstörungswut zum Opfer, denn sie duldeten keinen anderen Glauben als den ihren.

Die erschütterndste aller Neuigkeiten war zunächst nur ein leises Flüstern einzelner ängstlicher Wesen. Niemand wollte diese Ahnung laut aussprechen, aus Furcht, sie könne dadurch noch bedrohlicher und ihr Eintreffen umso wahrscheinlicher werden. Doch eines Nachmittags trug die daoistische Nonne ein Stück Papier ins Haus, das ihr angeblich auf der Straße von einem Unbekannten in die Hand gedrückt worden war. Die erste Gemahlin des Hausherrn, eine der wenigen Frauen, die des Lesens mächtig waren, warf nur einen einzigen Blick darauf, um in lautes Wehklagen auszubrechen.

Es war eine mit dem Siegel der Taiping unterzeichnete Schrift, in der Hong Xiuquan, himmlischer König und Gottessohn, den Einwohnern Nanjings seine baldige Ankunft verkündete.

Derartige Botschaften häuften sich mit jedem Tag. Laoshu berichtete, ein vermeintlicher Brennholzverkäufer habe ihr auf dem Markt zugeflüstert, die Taiping würden jeden verschonen, der sie in Frieden begrüßte. Die daoistische Nonne erschien eines Tages einfach nicht mehr. Niemand wusste, ob sie aus Nanjing geflohen war oder versuchte, im Kloster Kraft zu schöpfen, denn allen Mönchen und Nonnen des daoistischen oder buddhistischen Glaubens war ein sicherer Tod angedroht worden, wenn sie sich nicht bereit erklären sollten, den himmlischen Gottessohn anzuerkennen.

Nun begannen die Frauen der Familie Rong ihre kleinen Feindschaften und Eifersüchteleien allmählich zu begraben, denn die Furcht ließ sie enger zusammenrücken. Sogar vor Yazi wurde weniger Abstand gewahrt, da sie sich bisher nicht als Spionin zu erkennen gegeben hatte, sondern ebenso ratlos schien wie alle anderen Familienmitglieder. Die erste Gemahlin wagte zum ersten Mal seit Jahren, den Hausherrn um eine Unterredung zu bitten. Sie hoffte, ihn zu einer Flucht nach Shanghai bewegen zu können. Die einst so überfüllten Straßen Nanjings begannen sich bereits zu leeren, und den kürzlich reich gewordenen Besitzern von Herbergen drohte jetzt der Ruin. Besonders wohlhabende Familien flohen vor jenen Gotteskriegern, die ihnen sämtliches Eigentum rauben wollten, um es an die Armen zu verteilen. Doch Rong Dongji beschloss zu bleiben. Er vertraute auf die Macht des Kaisers, dem er sein Leben lang treu gedient hatte. Nur Feiglinge flohen vor dem Feind, meinte er. Yazi dachte, dass jene Ziegen, die am schnellsten vor dem Wolf davonliefen, auch am längsten lebten. Sie hatte aber gelernt, dass ihr Leben von Anderen bestimmt wurde, und sah keine Möglichkeit, sich dagegen aufzulehnen. Nachts umschlang sie Chuntians kleinen Körper, entschlossen, ihre Tochter mit aller Kraft zu schützen, was auch immer geschehen mochte.

Zwei Wochen später erklang das erste Donnern von Kanonen. Wehklagen erfüllten die Frauengemächer, denn nun waren sie alle einem übermächtigen Schicksal ausgeliefert. Yazi trank so ruhig wie möglich ihren Tee und versuchte, die verstörte Chuntian zu beruhigen. Sie fragte sich, was in den Köpfen der Männer vorging, die nun zum Kampf antraten. Zumindest mussten sie nicht tatenlos dasitzen und warten.

Weiterhin trugen Dienstboten Neuigkeiten ins Haus. Der Fluss Yangzi habe sich grün gefärbt, hieß es, von all den grünen Fahnen, welche die heransegelnde Kriegsflotte der Taiping schwang. Die kaiserliche Armee suchte in allen Gassen, ganz gleich, wie elend sie sein mochten, nach Blinden. Aufgrund ihres hervorragenden Gehörs sollten sie herausfinden, wo die langhaarigen Rebellen begonnen hatten, Tunnel in die Stadtmauern zu graben, um diese dann zu sprengen. Leider behinderte heftiger, lautstarker Regen die Durchführung dieses Plans.

Als der Kriegslärm nach einigen Tagen allmählich zum Alltagsgeräusch verblasst war, schwoll er eines Morgens schlagartig an, erschütterte die Wände des Hauses und wurde zu einem lauten, wilden Schreien aus zahllosen Kehlen. Yazi erfuhr von panisch herumrennenden Dienstboten, dass ein Teil der Stadtmauer eingestürzt war und die Rebellen nun in Nanjings Straßen strömten. Auch die Armee der Taiping war nicht frei von List gewesen. Des Nachts war eine scheinbar riesige

Armee um die Stadtmauer galoppiert, die in Wahrheit nur aus Papierfiguren auf Pferden bestanden hatte. Während die kaiserlichen Soldaten versuchten, im Dunkeln die Bewegungen des Feindes zu verfolgen, hatte eben dieser Feind an einer unbeobachteten Stelle der Mauer Schießpulver deponiert. Danach rasten die Ereignisse nur noch so dahin. Der Hausherr ließ alle Tore des Hauses verrammeln und die Familie versammelte sich in der Ahnenhalle zum Gebet, doch konnte bei den zahlreichen Klagen und Weinkrämpfen keine ehrfürchtige Stimmung aufkommen. Yazi hielt Chuntians Hand so fest umklammert, dass sie manchmal fürchtete, die kleinen Knochen zu zerquetschen. Sollten die Rebellen das Haus stürmen, konnte sie mit ihren großen Füßen vorgeben, nur eine Bedienstete zu sein. Sie musste die Eindringlinge in der Sprache der Hakka anreden, um so Verbundenheit zu schaffen. Sie musste überlegen und handeln, denn die Rongs vermochten ihr keinen Schutz mehr zu bieten, falls die Truppen des Kaisers versagten. Als treue Diener der Mandschus würden sie die ersten Opfer der Angreifer sein.

In der folgenden Nacht entfernte sie die Bandagen von Chuntians kleinen Füßen, damit sie nicht mehr als Tochter eines vornehmen Herrn zu erkennen wäre. Das Mädchen schrie dabei ebenso erbärmlich wie nach dem ersten Einbinden, doch ging ihr Schmerz in dem allgemeinen Wehklagen unter. Das Haus fand keinen Augenblick der Ruhe mehr, denn die Schätze der Rongs wurden in Kisten verstaut und an einem geheimen Ort versteckt. Laoshu berichtete beim Morgenmahl, dass etliche Dienstboten sich mit ein paar Wertgegenständen davongemacht hatten. Das vornehme Haus der Rongs würde sicher bald gestürmt werden und falls dann die versteckten Schätze entdeckt wurden, dann wäre niemand mehr sicher vor dem Zorn der langhaarigen Rebellen.

Yazi, die Chuntian in ihren Armen wiegte, um ihr Schluchzen zu stillen, richtete sich auf.

»Wohin flüchten diese Dienstboten?«, fragte sie leise. »Verstecken sie sich in der Stadt?«

Laoshu stellte das Essgeschirr, das sie gerade eingesammelt hatte, zur Seite und beugte sich vor, um in Yazis Ohr flüstern zu können.

»Es heißt, man kann durch das Loch in der Stadtmauer nach draußen verschwinden. Die Taiping sind zu sehr mit dem Kampf gegen die Soldaten des Kaisers beschäftigt, um einfache Leute aufzuhalten.«

Yazi überkam der sehnsüchtige Wunsch, ebenfalls aus diesem Chaos der Angst und Gewalt zu entfliehen. Wenn sie es irgendwie zurück in ihr Dorf schaffen könnte, würden ihre Eltern sie vielleicht wieder aufnehmen, auch wenn sie immer noch Yingxiongs Gemahlin war. Sie konnte erklären, dass sie geflohen war, um ihr Leben und das ihrer Tochter zu retten.

»Könntest du vielleicht nachsehen, ob man tatsächlich aus der Stadt herauskommt? Mein Verschwinden würde zu schnell auffallen«, wandte sie sich nach kurzem Überlegen an ihre Dienerin. Sie erinnerte sich, wo der Schmuck lag, den sie einst von ihrer Mutter erhalten hatte. Die Silberketten konnten ihr ermöglichen, eine Weile zu überleben und sich wieder zu ihrer Familie durchzuschlagen.

Laoshu nickte zögernd.

»Gut, ich werde gehen, sobald es wieder dunkel ist. Es gibt eine kleine Tür, durch die man noch aus dem Haus kommt«, flüsterte sie.

Nachdem ein weiterer Tag der Angst und Unruhe vergangen war, führte Laoshu Yazi zu einer schmalen Öffnung in der Mauer des Gartens, schloss sie dann kurz aber kraftvoll in die Arme.

»Ich werde nachsehen, wie die Lage auf den Straßen ist. Warte bis zum Morgengrauen auf mich. Falls ich nicht zurückkomme, musst du selbst entscheiden, ob du bleibst oder gehst.«

»Du sollst dich nicht meinetwegen in Gefahr begeben«, protestierte Yazi, doch eine Handbewegung ihrer Dienerin brachte sie zum Schweigen.

»Du warst mir eine gute Herrin und hast es nicht verdient zu sterben, nur weil dein vornehmer Gemahl zu dumm war, um rechtzeitig zu fliehen«, meinte Laoshu mit Nachdruck, bevor sie in eine völlig veränderte, unbekannte Welt verschwand.

Yazi wartete ruhig in ihrem Zimmer, verschloss ihre Ohren vor allem Wimmern und Klagen der anderen Frauen, und versuchte sich durch das Nachsprechen von Gebetstexten, die sie aus ihrer Kindheit kannte, zu beruhigen.

Mit dem ersten Tageslicht trat ein Moment der Ruhe ein, da alle Bewohner des Hauses völlig ausgelaugt waren. Yazi zog ihre traditionelle Hakka-Kleidung an, nahm Chuntian in den Arm und schlüpfte rasch durch die Mauer. Sie hoffte, dass Laoshu einfach allein geflohen war, da sie eine Rückkehr für zu gefährlich gehalten hatte. Jetzt würde sie diesem Beispiel folgen.

Die Straße schien gespenstisch still, doch lag ein starker Geruch von Rost in der Luft. Erst als Yazi über einen leblosen Körper stolperte, erinnerte sie sich, dass es beim Schlachten in ihrem Heimatdorf ähnlich gerochen hatte. Ihr linker Fuß stand bereits in einer Blutlache.

Sie drückte Chuntian an sich und ging entschlossen weiter. Leider wusste sie nicht einmal, wo sich die Stadtmauer befand, doch würde sie sicher bald zu sehen sein. Yazi machte einen Schritt nach dem anderen, hielt ihren Blick auf den Horizont gerichtet und trat alle Hindernisse zur Seite, ohne sie näher anzusehen. Erst ein lautes Wimmern ihrer Tochter zwang sie, wieder auf den Boden zu blicken.

Laoshu lag vor einem Hauseingang. Ihr Gesicht schien sanft und friedlich, wie es ihrem Wesen entsprach. Nur die bereits getrocknete Blutlache auf ihrem Unterleib verriet, dass sie niemals wieder würde aufstehen können.

Yazi beugte sich und strich sanft über die eiskalte Wange ihrer Dienerin. Wie blutrünstig dieser fremde Gott doch sein musste, um den Tod einer derart unscheinbaren Maus zu verlangen!

Als Chuntians Wimmern zu einem lauten Klagen wurde, hielt Yazi ihrer Tochter den Mund zu. Gebeugt huschte sie an den Fassaden der Häuser entlang, bis sie zu einer breiten Straße gelangte. Hier waren die Leichen zu kleinen Hügeln getürmt. Yazi musste eine Faust gegen die Zähne pressen, als sie sah, dass sich an einigen Gliedmaßen bereits Ratten festgebissen hatten. Dann bohrte eine Hand sich in ihre Schulter, ließ sie vor Schreck versteinern.

»In einer Zeit wie dieser sollte eine Frau nicht allein herumlaufen«, sagte eine Männerstimme in der Sprache der Hakka. Entschlossen, sich selbst und ihre Tochter mit aller Kraft zu verteidigen, riss Yazi sich los, fuhr angriffslustig herum und erblickte das breite, freundliche Gesicht eines älteren Mannes.

»Ich bin Quan Li Shao. Schneider von Beruf«, erklärte der Fremde, während er sie sanft zu einem Hauseingang schob. Yazis Verstand mahnte zur Vorsicht, aber in all dem Grauen tat der Klang der vertrauten Sprache ihrer Kindheit so wohl, dass sie der Einladung folgte.

Ein kleiner Raum tat sich vor ihr auf, fast bis zur Decke gefüllt mit Stoffballen in allen Farben des Regenbogens.

»Ich will die Taiping freundlich empfangen, habe mich schon auf sie eingestellt«, meinte der Schneider. »Wenn ich Glück habe, lassen sie mich ihre Gewänder nähen. Es heißt, sie mögen bunte, kräftige Farben.«

Dann drückte er Yazi auf einen Schemel und bot ihr eine Tasse Tee an.

»Beruhige dich. Uns Hakka werden sie verschonen. Wir werden einfach lernen, mit den neuen Herren zu leben.«

Yazi empfand die Wärme der Teetasse in ihrer immer noch zitternden Hand als erstaunlich wohltuend. Sie wagte es,

Chuntian aus ihrem schützenden Griff zu entlassen. Quan Li Shao hielt dem Mädchen eine Schüssel Sojamilch hin.

»Die Soldaten des Kaisers … «, begann Yazi, verwirrt, dass der Schneider den Sieg der Taiping bereits für eine unumstößliche Tatsache hielt. Quan Li Shao winkte ab.

»Tot oder geflohen. Sogar die Zitadelle, wo die höchsten Mandschu-Beamten sich verschanzt hatten, ist bereits gestürmt. Die Männer der angesehenen Familien haben zuerst ihre Frauen und Kinder, dann sich selbst getötet. Es ist niemand mehr in Nanjing, um die langhaarigen Rebellen und ihren himmlischen König wieder hinauszujagen.«

Yazi dachte an Hukshen und seine Freunde, die vielleicht zu den Selbstmördern gehört hatten. Sie vermochte keine Trauer zu empfinden. Vermutlich hatte Quan Li Shao Recht. Dies war nicht ihr Krieg. Sie würde sich nur mit neuen Herren arrangieren müssen.

»Bleib heute Nacht hier«, bot der Schneider ihr lächelnd an. »Deine Tochter und du, ihr könnt bei meinen Dienstboten schlafen. In ein paar Tagen ist das Schlachten vorbei, dann wird wieder Ruhe einkehren. Vielleicht haben wir ja gar kein schlechtes Leben unter diesem Sohn eines fremden Gottes. Er ist immerhin Hakka, einer von uns.«

Eng an Chuntians Körper geschmiegt fiel Yazi in einen steinernen Schlaf. Am nächsten Morgen fühlte sie sich erstaunlich erholt und stark. Gemeinsam mit zwei Bediensteten des Schneiders verzehrte sie eine Morgensuppe, dann überließ sie Chuntian der Obhut von Quan Li Shao, um einen Blick nach draußen zu werfen.

Der Schlamm der Straßen hatte sich rot gefärbt, doch waren Bedienstete bereits im Begriff, die Leichen auf Karren zu laden. Männer mit Tüchern auf dem Kopf schritten selbstbewusst herum. Sie trugen rote, knielange Jacken und Hosen in bunten Farben. Trotzig hielten sie Speere hoch. An ihren Gürteln hingen Schwerter oder lange Messer. Ihre Befehle erteilten sie lautstark in jener Sprache, die Yazi von Kindheit an vertraut war.

Dies also war das Heer des himmlischen Königs.

Yazi lehnte sich an eine Hauswand und konnte das Geschehen ungestört beobachten. Brandgeruch lag in der Luft und sie vermeinte, aus der Ferne Schreie zu vernehmen. Gerüchte über die Drohungen gegen buddhistische und daoistische Klöster fielen ihr wieder ein. Sie wünschte von Herzen, dass die ihr vertraute Nonne rechtzeitig aus der Stadt geflohen war, um dem sicheren Tod zu entgehen.

Vor einigen Häusern waren Tische mit Tee und Speisen aufgestellt worden, auch wenn die Bewohner sich nicht nach draußen wagten. Lachend bedienten sich die Gotteskrieger, warfen das Geschirr dann gegen Hauswände und traten die Tische um.

Dann erklang plötzlich ein lautes Wehklagen aus weiblichen Kehlen, das immer näher rückte. Yazi lief ein Schauer über den Rücken, doch vermochte sie den Blick nicht von der Straße zu wenden. Mit Speeren wurde eine Gruppe von Frauen herangetrieben. Alle trugen elegante, seidene Gewänder, die bereits mit Schmutz und Blut befleckt waren. Ihre kunstvollen Frisuren waren zerzaust wie Vogelnester. Erschöpft klammerten sie sich aneinander, halfen sich auf die Beine, wenn eine von ihnen stürzte. Yazi trat einen Schritt vor, wollte die Hände ausstrecken, um zu helfen, doch ein Speerträger jagte sie an die Hauswand zurück.

»Das sind die räudigen Hündinnen der Mandschus«, knurrte er. Yazi starrte auf die Gesichter der gefangenen Frauen und stieß einen Schrei aus, als sie Hukshens Schwester Lanhua erkannte, die eine wesentlich ältere Frau beim Gehen stützte. Kurz wandte der Kopf der schönen Mandschu-Dame sich ihr zu. Sie nahm ein Wiedererkennen in deren

Augen wahr und rief ihren Namen, doch die Gefangenen wurden erbarmungslos weitergetrieben.

Yazi folgte, ohne weiter zu überlegen. Wieder spürte sie Lanhuas tröstendes Streicheln auf ihrer Wange und wünschte sich, genug Einfluss zu besitzen, um wenigstens dieser vornehmen Mandschu helfen zu können.

Es ging bis zur Stadtmauer, dann wurden die gefangenen Frauen durch das Chaoyang-Tor hinausgejagt und Taiping-Krieger versperrten Zuschauern den Weg. Yazi blieb stehen.

»Was wird mit ihnen geschehen?«, fragte sie laut an niemand bestimmten gewandt.

»Sie werden sterben«, erwiderte eine weibliche Stimme an ihrer Seite. Yazi wandte sich staunend um. Neben ihr stand ein bewaffneter Taiping-Krieger in Hosen und mit gelbem Tuch auf dem Kopf. Er war kleiner als die meisten Männer und hatte ein jungenhaft glattes Gesicht ohne jede Bartstoppel, aber sein stämmiger, muskulöser Körperbau machte ihn zu einer eindrucksvollen Erscheinung. Wo war die Frau, die eben gesprochen hatte?

»Es sind schöne Mädchen darunter«, meinte Yazi verzweifelt zu dem Krieger. »Sie gefallen euch sicher, warum wollt ihr sie töten?«

Ein sehr helles Lachen drang aus der Kehle des Kriegers.

»Mir gefallen keine Frauen, nur Männer. Zudem hat unser Gottessohn das Schänden von Frauen verboten. Sie werden einfach sterben, das ist alles.«

Yazi senkte den Blick.

»Sie haben euch doch nichts getan«, protestierte sie leise aber beharrlich.

»Alle Mandschus sind Dämonen. Sie haben zu Unrecht die Herrschaft über China an sich gerissen. Ihr Kaiser versündigt sich gegen Gott, indem er auf Erden seinen Platz einnehmen will«, erwiderte nochmals die Frauenstimme. Nun wurde Yazi klar, dass sie direkt aus der Kehle des Kriegers kam. Sie hatte kaum Zeit, sich darüber zu wundern, denn bald schon drang lautes Schreien durch die Mauer. Yazi ballte ihre Hände zu Fäusten. Sie wollte losrennen und um sich schlagen, doch was hätte dies genützt? Die Schmerzensschreie wurden zu einem fast tierischen Jaulen und bald stank die Luft nach verbranntem Fleisch. Yazi stützte sich an der Mauer ab, als ihr übel wurde.

»Der Weg zum himmlischen Königreich ist hart und erlaubt uns kein Erbarmen. Aber dort erwartet uns ewiger Frieden«, sagte die Frau in der Kleidung eines Kriegers und berührte sanft Yazis Schulter. Yazi schüttelte sie ab.

»Du solltest nach Hause gehen, wenn dir das alles hier missfällt. Ich werde dich begleiten«, meinte die Fremde unbeirrt. Yazi fühlte sich zu ausgelaugt, um Widerstand zu leisten, als sie wieder in das Innere der Stadt geführt wurde.

Der weibliche Taiping-Krieger lotste sie völlig gelassen an Leichnamen vorbei und gab ihr inmitten all des Gemetzels tatsächlich ein Gefühl von Sicherheit. Allerdings musste Yazi bald schon feststellen, dass sie den Weg zurück nicht genau wusste.

»Das Haus des Schneiders Quan Li Shao«, meinte sie zu ihrer bewaffneten Begleiterin. »Dort ist meine Tochter.«

Die Kriegerin wandte sich an einen der Dienstboten, die für das Fortschaffen der Leichname zuständig waren. Er verbeugte sich mehrfach vor der bewaffneten Frau und bot sogleich an, sie hinzuführen.

Es ging in eine Seitenstraße und dann weiter in immer engere, verwinkelte Gassen. Yazi kam der Weg ungewöhnlich lang vor, doch war sie von den Ereignissen zu benommen, um einen klaren Gedanken fassen zu können. Als drei Gestalten ihnen plötzlich den schmalen Eingang zu einer Gasse versperrten, wunderte sie sich zunächst nur, dass tatsächlich noch Männer in der Kleidung der kaiserlichen Soldaten unterwegs waren.

Das plötzliche Klirren von Schwertern tat in ihren Ohren weh. Sie sah den Bediensteten davonhuschen und begann zu begreifen, dass er sie bewusst in eine Falle geführt hatte. Die Kaiserlichen warfen der Taiping-Kriegerin Beschimpfungen und spöttische Drohungen an den Kopf, doch die Hiebe ihrer Schwerter wurden von ihr erfolgreich abgewehrt.

Yazi lehnte sich heftig atmend an eine Hauswand. Trotz des heftigen Widerstandes der Kriegerin war es nur eine Frage der Zeit, bis sie von den drei Männern überwältigt werden würde. Dann wäre Yazi selbst wohl das nächste Opfer ihrer Schwerter, da sie als Begleiterin einer Taiping-Soldatin erschienen war. Wer würde ihr schon glauben die zweite Gemahlin von Rong Yingxiong zu sein?

Weglaufen, schrie eine Stimme in ihrem Kopf, aber es war Yazi nicht möglich, die entschlossen um sich schlagende Frau allein zu lassen. Fassungslos und mit widerwilliger Faszination beobachtete sie, wie die Kriegerin einem ihrer Angreifer die Brust durchbohrte, den nächsten mit einem Tritt in den Unterleib zu Fall brachte. Wenn sie selbst derart hätte kämpfen können, wäre sie kein so leichtes Opfer für Hukshen und seine Freunde gewesen. Als nur noch einer der Kaiserlichen stand, wandte das Schicksal sich plötzlich gegen die Kriegerin. Ein heftiger Hieb des letzten Gegners schlug ihr das Schwert aus der Hand und ließ sie völlig wehrlos zurück. Auf dem Gesicht des kaiserlichen Soldaten zeigte sich bereits Triumph, als er nochmals die Waffe hob.

Yazi stieß einen Schrei aus und rannte los. Sie warf sich mit voller Wucht gegen den Körper des Soldaten, der nicht mit ihrem Eingreifen gerechnet hatte und ein paar Schritte rückwärts taumelte. Kurz geschah nichts, dann legte eine eiserne Klammer sich um ihren Hals und zwang sie in die Knie. Für eine Weile vermochte Yazi nur zwei zornig funkelnde Augen zu sehen, während sie nach Atem rang. Die Bewegungen der Kriegerin blieben ein Schatten im Hintergrund. Plötzlich fühlte sie die Hand an ihrer Kehle erlahmen und brach unter dem Gewicht des Soldaten zusammen. Als sie ihn von sich schieben wollte, spürte sie warmes Blut auf ihrer rechten Hand. Sie begriff selbst nicht, warum sie erst in diesem Moment leise zu wimmern begann.

»Schon gut, der tut keinem mehr etwas zuleide«, erklang die beruhigende Stimme der Kriegerin, als sie Yazi von dem Gewicht des Männerkörpers befreite und ihr die Hand hinhielt, um ihr auf die Beine zu helfen.

Dann unterzog sie die hilflos mit den Zähnen klappernde Yazi einer gründlichen Musterung.

»Ich dachte, du wärest nur eine schwache, ängstliche Frau, aber da hatte ich mich getäuscht«, meinte sie anerkennend. »Wer so viel Mut hat wie du, der ist in unseren Reihen jederzeit willkommen.«

Yazi war immer noch außerstande zu reden und hatte sich heftig atmend gegen eine Wand gelehnt.

»Man nennt mich Pofu, die Geißel der Qing«, fuhr die Kriegerin fort. »Einst kämpfte ich bei den Flusspiraten, aber als das Heer des himmlischen Königs kam, schlossen wir uns an. Hong Xuanjiao, die Schwester des himmlischen Königs, ist das Oberhaupt der weiblichen Streitkräfte. Eine eindrucksvolle Frau, Meisterin der Kampfkunst. Wir alle müssen uns einer strengen Ordnung beugen, doch jeder Einsatz wird gerecht belohnt. Wir kämpfen und leben Seite an Seite wie Brüder und Schwestern bis zum Tag, da der große Frieden kommt.«

»Ich verstehe von alldem nichts«, meinte Yazi, in deren Kopf sich der Sturm allmählich legte. »Ich möchte jetzt gern zu meiner Tochter.«

»Na gut«, gab Pofu nach, während sie ihr Schwert aus dem Rücken des Qing-Soldaten zog. »Wir werden jemanden anderen nach dem Weg fragen und ihn diesmal zwingen, vor uns herzulaufen. Aber vergiss mein Angebot nicht, denn bald schon wird man hier in der Stadt neue Krieger anwerben. Ich bin Generalin und hätte dich gern bei den neuen Rekrutinnen, die von mir ausgebildet werden.«

Kurz darauf konnte Yazi Chuntian endlich wieder in die Arme schließen. Sie hörte, wie Quan Li Shao der Taiping-Generalin untertänigst Tee anbot und dabei ganz beiläufig seine bescheidenen Künste als Schneider erwähnte. Tatsächlich war Pofu von der Farbenpracht seiner Stoffe sehr angetan und versprach, bald andere Leute aus dem Taiping-Lager vorbeizuschicken, die für die königliche Garderobe zuständig waren.

Der Schneider schien nun derart erfreut, Yazis Bekanntschaft gemacht zu haben, dass eine Verlängerung ihres Aufenthalts in seinem Haus sich als völlig unproblematisch erwies. Sie ließ Chuntian mit den zwei kleinen Söhnen einer Dienstmagd spielen, während sie selbst beim Zubereiten der Mahlzeiten mithalf. Es tat wohl, sich nach fast drei Jahren des Nichtstuns wieder nützlich machen zu können. Auf diese Weise vergingen drei weitere Tage. Yazi hatte weiterhin vor, Nanjing zu verlassen, doch wollte sie warten, bis das Morden ganz vorüber war.

Eines Vormittags, kurz vor Beginn der Stunde der Schlange, wurde Yazi zusammen mit den anderen Dienstboten von einem aufgeregt schnatternden Quan Li Shao aus dem Haus gejagt. Die Nachbarn hatten sich bereits in Reih und Glied am Straßenrand aufgestellt. Musik erklang, rückte immer näher, bis schließlich die ersten Kolonnen der siegreichen Taiping-Armee erschienen. Yazi sah zahllose Reihen von Kriegern in bunten Jacken durch die vor Kurzem noch blutgetränkte Straße ziehen. Zu diesem Anlass hatten einige von ihnen die Tücher von ihren Köpfen entfernt und stellten stolz unrasierte Schädel und bis zu den Schultern wallendes Haar zur Schau. Der Zopf, wie Yingxiong ihn getragen hatte, galt als Zeichen der Mandschus, daher hatten die Klugen unter Nanjings Einwohnern ihn sich bereits abgeschnitten. Yazi erkannte eine entschlossen einherschreitende Pofu, hinter der tatsächlich eine Schar von muskulösen Frauen mit Schwertern und Messern am Gürtel herging. Sie waren Teil einer ganzen Kriegerinnenschar, die von einer berittenen Frau in einem langen, prächtig verzierten Seidengewand angeführt wurde. Es musste Hong Xuanjiao sein, jene kampferprobte Schwester des himmlischen Königs. Yazi musterte ihr scharfes, vornehm geschnittenes Profil, das sie an einen Raubvogel erinnerte. Es war hart wie Stein, von Stolz erfüllt, aber insgesamt anziehend, obwohl ihm jegliche Zerbrechlichkeit fehlte. Kurz überlegte sie, was für ein Gefühl es sein musste, zu der Gefolgschaft dieser Frau zu gehören, dann wurde ihre Aufmerksamkeit auch schon von einer anderen Erscheinung in den Bann gerissen. Das Gewicht einer prachtvoll vergoldeten Sänfte, deren Dach fünf weiße Kraniche zierten, ruhte auf den Schultern von sechzehn Trägern. Ein mittelgroßer, eher unscheinbarer Mann mit dem schmalen Gesicht eines Gelehrten saß darin. Eine goldbestickte Kopfbedeckung in der Form eines Fächers zierte sein Haupt, sein blauschwarzes Haar wallte über die gelbe Seide seiner Robe, ja selbst seine Füße steckten in Schuhen von dieser Farbe.

Gelbe und goldfarbene Kleidung zu tragen war ein Privileg des Kaisers.

Ohne Zögern warf Yazi sich neben all den anderen Einwohnern Nanjings zu Boden, um Hong Xiuquan, Gottessohn und himmlischen König, als neuen Herrn der Stadt zu begrüßen. Gesang erfüllte die Luft. Kurz wagte Yazi es, den Kopf zu heben. Sie erblickte eine Reihe junger, schöner Mädchen mit Blüten im Haar, die auf Pferden hinter der Sänfte her ritten. Jede von ihnen trug einen seidenen Sonnenschirm. Sie wirkten so zart und lieblich, dass sie als Teil des mörderischen Taiping-Heeres unwirklich schienen.

Als die Prozession vorbeigezogen war, standen die Einwohner Nanjings allmählich auf, um flüsternd, klagend und aufgebracht die veränderte Lage zu besprechen. Der unerschütterliche Quan Li Shao beruhigte seine Bediensteten und seine weinende Ehefrau. Yazi wischte den Straßenstaub von ihrer Kleidung und wollte ins Haus zurückgehen, um nach Chuntian zu sehen, als jemand im Hintergrund ihren Namen rief. Sie versteinerte, denn sie war schon lange nicht mehr zweite Herrin genannt worden.

»Wir dachten, du wärest tot. Aber da bist du ja, den Göttern sei Dank!«

Der ranghöchste Hausdiener der Rongs kam über die Straße auf sie zugeeilt.

»Du musst heimkehren, Herrin. Man hat nach dir gesucht. Das Haus der Rongs ist unversehrt geblieben, fürchte dich nicht.«

Ratlos blickte Yazi sich um. Sie konnte auf der Stelle davonlaufen und versuchen, sich irgendwo in der verwüsteten Stadt zu verstecken, aber dann musste sie Chuntian zurücklassen. Quan Li Shao sah sie bereits staunend an.

»Ich dachte, du wärest eine einfache Frau, eine Bedienstete«, meinte er. »Aber wenn du zur Familie Rong gehörst, dann gehe nach Hause.«

Sie senkte den Blick. Welchen Sinn hatte es, den Schneider anzuflehen? Er kam wie zufällig einen Schritt näher und flüsterte rasch:

»Du wolltest davonlaufen, nicht wahr? Warte eine Weile. Hier werden sich bald viele Dinge ändern. Du wirst eine Gelegenheit finden, aus dem Haus zu entkommen. Aber jetzt musst du erst einmal zurück, ich kann dir nicht helfen.«

Er zwinkerte ihr aufmunternd zu, und sie gehorchte.

Aufgrund der außergewöhnlichen Lage wurde Yazis mehrtägiges Verschwinden ungestraft hingenommen. Auch Chuntians befreite Füße schienen niemanden zu stören, da den Hausherrn nun ganz andere Sorgen plagten als die Zukunft seiner Enkeltochter. Yazi konnte ungestört ihre alten Gemächer beziehen, wo neue Tage der trägen Untätigkeit auf sie warteten. Die anderen Frauen hielten nun wieder Abstand von ihr, beäugten sie mit sichtlichem Misstrauen, da ihre Abwesenheit nach dem Eindringen der Taiping wohl als verdächtig empfunden wurde.

Yazi wäre wieder in ihre alte Lebensweise zurückgefallen, doch hatte Laoshus Tod ein tief klaffendes Loch hinterlassen. Ihr fehlte die vertraute Nähe der Dienerin, das tägliche Geplauder, bei dem sie auch erfahren konnte, was außerhalb der Enge der Frauengemächer in der Welt geschah. Nun war sie gezwungen, ihre Ohren offen zu halten, um durch das Belauschen fremder Gespräche etwas von den neusten Entwicklungen mitzubekommen.

Der himmlische König traktierte Nanjings Einwohner mit ständig neuen Verordnungen. Innerhalb der Stadtmauern war Handel verboten worden, doch verzogen sich die Händler einfach nach draußen, wo weiterhin rege Geschäfte gemacht wurden. Angeblich mussten alle wohlhabenden Familien ihre Vorräte und Wertgegenstände abgeben, die nun zum Allgemeinbesitz erklärt wurden. Nicht alle waren so klug gewesen wie die Rongs und hatten alles rechtzeitig versteckt. Dafür wurden tatsächlich die Armen der Stadt mit Getreide und Kleidung versorgt, was zur Folge hatte, dass sie in Scharen in die Ränge der Taiping überliefen.

Eines Abends wurde Yazi mit allen anderen Frauen in die Ahnenhalle gerufen, aus der allerdings alle Tafeln und Opfergaben wohlweislich entfernt worden waren. Nach einem kurzen Gebet verkündete der Hausherr, dass auf Wunsch des für ihr Stadtviertel zuständigen Taiping-Offiziers Angaben über alle Mitglieder eines Haushalts zu machen seien. Der himmlische König, fuhr Rong Dongji nach kurzer Pause fort, wünsche, dass jede Familie der Stadt eines ihrer Mitglieder in seine Dienste schicke, ansonsten drohten harte Strafen.

Während um sie herum geweint und geklagt wurde, erinnerte Yazi sich an Pofus geschickten, kraftvollen Umgang mit dem Schwert, an die muskulösen, braungebrannten Körper ihrer Rekrutinnen. Das Leben dieser Frauen bestand nicht aus trägem Herumsitzen in geschlossenen Räumen. Mit einem Mal war ihr völlig klar, dass dies die Gelegenheit war, von der Quan Li Shao gesprochen hatte.

Sie erhob sich und bat angehört zu werden. Dreimal berührte sie vor Rong Dongji mit der Stirn den Boden, bevor sie sich anbot, als wertlose, da unfruchtbare Frau dieses Opfer auf sich zu nehmen, und dabei auch jene Tochter mitzunehmen, die der Familie nur unnötig zur Last fallen würde. Sie hörte Geflüster in ihrem Rücken, ein paar erleichterte Seufzer.

»Sie werden keine Frau wollen«, knurrte der Hausherr nur. Yazis Herzschlag setzte aus, denn sie glaubte nicht, dass er ihr eine Gelegenheit zum Widerspruch geben würde.

»Vater, in ihren Rängen kämpfen auch Frauen«, mischte Yingxiong sich unerwartet ins Gespräch. Yazi blickte auf und sah seine Augen mit einem sanften, verständnisvollen Blick auf sich ruhen.

»Ich wünsche dir Glück, meine Hua Mulan«, flüsterte er ihr zum Abschied zu. Für einen Moment blieb sein Blick auf Chuntian ruhen, als wolle er sich die Gesichtszüge einer Tochter einprägen, die er vielleicht niemals wiedersehen würde.

Kapitel 4

Drei Jahre später hatte Yazi bereits den Rang einer Hauptmännin inne und gehörte neben Pofu zu Hong Xuanjiaos besten Kriegerinnen. Sie konnte die chinesischen Übersetzungen jenes heiligen Buches der Christen lesen, die tagtäglich in Nanjing gedruckt wurden, sowie auch die vom himmlischen König hierzu verfassten Kommentare. Einer tüchtigen Taiping-Soldatin war es gestattet, Unterricht im Lesen und Schreiben zu erhalten. Die zehn Gebote hatte sie auch auswendig gelernt, bevor sie bei einer feierlichen Zeremonie mit Wasser besprenkelt worden war, was ihre Aufnahme in die Gefolgschaft des himmlischen Königs besiegelte. Männer und Frauen lebten streng getrennt in ihren Quartieren. Sie waren in Guans eingeteilt, Einheiten von 25 Personen, denen jeweils ein Offizier der Armee vorstand. Zu vorgegebenen Zeiten, mehrmals täglich und vor allem an jedem siebten Tag, der mit einem Gongschlag angekündigt wurde, trafen sie sich zum Gebet, das anders als in den traditionellen Tempeln eine kollektive Zeremonie war. Vor einem Altar, auf dem drei Tassen Tee, drei Schüsseln mit Fleisch und drei mit Reis geopfert wurden, sangen die Versammelten Hymnen. Die Details eines jeden gemeinsamen Betens wurden auf einem Papier aufgezeichnet, das anschließend als Opfer an Huang Shangdi, den großen Gott, verbrannt wurde. Es hatte Yazi zunächst erstaunt, dass die Taiping keine Räucherstäbchen anzündeten, doch nahm sie es als deren Eigenart hin. Ansonsten bestand ihr Tag aus Kampfübungen und der Erledigung sonstiger Pflichten, die ihr von Pofu im Namen Hong Xuanjiaos auferlegt wurden. Yazis Tage kannten keine Leere mehr. Sie war für die Ausbildung und das korrekte Betragen der ihr unterstellten Kriegerinnen verantwortlich. Sie hatte an Schlachten gegen die Qing-Armee teilgenommen, die immer wieder versuchte, Nanjing zurückzuerobern. Inmitten des erbarmungslosen Tötens und Sterbens hatte sie Stärke bewiesen, ja ihrer Generalin noch einmal das Leben gerettet, wodurch zwischen ihnen ein stählerner Bund der Freundschaft gewachsen war. Oft waren die Truppen losgezogen, um weitere Städte zu erobern. Der rostige Blutgeruch war Yazi nun so vertraut, dass sie ihn nicht mehr wahrnahm. Es war einfacher, Dinge nicht allzu sehr zu hinterfragen, auch das hatte sie gelernt. In der Armee herrschte strenge Disziplin, und Kampfübungen sowie

Vorbereitungen von Schlachten forderten alle Soldaten bis zur äußersten Erschöpfung. Yazi glaubte, was ihr gesagt wurde, denn sie war wieder Teil eines Ganzen geworden, in dem ihre Fähigkeiten geschätzt wurden. Als sie mitbekam, wie dreizehnjährige Kinder in die Schlacht geschickt wurden, nachdem ihnen versichert worden war, dass sie als gefallene Helden sofort ins göttliche Himmelreich kämen, spürte sie einen leichten Stich des Unbehagens, der aber im Kampfgetümmel unwichtig wurde. Die Armee brauchte alle Krieger, die sie bekommen konnte. Sie glaubte an das gemeinsame Ziel aller Taiping, die Errichtung des himmlischen Königreichs, wo ewiger Frieden herrschen würde. Nur der fassungslose Gesichtsausdruck von Mönchen und Nonnen, die zusehen mussten, wie Taiping-Soldaten in den dämonischen Klöstern die Statuen Buddhas oder der daoistischen Götter zerschlugen, erschreckte sie manchmal. Etwas in den Blicken dieser friedvollen Anhänger alter, falscher Religionen schien gemeinsam mit ihren Idolen zu zerbrechen. Yazi tröstete sich damit, dass die Mönche und Nonnen nun nicht mehr auf der Stelle massakriert wurden wie nach der Eroberung Nanjings. Sie würden Gelegenheit erhalten, den richtigen Glauben zu lernen.

Da Yazi ihre Tochter vermisste, die sie während der Feldzüge in der Obhut anderer Frauen hatte lassen müssen, sorgte Hong Xuanjiao schließlich dafür, dass sie gemeinsam mit Pofu der persönlichen Garde ihres Bruders, des himmlischen Königs, zugeteilt wurde. Er hatte sich in der Stadt, die nun Tianjing, Hauptstadt des Himmels, genannt wurde, einen prächtigen Palast errichten lassen. Der zweite Gottessohn liebte bunt bemalte Wände und prächtiges Mobiliar, hatte ein kompliziertes Hofzeremoniell ersonnen, das bis ins letzte Detail befolgt werden musste. Die kleinste Vergesslichkeit zog schwere Strafen nach sich, sodass Yazi manchmal das harte, einfache Leben an der Front vermisste, denn dort waren alle Regeln ihr einleuchtend erschienen. Hong Xiuquan hatte sich weitgehend aus dem Kampfgeschehen zurückgezogen, um sich ganz dem Studium der heiligen Texte und dem Ersinnen neuer Vorschriften für seine Anhänger zu widmen. Die zwei anderen Machthaber, Shi Dakai, der Flügelkönig, und Wei Changhui, König des Nordens, waren für die Kriegsführung zuständig und daher meist abwesend. Yazi vermisste ihre Gegenwart, denn gerade Shi Dakai hatte sich als fähiger, kluger Feldherr erwiesen, dessen Urteil sie achtete. So blieb neben Hong Xiuquan nur ein anderer, mächtiger Mann in der Stadt: Yang Xiuqing, König des Ostens, der bereits am Dornenberg, dem ersten Lager der Taiping in Guangxi, persönlich die Stimme Gottes vernommen hatte. Er war eine sehr elegante Erscheinung mit schmalen, edlen Gesichtszügen, doch meinte Yazi, einen verschlagenen Ausdruck in seinen Augen zu erkennen, der ihr missfiel. Aber sie vertraute auf das Urteil Hong Xiuquans, der sicher Gründe gehabt hatte, diesen Mann in eine hohe Position zu erheben. Doch bereits drei Wochen, nachdem sie ihren Dienst als Hauptmännin der Leibgarde angetreten hatte, kam es zu einer ersten Konfrontation der zwei in Nanjing verbliebenen Könige.

Am frühen Morgen erschien Yang Xiuqing, der Ostkönig, unangekündigt im Palast des himmlischen Königs, um wichtige Neuigkeiten zu übermitteln. Noch bevor er sein Anliegen vortragen konnte, wurde er von Krämpfen geschüttelt und seine Glieder verrenkten sich so, dass Yazi Pofu ins Ohr flüsterte, ob es nicht ratsam wäre, einen Arzt zu rufen. Ihre Generalin machte nur eine abwehrende Handbewegung: Im Lager der Taiping geschah nichts ohne höhere Anweisung. Dann begann der König des Ostens plötzlich mit einer sehr tiefen, brummenden Stimme zu reden.

»Ich, Huang Shangdi, der allmächtige Gott, habe vier Söhne. Ye Su, der bereits an meiner Seite weilt. Hong Xiuquan, der auf Erden in meinem Namen das himmlische Königreich errichtet. Mein dritter Sohn war ein Held, der bereits im Kampf gefallen ist. Yang Xiuqing ist mein vierter Sohn, der Hong Xiuquan dabei als Ratgeber zur Seite steht.«

Stimmengewirr erklang. Pofu warf den ihr unterstellten Kriegerinnen zornige Blicke zu, denn es war verboten, bei Empfängen unaufgefordert zu reden.

»Ich bin nicht zufrieden mit dem Tun meines zweiten Sohnes«, sprach die Stimme Gottes aus dem Mund des Königs des Ostens. »Er hat sich der Trägheit hingegeben, ist nachlässig in der Kontrolle seiner Untertanen und verbringt zu viel Zeit mit seinen Frauen, von deren Wünschen er sich leiten lässt. Zur Strafe für diese Unachtsamkeiten soll er vierzig Stockschläge erhalten.«

Nun wagte niemand mehr einen Ton von sich zu geben. Yazi hörte, wie Pofu an ihrer Seite laut Luft einsog. Alle Blicke waren fassungslos auf Hong Xiuquans Gesicht gerichtet. Vermutlich würde er die Wache nun auffordern, den König des Ostens auf der Stelle festzunehmen. Yazi überlegte, wie viele Anhänger Yang Xiuqing inzwischen in der Stadt hatte. Unter Umständen drohten jetzt Straßenschlachten.

Aber der himmlische König erhob sich von seinem hohen Stuhl, um vor dem König des Ostens auf die Knie zu fallen.

»Die Stimme meines Vaters hat aus deinem Mund gesprochen. Ich füge mich seinen Wünschen.«

Yazi wurde leicht schwindelig. War dies wirklich die Stimme Gottes gewesen, obwohl es geklungen hatte wie der Trick eines geschickten Gauklers? Ratlos musterte sie die zwei Männer, denen zu gehorchen ihre Pflicht geworden war. Zunächst war alles so einfach gewesen, so klar und geradlinig. Der Kampf für das himmlische Königreich führte sie in eine Schlacht nach der anderen, zog Siege und Niederlagen nach sich. Doch hier im Palast schienen merkwürdige Spiele im Gange, die wesentlich verworrener und schwer zu durchschauen waren.

Hong Xiuquan nahm seine Strafe hin, doch hörte Yang Xiuqing nicht auf, die Stimme Gottes aus seinem Mund erklingen zu lassen. Ständig wurden die Anweisungen des himmlischen Königs als fehlerhaft entlarvt und daher korrigiert. Hong Xiuquans Laune verdüsterte sich mit jedem Tag. Er schrie seine erste Gemahlin vor allen Dienstboten an, dass sie entgegen göttlicher Anweisung immer noch an Eifersucht litt. Jene unscheinbare Frau, die sich einst mit einem kleinen Dorfschullehrer vermählt hatte und jetzt die Gemahlin eines Gottessohnes war, ertrug seine Vorwürfe wie immer mit demütig gesenktem Haupt. Doch auch die zahlreichen, betörend schönen Konkubinen, die Hong Xiuquan im Laufe seines Siegeszuges um sich gesammelt hatte, wurden nicht von seinen Wutanfällen verschont. Manchmal trat er nach ihnen oder verletzte sie, indem er mit Gegenständen um sich warf. Yazi fiel es zunehmend schwer, einem König, der sich wie ein trotziger Junge benahm, den notwendigen Respekt zu zollen.

Schließlich traf eine weitere Delegation jener Fremden ein, deren heiliges Buch Hong Xiuquan seine Bestimmung hatte erkennen lassen. Es hatte bereits vorher Besuche von ihnen gegeben, doch waren diese enttäuschend verlaufen. Aus irgendeinem Grund schienen die Barbaren aus der Ferne nicht willens, Hong Xiuquan als zweiten Sohn ihres Gottes anzuerkennen, und verweigerten ihm ihre Unterstützung. Yazi hoffte, sie hätten sich nun eines Besseren besonnen. Sobald das himmlische Königreich auf Erden errichtet war, würden die kleinen Machtkämpfe endlich aufhören.

Doch es kam nur zu einer kurzen Unterhaltung mit dem zweiten und dem vierten Gottessohn. Danach zogen sich die unnatürlich großen, kalkweißen und in grotesker, unbequemer Weise gekleideten Gestalten wieder auf ihr Schiff zurück. Ein paar Briefe wurden noch gewechselt, bevor sie abreisten.

Bei der nächsten offiziellen Versammlung verkündete Huang Shangdis Stimme aus dem Mund des Königs des Ostens, dass die religiösen Texte aus der Fremde voller Fehler seien. Das Drucken der Bibel sollte auf der Stelle eingestellt werden, bis sie angemessen überarbeitet wäre. Nur die unmittelbaren Worte des Herrn seien weiter zu beachten.

Yazi fiel ein, dass Hong Xuanjiao ihr einmal anvertraut hatte, der Ostkönig habe als Sohn eines einfachen Köhlers niemals das Lesen und Schreiben gelernt. Dieses Wissen und seine neueste göttliche Botschaft ergaben in ihrem Kopf ein störendes, hässliches Bild. Wer die heilige Schrift nicht entziffern konnte, mochte sehr eigennützige Gründe haben, ihren Wert herabzusetzen.

Doch Hong Xiuquan, dessen wesentliche Tätigkeit in den letzten Jahren die Auslegung der fremden religiösen Texte gewesen war, versteinerte nur, widersprach aber nicht.

Pofu und Yazi waren mit den anderen Kriegerinnen der Palastgarde auf dem Weg in ihre Quartiere, als eine junge Rekrutin namens Jinjing, in die Pofu große Erwartungen setzte, plötzlich stehen blieb und in schallendes Gelächter ausbrach. Sie war ein großes, braungebranntes, kräftiges Mädchen aus Guangzhou, zur Hälfte Malaiin, und hatte sich den Taiping angeschlossen, um einem Leben im Bordell zu entkommen.

»Ich habe mir auch immer einen Vater oder Bruder gewünscht, der genau das sagt, was mir in den Kram passt«, meinte sie kichernd, während sie einen Stein zur Seite trat. Dann sah sie sich kurz um, und als die Straße sich als leer erwies, begann sie zu zucken und in einer tiefen Stimme zu brummen:

»Ich, Huang Shangdi, der große und einzige Gott, erkläre, dass Jinjing aus Guangzhou meine liebste Tochter ist. In Zukunft soll sie ihren eigenen Palast mit zweihundert persönlichen Dienerinnen haben und jeder hübsche Mann unter meinen Kriegern hat sich anzustrengen, ihr eine unvergleichliche Liebesnacht zu schenken.«

Die anderen Mädchen sahen stumm zu, nur auf einigen Gesichtern erschien ein zaghaftes Lächeln. Pofu herrschte sofort alle an, sich zurückzuziehen. Nur Yazi und Jinjing durften bleiben.

Yazi hätte gern über Jinjings Darbietung lachen mögen. Es war ein gelungener Scherz, nichts weiter. Trotzdem hämmerte ihr das Herz in der Brust und sie hoffte inständig, dass niemand außer den Mädchen aus ihrem Guan die Szene mitbekommen hatte.

»Na, was meint ihr? War ich gut? Komme ich damit durch?«, rief Jinjing, sobald sie allein waren. Pofu holte aus und schlug ihr so hart mit der Faust ins Gesicht, dass ein Strom von Blut aus ihrer Nase zu fließen begann.

»Wenn du noch einmal so etwas sagst, lasse ich dich aus der Stadt jagen«, schrie sie. Yazi schloss die Augen, denn die Härte der Strafe schien ihr unangemessen. Aber ganz tief in Pofus Brüllen hatte sie jene Angst vernommen, die sie selbst ebenso empfand.

Zwei Tage später zog Yazi mit ihrer Gefolgschaft durch die Straßen um den Palast, da der himmlische König Unruhen befürchtete. Angeblich hatten sich Spione der Qing in die Stadt geschlichen. Sie konnte aber nichts weiter als die üblichen Prozessionen mit Papierdrachen zur Unterhaltung des Volkes erkennen. Theateraufführungen erfreuten sich ebenfalls großer Beliebtheit, wobei viel Wert auf einfache, volksnahe Sprache und religiöse Themen gelegt wurde. Das Handelsverbot innerhalb der Stadtmauern nahm schon seit langem kaum jemand mehr ernst, denn an jeder Straßenecke hockten Händler mit ihren Waren, doch war dies dem himmlischen König bereits mehrfach mitgeteilt worden, ohne dass er etwas dagegen unternahm. Von den wiederholten Besuchen der Fremden waren seltsame Gegenstände zurückgeblieben, die nun als

Kuriositäten feilgeboten wurden. Yazi sah Sonnenschirme in tiefschwarzer Farbe und ein laut tickendes Ding, das angeblich die Zeit anzeigte, doch wusste niemand, wie sie an einer mit unleserlichen Zeichen verzierten Scheibe zu erkennen sein sollte.

Dann erblickte sie plötzlich ein Getümmel aus um sich schlagenden Männerkörpern. In vollem Bewusstsein, königliche Autorität zu verkörpern, stürmte Yazi los, riss die Kämpfer auseinander und herrschte sie an, sich ordentlich zu betragen. Ihre Kleidung, die sie als Soldatin des königlichen Heeres kenntlich machte, ließ die meisten sogleich zurückweichen. Nur zwei Aufwiegler leisteten Widerstand. Yazi brachte sie mit gezielten Tritten und Schlägen zur Strecke, wie es sich für eine aufmerksame Schülerin Hong Xuanjiaos gehörte.

Schließlich kauerte nur noch eine einzige Gestalt auf dem Boden. Ihre Gliedmaßen schienen unnatürlich lang, doch am erstaunlichsten war der Schopf von weizenfarbenem Haar auf ihrem Kopf. Yazi bückte sich, um diese eigenartige Kreatur genauer anzusehen.

Obwohl er blaue Hosen und eine schwarze Jacke in der Art gewöhnlicher Bauern trug, war das Gesicht des Mannes fremd. Es kostete Yazi einige Anstrengung zu begreifen, dass die Barbaren sich wie Chinesen kleiden konnten, aber dadurch keine wurden. Sie blickte in ein Gesicht, das weiß und unförmig wirkte wie ungebackener Teig. Blaue Augen leuchteten sie an. Es schien ihr widernatürlich, dass ein Mensch ähnliche Augen haben konnte wie die kostbare Katze von Rong Dongjis Lieblingskonkubine.

»Ich danke Ihnen für Ihre Hilfe«, sagte die merkwürdige Erscheinung in fehlerfreiem Mandarin. Yazis Welt geriet kurz aus den Fugen. Angeblich waren Barbaren nicht in der Lage, irgendeine chinesische Sprache zu lernen.

»Ich wollte dem Händler eine kleine Statue abkaufen und gab ihm vier Tael. Er nahm die Münzen an sich, lenkte mich kurz ab und meinte dann, es seien nur drei gewesen.« Der immer noch auf dem Boden hockende Fremde hob seine Handflächen. Yazi erkannte eine Schwellung auf der linken Hälfte seines Gesichts. Außerdem war der Ärmel seiner Jacke zerrissen.

»Ich lasse mich nicht gern betrügen, obwohl es natürlich dumm war, wegen eines Taels einen Streit zu beginnen, der dann noch in einen Kampf ausartete«, sagte er. »Mit dem Händler wäre ich wohl fertig geworden, aber er hatte Freunde in der Nähe.«

Yazi streckte die Hand aus und half ihm auf die Beine. Sobald er aufrecht vor ihr stand, schien seine Größe schwindelerregend. Yazi straffte energisch die Schultern. Eine Soldatin hatte stets und immer die Fassung zu wahren.

»Ich glaube Ihnen. Der Händler war ein Betrüger. Der Fall wird dem himmlischen König gemeldet werden«, versprach sie. Es schien ihr nicht wünschenswert, dass Nanjing bei Ausländern den Ruf bekam, unter der Herrschaft der Taiping eine Räuberhöhle geworden zu sein.

Der Fremdling nahm dies recht gleichmütig zur Kenntnis.

»Ich kenne den Namen des Mannes nicht, daher dürfte es schwer werden, nach ihm zu suchen. Ich kann den einen Tael verschmerzen.«

Er wischte den Straßenstaub von seiner Kleidung.

»Wie kommen Sie nach Nanjing?«, hörte Yazi sich fragen, obwohl es nun angebracht gewesen wäre, ihren Rundgang fortzusetzen. Sie hatte es niemals für möglich gehalten, dass sie mit einem dieser Fremdlinge würde reden können wie mit einem normalen Menschen.

Der große Mann lächelte sie auf eine sehr offene Art an.

»Meine Gefährten und ich, wir kamen einfach durch ein Stadttor herein. Wir wollen dem König der Taiping Waffen verkaufen. Gehören Sie zu seiner Palastgarde?«

Yazi neigte zustimmend den Kopf.

»Nun, dann sehen wir uns vielleicht bald wieder.«

Der Fremde lächelte nochmals und zeigte dabei seine unnatürlich breiten Zähne. Yazi verstand nicht, warum sie ihn trotz seines Aussehens keineswegs abstoßend fand.

»Ich bewundere mutige Frauen, auch wenn sie manchmal sehr grimmige Gesichter machen«, meinte er zum Abschied. In seiner Stimme lag ein feiner, freundlicher Spott.

Yazi verspürte einen Stich in ihrer Brust, eine seltsame Mischung aus Empörung und befriedigter Eitelkeit.

Zwei Tage später erschienen tatsächlich drei Fremde und baten um eine Audienz beim himmlischen König, die ihnen sogleich gewährt wurde. Hong Xiuquan hoffte immer noch, diese seltsamen Völker zu seinen Verbündeten zu machen, da sie derselben Religion huldigten. Yazi war inzwischen klar, dass jene Leute, allgemein Lao Wai, ehrwürdiger Fremder, genannt, aber manchmal auch Yang Guizi, fremder Teufel, durchaus die Macht besaßen, über den Ausgang des Krieges gegen die Qing zu entscheiden. Aber ihr Zögern, sich auf die Seite ihrer Glaubensbrüder zu schlagen, zeigte bereits, was von ihrem Mut zu halten war. Die Bereitschaft, mit der Hong Xiuquan ihnen stets die Palasttore öffnen ließ, schien ihr inzwischen übertrieben.

Yazi erkannte den weizengelben Haarschopf sogleich wieder. Seine zwei Begleiter hatten etwas dunkleres, aber nicht wirklich schwarzes Haar. Die unterschiedlichen Haarfarben waren bei Lao Wai notwendig, befand Yazi. Ansonsten wäre es unmöglich gewesen, sie auseinanderzuhalten, denn ihre Gesichter glichen einander in der teigigen Blässe und Unförmigkeit.

Jener Mann, den sie gerettet hatte, führte das Gespräch, denn seine Begleiter waren der chinesischen Sprache nicht mächtig. Als der himmlische König fragte, ob irgendein europäischer Herrscher einen Palast hätte, der dem seinen glich, wurde demütigst verneint. Nur meinte Yazi wieder ein leicht spöttisches Blitzen in den blauen Augen wahrzunehmen, das sie im Unklaren darüber ließ, wie ernst diese Antwort gemeint war. Der Lao Wai zeigte dem himmlischen König mehrere Feuerwaffen. Yazi hatte von diesen magischen Kampfwerkzeugen bereits gehört und auch vereinzelte Exemplare gesehen, doch waren sie selten und kostbar im Lager der Taiping. Sie ermöglichten es, aus der Ferne zu töten so wie Kanonen, waren jedoch so klein und leicht zu transportieren wie ein Messer. Yazi beobachtete fasziniert, wie einer jener Fremden an einem kleinen, schwarzen Gegenstand herumhantierte. Dann erklang ein höllisches Knallen. Ein prächtig verziertes Paravent zerriss und in der Wand des königlichen Empfangsraums klaffte ein Loch.

Yazi fragte sich, ob diese Zerstörung des Mobiliars wirklich nötig gewesen war, doch Hong Xiuquan griff mit leuchtenden Augen nach dem Gegenstand, der sie ausgelöst hatte. Sie fühlte sich an einen Jungen erinnert, der ein neues Spielzeug in den Händen hielt.

»Wie viele davon können wir haben? Wie viel würden hundert kosten?«

Die Fremden begannen, sich in einer knurrenden Sprache zu unterhalten. Man einigte sich auf einen Preis, doch würde es eine Weile dauern, bis die Ware geliefert werden konnte. Hong Xiuquan bot den Fremden eine Unterkunft in der Nähe des Palastes an, womit die Audienz beendet war.

Die zwei dunkelhaarigen Lao Wai gingen laut plaudernd hinaus. Der Mann mit dem Weizenhaar trödelte ein wenig. Er hatte kein besonderes Interesse an der Vorführung der Feuerwaffe gezeigt, auch an den geschäftlichen Verhandlungen hatte er sich nur als Übersetzer beteiligt. Doch nun stand er mit einem Lächeln vor Yazi. Wieder wurde die Breite seiner Zähne sichtbar.

»Eine Hauptmännin also«, meinte er in seinem fließenden Mandarin. »Ich fühle mich geehrt, Ihre Bekanntschaft gemacht zu haben.«

Yazi spürte entsetzt, wie ihr der Schweiß aus den Poren trat. Es war unüblich, dass Gäste des Königs Mitglieder der Palastgarde ansprachen. Zudem wusste sie nicht, ob der Fremdling ihr schmeicheln oder über sie spotten wollte. Es schien ihr eine seltsame Mischung aus beidem, doch konnte sie keine Bosheit in den blauen Augen oder in dem Klang seiner Stimme erkennen.

Er verbeugte sich kurz, bevor er hinausging.

Sie hoffte insgeheim, dieser Lao Wai würde bald abreisen, denn sein Betragen verwirrte sie in höchst ärgerlicher Weise.

Yazi erfuhr, dass die Fremden auch bei Yang Xiuqing vorstellig geworden waren. In diesem Fall waren die beiden in der Stadt verbliebenen Könige ausnahmsweise sofort einer Meinung. Sie wollten möglichst schnell möglichst viele von diesen Feuerwaffen erwerben, sodass die Lao Wai in einem Gebäude in Palastnähe verblieben. Yazi wurde mit der Aufgabe betraut, sie bei Ausflügen in die Stadt zu begleiten und für ihre Sicherheit zu sorgen. Trotz erster Bedenken begann sie allmählich Gefallen an dieser Aufgabe zu finden. Der Lao Wai mit dem Weizenhaar überhäufte sie ständig mit Fragen, wie das Leben gewöhnlicher Leute unter der Herrschaft der Taiping aussah. Er bemerkte, dass auch vornehme Frauen sich nun frei auf den Straßen bewegen konnten, was ihm zu gefallen schien. Yazi staunte, wie viel Beachtung er den Lebensumständen von Menschen eines völlig fremden Volkes schenkte. Als Zeichen ihrer wachsenden Wertschätzung versuchte sie, sich den Namen dieses Mannes einzuprägen. Er verlangte ihrer Zunge ungewohnte Verrenkungen ab, doch nachdem sie mehrere Tage lang mit Hilfe des Lao Wai geübt hatte, gelang es ihr schließlich, ihn in angeblich verständlicher Weise anzureden: Andrew Huntingdon.

Zwei Wochen später schlug Andrew, wie er von ihr genannt werden wollte, einen Ausflug ins Umland vor. Er wollte sehen, wie es den Bauern unter der neuen Herrschaft ging, sehnte sich zudem nach ein paar Stunden der Ruhe in freier Natur. Yazi empfand dies zunächst als sinnlose Zeitvergeudung, wie ihr gelangweilte kaiserliche Beamte gern nachgingen, doch allmählich freundete sie sich mit dem Gedanken an. Sie beschloss, Chuntian mitzunehmen. So sehr sie ihre Tochter auch liebte, bereitete das Mädchen ihr manchmal Sorgen. Sämtliche Versuche, sie die Kampfkunst zu lehren, waren bisher enttäuschend verlaufen. Obwohl Chuntians Füße sich normal entwickelt hatten, war sie ängstlich und ungelenk, schien keinerlei Freude an körperlicher Ertüchtigung zu empfinden, was Yazi nicht begreifen konnte. Sobald das Mädchen jedoch im Lesen und Schreiben unterwiesen wurde, zeigte sie sich erstaunlich begabt und verlangte bald nach anspruchsvolleren Texten, als ihr in der Schule zur Verfügung standen. Yazi war durchaus stolz auf die Lernerfolge ihrer Tochter. Sie würde die Beamtenprüfungen ablegen können, zu denen nun auch Frauen zugelassen waren, und trotz ihres Mangels an körperlichem Geschick gab es unter der Herrschaft des himmlischen Königs genug Aufgaben für ein so begabtes Mädchen. Doch würde es der kleinen Gelehrten nicht schaden, einen Blick auf das harte, bodenständige Leben der Landbevölkerung zu werfen, befand Yazi.

Sie zogen im Morgengrauen los. Chuntian saß fröhlich auf ihrem Pony. Sie schien sich weitaus schneller an Andrews fremdes Gesicht gewöhnt zu haben als erwachsene Menschen es vermochten, lauschte angeregt seinen Worten und plauderte munter drauflos. Yazi staunte, denn für gewöhnlich hatte ihre Tochter ein sehr verschlossenes Wesen. Fassungslos hörte sie, wie Andrew in seiner merkwürdigen Muttersprache redete und Chuntian seine Worte nachahmte. Aus ihrem jungen Mund flossen sie mit weicher Geschmeidigkeit. Andrew lächelte zufrieden. Chuntian strahlte.

»Sie haben eine bemerkenswert sprachbegabte Tochter«, wandte Andrew sich an Yazi. Chuntian sah ihre Mutter erwartungsvoll an.

»Ja, sie lernt sehr fleißig«, gab Yazi zu. Sie hielt nicht viel davon, Kinder überschwänglich zu loben, denn das ließ sie nur eitel und selbstgefällig werden. »Aber bei den Kampfübungen war sie leider nicht so erfolgreich«, fügte sie daher wahrheitsgemäß hinzu.

Ein Schatten legte sich über Chuntians eben noch sehr glückliches Gesicht. Andrew schwieg eine Weile nachdenklich.

»Kein Kind kann all die Erwartungen erfüllen, die seine Eltern in es setzen«, meinte er dann leise. »Menschen mit hoher geistiger Begabung sind oft ungelenk, doch das ist nicht ihre Schuld. Wir werden alle mit unterschiedlichen Talenten geboren.«

Yazi spürte das Blut unter ihrer Haut pulsieren. Dieser Lao Wai maßte sich an sie zurechtzuweisen! Doch auf Chuntians Gesicht spiegelte sich wieder das Strahlen der Sonne.

»Es ist doch möglich«, fuhr Andrew unbeirrt fort, »dass dieses Mädchen nicht den kämpferischen Mut seiner Mutter geerbt hat, sondern nach einem anderen ihrer Verwandten geraten ist.«

Yazi versteinerte in dem Bewusstsein ertappt worden zu sein. Es hatte sie in der Tat gestört, in Chuntian das nervöse, ängstliche, kluge Wesen Yingxiongs wiederzuentdecken. Er gehörte zu der alten Welt, die sie hinter sich hatte lassen wollen.

»Der Vater meiner Tochter und ich haben keinen Umgang miteinander«, erklärte sie. »Als Hauptmännin der königlichen Garde kann ich meine Pflichten als Ehefrau nicht mehr erfüllen.«

Sie verschwieg, wie erleichtert sie darüber war, der Kontrolle der Rongs ganz und gar entkommen zu sein. Andrew neigte nur den Kopf. Seltsamerweise hatte sie das Gefühl, er könne in die Tiefen ihres Wesens blicken, so wie Wahrsager, wenn sie Leuten eine Zukunft versprachen, die ihren Wünschen entgegenkam.

Doch Andrew versprach nichts. Er plauderte nur weiter mit Chuntian, deren Augen leuchtend an seinem teigfarbenen Gesicht hingen.

Die Stadtmauer war noch in Sichtweite, als sie die ersten Behausungen erreichten. Yazi erklärte Andrew, dass der himmlische König das Land gerecht an alle Untertanen verteilt hatte. Auch Frauen besaßen ein Recht auf Grundbesitz, sodass sie sich selbst und ihre Kinder ernähren konnten.

»Bei den Han-Chinesen war es üblich, dass Töchter und Ehefrauen meist im Haus blieben«, fügte sie zufrieden hinzu. »Doch Hong Xiuquan folgt der Tradition der Hakka. Ich habe schon als kleines Mädchen auf den Feldern mitgeholfen, ebenso wie meine Mutter und meine Schwestern.«

Sie hob stolz das Kinn. Wie wohl es tat, in einer Gesellschaft zu leben, wo Tüchtigkeit mehr galt als die nutzlose Zerbrechlichkeit bildschöner Konkubinen! Yazi fiel ein, dass etliche der Frauen im königlichen Palast durchaus dem traditionellen Schönheitsideal der Qing entsprachen, aber sie tröstete sich damit, dass dadurch auch für diese unselbständigen Wesen eine Überlebensmöglichkeit geschaffen worden war.

Andrew musterte aufmerksam die Lehmhütten der Bauern. Sie waren ärmlich, aber einigermaßen sauber, wie Yazi erleichtert feststellte. Die Gesichter der Kinder, die neugierig herbeigeeilt kamen, hatten eine frische, gesunde Farbe. Yazi sah Andrew erwartungsvoll an. Hong Xiuquan hätte sicher gewollt, dass der Lao Wai einen guten Eindruck vom Leben unter seiner Herrschaft bekam. Aber sie selbst wollte es ebenso, auch wenn sie sich nicht genau erklären konnte, warum ihr die Meinung dieses Fremdlings so wichtig war.

Er hatte einige Gegenstände aus der Tasche gezogen, die er lächelnd an die Kinder verteilte. Es schien sich um so etwas wie Federkiele zu handeln, dann folgten fremdartige Münzen, schließlich ein paar Mohnkuchen, die er in der Stadt erstanden haben musste. Er stieg vom Pferd und die Kinder hingen sogleich begeistert an den Schößen seiner Jacke. Wieder staunte Yazi, wie schnell Halbwüchsige sich an sein seltsames Aussehen gewöhnten. Er lachte und seine Augen strahlten. Yazi wurde auf einmal warm ums Herz. Chuntians Gesicht hatte sich ein wenig verzogen, fast als sei sie eifersüchtig geworden, weil die Aufmerksamkeit des Lao Wai nicht mehr ihr allein galt. Yazi überlegte, ob dies nicht ein schlechter Charakterzug an ihrer Tochter war, als sie plötzlich das laute Schreien hörte.

»Nun beweg dich endlich, du faules Tier. Mach schon, steh auf!«

Ein Bauer kämpfte wohl mit einem störrischen Wasserbüffel. Yazi beschloss nachzusehen, denn sie mochte es nicht, wenn Tiere unnötig gequält wurden. Sie bog um die Ecke einer Hütte und erblickte die Weite von Reisfeldern, die sich bis zum Horizont erstreckten. Bauern pflanzten kauernd Setzlinge ein. Manche von ihnen krochen dabei unnötigerweise auf allen Vieren vorwärts. Am Rand des Feldes stand eine aufrechte Gestalt in der Kleidung einfacher Taiping-Soldaten, hielt einen Bambusstock hoch und brüllte. Zu ihren Füßen kauerte ein Bündel Mensch.

Yazi kam näher. Der Soldat, eine Frau, wie sie nun erkannte, verneigte sich sogleich beim Anblick von Yazis gelber Uniform-Jacke, auf der das Abzeichen einer Hauptmännin zu sehen war, und ließ den Stab sinken.

»Was geht hier vor?«, fragte Yazi in bewusst freundlichem Tonfall, denn sie wollte die bisher harmonische Stimmung des Besuches nicht stören.

»Dieses Weib weigert sich zu arbeiten, obwohl es allgemeine Pflicht ist«, erwiderte die Soldatin sogleich und wies auf das Bündel. Yazi sank in die Knie, um genauer nachzusehen. Das Bündel hatte spindeldürre Arme, mit denen es seine Beine umklammerte. Ein faltiges, ausgezehrtes Frauengesicht starrte mit stumpfem Ausdruck in den Himmel.

Als sie Yazis gewahr wurde, zwang die Frau sich in eine kniende Position und stammelte ein paar unverständliche Worte.

»Steh auf«, meinte Yazi in weiterhin freundlichem Ton.

Die Frau stemmte sich wimmernd hoch, doch sobald sie halbwegs stand, kippte sie rückwärts. Yazi fing sie auf. Sie fragte sich, warum die Soldatin ihr dabei nicht zu Hilfe gekommen war.

»Diese Frau hält sich für etwas Besseres, weil ihrem Gemahl einst das meiste Land hier gehörte«, kam es als Erklärung. »Sie entschuldigt sich mit ihren Füßen. Aber sie wurden aufgebunden, wie es der himmlische König befahl.«

Yazi blickte an der ausgezehrten Gestalt hinab, die wie ein Bündel aus Vogelknochen in ihrem Griff hing. Kurz musste sie vor Widerwillen die Augen schließen. Im Hause der Rongs hatten Lilienfüße in hübsch bestickten Seidenschuhen gesteckt. Entblößt waren sie nur zu zwei Bogen verkrümmte Knochen, von denen Eitergeruch ausging.

»Mit den Bandagen konnte ich mich im Haus bewegen«, stammelte die Alte. »Aber ohne kann ich nicht einmal stehen. Ich habe versucht zu kriechen, aber dabei bin ich furchtbar schwach. Diese Schmerzen …«

Ein hilfloses Schluchzen erstickte den Rest ihrer Worte.

»Das sind doch Ausreden. Sie ist faul!«, schrie nun die Soldatin und hob noch einmal den Bambusstock. Yazis Blick ließ sie innehalten.

»Ich will arbeiten«, protestierte die Frau, sichtlich ermutigt durch Yazis unerwartete Unterstützung. »Aber bitte, habt Erbarmen, gebt mir die Bandagen wieder!«

Yazi biss sich auf die Lippen. Diese ganze Lage gefiel ihr nicht, denn obwohl die Soldatin sich streng an alle Regeln gehalten hatte, schien ihr Verhalten eben dadurch unsinnig und zudem grausam.

»Vielleicht sollte man ihren Wunsch einfach erfüllen. Es ist doch nichts Schlimmes daran, wenn sie ihre Füße wieder einbindet«, meinte sie schließlich. Das Gesicht der Soldatin versteinerte zu einer strengen Maske.

»Der himmlische König hat es verboten.«

Yazi spürte einen Schatten in ihrem Rücken und wandte den Kopf. Sie war nicht wirklich überrascht, Andrews Gesicht zu sehen. Ohne weitere Fragen zu stellen, griff er nach der ausgemergelten Frau und trug sie wie ein Kind in seinen Armen vom Feld, um sie sanft auf das Gras zu legen. Dann strichen seine Hände über ihre verkrümmten Füße. Yazi wollte ihn darauf hinweisen, dass gerade die Frauen der Han ihre Füße als sehr persönliches Körperteil betrachteten, das kein Fremder berühren sollte, doch das erleichterte Lächeln auf dem Gesicht der Alten machte die Ermahnung überflüssig.

»Sie ist alt, ihre Füße können nicht mehr heilen«, meinte er zu Yazi, die an seine Seite getreten war. »Sie braucht ihre Bandagen, denn ihr Körper hat sich daran gewöhnt.«

»Wer ist dieser Mann«, erklang sogleich die Stimme der Soldatin. »Wieso erlaubt er sich …«

Yazis energische Handbewegung brachte sie zum Schweigen.

»Bring die Bandagen und lass sie ihre Füße wieder einbinden. Sofort!«, herrschte sie die Soldatin an, denn ein sanfterer Tonfall hätte nur zu Widerspruch geführt. Sie bemerkte einen trotzigen Gesichtsausdruck, doch als sie selbst ihre Miene noch etwas grimmiger werden ließ, wurde ihr gehorcht.

Die alte Frau strahlte, sobald ihre Füße wieder in den vertrauten Fesseln steckten. Gestützt von Andrew, vermochte sie ein paar Schritte zu laufen. Schließlich kauerte sie wie alle anderen auf dem Feld und pflanzte Setzlinge ein.

»Du wirst sie niemals wieder anschreien, denn sie arbeitet fleißig!«, zischte Yazi der Soldatin zu, bevor sie sich entfernte. Entsetzt bemerkte sie das Zittern ihrer eigenen Hände. Soeben hatte sie einem Befehl des himmlischen Königs zuwider gehandelt und es war durchaus möglich, dass eine Beschwerde an seine Ohren gelangen konnte. Aber Andrews anerkennender Blick versöhnte sie für den Augenblick mit der Gefahr.

Als sie wieder nach Nanjing kamen, war Yazi erstaunlich leicht und beschwingt zumute. Sie empfand Stolz, eine schwierige Lage bestens gemeistert zu haben. Vielleicht konnte sie Hong Xiuquan erklären, weshalb seine Anordnung in diesem Fall nicht ihren Zweck erfüllt hatte. Wie sollte ein Mann sich in die Lage einer Frau mit Lotusfüßen versetzen können?

Ihr wurde bewusst, dass der Mann, neben dem sie soeben durch das Stadttor ritt, es gekonnt hatte. Wieder empfand sie ein unerklärliches Gefühl von Wärme in der Gegenwart dieses Lao Wai. Zaghaft wandte sie ihm den Kopf zu und spürte sein Lächeln wie einen sanften Windhauch. Die Zeit, da sie eine baldige Abreise der Fremdlinge herbeigesehnt hatte, schien so weit zurückzuliegen, dass sie der verschwommenen Erinnerung an einen Traum glich. Als Andrew einen gemeinsamen Streifzug durch die Stadt in der Abenddämmerung vorschlug, nickte sie nur, denn es gehörte zu ihren Aufgaben, ihn zu begleiten. Doch schien es ihr fast schändlich, mit wie viel Freude sie der Erfüllung dieser Pflicht entgegensah.

Sie brachte Andrew zu seiner Unterkunft und ritt dann mit Chuntian zu ihrem Guan, wo bald das Abendmahl aufgetischt werden würde. Nachdem sie die Pferde der Dienstmagd übergeben hatte, betrat sie ihr Zimmer, legte die Uniformjacke ab und befreite ihr Haar von dem gelben Tuch, das sie nach Art der Taiping um den Zopf gewickelt hatte, um es dann wie eine zusammengerollte Schlange auf dem Kopf zu befestigen. Yazi öffnete eine Truhe, um bequeme Hauskleidung für sich und Chuntian herauszusuchen. Sie ertappte sich bei einem Gedanken, der ihr sonst völlig fremd war, nämlich was sie bei dem abendlichen Spaziergang mit Andrew tragen würde. In ihrer Funktion als Leibgardistin wären wieder die Uniform sowie ein Kurzschwert angebracht gewesen, doch Yazi betrachtete stattdessen versonnen den bestickten Hakka-Rock und die indigoblaue Jacke. Ihr Hochzeitsgewand war immer noch das schönste Kleidungsstück, das sie besaß. Dann holte sie den Drachenhut, der Offizieren höherer Ränge zustand, hervor, einen goldfarbenen Kopfputz, von dem Perlen aus Bernstein hinabhingen. Verglichen mit den prächtigen Hüten der Könige und Generäle war Yazis Exemplar höchst schlicht, stellte lediglich einen kleinen, liegenden Drachen dar, aber sie hatte es trotzdem selten getragen, da sie Schmuck allgemein als überflüssig und hinderlich empfand. Nun schüttelte sie ihr Haar aus und setzte den Drachenhut auf. Die prächtig herausgeputzten Konkubinen der Rongs stiegen vor ihrem inneren Auge auf. Plötzlich sehnte Yazi eine von ihnen herbei, um Ratschläge zu erbitten, wie sie ihr eigenes Aussehen etwas gefälliger gestalten konnte.

»Mutter, woran denkst du die ganze Zeit?«, vernahm sie Chuntians Stimme im Hintergrund und fuhr herum.

»Nun, wie gefalle ich dir?«, wandte sie sich mit einem leicht verkrampften Kichern an ihre Tochter. Chuntian starrte ihr verwirrt ins Gesicht, als fürchte sie, die Mutter sei von einer Krankheit befallen.

»Mutter, die Generalin Pofu ist hier und du träumst vor dich hin, anstatt sie zu beachten«, flüsterte sie. Yazi zuckte zusammen und warf den Hut sogleich wieder in ihre Truhe. Scham trieb ihr das Blut in die Wangen, während sie sich reumütig vor Pofu verneigte, die auf einem Schemel in der Zimmerecke hockte. Das Gesicht der Generalin schien auf einmal viel älter als sie es in Erinnerung hatte. Eingefallene Wangen hoben ein spitzes Kinn stärker hervor. Die Lippen glichen zwei dünnen Strichen, umrahmt von tiefen Falten an den Mundwinkeln.

»Bitte vergib mir meine Unhöflichkeit«, redete Yazi sogleich drauflos. »Dieser Lao Wai, für dessen Sicherheit ich verantwortlich bin, will alles Mögliche über unseren Lebenswandel wissen und ich dachte, ich sollte ihm den Drachenhut einer Hauptmännin vorführen.«

Sie erschrak selbst, wie leicht ihr diese Ausrede eingefallen war, denn das Lügen gehörte für gewöhnlich nicht zu ihren Verhaltensweisen. Doch Pofu schien nicht wirklich hingehört zu haben, sie starrte nur weiter mit zusammengepressten Lippen vor sich hin. Yazi wurde unwohl.

»Ist etwas geschehen?«, fragte sie leise. Es dauerte eine gefühlte Ewigkeit, bis Pofu antwortete.

»Kurz vor dem Ende der Stunde des Affen waren einige Soldaten von Yang Xiuqing, dem Ostkönig, hier, um Jinjing zu verhaften.«

Yazis Beine waren plötzlich so schwach, dass auch sie sich setzen musste.

»Warum? Wegen der Scherze, die sie gemacht hat?«

Pofu hob ratlos die Hände.

»Sie gaben keine Gründe an, doch es muss daran liegen. Ihr wird Aufsässigkeit und Respektlosigkeit gegenüber dem vierten Gottessohn vorgeworfen. Das macht sie zu einer Verbündeten der Dämonen.«

Yazi presste die Hände an ihre Schläfen, um dem Sturm in ihrem Kopf Einhalt zu gebieten. Ein paar tiefe Atemzüge halfen ihr, etwas ruhiger zu werden.

»Sie war tatsächlich frech«, meinte sie nach einer Weile. »Dafür wird sie eine Strafe bekommen, vermutlich Stockschläge. Das wird ihr eine Lehre sein, sich in Zukunft vernünftiger zu verhalten.«

Yazi wollte nicht daran denken, wie sehr ihr Jinjings Frechheit manchmal gefallen hatte.

»Zur Besserung wird sie keine Gelegenheit haben«, erwiderte Pofu tonlos. »Der Ostkönig wünscht ihren Tod. Er schickt seine Gegner als himmlische Fackeln zu Gott.«

Yazis Magen zog sich zusammen. Sie hatte von diesen Hinrichtungen gehört, es aber bisher vermeiden können, dabei Zeugin zu sein. Fragen, wie sie abliefen, hatte sie ganz bewusst nicht gestellt, denn es hatte in letzter Zeit zu viele Entwicklungen gegeben, die ihr missfielen. Nun blickte sie ratlos in Pofus Gesicht, der es sichtlich schwerfiel, diese Todesart zu erklären.

»Sie werden mit Öl übergossen und öffentlich angezündet«, flüsterte sie schließlich.

Yazi, die in den letzten Jahren Ströme von Blut hatte fließen sehen, roch wieder das verbrannte Fleisch der Mandschu-Frauen vor dem Stadttor. Ihr Magen revoltierte dagegen, sie krümmte sich und hustete Schleim, da ihr Magen völlig leer war. Die Krämpfe hörten nicht auf. Sie wollte schreien und um sich schlagen. Sie wollte aus unerfindlichen Gründen zu dem weizenhaarigen Lao Wai laufen, um sich an seiner Güte zu wärmen. Sie wollte plötzlich wieder ein junges Bauernmädchen sein, das keine anderen Sorgen kannte, als die tägliche Arbeit zur Zufriedenheit seiner Eltern zu verrichten. Auf jeden Fall wollte sie fort aus diesem himmlischen Königreich, bei dessen Aufbau sie mitgeholfen hatte und in dem nun grauenhafte Dinge geschahen.

Die Jahre als Soldatin hatten Yazi gelehrt, Panik zu ersticken und einen klaren Kopf zu bewahren, selbst wenn es in ihren Ohren rauschte. Nun tat sie ein paar tiefe Atemzüge. Es gab sicher einen Ausweg. Bisher hatte sie immer einen gefunden.

»Der himmlische König hat seine alten Verbündeten, Shi Dakai, den Flügelkönig, und Wei Changhui, den König des Nordens, wieder in die Stadt gerufen«, fiel ihr schließlich ein. »Ich glaube, er sucht ihre Unterstützung, um Yang Xiuqings Treiben Einhalt zu gebieten.«

Sie rückte näher an die immer noch reglose Pofu heran und wagte es zum allerersten Mal, über deren Arm zu streichen.

»Shi Dakai ist ein kluger, tapferer Mann ohne irgendwelche Anmaßungen. Vor dir hatte er stets große Achtung. Du musst gleich nach seiner Ankunft zu ihm gehen und ihm von dem Fall berichten. Er wird natürlich wollen, dass Jinjings Respektlosigkeit bestraft wird, aber es wird eine maßvolle Strafe sein.«

Hoffnungsvoll lächelte sie in Pofus Gesicht, doch die Generalin schüttelte die streichelnde Hand nur unwirsch ab.

»Jinjing soll noch heute Abend sterben«, zischte sie. »Und Shi Dakai ist nicht hier.«

Kapitel 5

Yazis Füße trugen sie zu Andrews Unterkunft, doch fühlten sie sich wie Stelzen an, die nicht zu ihrem Körper gehörten. Sie musste ihre Pflicht erfüllen. Dieser Gedanke schenkte ihr ein klein wenig Ruhe, war ein Ast, an den sie sich klammerte, um nicht in völliger Verzweiflung zu versinken. Mechanisch betrat sie das Gästehaus und teilte dem Diener mit, wen sie abholen sollte.

Andrew kam sofort. Er trug wieder eine chinesische Jacke, doch diesmal war sie aus Seide und mit Stickereien verziert. Yazi unterdrückte ein bitteres Lachen. Sie hatte sich selbst schön machen wollen, doch jetzt schien all dies so unwichtig!

»Ist etwas vorgefallen«, fragte Andrew, nachdem er einen Blick in ihr Gesicht geworfen hatte. »Geht es um Chuntian?«

Yazi schüttelte nur den Kopf. Sie vermochte nicht zu reden, denn die Diener hörten zu. Zudem hätten Worte den Knoten in ihrer Kehle gelöst, mit dem sie mühsam die Tränen zurückhielt.

»Lass uns losgehen«, meinte er nur und legte zu ihrem Entsetzen eine Hand auf ihre Schulter. Männer und Frauen berührten einander im himmlischen Königreich nicht. Dennoch tat die Wärme seiner großen, von weizenfarbenem Haar überwachsenen Hand erstaunlich wohl.

»Gehen wir zur Porzellanpagode. Die wollte ich schon lange besichtigen.«

Yazi sah ihn verwirrt an. Die Pagode war bereits nach der Eroberung Nanjings teilweise zerstört worden, da sie Götzenfiguren enthalten hatte. Aus irgendeinem Grund hatten aber die Lao Wai, obwohl selbst Christen, großes Interesse an ihr. Einige von den per Schiff angereisten Besuchern waren vor ein paar Jahren bereits verhaftet worden, als sie versucht hatten, die Ruine zu erklimmen. Und nun fing Andrew auch damit an! Doch fehlte Yazi die Kraft zu widersprechen und sie deutete mit einem kurzen Nicken an, dass er ihr folgen sollte.

Die Pagode stand ein Stück vom bewohnten Stadtkern entfernt, war von Wiesen und Gebüsch umgeben, obwohl sie noch innerhalb der äußeren Schutzmauer von Nanjing lag. Als sie dort angekommen waren, überkam Yazi dennoch ein Gefühl der Erleichterung, denn die Gegend war menschenleer und ein frischer Abendwind strich kühlend über ihre verschwitzte Haut. Sie ließen sich am Fuße des Turmes nieder. Yazi schloss für einen Moment die Augen, um die Stille und den Duft der nahenden Nacht zu genießen. Das Rasen ihres Herzens ließ allmählich nach.

»Diese Pagode ist ein Meisterwerk«, hörte sie Andrew ehrfurchtsvoll sagen und betrachtete nun erstmals eindringlich den hinter ihr in den Himmel ragenden Turm. Grüne, gelbe, weiße und braune Farben schimmerten wie Juwelen im Licht der untergehenden Sonne. Auf einmal schienen die Götzenbilder tatsächlich von derart feiner, betörender Schönheit, dass sie den Blick nicht abwenden konnte. Waren diese Figuren von Elefanten, Drachen und friedlich lächelnden Buddhas tatsächlich das Werk von Dämonen, wenn ihr Anblick so wohltuend bezaubern konnte?

»Ich hoffe, man wird sie nicht ganz vernichten«, meinte Andrew auch schon. »Leider sind dem religiösen Eifer der Taiping schon viele Kunstwerke von unschätzbarem Wert zum Opfer gefallen.«

Yazi fuhr zusammen. Sie dachte an Lanhua und die anderen Mandschu-Damen, an Jinjing und all die vielen Menschen, deren Blut sie in den letzten Jahren hatte fließen sehen. Warum klagte Andrew nun über zerschmettertes Porzellan?

»Die Gebote des himmlischen Herrn verbieten die Darstellung fremder Götter. Wissen die Christen des Westens dies denn nicht?«, fragte sie ungeduldig. Andrew antwortete nicht sogleich. Völlig ruhig griff er in einen mitgebrachten Beutel, um zwei gefüllte Teigtaschen und eine fest verstöpselte Flasche herauszuholen. Yazi nahm das Essen an, obwohl ihr Magen wie zugeschnürt war. Sie vermochte nicht unhöflich zu sein, doch bereits der erste Biss ließ sie würgen.

»Schon gut. Du brauchst wohl erst einmal einen Schluck Reisschnaps«, meinte Andrew gelassen. Er entstöpselte die Flasche und hielt sie Yazi hin.

Sie sog den verbotenen Duft ein. Der Konsum von Rauschgetränken war in Tianjing nicht gestattet, ebenso wenig wie der von Opium.

»Man kann hier alles bekommen, wenn man weiß, wo es zu beziehen ist«, beantwortete Andrew ihre unausgesprochene Frage. »Nun trink schon, es wird dir gut tun. Und Gott wird dich nicht mit dem Blitz erschlagen, glaube mir, ich habe schon genug sturzbetrunkene Christen gesehen. Die göttliche Strafe beschränkte sich auf die üblichen Kopfschmerzen am nächsten Morgen.«

Wieder war dieses belustigte Funkeln in seinen Augen, das sie nicht zu deuten vermochte. Unter anderen Umständen hätte Yazi sich geweigert, der Versuchung nachzugeben, doch nun schrie ihr Körper nach ein wenig Entspannung und ihr Geist wollte abgelenkt werden. Sie nippte an der Flasche, fühlte sogleich ein wohltuendes Brennen in ihrer Kehle. Ein weiterer, tieferer Schluck gab ihr bereits ein befreiendes Gefühl von Leichtigkeit. Sie zischte empört, als ihr die Flasche gewaltsam entrissen wurde.

»Nicht alles auf einmal, tapfere Kriegerin. Sonst wird Gottes Strafe am nächsten Morgen tatsächlich grausam sein.«

Yazi durchbohrte Andrew mit einem zornigen Blick, doch der feine Spott in seinen Augen erwies sich als erstaunlich widerstandsfähig.

»Willst du mir nun erzählen, weshalb du so aufgebracht bist?«, fragte er nur.

»Ich bin keineswegs aufgebracht«, erwiderte sie und begann gleichzeitig zu begreifen, warum er sie nicht ernst nahm. Sie war nie eine gute Lügnerin gewesen.

»Gut, dann beantworte ich jetzt deine Frage von vorhin«, meinte er gleichmütig. »Ja, es gibt ein biblisches Verbot der Darstellung Gottes. Und natürlich der Anbetung anderer Götter. Auch die Christen des Westens zerstörten deshalb Kunstwerke von unbeschreiblichem Wert. Doch wir hatten viele Jahrhunderte Zeit, aus unseren Fehlern zu lernen.«

Er lehnte sich seufzend zurück.

»Ich habe es immer an den Chinesen geschätzt, dass dieser Irrsinn hier nicht stattfand«, fuhr er fort. »Buddhisten, Daoisten und Konfuzianer vermochten, Seite an Seite zu leben, ohne sich um ihres Glaubens willen gegenseitig zu massakrieren. Dann hörte ich von dem chinesischen Sohn des christlichen Gottes und wurde neugierig. Er schien so viel Gutes aus unserem Glauben zu lernen, das seinem Land helfen konnte. Landbesitz wurde gerecht verteilt, die starre Rangordnung durchbrochen und Frauen sind nicht nur rechtloses Eigentum von Männern. Deshalb wollte ich nach Nanjing. Doch nun scheint es mir, dass hier viele Fehler wiederholt werden, die ich aus der Geschichte meines Volkes kenne. Warum wurde diese Pagode beschädigt?«

»Weil sie mit heidnischen Götzenbildern geschmückt ist«, entgegnete Yazi. Es war so offensichtlich, dass sie seine Frage nicht begreifen konnte.

Andrew wandte sich erneut um und ließ seine Finger versonnen über die Umrisse eines Phönixes mit schwungvoll gespreizten Flügeln fahren.

»Wer auch immer diese Figur schuf, legte all sein von Gott verliehenes Talent in seine Arbeit. Der Anblick dieser Pagode schenkt Menschen Freude, lässt sie den Atem des Göttlichen spüren, auch wenn sie keine Buddhisten, keine Daoisten, ja nicht einmal Chinesen sind. Der Kern des christlichen Glaubens ist die Liebe zu anderen Menschen. Wie kann ich etwas vernichten, in dem das Herzblut fleißiger, begabter Handwerker liegt? Warum soll ich meinen Nachkommen die Möglichkeit nehmen, so vollkommene Schönheit zu sehen?«

Yazi vernahm ein Rauschen in ihrem Kopf. Diese Worte waren so betörend und klangvoll wie jene alten Gedichte, die Yingxiong ihr manchmal vorgelesen hatte, doch gleichzeitig stellten sie jede Ordnung auf den Kopf und hinterfragten alles, woran sie zu glauben gelernt hatte.

»Die Pagode steht ja noch«, meinte sie nur, denn das Gespräch war ihr im Augenblick zu anstrengend.

»Aber bist du denn der Meinung, dass sie zerstört werden sollte?«, bohrte Andrew hartnäckig nach. Yazi musterte ihn fassungslos. Niemals in ihrem Leben war sie von einem Mann nach ihrer Meinung gefragt worden. Selbst für ihren Vater, der sie gemocht hatte, und auch für Yingxiong zu der Zeit, da eine Art Freundschaft zwischen ihnen bestanden hatte, war sie nur eine Kreatur gewesen, die Belehrungen brauchte, da sie glücklicherweise klug genug schien, diese zu verstehen.

Für eine Weile begann Yazi zu grübeln, wog den Zauber der Pagode gegen das klare Gebot Huang Shangdis ab und suchte nach einer passenden Lösung des Problems. Es machte erstaunlich viel Freude, derartigen Gedanken nicht nur allein nachzuhängen, sondern einen klugen Menschen neben sich zu haben, der wirklich interessiert schien, sie zu hören. Yazi war gerade eingefallen, dass die Pagode vielleicht als Beispiel für herausragendes künstlerisches Schaffen dienen konnte, doch müsste gleichzeitig darauf hingewiesen werden, dass sie von Anhängern einer falschen Religion erbaut worden war.

Dann wandte sie sich nochmals um, wollte die Reliefs der Pagode mustern, deren Farben in der Abenddämmerung glühend leuchteten, als habe jemand ein Feuer hinter ihnen entzündet.

Feuer. Flammen. Sie brachten den Tod.

Yazi wandte rasch den Blick ab und ballte ihre Hände zu Fäusten. Diesmal half auch ruhiges, konzentriertes Atmen nicht, das Grauen überwältigte sie wie ein Raubtier. Während sie hier über den Wert uralter, lebloser Porzellanfiguren nachdachte, wurde Jinjings Leib zu einem Haufen von Asche, Knochen und Zähnen verbrannt. Wäre sie es Jinjing nicht schuldig gewesen, bei ihrer Hinrichtung anwesend zu sein, um ihr wenigstens durch Blicke beizustehen? Stattdessen war sie zu einem Ausflug aufgebrochen, hatte Pofu allein gelassen, nur um für eine Weile vergessen zu können.

Sie krümmte sich und presste eine Faust gegen ihren Mund, bohrte die Zähne in ihre Fingerknöchel. Der Reisschnaps stieg wieder aus ihrem Magen. Während sie hustend würgte, legte eine große, warme Hand sich auf ihren Rücken.

»Nun sag mir endlich, was vorgefallen ist«, forderte Andrew völlig ruhig. Yazi wischte sich den Mund ab. Morgen wäre es ihr wahrscheinlich unangenehm, wie sehr sie vor diesem Lao Wai ihr Gesicht verloren hatte. Doch nun sehnte sie sich nur noch nach einem Menschen, der bereit war zuzuhören.

Sie lehnte sich gegen die prächtig verzierte Pagode und begann zu reden. Tränen flossen über ihre Wangen. Andrews Gesicht vermochte ihr keinen Trost zu spenden, es war wie ein Spiegel, in dem sie ihre eigenen Empfindungen erkannte. Dann sah sie, wie seine langen Beine sich regten.

»Wir müssen in die Stadt. Wir müssen es verhindern«, stieß er zunächst auf Mandarin hervor, um dann in seiner unverständlichen Sprache vor sich hin zu murmeln, während er aufsprang. Yazi legte ihre Finger auf seine behaarte Hand.

»Sie ist bereits tot. Und niemand hätte es verhindern können. Der König des Ostens hat zu viele Anhänger in der Stadt.«

Andrews Augen waren blau und weit wie der Himmel an einem strahlenden Sommertag.

»Du hättest es mir gleich sagen müssen. Ich hätte meine Freunde überzeugen können einzugreifen. Die Könige wollen unsere Waffen und …«

»Und Yang Xiuqing hätte auch deshalb nicht auf eine Hinrichtung verzichtet«, unterbrach Yazi. »Vielleicht wäre Jinjing ein wenig später gestorben, nach der Lieferung, doch sein Urteil hatte er gefällt und damit war sie eigentlich schon tot.«

Sie erschrak selbst, wie sicher sie klang. Als wären Härte und Grausamkeit in ihrer Welt so selbstverständlich geworden, dass sie keinen Ausweg mehr sah.

Andrew streckte die Arme nach ihr aus. Ohne weiter zu überlegen, sank sie ihm entgegen, um wieder ein wenig Güte spüren zu können. Wie warm sein langer, schlaksiger Körper war! Ein fremder Geruch ging von ihm aus, den sie nicht zuordnen konnte. Er strich über ihren Rücken und wiegte sie wie ein Kind. Yazi verspürte eine unklare Sehnsucht in den Tiefen ihres Körpers. Ein Verlangen nach größerer, inniger Nähe, doch nahm diese Nähe in ihrer Vorstellung keine klaren Formen an. Was sie damals mit Yingxiong hatte tun müssen, um der Familie Rong einen Sohn zu schenken, konnte es nicht sein. Es war zu schmerzhaft und widerwärtig gewesen.

»Gab es schon früher derartige Hinrichtungen?«, holte Andrew sie wieder in die Wirklichkeit zurück. Widerwillig löste sie sich aus seinen Armen.

»Der himmlische König strafte Menschen, die ihre Pflicht vernachlässigten und gegen das Verbot der Unzucht verstießen«, erzählte sie wahrheitsgemäß. Andrews weizenfarbene Augenbrauen zogen sich himmelwärts.

»Unzucht? Also Umgang mit … mit Blumenmädchen? Die gibt es in eurem Königreich doch nicht mehr?«

Yazi fand auch diese Frage erstaunlich unsinnig. Die Lao Wai waren doch Christen. Trotzdem schienen sie ihre eigene Religion nicht zu kennen.

»Huang Shangdi verbietet die Unzucht zwischen Mann und Frau«, erklärte sie.

Andrew fuhr sich mit den Fingern durch sein Haar, das so schwerelos schien, dass es schnell zerzauste.

»Verboten ist der Ehebruch«, meinte er dann. »Zwischen verheirateten Leuten war es bei uns immer erlaubt. Der Verzicht wurde manchmal empfohlen, aber er war freiwillig. Ansonsten …«, er stieß ein leises Lachen aus. »Ansonsten hätten wir Christen nicht so viele Jahrhunderte lang überleben können, ganz ohne Nachkommen.«

Yazi versuchte in einer durcheinander geratenen Welt irgendwo Halt zu finden.

»Du sollst nicht der Unzucht nachgehen. So steht es in den Geboten des Herrn.«

»Es heißt, du sollst nicht die Ehe brechen«, entgegnete er sogleich. »Ich glaube, das ist eine falsche Übersetzung. Sind deshalb wirklich Menschen gestorben?«

Yazi senkte den Kopf. Sie wollte nicht antworten. Die Wahrheit schien unerträglich.

»Nun«, begann Andrew. »Euer König hat also die Unzucht verboten. Weshalb hat er selbst dann sogar mehrere Ehefrauen?«

Yazis Kinn schoss in die Höhe.

»Einem mächtigen Mann steht das zu«, entgegnete sie, denn so war es doch immer gewesen. Andrews spöttischer Blick stach wie eine Nadel, durchlöcherte ihre bereits geschwächte Überzeugung noch etwas mehr. Dann kam ein Gedanke, der sie erleichterte.

»Er hat mit keiner dieser Frauen Kinder gezeugt«, hielt sie dem Kritiker entgegen. »Und auch unsere anderen Könige taten es nicht … oder … wenigstens sehr selten. Diese Konkubinen sind schön, doch sie taugen zu keiner Arbeit. In den Palästen der Könige haben sie ein angenehmes Leben, wie sie es gewöhnt sind.«

»Da klingt die Vielweiberei ja wie ein Akt der Barmherzigkeit«, kam es lachend zurück. Yazis Hände ballten sich zu Fäusten.

»Schon gut, das ist kein Grund für einen Streit.« Andrew hob abwehrend die Hände. »Doch wie ich schon sagte, zwischen Eheleuten ist sie erlaubt, die Unzucht, wenn auch nur mit einer einzigen Ehefrau. Hat euer himmlischer König wirklich verheiratete Paare deshalb hinrichten lassen?«

Yazi presste ihren Rücken gegen das Porzellan der Pagode. Sie hätte gern gelogen, doch widersprach ein solches Verhalten ihrer Überzeugung.

»Am Anfang gab es aus diesem Grund Hinrichtungen«, gestand sie. »Männer und Frauen lebten getrennt, doch manchmal, da trafen sie aufeinander und …« Sie machte eine kurze Pause, um Luft zu holen. »Also, man riet den Männern sogar, ihre Wäsche selbst zu waschen, anstatt sie zu den Frauen zu bringen, denn so gerieten sie nur in unnötige Versuchung.«

Ein feines Lächeln umspielte Andrews Lippen, als hätte er für einen Moment vergessen, dass sie hier über Leben und Tod sprachen.

»So lernten die Männer also mehr Selbständigkeit. Das Verbot dieser sogenannten Unzucht hatte seine guten Seiten.«

Der Schalk tanzte jetzt auch in den runden, himmelfarbenen Augen. Yazi verspürte ein durchaus angenehmes Kribbeln in ihrem Magen. Wann genau hatte sie aufgehört, das Aussehen des Lao Wai merkwürdig und hässlich zu finden?

»Es ist jetzt anders«, zwang sie sich ernsthaft weiterzureden. »Der zweite Gottessohn ist großzügiger geworden, was verheiratete Paare betrifft, denn sonst … bei so vielen Hinrichtungen … er hätte zu viele gute Kämpfer verloren.«

»Auch ohne Hinrichtungen wären ihm andernfalls die Untertanen ausgegangen. Nein, ihm vielleicht nicht, aber seinem Nachfolger, dem göttlichen Enkel«, führte Andrew ihre Gedanken zu Ende. Yazi wollte erklären, dass es nur ein vorübergehendes Verbot hatte sein sollen, sobald das himmlische Königreich in seiner Blüte stand, sollte es aufgehoben werden. Aber sie konnte Andrews Gesicht ansehen, dass ihm jede Bereitschaft fehlte, diese Unterhaltung ernst zu nehmen. War den Lao Wai denn nichts heilig?

»Nicht alles, was Hong Xiuquan getan hat, ist schlecht oder lachhaft«, hörte sie sich empört ausrufen. »Bevor er kam, da führte ich ein leeres Leben. Er gab mir eine Aufgabe, Hoffnung, sorgte für die Armen und Rechtlosen und …«

»Schon gut!«, unterbrach Andrew und legte wieder seine riesige, warme Hand auf ihren Rücken. »Viele seiner Ideen sind ja gar nicht schlecht, nur sollten sie nicht mit derartiger Brutalität durchgesetzt werden. Unsere Religion lehrt Liebe und Barmherzigkeit. Aber das haben wir selbst in unserer Geschichte immer wieder vergessen.«

Yazi hatte oft gehört, dass die Lao Wai stets meinten, alles besser zu wissen, doch lag ein sanfter, zärtlicher Klang in diesen Worten, der sich wie ein warmes Tuch über ihren Zorn legte.

»Du bist ein Teil des Guten, das hier entstanden ist«, streichelte seine Stimme sie weiter. »Die Art, wie du dieser Frau mit den hoffnungslos zerstörten Füßen geholfen hast, das war mutig und gerecht. Der himmlische König bräuchte mehr Untertanen wie dich, die seine Macht ein wenig einschränken sollten.«

Yazis Körper entwickelte einen eigenen Willen. Er drängte sich in Andrews Umarmung, wollte mehr Wärme und Trost spüren, als ihm jemals vergönnt worden war. Sie konnte die

Kanten seiner Knochen fühlen, er war zwar groß, aber weniger wuchtig als die zwei anderen Lao Wai, mit denen er gekommen war. Das gefiel ihr. Die runden, himmelfarbenen Augen gefielen ihr ebenfalls, denn sie strahlten, als sei der Anblick einer sonnenverbrannten Hakka-Frau Grund für unermessliches Glück. Yazi ließ zu, dass seine Wange an der ihren lag und sie staunte, ein Kratzen zu verspüren. Seine Bartstoppeln waren so hell, dass sie fast unsichtbar blieben. Die Umarmung wurde enger und sie vernahm seinen Herzschlag, der erstaunlich schnell und laut schien. So wie ihr eigener.

Als seine Lippen sich auf die ihren legten und sie den Geschmack des Reisschapses auf seiner Zunge wiederentdeckte, wusste sie, dass eine Grenze überschritten wurde. Die unbekannte Sehnsucht überwältigte sie erneut, diesmal mit ungeahnter Heftigkeit, ließ sie nach dem hochgeschossenen, schlaksigen Lao Wai greifen, als würde sie ohne seine Nähe in finstere Tiefen stürzen. Nun ahnte Yazi, dass es tatsächlich die Vereinigung ihrer beiden Körper war, nach der sie sich verzehrte. Ohne Zwang, ohne Gewalt, sondern aus beiderseitigem Verlangen. Sie hatte niemals verstanden, warum es auch einigen Frauen schwergefallen war, das Verbot der Unzucht einzuhalten. Nun begriff sie. Und sie begriff auch die Gefahr, in der sie beide schwebten.

Jahrelanges Üben in eiserner Disziplin ermöglichte es ihr, Andrew von sich zu stoßen. Sie sprang auf die Beine.

»Wir müssen zurück. Es ist bereits dunkel«, sagte sie so kalt, wie sie nur vermochte, doch schaffte sie es nicht, ihm dabei ins Gesicht zu sehen. Schnell wandte sie sich um und begann zu laufen. In ihrem Rücken vernahm sie das hartnäckige Geräusch seiner Schritte.

»Sehen wir uns wieder?«, fragte er nur. Yazi blieb kurz stehen.

»Es ist meine Pflicht, dich zu schützen«, entgegnete sie.

»Und kann ich dich auch manchmal abends bei der Pagode treffen, obwohl das nicht zu deinen Pflichten gehört?«

Da war er wieder, der feine, zärtliche Spott. Yazi staunte, dass er sie nicht mehr stach, nur noch sanft kitzelte, sodass sie lächeln musste. Sie wollte verneinen. Sie konnte es nicht.

»Vielleicht gelegentlich. Wenn ich keine anderen Aufgaben mehr habe«, meinte sie kühl. Er gesellte sich an ihre Seite und ging ohne jeden Protest mit ihr in die Stadt zurück.

Es wurde Herbst, und die glühende Hitze des Sommers verwandelte sich endlich in milde Wärme. Die Lao Wai lebten weiter in Nanjing, denn das Geschäft mit den Waffen war nicht abgeschlossen, sondern plätscherte zähflüssig in endlosen Verhandlungen dahin. Andrew hatte niemals wieder versucht, sich Yazi in einer gefährlichen Art zu nähern, was ihn in ihrer Achtung steigen ließ. Sie plauderten zusammen zu Füßen der Pagode, wann immer sich eine Gelegenheit fand. Inzwischen wusste er, wie ihre Ehe zustande gekommen war und warum sie kein Verlangen verspürte, die Familie ihres Gemahls wiederzusehen. Auch von ihrer Kindheit hatte sie erzählt, von dem Heimweh, das sie immer wieder plagte, obwohl sie von ihren Eltern verkauft worden war wie ein Sack Reis.

Über seine eigene Vergangenheit sprach er kaum, erwähnte nur einmal einen Bruder und eine Mutter, die ihm sehr nahe stand. Yazi versuchte, sich beide vorzustellen, hätte gern gewusst, ob sie ebenso weizenfarbenes Haar hatten und Augen, die an teure Katzen oder auch an die Weite des Himmels erinnerten. Doch Andrew wurde immer schweigsamer, je näher sie sich im Gespräch an seine Familienverhältnisse heranpirschte, und sie wusste, dass verbotenes Gelände nicht ohne Einladung betreten werden sollte.

Indessen spitzte die Lage in der Stadt sich langsam zu. Yang Xiuqings Betragen gegenüber dem zweiten Gottessohn hatte in seiner Dreistigkeit nicht nachgelassen. Er verfiel nun fast täglich in Trance, um wieder die Stimme Gottes aus seinem Mund erklingen zu lassen. Befand er sich in diesem Zustand, so hatte jeder, selbst Hong Xiuquan, vor ihm in die Knie zu sinken. Schließlich beanspruchte auch er den Titel »Herr von zehntausend Jahren«, der eigentlich nur dem zweiten Gottessohn zustand.

Hong Xiuquan hatte all dies demütig hingenommen, denn auch er wusste von den ungefähr sechstausend Anhängern des Königs des Ostens. Doch nun war Wei Changhui, der König des Nordens, in Tianjing eingetroffen. Shi Dakai, der Flügelkönig, in den Yazi die meisten Hoffnungen setzte, wurde demnächst erwartet. Sie rechnete mit Straßenschlachten, wies Chuntian an, niemals allein die Räumlichkeiten des Guan zu verlassen und riet auch Andrew, gemeinsam mit seinen Freunden in der Herberge zu bleiben. Ihr Lao Wai war klug genug, ihr keine Fragen zu stellen, die sie nicht hätte beantworten dürfen.

Es überraschte sie kaum, als sie eines Nachts von einer Bediensteten geweckt wurde, da Pofu sie zu sich befahl. Yazi schlüpfte rasch in Hosen und Jacke, wickelte sich ihr Haar um den Kopf und steckte das Schwert an ihren Gürtel. Mit rasch hämmerndem Herzen begab sie sich zu den zwei Zimmern ihrer Generalin in einem angrenzenden Gebäude, wo bereits die besten der Kriegerinnen versammelt waren.

Auch Pofu hatte ihre Waffen angelegt. Der General Qin Rigang wünschte ihre Beteiligung an dem bevorstehenden Einsatz, meinte sie knapp zu den versammelten Soldatinnen. Yazi verspürte den altbekannten Stolz. Für gewöhnlich erhielten die Frauen des Taiping-Heeres einfache Aufgaben wie das Ausheben von Gräben, doch Pofu war eine Ausnahme, denn die besten der Taiping-Generäle schätzten ihr Kampfgeschick und wollten sie bei gefährlichen Aufgaben an ihrer Seite wissen. Es kam einer Auszeichnung gleich, dass sie selbst nun zu Pofus Auserwählten gehörte.

»Ihr folgt mir und hört auf die Befehle«, bestimmte Pofu mit Nachdruck. »Ihr stellt keine Fragen. Und ihr werdet schweigen über das, was ihr seht.«

Dies waren die üblichen Anforderungen an Soldatinnen, und Yazi wunderte sich ein wenig, dass sie nun explizit erwähnt wurden. Es wäre ihr niemals in den Sinn gekommen, sich anders zu verhalten. Sie war Teil eines Ganzen und zu Gehorsam verpflichtet.

Bald schon hasteten sie durch die nächtliche Stadt, deren Hauseingänge teilweise verrammelt waren, als fürchteten die Einwohner ein Blutbad wie nach der Eroberung durch die Taiping-Armee. Yazi ging davon aus, dass diese nächtliche Aktion eben derartige Ausschreitungen verhindern sollte. Yang Xiuqing würde verhaftet werden, nachdem seine schlafende Kriegerschar überrumpelt worden war.

Zunächst schien es ebenso abzulaufen. Vor dem Palast des Ostkönigs trafen sie auf die Truppen Wei Changhuis und Hong Xiuquans, die von General Qin Rigang angeführt wurden. Die Wache war schnell entwaffnet, und sie umstellten das Gebäude. Dann begann der Sturm auf den Palast. Türen wurden eingeschlagen, schlaftrunken torkelnde Bedienstete zur Seite getreten. Die hölzernen Dielen bebten unter zahllosen Füßen, die über sie dahinhasteten. Ab und an erklang ein Schmerzensschrei. Yazi wusste, dass jeder Krieg auch unschuldige Opfer forderte. Vermutlich hatten die verletzten oder gar toten Dienstboten sich dumm verhalten.

Yang Xiuqing, der Ostkönig, war von dem Lärm erwacht und rannte halb nackt zu einer mit Phönixen bemalten Wand in seinem Empfangssaal, als die Krieger ihn ertappten. Er öffnete mit zitternden Händen eine unsichtbare Tür, doch Klingen durchbohrten seinen Rücken, bevor er den Weg in ein unbekanntes Versteck hatte einschlagen können.

Er war ein schöner Mann gewesen, befand Yazi, die mit anderen Soldaten einen Kreis um die Leiche bildete. Edle Gesichtszüge, hohe Wangenknochen und fein geschwungene Augen, die nun geschlossen waren, sodass der verschlagene Ausdruck fehlte. Sein langes Haar floss blauschwarz über den Fußboden, vermischte sich mit dunklem Rot. Sie sog den vertrauten Geruch von Blut ein und fühlte sich dadurch zum ersten Mal erleichtert. Der Unruhestifter, Jinjings Mörder, er war tot. Doch fand sie es etwas beschämend, dass so viele Krieger nötig gewesen waren, um ihn allein und unbewaffnet aus dem Weg zu räumen.

Aus dem Hintergrund erklangen Schreie. Eine zarte Hand schob eine andere Tür zum Empfangsraum auf. Yazi sah die breite, kleinwüchsige Gestalt einer älteren Frau auf Lotusfüßen hereinschwanken. Sie musste ebenfalls von dem Lärm aufgeweckt worden sein, denn auf ihrem Gesicht war verwischte Schminke zu erkennen und ihre Augen waren von Schlaf verquollen.

Der letzte Schrei dieser Frau glich dem Blöken eines Lamms auf der Schlachtbank. Sie hatte sich fassungslos über den toten Ostkönig gebeugt, als ein Schwert ihren Nacken durchtrennte. Stumm brach der blutüberströmte Rumpf zusammen, der Kopf prallte mit einem dumpfen Schlag auf den Boden. Yazi überlegte, wer diese Frau wohl gewesen war. Vielleicht eine entfernte Verwandte, oder eine Bedienstete, denn nach ihren Füßen zu urteilen hatte sie zum Volk der Han gehört. Doch warum hatte so ein harmloses, altes Weib überhaupt sterben müssen?

»So, und nun der Rest der Familie«, erklärte der General Qin Rigang sogleich. Yazi verstand den Befehl zunächst nicht. Den Zweck ihres Kommens hatten sie doch bereits erfüllt.

»Es hieß, nur der Ostkönig müsse sterben«, erklärte Pofu auch schon energisch. »Seine Frauen und Kinder können niemandem Schaden zufügen.«

Qin Rigang warf ihr einen ungeduldigen Blick zu.

»Söhne und Enkel des vierten Gottessohnes sind unerwünscht«, meinte er nur. »Ebenso wie ihre Mütter.«

Dann hob er die Hand zum Angriff. Das Trampeln der Krieger erschütterte die hölzernen Wände der Palastgebäude, die in den hinteren Höfen verteilt waren. Yazi warf Pofu einen ratlosen Blick zu, aber ihre Generalin lief den Männern hinterher. Yazi wusste, dass sie ebenfalls folgen musste, und fügte sich in die Traube von atemlos rennenden Soldaten.

Manche der Frauen lagen noch in ihren Betten, andere versuchten bereits durch Fenster oder Seitentüren zu entkommen. Lautes Kreischen stach in Yazis Ohren, sie sah Klingen aufblitzen und Körper unter ihnen zusammenbrechen. Die Angreifer bildeten eine dichte Mauer vor den einzelnen Hofhäusern, hinter der ihre Opfer verschwanden. Yazi hielt sich bewusst im Hintergrund. Sie hatte bereits etliche Soldaten der Qing getötet, doch war das unter Bedrohung durch Kanonenfeuer und spitze Waffen geschehen. Wer sich nicht zu wehren gewusst hatte, war selbst gestorben. Dies hier aber war kein Kampf, nur ein Schlachten. Sie hätte gern beide Hände gegen ihre Ohren gepresst, um das Schreien und Flehen um Gnade nicht mehr hören zu müssen, doch stand es ihr nicht zu, die Waffe fallen zu lassen. Sie trat einen Schritt zur Seite und lehnte sich an ein freies Stück Wand im Hauptgebäude der Frauengemächer. Zum ersten Mal seit vielen Jahren verursachte der Geruch von Blut ihr Übelkeit.

Zu ihren Füßen regte sich etwas. Ein wuscheliger, weißer Hund huschte vorbei, warf sich winselnd gegen eine Tür, kratzte und jaulte so laut, dass er sogar die Schreie im Hintergrund übertönte. Yazi überlegte, dass diese Tür wohl ins Freie führen musste. Erleichtert, wenigstens das Leben dieser kleinen Kreatur retten zu können, öffnete sie.

Aber sie sah keinen Nachthimmel und vermochte keine frische Luft einzuatmen, obwohl sie sich danach verzehrte. Nur die Umrisse einer kleinen Kammer hatten sich aufgetan. In

Regalen waren Stoffballen und Kisten gestapelt. Dazwischen kauerte eine schmächtige Frau in einem kostbaren Gewand aus leuchtend roter Seide. Ihre Arme waren weit ausgestreckt, als könne sie allein dadurch die drei kleinen Kinder in ihrem Rücken vor allem Übel dieser Welt abschirmen.

Der Hund sprang ihr entgegen und leckte Schminke von ihrem zauberhaft schönen Gesicht. Sie regte sich nicht, musterte Yazi nur mit großen, hasserfüllten Augen.

Yazi trat einen Schritt vor. Die Frau schoss blitzschnell in die Höhe, zog ein kleines Küchenmesser aus ihrem Ärmel und umklammerte es mit beiden Händen. Yazi wusste, dass es nicht besonders schwierig wäre, dieser zarten Gestalt die Waffe zu entreißen. Ein gezielter Tritt würde genügen.

Aber sie tat nichts, außer ihren Blick in die entschlossen funkelnden Augen der Palastdame zu bohren. Der verzweifelte Mut dieser Frau, die sich nicht widerstandslos abschlachten lassen wollte, beeindruckte sie. Eines der Kinder hatte begonnen zu wimmern. Es war ein Mädchen, nicht älter als sieben, so wie Chuntian, die in einer solchen Lage sicher auch geweint hätte.

»Sorg dafür, dass dein Hund still bleibt«, zischte Yazi der Unbekannten zu, die fassungslos nickte. Dann trat Yazi zurück und wollte die Tür schnell zufallen lassen, um sich so unauffällig wie möglich davor zu stellen.

»Worauf wartest du?«, hörte sie plötzlich Pofus Stimme in ihrem Rücken. Die Generalin hatte leise gesprochen, als wolle sie keine Aufmerksamkeit auf Yazis Fehlverhalten lenken.

Yazi fühlte Kälte, die sich bis in ihre Knochen fraß. Ihre Hände begannen zu zittern.

»Geh hinein und erledige deine Pflicht«, zischte Pofu nun deutlich schärfer. Yazis rechter Fuß bewegte sich und trat gegen die Tür, um sie endgültig zufallen zu lassen.

»Was soll das? Du hast zu gehorchen!«

Pofu baute sich wie ein bedrohlicher Schatten vor ihr auf. Yazis Atem wurde schneller. Sie rief sich Andrews bewundernden, liebevollen Blick in Erinnerung, als sie ihren Rücken gegen die Tür presste. Er hatte sie einen Teil des Guten genannt.

»Lass sie leben. Niemand außer uns hat sie gesehen«, flehte sie Pofu an. Die Generalin schluckte, schien tatsächlich kurz zu überlegen.

»Wir haben einen klaren Befehl«, entgegnete sie dann.

»Lass sie leben!«

»Wenn du es nicht kannst, dann trete zur Seite«, kam es nun ein wenig lauter. Yazi sah sich ängstlich um. Sobald die anderen Soldaten bemerkten, was hier vor sich ging, war alles umsonst. Aber sie waren schon im Begriff, Schränke aufzureißen und deren Inhalt auf die Leichname ihrer Eigentümerinnen zu werfen. Blutbefleckte Finger griffen nach Seide und Schmuck.

Yazi fiel ein, dass Plündern in der Taiping-Armee verboten war. Warum wies niemand diese Männer zurecht?

»Geh zur Seite!«, schrie Pofu nun und hob ihr Schwert. Yazi presste die Kiefer aufeinander. Sie spürte die kalte Spitze der Klinge an ihrem Kinn, ihr Atem rasselte und sie schwitzte wie an einem glühend heißen Sommertag. Ihre Augenlider fielen zu. Wenn sie jetzt starb, wer würde sich um Chuntian kümmern?

Sie dachte an Andrew, den ihre Tochter stets mit strahlenden Augen musterte. Er mochte das Mädchen. Mit aller Kraft zwang sie sich zu glauben, dass er Chuntian zu sich nehmen würde. Um ihretwillen. Weil sie gestorben war, um das Richtige zu tun.

Pofus Finger bohrten sich in ihre Schultern und zerrten sie zur Seite. Yazi hob ihre Arme, um den Angriff abzuwehren. Stumm rangen sie kurz miteinander, traten und schlugen um sich, warfen einander zornige Blicke zu. Yazi spürte ihre Kraft schnell erlahmen. Welche Frau konnte sich mit Pofu messen, die selbst kräftige Männer in die Knie gezwungen hatte? Sie rief sich das Gesicht der Palastdame in Erinnerung, das Funkeln der Entschlossenheit, den Mut der Verzweiflung. Noch einmal bäumte sie sich auf, warf sich mit aller Kraft gegen ihre Generalin, aber sie fiel in stählerne Arme, die sie festhielten.

»Komm nach draußen. Der Einsatz ist vorbei!«, hörte sie Pofu leise sagen und wurde losgelassen. Die Generalin eilte tatsächlich den davonströmenden Soldaten hinterher. Yazi schnappte nach Luft und wartete, bis ihr Atem sich beruhigt hatte. Dann lief sie ebenfalls los, weg von der Tür, hinter der sich vier hilflose Menschen verbargen.

Die frische Nachtluft tat wohl, sobald sie nicht mehr nach Blut und Tod roch. Sie sah die friedliche Weite des grauschwarzen Himmels über sich und wollte in ihr versinken, einfach nur vergessen, was soeben geschehen war.

Sie trabten die Straße zu ihren Quartieren entlang. Yazi bewegte sich wieder als Teil eines Ganzen, um weder denken noch fühlen zu müssen. Die Schreie der Ermordeten hallten hartnäckig in ihrem Kopf, doch schenkte die Erinnerung an die Palastdame und ihre drei Kinder ihr ein wenig Trost. Vielleicht würden sie es schaffen, aus der Stadt zu fliehen.

Sobald sie den Guan erreicht hatten, wurde Yazi von Pofu wieder an den Schultern gepackt und in ihr Zimmer gestoßen.

»Du hast einen Befehl missachtet! Dich mir in den Weg gestellt!«, brüllte die Generalin und schlug ihr mit der Faust ins Gesicht, so wie damals bei Jinjing. Yazi schwankte. Beim nächsten Schlag prallte ihr Kopf gegen die Wand und drohte kurz zu zerspringen. Sie hielt sich mit letzter Kraft auf den Beinen und wischte sich das Blut von der Nase. Zornige Augen funkelten ihr aus Pofus grimmigem Gesicht entgegen. Die Faust hob sich erneut.

»Wenn du mich töten willst, dann tue es bitte nicht hier. Meine Tochter könnte aufwachen und es mitbekommen«, meinte Yazi nur. Sie staunte, wie viel Ruhe sie empfand. Es gab nichts mehr, das sie noch retten konnte.

Pofu schnaufte ein paar Atemzüge. Ein Zittern fuhr durch ihren Körper, dann entspannte die Faust sich langsam zu einer Hand, die Yazi rückwärts schob.

»Tue es niemals wieder! Niemals! Sonst muss ich es melden«, knurrte die Generalin. Yazi senkte stumm den Kopf. Sie war so erschöpft, dass ihre Knie nachzugeben drohten, vermochte weder Empörung über die Schläge noch Erleichterung zu empfinden, dass Pofu sie schließlich verschonte.

Eine Weile drangen die rasselnden Atemzüge der Generalin noch an ihr Ohr, dann hörte sie Schritte, die in erlösender Stille verebbten.

»Mutter, was ist geschehen?«, riss Chuntians furchtsame Stimme sie aus ihrer Starre.

»Gar nichts«, murmelte sie und ließ sich in ihrer Kampfkleidung auf das Bett fallen. »Es ist alles so wie immer.«

Chuntian schmiegte sich nach kurzem Zögern an ihre Seite. Yazi schlang die Arme um ihre Tochter, vergrub ihr Gesicht in dem langen, dichten Haar und wurde von heftigen Schluchzern geschüttelt. Die Sehnsucht nach der Wärme von Andrews schlaksigem, unmäßig langem Körper war noch niemals so stark gewesen.

Am nächsten Tag wog ihr Körper so schwer wie ein Stein. Sie versuchte, sich bereits im Morgengrauen zu erheben, wie es ihre Gewohnheit war, doch gaben ihre müden Muskeln immer wieder nach. Mit ausgestreckten Armen dämmerte sie vor sich hin.

»Mutter!«, drängte Chuntian sie, die Augen zu öffnen.

Ihre Tochter war bereits angekleidet und starrte sie an. Ihr Mund zuckte wie ehemals Yingxiongs linkes Auge. Warum musste Chuntian ein ähnliches Nervenbündel wie ihr Vater sein?

»Wir waren kurz draußen«, stammelte sie. »Es liegen Leichen auf der Straße. Was ist geschehen?«

Yazi stemmte sich ächzend in die Höhe.

»Es gab eine Auseinandersetzung. Der Ostkönig und seine Gefolgschaft sind tot. Aber jetzt ist alles vorbei.«

Chuntians Gesicht versteinerte. Yazi fuhr sich mit der Hand über die Stirn. Wie sollte sie einem siebenjährigen Mädchen Dinge erklären, die für sie selbst unerträglich waren?

»Der Ostkönig Yang Xiuqing hat Tausende von Anhängern. Sind die wirklich alle tot?«, bohrte Chuntian nach einer Weile nach. Yazi staunte, wie erwachsen der Verstand ihrer Tochter schien, wie schnell er das Wesentliche erfasste. Die meisten der Anhänger lebten noch und es war anzunehmen, dass sie die Ermordung ihres Königs nicht einfach hinnehmen würden. Yazi sprang auf die Beine, schüttete sich etwas Wasser ins Gesicht, verbot ihrer Tochter, an diesem Tag nochmals das Haus zu verlassen und lief selbst nach draußen.

Die anderen Kriegerinnen aus dem Guan hatten sich schon auf der Straße versammelt, um weitere Befehle abzuwarten. Pofu trat rastlos von einem Fuß auf den anderen. Sie warf Yazi nur einen kurzen Blick zu, ohne sie für ihr spätes Erscheinen zu schelten. Yazi erfuhr, dass der Kopf des Ostkönigs öffentlich aufgehängt worden war. Sein Palast lag bereits in Trümmern und Truppen patrouillierten durch die Stadt. Den Einwohnern war es nicht gestattet, ihre Häuser zu verlassen. Sie atmete erleichtert auf, denn dadurch blieb Andrew in Sicherheit.

Sie erhielten den Befehl, sich in Hong Xiuquans Palast zu versammeln. Der himmlische König saß prächtig gekleidet in seinem Thronsaal, doch wirkte sein Gesicht angespannt und dunkle Schatten untermalten seine Augen. Vor ihm lagen der Nordkönig Wei Changhui, der General Qin Rigang und alle anderen Anführer des gestrigen Überfalls in Ketten. Bevor Yazi sich einen Reim darauf machen konnte, überreichte Hong Xiuquan Pofu eine auf gelber Seide verfasste Stellungnahme zu den Vorfällen der vergangenen Nacht. Da Yazi in den letzten Jahren fleißig daran gearbeitet hatte, mehr Schriftzeichen zu lernen, gehörte sie zu den Auserwählten, die den Text öffentlich vortragen sollten.

Tausende stummer, angsterfüllter, verkrampfter Gesichter starrten ihr entgegen, denn das Ausgehverbot war aufgehoben worden und eine dicht gedrängte Menge verstopfte alle Straßen um den Königspalast. Sie hörte Gemurmel, das sich zu zornigen Schreien steigerte. Mörder! Verräter! Verbündete der Dämonen! Ein paar Steine flogen durch die Luft. Ihr Aufprall gegen die Palastmauern vibrierte in Yazis Ohren. Sie verneigte sich in der Hoffnung, so die aufgebrachten Gemüter zu beruhigen. Sollte es zu einem Sturm auf den Palast kommen, würde sie selbst als eine der Ersten niedergetrampelt werden.

Mit jener Kraft, die sie in ihrem Leben als Soldatin erworben hatte, zwang sie sich, ihre ganze Aufmerksamkeit auf die Schriftzeichen zu lenken. Kurz wünschte sie Chuntians Hilfe herbei, denn in dieser Kunst war die Tochter ihr haushoch überlegen.

Yazi las, dass Hong Xiuquan sehr empört über das Morden war, dass er jedes Plündern verboten hatte und all diese Vorfälle zutiefst bedauerte. Die Verantwortlichen waren allein Wei Changhui und Qin Rigang. Sie sollten bestraft werden, so wie man einst, auf dem Dornenberg in Guangxi, wo der Aufstand der Taiping seinen Anfang genommen hatte, mit Verrätern umgegangen war: fünfhundert Stockschläge. Alle Anhänger des ermordeten Ostkönigs hatten das Recht, dabei Zeugen zu sein.

Die empörten Schreie verstummten. Ein paar Gebetstexte wurden gemurmelt, als die Palasttore sich einladend öffneten. Hong Xiuquan hatte erst einmal gewonnen.

Yazi ließ die beschriebene Seide sinken. All dies ergab keinen Sinn. Warum strafte der himmlische König seine engsten Verbündeten auf so grausame Weise? Weshalb nahmen sie es widerstandslos hin, obwohl sie beide ihr eigenes Heer hatten?

Doch es war nicht die Aufgabe einer Soldatin, königliche Entscheidungen zu hinterfragen. Yazi begab sich mit allen anderen Kriegern Hong Xiuquans in den äußeren Palasthof, wo auch die zwei Verurteilten hingezerrt wurden. Auf Pofus Befehl hin, gesellte sie sich zu den Wachleuten, die allen Zuschauern ihre Waffen abnahmen, wie es im königlichen Palast üblich war. Die Anhänger des toten Ostkönigs wurden zu den zwei großen Hallen an der Seite gewiesen, von wo aus sie die beste Sicht hatten.

Die Strafe begann. Bambusrohre sausten auf die Rücken der Verurteilten nieder, Blut spritze auf und befleckte den Erdboden. Die erwarteten Schreie blieben aus, denn beide Männer waren stählerne Krieger. Yazi erkannte vier hochgewachsene Gestalten in der Nähe des geschlossenen Eingangstors. Andrews Haarschopf war ein gelber Fleck in der Menschenmenge. Er lächelte ihr krampfhaft zu. Sie neigte nur den Kopf, um ihn zur Kenntnis zu nehmen. Lieber hätte sie die Lao Wai in ihrer Herberge gewusst. Es entsprach nicht Andrews Naturell, grausame Strafen sehen zu wollen. Aber er war neugierig.

Die Bambusrohre fielen weiter und weiter. Rote Lachen hatten sich um die knienden Verurteilten gebildet, denen die ersten Klagelaute entwichen. Yazis Magen wurde zu einem schweren Stein, dessen Gewicht es ihr erschwerte, sich gerade zu halten. Es waren noch nicht einmal die ersten hundert Schläge vorbei. Irgendwann würden auch diese zwei stolzen Männer laut schreien und um Gnade flehen, was Hong Xiuquan ihnen unmöglich gewähren konnte. Es musste weitergehen, bis sie nur noch als rote Fleischklumpen dalagen. Sie hatte bereits einige solcher Hinrichtungen erlebt, doch wollte sie nicht, dass Andrew mitbekam, wie man im Reich der Taiping öffentlich Menschen zu Tode prügelte. Fünfhundert Stockschläge überlebten nur wenige Verurteilte.

Hong Xiuquan stand plötzlich auf und hob die Hand, was in Yazi vage Hoffnungen auf eine Begnadigung weckte. Tatsächlich wurden die Rohre gesenkt. Generäle neigten ihre Köpfe, um Rangniederen Befehle zuzuflüstern. Doch jene Weisung, die durch die Reihen der versammelten Wachleute huschte, entsprach keineswegs Yazis Erwartungen.

Die Tore zu den Hallen schließen! Sofort!

Yazi setzte sich mit allen Anderen in Bewegung, denn Gehorsam floss inzwischen wie Blut durch ihre Adern. Die Anhänger des Ostkönigs wurden eingeschlossen, bevor sie begriffen, wie ihnen geschah. Schwere Riegel fielen vor die eisenbeschlagenen Tore. Eine Weile blieb es totenstill, dann begannen die ersten Schreie, zornig zunächst, doch allmählich schlich Angst in die Empörung der Gefangenen.

In Yazis Kopf fügten Scherben sich zu einem Ganzen. Die abgenommenen Waffen. Die zwei Hallen. Die geschlossenen Tore. Ihr wurde kalt. Es war so geschickt durchdacht, so notwendig und gleichzeitig so perfide.

Sie sah sich um und war erleichtert, die vier Lao Wai noch am äußeren Palasttor zu entdecken. Sie waren nicht in die Seitenhallen gegangen und würden deshalb jetzt nicht sterben.

Kapitel 6

Yazi würgte an ihrem eigenen Gestank von Schweiß, Schießpulver, Blut und menschlichen Exkrementen. Sie lehnte sich an eine Hauswand und spuckte gelbe Flüssigkeit aus ihrem leeren Magen, der wie ein Feuerball brannte. Das Herbstwetter war ungewöhnlich warm. Die Leichen auf den Straßen begannen bereits zu verwesen, doch ließ dieser Anblick sie erschreckend kalt. In ihrem Kopf hallte nur ein einziger Befehl wider und drohte ihren Schädel zu sprengen: Töten! Sat!

Die Eingeschlossenen, Männer, Frauen und Kinder, waren zunächst mit Schießpulver attackiert worden, bevor die Soldaten eindrangen. Einige hatten verzweifelt Bänke zerschlagen und Steine aus dem Gemäuer gerissen, um sich zur Wehr zu setzen. Der Kampf dauerte Stunden. Manche brachen vor schierer Erschöpfung zusammen, andere rissen sich die Kleider vom Leib und erhängten sich an ihnen, damit sie keine mörderische Klinge in ihrem Leib spüren mussten.

Diesmal war es Yazi nicht möglich gewesen, im Hintergrund zu bleiben. Wer zögerte, geriet in Verdacht, mit den Anhängern des toten Ostkönigs zu sympathisieren und wurde ebenso niedergemetzelt. Sie hatte Pofus Blick wie eine Peitsche im Rücken gespürt und gewusst, dass sie nicht versagen durfte. Nach einer Weile war es so leicht gewesen, so selbstverständlich, wie im Gedränge der Schlacht, da sie um sich geschlagen hatte, weil es ansonsten kein Überleben gab. Sie hatte keine Zeit gehabt, ihren Blick auf die Sterbenden zu richten, denn es gab noch so viele Lebende, die aus dem Weg geräumt werden mussten. Das Rauschen in ihren Ohren hatte alles Schreien übertönt. Zustechen, ausweichen, erneut das Schwert heben. Sat.

Schließlich war das letzte Stöhnen verebbt, um die Stille des Todes einkehren zu lassen. Yazi hatte in stumme, leere Gesichter geblickt, von Toten und auch von Lebenden, die erst allmählich begriffen, was geschehen war. Berge von Leichen türmten sich in den zwei Hallen.

Nun durfte sie heimgehen und sich ausruhen. Pofu hatte ihr tröstend auf die Schulter geklopft. Ihre Generalin war diesmal mit ihr zufrieden.

Yazi zwang sich weiterzulaufen. Ihr ganzer Körper bestand nur noch aus Schmerz, sie musste schlafen. Am nächsten Tag wäre alles anders. Sie erreichte den Guan und eilte zu ihrem Zimmer. Sie wollte Chuntians ernstes, kluges Gesicht vor sich sehen, damit die Welt wieder vertraute Züge bekam. Doch kurz vor der Eingangstür erstarrte sie. Welche Tochter wünschte sich eine Mutter, an deren Händen das Blut anderer Kinder klebte?

Yazi schluchzte auf und schlug ihren Kopf gegen die Wand. Wie hatte sie hoffen können, ihr Leben würde einfach weitergehen? Sie vergrub ihr Gesicht in den Händen, um wie ein lebloses Bündel vor der Tür zu kauern. Sie wusste nicht, wie lange sie dort gesessen hatte, bis eine große, warme Hand sich plötzlich auf ihre Schulter legte. Arme zogen sie in die Höhe. Sie sah Andrews langes, weißes Gesicht über sich schweben und wurde an seine Brust gedrückt. Ganz langsam wich das Grauen aus ihrem Körper.

»Chuntian ist nicht hier«, flüsterte er. »Ich habe sie in unsere Herberge gebracht. Alle Häuser werden durchsucht. Wer auch nur den Anschein erweckt, mit dem Gemetzel nicht einverstanden zu sein, schwebt in Lebensgefahr. Chuntian ist so ein sensibles Mädchen. Ich dachte, bei uns ist sie sicherer, denn wir werden nicht verdächtigt. Der himmlische König wartet immer noch auf unsere Waffen.«

Yazi wurde auf einmal leicht ums Herz, obwohl Andrew eigentlich nicht hier sein durfte. Den Guan von Frauen zu betreten, war Männern verboten, doch schienen derartige Vorschriften in dem allgemeinen Wahnsinn unwichtig geworden zu sein. Ganz gleich was geschah, dieser Mann würde sich um ihre Tochter kümmern.

»Jetzt solltest du dich eine Weile hinlegen. Du kannst ja kaum noch stehen«, murmelte Andrew sanft und schob sie in ihr Zimmer. Yazis Augen wurden von Tränen überschwemmt. Sie verdiente diese Fürsorge nicht. Sie war widerwärtiger Abschaum.

»Ich habe … ich habe … sie sind alle tot«, stammelte sie und entwand sich Andrews Umarmung.

»Ich weiß.« Er blieb im Zimmer stehen, während sie auf ihre Matratze sank. »Aber du hattest keine Wahl. Soldaten gehorchen. Deshalb habe ich um Armeen immer einen großen Bogen gemacht, denn Gehorsam liegt mir nicht. Ich bin zum Widerspruch geboren. Ein nutzloser Nörgler, wie viele meinten.«

Wieder blitzte der warme Spott in seinen Augen. Auf einmal schien er Yazi so tröstend wie eine Umarmung. Ohne Zögern streckte sie ihre Hände nach Andrew aus und lachte vor Freude, als er sich von ihr auf die Matratze ziehen ließ. Die Verbote Hong Xiuquans waren unwichtig geworden. Warum sollte sie einem Mörder gehorchen? Er würde einen Lao Wai nicht belangen, und wenn sie selbst starb, so war dies eine verdiente Strafe für all das Töten, an dem sie beteiligt gewesen war. Doch vorher wollte sie Leben spüren, die Wärme eines Menschen, der sie nicht verdammte, obwohl er selbst unschuldig war.

Auf Andrews weißer Haut waren rötliche Stellen zu sehen. Sein fast unsichtbares Haar wuchs auf Brust, Armen und Beinen. Er roch immer noch fremd, doch sog Yazi diesen Geruch nun genüsslich ein. Ihr eigener Gestank von Schweiß und Blut hatte nachgelassen oder schien ihr weniger widerwärtig, da Andrew sie deshalb nicht zurückgestoßen hatte. Seine Hand lag auf ihrem Rücken. Die Finger der anderen strichen durch ihr Haar und massierten ihre Kopfhaut. Sie schlang ihr Bein um seinen Schenkel. Sie hatte niemals geahnt, wie leicht zwei Körper miteinander verschmelzen konnten, als seien sie zwei Teile eines Ganzen. Die Lehre von Ying und Yang, der zwei Gegensätze, die einander ergänzten, war ihr einst von Yingxiong erklärt worden, doch erst in diesem Moment hatte sie wirklich einen Sinn bekommen.

»Warum bist du hierher gekommen, wenn du den Krieg verabscheust?«, fragte sie, um auch in das Denken dieses Mannes eindringen zu können. Es sollte keine Barrieren mehr zwischen ihnen geben.

Andrew stützte sein Kinn auf seine Handfläche und sah ihr ins Gesicht.

»In der Heimat meiner Eltern gibt es die Legende von einem Helden, der die Reichen bestahl und das Diebesgut an Arme verteilte. Ich habe ihn als Kind bewundert. Als ich hörte, dass Hong Xiuquan sich ebenso verhielt, wollte ich ihn kennenlernen. Und begreifen, warum er sich für den Sohn eines fremden Gottes hält.«

Yazi runzelte die Stirn. Ein Teil von ihr empfand diese Worte immer noch als lasterhaft. Hong Xiuquan hielt sich für das, was er war.

»Er hatte einen Traum, in dem Huang Shangdi und der erste himmlische Sohn ihm erschienen, um ihm seine Bestimmung klarzumachen«, erklärte sie. »Zunächst begriff er diesen Traum nicht. Als sein Vater sich Sorgen um seinen Geisteszustand machte, hörte er auf, von dem Traum zu sprechen. Doch dann las er ein paar Traktate, die ein Missionar ihm vor Jahren gegeben hatte. Er begriff, dass der Gott der Christen ihm erschienen war.«

Andrew kicherte in sich hinein.

»Ich kenne diese Geschichte. Er sah unseren europäischen Herrgott in chinesischer Kleidung. Sowohl der himmlische Herr als auch Jesus waren verheiratet und hatten Kinder. Echt chinesischer Familiensinn.«

Yazi fühlte Ärger, der wie Nadeln stach.

»Warum sollte Euer Gott sich nicht chinesisch kleiden, wenn er einem Chinesen erscheint? Meinst du denn, er gehört nur euch allein?«

Andrew strich ihr besänftigend das Haar aus der Stirn.

»Gott gehört allen, die an ihn glauben«, meinte er. »Mir geht es nur darum, Hong Xiuquan zu verstehen. Er ist klug und gebildet. Trotzdem fiel er mehrfach durch die Beamtenprüfung, die ja unglaublich schwer sein soll. Andere bestanden, weil ihre Familien bessere Kontakte hatten und mehr Geld, um Prüfer zu bestechen. Das muss bitter für einen so ehrgeizigen Mann gewesen sein. Da kam auf einmal dieser Traum und kündete an, dass er eine ganz andere Aufgabe hätte, die ihm Macht und Ansehen verleihen würde. Er wandte sich gegen ein System, das ihm die verdiente Anerkennung verweigert hatte. Machte sich zum Herrn über ein Heer, das dieses Unrechtssystem zerstören sollte.«

Als der tiefere Sinn dieser Mutmaßungen in Yazis Kopf allmählich Formen annahm, schoss sie entsetzt in die Höhe.

»Du meinst, er ist ein Heuchler?«, flüsterte sie und lief gleichzeitig zur Tür, um sich zu versichern, dass niemand dahinter stand. Es konnte sie den Kopf kosten, Andrews Ausführungen ohne Widerspruch gelauscht zu haben, und selbst ein Lao Wai würde für derartige Gotteslästerung sterben. Zum Glück war es immer noch still im Guan, denn die anderen Soldatinnen streiften wohl weiter durch die Stadt. Yazi vermochte wieder leichter zu atmen. Sie setzte sich zu Andrew auf das Bett. Mit einem Mal waren seine verbotenen Gedanken so berauschend geworden wie der Reisschnaps, den er ihr einst angeboten hatte. Sie wollte mehr davon.

»Nein, ich glaube, ein Heuchler ist er nicht. Das wäre zu einfach«, beantwortete Andrew nach kurzem Überlegen ihre Frage. »Er ist auch nicht geisteskrank, wie sein eigener Vater vermutete. Als ich ihm zum ersten Mal gegenüberstand, konnte ich die Kraft seiner Überzeugung fast spüren. Würde er nicht wirklich an seine Bestimmung glauben, hätte er jemals den Mut zu einer zunächst so aussichtslosen Rebellion gefunden? Doch ist es eine sehr chinesische Bestimmung. Viele eurer Revolutionäre meinten, von Göttern abzustammen. Ich glaube, Hong Xiuquan hatte wirklich diesen Traum. Dann las er einen schlecht übersetzten christlichen Text und alles passte hervorragend zusammen.«

Yazi musterte ihn stirnrunzelnd. Der spöttische Ton seiner letzten Worte hatte ihr missfallen.

»Du glaubst wirklich, dass wir Chinesen euren Glauben nicht verstehen können«, zischte sie. Wieder kam ein Kopfschütteln.

»Die Botschaften der Propheten dieser Welt versteht jeder anders. Man kann Gutes und Schlechtes aus ihnen herauslesen. Ich hatte hier in Nanjing auf das Gute gehofft. Deshalb bin ich gekommen.«

Yazis Ärger verrauchte und sie sank erschöpft wieder auf die Matratze, schmiegte sich in Andrews Umarmung.

»Du bist enttäuscht worden«, flüsterte sie. »So wie auch ich. Nach diesem Gemetzel kann es keinen großen Frieden mehr geben.«

Andrew küsste ihre Stirn.

»Meine drei Begleiter wollen die Stadt baldmöglichst verlassen. Sie sind Söldner und einiges an Blutvergießen gewöhnt, aber heute wurde es ihnen zu viel. Wir beide können gemeinsam fortgehen. Mit deiner Tochter natürlich«, schlug er vor.

Das Glücksgefühl schlängelte sich durch sämtliche Glieder von Yazis Körper. Sie schloss die Augen. Andrew wollte sie mit sich nehmen. Eine Weile hoffte sie, den Rest ihres Lebens in der Wärme seiner Umarmung verbringen zu können, wo es keinen Schmerz und keine Zurückweisung gab. Dann suchte sie nach klaren Bildern, wie diese Zukunft aussehen sollte, und nahm nur verschwommene Umrisse wahr. Sie wusste nichts von der Art, wie Lao Wai lebten. Bereits im Haus der Rongs war sie eine Fremde gewesen, doch wie wäre es erst unter Leuten, die so völlig anders aussahen als sie selbst? Vertraute Gesichter schoben sich unter ihre Lider. Jene Mädchen, die sie zu Soldatinnen ausbildete, waren manchmal mit ihren Sorgen und Ängsten zu ihr gekommen, als sei sie ihre Mutter. Und wie enttäuscht wäre Pofu, die so viel von ihr hielt, dass sie darauf verzichtet hatte, sie mit angemessener Härte zu bestrafen, obwohl ihr Pflichtgefühl sonst immer die Oberhand gewann? Wollte sie all diese Menschen verlassen, obwohl sie viele Jahre lang zu ihnen gehört hatte?

»Shi Dakai wird bald hier sein«, meinte sie nach weiteren Überlegungen. »Vielleicht kann er Hong Xiuquan in seine Grenzen weisen und dafür sorgen, dass dieses sinnlose Morden aufhört.«

Andrew nickte zaghaft.

»Das Morden hat trotzdem stattgefunden. Meinst du, man kann es so einfach vergessen?«

Yazi erinnerte sich an die Banditen in ihrer Heimat.

»Es wird überall gemordet«, meinte sie nur. »Menschen müssen damit leben. Sobald die Umstände besser werden, dann vergessen sie vielleicht.«

Andrew ließ sich seufzend auf die Matratze fallen.

»Du willst bleiben«, stellte er fest. Yazi nickte.

»Nun«, fügte er nach kurzem Zögern hinzu. »Dann bleibe ich auch. Es sei denn, du forderst mich selbst auf zu gehen.«

Yazi begann zu lachen, so unsinnig war diese Vorstellung. Sie drückte Andrew nieder und schmiegte ihren Körper an den seinen, vergrub sich in der Wärme, die er ihr schenkte.

»Bleibe hier, so lange du willst«, flüsterte sie in sein Ohr und schlang die Beine um seine Hüften. »Ich sorge für deine Sicherheit.«

Eine Weile gehörte der Guan noch ihnen allein. Yazi ahnte, dass sie nicht allzu oft Gelegenheit haben würde, ohne Angst und Hast mit Andrews Körper zu verschmelzen, aber dieses Wissen steigerte den Reiz des Augenblicks.

Shi Dakai traf einige Wochen später ein und zeigte sich so entsetzt über die Gemetzel, wie Yazi gehofft hatte. Es kam zu einem öffentlichen Streit mit Wei Changhui, dem Nordkönig, und dem General Qin Rigang, die sich inzwischen von den Schlägen erholt hatten und denen er die Verantwortung für alles Morden zuschrieb. Bald darauf wurde auch seine Familie niedergemetzelt. Er selbst konnte im letzten Moment heimlich aus der Stadt entkommen und sammelte im Umland ein Heer, mit dem er gen Nanjing marschierte. Die von Andrew so geliebte Porzellanpagode wurde nun endgültig in die Luft gesprengt, doch nicht aus religiösen Gründen, sondern weil sie für Shi Dakai ein Ausgangspunkt für Angriffe hätte sein können. Der Flügelkönig verlangte von Hong Xiuquan die Köpfe jener Männer, die seine Familie auf dem Gewissen hatten. Der zweite Gottessohn hatte sich wieder zum Studium der Bibel zurückgezogen, doch hoffte Yazi, dies sei nur eine Finte, um heimlich nach Wegen zu suchen, wie er Shi Dakais Wünsche erfüllen konnte. Wei Changhui und Qin Rigang gingen ebenfalls davon aus, aber ihr Versuch, nun Xiuquan aus dem Weg zu räumen, scheiterte. Er kam ihnen zuvor. Yazi nahm als Pofus beste Soldatin an weiteren Straßenschlachten teil, doch glaubte sie nun wieder an den Sinn des Kämpfens. Jene Männer, die alles Gemetzel veranlasst hatten, wurden endlich selbst zur Strecke gebracht. Shi Dakai, breitschultrig, muskulös und fast so groß wie ein Lao Wai, kehrte unter Jubelrufen der Bevölkerung in die Stadt zurück, um Hong Xiuquans engster Vertrauter zu werden.

Doch auch dieser Frieden dauerte nicht ewig. Bereits ein halbes Jahr später verließ Shi Dakai mit seinem Heer Nanjing auf immer, um den Kampf eigenständig weiterzuführen, da er sich von Hong Xiuquan in vielen Dingen übergangen fühlte. Yazi wäre gern mit ihm gezogen, aber sie wollte Chuntian kein Leben in einem Soldatenlager zumuten und sah auch keine Zukunft für Andrew als Gefolgsmann des Flügelkönigs. Zum Soldaten taugte er nicht. Die Geschäftsverhandlungen bezüglich einer Lieferung von Schusswaffen waren zum Stillstand gekommen, nachdem Andrews Begleiter sich aus dem Staub gemacht hatten. Nun gehörte Yazis heimlicher Geliebter zu den wenigen Lao Wai, die sich noch in der Stadt aufhielten. Er unterrichtete Kinder im Lesen und Schreiben, da er die chinesische Schrift beherrschte wie ein Gelehrter. Ein paar ehrgeizigen Schülern wie Chuntian brachte er auch das Englische bei.

Drei Jahre lang schienen die Dinge im himmlischen Königreich zu stagnieren. Der Angriff der Taiping-Armee auf Beijing, die Höhle der Mandschu-Dämonen, war gescheitert, da sie nicht für den harten, nördlichen Winter gerüstet gewesen waren. Shanghai wollte Hong Xiuquan zunächst mit Angriffen verschonen, denn er hoffte immer noch auf eine Zusammenarbeit mit den Christen des Westens. Als das Schiff eines Briten namens Lord Elgin vor der Stadt Anker legte, wurde es versehentlich von den Kanonen der Taiping beschossen. Es war ein weitaus harmloseres Kanonenfeuer als die früheren westlichen Besucher zu spüren bekommen hatten, doch verhielt dieser Mann sich anders als seine Vorgänger. Ohne jedes Zögern ließ er seine Leute zurückschießen. Diese Dreistigkeit imponierte Hong Xiuquan. Er erkannte in dem angriffslustigen Lao Wai jenen Verbündeten, auf den er gewartet hatte. Lord Elgin erhielt eine Einladung in elaborierten Versen, die ignoriert wurde.

Von Andrew erfuhr Yazi, dass Lord Elgin ein wichtiger Mann war, unterwegs im Auftrag der britischen Krone. Er sollte mit den Qing verhandeln, Wiedergutmachungen für Angriffe auf seine Landsleute und die Zerstörung ihrer Fabriken in China fordern. Mehr erzählte Andrew nicht, doch verstand Yazi den verschwiegenen Teil seiner Botschaft. Die Taiping-Rebellen wurden von den westlichen Regierungen inzwischen nicht mehr für eine ernst zu nehmende Macht gehalten.

Yazi hoffte immer noch, alles könne sich zum Besseren wandeln. Es gab genug Vorräte in der Stadt und das Leben lief recht friedlich weiter, auch wenn innere Konflikte im Königspalast gärten. Der himmlische König erließ ständig neue Vorschriften, um ehrgeizige Familienmitglieder unter Kontrolle zu halten und alle Intrigen gegen seine Person abzuwehren, von denen viele nur in seinem Kopf zu existieren schienen. Akkurate Ordnung musste gewahrt werden und jedes laute Geräusch brachte ihn zum Rasen. Nur wenn er sich zurückzog, um an einer korrekten Fassung der Bibel zu arbeiten, schien er Frieden zu finden. Es waren viele Fehler in den Büchern der Europäer, meinte er.

Andrew lachte laut auf, als sie ihm davon erzählte. Gott und Moses müssten wohl erst von Hong Xiuquan auf den richtigen Weg gebracht werden, vor allem, was den Genuss alkoholischer Getränke und die Unzucht betraf. Yazi schwieg. An ein geeintes himmlisches Königreich und den großen Frieden zu glauben, wurde immer schwerer. Nur wenn sie sich mit Andrew heimlich bei den Trümmern der Porzellanpagode traf, vermochte sie einen Sinn in ihrem Leben zu sehen.

Das neue Jahr brachte einen neuen Mann nach Nanjing, den Cousin des zweiten Gottessohnes namens Hong Rengan. Er wurde mit ungewöhnlicher Herzlichkeit begrüßt und sogleich in die höchsten Ämter erhoben. Hong Rengan hatte zu den ersten Anhängern seines berühmten Verwandten gehört, doch hatte er vor zehn Jahren vor den kaiserlichen Truppen fliehen müssen und dann keine Möglichkeit mehr gefunden, durch ihre Blockaden in das Taiping-Lager zu gelangen. Stattdessen hatte er lange Zeit in Hongkong verbracht und dort bei westlichen Missionaren den christlichen Glauben studiert. Ein frischer Wind zog mit ihm in die Stadt. Er plante den Bau hoher, steinerner Häuser, sprach von Banken und Fabriken, großen Straßen und Dampfschiffen, so wie sie in den internationalen Siedlungen zu sehen waren. Hartnäckig drängte er Hong Xiuquan, sich nicht mehr als Sohn Gottes zu bezeichnen, denn dies stand nur allein Ye Su zu. Yazi staunte, dass der größte König der Taiping sich tatsächlich fügte. In seiner Macht wurde er dadurch nicht eingeschränkt. Sie ermöglichte Andrew ein Treffen mit Rengan und bemerkte erleichtert, wie die spöttischen Kommentare ihres Geliebten danach an Schärfe verloren.

»Dieser Mann kennt uns, die sich seit Jahrhunderten Christen nennen. Er sprüht vor Eifer und hat hervorragende Ideen«, meinte Andrew anerkennend. »Durch ihn kann China vielleicht Anschluss an die moderne Welt finden.«

Der Zauber Hong Rengans schien auch andere Lao Wai zu erfassen, denn nun zogen etliche von ihnen nach Nanjing.

Issacher Jacox Roberts, ein amerikanischer Baptist, bei dem Hong Xiuquan nach dem Erkennen seiner Berufung einige Monate verbracht hatte, nahm nun eine Stellung als persönlicher Berater Rengans an. Er wurde wie ein Taiping-König ausgestattet, erhielt wallende Gewänder aus Seide und einen prächtigen Drachenhut. Hong Xiuquans großzügiges Angebot, ihm drei seiner Konkubinen zu überlassen, lehnte er allerdings entschieden ab. Erstaunlicherweise brachte diese Geschichte Andrew zum Lachen. Er hätte zu gern das Gesicht des aufrechten Baptisten gesehen, als ihm drei chinesische Schönheiten auf dem Silberteller präsentiert wurden, meinte er. Yazi verstand diesen Spott nicht, aber sie hatte inzwischen begriffen, dass es Dinge gab, die ihr an einem Europäer wohl immer unbegreiflich bleiben würden. Sie nahm Andrews Eigenarten hin, so wie er auch die ihren.

Das Heer erhielt die Unterstützung des Engländers Augustus Lindley, der Soldaten den Umgang mit modernen Schusswaffen beibrachte. Seine Frau Marie verstand sich ebenso hervorragend darauf, Gewehre abzufeuern, und trainierte an Hong Xuanjiaos Seite weibliche Krieger. Yazi musterte neugierig die erste weibliche Lao Wai, der sie begegnete, doch hatte Marie pechschwarzes Haar und ihre Haut war ebenso dunkel wie die einer sonnenverbrannten Hakka. Abgesehen von ihrer Größe und der seltsamen Rundung an ihren Hüften, hätte sie fast als Chinesin durchgehen können. Andrew erklärte, dass Europa aus verschiedenen Nationen bestand. Portugal, die Heimat von Maries Vorfahren, lag im Süden und deshalb waren Menschen dort so dunkel wie im Süden Asiens. Marie redete laut und viel, hatte kein Problem damit, Männern ins Wort zu fallen, und erdolchte ihren eigenen Gemahl mit Blicken, wenn er eine andere Frau länger als notwendig anstarrte. Darin glich sie den Frauen der Hakka, denn Han-Chinesinnen wurden zu mehr Zurückhaltung erzogen. Pofu knurrte zunächst, dass eine fremde Barbarin sich in ihre Aufgaben mischte, doch mit der Zeit begann sie, Maries

Kampfgeschick zu schätzen. Die Lindleys wohnten im Palast des Generals Li Xiucheng. Marie beherrschte Mandarin ebenso gut wie Andrew, doch war sie der Sprache der Hakka nicht mächtig. Yazi erhielt die Aufgabe, ihr als Dolmetscherin zur Seite zu stehen, und wurde schließlich eingeladen, mit den Lindleys zu Abend zu essen. Es sollte ein Treffen in deren Privatgemächern werden, ohne Li Xiucheng und seine Familie. Sie bat Andrew um Begleitung, damit er ihr half, sich bei den Fremden richtig zu benehmen. Trotz aller Befürchtungen, einer Welt voll unbekannter Regeln ausgesetzt zu sein, wie damals im Hause der Rongs, verlief der Abend erstaunlich angenehm. Diener trugen chinesisches Essen und Wein auf, den Lao Wai offenbar trinken durften und in erstaunlichen Mengen vertrugen. Yazi erfuhr, dass Marie mit Augustus Hilfe vor ihrem Vater geflohen war, der sie in Macao mit einem ihr verhassten Mann hatte verheiraten wollen. Diese Geschichte klang keineswegs fremd. Die Lindleys waren erst kürzlich nach dem Taiping-Ritual getraut worden, gemeinsam mit der Tochter Li Xiuchengs, die nach langem Drängen ihren Wunsch durchgesetzt hatte, einen Lao Wai und guten Freund von Augustus heiraten zu dürfen. Yazi war erleichtert, dass die Lindleys an dieser Verbindung keinen Anstoß nahmen. Sie lernte, dass europäische Ehepaare einander oft gemeinsam besuchten, ganz gleich, welchen gesellschaftlichen Rang sie innehatten. Das entsprach den Sitten der Taiping. Vornehme Han-Chinesen ließen ihre Frauen gewöhnlich zuhause, wie sie bei den Rongs gelernt hatte. Nur Kurtisanen zeigten sich in der Öffentlichkeit.

Yazi gefiel diese Gemeinsamkeit zwischen Taiping und Europäern. Es gefiel ihr auch, dass die Lindleys sich nicht daran störten, einen Landsmann an der Seite einer Chinesin zu sehen. Bald begannen die Treffen zu viert regelmäßig stattzufinden. Mit der ihr eigenen, unverblümten Neugier wandte Marie sich eines Abends an Yazi und fragte flüsternd, wie sie ihren Engländer denn kennengelernt hatte.

»Ihr seid ein witziges Gespann, der Philosoph und die Kriegerin«, fügte sie sogleich hinzu, während ihre dunklen Augen blitzten. »Ein schöner, kluger Mann, keine Frage. Nur redet seinesgleichen immer sehr viel und tut sehr wenig. Ich hätte da nicht deine Geduld.«

Yazi richtete sich energisch auf, um Andrew zu verteidigen. Er unterrichtete Kinder. Er hatte ihrer Tochter und auch ihr selbst den Blick auf eine fremde Welt geöffnet. Außerdem musste sie klarstellen, dass sie mit Andrew nur Freundschaft verband, auch wenn sie nicht gern log. Maries Plappermaul war nicht zu trauen. Doch bevor diese Worte sich auf ihrer Zunge formten, quoll das Essen plötzlich aus ihrer Kehle und zwang sie zu würgen. Entsetzt betrachtete sie den bräunlichen Brei zu ihren Füßen.

»Es tut mir schrecklich leid. Ich vertrage all diesen Wein nicht«, murmelte sie beschämt. Marie war bereits mit einem Tuch herbeigeeilt, um das Erbrochene aufzuwischen. Yazi war ihr dankbar, dass sie deshalb keine Bedienstete geholt hatte, denn sie wollte diesen peinlichen Vorfall so geheim wie möglich halten. Andrew legte seine Hand auf ihre Schulter.

»Ich bringe dich nach Hause.«

Sie wollte erwidern, dass sie den Weg in ihren Guan allein finden konnte, da schob Marie sich dazwischen.

»Schon gut, ich kümmere mich ein bisschen um die kleine Wildkatze.«

Sie führte Yazi in ein Nebenzimmer und brachte selbst einen Eimer Wasser herein, um ihr das Gesicht zu waschen.

»War es wirklich der Wein?«, plapperte sie fröhlich weiter. »So viel hast du nicht getrunken, aber na ja, ihr vertragt ja kaum Alkohol. Trotzdem, zuerst dachte ich …«

Ein Kichern unterbrach ihre Worte.

»Also ihr beiden hättet ein wirklich hübsches Kind, da bin ich mir sicher. Sag einmal, wann hast du das letzte Mal geblutet?«

Yazi versteinerte. Waren alle Lao Wai so unverblümt mit ihren Fragen? Sie hatte oft geblutet, da sie an vielen Kampfübungen teilgenommen hatte. Aber sie wusste, was Marie meinte.

»Letzte Woche«, sagte sie mit Nachdruck. »Ich habe nicht den geringsten Grund, mir Sorgen zu machen. Dazu gibt es keinen Anlass.«

Sie richtete sich zu ihrer Rolle als Hauptmännin auf, dankte Marie höflich für ihre Hilfe und trat auf die nächtliche Straße.

Ein feiner Regen fiel. Sie hörte Lachen und Gesang. Die Stimmung in Nanjing war besser als jemals zuvor, Hoffnung lag in der Luft, man sog sie mit jedem Atemzug ein.

Yazi erinnerte sich nicht mehr genau, wann sie das letzte Mal in der Art geblutet hatte, die Marie meinte. Sie hatte niemals darauf geachtet. Andrew hatte versichert, dass er vorsichtig wäre. Sie hatte zur Sicherheit bei einer Hebamme regelmäßig Suppen getrunken, die Schwangerschaften verhindern sollten. Doch als sie die Tür zu ihrem Guan aufstieß, spürte sie eine Spannung in ihren Brüsten, die ihr erschreckend vertraut vorkam. Damals, als sie mit Chuntian schwanger gewesen war, hatte sie sich ähnlich gefühlt. Und wenn sie sich an ihre letzte Blutung nicht erinnern konnte, so musste die schon einige Zeit zurückliegen.

Sie warf sich neben ihre Tochter auf das Bett und schloss die Augen. Tief in ihr begann die Angst Wellen zu schlagen, löste eine Flut der Panik aus, in der sie zu ertrinken meinte. Letztes Jahr hatte sie einer ihrer Soldatinnen in einer ähnlichen Lage geholfen, indem sie die Schwangere heimlich zu der alten Hebamme gebracht hatte. Ein Trank hatte zu heftigen Krämpfen geführt, einer sehr schmerzhaften Blutung, aber das Mädchen war noch am Leben. Andernfalls hätte ihr eine Hinrichtung gedroht, denn obwohl Hong Xiuquan die Unzucht zwischen Eheleuten inzwischen nicht mehr strafte, kannte er kein Erbarmen bei unvermählten Frauen.

Yazi erinnerte sich, dass sie selbst noch vermählt war. Wenn sie eine Möglichkeit fand, wieder etwas Zeit mit Rong Yingxiong zu verbringen und er einwilligte, bei der Täuschung mitzuspielen, würde der zweite Gottessohn sie vielleicht vor Strafe verschonen, obwohl sie als Mitglied seiner Palastgarde zu vorbildlichem Verhalten verpflichtet war.

Sie wälzte sich zu ihrer Tochter herum und lauschte deren weichen Atemzügen. Einst hatte sie dieses Kind als unerwünschte Last in ihrem Körper empfunden, konnte sich jetzt aber kein Leben mehr ohne Chuntian vorstellen. Wie von selbst legte ihre Hand sich auf ihren Bauch, vermochte allerdings keine Veränderung zu ertasten. Trotzdem erklangen wieder Marie Lindleys Worte in ihrem Kopf. Ein wunderschönes Kind. Ob es wohl himmelfarbene Augen hätte?

Entschlossen warf sie sich wieder auf die andere Seite. Derartige Empfindungen waren gefährlich, denn sie schwächten ihren Verstand. Sie war nur die zweite Frau von Rong Yingxiong. Es stand allein den höchsten Anführern der Taiping zu, Konkubinen zu haben, also war ihre Ehe ungültig. Sollte sie tatsächlich schwanger sein, dann gab es keine andere Wahl als den Weg zur Hebamme. Am besten wäre es, Andrew nichts davon zu erzählen, denn sein Herz war zu weich und er würde unter diesem notwendigen Schritt vielleicht mehr leiden als sie selbst. Yazis Kiefer pressten sich so heftig aufeinander, dass sie fürchtete, ihre Zähne zu zermalmen. Sie hatte in ihrem Leben gelernt, sich mit dem Unvermeidlichen abzufinden.

Am nächsten Tag begleitete sie Hong Xiuquan und seine Schwester Xuanjiao zu dem Quartier seines bevorzugten Cousins Rengan, der inzwischen zum Schildkönig ernannt worden war. Er bewohnte einen großen, hellen Raum mit Ausblick auf einen blühenden Garten. Rengan, eine elegante, feingliedrige Gestalt, lag hinter gelben Vorhängen schlummernd auf seinem Bett. Sein Zimmer war derart mit Gegenständen gefüllt, dass man vorsichtig Fuß vor Fuß setzen musste, um nicht zu stolpern oder etwas zu zertreten. Chinesische und englische Bücher, japanische Messer, Porzellan, das aus Europa stammen musste, da es fremd aussah, und ebenso exotische Lampen, die mit braunem Stoff bezogen waren, jene Uhren, deren Schriftzüge sie nicht zu lesen vermochte, und andere, im Laufe seines Lebens angesammelte Schätze lagen verstreut herum. Inmitten dieser Unordnung stand ein Diener, der mit Hilfe eines Fächers für kühle Luft sorgte. Nachdem Rengan aufgestanden war, um den himmlischen König und seine Schwester angemessen zu begrüßen, nahmen alle drei Hongs an einem großen Marmortisch Platz. Yazi stellte sich pflichtbewusst in eine Ecke, denn es stand ihr nicht zu, sich in dieses Gespräch einzumischen. Speisen wurden hereingetragen, gefolgt von einer Flasche englischen Portweins, den Xiuquan selbstverständlich ablehnte. Seine Schwester folgte diesem Beispiel, doch ging dem ein deutlicher Moment des Zögerns voraus, als hätte Xuanjiao durchaus gern angenommen, fürchtete jedoch das Missfallen ihres Bruders. Rengan aber durfte trinken. Nachdem er behauptet hatte, ohne Weingenuss nicht essen zu können, war für ihn eine Ausnahme gemacht worden.

»Es gibt zwei Dinge, die ich besprechen möchte«, begann Rengan nach dem üblichen, höflichen Geplauder. »Zunächst einmal sollten die Hinrichtungen aufhören. Die Lao Wai sind zimperlich, was Blutvergießen betrifft.«

Yazi beugte sich so unauffällig wie möglich vor. Das Herz hämmerte ihr in der Brust. Keine Hinrichtungen mehr! Jede andere Strafe würde sie ertragen können, wenn sie nur ihr Kind behalten durfte.

Xuanjiao hörte mit unbeweglicher Miene zu. Hong Xiuquans Gesicht sah zunehmend eingefallen und faltig aus, aber seine Schwester hatte mit den Jahren nichts an stolzer Schönheit eingebüßt. Ihr von jahrelangen Kampfübungen gestählter Körper wirkte biegsam und gleichzeitig hart wie ein Bambusspeer.

»Die Engländer haben hier bereits viel Blut vergossen«, wandte Hong Xiuquan ein. »Ihre Truppen mordeten, plünderten und schändeten unsere Frauen. Dabei waren sie keineswegs zimperlich.«

Rengan begann zu lachen.

»Dein Auserwählter Lord Elgin ist eben ein geborener Sieger, wie du selbst bemerkt hast! Er hat gemeinsam mit den Franzosen Guangzhou eingenommen, eine der wenigen Städte im Süden Chinas, die noch den Qing gehörte. Jetzt muss der Kaiser ihnen Unsummen zahlen, um für Schäden aufzukommen, die durch ein paar Angriffe auf ihre Leute und Schiffe entstanden. Was ist mit all der Zerstörung, die sie durch ihre Kriege in unserem Land verursacht haben? Aber für uns ist all dies eine große Chance. Wir müssen den Fremdlingen schmeicheln, damit sie uns helfen, die Dämonen zu entmachten.«

Xiuquans gelehrtes Gesicht gefror. Er strich nachdenklich über seinen Schnurrbart.

»Sollen wir uns deshalb zu ihren Dienern machen?«

Rengan zeigte lächelnd seine makellosen Zähne.

»Sie sollen denken, dass es so ist. Aber wir werden klug sein, geschickt wirtschaften, von ihnen lernen, bis wir sie nicht mehr brauchen. Überlasse es mir, denn ich kenne sie. Zunächst einmal aber sollten wir ihnen entgegenkommen, denn wir brauchen Shanghai.«

Yazi zwang sich mit aller Kraft, eine gleichmütige Miene zu wahren, doch brannte sie vor Neugier, mehr von den Plänen zu erfahren. Auch Xuanjiao schien hellhörig geworden zu sein. Sie ließ die Essstäbchen sinken, um Rengan mit ihrem scharfen Blick zu fixieren.

»Ein Teil Shanghais gehört den Lao Wai«, fuhr er auch schon fort. »Wir werden die Stadt angreifen und sie werden uns unterstützen. Dadurch gewinnen wir einen wichtigen Hafen, einen Handelsknotenpunkt. Danach ziehen wir nochmals gen Beijing, der Höhle der Dämonen, und machen ihnen den Garaus. Sobald die Engländer und Franzosen auf unserer Seite sind, haben wir gewonnen. Du kannst dich im Kaiserpalast einrichten. Die Lao Wai überlasse mir, ich weiß, wie ich mit ihnen zu verhandeln habe.«

Er nahm einen weiteren Schluck Wein. Yazi fiel auf, wie schnell er trank, ohne dass dies irgendeine Wirkung gezeigt hätte. Seine Stimme klang völlig klar und energisch. Aus seinen Augen sprühte der Eifer. Xuanjiao starrte ihn weiter aufmerksam an und lächelte verhalten. Xiuquan hingegen saß nur mit gerunzelter Stirn da.

»Gut, der Angriff auf Shanghai, da stimme ich dir zu«, meinte er nach einer Weile. »Mein General Li Xiucheng soll das Kommando bekommen, denn von militärischen Fragen verstehst du nichts.«

Rengan ließ den Weinbecher sinken.

»Aber ich kenne die Lao Wai!«

»Dann verhandele mit ihnen, wenn wir gewonnen haben«, entgegnete Xiuquan gelassen. »Und was die Hinrichtungen betrifft, so ist es meine Pflicht, in meinem Königreich für Ordnung zu sorgen. Aber ich werde mich eine Weile zurückhalten. Bis Li Xiucheng gewonnen hat.«

Sein Rücken straffte sich ein wenig. Er füllte seine Reisschale erneut. Rengan streckte die Hand nach der Weinflasche aus, doch musste er inzwischen etwas angetrunken sein, denn er warf eine große Schüssel zu Boden. Yazi setzte sich gemeinsam mit dem Diener in Bewegung. In dem Bestreben, die verschüttete Suppe aufzuwischen, stießen sie fast mit den Köpfen zusammen.

»Das kann später entfernt werden!«, meinte Hong Xiuquan barsch. Yazi eilte in ihre Ecke. Der Diener zögerte einen winzigen Moment, um Rengan fragend anzusehen. Erst als der

Schildkönig ihm ein Handzeichen gegeben hatte, zog auch er sich wieder zurück.

Yazi bemerkte eine Falte zwischen Xiuquans Brauen, die vorher nicht da gewesen war.

»So sehr ich den General Li Xiucheng schätze«, begann Rengan, sobald sein Weinbecher wieder voll war. »Ich weiß nicht, ob es klug ist, ihm allein das Kommando über ein riesiges Heer zu überlassen. Er gehört nicht zu unserer Familie. Erinnere dich an die Schwierigkeiten, die du bereits hattest, als du anderen Außenstehenden zu viel Macht zugestanden hast.«

Die Falte wurde tiefer. Hong Xiuquan presste seine Kiefer aufeinander.

»Aus diesem Grunde«, meinte Rengan, der diese Veränderungen entweder nicht bemerkte oder bewusst ignorierte, »wäre es vielleicht ratsam, mich zum obersten Befehlshaber bei diesem Feldzug zu machen. Ich werde das militärische Geschick des Generals natürlich würdigen, doch auch ein Auge auf ihn haben.«

Er lud sich etwas Fleisch nach und begann mit frischem Appetit zu essen. Xiuquan hingegen hatte seine Stäbchen zur Seite gelegt. Yazis Kehle wurde eng. Sie kannte dieses Funkeln in seinen Augen mittlerweile zur Genüge und wusste, was es ankündigte.

Vier weitere Schüsseln krachten zu Boden, als der himmlische König heftig aufsprang und dem Tisch einen Stoß versetzte. Der Diener blieb verängstigt stehen. Auch Yazi bewegte sich erst einmal nicht. Sie wollte nicht in die Nähe der königlichen Fäuste geraten, denn es hätte ihr nicht zugestanden, sich zur Wehr zu setzen. Xuanjiaos Miene glich weiter kostbarem Marmor.

»Ich allein bestimme hier, wer einen Oberbefehl bekommt«, zischte der zweite Gottessohn. »Und wenn ich sage, es ist Li Xiucheng, dann ist es Li Xiucheng!«

Rengans Gesicht verzog sich, doch schien er mehr verärgert denn erschrocken.

»Ich wollte dir lediglich einige Ratschläge geben. Zu diesem Zweck kam ich nach Tianjing. Du schienst erfreut, mich zu sehen.«

Hong Xiuquan war ein paar Schritte um den Tisch gelaufen. Eine der europäischen Uhren wurde zur Seite getreten und knallte gegen einen Schrank. Ihr Ticken verstummte.

»Mich allein hat der himmlische Herr auserwählt«, fuhr er fort, während er weitere Kuriositäten beiseite fegte. »Ich bin sein zweiter Sohn und höre seine Stimme. Meine erste Gemahlin lebt im himmlischen Palast an der Seite meines Vaters. Also bestimme ich und nur ich allein, was hier geschieht.«

Rengan schob seine Essschüssel fort, nippte stattdessen wieder an dem Weinbecher.

»Niemals würde ich es wagen, deine Autorität in Frage zu stellen«, erklärte er mit einem seidigen Hauch von Spott in seiner Stimme. Dann sprang Xuanjiao plötzlich auf die Beine, doch gelang es ihr, dabei kein Geschirr umzustoßen. Ihre Augen funkelten wie dunkle Juwelen.

»Könnt ihr endlich aufhören, euch wie kleine Kinder zu zanken?«, zischte sie. »Wir haben einen mächtigen Feind und sollten zusammenhalten, so, wie es am Anfang war.«

Yazi musste lächeln, so sehr freute sie sich über diese Worte. Doch Hong Xiuquans Gesicht wurde finster.

»Das, meine liebste Schwester, ist eine Angelegenheit unter Männern.«

Ein zartes Lachen perlte aus Xuanjiaos Kehle.

»Am Anfang konntet ihr die Hilfe von uns Frauen gut gebrauchen«, meinte sie. »Doch jetzt sollen wir wohl still und fügsam sein wie die Damen der Han und der Mandschus.«

»Aber nein, verehrte Cousine«, kam es nun mit dem gewohnten Elan von Rengan. »Bei den Lao Wai verhalten die Frauen sich auch nicht so. Einige dieser Missionarinnen, die ich traf, kamen mir vor wie britische Schlachtschiffe. Sie waren auch ungefähr so attraktiv. Kein Wunder, dass die englischen Männer in unser Land drängen.«

Er begann zu lachen. Nach kurzem Zögern stimmte Hong Xiuquan ein. Xuanjiao setzte wieder ihre stolze, unlesbare Miene auf.

Der Rest des Mahls verlief mit belanglosem Geplauder, doch konnte Yazi die in der Luft liegende Spannung wie Knistern auf ihrer Haut spüren.

Nachdem Hong Xiuquan und seine Schwester wieder ihre eigenen Gemächer aufgesucht hatten, durfte Yazi ihren Dienst an ein anderes Mitglied der Palastgarde abtreten. Sie hastete zurück in den Guan, um sich von Uniformjacke und Drachenhut zu befreien. Ihr Kopf drehte sich, so viele Gedanken rasten darin herum. Keine Hinrichtungen mehr, zumindest für eine Weile. Der geplante Angriff auf Shanghai. Und sichtliche Unstimmigkeiten zwischen den Königen in der Stadt. Sie sehnte sich nach Andrew, um ihm all dies mitteilen zu können. Vielleicht würde sie jetzt auf den Weg zur Hebamme verzichten können. Eine vage Hoffnung begann, klarere Umrisse anzunehmen. Ein Bündnis zwischen den Lao Wai von Shanghai und den Taiping würde vielleicht auch andere Verbindungen zwischen Chinesen und Europäern ermöglichen.

Nach dem gemeinsamen Abendgebet überließ Yazi Chuntian der Aufsicht einer anderen Soldatin, die ebenfalls Kinder hatte, um zu den Ruinen der Porzellanpagode zu eilen. Zwar bedrückte Andrew der Anblick dieser Zerstörung, doch war es immer noch ein recht sicherer Treffpunkt. An der Eingangstür des Guan stieß sie fast mit Pofus stämmiger Gestalt zusammen.

»Wieder einmal in Eile?«, knurrte die Generalin mit einem missliebigen Unterton. Yazi erstarrte. Pofu war ihre erste Vertraute im Soldatenlager gewesen, doch hatten die Umstände dazu geführt, dass sie eben diese hintergehen musste. Pofu duldete keinerlei Regelverstöße und Yazis heimliche Beziehung zu einem Lao Wai hätte sie auf der Stelle dem himmlischen König gemeldet.

»Ich brauche etwas frische Luft«, meinte sie daher ausweichend und versuchte, sich an der Generalin vorbeizuschieben. Pofu schien sogleich etwas breiter zu werden, denn sie versperrte ihr weiterhin den Weg.

»In letzter Zeit bist du sehr oft allein losgezogen. Gibt es etwas, dass dich beschäftigt?«

Yazi verneinte schnell.

»Ich genieße nur die Abendluft.«

»Darf ich sie mit dir genießen? Ich würde gern ein wenig mit dir plaudern.«

Yazi trat verlegen von einem Fuß auf den anderen. Eine innere Stimme flüsterte ihr zu, dass es sicherer wäre, heute auf ein Treffen mit Andrew zu verzichten und stattdessen die Generalin zufriedenzustellen. Doch gab es so viel, das sie ihm erzählen wollte!

»Bitte, Pofu, heute Abend will ich allein sein. Ich habe ein paar Schwierigkeiten mit meiner Tochter, über die ich nachdenken will.«

Die Generalin grinste breit.

»Es behagt dir immer noch nicht, dass sie nicht zur Kämpferin geboren ist, obwohl dieser verrückte Lao Wai meint, sie hätte den Verstand eines Gelehrten?«

Yazi lachte auf.

»Ich fürchte, du hast Recht. Krieger sind eben wichtiger als Schreiberlinge.«

Pofu drückte ihre Zustimmung durch ein tiefes Knurren aus.

»Aber du magst den Lao Wai?«, bohrte sie dennoch nach.

»Nun ja, er ist klug. Aber eben kein Krieger. Ich könnte auch Chuntians Verstand mehr achten, wenn sie nicht ausgerechnet meine Tochter wäre.«

Das war nicht einmal gelogen. Pofus Gesicht entspannte sich zu einem verständnisvollen Lächeln.

»Dann denke nach«, meinte sie und klopfte Yazi auf die Schulter. Leider waren Pofus Freundschaftsbezeugungen immer so heftig wie Angriffe. Yazi blieb nur mit größter Mühe aufrecht stehen.

»Ich danke dir für dein Verständnis. Morgen gehen wir gemeinsam spazieren.«

Endlich kam sie an der stämmigen Generalin vorbei.

»Vielleicht fällt dir ja noch ein, wie du aus deiner Tochter eine richtige Soldatin machen kannst«, rief Pofu ihr hinterher. »Dieser Lao Wai tut ihr nicht gut, er bestärkt sie nur in ihren unsinnigen Interessen.«

Yazi floh vor diesen Worten, da sie ihr plötzlich hart und vor allem dumm erschienen. Andrew hatte sie gelehrt, über vorgegebene Grenzen hinaus zu blicken, sie dadurch aber auch von Pofus klar umrissenem Denken entfremdet.

Sie erkannte das Licht seiner Laterne, bevor sie ihn an den kümmerlichen Resten des Gemäuers kauern sah. Riesige Zähne schienen die Pagode zermalmt zu haben, deren ganze Pracht plötzlich in Yazis Erinnerung emporragte. Sie fühlte einen Stich, der sie Andrews Trauer verstehen ließ.

Doch jetzt würde sich alles ändern. Sobald die Taiping Beijing erobert hätten, wären die Kämpfe erst einmal vorbei. Sie schlang ihre Arme um Andrew, noch bevor sie ein Wort gesprochen hatten. Sein Herzschlag pochte an ihrem Ohr. Hastig begann sie zu reden, berichtete von dem geplanten Angriff auf Shanghai, dass ihre beiden Völker bald schon Verbündete wären und ein Sieg der Taiping in greifbarer Nähe war. Doch Andrew versteifte sich. Es schmerzte, als er seine Hände von ihrem Körper nahm, um sich nachdenklich die Schläfen zu reiben.

»Hat Hong Rengan mit den Engländern in Shanghai Kontakt aufgenommen?«, fragte er dann. »Gibt es jemanden, der seine Pläne unterstützt?«

Yazi musste feststellen, dass sie keine Antwort wusste.

»Vielleicht. Er hat nicht davon gesprochen. Aber er kennt viele Lao Wai in Hongkong, die sicher Kontakte nach Shanghai haben.«

Andrew seufzte.

»Das sind alles Missionare«, meinte er. »Die haben keinerlei politischen Einfluss.«

Als er Yazis verwirrten Gesichtsausdruck bemerkte, stellte er die Laterne auf einen Stein und hockte sich daneben nieder.

»Hör zu, meine kleine Wildkatze. Shanghai ist eine Handelsstadt. Sie wird von Geschäftsleuten aus aller Herren Länder beherrscht, die sich im Grunde alle ähneln. Genauso wie eure Händler wollen sie ihren Frieden und die Möglichkeit, Gewinne zu machen.«

»Das werden wir ihnen ermöglichen«, unterbrach Yazi. Dann fiel ihr ein, dass Rengan die Lao Wai loswerden wollte, sobald China stark genug war. Auf einmal bekam sie das unangenehme Gefühl, Andrew zu hintergehen, indem sie dieses Detail verschwieg. Aber es würde noch viel Zeit vergehen, bis es so weit war. Vielleicht konnten sich beide Seiten friedlich miteinander arrangieren.

»Nun, es mag sein, dass Hong Rengan tatsächlich plant, freien Handel zu erlauben«, fuhr Andrew fort. »Bisher wart ihr Taiping mit eurer Idee von Gemeinbesitz der Albtraum aller wohlhabenden Menschen dieser Welt, obwohl mir gerade das an euch gefiel.«

Er lachte kurz auf und zerrieb einen Grashalm zwischen seinen Fingern.

»Die Missionare mochten euch, weil sie hofften, ihr könntet China christlich machen. Dann begeisterten sich noch ein paar Abenteurer wie ich für eure Reformideen. Den Geschäftsleuten wart ihr von Anfang an suspekt. Vielleicht hätten sie euch unterstützt, wenn die Dinge anders gelaufen wären. Aber jetzt, nein, ich fürchte, sie werden es nicht tun.«

Yazi fuhr zusammen.

»Und warum meinst du, die Zukunft so genau zu kennen?«, zischte sie. Andrew hob abwehrend die Hände.

»Augustus Lindley erhält durch einen Freund regelmäßig Neuigkeiten über die neuesten politischen Entwicklungen«, sagte er. »Lord Elgin hat euren Kaiser in die Knie gezwungen. Er unterschrieb sämtliche Verträge, die unsere Regierung ihm vorsetzte. Der Opiumhandel bleibt aufrechterhalten, so wie die Geschäftsleute in Shanghai es sich wünschen. Ihr Taiping habt ihn konsequent verboten, wofür ich euch immer bewundert habe.«

Yazis Verstand wehrte sich gegen die harte, unerbittliche Logik dieser Worte, aber Andrew war noch nicht fertig.

»Zudem hat ein Han-Chinese, Zeng Kuo-fan, den Oberbefehl über ein großes Heer erhalten, das euch schlagen soll.«

Yazi zog die Schultern zurück.

»Es haben schon viele versucht, uns zu schlagen.«

»Gewiss, aber nun wird auf andere Weise gegen euch gehetzt. Ihr seid als Befreier vom Joch der Mandschus aufgetreten, was vielen Han gefiel. Doch jetzt werdet ihr als Anhänger einer fremden Religion hingestellt, die alles zerstören wollen, was wahrhaft chinesisch ist.«

Yazi verschränkte die Arme vor der Brust, aber Andrews Worte hatten die übliche Sogwirkung, führten sie ohne jedes Drängen und Belehren von einer Schlussfolgerung zur nächsten. Gewöhnlich hatte es Freude gemacht, auf diese Weise zu lernen, doch jetzt hätte sie ihre Ohren am liebsten verschlossen.

»Du glaubst also, dass wir die Sympathien der Bevölkerung verlieren werden. Und dass deine Landsleute sich nicht auf unsere Seite schlagen werden, obwohl wir ebenfalls Christen sind.«

Andrew nickte nur.

»Geschäftsmännern wie meinem Bruder ist Geld wichtiger als Religion«, fuhr er leise fort. »Es tut mir leid, um deinen Shi

Dakai, der wirklich bemüht schien, eine gerechtere Gesellschaft zu schaffen. Auch um Hong Rengan, denn er ist ein kluger Kopf, der hätte helfen können, China stark zu machen. Vor allem aber um Leute wie dich, die ihr Leben diesem Aufstand weihten und sich eine bessere Zukunft von ihm versprachen.«

Er streckte die Arme nach ihr aus, doch Yazi war zu verstört, um seine Nähe zu suchen.

»Wir werden weiterkämpfen«, beharrte sie. »Vielleicht entwickelt es sich doch anders, als du meinst.«

Er rückte ein Stück an sie heran.

»Yazi, der Angriff auf Shanghai wird euer Untergang sein. Es wäre klüger, ihr würdet all eure Truppen hier lassen, um wenigstens den Süden Chinas halten zu können. Wenn Nanjing fällt, wird sehr viel Blut fließen, denn eure Herrscher sind nicht gerade bekannt dafür, sich gnädig gegenüber Rebellen zu zeigen.«

Yazis Kehle wurde eng. Wie von selbst legte ihre Hand sich auf ihren Bauch, um ein Leben zu schützen, das sie eigentlich hatte vernichten wollen. Dann tauchte Chuntians feines, nervöses Gesicht in ihrer Erinnerung auf. Sollte ihre Tochter noch mehr Gemetzel erleben müssen?

Sie spürte die Wärme von Andrews Fingern auf ihrem Arm.

»Wir sollten Nanjing verlassen, noch bevor der Marsch gen Shanghai beginnt«, drängte er. »Wenn du es nicht unseretwillen tun willst, dann denke an deine Tochter. Du weißt selbst, wie die kaiserlichen Soldaten mit den Frauen und Mädchen der Besiegten verfahren.«

Yazi hob abwehrend die Hände. Mit jeder Faser ihres Körpers weigerte sie sich, an eine Niederlage zu glauben, die noch nicht feststand.

»Ich will nicht einfach davonlaufen«, sagte sie mit Nachdruck. »Der Kampf geht weiter. Er wird ein neues, starkes China schaffen, für mich und für Chuntian und für mein nächstes Kind.«

Im Licht der Laterne sah sie Andrews himmelfarbene Augen noch runder werden. Er holte Luft, dann schlang er seine Arme um sie. Ihr Widerstand erlahmte, sobald sie seine Nähe spürte.

»Warum hast du es mir nicht gleich gesagt, kleine Wildkatze? Aber jetzt müssen wir wirklich fort. Es könnte dich den Kopf kosten, weißt du das nicht? Ich bringe dich nach Shanghai, zu meiner Familie.«

Yazis Herz begann schneller zu schlagen. Sie kam nicht gegen ein Gefühl rasender Freude an, denn in ihren heimlichen Träumen hatte sie eben diese Reaktion von Andrew erhofft. Sie schmiegte sich enger an seinen Körper, genoss das Gefühl, für eine Weile schwach sein zu dürfen und sich auf seinen Schutz zu verlassen.

Dann riss ein eiserner Griff sie aus aller Geborgenheit. Das Laternenlicht ließ ein grimmiges Gesicht über ihr erscheinen, dessen Augen Funken sprühten.

»Es reicht«, meinte Pofu nur. »Ich habe genug gehört.«

Yazi leistete keinen Widerstand, als sie in die Höhe gezogen wurde, sie versuchte nur, so rasch wie möglich die Situation zu erfassen. Pofu war allein, aber sie trug einen Dolch, während Yazi unbewaffnet losgezogen war. Andrew war ebenfalls aufgestanden, doch trat er einen Schritt zurück, wofür Yazi ihm dankbar war. Die Einmischung eines Lao Wai hätte Pofu noch rasender gemacht.

»Ich ahnte schon die ganze Zeit, dass er dein Liebhaber ist«, donnerte die Stimme der Generalin auf sie nieder. »Ich ließ dich gewähren. Aber die Art, wie er mit dir spricht, das ist Verrat. Er vergiftet dein Denken.«

Yazi erinnerte sich, dass sie selbst Pofu einst ermutigt hatte, Mandarin zu lernen. Nur deshalb war die Generalin nun in der Lage gewesen, ihre Unterhaltung mit Andrew zu verstehen.

»Er erklärte mir nur die politische Lage«, sagte sie so gefasst wie möglich.

»Er drängte dich, mit ihm fortzugehen. Den Kampf aufzugeben, damit du in Ruhe als seine Konkubine leben kannst, während seine Leute sich an uns bereichern«, schrie Pofu zurück, packte Yazis Schultern und begann sie heftig zu schütteln. Andrew machte Anstalten einzugreifen, aber Yazi wies ihn mit einer Handbewegung zurück.

»Er schlug mir vor, sich um mich zu kümmern, weil ich sein Kind erwarte«, erklärte sie, immer noch in der Hoffnung, Pofu irgendwie zu beruhigen. »Die Entscheidung lag allein bei mir.«

»Du hast seinem verräterischen Gerede gelauscht und dich davon anstecken lassen«, kam es unbeirrt zurück. Pofus Faust landete in Yazis Gesicht, ließ ein Feuer aus Schmerz in ihrem Kopf explodieren und raubte ihr kurz das Sichtvermögen. Sie hörte Andrews Protestschrei, und als die Welt wieder klare Umrisse bekommen hatte, sah sie ihn mit Pofu im Gras ringen. Er erwies sich als unerwartet kräftig, doch waren selbst geübte Krieger von der Generalin niedergezwungen worden, wenn sie in Rage geraten war. Kurz gelang es Andrew, die Größe seines Körpers vorteilhaft einzusetzen, indem er Pofu zu Boden drückte, doch da zog sie den Dolch von ihrem Gürtel. Yazi sah die Klinge im Laternenlicht aufblitzen. Sie schrie und trat mit aller Kraft auf Pofus Arm, bis der Griff des Dolchs ihren Fingern langsam entglitt. Der fassungslose, vorwurfsvolle Blick der Generalin tat weh, dann verwandelte er sich in ein zorniges Funkeln. Mit geschickten Tritten entwand sie sich Andrews Griff und sprang auf die Beine. Bald schon spürte Yazi die Gewalt von Pofus Schlägen auf ihrem ganzen Körper. Als Andrew nochmals versuchte, sich einzumischen, wurde er mit einem weiteren, gut gezielten Tritt zur Seite gefegt. Yazi ging langsam in die Knie. Jeder ihrer Knochen schmerzte, sie versuchte vergeblich, wenigstens ihren Kopf vor Hieben zu schützen, die ihr allmählich das Bewusstsein raubten.

»Pofu, bitte hör auf«, schrie sie, doch trafen sie nur weitere Schläge. Das Feuer in den Augen ihrer Generalin brannte mörderisch. Ein letztes Mal ballte Yazi all ihre Kraft und zwang sich, in die Höhe zu springen und Pofu rückwärts zu stoßen. Tatsächlich schwankte der kleine, stämmige Körper, schaukelte und fiel schließlich zu Boden. Yazi sah sich nach Andrew um, der bereits Pofus Dolch aufgehoben hatte, um ihn drohend gegen die Brust der Generalin zu richten. Aber Pofu regte sich nicht. Ihr Mund klaffte weit offen und aus den Augen war jeglicher Zorn gewichen.

Yazi lief ein Schauer über den Rücken. Leise rief sie Pofus Namen, beugte sich schließlich hinab, um ihr Gesicht zu befühlen. Erst als sie es zur Seite drehte, bemerkte sie den großen, roten Fleck, der sich wie ein Kissen unter Pofus Kopf ausgebreitet hatte. Ein fein verzierter, scharfkantiger Stein aus dem Gemäuer der zerstören Pagode hatte sich in ihren Schädel gebohrt.

»Pofu!«, schrie Yazi verzweifelt und rüttelte den Körper, der noch so warm und lebendig schien, aber sie hatte schon zu oft in tote Gesichter geblickt, um sich falschen Hoffnungen hinzugeben. Wimmernd sank sie in die Knie. Hatte sie ihrer Generalin zweimal das Leben gerettet, um sie schließlich selbst zu töten?

Sie spürte Andrews Hände auf ihrem Rücken und schüttelte sie ab.

»Es ist nicht deine Schuld«, drang seine Stimme an ihr Ohr. »Du hast dich nur gewehrt. Es war ein Unfall.«

Sie krümmte sich schluchzend, doch langsam erreichten seine Worte den Kern ihres Bewusstseins und glätteten stürmische Wogen. Sie ließ sich von ihm in die Höhe ziehen, wurde zum Rest der Pagodenmauer geführt, auf die sie sich setzen konnte. Er löschte die Laterne.

»Jetzt müssen wir wirklich fort«, meinte Andrew völlig ruhig. »Ich werde Pofus Leichnam in der Ruine verstecken. Du läufst in die Stadt zurück und holst Chuntian.«

Yazi beugte sich vor und ließ ihren Kopf zwischen den Knien baumeln.

»Pofu verdient eine angemessene Beerdigung«, widersprach ihr Pflichtgefühl.

»Die wird sie bekommen, denn man wird sie am nächsten Tag finden«, redete Andrew weiter. »Jetzt geht es um dich und um unser Kind. Du hast nichts Unrechtes getan, aber ich fürchte, du bist trotzdem in Gefahr. Bitte, Yazi, lass uns gehen.«

Sie richtete sich auf, um in die himmelfarbenen Augen zu blicken. Es mochte feige und schwach von ihr sein, doch mit einem Mal wurde ihr klar, dass es tatsächlich in ihrem Leben nichts Wichtigeres gab als diesen Mann und ihre Kinder.

Sie streckte die Beine.

»Gut, ich werde Chuntian holen und versuchen, auch zwei Pferde für uns aufzutreiben.«

In ihrem Kopf bereitete sie sich bereits auf diese Aufgabe vor. Die Stadttore der inneren und auch der äußeren Stadtmauer wurden nach Anbruch der Dunkelheit bewacht, aber sie war eine angesehene Kriegerin, der die Wächter Vertrauen schenken würden. Sie musste sagen, dass sie in einer wichtigen Mission unterwegs war, bei der sie ihre Tochter und auch den Lao Wai mitnehmen wollte. Es musste schnell gehen, bevor Pofus Verschwinden auffiel.

Auf dem Weg in die Stadt wurde Yazi bewusst, wie viel Blut bereits an ihren Händen klebte. Sie war sich nicht sicher, ob sie ein friedliches, glückliches Leben noch verdiente, aber sie würde darum kämpfen.

Kapitel 7

Sie zogen durch eine finstere, mondlose Landschaft bis der Morgen graute. Es war Yazi gelungen, ein paar Tael aus der gemeinsamen Kasse des Guan einzustecken, sodass sie in kleineren Orten Essen erwerben konnten. Die zwei Silberketten ihrer Mutter wollte sie für äußerste Notfälle aufbewahren. Sie schlangen jede Mahlzeit rasch hinunter und vermieden Gespräche, um sogleich vor neugierigen Blicken zu fliehen. Yazi ging davon aus, dass noch nicht nach ihnen gesucht wurde, denn sonst wären sie längst aufgehalten worden. Obwohl Andrew sein weizenfarbenes Haar unter einem Tuch verbarg und sich so weit wie möglich im Hintergrund hielt, stach seine hohe Gestalt aus jeder Menge heraus. Je weiter sie sich von Nanjing entfernten, desto ruhiger wurde Yazi. Nur die Dörfer in der unmittelbaren Umgebung schienen unter direkter Kontrolle der Taiping-Armee, bereits nach zwei Tagen konnte sie keine Gestalten in roten und gelben Jacken, deren Haar sich wie eine Schlange auf ihren Köpfen zusammenrollte, mehr entdecken. Die Bauern verrichteten völlig unbehelligt ihre Arbeit, doch sahen sie ausgezehrter aus, als Yazi sie in Erinnerung hatte. Der Krieg, meinte Andrew.

Drei Tage später war ihnen das Geld ausgegangen, doch lag Shanghai noch lange nicht in Sichtweite. Yazi hielt sich eisern aufrecht, aber Chuntian begann bereits um die Mittagszeit leise zu wimmern, dass ihr Magen vor Hunger schmerzte.

»So schaffen wir es nicht bis nach Shanghai«, sagte Andrew schließlich. Er zog einen kleinen, runden Gegenstand aus seiner Jacke.

»Das ist eine goldene Taschenuhr. Ich kann sie verkaufen«, erklärte er hoffnungsvoll. Yazi fragte sich, welcher Bauer an diesem seltsamen Ding Interesse haben sollte. Sie bräuchten einen Kunsthändler und den würden sie nur in einer großen Stadt finden. Aber davon abgesehen hatte Andrew Recht. Sie selbst wäre in der Lage, längere Zeit ohne Nahrung auszukommen, denn das Leben in der Armee hatte sie gelehrt, Entbehrungen zu ertragen. Doch ihre Tochter war zerbrechlich, und sie wusste auch nicht, was von dem Durchhaltevermögen eines so hochgewachsenen Mannes wie Andrew zu halten war. Kleine Menschen verfügten über mehr Zähigkeit.

Als das nächste Dorf am Horizont auftauchte, löste Yazi ihr Haar, um nicht sogleich als Taiping-Kriegerin kenntlich zu sein. Sie wandte sich an die erste Gestalt, die sie entdecken konnte, eine Frau, die im Begriff war, Blätter von Maulbeerbäumen zu pflücken. Mit ausgesuchter Höflichkeit erklärte sie, mit ihrer Familie auf der Flucht zu sein, da ihr Dorf von den vorrückenden Qing-Soldaten zerstört worden sei. Andrew verhielt sich vernünftig, indem er im Hintergrund blieb. Noch bevor die Frau antworten konnte, kam ein ebenso ausgemergelter Mann hinzu, der Yazi misstrauisch musterte, als könne er jedes ihrer Worte als Lüge durchschauen. Er holte Luft, wohl um genauere Fragen zu stellen, doch seine Frau ließ ihm keine Gelegenheit, denn sie nahm Chuntian sogleich an der Hand und führte sie in eine kleine Lehmhütte, um ihr etwas Reis zu geben. Yazi folgte hoffnungsvoll. Schließlich erhielt sie ebenfalls eine Schüssel und wurde aufgefordert, ihren Begleiter hereinzubitten.

Andrew überraschte die Familie durch seine inzwischen gute Kenntnis des Nanjinger Dialekts. Yazi bemerkte, dass die Bäuerin ihn neugierig, aber durchaus freundlich musterte. Als er ihren fünf Kindern ein englisches Lied vorgesungen hatte, sie begeistert mitsummten und er versuchte, ihnen die Worte beizubringen, begann auch der Hausherr allmählich etwas entspannter dreinzublicken.

»Ich bin Huang Zhameng«, erklärte die Frau, während sie Tee einschenkte. »Mein Mann heißt Yonggong. Wir alle im Dorf leben von unseren Seidenraupen. Doch seit dieser ewige Krieg herrscht, sind die Zeiten für uns härter geworden. Ständig blockieren Armeen die Gegend, wir können unser Garn nicht mehr an die Webereien in großen Städten liefern.«

»Warum liefert ihr nicht nach Nanjing?«, fragte Yazi. Zhameng lachte leise.

»An das himmlische Königreich! Ein paar Soldaten sind vor ungefähr einem Jahr hier gewesen, um uns den rechten Weg zu zeigen, aber sie blieben zum Glück nicht lange. Der große Frieden, die Brüderschaft aller Menschen, und vor allem, dass nun alles allen gehören würde. Damit meinten sie wohl, wir würden in ihre Tasche arbeiten. Kein Wunder, dass die Besitzer der großen Webereien fast alle aus Nanjing geflohen sind. Wir machten gute Geschäfte in Shanghai, aber jetzt ist der Weg dorthin versperrt.«

Yazi fröstelte. Sie warf Andrew einen besorgten Blick zu.

»Ist es wirklich unmöglich durchzukommen?«, bohrte sie nervös nach.

»Im Augenblick leider ja«, mischte Yonggong sich ins Gespräch, während Zhameng begann, die leeren Schüsseln einzusammeln. »Die kaiserliche Armee will Nanjing zurückerobern und lagert im Umland. Das habt ihr doch mitbekommen?«

Yazi fühlte sich als Lügnerin entlarvt. Sie holte Luft, suchte verzweifelt nach weiteren Ausflüchten, doch Zhameng kam ihr zuvor. Sie setzte sich an ihrer Seite nieder und begann leise ein Gespräch unter Frauen.

»Ich denke, du musstest fliehen, weil deine Familie deine Liebschaft mit einem Lao Wai nicht duldete. Oder hast du gar einen Ehemann, der so nett zu dir war, dass du dich in die Arme eines Fremdlings gestürzt hast, um ihm zu entkommen? Ungefähr so ist es gewesen, nicht wahr?«

Ihr Lächeln schien erstaunlich verständnisvoll.

»Dein weißer Geist scheint jedenfalls nett«, fuhr sie fort, ohne Yazis Antwort abzuwarten. »Nicht so überheblich wie die Missionare, die einmal hier gewesen sind. Man sieht euch an, wie nah ihr einander seid.«

Yazi senkte den Blick. Trotz einiger Irrtümer hatte diese Frau die wesentliche Lage sehr klar erfasst.

»Und du bist schwanger«, stellte sie zusätzlich fest. »Ich bin die Hebamme des Dorfes. So etwas erkenne ich sofort.«

Dann begann sie, die Schüsseln in einem Eimer zu waschen. Yazis Zunge klebte an ihrem Gaumen. Gleich würde jemand sie auffordern, die Hütte zu verlassen, wenn nicht die gastfreundliche Zhameng dann ihr misstrauischer Ehemann. Sie konnte es den Leuten nicht einmal vorwerfen, denn sie hatten allen Grund, sich keine Gäste zu wünschen, die Ärger hinter sich herzogen. Nun, ihre Mägen waren gefüllt. Den nächsten Tag würden sie überstehen, aber wie sollte es weitergehen, wenn sie keine Möglichkeit hatten, Shanghai zu erreichen? Sie warf einen ratlosen Blick in den Raum. Andrew beschäftigte sich weiter mit den Kindern, die einen Kreis um ihn gebildet hatten. Glücklicherweise sah Chuntian deshalb nicht mehr unglücklich aus. Zhameng und Yonggong schwiegen, aber verständigten sich durch wechselnde Gesichtsausdrücke. Schließlich wandte Zhameng sich nochmals an Yazi.

»Du machst einen tüchtigen, kräftigen Eindruck und kannst mir mit den Raupen helfen. Deine Tochter auch«, sagte sie nur. »Gibt es etwas Nützliches, das dein Liebhaber für uns tun könnte? Lao Wai halten sich doch für allwissend.«

Sie kicherte. Yazi grübelte eine Weile, dann schien alles plötzlich völlig klar.

»Er kann deinen Kindern Mandarin beibringen, einige Schriftzeichen und auch die Sprache seiner Landsleute«, erklärte sie voller Überzeugung. »Die Dinge ändern sich in unserem Land, durch diesen Krieg und durch den Einfluss der Lao Wai. Mein Liebhaber kann der Jugend in eurem Dorf vielleicht eine bessere Zukunft ermöglichen.«

Zhameng wusch weiter das Geschirr. Yazi sprang auf, um ihr beim Einräumen der Schüsseln in ein Regal zu helfen. Sie nahm Yonggong als Schatten im Hintergrund wahr und hörte sein Räuspern.

»Ich werde es mit den anderen Leuten im Dorf besprechen«, knurrte er schließlich. »Werdet ihr verfolgt?«

Yazi drehte sich zu ihm um. Seine Augen bohrten sich in ihr Gesicht, als wolle er deutlich machen, keine weiteren Lügen mehr zu dulden. Sie geriet ins Schwitzen. Sie wollte diesen

Leuten nicht die Armee Hong Xiuquans auf den Hals hetzen. Aber niemand konnte wissen, wer Pofu getötet hatte.

»Meine Familie«, begann sie vorsichtig, »lebt in Nanjing. Sie haben im Augenblick andere Sorgen, als mich zu verfolgen. Aber ich will euch nicht in Gefahr bringen, vielleicht sollten wir besser gehen.«

Sie wollte sich zur Tür wenden, doch Zhameng legte eine Hand auf ihren Arm.

»Es gibt so viele Gefahren. Eine mehr oder weniger, was macht das schon?« Sie lachte. »Bleib, bis dein Kind geboren ist. Eine Frau in deiner Lage braucht Hilfe.«

Sie tauschte einen Blick mit ihrem Ehemann, der brummelnd zustimmte.

Yazi lernte, dass Seidenraupen ständig mit den Blättern des Maulbeerbaumes gefüttert werden mussten, die zu diesem Zweck gesammelt und klein geschnitten wurden. Sobald die auf Matten in einem luftigen Raum gelagerten Raupen nach zahllosen Umdrehungen um sich selbst ihren Kokon gesponnen hatten, wurden sie mit kochendem Wasser übergossen und damit abgetötet. Nur wenigen war es vergönnt, als Schmetterlinge zu schlüpfen, um so für weitere Eier zu sorgen.

Erstaunlicherweise konnten diese Schmetterlinge nicht einmal fliegen. Andrew erklärte das durch die uralte Zucht von Seidenraupen. Die Schmetterlinge hatten das Fliegen verlernt, da sie es nicht mehr brauchten. Er sah nicht glücklich über die Abtötung der Raupen aus und wies auf die Mahnung Buddhas hin, Tiere als fühlende Wesen zu achten. Yazi hatte bisher kaum etwas von den Lehren Buddhas gehört. Er schien ein ebenso wohlmeinender, weltfremder Mensch gewesen zu sein wie Andrew. Sie erinnerte sich an die völlig leblos wirkenden, eingesponnenen Raupen. Vielleicht empfanden sie einen kurzen Moment des Schmerzes, sobald das kochende Wasser auf sie niederging, doch wie würde Zhamengs Familie leiden, wenn der Hungertod sie dahinraffte? Vermutlich würde sie oft an Andrews Stelle handeln müssen, um das Leben ihrer Familie zu retten. Aber wie Marie Lindley bereits erkannt hatte, besaß sie dafür die nötige Geduld. Vielleicht brauchte die Welt solche Menschen, um nicht ganz in Intrigen und Gewalt zu versinken.

Chuntian erwies sich beim Auswickeln der Kokons, die in heißem Wasser aufgeweicht wurden, und dem Abhaspeln der Seidenfäden erstaunlich geschickt, denn ihre zarten, einfühlsamen Hände schienen wie geschaffen für diese Arbeit. Die Ernte fiel gut aus und Zhameng strahlte so zufrieden, dass Yazis Angst, bald schon verjagt zu werden, allmählich nachließ. Die Kinder des Dorfes gingen sogar nach Anbruch der Dunkelheit gern in die Hütte, in der Andrews Unterricht stattfand. Ihr Lao Wai bezauberte Menschen so schnell, dass sie ihn manchmal scherzhaft einen Magier nannte. Sie begriff nicht, warum er dies weder schmeichelhaft noch amüsant fand, obwohl er doch über die eigenartigsten Dinge lachen konnte. Aus unerfindlichen Gründen legte sich jedes Mal ein Schatten über sein Gesicht, sobald sie auf seine allgemeine Beliebtheit anspielte. Es musste mit seiner Vergangenheit zu tun haben, grübelte sie, mit jener Zeit bei seinen Leuten, über die er kaum sprach. Bei der Vorstellung, dass sie in Shanghai auf seine Familie treffen sollte, wurde ihr zunehmend unwohl, aber sie verdrängte dieses Unbehagen, denn es gab im Augenblick genug andere Sorgen.

Die allmähliche Rundung ihres Unterleibs erfüllte sie mit unbekannter Freude. Ihre erste Schwangerschaft hatte sie als unvermeidliches Übel ertragen, doch nun ließen die ersten Tritte in ihrem Unterleib ihr Herz ungestüm schlagen. Andrew wollte das heranwachsende Wesen immer wieder berühren, was Yazi zunächst peinlich war, doch als sie ihn weinen sah, sobald seine Hand auf ihrem Bauch lag, wurden auch ihre Augen feucht.

Es erschreckte sie manchmal, wie weich das Glück sie machte. Sie fühlte sich sicher und geborgen wie die Seidenraupe in ihrem Kokon, erleichtert, nicht mehr ständig stark wirken zu müssen. Einen liebevollen, klugen Mann an ihrer Seite und ein Zuhause für ihre Familie, das war alles, was sie wirklich brauchte, auch wenn sie es erst hatte finden müssen, um dies zu erkennen. Nur manchmal fragte sie sich, ob nicht auch auf ihren Kokon irgendwann das kochend heiße Wasser niedergehen würde.

In der Zwischenzeit war die Qing Armee bis an die Stadtmauern von Nanjing vorgerückt, ein Gewaltmarsch, der glücklicherweise an Zhamengs Dorf vorbeizog, sodass ihm Plünderung erspart blieb. Eine hartnäckige Belagerung begann. Es gelang Li Xiucheng, der tatsächlich den Oberbefehl über das Taiping-Heer erhalten hatte, wieder ein Bündnis mit Shi Dakai einzugehen, die Front der Qing-Armee zu durchbrechen und Suzhou einzunehmen. Nach diesem glorreichen Sieg zogen die Taiping voller Optimismus Richtung Shanghai, wo mit einem freundlichen Empfang durch die westlichen Mächte gerechnet wurde. Li Xiucheng forderte alle in der internationalen Siedlung lebenden Ausländer durch eine Nachricht an ihre Konsulate auf, gelbe Fahnen an ihre Häuser zu hängen und sich während der Schlacht von den Straßen fernzuhalten. Dann würde ihnen nichts geschehen. Als keine Antwort kam, geriet seine Überzeugung, sich auf die Mithilfe der fremden Glaubensbrüder verlassen zu können, etwas ins Wanken, doch rechnete er weiterhin mit ihrer Neutralität. Nichts bereitete das Heer der Taiping darauf vor, dass sie noch vor Einnahme des chinesischen Stadtteils von westlichen Feuerwaffen beschossen werden würden. In ihrer Fassungslosigkeit standen sie wie Steinstatuen, zunächst unfähig, selbst auch nur einen einzigen Schuss abzufeuern, während ihre Reihen durch zahlreiche Tote und Verletzte immer lichter wurden. Nachdem die Angreifer vertrieben worden waren, erhielt Li Xiucheng auch eine Antwort auf seine Briefe an westliche Konsulate: Das Heer der Taiping habe sich in Zukunft von Shanghai fernzuhalten und zudem sei es fortan allen westlichen Händlern streng verboten, ihnen weiterhin Waffen oder andere Vorräte zu liefern.

Gleichzeitig wurde der Widerstand des Kaisers gegen die Verträge, welche die westlichen Mächte China aufzwangen, endgültig gebrochen, nachdem Lord Elgin und seine französischen Verbündeten Beijing eingenommen, die kaiserliche Familie vertrieben und schließlich auch noch den Sommerpalast in Schutt und Asche gelegt hatten.

All diese Ereignisse erreichten das Dorf, in dem Yazi, Andrew und Chuntian Zuflucht gefunden hatten, nur als leises Donnergrollen aus der Ferne. Flüchtlinge berichteten von dem Vorstoß der Taiping durch die Qing-Reihen, doch schien es Andrew alles andere als sicher, sich nun ebenfalls Richtung Shanghai aufzumachen, denn es könnte für Yazi zu einer Begegnung mit alten Bekannten werden. Yazi selbst war erleichtert, bleiben zu können. Der Landesherr, dem dieses Dorf ursprünglich gehört hatte, war vor den Taiping geflohen, sodass die Bauern hier unbehelligt lebten und es zu keinen Fragen wegen des Auftauchens eines Ausländers kam. Je runder Yazis Bauch wurde, desto tiefer sank sie in das Gefühl satter, stiller Zufriedenheit.

Ihr zweites Kind kam kurz nach Beginn des Jahres des Metallhahns zur Welt, dem elften und letzten Regierungsjahr des Xianfeng-Kaisers, 1861 nach westlicher Zeitrechnung. Es war eine schnelle Geburt, bei der Zhamengs Hilfe kaum von Nöten war. Die Hebamme musste ihre Mühen weitgehend darauf richten, Andrew am Eindringen zu hindern, sobald die Wehen Yazi aufschreien ließen. Sie fand dieses Verhalten seitens eines Mannes völlig unverständlich. Wussten die Lao Wai denn nicht, dass es für jede zivilisierte Frau ein unerträglicher Gesichtsverlust wäre, in diesem Zustand von einem Mann gesehen zu werden? Yazi staunte, wie wenig die Vorstellung von Andrews Anwesenheit sie selbst erschreckte. Fast hätte sie Zhameng aufgefordert, ihn einfach hereinzulassen, doch fehlte ihr die Kraft für Diskussionen mit einer entgeisterten Hebamme.

Das Kind war ein großer, kräftiger Junge mit pechschwarzem Haar und asiatischen Gesichtszügen. Yazi fürchtete fast, Andrew könne enttäuscht sein, so wenig von sich selbst in seinem Sohn wiederzuerkennen, doch verjagte er alle Sorgen durch einen Freudenschrei, der das Neugeborene noch lauter zum Plärren brachte. Im Hintergrund stieß Zhameng einen tiefen Seufzer aus.

»Ein Prachtexemplar. Ein Goldjunge«, rief der Vater unbeirrt und stimmte eine Art Tanz in der Hütte an, deren Decke er fast mit dem Kopf berührte. Yonggong wagte sich zögernd herein, gefolgt von Chuntian und der restlichen Kinderschar.

»Ein Junge«, verkündete Zhameng so stolz, als habe sie selbst Einfluss auf das Geschlecht des Kindes genommen. Yonggong beglückwünschte Andrew, der wieder für Befremden sorgte, als er meinte, eine Tochter wäre ihm fast lieber gewesen.

»Aber wir haben ja schon eine«, meinte er zu Chuntian gewandt, deren Gesicht aufleuchtete wie eine Laterne. »Jetzt hat sie einen Bruder. Vielleicht kommt bald schon auch eine Schwester dazu.«

Er lächelte Yazi an, die kurz das Gesicht verzog. Sie war trotz allem froh, Schwangerschaft und Geburt erst einmal hinter sich gebracht zu haben.

»Wie soll er heißen?«, meldete Chuntian sich zu Wort und musterte das kleine, plärrende Bündel Mensch mit angestrengtem Stirnrunzeln. »Sollte er nicht einen englischen Namen bekommen, weil sein Vater Engländer ist?«

Sie wandte sich an Andrew, der ein paar weitere Tanzschritte mit dem Kind vollführte.

»Er sieht aus wie ein Chinese und ist in China geboren. Also einen chinesischen Namen für meinen Goldjungen. Die tapfere Mutter soll entscheiden.«

Yazi fühlte zahlreiche erwartungsvolle Augenpaare auf sich ruhen. Goldjunge, wiederholten sich Andrews Worte in ihrem Kopf.

»Jinzi! Gold!«, meinte sie nur.

»Na dann. Jinzi Huntingdon, wir heißen dich alle in unserem Kreis willkommen.«

Andrew tanzte weiter, ohne Yonggongs missbilligende Blicke wahrzunehmen.

»Bringen die Lao Wai ihren Söhnen nicht bei, sich wie Männer zu benehmen?«, flüsterte Zhameng Yazi zu, doch klang es eher belustigt als vorwurfsvoll. Trotzdem verspürte Yazi einen Stich. Ein Kind sollte seine Ahnen kennen. Sie zürnte ihrer Familie immer noch, weil sie verkauft worden war wie eine Ziege. Zudem wäre eine Reise in ihr Heimatdorf zu gefährlich, da die Gegend zum Herrschaftsgebiet der Taiping gehörte und sie vielleicht doch als Pofus Mörderin gesucht wurde. Die väterlichen Großeltern galten allgemein als wichtiger, wie ihr einfiel. Aber von Andrews Familie wusste sie nichts.

Drei Tage später erschienen alle Dorfbewohner, um Geschenke für das Neugeborene zu überbringen. Yazi und Andrew erhielten Tongeschirr und Kinderkleidung, die sie in der kleinen Hütte, die ihnen von der Dorfgemeinschaft überlassen worden war, verstauten. Zhameng hatte das Essen für alle Gäste vorbereitet, damit die junge Mutter sich in Ruhe erholen konnte. Die Feier zog sich bis zur Abenddämmerung hin, dann sanken Yazi und Andrew erschöpft auf ihre Matte. Chuntian hatte den Bruder freiwillig an sich genommen, um ihn auf ihrer schmalen Bettstatt in den Schlaf zu wiegen.

»Wann fahren wir zu deiner Familie?«, sprach Yazi flüsternd jene Frage aus, die sie seit Jinzis Geburt beschäftigte.

»Wenn dieser Krieg vorbei ist«, erwiderte Andrew und strich ihr beruhigend über den Arm. »Im Moment gefällt es mir hier. Willst du denn unbedingt weg?«

»Nein, ich bin gern hier. Aber dieses Dorf ist weder mein Zuhause noch deines. Wir werden aus Gastfreundschaft geduldet«, beharrte Yazi. »Mein Sohn soll seine Vorfahren kennenlernen. Glaubst du nicht, dass sie sich über einen männlichen Nachkommen freuen werden?«

Es war eine drängende, verzweifelte Frage gewesen. Sie hatte Angst vor der Antwort und war fast erleichtert, zunächst nur weiter Andrews Atemzüge zu hören.

»Warte, bis der Krieg vorbei ist. Im Moment ist die Lage zu unsicher«, meinte er nach einer langen Zeit des Schweigens.

Der Krieg dauerte noch drei Jahre. Der Kaiser Xianfeng starb kurz nach seiner Demütigung durch die westlichen Mächte und sein einziger Sohn Tongzhi wurde zu seinem Nachfolger ernannt. Dessen Mutter Cixi, die zweite kaiserliche Konkubine, nutzte die Gelegenheit, um sich als wahre Machthaberin im Kaiserpalast zu etablieren. Das Heer der Taiping konnte dennoch weitere Erfolge feiern, als es Ningbo und die uralte Prachtstadt Hangzhou einnahm, aber ein erneuter Angriff auf Shanghai scheiterte an der westlichen Artillerie. Inzwischen hatten die heimliche Kaiserin und ihr bevorzugter General Li Hongzhang eine Allianz mit den fremden Mächten gebildet. Die ewig siegreiche Armee entstand, eine bunte Mischung aus westlichen Abenteurern, chinesischen Soldaten und Söldnern aus anderen asiatischen Ländern, die in westlicher Kampftechnik und Strategie ausgebildet wurden. Der tapfere Shi Dakai ergab sich in Sichuan, nachdem ihm eine schonende Behandlung seiner Soldaten versprochen worden war. Er wurde im Alter von 32 Jahren auf grausamste Weise entleibt, was die Hinrichtung von 2000 seiner Anhänger nicht verhinderte. Hong Xiuquan flüchtete sich weiter in Bibelinterpretationen, und als der Hunger Nanjing heimsuchte, beschloss er, Manna zu essen wie in der heiligen Schrift. Er vergiftete sich mit einer Mischung aus Getreide. Sein fünfzehnjähriger Sohn herrschte noch einen Monat, dann wurde Nanjing von der kaiserlichen Armee eingenommen und der Taiping-Aufstand war niedergeschlagen. Kein einziges Mitglied der Familie des himmlischen Königs überlebte den Rachefeldzug der siegreichen Armee.

In Yazis Leben schwappten nur kleine Wellen des großen Sturms. Ausgemergelte Elendsgestalten, deren Zuhause vom Kriegsgeschehen zermalmt worden war, schleppten sich fast täglich bettelnd heran. Zhameng gab auch ihnen zu essen, doch andere Dorfbewohner begannen ihre Türen vor hungrigen Bettlern zuzuschlagen. Das abgehaspelte Seidengarn zu verkaufen war nicht leicht, obwohl der Krieg vorbei war. All diese herumziehenden, entwurzelten Bettler verwandelten sich aus Verzweiflung schnell in Räuberbanden. Zudem hatte der Krieg Horden marodierender Soldaten hinter sich gelassen, die mit dem Frieden nichts anfangen konnten. All das schadete dem Handel, denn es war sowohl für Käufer als auch Verkäufer gefährlich, durch die vom Krieg zerstörte Gegend zu ziehen.

Von Andrew kam unerwarteterweise eine sehr nutzliche Idee. Er schlug vor, an den Ufern des nahe gelegenen Yangzi zu warten, bis ein britisches Handelsschiff vorbeikam. Er winkte es heran, verhandelte selbst mit dem Kapitän, der sich schließlich bereit erklärte, die Seidenernte auf eigene Verantwortung aufzukaufen. Er zahlte einen guten Preis, aber Andrew meinte, in Shanghai wäre besserer Gewinn zu machen gewesen. Das Dorf verfügte nun über Geld, doch es fanden immer seltener Märkte im Umland statt und für die dort angebotenen Lebensmittel wurden horrende Preise verlangt. Andrew verteilte zu Yazis Entsetzen die Hälfte ihrer Vorräte an eine Schar zerlumpter Kinder, deren Mutter nach der Ankunft im Dorf zusammengebrochen war, um nicht mehr aufzustehen. Diese Kinder schliefen drei Nächte lang auf dem Boden der Hütte, dann verschwanden sie so plötzlich, wie sie gekommen waren, um ihr Leben als wandernde Bettler fortzuführen. Yazi wusste nicht, wie sie ihre Familie durch den Rest des Monats bringen sollte. Zhameng um Hilfe zu bitten war unmöglich, denn deren Haut klebte bereits in braunen Falten an ihren Gesichtsknochen.

»Wir können nicht länger bleiben«, erkannte Andrew auf einmal von selbst, als Yazi den spärlichen Reis in vier Schüsseln verteilte, deren Boden er kaum bedecken konnte. »Ich habe kein Recht, auf Kosten armer Menschen zu leben, wenn meine eigene Familie reich ist.«

Yazi hob erwartungsvoll den Kopf. Sie hätte sich gewünscht, dass er ihre eigene Notlage nicht völlig übersah. So sehr sie Andrews Gerechtigkeitssinn bewunderte, im tagtäglichen Lebenskampf verlangte er ihr mitunter viel Geduld ab.

»Heißt das, wir gehen nach Shanghai?«, fragte sie. »Der Krieg ist vorbei.«

Sie wusste, dass eine solche Reise immer noch gefährlich war. Andrew nickte nur.

»Ja, wir sollten losziehen«, sagte er. »Es geht nicht mehr anders.«

Yazi hätte gern ein wenig Freude oder wenigstens Erleichterung empfunden, dass sie nun ans Ziel ihrer Reise gelangen sollten. Aber sie konnte ihre Ohren nicht vor dem gepressten Klang seiner Stimme verschließen, als er den übernächsten Tag bereits als Abreisetermin vorschlug.

»Niemand hier hat noch die Kraft für ein größeres Abschiedsfest«, gab er als Erklärung für den raschen Aufbruch an. Yazi widersprach nicht, obwohl auch sie plötzlich von Schwermut niedergedrückt wurde. Als sie den verkrampften Zug um Andrews Mund sah, stieg eine lähmende Angst in ihr hoch, die fast noch zermürbender schien, als alle Furcht vor ihrer ersten Schlacht als Taiping-Kriegerin gewesen war. Damals hatte sie gewusst, dass sie ein Schwert in der Hand haben würde, um sich zu Wehr zu setzen.

Von der Zukunft, die sie in einer völlig fremden Familie erwartete, vermochte sie sich nicht einmal ein schemenhaftes Bild zu machen.

»Morgen also«, meinte Zhameng, als sie gemeinsam die Eier der Seidenraupen massierten und mit feinen Kämmen bürsteten. »Ihr geht nach Shanghai.«

Yazi bestätigte das. Sie legte ein paar Eier sorgsam auf die Matte. Mit einem Tuch, das sie um ihren Körper gewickelt hatte, um es zu wärmen, würden sie schließlich abgedeckt werden.

»Ich werde ein paar Vorräte für euch einpacken«, fuhr Zhameng ganz sachlich fort. Als Yazi protestieren wollte, fiel sie ihr ins Wort.

»Du und deine Tochter, ihr habt beide fleißig gearbeitet, doch werdet ihr von den nächsten Kokons nicht mehr profitieren können. Auch dein Lao Wai hat sich gut um unsere Kinder gekümmert. Wir sind es euch schuldig, euch nicht völlig mittellos ziehen zu lassen.«

Yazi wollte nicht darauf hinweisen, dass die Dorfbewohner keine Garantie hatten, die von den Raupen gesponnenen Kokons auch wirklich zu Geld zu machen, solange die ganze Region in Aufruhr war.

»Lass uns eine kurze Pause machen«, schlug Zhameng zu ihrem Staunen plötzlich vor. In all den Jahren, die Yazi an ihrer

Seite gearbeitet hatte, war von ihr niemals ein derartiger Vorschlag gekommen. Sie schickte die anderen, ebenso fassungslosen Frauen aus dem Raupenhaus, damit sie sich ein wenig erholen konnten. Dann füllte sie zwei tönerne Tassen mit grünlich verfärbtem Wasser, denn auch Teeblätter waren rar geworden.

»Nun«, meinte sie schlürfend an Yazis Seite. »Meinst du, die Lao Wai sind ganz anders als wir?«

Yazi wurde unwohl. Wohin sollte dieses Gespräch führen?

»Bei uns zählt die Familie«, fuhr Zhameng fort, ohne eine Antwort abzuwarten. »Ein Sohn mag sein Herz an eine Frau verlieren, doch wenn die Eltern sich gegen diese Beziehung sperren, gibt er sie meistens auf. Falls nicht, dann ist er ein Ausgestoßener ohne Zukunft. Glaubst du, bei den Lao Wai ist das anders?«

Yazi trat der Schweiß aus den Poren und perlte auf sehr unangenehme Weise über ihren Nacken.

»Ich weiß es nicht«, gestand sie. »Ich weiß auch nichts über die Familie meines … meines Mannes.«

Zum ersten Mal wurde ihr bewusst, dass zwischen Andrew und ihr niemals eine Ehezeremonie vollzogen worden war. Bisher hatte sie das für nebensächlich gehalten. Ehen waren nur eine gesellschaftliche Notwendigkeit, doch Andrew und sie verband ein Gefühl, das stärker war als alle Konventionen.

»Ich würde es nicht dulden, wenn meine Kinder Lao Wai heiraten wollen«, sagte Zhameng erbarmungslos. »Menschen sollten sich an ihresgleichen halten, sonst wissen ihre Nachkommen nicht, wohin sie gehören.«

Yazi fuhr zusammen. Zorn brodelte in ihrem Inneren, doch jene klamme Angst, unter der sie seit Tagen litt, ließ ihn sogleich erlöschen.

»Jinzi ist bereits geboren«, flüsterte sie nur. Auf einmal würgten Tränen in ihrer Kehle. Sie zuckte zurück, als sie Zhamengs Hand plötzlich auf ihrer Schulter spürte, aber Zhamengs fester Griff hielt sie zurück. »Ich verurteile dich nicht für das, was du getan hast«, flüsterte Zhameng. »Du hattest sicher deine Gründe. Vielleicht wird er dir Geld geben, damit du mit dem Jungen überleben kannst. Falls nicht, dann gehe zu deiner Familie zurück. Oder zu der deines Mannes, den du seinetwegen verlassen hast.«

Eine unsichtbare Last drückte Yazi nieder, und sie stemmte ihre Arme in den Boden, um sich aufrecht zu halten.

»Meine Eltern gaben mich einem reichen Mann, den ich nicht wollte«, erzählte sie. »Er ist Chuntians Vater. Und du hast Recht, ich habe einen Weg gefunden, der ganzen Familie zu entkommen. Sie würden mich niemals wieder aufnehmen, nicht mit dem Kind eines anderen Mannes.«

»Nein«, sagte Zhameng nachdenklich. »Mit dem Kind vielleicht nicht ...«

Sie brauchte den Rest ihrer Gedanken nicht auszusprechen, denn Yazi verstand.

»Ich werde Jinzi niemals fortgeben oder verkaufen«, schrie sie empört auf und wollte aus der Hütte stürmen, aber Zhameng hielt sie energisch zurück. In der kleinen, ausgemergelten Gestalt steckte erstaunlich viel Kraft. Yazi hätte mit ihr ringen müssen, um sie abzuschütteln, doch zog sie es vor, sitzen zu bleiben.

»Gut, dann kannst du immer noch hoffen, dass die Familie einen männlichen Nachkommen braucht«, meinte Zhameng ruhig. »In diesem Krieg sind so viele Leute gestorben, da werden sie vielleicht nicht wählerisch sein und einen gesunden Knaben aufnehmen.«

Für eine Weile hörte Yazi nur noch das Hämmern ihres Herzens, denn es war lauter geworden als jedes andere Geräusch. Jene Zukunft, die Zhameng für sie entwarf, raubte ihr die Lust zu atmen. Sie schloss die Augen, um die Welt nicht mehr sehen zu müssen. Andrews Gesicht tauchte vor ihr auf, sie spürte die Wärme seiner Umarmung und sah seine Augen vor blauem Glück strahlen, so wie damals, als sie ihn zum ersten Mal auf ihre Matratze gezogen hatte. Eine Woge der Erleichterung floss durch ihren Körper. Warum zweifelte sie an einem Mann, der sie mit mehr Liebe angesehen hatte als irgendein Mensch zuvor?

»Ich werde in Shanghai an der Seite meines englischen Gemahls leben, und wir werden gemeinsam unsere Kinder aufziehen«, sagte sie ohne jeden Zweifel.

Zhameng ließ endlich ihre Schulter los.

»Ich wünsche dir, dass dein Traum sich erfüllt«, meinte sie nur. »Und jetzt sollten wir mit der Arbeit fortfahren.«

Sie bekamen eines der Pferde, mit denen sie gekommen waren. Das zweite war bereits geschlachtet worden, um hungrige Mägen zu füllen. Als Entschädigung erhielten sie einen kleinen Karren. Zhameng packte eine große Schüssel Reis ein, legte sogar zwei Hefeklöße dazu, ohne weitere Erklärungen abzugeben, wie das Dorf ohne diese Nahrung auskommen würde. Yazi setzte ihre Kinder in den Karren und schwang sich auf das davor gebundene Pferd. Andrew sollte bei den Kindern sitzen, denn ein berittener Lao Wai hätte zu viel Aufmerksamkeit auf sich gezogen. Als die Reise begann, meinte Yazi, dass ihr Herz an einem Faden hing. Je weiter sie sich von Zhamengs Dorf entfernten, desto heftiger wurde daran gezogen. Sie drehte sich nicht um. Sie musste in die Zukunft blicken, anstatt rückwärts zu sehen.

Sie zogen durch niedergebrannte Dörfer, lernten, ihre Ohren vor dem Wimmern ausgemergelter Bettler zu verschließen, die gelegentlich mit Drohungen und Tritten abgewehrt werden mussten. Fauler Leichengeruch begleitete sie wie ein ruheloser, hungriger Geist. Des Nachts begannen Yazi wieder Albträume zu plagen. Sie sah Berge von Leichnamen vor sich liegen, die sie zur Seite räumen musste, um vorwärtszukommen. Sobald sie mit der Arbeit beginnen wollte, erwachten ihre Gesichter zu neuem Leben und starrten sie aus wachen, vorwurfsvollen Augen an. Eines Nachts erschien ihr die schöne Palastdame, deren Leben sie einst gerettet hatte. Yazi eilte erfreut auf sie zu, hoffte, endlich Worte des Lobes zu hören. Doch die Dame regte sich nicht. As Yazi sie laut grüßte, öffnete ihr rot geschminkter Mund sich zu einem lauten, bösen Lachen. Würmer quollen daraus hervor, krochen über ihr Gesicht und begannen, ihre stolzen, entschlossenen Augen aufzufressen. Yazi erwachte schreiend und spürte sogleich Andrews Umarmung, die alle Anspannung aus ihrem Körper zog.

»Es wird alles gut, mein Herz, glaub mir«, versprach er flüsternd.

Yazi musste an Maries Worte denken. Manche Menschen redeten viel, aber was konnten sie wirklich tun? Sie verjagte diese bösen Gedanken, denn niemand hatte ihr jemals so viel Zuwendung geschenkt wie dieser weltfremde, herzensgute Lao Wai.

Shanghai begrüßte sie als bunte, laute, brodelnde Stadt. Nanjing war unter der Taiping-Herrschaft weitaus geordneter gewesen, befand Yazi, doch hatte all dieser Trubel seinen Reiz. Sie meinte, mit jedem Atemzug Energie in ihre Lungen zu ziehen. Die Schwermut fiel von ihr ab, obwohl auch hier genug Elend zu sehen war. Bunt geschmückte Restaurants und die prächtigen Bauten reicher Kaufleute machten deutlich, dass es noch normales, angenehmes Leben in ihrem Land gab. Andrew wollte zunächst im chinesischen Stadtteil bleiben, und sie fanden eine bescheidene Herberge. Er trieb auch endlich einen Händler auf, der ihm einen guten Preis für die goldene Taschenuhr zahlte. Die nächsten Tage konnten sie ihre Mägen wieder mit Fleisch füllen, Berge von Reis in ihre Schüsseln laden und sich abends sogar zusammen eine Flasche Reiswein erlauben, an dem Chuntian kurz nippen durfte. In einem Freudenrausch streiften sie durch die engen Straßen, wo Andrew weitaus weniger angestarrt wurde, als es bisher der Fall gewesen war. Es musste an der Nähe der internationalen Siedlung liegen, befand Yazi, dass Lao Wai hier nicht besonders auffielen. Sie hatten auch im chinesischen Stadtteil ihre Spuren hinterlassen, denn Andrew wies auf mehrere Missionen hin, wo seine Landsleute sich um Bettler und Waisen kümmerten. Zum ersten Mal bekam Yazi ein westliches Gotteshaus zu Gesicht, ein hohes, spitzes Gebäude, das wie ein Zeigefinger in den Himmel ragte und das Kapelle genannt wurde. Während sie staunend den ungewohnten, schweren, steinernen Baustil musterte, packte Andrew sie plötzlich am Arm.

»Lass uns heiraten!«, rief er. »Hier ist sicher ein Priester, der uns trauen kann. Getauft bist du ja streng genommen schon.«

Yazi sah ihn ungläubig an. Freude mischte sich mit zäh nagenden Bedenken. Wurde ihr Geliebter stets von Launen und plötzlichen Eingebungen getrieben wie ein Blatt im Wind?

»Solltest du nicht zuerst mit deiner Familie reden?«, mahnte sie und unterdrückte ihre Ungeduld, wann er diese Familie endlich aufsuchen würde.

»Umgekehrt ist es besser. Du solltest bereits meine Frau sein, wenn sie von dir erfahren«, entgegnete Andrew, ohne ihr in die Augen zu sehen. Yazis Unbehagen verstärkte sich, aber Andrew zog sie bereits hinter sich her.

»Wir brauchen Ringe. Noch ist etwas von dem Geld übrig«, rief er voll fröhlicher Entschlossenheit.

Sie erwarben zwei schlichte Jaderinge bei einem Schmuckhändler, dessen Laden etwas heruntergekommen wirkte. Yazi vermutete, dass er Diebesgut verkaufte, doch stand es ihr nicht zu, wählerisch zu sein. Auf Andrews Wunsch hin wurden ihrer beider Namen in chinesischen Schriftzeichen auf die Ringe graviert, das Jahr ihrer Hochzeit jedoch in jenen seltsamen europäischen Ziffern, die auch die fremden Uhren Hong Rengans geziert hatten. Der übereifrige Händler fügte als zusätzlichen Zierrat noch ein Blumenmuster hinzu, denn er hatte gehört, dass Lao Wai es gern verschnörkelt und überladen mochten. Andrew zahlte bereitwillig einen hohen Preis, um den Händler für seine Mühe zu entlohnen. In der Missionsstation wurden sie tatsächlich getraut, obwohl Andrew ein längeres Gespräch mit dem Priester hinter verschlossenen Türen führen musste, um ihn von diesem Vorhaben zu überzeugen. Der Priester war in strengem Schwarz gekleidet, abgesehen von einem weißen Kragen, der ihn in dieser Hitze fast umbringen musste, so eng zwängte er seinen faltigen Hals ein. Eine knollige, rote Nase stellte den einzigen Farbtupfer an seiner Erscheinung dar. Er vollzog mit verbissener Miene eine schnelle, schlichte Zeremonie in dem ebenfalls sehr schmucklosen Steinbau. Yazi war stolz, dass sie ihre Zustimmung zu der Ehe auf Englisch zu äußern vermochte, dann steckte Andrew ihr den Jadering an den Finger, was offenbar dem chinesischen Ritual des Trinkens aus einer gemeinsamen Tasse entsprach. Dass er sie anschließend vor allen Leuten auf den Mund küsste, schien ihr die Krönung aller Absurdität einer westlichen Hochzeit. Lao Wai fürchteten offenbar Farben, denn sie kleideten sich wie Krähen, um mit sauertöpfischer Miene Hochzeit zu feiern. Dann taten sie in aller Öffentlichkeit Dinge, die zwischen ehrbaren Chinesen nur hinter geschlossenen Türen stattfinden durften. Schließlich unterzeichneten alle Anwesenden auf einem Blatt Papier. Yazi malte ihren Namen in chinesischen Zeichen, wie sie es von Chuntian gelernt hatte. Sie verstand nicht ganz, warum dieser Lao Wai Priester deshalb die Stirn runzelte, denn nach mehreren Jahren in China hätte er doch versuchen können, die Schrift zu lernen. Zwei andere Anwesende, ebenfalls schwarz gekleidet, unterschrieben schmallippig, um sich dann wortlos zu entfernen.

»Ich werde zu Gott beten, dass diese Ehe wirklich seinen Segen findet«, meinte der Priester zum Abschied. Für Yazi klangen diese Worte eher wie ein Fluch, doch als Andrew sie in die Höhe hob und an den fassungslosen Gesichtern von Lastenträgern und Bettlern vorbei in seinen Armen zurück in die Herberge trug, empfand sie plötzlich rasende Freude, nun offiziell seine Frau geworden zu sein.

Sie feierten gemeinsam mit den Kindern, tranken zwei Flaschen Reiswein und fielen schließlich völlig erschöpft auf ihre Matratzen, um bis zum nächsten Mittag zu schlafen. Als Yazi endlich ihre verquollenen Augen geöffnet hatte, überreichte Andrew ihr ein mit chinesischen Zeichen beschriebenes Blatt Papier.

»Das ist ein altes Liebesgedicht deiner Landsleute. Eine Dame namens Guan Daosheng hat es geschrieben. Sie lebte im 13. Jahrhundert nach westlicher Zeitrechnung«, erklärte er und begann zu lesen: »Dich und mich verbindet glühende Leidenschaft. Wenn Leidenschaft brennt, ist sie wie Feuer. Nimm einen Klumpen aus Lehm, knete ein Dich, forme ein Mich, dann zerschlage sie beide und vermische sie mit Wasser. Knete ein anderes Dich, forme ein anderes Mich. In meinem Lehm bist du, in deinem Lehm bin ich. Im Leben teilen du und ich eine Decke, im Tode ein gemeinsames Grab.

»Mir scheint, es passt zu uns«, erklärte er seine Wahl. »Wir kommen aus verschiedenen Welten, doch unsere Liebe hat sie beide vereint und ein neues Leben ist dadurch entstanden.«

Er blickte den immer noch schlafenden Jinzi lange an, dann riss er das Papier entzwei.

»Jeder von uns soll die Hälfte des Gedichts immer bei sich tragen. So wie den Ehering«, sagte er und küsste Yazi auf die Stirn, bevor er ihr die untere Hälfte des Gedichts übergab. Dann richtete er sich entschlossen auf.

»Ich muss jetzt wirklich zu meiner Familie gehen. Unser Geld ist aufgebraucht. Warte hier auf mich. Ich sollte erst allein mit ihnen reden.«

Yazi fühlte ein Ziehen in ihrem Magen.

»Wann kommst du zurück?«, fragte sie. Andrew lächelte beruhigend.

»Wahrscheinlich schon am Nachmittag. Ich werde das Dokument mitnehmen, das unsere Ehe gültig macht. Dagegen können sie nichts machen.«

Yazi zwang sich aufzustehen. Ihr Kopf schmerzte so stark, dass ihr schwarz vor Augen wurde, und ihr Magen zwängte das Abendessen unwillig empor. Der himmlische König hatte wirklich gute Gründe gehabt, Alkoholgenuss zu verbieten.

»Bitte beeile dich«, flüsterte sie und presste ihren Kopf gegen Andrews Brust. Seine Arme umschlossen sie wie eine warme, weiche Decke. Sie hoffte, bis an den Rest ihres Lebens in seiner Liebe ruhen zu können. Die Trennung tat weh, doch würde es sich nur um ein paar Stunden handeln. Yazi grinste, als Andrew wieder einmal vergaß, rechtzeitig den Kopf zu senken und deshalb am Türrahmen anstieß. Stöhnend fuhr er mit der Hand durch das weizenfarbene Haar, stieß einen englischen Fluch aus und verschwand. Sie staunte, welche Leere er hinterließ, als habe sich in ihrem Leben plötzlich ein Loch aufgetan, in das sie zu stürzen drohte. Ihr völlig erschöpfter Zustand hatte Vorteile, befand sie. Sie würde sich hinlegen und schlafen, bis Andrew wiederkam. Tatsächlich gelang es ihr, eine Weile vor sich hinzudämmern und alle Sorgen aus ihrem schmerzenden Kopf zu scheuchen. Dann wurde sie von Chuntians Wimmern aufgeweckt.

»Mutter, es dämmert bereits. Wo ist Andrew?«

»Er kommt bald«, erwiderte sie und ärgerte sich über das empfindsame, ungeduldige Wesen ihrer Tochter. Nochmals fiel sie in erlösenden Schlaf. Als ihre Augen sich erneut öffneten, nahm sie finstere, nächtliche Schwärze wahr. Unruhig streckte sie die Hand nach Andrews vertrautem Körper aus, griff aber ins Leere. Allmählich wurden die Planken der Zimmerdecke im Mondlicht sichtbar und Yazi verbrachte den Rest der Nacht damit, sie anzustarren, während das Herz in ihrer

Brust raste. Sie hörte ein paar Schreie. Vermutlich fielen betrunkene Herumtreiber Straßenräubern zum Opfer. Dann begannen die ersten Händler mit lautem Kreischen Morgensuppe und Reis anzupreisen, eine Frauenstimme plärrte hysterisch, dass der Ehemann das ganze Geld verspielt hatte, und unter dem Fenster hörte Yazi eine Mädchenstimme wimmern.

Der Tag war angebrochen.

All ihre Knochen schmerzten, als sie aufstand. Sie schüttete einen Eimer Wasser, den die Wirtin noch am Vorabend hereingebracht haben musste, über sich aus. Leider war es inzwischen lauwarm geworden.

»Wo ist Andrew?«, klagte Chuntian erneut. Jinzi, der in ihren Armen lag, begann zu wimmern. Yazi merkte, dass sie selbst am ganzen Leib zitterte.

»Er kommt«, wiederholte sie sein Versprechen wie einen Gebetsspruch. »Er ist jeden Augenblick hier.«

Kapitel 8

Das Geld reichte noch für drei Tage in der Herberge. Sie aßen wieder trockenen Reis, tranken dünnen Tee, der nach Wasser schmeckte, und warteten. Yazi begann, wie ein unruhiges Tier in dem winzigen Zimmer herumzulaufen. Die Nächte auf der leeren Matratze waren noch qualvoller. Sie ließ die Kinder neben sich schlafen, um weniger einsam zu sein, doch Chuntian beschwerte sich über ihr ständiges Herumwälzen.

»Er kommt nicht mehr«, sagte die Tochter, als der vierte Morgen graute. »Er ist bei seiner Familie, die uns nicht will.«

Rasende Wut jagte durch Yazis Körper. Wie von selbst hob sich ihre Hand und schlug auf Chuntians zarte Wange, um dort einen roten Fleck zu hinterlassen. Sie hörte einen leisen Schrei, doch die Augen ihrer Tochter sahen sie klug und ruhig an, als könnten sie dieses Verhalten verstehen. Yazi hob nochmals die Hand, diesmal um gegen die Wand zu schlagen. Der Schmerz tat wohl, sie hatte ihn verdient.

»Es tut mir leid«, sagte sie zu Chuntians allwissendem Gesicht. Ihre Tochter nickte nur.

»Willst du ihn suchen gehen? Wir könnten es wenigstens versuchen. Mein Englisch ist gut genug. Ich kann mich in der internationalen Siedlung durchfragen.«

Yazi zögerte einen Augenblick. Wenn Andrew nicht mehr zurückkommen wollte, sollte sie ihm dann hinterherlaufen wie ein verlassener Hund? Doch tief in ihrem Inneren vermochte sie nicht zu glauben, dass er freiwillig fortblieb, und es entsprach auch nicht ihrem Wesen, einen derartigen Verrat duldsam hinzunehmen. Er war ihr wenigstens eine Erklärung schuldig.

Sie brachen sogleich auf. Chuntian trug ihren Bruder auf dem Arm, während Yazi ihnen den Weg durch die dichte Menschenmenge bahnte. Sie staunte, wie hell die internationale Siedlung im Vergleich zu dem engen, chinesischen Stadtteil war. Breite Straßen, steinerne Häuser und große, dunkelhäutige Männer mit roten Turbanen, die für Ordnung sorgten. Sie sahen aus wie braun angemalte Lao Wai in seltsamer Verkleidung. Chuntians Englisch wurde nicht gebraucht, denn es waren sehr viele Chinesen auf den Straßen unterwegs. Die wenigen Lao Wai, die in Jinrikschas und von Pferden gezogenen Gefährten vorbeifuhren, schenkten ihnen nicht mehr Beachtung als dem Schlamm, den die Räder ihrer Gefährte hochspritzen ließen. Yazi kannte den Shanghaier Dialekt kaum. Als sie einen kleinen Mann mit ausgemergelten, aber klugen Gesichtszügen auf Mandarin ansprach, erhielt sie die Auskunft, dass Lao Wai mit Vorliebe an den Ufern des Huangpu wohnten. Er zeigte ihr geduldig den Weg, schlug dann vor, irgendwelche Dienstboten zu fragen, denn wer sollte diese Lao Wai-Familien sonst auseinanderhalten können.

Eine Doppelstunde später standen sie vor einem großen, grauen, steinernen Haus, das einer Festung glich. Stufen führten zur Eingangstür, aber Yazi wagte sie nicht zu erklimmen. Sie wartete. Irgendwann würde jemand herauskommen. Andrew vielleicht.

Es kam nur eine zarte Gestalt auf Lotusfüßen, die einen grauhaarigen Lao Wai in der üblichen, schwarzen Kleidung nach draußen begleitete und sich zum Abschied vor ihm verneigte. Der ausgemergelte Gelehrte hatte Yazis Angebot, eine Mahlzeit zu bekommen, wenn er als Übersetzer tätig war, freudig angenommen. Daher lief er der Frau sogleich entgegen, um sie mit sehr höflicher Miene auszufragen.

»Es ist kein verlorener Sohn heimgekehrt«, teilte er Yazi kurz darauf mit. »Sie haben nur einen Sohn und der wohnt seit Jahren hier. Leider hatte die Hausherrin vor ein paar Tagen einen schweren Unfall. Diese Bedienstete hat soeben den Arzt hinausbegleitet. Die Familie ist in Aufruhr, denn es steht nicht gut um die alte Dame.«

Yazi starrte ratlos zu den großen, mit Stoffen verhangenen Fenstern empor. Wo war Andrew?

»Mutter, wir haben alle Hunger«, mahnte Chuntian. Yazi fiel ein, dass sie kein Geld mehr hatte, um Essen für ihre Familie und den verarmten Gelehrten zu bezahlen. Sie drückte dem hilfsbereiten Mann ihre letzte Münze in die Hand. Er bedankte sich überschwänglich, dann verschwand er.

»Wir müssen hinein. Irgendjemand da drin weiß vielleicht, wo Andrew ist«, meinte sie zu ihrer Tochter, die sich auf die Lippen biss, bis sie blutig waren. Aber dann überwand sie ihre angeborene Schüchternheit und stieg die Stufen zur Eingangstür hoch.

Ein Junge öffnete. Zunächst blickte er die zwei schäbig gekleideten Frauen abfällig an, doch als Chuntian ihn in ihrem fließenden Englisch ansprach, wich er fassungslos einen Schritt zurück. Yazi drängte sich herein. Chuntian folgte zögernd. Der

Junge blabberte etwas Unverständliches, dann führte er sie in einen kleinen Raum dicht neben der Eingangstür und huschte davon.

»Er hat gesagt, wir sollen hier warten«, erklärte Chuntian. »Sein Englisch ist schlecht. Ich habe ihn kaum verstanden.«

Yazi musterte die Einrichtung des Hauses, denn der Junge hatte es versäumt, die Tür hinter ihnen zu schließen. All diese klobigen Möbel, über deren Verzierungen man beim Gehen stolpern musste, stahlen das Licht und erdrückten jeden Raum mit ihren Schatten. Wie konnten Menschen in dieser düsteren Atmosphäre leben wollen?

Sie vernahm Schritte und flüchtete ins Innere des Raumes, wo eine weich gepolsterte Bank stand, setzte sich zwischen ihre zwei Kinder und legte ihre Arme um sie. Sie sah die kleine Frau mit Lotusfüßen eintreten, die sie wie lästiges Ungeziefer musterte. Hinter ihr erschien eine hochgewachsene Gestalt.

Bisher war Marie Lindley die einzige weibliche Lao Wai gewesen, die Yazi näher hatte mustern können. Nun erblickte sie ein weiteres Exemplar. Die Frau hatte bräunliches Haar, das in ihrem Nacken zu einem Knoten gebunden war. Ihre Haut war hell, viel heller als bei Marie Lindley, doch wirkte diese Blässe nicht so glatt und vornehm wie bei den Damen der Rongs. Rote Flecken entstellten ihren Hals. Unter den Augen lagen bläuliche Schatten und die Wangen waren eingefallen. Sie schien auf ungesunde Weise ausgebleicht.

Übertrieben langsam und deutlich sprach sie Chuntian an, die sogleich antwortete. Ein fassungsloser Ausdruck huschte über das Gesicht der Lao Wai, dann fing sie sich und redete in normalem Tempo weiter. Ihre Stimme klang gepresst. Yazi musterte indessen staunend das merkwürdige Kleid dieser Frau. Es schien unnötig schwer und wuchtig, ganz wie die Möbel des Hauses. Um die Taille zwängte es den Körper der Frau ein, als solle er in zwei Hälften zerdrückt werden. Sie konnte sicher nicht unbehindert atmen. Darunter breitete sich eine Art Käfig aus, der mit Stoff umhangen war und in dem die Beine der Lao Wai stecken mussten. Sie glich einer halbierten Laterne, die über den Boden glitt.

»Mutter, sie sagt, dass Andrew nicht hier ist«, meinte Chuntian schließlich mit gesenktem Blick. »Angeblich gilt er als verschollen. Sie will, dass wir gehen. Sie glaubt nicht, dass Jinzi Andrews Sohn ist.«

»Dann zeig ihr den Ring! Darauf steht Andrews Name«, rief Yazi wütend. Sie mochte eine Mörderin sein, doch niemand sollte sie unberechtigt der Lüge bezichtigen. Erst als Chuntian den Ring an sich genommen hatte, fiel ihr ein, dass der Name ihres Mannes dort in chinesischen Schriftzeichen stand. Wie erwartet nahm die Lao Wai Chuntians Übersetzung nicht ernst. Ein abfälliger Zug legte sich um ihre Mundwinkel, die bereits von Falten eingerahmt wurden, obwohl sie noch jung aussah. Ihre Schläfe wurde von einer blaugrünen Beule entstellt, als hätte sie vor Kurzem einen heftigen Schlag erhalten. Wahrscheinlicher aber schien es Yazi, dass die Frau sich an einem der klobigen Möbelstücke gestoßen hatte.

Yazi überlegte fieberhaft, wo sie einen Übersetzer finden könnte, dem die Lao Wai Glauben schenkten. Sie wusste niemanden. Dann spürte sie plötzlich den Blick der fremden Frau auf sich ruhen. Eine heftige Abneigung brannte in den blaugrauen Augen, als wolle sie Yazi durch die Kraft ihrer Gefühle erdolchen.

»Wir brauchen hier keine chinesische Hure und ihre Bälger!«, sagte die Lao Wai sehr langsam und deutlich. So deutlich, dass Yazi es auch ohne Chuntians Hilfe verstand.

Wieder schoss unbändige Wut durch ihren Körper. Sie hob die Hände zum Angriff, sah diese Fremde, die zwei Köpfe größer war als sie selbst, erschrocken zurückweichen. Yazi rannte los. Bevor sie weiter nachgedacht hatte, lag ihre Hand an der Kehle der Lao Wai und drückte sie gegen die Wand. Wie schwach diese eingeschnürte, mit unnötigem Gewicht behangene Frau doch war! Ihre Augen waren große, runde Teiche der Furcht. Ihr Wimmern verstummte, als Yazi fester zudrückte. Schweißperlen glänzten auf ihrer Stirn. Ihre Haut war schuppig und man konnte große, schwarze Poren darin erkennen. Sie stank vor Angst.

»Was machst du da? Du bringst sie ja um!«, rief Chuntian und zerrte hilflos an Yazis Arm. Aber es waren nicht die Ermahnungen ihrer Tochter, die Yazi innehalten ließen. Etwas in dem Blick der Frau verstörte sie, ein Schmerz, der sich hinter all ihrer Arroganz und Unverschämtheit verborgen hatte und nun immer deutlicher zutage trat. Sie sah müde aus, ausgelaugt und ohne echten Lebensmut, der ihr die Kraft verliehen hätte, sich zu wehren. Je fester Yazi zudrückte, desto bereitwilliger nahm ihr Opfer sein Schicksal an, als würde es dadurch erlöst.

Wenn sie diese Frau erwürgte, dann tat sie ihr dadurch einen Gefallen.

Yazi ließ ihre Hand sinken. Sie hörte ihr Herz rasen und Farben flimmerten vor ihren Augen. Die Lao Wai sackte in die Knie. Mit weit offenem Mund rang sie nach Luft, ihre Kehle tat sich als dunkelrotes Loch auf.

»Los, wir müssen weg, bevor sie anfängt zu schreien!«, rief Chuntian und drückte den leise wimmernden Jinzi an sich, um ihn dann hochzuheben. Yazi staunte über die plötzliche Geistesgegenwart ihrer weltfremden Tochter, die sie aus dem Haus zerrte. Sie rannten die breite Straße am Ufer des Huangpu entlang, stießen Menschen zur Seite und wichen Gefährten aus. Der Atem rasselte in Yazis Brust. Sie musste weg, auch wenn sie kein klares Ziel mehr vor Augen hatte. Andrew war fort. Aber es gab noch Chuntian und Jinzi. Immer weiter liefen sie, wollten in der verwinkelten Enge des chinesischen Stadtteils versinken, als Yazi plötzlich eine Hand an ihrer Schulter spürte, die sie zurückriss. Für einen Moment setzte ihr Herzschlag aus. Wenn sie jetzt verhaftet wurde, was würde dann aus ihren Kindern?

Ein Gesicht schob sich in ihren Blickwinkel. Es war ihr trotz aller Fremdheit vertraut. Eine Lao Wai mit schwarzen Augen und brauner Haut starrte sie neugierig an. Auch sie steckte in einem weit schwingenden Rock, doch fiel der Stoff natürlich sanft an ihrem Körper entlang, ohne irgendein Gestell, das für unnatürliche Formen gesorgt hätte. Yazi schossen Tränen der Erleichterung in die Augen, als sie Marie Lindley erkannte.

»Mein Gott, ich fasse es nicht! Die kleine Wildkatze rennt durch Shanghai und hat mich fast umgeworfen!«, rief Marie belustigt. »Wie kommst du denn hierher? Ist Andrew bei dir? Ihr wart beide plötzlich verschwunden.«

Yazi holte Luft, um zu antworten, doch kehrten mit Maries Anblick auf einmal sämtliche Erinnerungen an die Zeit mit Andrew in Nanjing zurück. Ein Pfeil von Schmerz stach in ihre Brust, als ihr endgültig bewusst wurde, dass ihr weizenhaariger Engländer verschwunden war, ohne jede Spur zu hinterlassen, dass sie ihn vielleicht niemals würde finden können. Von seiner Familie war keine Hilfe zu erwarten und es gab sonst niemanden, an den sie sich wenden konnte. Während sie bemüht war, Marie all dies zu erklären, wurden ihre Worte von Schluchzern erstickt und sie fiel wie ein jämmerliches Bündel von Unglück in Maries Arme.

Die Lindleys hatten sich in einem kleinen Hotel in der internationalen Siedlung einquartiert. Yazi erhielt eine Schnapsflasche zur Beruhigung ihrer Nerven und konnte sich hinlegen, während Marie den Kindern ein europäisches Kartenspiel zeigte. Als Augustus erschien, schilderte seine Frau ihm Yazis Lage. Er brach sogleich auf, um sich bei seinen Landsleuten umzuhören. Irgendjemand musste Andrew schließlich gesehen haben, meinte er mit so viel Überzeugung, dass Yazi das Atmen wieder leichter zu fallen begann.

Sie wartete. Da sie keinen Schlaf finden konnte, setzte sie sich zu Marie und versuchte, die Regeln des Spiels zu begreifen, doch war in ihrem Kopf kein Raum für neues Wissen. All ihre Gedanken wirbelten um die Frage, was mit Andrew geschehen war. Sie nippte immer wieder an der Schnapsflasche, bis Marie sie ihr wegnahm.

»Am Ende wird dir schlecht davon«, meinte sie nur und besorgte stattdessen eine Kanne Tee, die sie gemeinsam mit den Kindern leerten. Es gab auch europäisches Gebäck, das beim Hineinbeißen stark bröselte. Normalerweise wäre Yazi neugierig gewesen, wie es schmeckte, aber jetzt schien ihr Gaumen empfindungslos.

»Es war natürlich nicht sehr geschickt, dass du diese arrogante Ziege angegriffen hast, obwohl ich gern dabei zugesehen hätte«, sagte Marie mit spöttisch funkelnden Augen. »Jetzt wird es schwierig sein, mit der Familie zu reden. Und du zeigst dich dort besser nicht mehr. Die Gerichtsbarkeit hier liegt ganz in der Hand der Engländer.«

Yazi senkte schuldbewusst den Kopf. Marie füllte die Teetassen erneut und redete weiter.

»Andrew ist vielleicht untergetaucht. Im Moment sind Briten, die an der Seite der Taiping kämpften, hier nicht gern gesehen, denn die englische Regierung hat ganz klar Stellung bezogen.«

»Was ist mit Augustus?«, fragte Yazi nur.

»Er arbeitet an einem Buch über den Taiping-Aufstand«, erzählte Marie. »Er hat bis zum Schluss mitgekämpft und mehrere Schiffe kommandiert. Einmal gelang es ihm sogar, General Gordon von der ewig siegreichen Armee einen ganzen Dampfer zu entführen.«

Sie kicherte kurz, doch als Yazi nicht einstimmte, wurde ihre Miene wieder ernst.

»Augustus hat immer wieder gehofft, die Engländer würden ihre Politik ändern. Vor allem nach der grausamen Hinrichtung von Shi Dakai, über die sogar Gordon empört war, denn er hatte eine Begnadigung angeordnet. Augustus will klarmachen, warum die englische Regierung sich in dieser Angelegenheit völlig falsch verhielt und dem chinesischen Volk die Chance nahm, das Joch der Unterdrückung durch die Mandschus abzuschütteln. Dabei geizt er allerdings nicht mit melodramatischen Elementen.«

Wieder stieß sie ein leises Kichern aus und fuhr mit blitzenden Augen fort, als hoffe sie, Yazi aufzuheitern.

»Mein geliebter Mann lässt mich zum Beispiel in einer Schlacht sterben, obwohl ich nur schwer verwundet wurde, aber überlebte. Augustus meint, mit solcher Tragik kann er seine Leser rühren und besser für die Sache der Taiping begeistern. Wenn das Buch herauskommt, muss ich wohl vorgeben, seine zweite Ehefrau zu sein. Leider verschweigt er auch meine Beteiligung am Kriegsgeschehen weitgehend, denn eine schießwütige Gattin könnte den graubärtigen Herren in seiner Heimat zu sehr missfallen.«

Seufzend griff Marie nach einem weiteren Keks.

»Ich fürchte, früher oder später müssen Augustus und ich China verlassen. Mein dickköpfiger Ehemann macht sich hier keine Freunde.«

Yazi spürte zu ihrem Entsetzen, dass ihr wieder Tränen in die Augen schossen. Die Lindleys waren die einzige Sicherheit, die sie noch hatte.

»So schnell fahren wir nicht weg«, rief Marie sogleich und schlang ihre Arme wieder um Yazis Schultern. »Andrew taucht sicher bald auf. Dann können wir vielleicht alle zusammen ein Schiff nach England nehmen.«

Yazis Kehle zog sich bei der Vorstellung, die Heimat für immer verlassen zu müssen, zusammen. Aber mit Andrew an ihrer Seite wäre sie bereit, bis ans Ende der Welt zu reisen.

»Ich würde gern England sehen«, mischte Chuntian sich ins Gespräch. »Doch ohne Andrew wird uns dort niemand wollen. Und keiner weiß, wo er jetzt ist.«

Wieder spürte Yazi ein böses Jucken auf ihrer Handfläche. Mit aller Kraft unterdrückte sie den Wunsch, ihre Tochter zu ohrfeigen, weil sie derart schonungslos die Wahrheit ausgesprochen hatte.

Es dämmerte bereits, als Augustus wiederkehrte. Er hatte herausgefunden, dass Margaret Huntingdon, Andrews Mutter, vor einigen Tagen einen Schlaganfall erlitten hatte. Das Unglück war völlig unerwartet gekommen, denn die Dame war bekannt für ihre rüstige Gesundheit gewesen. Nun schwebte sie in Lebensgefahr, konnte weder sprechen noch die rechte Seite ihres Körpers bewegen. Doch Andrew hatte niemand gesehen.

»Das ändert sich sicher bald, irgendwo muss er ja sein«, versuchte Marie Yazi zu beruhigen. Zum Abendessen brachte Augustus Teigtaschen und Reis von einem Straßenhändler. Yazi zwängte ein paar Bissen herunter, dann füllte sie ihren Magen mit Reiswein, bis sie nicht mehr aufrecht stehen konnte. Die Lindleys trugen sie zu einem erstaunlich weichen Bett, in dessen Tiefen sie gemeinsam mit ihren Kindern versank.

»Mutter«, drang Chuntians klare Stimme in ihr Bewusstsein, das sich im Kreis drehte und ihr keinen Frieden gönnen wollte. »Bitte, du darfst dich nicht aufgeben. Jinzi und ich, wir kommen allein nicht zurecht.«

Yazi spürte eine Welle der Übelkeit, die aus ihrem Magen quoll. Hustend richtete sie sich auf und rannte aus dem Zimmer, um in einer Ecke vor dem Eingang des Hotels das Abendessen zu erbrechen. Krämpfe schüttelten sie und sie zitterte vor Kälte, obwohl es eine milde Spätsommernacht war. Völlig entkräftet vergrub sie das Gesicht in den Händen und weinte, bis sie sich fühlte wie ein leeres Fass, aus dem jeder Tropfen entwichen war.

Andrew hatte sie vielleicht aus irgendeinem Grund verlassen. Vielleicht musste er sich verstecken, vielleicht lag er irgendwo schwer verletzt und vielleicht – sie musste diese Erwägung zulassen – war er tot. Es war möglich, dass sie niemals erfahren würde, was geschehen war. Sie wusste nicht, wie sie in dieser Lage weiterleben sollte, ohne den Verstand zu verlieren.

Sie kauerte vor dem Haus, bis der Morgen graute. Ein kleiner Garten lag vor dem Hoteleingang. Sie sah die ersten Lastenträger daran vorbeilaufen und musste ausweichen, als ein paar Diener sich mit Kisten näherten, die in das Hotel getragen werden sollten. Auf schweren Beinen folgte sie ihnen, um nicht mit einer Landstreicherin verwechselt und verscheucht zu werden. Sie fand das Zimmer der Lindleys wieder. Augustus und Marie schliefen noch auf ihrem breiten Bett. Sie betrat den kleinen, angrenzenden Raum, wo ihre Kinder lagen. Jinzi schlummerte friedlich, aber Chuntian saß aufrecht da und starrte ihr mit großen, verängstigten Augen entgegen.

»Ich fürchtete, du kommst nicht mehr«, sagte sie nur, doch lag in diesen schlichten Worten ein schwerer Vorwurf. Yazi setzte sich seufzend auf das Bett und legte den Arm um ihre Tochter, deren Körper steif blieb.

»Wir werden überleben«, sagte sie nur. »Auch ohne Andrew.«

Zu ihrem eigenen Erstaunen merkte sie, dass sie tatsächlich daran glauben konnte.

Die Lindleys blieben noch zwei Monate in Shanghai. Augustus schrieb an seinem Buch und las Yazi manchmal daraus vor. Seine Augen funkelten dabei vor Begeisterung, seine Stimmte bebte, als er von der Grausamkeit der Mandschus berichtete, die von seinen Landsleuten unterstützt wurden, während das gerechte, fortschrittliche Königreich der Taiping aufgrund von Ignoranz und Geldgier mit britischer Hilfe zerstört worden war. Yazi fragte sich, ob er etwas von dem Gemetzel wusste, an dem sie selbst hatte teilnehmen müssen, doch gefiel es ihr, dass wenigstens ein Engländer willens war, die Herrschaft Hong Xiuquans in ein gutes Licht zu rücken. Auf der anderen Seite wurde nicht minder gelogen und beschönigt.

Dann ging Augustus das Geld aus. Er glaubte nicht daran, in Shanghai einen Verleger für sein Buch zu finden, das sich so völlig gegen die gegenwärtige China-Politik der englischen Regierung richtete und plante daher die Heimkehr.

»Es würde mich freuen, wenn du und deine Kinder mit uns reisen würden«, meinte Marie, während sie ihre Koffer packte. »Auch für mich ist Europa völlig fremd. Meine Vorfahren stammen aus Portugal, aber ich selbst bin in Macao geboren und habe mein ganzes Leben in China verbracht.«

Yazi nickte stumm. Marie würde in Europa wenigstens nicht fremd aussehen und hatte einen Engländer zum Gemahl, aber was sollte sie selbst allein mit Chuntian und Jinzi auf diesem so weit entfernten, unbekannten Kontinent anfangen?

»Ich bleibe besser hier. China kenne ich«, erwiderte sie. »Ich muss jetzt sehen, wie ich mich durchschlage.«

Marie sah sie mitfühlend an, verzichtete aber auf die ehemals so oft geäußerte Versicherung, dass Andrew sicher bald auftauchen würde. Es gab kein Lebenszeichen von ihm.

»Was willst du tun?«, fragte sie nur.

»Ich muss zurück nach Nanjing und sehen, was aus der Familie meines ersten Gemahls geworden ist«, erklärte Yazi das Ergebnis langen Grübelns. »Sie waren reich. Und Chuntian ist ihre Enkeltochter. Vielleicht nehmen sie uns auf.«

Eine Falte erschien zwischen Maries pechschwarzen Brauen. »Solltest du nicht besser zu deinen eigenen Eltern gehen?«

Yazi hob abwehrend die Hand.

»Sie sind arme, einfache Leute. Ich weiß nicht, wie sie diesen Bürgerkrieg überlebt haben. Sie gaben mich fort und damit gehörte ich zu einer anderen Familie.«

Marie widersprach nicht. Sie schien zu verstehen.

Yazi stand lange am Hafen und sah den hohen Masten und geblähten Segeln des Schiffes hinterher, das die Lindleys aus ihrem Leben trug. Dann nahm sie Jinzi auf den Arm, ergriff Chuntians Hand und begann zu gehen. Sie besaß noch die zwei Silberketten, die sie einst von ihrer Mutter erhalten hatte, und konnte dadurch den Platz auf einer Lorcha bezahlen, die sie nach Nanjing brachte.

Große Teile der Stadt lagen in Trümmern, doch begann sich bereits neues Leben zu regen. Die Kaufläden und Restaurants schienen so prächtig geschmückt wie vor der Eroberung durch das Taiping-Heer. Hurenhäuser waren wieder aufgemacht worden, denen es offenbar nicht an Kundschaft mangelte. Yazi konnte nicht umhin, als Erstes die Ruine der Porzellanpagode aufzusuchen. Sie saß zwischen den Trümmern überirdischer Schönheit, bis es zu dämmern begann. Erinnerungen zogen an ihr vorbei, sie weinte und schlug mit der Hand gegen die Reste des Gemäuers, bis ihre Knöchel bluteten. Dann zog sie die Hälfte des Gedichts heraus, die Andrew ihr hinterlassen hatte, und bat Chuntian, es noch einmal vorzulesen. Mit Erleichterung stellte sie fest, dass ihre Tränen erschöpft waren. Sie musste nun an ihre Kinder denken.

Schließlich suchte sie nach der Stelle, wo Andrew Pofus Leichnam versteckt hatte, und fühlte eine Last von ihren Schultern gleiten, als sie dort kein Skelett vorfand. Ihre Generalin war gefunden und hoffentlich angemessen begraben worden. Sie sprach leise eine Hymne, die sie einst als Taiping-Kriegerin gelernt hatte, und hoffte, Pofus Geist hätte ihr inzwischen vergeben.

Dann ging sie mit den Kindern zum Haus der Rongs. Es schien unversehrt, wenn auch nicht mehr so prächtig wie einst. Der rote Lack an den Mauern bröckelte, das Holz war an manchen Stellen morsch geworden. Man ließ sie herein, obwohl die Diener aufgebracht schnatterten, und der Hausherr willigte sogleich ein, sie zu sehen. Yazi vollführte den Kotau vor

Rong Dongji, der in seinem großen Privatgemach auf sie wartete, hob dann den Kopf, um in das Gesicht eines alten, müden Mannes zu blicken.

»Yingxiong ist tot«, erklärte er nur. »Die Qing-Soldaten erdolchten ihn, weil er sich bei ihrem Angriff betrunken auf der Straße herumtrieb. Er hat sich schon immer dumm benommen.«

Die Härte der Worte versetzte Yazi einen Stich. Sie dachte an Yingxiongs schmales, kluges, nervöses Gesicht. Kein Mensch hatte es verdient, dass nach seinem Tod derart abfällig über ihn gesprochen wurde.

»Ich hatte einen Sohn, der ein Schwächling und Versager war«, fuhr der Hausherr unerbittlich fort. »Doch jetzt habe ich keine Nachkommen mehr.«

Yazi sprach so freundlich wie möglich ihr Bedauern aus.

»Du warst tapfer, als du freiwillig zu den langhaarigen Rebellen gegangen bist«, sagte Dongji, ohne darauf einzugehen. »Du bist in ihren Rängen schnell aufgestiegen, wie man mir sagte.«

Yazi staunte, wie viel Anerkennung in seiner Stimme lag. Menschen, die im Leben vorankamen, schienen Rong Dongji zu beeindrucken, selbst wenn sie auf der Seite seiner Feinde standen.

Er zog an einer blau verzierten Wasserpfeife aus Porzellan. Tabak gab es also wieder in Nanjing, sicher auch Alkohol und Opium.

»Zeig mir die Kinder«, befahl er dann. Yazi erhob sich, um Chuntian und Jinzi näher heranzuführen. Wieder bohrte ihre Tochter sich die Vorderzähne in ihre Lippen. Nur Jinzi überstand die genaue Musterung des Hausherrn mit der fröhlichen Gelassenheit eines Kleinkinds.

Rong Dongji rief schließlich eine Dienerin, um die Kinder hinausbringen und mit Essen versorgen zu lassen. Dann winkte er Yazi zu sich heran und forderte sie auf, an seinem Tisch Platz zu nehmen.

»Ich will nicht fragen, was du in den letzten Jahren getan hast«, meinte er zwischen zwei Zügen an der Wasserpfeife. »Die Zeiten waren hart und überall herrschte Chaos. Yingxiongs erste Gemahlin lief mit einem der Qing-Soldaten fort, der ihr eine herrliche Zukunft in Beijing versprach. Meine zwei jüngsten Konkubinen folgten diesem Beispiel. Es ist sehr still hier geworden.«

Yazi sprach nochmals ihr Bedauern aus.

»Du kannst als meine Schwiegertochter hier wohnen«, fuhr der Hausherr fort. »Und deine Tochter ist mein einziges Enkelkind. Ein Mädchen ist nicht so gut wie ein Junge, aber allemal besser als gar keine Nachkommen.«

Yazi kommentierte dies nicht weiter. Eine unsichtbare Hand hatte sich um ihre Kehle gelegt. Mit der Aufnahme Chuntians hatte sie gerechnet, aber da war noch ein zweites Kind.

»Du könntest meinen Sohn adoptieren«, wagte sie zaghaft vorzuschlagen. »Dann hätte die Familie einen Nachkommen.«

Sie duckte sich leicht, nachdem sie diese Worte ausgesprochen hatte, so sehr rechnete sie mit einem Tobsuchtanfall des Hausherrn. Doch er sog nur laut Luft ein und spuckte in einen Napf auf dem Tisch.

»Wenn ich einen fremden Knaben adoptieren will, dann brauche ich mich nur in der Stadt umzusehen. Viele Waisen hocken bettelnd auf den Straßen. Sie sind nicht die Söhne fremder Barbaren, die unser Land versklaven.«

Yazi fuhr zusammen. Sie fragte nicht, woher er es wusste. Ihre enge Verbundenheit mit einem Lao Wai musste sich in der Stadt herumgesprochen haben.

»Man sieht es Jinzi nicht an«, warf sie ein.

»Das könnte sich mit den Jahren ändern«, entgegnete Rong Dongji. Yazi senkte den Kopf. Sie hatte es befürchtet, musste dennoch wieder einmal die Tränen der Verzweiflung niederkämpfen.

»Du und deine Tochter, ihr könnt bleiben«, beendete der Hausherr das Gespräch. »Aber den Jungen will ich unter meinem Dach nicht haben. Bringe ihn zu einem Händler, der kleine Kinder sucht. Er ist gesund und kräftig. Man wird dir einen guten Preis für ihn zahlen. Und jetzt kannst du gehen.«

Yazi verneigte sich respektvoll, bevor sie den Raum verließ. Sie staunte, wie viel Ruhe sie empfand. Sie hatte mit dieser Entscheidung Rong Dongjis gerechnet und bereits ihre eigenen Pläne gefasst.

In ihrem alten Gemach verzehrte sie mit den Kindern ein ausgiebiges Abendmahl, erzählte ihnen die Geschichte von der Fee und dem Kuhhirten, die sich ineinander verliebten, im Himmel zueinander fanden, aber von einer zornigen Göttin getrennt wurden, indem sie die Milchstraße zwischen ihnen zog. Nur einmal im Jahr formten Elstern eine Brücke und ermöglichten den Liebenden und deren zwei Kindern ein Wiedersehen.

Jinzi lauschte mit weit aufgerissenen Augen. Er konnte bisher nur wenig sprechen, schien aber zu verstehen und liebte Geschichten. Chuntian verzog das Gesicht.

»So sollen also himmlische Gestirne entstanden sein, um Familien zu trennen«, meinte sie mürrisch, legte sich aber auf Wunsch ihrer Mutter widerstandslos schlafen. Yazi blies die Kerzen aus und streckte sich mit Jinzi im Arm an Chuntians Seite aus.

»Du bist jetzt bei deiner Familie«, flüsterte Yazi, als sie den ruhigen Atemzügen ihrer schlummernden Tochter lauschte. Es war härter, als sie gedacht hatte. Ihr fiel ein, wie oft sie grob und unfreundlich zu Chuntian gewesen war, weil sie deren Empfindsamkeit lästig fand. Doch nun, da sie sich eben aus diesem Grund von ihr trennen sollte, wurde ihr das Herz zerrissen.

Sie hatte die Dinge in ihrem Kopf lange gewälzt, gedreht, hin und her geschoben. Sie wusste, dass Frauen, die in der

Kampfkunst ausgebildet waren, durch öffentliche Auftritte Geld verdienen konnten, doch war es ein hartes Leben voller Entbehrungen, als Gauklerin herumzuziehen. Chuntian war zart und ängstlich. Sie liebte Bücher, und die waren nur in einem reichen Haushalt zu finden. Sie brauchte den Schutz der Rongs, um ein Leben zu führen, das ihrem Wesen entsprach.

Yazi gelang es erst kurz vor Anbruch der Morgendämmerung, sich von Chuntians Anblick loszureißen, sie musste mit aller Kraft den Drang überwinden, ihre Tochter noch einmal zu umarmen, inniger und liebevoller, als sie es bisher jemals getan hatte. Dadurch wäre Chuntian vielleicht aufgewacht, und Yazi fühlte sich nicht in der Lage, dem ernsten, klugen Gesicht dieses Mädchens ihre Entscheidung zu erklären.

»Ich hoffe, du verstehst eines Tages, warum ich dich verlassen habe«, flüsterte sie und fuhr mit den Fingern sanft über Chuntians Wange. Dann steckte sie die letzten Münzen ein, die noch vom Verkauf der Silberketten übrig waren, packte einen silbernen Kerzenständer dazu, denn Rong Dongji war ihr etwas dafür schuldig, dass sie ihm eine Enkeltochter zurückgebracht hatte. Mit Jinzi im Arm schlich sie aus dem Zimmer in den Garten hinaus, wo es immer noch eine kleine Tür in der Mauer gab. Sie sah die nächtliche Stadt vor sich liegen, hinter der ein weites, ausgehungertes, blutgetränktes Land lag. Sie begann zu gehen.

Buch 3

Kapitel 1

Viktoria klappte stumm die Schmuckkassette zu. Yazi hatte erhalten, was sie wollte: den zweiten Ehering. Ihr begann erst langsam klar zu werden, welch wertvolles Geschenk sie ihr dadurch gemacht haben musste.

»Wie sind Sie weiter zurechtgekommen?«, fragte sie nur und dachte an ihren eigenen Zustand völliger Lähmung, als sie kurz hintereinander Vater und Verlobten verloren hatte.

Yazi drehte den Ring weiter zwischen zitternden Fingern. Dann lächelte sie plötzlich.

»Mal besser, mal schlechter. Am Anfang war es hart. Dann stieß ich auf eine herumziehende Theatertruppe, die mich aufnahm. Wang Xingfu, der Leiter der Truppe, bildete Jinzi aus. Er brachte ihm die Kampfkunst und Akrobatik bei, lehrte ihn lesen und öffnete ihm das Tor zur Welt der chinesischen Sagen. Aber …«

Sie richtete einen eindringlichen Blick auf Viktorias Gesicht.

»Ich wollte nicht die Frau eines Mannes werden, den ich nicht so lieben konnte wie Andrew. Deshalb war es schließlich besser, die Truppe zu verlassen. In Beijing stießen wir auf Shen Akeu. Sie gab Jinzi und mir ein neues Auskommen.«

Viktoria kam nicht gegen ein Gefühl von Widerwillen an. Da Yazi nicht huren wollte, trieb es ihr Sohn mit einer Hure. Aber die eben gehörte Geschichte hatte sie zu sehr aufgewühlt, als dass sie ein klares Urteil hätte fällen können.

Knarrend öffnete sich die Tür hinter ihnen. Viktoria hörte Dewei ein paar Worte der Begrüßung rufen und wandte sich um. Jinzi stand im Türrahmen, doch hatte seine vertraute Erscheinung plötzlich eine völlig neue Bedeutung gewonnen. Viktoria konnte nicht anders, als ihn auf sicher unverschämte Weise anzustarren: Margaret Huntingdons Enkel hatte keine blauen Augen wie sein Vater. Er sah ganz und gar chinesisch aus, nur war er ein sehr großer Mann geworden. Ein hervorragender Akrobat. Und ein sehr aufbrausender Mann, dessen Blick im Augenblick aber gesenkt war, als sei er sich aller Unhöflichkeit bewusst, die er noch vor Kurzem gezeigt hatte. So unauffällig wie möglich schlich er an Viktoria vorbei und fand neben Dewei auf dem Kang Platz.

»Ich kann Sie zu der Gesandtschaft begleiten, wenn Sie es wünschen«, meinte er zu dem bereitstehenden Koffer.

Viktoria sah ihn staunend an. Ihr Plan, so rasch wie möglich allein nach Shanghai zurückzukehren, schien einem früheren Leben anzugehören. Dewei begann sehr schnell und aufgeregt auf Chinesisch zu reden. Viktoria schnappte nur einzelne Wörter auf, unter anderem Bàba für Vater. Und Năinai, die Oma. Es musste um Margaret Huntingdon gehen.

»Sie kennen also Familie meines Vaters«, meinte Jinzi nun mit einem flüchtigen Blick in ihre Richtung. »Ich glaube, dort alle froh, Sie wiederzusehen. Meine Mutter und ich nur stören.«

Er richtete sich auf und sah seine Mutter eindringlich an. Yazi drehte immer noch an dem Ring.

»Deine Năinai war sehr krank, als ich damals dort war«, mahnte sie sanft. »Wir sollten uns freuen, dass sie noch lebt.«

Jinzi sog hörbar laut Luft ein.

»Ich wünsche ihr, dass werden hundert Jahre alt«, zischte er. »Aber für uns nicht wichtig.«

Dewei rutschte verlegen auf dem Kang herum. Yazi stand auf, füllte Tassen mit Teeblättern und holte einen Kessel von der Feuerstelle.

»Meinen Sie, dieser Schlaganfall hatte etwas mit … mit mir und Andrew zu tun?«, murmelte sie in Viktorias Richtung.

»Nein!«, rief Viktoria entschieden und fixierte Jinzi so eindringlich mit ihrem Blick, dass er sich ihr widerwillig zuwandte.

»Margaret Huntingdon wäre über eine chinesische Schwiegertochter überrascht, aber nicht derart entsetzt gewesen«, sagte sie laut und deutlich. »Etwas anderes ist vorgefallen. Es muss mit Andrews Verschwinden zu tun haben, denn er kehrte damals zu seiner Familie zurück. Er gab seiner Mutter den Ring und die Hälfte des Gedichtes. Ich habe all das bei ihr gefunden. Doch niemand will ihn gesehen haben und deshalb …«

»Sie haben auch die andere Hälfte des Liebesgedichts?«, unterbrach Yazi sogleich. Viktoria öffnete den gepackten Koffer. Bei der Suche nach den Papieren aus Margarets Schmuckschatulle fielen fast all ihre Sachen heraus, sie kramte und wühlte, bis sie in einer Seitentasche fündig wurde. Zum Glück hatten die Bettler das nicht gestohlen. Yazi riss ihr mit zitternden Händen sämtliche Blätter aus der Hand und verzog sich mit ihnen in eine Ecke. Der Tee war vergessen. Viktoria überkam die plötzliche Eingebung, dass sie selbst die Tassen füllen könnte. Dewei nahm seine dankend entgegen, auch Jinzi murmelte ein Xièxie, ohne ihr in die Augen zu blicken. Yazi reagierte nicht einmal auf das Angebot, denn ihre Welt bestand nur noch aus dem zusammengefügten Gedicht, das sie gebannt anstarrte. Ihr Rücken bebte.

»Also ich glaube, da ist etwas vorgefallen, das die Huntingdons verschweigen«, erklärte Viktoria nach dem ersten Nippen an ihrer Tasse. »Und ich finde, wir sollten versuchen, es herauszufinden.«

Ihr Herz pochte laut und schnell. Es tat so gut, wieder einen klaren Plan gefasst zu haben, ein Ziel vor Augen zu sehen.

Yazi drehte sich langsam um. Ihr Blick war verwirrt, als sei sie ein Kind, das in eine unverständliche Welt blickte.

»Sie meinen, Sie könnten herausfinden, was mit Andrew geschah? Seine Familie würde mit Ihnen reden?«

Bevor Viktoria antworten konnte, donnerte chinesisches Schreien durch den Raum. Jinzi war wieder einmal aufgesprungen und seine Worte fielen wie schnelle, heftige Hämmerschläge. Viktoria war nicht imstande, irgendetwas zu verstehen, und warf Dewei einen hilflosen Blick zu.

»Er weiß nicht, was er seinem Vater sagen soll, falls er ihn eines Tages trifft«, flüsterte der Junge ihr zu, als es endlich wieder still geworden war. »Ob er sich dafür bedanken soll, dass seine Mutter und er die Rinde von Bäumen aßen.«

Als Viktoria ihn verständnislos ansah, setzte er zu einer genaueren Erklärung an: »Wenn Leute hungern, dann schneiden sie manchmal die Rinde von Bäumen und kochen sie in heißem Wasser, um ihren Magen zu füllen.«

Viktoria richtete sich auf. Sie meinte, mit Andrew alle Europäer der Welt zu verteidigen.

»Es ist gut möglich, dass er zurückkommen wollte, es aber nicht konnte«, wandte sie sich an Jinzis eisern zorniges Gesicht. »Für eine Frau ist es sehr wichtig zu wissen, ob sie aus mangelnder Liebe verlassen wurde oder ob dem Mann aus irgendeinem Grund keine andere Wahl blieb.«

Sie dachte an Anton. Es hatte eine Zeit gegeben, da hätte sie ihn lieber tot gewusst, als von ihm zurückgewiesen worden zu sein.

Jinzi schnaubte nur, doch fiel ihm wohl nicht gleich eine Antwort ein. Vielleicht hatte er Viktoria nicht ganz verstanden.

Yazi nippte an ihrer Teetasse, stellte sie dann völlig ruhig auf dem Tisch ab. Sie redete auf Chinesisch, doch sprach sie bewusst langsam, damit auch Viktoria den Sinn ihrer Worte begriff.

»Ich kannte deinen Vater. Hältst du mich für eine Närrin, die den Versprechungen eines Heuchlers vertraut? Jahrelang hat mich die Ungewissheit gequält. Wenn ich nun erfahren kann, ob er noch lebt und warum er nicht zurückkam, dann will ich es wissen.«

Jinzi senkte den Kopf, obwohl in seinen Augen der Widerspruch blitzte. Viktoria atmete erleichtert auf. Es war Dewei, der das Ergebnis der Unterhaltung zusammenfasste.

»Wir fahren also alle nach Shanghai.«

Max von Brandt hatte Viktoria bereits klargemacht, dass sie mit Lao Tengfeis Eskorte einen unnötig umständlichen Weg genommen hatte. Von Tianjin aus verkehrten Dampfschiffe, die nach Shanghai fuhren. Die Reise dauerte ungefähr eine Woche, was angesichts des nahenden Winters ein großer Vorteil wäre. Leider warf Jinzi knurrend ein, dass auf einem solchen Schiff gewöhnliche Chinesen sicher nur als Bedienstete geduldet waren. Viktoria hätte sehr gern widersprochen, doch war ihr der Ball im britischen Konsulat noch gut in Erinnerung. Zudem wäre die Reise auf dem Dampfer sicher nicht billig, und sie konnte nicht erwarten, dass die Gesandtschaft auch für drei Chinesen zahlte.

»Sie nehmen Dampfer, wir uns treffen in Shanghai«, schlug Jinzi ihr vor. Sie musste zugeben, dass es durchaus vernünftig klang, doch ein unklares Gefühl tief in ihrer Brust wehrte sich gegen die Vorstellung, allein zu reisen. Sie wollte bei diesen Leuten bleiben, denen sie sich auf seltsame Weise zugehörig fühlte.

»Ich fahre mit Ihnen. Dann brauchen wir uns in Shanghai nicht zu suchen«, meinte sie lächelnd. Jinzis Gesicht verfinsterte sich.

»Reisen mit Lao Wai schwierig, fällt überall auf. Besser nehmen Dampfer. Viel bequemer, so wie gewöhnt.«

Viktoria fühlte sich wie ein lästiges Anhängsel behandelt und bohrte die Fersen in den Boden.

»Ich bin die Strecke schon einmal gereist. Mit lauter Chinesen.«

»Mit Dienern von Mandarin. Nicht dasselbe. Nehmen Dampfer.« Sein bestimmender Tonfall brachte Viktorias Widerspruchsgeist erst recht in Wallung.

»Ich möchte gern bei Ihnen beiden sein«, entgegnete sie pikiert. »Aber wenn ich unerwünscht bin, dann ...«

Yazi unterbrach sogleich: »Wenn Sie mit uns reisen wollen, sind wir natürlich sehr erfreut. Aber es wird keine bequeme Reise sein.«

»Das stört mich nicht«, versicherte Viktoria, obwohl ihr Magen sich nervös zusammenzog. Worauf ließ sie sich hier gerade ein? Das zornige Funkeln in Jinzis Augen zwang sie, bei ihrem Entschluss zu bleiben, denn er sollte nicht denken, dass sie sich so einfach abschrecken ließ.

Sie lag die ganze Nacht mit aufgerissenen Augen auf dem Kang, während Deweis ruhige Atemzüge an ihr Ohr drangen. Durch die geschlossene Tür vernahm sie Yazis und Jinzis Stimmen. Sie mussten hinausgegangen sein, um sie durch den Streit nicht zu stören. Immer wieder fiel das Wort Lao Wai, zudem der Begriff wēidài, gefährlich, manchmal auch nǎorén für lästig. Es war natürlich Jinzi, der so über sie sprach. Viktoria ballte die Hände zu Fäusten. Sie würde sich von diesem unverschämten, hochmütigen Kerl auf keinen Dampfer der Welt schicken lassen!

Es gab jetzt keinen Sedanstuhl mehr. Nur ein mageres Maultier und einen klapprigen Karren, den Jinzi auf wundersame Weise auftrieb. Viktoria vermutete, dass er diese Gaben in Shen Akeus Bett verdient hatte, doch verkniff sie sich bissige Bemerkungen. Die Bettler hatten leider ihren Pass gestohlen, der sich in dem Ridikül befunden hatte, aber sie beschloss, sich unterwegs als eine der Missionarinnen auszugeben, denen es nun erlaubt war, in China herumzureisen. Wieder erhielt sie schlichte, chinesische Kleidung, diesmal auch eine gefütterte Jacke zum Schutz gegen frostige Temperaturen. Es gab Momente, da sie Angst empfand, sich so völlig ohne diplomatischen Schutz in ein unbekanntes Abenteuer zu stürzen. Doch im Grunde war der Aufbruch zu Lao Tengfei ein größeres Wagnis gewesen. Nun war sie mit drei Menschen unterwegs, die ihr bereits vertraut waren.

Als sie losfuhren, blies bereits der erste kühle Wind und kündete den Winter an. Es ging südwärts, beruhigte Viktoria sich. Sie hatte ihren Schmuck und ihre europäische Kleidung im Koffer. Im Notfall würde sie sicher auf eine Mission stoßen, wo ihr geholfen würde.

»Du bist um die halbe Welt gefahren und deine Mutter weiß also gar nicht, wo du dich jetzt aufhältst«, fasste Yazi Viktorias Bericht zusammen. Sie saßen mit Dewei hinten auf dem Karren, während Jinzi vorne das Maultier lenkte. Bereits nach den ersten Tagen der Reise war eine erstaunliche Vertrautheit zwischen Viktoria und der Chinesin gewachsen, die sie ganz offen über persönliche Dinge reden ließ. Yazi hatte aufmerksam und geduldig zugehört, ohne Vorwürfe zu machen oder belehren zu wollen. Es hatte Viktoria erleichtert, endlich jemandem ihre Vergangenheit erzählen zu können, doch nun senkte sie den Blick. So, wie Yazi ihr Verhalten gegenüber ihrer Mutter beschrieb, klang es auf einmal sehr hässlich. Sie rutschte, um sich in eine bequemere Haltung zu bringen. Das Holpern des Karrens weckte Sehnsüchte nach Lao Tengfeis Sänfte. Zum Glück schien noch eine wärmende Sonne.

»Ich glaube, meiner Mutter ist es völlig egal, was aus mir geworden ist. Sie hat mich nach dem Tode meines Vaters aus dem Haus gejagt«, entgegnete sie. Zwar nannte eine innere Stimme diese Worte übertrieben, aber sie trugen dazu bei, ihr eigenes Verhalten zu rechtfertigen.

Yazi beugte sich vor und rief Jinzi zu, dass er einem Loch auf der Straße ausweichen sollte. Viktoria war stolz, den chinesischen Satz verstanden zu haben, und verkniff sich den Kommentar, dass Jinzi das Loch sicher selbst sehen konnte.

»Bei uns heißt es oft, die Leute aus dem Westen hätten keinen Familiensinn«, meinte Yazi dann. »Aber ich glaube nicht, dass es wirklich so ist. Chuntian dachte auch sehr lange, sie sei mir gleichgültig gewesen, weil ich sie damals verließ. Und es fiel mir wirklich manchmal schwer, meine Tochter zu lieben, denn sie ähnelte so sehr ihrem Vater, den ich nicht gewollt hatte.«

Viktoria nickte aufgeregt. Ebenso war ihr Verhältnis zu ihrer eigenen Mutter gewesen.

»Aber erst als ich Chuntian verlor, begriff ich, wie sehr sie ein Teil von mir selbst war«, redete Yazi weiter. »Ich fragte mich ständig, wie es ihr wohl ging, und sobald mich mein Wanderleben wieder nach Nanjing führte, schickte ich einen guten Freund zum Haus der Rongs, um mit den Dienstboten zu plaudern. Als ich erfuhr, dass meine Tochter im Haus eines Gelehrten lebt, war ich erleichtert. Ich hoffte so sehr, dass sie zufrieden ist.«

»Aber das ist sie nicht«, holte Viktoria Yazi in die Wirklichkeit zurück. Dann biss sie sich auf die Lippen, weil diese Worte sehr hart gewesen waren, aber Yazi nickte nur.

»Für Leute, die so empfindsam sind wie Chuntian, ist es schwer, Glück zu finden. Ich hoffe, das Studium der Literatur schenkt ihr ein wenig Freude. Und auch deine Gegenwart hat es getan. Sie sagte mir, dass sie erst nach deiner Ankunft in Lao Tengfeis Haus eine Freundin fand. Doch wenn er sie wieder zurückkommen lässt, dann bist du nicht mehr dort.«

Viktoria fuhr zusammen, denn sie fühlte sich zum zweiten Mal kritisiert. Dass ihr Wutausbruch gegenüber dem Mandarin nicht unbedingt klug gewesen war, hatte sie schon längst begriffen.

»Du rennst sehr schnell empört davon«, redete Yazi weiter. »Ich glaube, du weißt nicht, wie viel deine Gegenwart anderen Menschen bedeuten kann.«

»Das ist gut möglich«, gab Viktoria widerwillig zu. Sie fühlte sich unwohl und erwog, Yazi darauf hinzuweisen, dass sie ihr schließlich helfen wollte, nach Andrews Schicksal zu forschen. Gleichzeitig wünschte sie, Yazi wäre in einigen wichtigen Lebenslagen an ihrer Seite gewesen.

»Da kommt ein Kloster. Vielleicht können wir dort übernachten!«, rief Dewei. Viktoria drückte spontan seine Hand. Es konnte ihr wenigstens niemand vorwerfen, diesen Jungen im Stich gelassen zu haben.

Es war ein buddhistisches Kloster, das Zimmer an Reisende vermietete, was wohl die günstigste Art der Übernachtung darstellte. Kahl rasierte Mönche in leuchtend orangefarbenen Gewändern brachten Reis und Gemüse. Viktoria aß mit Appetit. In der chinesischen Kleidung fühlte sie sich mittlerweile als unauffälliger Teil ihrer Umwelt, doch rutschte ihr nach einer Weile der Hut vom Kopf und sie spürte die gewohnten neugierigen Blicke im Rücken, über den das rotblonde Haar sich ergoss. Es amüsierte sie, dass überall auf der Welt nicht alle Mönche in der Lage schienen, ihr Interesse an weltlichen Dingen nach dem Einritt ins Kloster mit der weltlichen Kleidung abzulegen.

Auf dem Boden waren Matten und Decken ausgebreitet worden. Viktoria nahm mit Erleichterung zur Kenntnis, dass sie den Raum wenigstens nicht mit unbekannten Leuten teilen musste. Jinzi hatte genug bezahlt, um ihnen etwas Privatsphäre zu ermöglichen. Vermutlich hatte er das Geld von Shen Akeu. Und vermutlich wollte er so wenig Aufmerksamkeit wie möglich auf das exotische Mitglied seiner Reisegruppe lenken, daher der Luxus eines Einzelzimmers. Nun, da sie auf der Matte lag und Schlaf zu finden suchte, spürte sie ein Stechen und Ziehen an zahllosen Stellen ihres Körpers. Niemals hätte sie gedacht, dass bereits ein einziger Tag auf dem harten, holpernden Karren ihr derart zusetzen würde. Es wäre so viel angenehmer gewesen, vom Dampfer aus die vorbeiziehende

Landschaft zu betrachten, als auf dem Karren durchgeschüttelt zu werden. Sie hätte nach der Ankunft in Shanghai erst einmal wieder Kontakt zu den Huntingdons suchen können, anstatt gleich mit einem halbchinesischen Familienmitglied hereinzuplatzen. Vielleicht hatte Yazi Recht, sie verhielt sich stets wie ein empörtes Kind, das trotzte und Wutausbrüche bekam. Wie es wohl ihrer Mutter gerade in diesem Moment erging? Viktoria war stets davon ausgegangen, dass Magda ihr erzählt haben musste, wohin die unerwünschte Tochter aufgebrochen war, dass sie einen Brief zu den Huntingdons hätte schicken können, wenn sie wieder Kontakt mit dieser Tochter gewünscht hätte, aber stimmte diese Annahme tatsächlich? Warum hatte sie in ihren wenigen Briefen an die ehemalige Zofe niemals nach dem Schicksal der Witwe eines ruinierten Reedereibesitzers gefragt? Ihre eigenen Sorgen hatten sie völlig in Anspruch genommen, und die Erinnerung daran, wie eine lästige Dienstbotin aus dem Haus gewiesen worden zu sein, hatte zu sehr geschmerzt, um Versöhnung zuzulassen. Aber vielleicht war sie einfach nur eine hartherzige, selbstsüchtige Tochter.

Viktoria fuhr auf. Sie vermochte keinen Schlaf zu finden, so sehr ihre Glieder sich auch nach Erholung sehnten. Sie wickelte sich die Decke um die Schultern, schritt über die schlafenden Körper ihrer drei Mitreisenden hinweg und trat ins Freie. Das Kloster lag auf einem Hügel und hatte wie die meisten chinesischen Behausungen einen weiten Innenhof, um den sich einzelne Gebäude gruppierten. Die Umrisse von Statuen buddhistischer Gottheiten zeichneten sich klar im Mondlicht ab, entspannten durch glatte, ebenmäßige Formen. Räucherstäbchen glommen davor als rote Funken. Chinesen waren Meister in der Gestaltung schwereloser Harmonie. Viktoria fühlte Lasten von ihrer Seele gleiten.

Sie trat zu dem Eingangstor, das zu ihrer Erleichterung offen stand. Eine steile Treppe führte den Hügel hinab. Sie ließ sich auf der obersten Stufe nieder und sog die kühle Abendluft in ihre Lungen. Am liebsten hätte sie sich unter dem freien Himmel ausgestreckt, doch fürchtete sie, bald schon zu frieren. Ein paar Minuten noch, dann würde sie in den Gästeraum zurückkehren und hoffentlich Schlaf finden können.

Sobald sie in Shanghai war, sollte sie einen Brief an ihre Mutter schreiben. Erstaunlicherweise schien dies nun eine Lösung ihres Problems, mit der sie leben konnte. Kurz schloss sie die Augen, um einen Augenblick völliger Zufriedenheit mit sich und der Welt zu genießen. Dann ließen Schritte in ihrem Rücken sie aufschrecken. Viktoria fuhr herum, empfand zunächst Erleichterung, als sie Jinzis hochgewachsene Gestalt erkannte, dann Ärger. Warum sah der unverschämte Chinese sich genötigt, sie nun auch in diesem kostbaren Moment der Ruhe zu stören?

»Nicht klug, in der Nacht allein herumlaufen«, sagte er auch schon, setzte sich aber unaufgefordert an ihre Seite. »Gefährlich für jede Frau, vor allem aber für Lao Wai. Es gibt Räuber in der Gegend. Für Lao Wai bekommen sie gutes Lösegeld. Und wenn das nicht passiert, dann fressen Sie die Mücken.«

Viktoria schnaubte leise. Sie hasste es, zurechtgewiesen zu werden. Gleichzeitig begannen ihre Arme und Beine zu jucken, als habe sie Flöhe. Mühsam unterdrückte sie den Wunsch, sich zu kratzen.

»Ihr Englisch wird besser«, meinte sie nur, denn das war ihr an seinen Worten positiv aufgefallen. Sie wies bewusst nicht darauf hin, dass es an ihrer Anwesenheit in seinem Leben liegen musste.

»Ihr Chinesisch wird auch langsam verständlich«, kam es sogleich zurück. »Die Mönche beeindruckt, weil Sie bemüht sind, mit ihnen zu reden, und sich für alles bedanken.«

Dieses Lob, befand Viktoria, enthielt gleichzeitig eine Beleidigung, denn Jinzi ging wohl davon aus, dass Europäer sich gewöhnlich schlecht benahmen.

»Regeln der Höflichkeit gibt es in allen Kulturen. Sogar bei uns Lao Wai«, gab sie daher gleich zurück.

Jinzi antwortete nicht. Er streckte ein Bein aus. Die Zehen in den verstaubten Stoffschuhen regten sich.

»Sie haben den Mandarin Lao Tengfei vor seinen Dienern angeschrien«, stellte er fest. Viktoria verschränkte die Arme vor der Brust, um sich gegen einen weiteren Angriff zu wappnen.

»Ich tat es wegen Ihrer Schwester. Es gefiel mir nicht, wie er sie behandelt hat«, entgegnete sie.

Jinzi nickte.

»Wären Sie Chinesin, dann jetzt vielleicht tot.«

Viktoria zog die Schultern zurück.

»Ich bin eben keine Chinesin. Daher konnte ich ihm meine Meinung sagen. Er sollte hören, was er Chuntian angetan hat.«

Sie rechnete mit weiteren bissigen Kommentaren, doch Jinzi nahm diese Aussage einfach hin. Für eine Weile schwieg er, richtete seinen Blick auf die nachtgraue, von schwachem Mondlicht erhellte Landschaft unterhalb der Treppenstufen. Viktoria folgte seinem Beispiel. Sie musterte dunkle Umrisse von Bäumen und Büschen, die an zarte, präzise Pinselstriche chinesischer Malerei erinnerten.

»Der edle Lao Tengfei holt sich junge Lao Wai ins Haus«, drang Jinzis Stimme an ihr Ohr. »Hübsche Frau mit gelbem Haar. Viele Mandarine machen Andeutungen. Das gefällt ihm.«

Viktorias Kopf drehte sich schlagartig in Jinzis Richtung.

»Gab es deshalb Gerede?«, fragte sie entsetzt.

Er kicherte nur.

»Natürlich gab es Gerede. Er stritt alles ab. Nur eine echte Chinesin könnte ihn begeistern, versicherte er immer wieder lachend. Aber das Gerede gefiel ihm trotzdem.«

Viktoria bohrte ihre Fersen in die Stufen. Männer waren auf sämtlichen Kontinenten dieser Welt einfach unmöglich!

Sie versuchte, ihre Empörung in klare, sittsame Worte zu fassen, doch Jinzi kam ihr zuvor.

»Und da stellt diese Lao Wai sich vor ihn hin und schimpft ihn aus wie einen unartigen Jungen. Diener bekommen es mit. Er weiß, dass sie darüber reden werden. Ich hätte zu gern sein Gesicht gesehen!«

Sein Lachen war kurz und heiser. Viktoria fühlte seinen Blick auf sich ruhen. Auf einmal schien er nicht mehr feindselig, sondern auf fast zärtliche Weise anerkennend. Ihre Hand hob sich ein paar Zentimeter von dem Stein der Stufen. Ihr schien, als ob sie über Jinzis hervorstehende Wangenknochen streichen könnte, ohne abgewehrt zu werden. Für einen Lidschlag stand Viktorias Atmung still. Kam Jinzis Gesicht dem ihren tatsächlich näher? Sie wusste nicht, wie viel die verzauberte nächtliche Welt ihr vorgaukelte. Wenn sie sich jetzt dumm benahm, würde sie einige Wochen an der Seite eines Mannes verbringen müssen, der Zeuge dieses Verhaltens geworden war. Misstrauen mischte sich mit Verlangen, gewann schließlich die Oberhand und zwang sie, die Beine zu strecken.

»Ich bin jetzt müde. Wir sollten schlafen gehen«, verkündete sie unnötig laut. Jinzis Gesicht verschloss sich schlagartig, als sei eine Tür zwischen ihnen zugefallen.

»Gut. Dann wir gehen.«

Kapitel 2

Sie wurden im ersten Morgengrauen aus dem Schlaf gerissen, mit warmer Suppe und Sojamilch versorgt und erhielten zum Glück auch die Gelegenheit, sich zu waschen. Viktoria schüttete erfreut einen Eimer Wasser über sich aus, denn Jinzi hatte sich taktvoll aus dem Raum entfernt. An ihren Armen und Beinen entdeckte sie rote Schwellungen, die bei der ersten Berührung höllisch zu jucken begannen. Ihr linkes Auge ließ sich trotz aller Mühe nicht richtig öffnen, heftiges Reiben löste ebenfalls Juckreiz aus. Dankbar, keinen Spiegel zur Verfügung zu haben, verfluchte Viktoria alle Mücken Chinas und auch Jinzi, weil er Recht behalten hatte.

»Komm, zieh dich wieder an, wir müssen los!«, riss Yazi sie aus den Überlegungen, welch grauenhaften Anblick sie wohl derart zerstochen ihrer Umwelt bot. Viktoria gehorchte. Dann torkelte sie schlaftrunken die Stufen hinab.

»Setzen Sie Hut auf!«, herrschte Jinzi sie an, als sie gerade im Begriff war, in den Karren zu steigen. Viktoria fluchte leise. Sie hatte zwar ihr Haar hochgesteckt, aber die Kopfbedeckung in dem Gästezimmer liegen lassen.

»Ich hole ihn. Gleich bin ich wieder da«, rief sie und lief los. Deweis Angebot, den Hut zu holen, drang nur noch schwach an ihr Ohr, als sie die Stufen hochrannte. Im Hof stieß sie fast mit einer Gruppe von Männern zusammen, die ebenfalls im Kloster übernachtet haben mussten, denn keiner von ihnen trug Mönchskleidung.

»Yángguǐzi!« hörte sie den chinesischen Begriff für fremder Teufel in ihrem Rücken und fuhr herum. Ihre Laune war bereits schlecht genug.

»Haltet doch einfach den Mund, ihr Schwachköpfe!«, schimpfte sie spontan auf Deutsch und hastete weiter, um den vermissten Hut zu holen. Als sie wieder auf den Hof zurückkam, waren die Männer zum Glück bereits verschwunden. Mit sittsam verborgenem Haar kehrte sie zu ihren Gefährten zurück.

Die Reise war ein Trotten durch Wiesen, an Feldern vorbei und über Hügel, alles durchaus malerische Landschaften, die sich aber ständig wiederholten. Aus Lao Tengfeis Sänfte hatte Viktoria noch neugierig die vorbeiziehende Gegend gemustert, doch nun brannte sie vor Ungeduld, endlich nach Shanghai zu gelangen. Das Geholper auf der unebenen Straße wurde immer quälender, denn mit jedem Stoß stachen unsichtbare Messer in die bereits wunden Stellen ihres Körpers. Dewei begann wieder einmal aus dem Dickens-Roman zu lesen, als hoffe er, dadurch Viktorias Laune zu verbessern. Sie zwang sich um seinetwillen, zuzuhören und Jinzis geschmeidigen, muskulösen, abweisenden Rücken vor ihr so gut wie möglich zu übersehen.

Sie waren vielleicht eine Stunde unterwegs, als eine Truppe bewaffneter Männer auf sie zugeritten kam. Viktoria spürte, wie Dewei neben ihr zusammenzuckte. Auch Yazi senkte den Blick. Jinzi brachte den Karren unaufgefordert zum Stillstand. Sie sah die Verkrampfung seiner Rückenmuskulatur und meinte, seine Angst als kalten Schauer in ihrem eigenen Körper spüren zu können.

Ein Mann, dessen farbenfrohe, prächtige Kleidung ihn als Anführer kenntlich machte, bellte ein paar Worte. Viktoria verstand nur chuánjiàoshì, was Missionar bedeutete. Die übrigen Reiter hatten den Karren indessen umstellt. Viktoria fühlte Schweiß aus ihren Poren perlen. Gleichzeitig begannen all ihre Mückenstiche gleichzeitig zu brennen, als hielte jemand zahllose Flammen gegen ihre Haut. Das chinesische Gebell ging weiter. Sie spürte die Blicke der Männer wie Dolchspitzen.

»Hast du Papiere dabei?«, flüsterte Dewei ihr zu. Sie merkte, wie ihr Herzschlag sich beschleunigte, und schüttelte nur stumm den Kopf.

Der Anführer lenkte sein Pferd an ihre Seite. Sein breites, faltiges Gesicht erinnerte an eine Kröte. Er blickte grimmig drein, wie es wichtige Chinesen gern taten.

»Chuánjiàoshì?«, wiederholte er langsam und nicht einmal unfreundlich.

»Shì«, bejahte sie so gefasst wie möglich, denn sie hoffte, nach dieser Lüge in Ruhe gelassen zu werden. Die schmalen Augen des Mannes unterzogen sie nochmals einer genauen

Musterung. Dann wandte er sich an Jinzi. Chinesischer Singsang erklang. Viktoria sah, wie Jinzis Körper sich noch stärker verkrampfte, und verspürte plötzlich den Wunsch, eine beruhigende Hand auf seine Schulter zu legen. Im Ernstfall könnte Max von Brandt sie sicher alle aus einer misslichen Lage befreien. Wenn er endlich aus Korea zurückkam.

Das Gespräch ging noch eine Weile weiter, dann winkte der Anführer mit der Hand und der Karren holperte wieder los. Viktoria lehnte sich zurück. Es dauerte eine Weile, bis ihr Herz wieder im normalen Rhythmus schlug.

Sobald die Männer am Horizont verschwunden waren, brachte Jinzi den Karren aber erneut zum Stillstand.

»Sie fahren ohne Papiere los?«, herrschte er Viktoria an. »Warum laufen Sie überall ohne Hut herum, damit alle können sehen goldenes Haar?«

Viktoria wurde schwindelig. Ein Kloß steckte in ihrer Kehle. Selbst wenn sie eine Antwort auf diese Vorwürfe gewusst hätte, wäre sie nicht in der Lage gewesen, zu sprechen.

Dewei erklärte an ihrer Stelle, dass die Papiere gestohlen worden waren und dass jeder Mensch manchmal seinen Hut vergessen konnte. Dankbar drückte Viktoria seine Hand.

»Und jetzt gib Ruhe!«, beendete Yazi entschieden das Gespräch. »Ich habe keine Lust, bis Shanghai deine schlechte Laune zu ertragen.«

Der Karren fuhr endlich weiter und Jinzi hielt seinen Blick starr auf die Straße gerichtet. Dewei erklärte Viktoria, dass sie von den Soldaten eines Mandarins aufgehalten worden waren, die herausfinden sollten, was eine Lao Wai allein mit drei Chinesen in seinem Herrschaftsgebiet zu suchen hatte. Und dass sich in der Nähe eine Mission befand. Jinzi hatte bestätigt, dass er eine junge Missionarin, die aus Sympathie mit dem chinesischen Volk chinesische Kleidung trug, dort hinbringen sollte. Durch diese Lüge war er die Soldaten losgeworden, die ihn ebenso hätten verhaften oder auch töten können.

»Und warum sollten sie das tun?«, fragte Viktoria. Dewei hob ratlos die Hände.

»Soldaten können töten, wen sie wollen. Sie hätten denken können, dass er dich entführt hat. Oder irgendetwas anderes. Sie töten oft schnell, ohne viel zu denken.«

Viktoria fiel plötzlich das Atmen schwer. In welch einem wilden, rechtlosen Land reiste sie fast schutzlos herum! Sie sehnte sich danach, endlich wieder unter Menschen zu sein, deren Verhalten sie einschätzen konnte und vor denen sie ihr Äußeres nicht verbergen musste.

»Wir sollten wirklich zu dieser Mission fahren«, schlug sie daher vor. »Wir können dort sicher übernachten. Und wer weiß, ob der Mandarin uns nicht heimlich verfolgen lässt.«

Vielleicht, so hoffte sie, gab es bei den Missionaren Kaffee zum Frühstück. Jedenfalls wäre es ein Ort, an dem sie sich sicher fühlen konnte.

Sie hörte Jinzi murren, aber seine Mutter kam ihm zuvor.

»Das klingt doch vernünftig«, erklärte sie. »Und ich glaube, unser Gast sehnt sich danach, wieder ein paar Landsleute zu treffen.«

Sie lächelte Viktoria kurz an, deren furchtsame Verkrampfung dadurch nachließ. Mit einer so klugen, verständnisvollen Frau an ihrer Seite war sie auch unter Chinesen nicht völlig allein.

»Bei den Missionaren lasse ich mir dann irgendein Papier ausstellen«, sagte sie laut in Jinzis Richtung. »Ich glaube nicht, dass kaiserliche Soldaten die europäische Schrift lesen können.«

Kurz wandte er den Kopf und nickte. Wieder nahm sie einen überraschten Ausdruck der Anerkennung in seinen Augen wahr.

Die Mission war eine größere Ansammlung von Holzhütten am Rand eines Dorfes. Sie wurde von Quäkern betrieben, einem hochgewachsenen Mann mit Rauschebart, seiner rundlichen, energischen Frau und ihren drei Töchtern, die alle chinesische Bauernkleidung trugen. Zunächst einmal passte Viktoria daher gut ins Bild. Sie wurde durchaus freundlich empfangen, und der Umstand, dass sie allein mit drei gewöhnlichen Chinesen herumreiste, schien kein großes Staunen auszulösen. Die Quäker wirkten zu beschäftigt, um die Zeit für neugierige Fragen aufzubringen. Gleich nach der Ankunft bei Einbruch der Dämmerung wurden Viktoria und ihre Begleiter zum Abendessen eingeladen. Chinesen und Westler saßen hier gemeinsam an einem großen Tisch, was Viktoria erleichtert aufatmen ließ. Sie wollte nicht wissen, was Jinzi zu dem Waisenhaus in Shanghai gesagt hätte.

»Wir sind seit drei Jahren in China«, erklärte James Frazer mit dem Rauschebart. »Zunächst lebten wir in einer Mission in Kanton, aber die Art, wie dort mit Chinesen umgegangen wurde, gefiel uns nicht. Daher brachen wir ins Landesinnere auf. Diese Mission gibt es erst seit letztem Sommer. Das Wort Gottes zu predigen, dazu fehlt uns meistens die Zeit. Aber viele Leute kommen zu uns, weil sie hungern oder medizinische Hilfe brauchen. Marjorie«, er warf einen Blick auf seine Frau, die gerade drei kleine Kinder fütterte, »ist ausgebildete Krankenschwester.«

Marjorie blickte kurz auf. Sie hatte ein rundes, weiches Gesicht mit zahllosen Lachfalten an Augen und Mundwinkeln.

»Den Armen zu helfen scheint mir die überzeugendste Art, den christlichen Glauben zu verbreiten«, meinte sie nur, setzte sich dann hin, um endlich selbst zu essen. Viktoria merkte, wie Yazi die fremde Frau staunend musterte.

»Der Mandarin erlaubt, dass hier Missionare leben?«, fragte Jinzi. Er sprach etwas leiser als gewöhnlich und sehr schnell, als koste es ihn Überwindung, mit anderen Lao Wai als Viktoria zu reden.

»Nun, eigentlich hätte er uns aufnehmen müssen, denn so will es die englische Regierung«, erklärte Marjorie, bevor ihr

Mann zu Wort kam. »Aber uns schien es angebracht, sich bei ihm vorzustellen und sein Einverständnis einzuholen. Er wirkte ganz zufrieden, uns hier zu haben, obwohl es eigentlich seine Aufgabe wäre, die einfachen Leute zu versorgen. All die Armut und die Krankheiten, ich glaube, das wächst dem Mann über den Kopf, auch wenn er es niemals zugeben würde.«

Sie kicherte leise, während sie weitere Reisklumpen auf ihren Stäbchen balancierte.

»Wir bemühen uns, keinen Ärger zu machen«, fügte James Frazer hinzu. »Die Traditionen der Leute zu achten, soweit es möglich ist.«

»Alle Traditionen?«, warf Yazi zaghaft ein. Marjorie schenkte ihr einen wachen Blick.

»Na ja, es ist manchmal schwer. Dieses Einbinden von Frauenfüßen finde ich schrecklich, aber es den Leuten ausreden zu wollen habe ich aufgegeben. Ich stelle hier so viele Mädchen wie möglich als Bedienstete ein. Sie bekommen Essen und einen Schlafplatz, mehr kann ich ihnen nicht bieten. Wenigstens werden sie dann nicht verkauft, sondern bleiben in der Nähe ihrer Familien, die meist froh darüber sind.«

Viktoria musterte die Runde. Es waren in der Tat viele Mädchen aller Altersgruppen versammelt, die gemeinsam mit den Frazers ihren Reis verzehrten. Unterdessen wurde gekichert und getuschelt wie in einem Mädchenpensionat. Viktoria merkte, dass sie auch hier viel Aufmerksamkeit auf sich zog.

»Sind Sie verheiratet?«, meldete sich schließlich die älteste Frazer-Tochter zu Wort. Marjorie warf ihr einen tadelnden Blick zu, den sie gelassen hinnahm.

Viktoria verneinte.

»Aber Sie reisen in Begleitung eines gut aussehenden Mannes«, entgegnete das Mädchen nur. Viktoria lachte etwas lauter als notwendig.

»Eine Frau heiratet nicht einfach jeden Mann, der gut aussieht«, stellte sie die Dinge klar. Das Tuscheln wurde lauter.

Die Chinesinnen musterten sie nun mit etwas weniger Scheu und warfen Jinzi ein paar schmachtende Blicke zu, die er völlig ignorierte.

»Meine Freundinnen fänden es sehr aufregend, wenn Sie diesen Mann heiraten würden«, sagte die Frazer-Tochter schließlich. »Aber ich gebe Ihnen Recht. Es kommt nicht nur auf Äußerlichkeiten an. Eine Frau sollte sich gut überlegen, welchen Mann sie wählt.«

»Ellinor, behalte deine Weisheiten für dich. Unsere Gäste brauchen keine Belehrungen von einer Halbwüchsigen«, tadelte Marjorie Frazer, was ihre Tochter aber nicht besonders beeindruckte. Sie wandte sich den Chinesinnen zu, um ihre Meinung in deren Landessprache genauer darzulegen. Viktoria lauschte neidisch der melodischen Abfolge steigender und fallender Töne. Würde sie jemals in der Lage sein, sich in diesem Land so mühelos mitzuteilen? Kurz blickte sie zu Jinzi, der konzentriert seinen Reis aß. Sie ahnte, dass dieses Gespräch auch ihn etwas verlegen gemacht hatte.

Neben ihm und Yazi entdeckte sie einige schmächtige Gestalten, teilweise mit verkrüppelten Gliedmaßen. Gewöhnlich hätte deren Anblick sie abgestoßen, doch herrschte hier eine entspannte, fast heitere Stimmung, die alle Hässlichkeit ein wenig milderte. Aus den Augenwinkeln beobachtete sie weiter Jinzi, der nun ein Gespräch mit einem alten, verschrumpelten Mann begonnen hatte, dessen Knochen spitz aus seinem Körper stachen. Durch die vielen Zahnlücken schoss ständig Spucke, wenn der Greis redete. Sie bemerkte einen verkrampften Zug um Jinzis Mund, als einige der Tropfen sein Gesicht getroffen hatten. War es möglich, dass auch er sich zwingen musste, den Kranken und Entstellten dieser Welt ohne sichtliches Entsetzen zu begegnen? Er redete langsam, bemüht geduldig. Die Augen des alten Mannes leuchteten vor Freude, mit derartiger Aufmerksamkeit beschenkt zu werden.

Als es finster geworden war, löste die Runde sich langsam auf. In den umliegenden Hütten lagen Matten bereit, doch Viktoria wurde von Marjorie eingeladen, bei den Frazers im Missionshaus zu übernachten. Sie wandte sich zögernd an Yazi, und nahm das Angebot erst an, als sie ein zustimmendes Nicken erhalten hatte.

Sobald sie aufgestanden war, hörte sie den alten Mann an Jinzis Seite etwas rufen. Die Mädchen kicherten lauter als bisher. Sie drehte sich um, bemerkte, wie Jinzi ihrem Blick auswich und den Greis mit einer Handbewegung zum Schweigen aufforderte.

»Was hat der Mann gesagt?«, wandte sie sich an Dewei.

»Nichts Wichtiges. Alte Leute plappern gern.«

Sie zerrte wütend an der Hand des Jungen.

»Jetzt weiche mir nicht aus und antworte!«

Er seufzte.

»Er sagte, dass du Jinzi magst, weil du den ganzen Abend in seine Richtung gestarrt hast«, kam es sehr leise und verlegen. »Aber alte Leute plappern eben gern. Rege dich bitte nicht auf.«

»Warum sollte ich mich aufregen?«, zischte Viktoria. Der Herzschlag trieb ihr Hitze ins Gesicht. Sie hätte sich ohrfeigen können für ihr Starren. Und den alten Mann, ganz gleich wie gebrechlich und krank er sein mochte, hätte sie in diesem Augenblick am liebsten erwürgt.

»Wir haben leider nur eine Strohmatte für Sie«, erklärte Marjorie Frazer leicht verlegen. Viktoria beteuerte, damit zufrieden zu sein, denn im Kloster hatte sie auch nichts Besseres bekommen. Der persönliche Wohnbereich der Frazers befand sich in der größten Holzhütte, wo auch der Esstisch stand, und umfasste ein Schlafzimmer sowie einen kleineren Raum. Dort breitete Marjorie neben einem Tisch, auf dem sich Bücher bis zur Decke stapelten, die Matte aus.

»Sie sehen aus wie jemand, der mehr Komfort gewöhnt ist«, erklärte sie unverblümt. Viktoria fühlte ein neues Aufglimmen von Glut auf ihren Wangen. Warum sah sie selbst in chinesischer Bauernkleidung noch aus wie die Prinzessin auf der Erbse?

»Ich bin reich aufgewachsen, aber jetzt bin ich arm«, gestand sie. Marjorie warf ihr einen nachsichtigen Blick zu.

»Gott der Herr prüft uns nicht ohne Grund. Sie kümmern sich um ein verlassenes Kind. Hätten Sie das in Ihrem früheren Leben auch getan?«

Viktoria musste lächeln. Manche Menschen konnten selbst der misslichsten Lage einen Vorzug abgewinnen.

»Nein, das hätte ich vermutlich nicht«, gestand sie. »Aber meine Sorgen werden dadurch nicht geringer.«

Marjorie strich zögernd mit der Hand über ihre Schulter.

»Vielleicht ist es Ihre Berufung, für andere Menschen zu sorgen. Wir könnten hier jede Hilfe gebrauchen.«

Viktoria versteifte sich unter ihrem abwartenden Blick. Sie sah Marjories schlichte, schäbige, zufriedene Erscheinung. Sie erinnerte sich an all die elenden Gestalten beim Abendessen, die hier Zuflucht gefunden hatten. Es war ein mutiges, bewundernswertes Leben, dem sie sich allerdings nicht gewachsen fühlte.

»Ich will mir in Shanghai eine neue Arbeit suchen. Ich lebe gern in Städten. Außerdem gibt es Dinge, dich ich dort klären muss«, erklärte sie leise, aber bestimmt.

Marjorie nahm es hin. Sie reichte Viktoria eine Wolldecke und stellte eine Karaffe mit Wasser neben dem Bücherturm ab.

»Ich kenne eine sehr engagierte Missionarin in Shanghai. Eine englische Witwe, die nach China kam, um ihr Vermögen in den Dienst der Armen zu stellen«, plauderte sie dabei so beiläufig wie möglich.

»Sie will vor allem den chinesischen Frauen helfen, denn hier ist unser Geschlecht noch rechtloser als in Europa. Erlauben Sie mir, Ihnen den Namen aufzuschreiben? Vielleicht fühlen Sie sich eines Tages bereit für eine solche Aufgabe.«

Viktoria nickte geistesabwesend, denn es war einfacher, den Vorschlag anzunehmen als Gründe für eine Ablehnung darzulegen. Sie war völlig erschöpft und wollte nur noch in Frieden einschlafen können.

Am nächsten Tag erhielten sie alle eine kräftige Gemüsebrühe zum Frühstück und wurden mit Wärme verabschiedet. Viktoria drehte sich noch einige Male sehnsüchtig nach den Hütten um, denn sie stellten trotz aller Ärmlichkeit etwas Vertrautes in diesem fremden Land dar. Sie spürte Yazis Blick auf sich.

»Wärest du gern bei diesen Leuten geblieben? Sie schienen mir nett.«

»Das sind sie, aber ich gehöre nicht zu ihnen. Ich fahre mit euch nach Shanghai«, entgegnete Viktoria ohne Zögern. Jinzis Gesicht wandte sich ihr zu. Sie sah Staunen in seinem Blick und auch ein freudiges Leuchten, doch mochte es Einbildung sein.

Wieder zog endlose Landschaft an ihnen vorbei. Viktoria stellte fest, dass sie sich langsam an das ständige Holpern gewöhnte, denn ihre Knochen schmerzten etwas weniger. Einmal wurde am Rand eines Dorfes Halt gemacht, wo Jinzi ein paar Teigklöße und einen Kohlkopf besorgte. An einem kleinen Fluss holte Yazi Wasser, um das Gemüse in einem mitgebrachten Kessel über einem Lagerfeuer zu kochen. Viktoria gab sich Mühe, bei der Zubereitung des Essens mitzuhelfen, doch schien es ihren Fingern an Geschick zu mangeln, denn sie waren weitaus weniger flink als die Yazis. Sie hatte noch nie in ihrem Leben gekocht und konnte dieser Tätigkeit kaum Reize abgewinnen. Sehnsüchtig dachte sie an die zahlreichen Restaurants in Shanghai, wo Gerichte wie von Zauberhand entstanden waren, um köstliche Gerüche zu verströmen. Vielleicht war diese Träumerei daran schuld, dass ihr das kleine Messer, mit dem sie den Kohl putzte, plötzlich entglitt und einen kleinen Stich in ihre Hand schnitt. Sie fluchte auf Deutsch, während ihr Blut ausgerechnet auf den Kohlkopf tropfte. Plötzlich sah sie wieder das steinerne Gesicht ihrer Mutter vor sich, die sie wegen ähnlicher Unfälle beim Nähen hoffnungslos ungeschickt genannt hatte. Yazis geduldiges Lächeln schob sich dazwischen.

»Blut ist nicht giftig, keine Sorge. Wir waschen es ab. Steck dir den Finger in den Mund, bis es aufhört zu fließen.«

Erstaunlicherweise schmeckte die schlichte Mahlzeit danach recht gut, was vielleicht an ihrem bereits heftig knurrenden Magen lag. Die Reise ging weiter bis zur Abenddämmerung. Dann wurde am Fuß eines Felsens Halt gemacht. Yazi kochte nochmals Wasser, um einen dünnen Tee zuzubereiten, mit dem sie die restlichen, trockenen Teigklöße hinunterspülen konnten.

»Bald erreichen wir den Huang He, den gelben Fluss«, tröstete sie Viktoria. »Dort suchen wir uns eine kleine Herberge, wo es sicher auch warme Mahlzeiten gibt.«

Viktoria begriff mit Entsetzen, dass nun eine Übernachtung unter freiem Himmel geplant war. Sie wagte nicht zu fragen, ob das nötige Geld fehlte, um regelmäßig Zimmer zu mieten, und den Verkauf eines ihrer Schmuckstücke vorzuschlagen. Jinzi hätte derartige Großzügigkeit sicher mit einer giftigen Bemerkung kommentiert. So beobachtete sie schicksalsergeben, wie Yazi zwei zerschlissene Kamelhaardecken in dem Karren ausbreitete. Zum Zudecken gab es nur drei gefütterte Jacken. Viktoria erinnerte sich mit Erleichterung an den warmen Paletot, der in ihrem Koffer lag.

»Ich habe einen Wintermantel dabei. Der genügt für Dewei und mich«, zwang sie sich tapfer zu sagen. »Wenn wir frieren, habe ich noch meine anderen Kleider, die ich über uns ausbreiten kann. Ich könnte sogar etwas abgeben.«

Gleichzeitig rief sie sich das Innere des Karrens ins Gedächtnis, denn im Mondlicht war es kaum noch zu erkennen. Er war sauber gewesen, das wusste sie noch. Ihre schönen Kleider würden keinen Schaden nehmen.

»Meine Mutter und ich kommen zurecht«, entgegnete Jinzi auch schon. »Aber wir müssen uns in der Nacht gegenseitig wärmen, dicht beieinander liegen. Vielleicht sollte Junge an meiner Seite schlafen und Sie bei meiner Mutter.«

Yazi warf ihm einen tadelnden Blick zu, den er ignorierte. Viktoria starrte ihn nur ratlos an. Sie wollte nicht verstehen, was er vielleicht andeutete.

»Dewei schläft schon immer an meiner Seite«, entgegnete sie.

»Ich weiß.« Jinzi atmete ein. »Aber …« Eine Falte erschien zwischen seinen Brauen und Viktoria meinte zu spüren, mit welch geistiger Anstrengung er nach den richtigen Worten in einer fremden Sprache suchte. »Aber jetzt wird langsam erwachsen. Wird junger Mann. Es ist … nicht gut für ihn.«

Yazi begann auf Chinesisch zu reden, doch Viktoria fehlte nun jede Bereitschaft, sich auf das Verständnis zu konzentrieren. Sie sah zu Dewei hinab, der an ihrem Ärmel zerrte.

»Reg dich jetzt nicht auf«, flüsterte er ihr zu. »Ich schlafe bei ihm. Es ist nicht schlimm.«

Jinzi trat einen Schritt auf sie zu. Sein Gesicht war immer noch verkrampft, und er hob die Hände, als wolle er einen Angriff abwehren.

»Bitte mich verstehen«, begann er höflicher, als er jemals zuvor mit ihr gesprochen hatte. »Sie nicht Mutter von Dewei. Sie zu jung und zu … es nicht gut für ihn.«

»Jinzi, das ist nicht der richtige Moment für ein derartiges Gespräch«, warf Yazi nun auf Englisch ein. »Wir sind alle erschöpft von der Reise. Lass uns darüber reden, wenn wir in Shanghai sind. Dewei soll schlafen, wo er will.«

Jinzis Körper entspannte sich und er stieg auf den Karren, um die Jacken auszuschütteln. Aber seine Andeutungen hallten immer noch in Viktorias Ohren, wurden mit jedem ihrer Atemzüge anzüglicher und dreister. Sie lief los, um sich am Rand des Karrens aufzubauen. Ihre Handflächen lagen auf den hölzernen Brettern, als sie sich vorbeugte, Jinzi mit einem zornigen Blick zu durchbohren. Warum drehte dieser unverschämte Kerl sich nicht zu ihr um?

»Nur jemand, der in einem Bordell gelebt hat, kann auf solche Gedanken kommen!«, zischte sie. Sein Rücken wurde steif.

»Wer in Bordell gelebt, weiß viel über wahre Wesen von Mensch«, entgegnete er erstaunlich ruhig, ohne Viktoria anzusehen.

»Wir reden in Shanghai darüber«, versuchte Dewei, sich ins Gespräch zu mischen, doch Viktoria war taub für seine Worte. Sie wollte ihre Nägel in Jinzis elegant hervorstehende Wangenknochen bohren, um sie durch rote Striemen zu entstellen, dann seine Jacke aufreißen und weiter über die glatte Haut kratzen, diesen Körper, der nur aus Muskeln und Sehnen zu bestehen schien, ihren ganzen Zorn spüren lassen. Sie schwang sich auf den Karren, was ihr nicht so leichtfiel wie erhofft, denn sie rutschte einige Male ab. Als sie sich aufrichtete, schwankte sie ein wenig. Die Bemühungen, das Gleichgewicht wiederzufinden, brachten auch etwas Klarheit in ihren Kopf.

Sie benahm sich dumm. Sie machte sich lächerlich. Ihr Zorn war nicht der einzige Grund, warum sie Jinzi berühren wollte, und wenn sie sich jetzt auf ihn stürzte, wäre es für alle Anwesenden offensichtlich. Sie sank in die Hocke und stemmte ihre Handflächen in den Boden. So selbstverständlich wie möglich kroch sie auf ihren Koffer zu, um den Paletot herauszuholen und ebenfalls auszuschütteln. Nun stand sie so dicht bei Jinzi, dass ihre Schultern sich fast berührten. Ihr Herzschlag raste. Die wahre menschliche Natur, vielleicht war sie komplizierter und abgründiger, als Viktoria bisher geahnt hatte. Sie atmete tief durch, bis all die Verwirrung in einem klaren Gedanken Gestalt annahm.

»Sie haben eine sehr einseitige Vorstellung von der Beziehung junger Männer zu älteren Frauen«, sagte sie kalt, ohne den Mann an ihrer Seite anzusehen. »Das liegt an Ihren Erfahrungen in einem Bordell. Doch es gibt auf dieser Welt auch anständige Menschen.«

»Die gibt es«, kam es sogleich zurück. »Man trifft sie manchmal sogar im Bordell.«

»Jetzt reicht es aber!«, unterbrach Yazi und landete mit einem Satz auf dem Karren. Dewei folgte ihr nicht ganz so schwungvoll.

»Ihr haltet jetzt beide den Mund, denn wir sind müde und müssen schlafen. Niemand will sich die ganze Zeit euer Gezanke anhören«, beendete Yazi den Streit und setzte sich auf eine der Decken. Sie winkte Jinzi zu sich, der wortlos gehorchte. Viktoria zog Dewei an ihre Seite und breitete den Paletot über ihnen aus.

»Nimm ihn nicht ernst«, flüsterte er ihr ins Ohr, während er sich wie gewohnt an ihren Rücken schmiegte. »Ich glaube, er will dir gegenüber wie ein richtiger Mann auftreten, und benimmt sich dabei dumm.«

Als Viktoria die Augen schloss, fragte sie sich, wie sie und Jinzi nach Shanghai kommen sollten, ohne dass einer vorher den anderen erwürgte.

Nach einem kurzen, unruhigen Schlummer erwachte sie wieder. Eigenartige Geräusche drangen an ihr Ohr. Ein Rascheln, ein leises Fauchen. In dem Gebüsch ein Stück neben dem Wagen schlich irgendeine Kreatur herum. Sie schüttelte verängstigt Deweis Körper. Er stieß ein leises Murren aus, wälzte sich herum und schlief weiter.

Das Rascheln verstummte. Das Tier war wohl weitergezogen.

Viktoria grübelte, wie viele gefährliche Kreaturen durch die chinesische Wildnis schleichen mochten. Tiger fielen ihr ein, obwohl sie in diesem Land noch keinen einzigen gesehen hatte. Gab es Wölfe? Bären? Ihre Fantasie erweckte die grauenhaftesten haarigen Wesen mit scharfen Zähnen zum Leben, deren Augen in der Finsternis glommen. Verzweifelt schlang sie die Arme um Dewei, der ihr auch tief schlafend ein wenig Beruhigung schenkte. Die dreckigste Herberge mit verlausten Laken wäre ihr lieber gewesen als diese Nacht im Freien. Im Hintergrund hörte sie ein tiefes Schnarchgeräusch, das von Jinzi stammen musste. Plötzlich war sie sehr froh, ihn in der Nähe zu wissen, und vermochte wieder entspannter zu atmen.

Sie lag lange wach und starrte in die Finsternis. Über ihr funkelten unzählige goldene Sterne wie Juwelen. Sie wuchsen zu Formen zusammen, verwandelten sich ganz langsam in Hunde, Karren und Affen, als gäbe es dort oben in weiter Ferne eine zweite Welt. Ihre Weite schien so gewaltig, dass Viktoria sich fragte, ob es wirklich derselbe Nachthimmel sein konnte, den sie auch in Hamburg von ihrem Fenster aus hatte sehen können. Plötzlich gewann die Nacht im Freien ungeahnte Schönheit, überwältigte Viktoria und ließ sie ganz entspannt, fast verzaubert in den Schlaf fallen. Als ihre Augen sich wieder öffneten, dämmerte es bereits. Sie sog frische, klare Luft in ihre Lungen und hörte ihren Magen gierig knurren. Voller Tatendrang richtete sie sich auf. Vielleicht konnte sie Jinzi heute davon überzeugen, ein Geldgeschenk anzunehmen, damit er am nächsten Ort eine warme Mahlzeit besorgte, die etwas nahrhafter war als trockene Hefeteigklöße.

Dann sah sie die erste Gestalt näher kommen. Sie war weder haarig noch hatte sie scharfe Zähne. Nur ein kleiner, glatzköpfiger, ausgemergelter Mann schlich vorsichtig heran. Viktoria meinte zunächst, sich in einem dummen Traum zu befinden. Erst als der Mann sich unter ihrem Blick aufrichtete und ein Messer von seinem Gürtel zog, begann sie zu schreien.

Es ging so schnell, dass sie sich später kaum an den genauen Verlauf erinnern konnte. Der Mann kam herbeigerannt, ließ das Messer dabei wild durch die Luft tanzen, als wolle er gleichzeitig Schrecken verbreiten und sich selbst Mut machen. Dewei brüllte auf Chinesisch und stellte sich vor Viktoria. Sie schlang schützend die Arme um ihn. Der Mann rannte weiter, hielt ihr die Messerspitze entgegen, doch meinte sie, in seinen Augen panische Angst zu erkennen.

»Verschwinde!«, schrie sie auf Deutsch, ohne daran zu denken, dass er sie nicht verstehen konnte. Sein Lauf verlangsamte sich tatsächlich. Er ließ das Messer kurz sinken, sah sich ratlos um. Viktoria wollte schon erleichtert aufatmen, als plötzlich drei weitere Gestalten aus den Büschen krochen, um den Gefährten mit gellendem Brüllen voranzutreiben.

Sie nahm Jinzi zunächst nur als Schatten in ihrem Rücken war. Dann sah sie sein Bein, das dem ersten Angreifer einen Tritt mitten ins Gesicht versetzte. Das Messer fiel zu Boden, während der Mann seine blutige Nase wimmernd hinter einer schützenden Hand verbarg. Yazi sprang wie ein Panther vom Karren und stellte sich den anderen Angreifern entgegen. Ihr Körper fegte die Messer schwungvoll aus den Händen ihrer Besitzer, versetzte Hiebe und wich der tölpischen Gegenwehr mühelos aus. Mit Jinzi an ihrer Seite scheuchte sie die Jammergestalten in wenigen Augenblicken zu den Büschen zurück, wo sie hastig hineinkrochen wie Mäuse auf der Flucht vor einer Katze.

Viktoria drückte Dewei erleichtert an sich. Es war ausgestanden. Sie schenkte Jinzi ein offeneres, glücklicheres Lächeln, als er jemals von ihr erhalten hatte. Dann musterte sie Yazi anerkennend und gleichzeitig verwirrt, denn sie hätte sich niemals vorstellen können, dass eine Frau bewaffnete Männer außer Gefecht setzen konnte.

»Der Tag hat sehr stürmisch begonnen«, meinte Yazi, als sie wieder auf den Karren sprang. »Ich hätte jetzt gern eine Tasse Tee. Lasst uns zum nächsten Dorf aufbrechen.«

Sie setzte sich an Viktorias Seite, während Jinzi das Maultier antrieb. Erst nachdem sie eine Weile durch die Gegend geholpert waren, bemerkte Viktoria eine klebrige Feuchtigkeit unter ihrer Handfläche. Verwirrt blickte sie auf das Holz des Karrens. Eine rote Lache hatte sich dort breitgemacht. Langsam aber beharrlich floss das Blut aus Yazis Schulter.

Kapitel 3

Auf Viktorias Drängen wurde sofort Halt gemacht. Während Yazi beteuerte, dass alles nicht so schlimm sei, riss Jinzi eine der Daunenjacken in Stücke, um die Schulter seiner Mutter zu verbinden.

»Wenn du Schmerzen hast, sollten wir vielleicht zur Mission zurückfahren. Dort kann Marjorie sich die Wunde ansehen«, schlug Viktoria vor, doch Yazi winkte ab.

»Ich hatte schon schlimmere Verletzungen. Es war ganz schön dumm von mir, sich von einem dieser Tölpel mit seinem Brotmesser erwischen zu lassen. Ich werde wirklich langsam alt.«

»Damit hat das sicher nichts zu tun«, widersprach Viktoria. Dann kramte sie in ihrem Koffer herum, inspizierte ratlos die Schmuckkiste. Wenn sie Jinzi mit einem silbernen Granatcollier ins nächste Dorf schickte, zog er dadurch vielleicht noch weitere Räuber an. Zu ihrer Erleichterung entdeckte sie einen verlorenen Tael am Boden des Koffers, der irgendwann aus der Tasche eines Kleidungsstücks gefallen sein musste. Energisch hielt sie ihn Jinzi entgegen. Diesmal würde sie keinen Widerspruch hinnehmen.

»Hier. Besorgen Sie uns im nächsten Dorf eine warme, kräftige Mahlzeit, denn Ihre Mutter braucht Stärkung«, erklärte sie mit Nachdruck und erlebte zum ersten Mal, dass er einen ihrer Vorschläge einfach annahm. Mit einem freundlichen, fast dankbaren Blick steckte er die Münze ein und lief los.

Nach einer Weile kehrte er mit einer großen Holzschüssel zurück, in der eine recht dünne Gemüsebrühe schwamm. Es gab nur eine Holzkelle, sodass sie abwechselnd essen mussten. Außerdem bekam jeder eine gegrillte Süßkartoffel. Viktoria stellte wieder einmal fest, dass Hunger selbst dem schlichtesten Mahl köstlichen Geschmack verleihen konnte.

»So, nun sollten wir weiter. Das Geschirr können wir hoffentlich behalten, bei dem Preis. Ich kann es unterwegs zum Kochen verwenden.«

Jinzi nickte und trieb das Maultier an. Viktoria empfand Erleichterung, als der Wagen sich wieder in Bewegung setzte. Gegen weitere Übernachtungen unter freiem Himmel würde sie fortan ein entschiedenes Veto einlegen. Zwar hatten Yazi und ihr Sohn sich als zuverlässige Retter in der Not erwiesen, aber es gab sicher Angreifer, gegen die eine ältere Frau und ein einzelner Mann nichts würden ausrichten können.

Ihr Wunsch wurde erhört, denn sie verbrachten die nächste Nacht in einer schmutzigen Herberge in einem etwas größeren Ort, der sogar über ein Restaurant verfügte. Viktoria opferte einen kleinen Silberring, um ihnen allen endlich wieder große Schüsseln Reis, Gemüse, Fleisch und sogar eine Flasche bitteren Schnaps zu gönnen. Sie kippte mehrere Becher davon herunter, was ihre Laune schlagartig verbesserte. Selbst der Umstand, dass sich eine kleine Menschentraube vor dem schäbigen Restaurant versammelt hatte, um durch das offene Fenster einen Blick auf die exotische Reisende zu werfen, schien plötzlich belustigend. Viktoria winkte drei Kinder, die bereits durch die Tür spähten, herbei und als sich ihr neugierige, kleine Hände entgegenstreckten, duldete sie eine Berührung ihrer Locken. Die Kinder hockten sich anschließend auf eine Bank im Hintergrund, um mit großen Augen eine Weile dem Gespräch zu lauschen, das in einer Mischung aus Chinesisch und Englisch stattfand. Jinzi und Yazi erzählten recht unterhaltsame Geschichten von ihren Erlebnissen als fahrende

Schauspieler, Dewei unterbrach immer wieder mit Fragen und Viktoria stellte erfreut fest, dass sie immer mehr von dem Chinesischen verstand. Es war bereits stockdunkel geworden, als sie kichernd wieder in die Herberge gingen. Viktoria schwankte kurz, da sie sich bei dem Schnaps wohl zu großzügig eingeschenkt hatte, und wurde zu ihrem Erstaunen von Jinzi aufgefangen.

»Xièxie, wǒ cónglái cūbèn«, wies sie lächelnd auf ihre Neigung zur Ungeschicklichkeit hin. In angetrunkenem Zustand ging ihr das Chinesische wesentlich leichter von der Zunge.

»Hǎoshuō«, versicherte Jinzi auf einmal, dass alles kein Problem sei. Nun war jede Feindseligkeit aus seinem Blick verschwunden, im Licht einer schwach flackernden Laterne schienen seine Augen sie nur warm und fürsorglich anzusehen. Viktorias Knie wurden weich. Sie bekämpfte den Drang, noch eine Weile in seinen Armen zu verharren, denn dadurch hätte sie sich sicher lächerlich gemacht. Es war spät. Sie mussten alle schlafen.

In der Herberge verdrängte Viktoria den faulen Geruch des Wassers, mit dem sie sich wusch, und fiel zwischen Dewei und Yazi in einen bleiernen Schlaf.

Als sie erwachte, stachen Nadeln in ihre Schläfen und ihre Zunge klebte ausgetrocknet an ihrem Gaumen. Der Schnaps hatte nur sehr kurzfristige Erleichterung geschenkt. Leise fluchend setzte sie sich auf. Sie brauchte dringend einen großen Becher Wasser, aber noch war es stockdunkel und alle Leute an ihrer Seite schliefen fest. Sie zwang sich aufzustehen, tastete in der Finsternis nach dem Wasserkrug, den der Wirt ihnen vorsorglich hingestellt hatte.

»Kannst du auch nicht schlafen?«, hörte sie plötzlich Yazis Stimme flüstern. Viktoria drehte sich staunend um. Yazi saß nun aufrecht da und umklammerte ihren Arm mit der anderen Hand. Selbst im Dunkeln konnte Viktoria etwas Beunruhigendes an ihrer verkrampften Haltung erkennen.

»Ich habe Durst. Du auch?«, meinte sie und setzte den endlich gefundenen Krug gierig an ihre Lippen, um ihn anschließend Yazi hinzuhalten.

»Nein, Durst habe ich keinen. Aber etwas stimmt nicht.«

Yazi ließ ihren Arm los.

»Die Wunde schmerzt immer mehr statt weniger. Gestern Abend merkte ich es kaum noch, was sicher an dem Schnaps lag, doch jetzt bin ich davon aufgewacht.«

Viktoria fröstelte.

»Du hättest den Verband wechseln sollen«, mahnte sie und schalt sich gleichzeitig, nicht selbst daran gedacht zu haben.

»Das machen wir dann morgen«, sagte Yazi nur und legte sich wieder auf die Matte. Nach einer Weile drangen haspelnde, aber regelmäßige Atemzüge an Viktorias Ohr. Es würde schon alles gut werden, sagte sie sich. Yazi war zäh und hatte viel schlimmere Verletzungen überlebt.

Sie wechselten den Verband nach dem Frühstück. Die Blutung hatte aufgehört, doch um die Wunde war eine Schwellung entstanden, die glühte und pochte. Als Viktoria beim Verbinden etwas fester zuzog, verzerrte sich Yazis Gesicht.

»Das sollte sich ein Arzt ansehen. Die Wunde scheint entzündet zu sein«, murmelte Viktoria, ohne zu wissen, wo sie einen Arzt finden konnten. Bis zur Mission würde es nun zwei Tage dauern.

»In Shanghai«, entgegnete Yazi. »Ich will dort so bald wie möglich hin. Wir müssten in ein paar Tagen den Huang He, den gelben Fluss erreichen. Dort finden wir hoffentlich ein Schiff, das uns mitnimmt. Wir hätten vielleicht wirklich deinen Dampfer nehmen sollen.«

Viktoria verspürte einen kurzen Moment des Triumphes, als sie sah, wie Jinzi den Blick niederschlug.

»Vielleicht gibt es hier jemanden, der ihr wenigstens ein schmerzstillendes Mittel für die Reise geben kann«, schlug sie vor, um etwas Mut zu verbreiten. »Sobald wir am gelben Fluss sind, halte ich nach einem westlichen Schiff Ausschau. Ich werde mit dem Kapitän reden. Er hat sicher Medikamente an Bord.«

In dem Gefühl, nun doch mehr als ein lästiges Anhängsel zu sein, richtete sie sich auf.

Jinzi bedankte sich mit unüblicher Höflichkeit. Von einem Dorfheiler erhielten sie einen bräunlichen Trank, der Yazi tatsächlich Erleichterung verschaffte. Die Reise ging weiter.

Um die Mittagszeit zog heftiger Wind auf, dem Regenschauer folgten. Jinzi brachte den Karren wieder an einem Felsen zum Stehen. Sie verkrochen sich in einer Höhle, bis der Regen etwas nachgelassen hatte. Dann lief Jinzi erneut los, um Essen zu besorgen. Die Temperatur war schlagartig gesunken, und Kälte fraß sich in alle Knochen. Viktoria zog Dewei eine der gefütterten Jacken über, hüllte sich selbst in ihren Paletot und nahm schließlich die noch verbliebenen Kleidungsstücke, um Yazi darin einzuwickeln, die bewegungslos auf dem Boden kauerte, obwohl ihre Zähne bereits klapperten. Doch alle Jacken und Decken wurden heftig abgewehrt.

»Hăo téng«, flüsterte Yazi heiser. »Yánrè.«

»Sie hat Schmerzen und ihr ist heiß«, übersetzte Dewei hilfsbereit. Viktoria fragte sich, wie man in dieser Kälte schwitzen konnte. Sie legte eine Hand auf Yazis Stirn und zuckte erschrocken vor deren Glühen zurück. Ihr Herzschlag wurde zu einem Trommelwirbel.

»Du hast Fieber.«

Yazi neigte den Kopf zur Seite. Ihre Augen waren von einer glasigen Schicht überzogen. Viktoria fühlte sich an die Veränderungen erinnert, die sie an Margaret Huntingdons Gesicht manchmal wahrgenommen hatte, den plötzlichen Wandel von wacher Intelligenz zu Verwirrtheit.

»Ich werde wirklich eine alte, wehleidige Frau. Was soll Andrew noch von mir wollen?«, flüsterte Yazi heiser.

»Du musst erst gesund werden, dann zerbreche dir darüber den Kopf«, entgegnete Viktoria heftig und bekämpfte den Wunsch, vor Panik zu schreien. Hilfesuchend wandte sie sich an Dewei, der ihr bisher das Leben einfacher Menschen in diesem Land erklärt hatte. Was konnte man ohne Ärzte und Medikamente nur gegen hohes Fieber ausrichten?

»Vielleicht sollten wir sie trotzdem zudecken«, schlug er vor. »Und sie sollte viel trinken.«

Viktoria lief aus der Höhle und warf einen ratlosen Blick auf die durchtränkte Landschaft. Überall war es nass, doch wo besorgte man in der Wildnis Wasser? Zum Glück fiel ihr bald schon die naheliegendste Lösung ein, denn auf dem Karren lag eine lederne Wasserflasche für unterwegs. Viktoria brachte sie zurück in die Höhle, zog den Stöpsel heraus und setzte die Öffnung an Yazis Lippen, die bereits aufgesprungen waren. Ein paar Tropfen flossen heraus, dann schubste Yazi die Flasche mit einer heftigen Handbewegung fort.

»Sie hat wohl keinen Durst«, kommentierte Viktoria an Dewei gewandt, der nur die Decken vom Boden aufsammelte.

»Bitte, wir müssen dich wärmen«, drängte Viktoria, doch konnte sie auf Yazis Gesicht keinerlei Einsicht erkennen. Die Decken wurden mit einem lauten Wimmern abgewehrt. Wieder wallte panische Angst durch jedes Glied von Viktorias Körper. Sie hatte Yazi als eine sehr vernünftige Frau kennengelernt, die sich klaglos in notwendige Unannehmlichkeiten fügte. Das Fieber musste ihren Verstand bereits völlig umnachtet haben, wenn sie sich nun wie ein trotziges Kind gebärdete.

Ratlos setzte Viktoria sich an ihre Seite, spürte das Beben und ruhelose Zucken des glühend heißen Körpers. Während sie beruhigende Worte flüsterte, gelang es ihr, Yazi vorsichtig eine Hälfte des Paletots um die Schultern zu legen. Ein gellender Schrei erklang. Viktoria wurde bewusst, dass sie versehentlich die Wunde berührt haben musste.

»Es tut mir leid, ich bin so furchtbar ungeschickt«, murmelte sie, während ihr Tränen in die Augen schossen. Zu ihrer Erleichterung rückte Yazi etwas näher an sie heran. Viktoria zwang sich, ihre Panik zu bekämpfen und ruhig dazusitzen. Sie summte die Melodie eines Kinderliedes und spürte Yazis Kopf an ihre Schulter sinken. Die fiebrig glänzenden Augen schlossen sich, der Atem wurde ruhiger. Viktoria meinte, einmal gehört zu haben, dass Kranke viel schlafen sollten. Vielleicht war es ein gutes Zeichen. Vielleicht aber auch nicht.

Wenn sie eine Ausbildung als Krankenschwester hätte, wie die schäbige, unscheinbare, zufriedene Marjorie Frazer, dann wäre sie jetzt nicht ganz so ratlos. Aber sie hatte in ihrem ganzen Leben nichts Vernünftiges gelernt. Was nützten ihr Kunstverständnis, ihre Kenntnis mehrerer Sprachen und ihr Talent, sich hübsch zu machen und charmante Konversation zu betreiben, hier in der Wildnis? Frauen wie sie gehörten in feine Salons und auf Konsulatsbälle. In Yazis und Jinzis Welt hatte sie nichts verloren; sie war tatsächlich nichts weiter als eine unnötige Last.

Sie verbarg das Gesicht in den Händen.

»Jinzi ist bald da. Er weiß sicher Rat«, flüsterte Dewei ihr tröstend ins Ohr. Sie schlang ihren anderen, noch freien Arm um ihn. Wenn sie jetzt in Selbstmitleid versank, dann machte sie alles noch schlimmer.

Viktoria zwang sich, ruhig zu atmen, und wartete auf Jinzis Rückkehr. Er kam mit fünf Süßkartoffeln und Bohnen in einem Korb zurück, den er geschäftig auf den Boden stellte.

»Ihre Mutter ist schwer krank. Wir müssen sie so schnell wie möglich zu den Frazers bringen«, fasste Viktoria das Ergebnis ihrer Überlegungen zusammen. Jinzi versteinerte für einen Moment, dann sank er vor Yazi in die Knie und überschüttete sie mit einem Schwall chinesischer Worte. Ihre Augen öffneten sich. Sie streckte eine Hand aus, um über das Gesicht ihres Sohnes zu streichen.

»Wir dürfen keine Zeit verlieren«, drängte Viktoria. »Wir wickeln uns warm ein und fahren los, egal ob es regnet oder stürmt.«

Jinzi legte die Arme um seine Mutter und zog sie vorsichtig in die Höhe.

»Ins nächste Dorf ist der Weg nicht so weit. Es gibt dort sicher einen Heiler«, meinte er erstaunlich ruhig.

»Aber sie braucht Medikamente«, widersprach Viktoria. »Die Frazers behandeln Kranke in ihrer Mission. Sie haben bestimmt etwas vorrätig.«

Zu ihrem Staunen begann Jinzi keinen Streit, sondern trug seine Mutter schweigend hinaus. Dewei eilte mit den Decken hinterher und Viktoria sammelte alle restlichen Habseligkeiten ein, damit sie so schnell wie möglich aufbrechen konnten. Der Regen war glücklicherweise vorbei, aber ein scharfer Wind biss ihnen in alle Knochen, als der Karren sich wieder in Bewegung setzte.

Sie fuhren ohne Unterbrechung, nagten an rohen Süßkartoffeln, als der Hunger quälend wurde. Ungekochte Bohnen waren leider völlig ungenießbar. Yazi verweigerte jede Nahrung, nahm nur gelegentlich einen Schluck Wasser an. Manchmal schüttelte das Fieber ihren Körper, dann gönnte es ihr wieder Momente des Schlafes, bei dem sie aber zu sehr glühte, um Hoffnung auf Genesung aufkommen zu lassen. Ab und an begann sie zu reden, rief auf Englisch nach Andrew und erzählte dann Geschichten in einer Sprache, die auch Dewei nicht verstand.

»Ich glaube, das ist Hakka«, flüsterte er Viktoria ratlos zu. Sie wagte es nicht, Jinzi zu fragen, der das Maultier schonungslos vorantrieb. Sein Rücken war eine steinerne Wand.

Nach Einbruch der Abenddämmerung setzte der Regen erneut ein, durchtränkte alle schützenden Stoffe und peitschte ihnen erbarmungslos ins Gesicht. Sobald er etwas schwächer geworden war, schnitt scharfer Wind durch die aufgeweichte

Kleidung. Yazi warf sich nun ruhelos herum, hatte die Decke von sich gestoßen und klapperte so stark mit den Zähnen, dass es selbst beim Pfeifen des Windes zu hören war. Dreimal fuhr sie auf und schrie vor Schmerz. Viktoria schmiegte sich an ihre Seite und murmelte beruhigende Worte, meist auf Deutsch, manchmal auf Englisch. Ein paar chinesische Begriffe mischten sich auch darunter. Yazis Antwort auf all diese Sprachen war ein heiseres, unverständliches Flüstern. Die Kühle der nassen Stoffe schien ihr gut zu tun, denn sie verbarg ihr Gesicht darin. Das Zittern wurde aber immer stärker, als verbrenne ihr Körper von Innen.

»Wir müssen sie ins Trockene bringen«, gab Viktoria schließlich resigniert nach. »Wir schaffen es nicht bis zu den Frazers, sie könnte unterwegs sterben.«

Als Jinzi nicht reagierte, kletterte sie ans vordere Ende des Karrens und packte seine Schultern.

»Ihre Mutter muss in einen warmen Raum ohne Regen«, schrie sie ihm ins Ohr. »Wir brauchen eine Herberge, irgendeinen gottverdammten Ort, wo wir ein Dach über dem Kopf bekommen. Es muss doch auch gute chinesische Ärzte geben!«

Sie war sich nicht sicher, ob es diese gab, doch Dewei mischte sich lautstark ins Gespräch.

»Natürlich haben wir gute Ärzte. Es heißt, sie könnten zum Beispiel die Cholera besser heilen als eure. Aber sie sind teuer.«

Viktoria empfand erstaunliche Ruhe. Sie hatte beschlossen, dem Sturm in dieser Wildnis durch klares Denken zu trotzen, denn das allein konnte Yazi retten.

»Wir machen in der nächsten Herberge Halt, dann fragen wir nach einem Arzt. Mein Schmuck reicht sicher aus, ihn zu bezahlen«, entschied sie. Zu ihrem Erstaunen folgte Jinzi auch dieser Anweisung ohne weitere Diskussionen. Sie erreichten eine bereits schlafende Ortschaft, rissen den Wirt der ersten Herberge, auf die sie stießen, von seiner Matte und wurden in einem schäbigen, aber einigermaßen sauberen Zimmer untergebracht. Zwei kleine Perlenohrringe aus Viktorias Vorrat zauberten einen schmächtigen Mann mit Spitzbart herbei, der Nadeln in Yazis aufgesprungene Lippen stach. Ihr Zittern ließ tatsächlich etwas nach. Viktoria leerte eine halbe Kanne Tee fast kochend heiß, dann fiel sie an Yazis Seite in einen steinernen Schlaf.

Am nächsten Tag war Yazi wieder ansprechbar und drängte darauf, die Reise nach Shanghai fortzusetzen. Eine Rückkehr zu den Frazers lehnte sie entschieden ab. Entschlossen versuchte sie aufzustehen, sackte aber wieder in die Knie. Viktoria drängte sie auf die Matte zurück und befühlte ihre Stirn.

»Du hast immer noch Fieber. Wir bleiben hier. Der Arzt soll noch mal nach dir sehen.«

Der Arzt erschien gleich nach dem Morgenmahl, das Yazi verweigert hatte. Er befühlte ihren Puls, sah ihre Zunge an und tastete weitere Stellen ihres Körpers ab. Sein Gesichtsausdruck blieb gleichmütig, als er die Nadeln nun in ihren Rücken und in den Arm unterhalb der entzündeten Wunde stach.

»Duō yáng«, murmelte er schließlich, als er sich mit einer Verbeugung von Viktoria verabschiedete.

»Zu viel Yang heißt, ihr Körper ist nicht im Gleichgewicht. Zu viele männliche Elemente wie Feuer«, erklärte Dewei hilfsbereit. Viktoria fand die Diagnose nicht besonders aufschlussreich, doch half die vom Arzt hinterlassene Medizin aus Pilzen, die in einer Flüssigkeit schwammen, tatsächlich, Yazis Schmerz zu lindern und sie weiter bei Bewusstsein zu halten.

Sie verbrachten den Rest des Tages in der Herberge. Yazis Zustand wurde nicht schlimmer, doch hatte sie weiterhin keinen Appetit und ihre Stirn blieb glühend heiß. Viktoria zwang sich weiterhin zur Ruhe. Sie drängte Yazi, wenigstens genug zu trinken, flößte ihr so oft wie möglich eine heiße Brühe ein und wandte sich taktvoll ab, wenn Jinzi seine Mutter zum Nachttopf führte. Die Panik hatte nachgelassen, da die Mittel des kleinen Chinesen zu helfen schienen. Allmählich begann Viktoria wieder Licht am Horizont zu sehen, und die Ungeduld, baldmöglichst nach Shanghai zu gelangen, wurde dringlich. Am nächsten Morgen gelang es ihr ohne große Mühe, Jinzi allein zu den Frazers zu schicken. Er sollte Marjorie holen, die seine Mutter mit ein paar Medikamenten sicher wieder ganz auf die Beine stellen würde, damit sie bald schon erneut aufbrechen konnten.

Mutter und Sohn nahmen ohne viele Worte Abschied, denn Jinzi wollte auf dem Maultier reiten und rechnete damit, dass er die Mission vor Einbruch der Dämmerung erreichen könnte. Dort ließe sich sicher auch ein Pferd für Marjorie auftreiben, sodass er schon am nächsten Tag zurückkehren würde. Nach seiner Abreise schlief Yazi ruhig ein. Viktoria tauchte gemeinsam mit Dewei erneut in die Welt von Oliver Twist ein, um sich die Zeit des Wartens zu vertreiben. Es erleichterte sie, dass sie wieder empfänglich für die Leiden eines armen, englischen Waisenjungen geworden war, denn gestern noch hatten die eigenen Sorgen sie zu sehr niedergedrückt. Oliver hatte gerade den brutalen Sikes und seine freundliche Geliebte Nancy kennengelernt, als ein spitzer Schrei Viktoria zurück in die chinesische Wirklichkeit riss.

Yazi war in die Höhe geschossen. Wieder umklammerten ihre Finger den verletzten Arm unterhalb der Wunde, als wolle sie durch diesen Druck qualvolle Schmerzen aus ihrem Körper pressen.

»Geht es dir nicht gut? Ich hole den Arzt«, rief Viktoria. Yazi fiel wortlos auf die Matte. Ihr Atem rasselte und das Fieber schüttelte sie heftiger als jemals zuvor. Viktoria hörte die Panik als Rauschen in ihren Ohren, während sie Yazis Hand ergriff und erfolglos nach beruhigenden Worten suchte. Am liebsten hätte sie in allen Sprachen, derer sie mächtig war, laut um Hilfe geschrien. Die Frau des Wirtes, ein kleines, stilles Wesen, kam mit einer weiteren Schüssel Suppe hereingeschlichen. Nach einem Blick auf Yazi erklärte sie sich bereit, selbst den Arzt zu holen. Viktoria blieb mit hämmerndem Herzen zurück. Yazis Schüttelfrost wurde indessen heftiger. Kein einziges Glied ihres Körpers schien davon verschont, und Schweiß floss in kleinen Bächen über ihr eingefallenes Gesicht. Viktoria murmelte leise ein Gebet. Wenn niemand mehr helfen konnte, dann blieb nur noch ein Gott, an den sie nie wirklich geglaubt hatte. Der Druck von Yazis Fingern wurde so stark, dass es schmerzte.

»Mein Sohn«, stieß sie heiser, aber völlig klar hervor.« Er braucht eine gute Frau. Shen Akeu … sie ist klug … aber … aber nicht richtig für ihn.«

»Er wird sicher eine andere Frau finden«, beruhigte Viktoria in der Hoffnung, dass es Yazi nun besser ging, denn immerhin wusste sie, in welcher Sprache sie mit einer Lao Wai reden sollte.

»Wer hätte gedacht …« Yazi begann zu lachen und wurde von einem Hustenanfall geschüttelt. »Wer hätte gedacht, dass ein Stümper mit einem rostigen Messerchen die große Kriegerin umbringt. Aber ich glaube, Andrew ist auch schon tot. Sonst wäre er zurückgekommen. Vielleicht … vielleicht besser so … Vielleicht gibt es wirklich ein neues Leben für uns alle nach dem Tod.«

»Wir erfahren in Shanghai, was aus ihm wurde. Sicher lebt er noch in dieser Welt«, widersprach Viktoria hartnäckig. Sie verspürte ein plötzliches Erschlaffen der Finger, die ihre Hand eben noch fast zerdrückt hatten. Der Schüttelfrost erstarb, als hätte die Kranke endlich Ruhe gefunden. Hoffnungsvoll streichelte Viktoria Yazis Gesicht. Es war nass vor Schweiß, reagierte nicht auf ihre Berührung, aber die Haut kühlte langsam ab.

»Fühlst du dich besser?«, fragte Viktoria, um eine klamme Angst zu bekämpfen, die Schlingen um ihren Hals gelegt hatte und ihr die Luft zum Atmen nahm. Als keine Antwort kam, versetzte sie Yazi ein paar Ohrfeigen. Der Kopf gab den Schlägen widerstandslos nach, zuckte hin und her wie eine Puppe.

»Antworte mir! Wach auf!«, kreischte Viktoria. Ihr war unerträglich kalt. Sie wollte schreien bis zur Besinnungslosigkeit, so wie damals, als sie die Tür zu dem Zimmer ihres Vaters geöffnet hatte. Es war nicht möglich, sie träumte, es war ein sehr gemeiner, böser Traum, den sie nicht verdient hatte.

»Antworte endlich!«

Sie hatte die Hand zu einem heftigen Schlag gehoben, als sie den Druck von Deweis Fingern auf ihrem Handgelenk verspürte.

»Etwas stimmt nicht«, deutete er vorsichtig an und schob Viktoria zur Seite. Dann legte er sein Ohr auf die Brust der Kranken. Eine Weile verharrte er in dieser Position, um sich dann langsam aufzurichten.

»Vi Ki«, flüsterte er. »Sie ist tot.«

Der Wirt bot sich an, für die Vorbereitungen der Beisetzung zu sorgen, denn er konnte einen Leichnam in seiner Herberge nicht gebrauchen. Dewei half offiziell als Dolmetscher und war bis zu Jinzis Rückkehr der einzig ansprechbare Hinterbliebene. Viktoria kauerte in einer Ecke des Zimmers. Sie lauschte dem wilden Prasseln des Regens, das auf einmal beruhigend schien. Der Sturm draußen tobte, als wolle er diese grausame Welt endgültig vernichten. Vielleicht würde er die Wände zum Einsturz bringen und alle Bewohner der Herberge unter sich begraben. Erbarmungslos schlich sich der Wind durch alle Ritzen der Holzwände, biss tief in die Knochen und tat weh. Viktoria rollte sich unter der Decke zusammen. Für eine Weile ließ das Zittern nach.

»Vi Ki, jetzt iss doch endlich«, mahnte Dewei und hielt ihr eine Schüssel Suppe entgegen. Viktoria wollte ablehnen, doch dann sah sie die hilflose Angst in seinen Augen. Er wusste, was es hieß, ein verlassenes Kind zu sein. Erstaunlicherweise hatte Yazis Tod in ihr dasselbe Gefühl ausgelöst, obwohl sie diese Frau nur ein paar Wochen gekannt hatte. Yazi hatte ihr in dieser fremden Welt ein Gefühl von Geborgenheit geschenkt, und eben das suchte Dewei bei seiner exotischen Adoptivmutter.

Sie nahm die Schüssel an und zwang sich, ein paar Löffel davon herunterzuwürgen. Die Wärme tat erstaunlich wohl, machte es leichter, das Beißen des Windes zu ertragen.

»Wie soll sie beigesetzt werden?«, fragte Viktoria. Einen Schritt nach dem anderen, nur so konnte man sich durch ein Dickicht von scharfen Dornen kämpfen.

»Sie hat hier keine Familie«, meinte Dewei ausweichend. »Der Wirt hat einen Sarg besorgt und sie bereits hineinlegen lassen. Sie kann auf dem nächsten Friedhof begraben werden. Der Wirt wäre bereit, einen buddhistischen Mönch aufzutreiben, der ein paar Gebetssprüche aufsagt, aber … aber jemand müsste das alles bezahlen.«

Viktoria rieb sich die Schläfen. Selbst nach dem Tod eines Menschen drehte sich alles nur ums Geld.

»Als Taiping-Soldatin war Yazi Christin«, stellte sie schließlich fest. »Sie hat Andrew nach christlichem Ritus geheiratet und vielleicht würde sie auch so begraben werden wollen.«

Wahrscheinlich wäre Yazi die Art der Zeremonie gleichgültig gewesen, aber Viktoria wollte sich von Yazi auf eine vertraute Art verabschieden können. Dann kam ihr plötzlich ein Gedanke, der einen winzigen Funken von Lebensmut aufkeimen ließ.

»Wir warten, bis Marjorie Frazer hier ist. Dann bringen wir Yazi in die Mission. Dort gibt es sicher einen Friedhof.«

Erleichtert lehnte sie sich an die Wand. Marjorie wäre eine Hilfe. Sie besaß eben jene unerschütterliche Bereitschaft, sich den Widrigkeiten des Lebens zu stellen, die Viktoria in Notlagen immer wieder verlor. Doch Marjorie würde nicht allein kommen.

Viktoria merkte, dass sie Angst vor dem bevorstehenden Wiedersehen mit Jinzi hatte. Sie wusste, wie man sich fühlte, wenn man jenen Menschen, der einem ein Leben lang Liebe und Schutz geschenkt hatte, verlor. Aber sie vermochte sich nicht vorzustellen, wie ein so unbeherrschter Mann wie Jinzi mit dieser Lage fertig werden würde.

Jinzi schwieg. Sein Gesicht blieb starr, stolz und unzugänglich. Er erbat sich etwas Zeit allein mit dem Leichnam seiner Mutter, dann willigte er wortlos ein, sie in die Mission bringen zu lassen. Marjorie Frazer handelte mit dem Wirt einen annehmbaren Preis für den Sarg aus, in dem sie Yazis Leichnam transportierten. Sie schien bedrückt, aber nicht wirklich erschüttert. In ihrem Leben als Krankenschwester hatte sie schon viele Menschen sterben sehen. Entsprechend ihren Anweisungen wurde gewartet, bis Regen und Wind sich ein wenig gelegt hatten, dann ging es zurück zur Mission. Während der Reise versuchte sie, Viktoria durch belanglose Gespräche aufzuheitern. Mit Jinzi zu reden, vermied sie, als sei ihr bewusst, dass manche Trauernde lieber in Frieden gelassen werden wollten.

»Wenn wir sie trotz des Sturmes in die Mission gebracht hätten, hätten Sie ihr helfen können?«, sprach Viktoria eine Frage aus, die wie ein Stachel in ihrem Bewusstsein saß. Marjorie drückte tröstend ihre Hand.

»Vielleicht ja, vielleicht nein. Sehr wahrscheinlich hätte sie die Reise bei einem solchen Wetter gar nicht überlebt.«

»Aber vielleicht …«, suchte Viktoria weiter nach Schuld und wurde von einer Handbewegung unterbrochen.

»Sie haben getan, was Sie für richtig hielten«, erklärte Marjorie. »Diese Grübeleien ändern nichts an dem, was geschehen ist. Manchmal hilft es sehr, an Gottes Willen zu glauben.«

Viktoria sah sich nach Jinzi um, der wieder den Karren lenkte. Aus tiefstem Herzen wünschte sie ihm die Gabe eines solchen Glaubens, ahnte aber, dass er ihn ebenso wenig besaß wie sie selbst.

Die Beerdigung war kurz und schlicht, doch wurde der Verstorbenen Achtung erwiesen. Viktoria dachte, dass dies eben in Yazis Sinn gewesen wäre, und fühlte sich ein wenig besser. Der Ehering aus Jade steckte noch an dem Finger der Toten. Viktoria legte auch den zweiten Ring und das zusammengefügte Liebesgedicht mit in den Sarg. Die anwesenden Chinesen zündeten Räucherstäbchen an, stellten Obst und eine Reisschüssel an dem Grab ab, damit die Verstorbene nicht hungern musste. Dies entsprach nicht unbedingt dem christlichen Ritus, doch störten die Frazers sich nicht daran. Sie boten Viktoria an, eine Weile in der Mission zu bleiben. Gerade wollte sie dankbar annehmen, als Jinzi, der stocksteif am Grab seiner Mutter gestanden hatte, plötzlich herumfuhr.

»Sie wollte nach Shanghai und herausfinden, was aus ihrem Lao Wai wurde«, sprach er den ersten längeren Satz seit Tagen. »Ich muss für sie Wahrheit erfahren und will nicht warten.«

Viktoria schluckte ihren Widerspruch herunter. Ihr war so elend, als hätte jemand all ihre Knochen gebrochen, doch tief in ihrem Inneren wusste sie, dass Jinzi die Wahrheit sprach. Yazis Herzenswunsch sollte erfüllt werden.

Das Wetter war mit einem Mal milder geworden. Viktoria legte die mit Hasenfell gefütterte Lederjacke, Marjories Abschiedsgeschenk, hinter ihren Rücken, um das Holpern des Karrens besser zu ertragen. Wieder fuhren sie durch die chinesische Landschaft, doch nun wirkte sie unerträglich trist. Niemand redete. Dewei hatte sich an Viktorias Seite gekuschelt und schlief, da er endlich einmal nichts mehr übersetzen und erklären musste. Sie drückte ihn dankbar an sich. Das Schweigen wurde allmählich bedrückend, doch wusste sie nicht, wie sie mit Jinzi in dieser Lage eine Unterhaltung beginnen sollte, die nicht in einem heftigen Streit endete. Bisher hatte Yazi immer vermittelt und geschlichtet, doch nun klaffte ein tiefer Graben zwischen ihnen.

Um die Mittagszeit wurde Halt gemacht, da Viktoria über Hunger klagte. Sie verzehrte mit Dewei ein paar belegte Brote, die Marjorie fürsorglich eingepackt hatte, und wies auf den Umstand hin, dass die Frazers aus chinesischen Teigklößen, gekochten Eiern und etwas Gemüse richtig englische Sandwiches zaubern konnten. Dewei entlockte sie dadurch ein kleines Lächeln. Jinzi aß nichts und schien ihr nicht zuzuhören. Sobald sie das Essen mit ein paar Schlucken aus der Wasserflasche heruntergespült hatten, drängte er zum Aufbruch.

Es ging weiter, bis die Dämmerung einsetzte und ein kalter Wind zu blasen begann. Viktoria sah sich hoffnungsvoll nach Häusern um, warf sehnsüchtige Blicke auf größere Straßen, die zu einer Ortschaft führen konnten. Sie wollte nicht nochmals im Freien übernachten, wo alle Büsche unerfreuliche Überraschungen beherbergen konnten, doch Jinzi schien eben das zu planen. Er drängte das völlig erschöpfte Maultier immer weiter, an Pagoden und Lehmhütten vorbei, bis es völlig dunkel geworden war.

»Wir brauchen eine Pause«, protestierte Viktoria schließlich. »Ohne Schlaf und Nahrung im Magen schaffen wir es nicht bis Shanghai.«

Jinzis Rücken bewegte sich nicht, aber er brachte das Maultier unter einem Baum zum Stillstand, dessen lange, knorrige Äste sich wie schützende Arme über ihnen ausbreiteten.

»Ich hole Essen«, kam er Viktorias Klagen zuvor. Sie begann seufzend in ihrer Schmuckschatulle zu kramen, aber er winkte ab.

»Besser behalten Ketten und Ringe. Nur locken Räuber an.«

Dann lief er los. Eine endlose Weile später kam er mit Süßkartoffeln und einem kleinen Sack voll Bohnen zurück, die er Viktoria schweigend überreichte. Sie räusperte sich, wollte darauf hinweisen, dass sie keine Ahnung hatte, wie Menschen rohe Früchte der Erde in Speisen verwandelten, doch sah sie Jinzis Rücken bereits hinter dem Baumstamm verschwinden.

»Wir brauchen ein Feuer«, löste Dewei das Problem. Ohne ihre Zustimmung abzuwarten, begann er Holz zu sammeln und holte für einen Moment Jinzi zurück, der durch das Reiben zweier Steine das Lagerfeuer zum Brennen brachte. Als er sogleich wieder verschwunden war, half Viktoria dem Jungen, das restliche Wasser in Yazis Tontopf zu schütten, um so Kartoffeln und Gemüse über den Flammen zu erwärmen. Das Ergebnis dieses abenteuerlichen Kochunterrichts war zumindest genießbar. Sie zerschnitten die Kartoffeln und teilten sich den einzigen Holzlöffel, den sie in Yazis Vorrat fanden, bis ihr Hunger gestillt war. Der Topf war noch nicht leer.

»Jinzi hat seit Tagen kaum gegessen«, warf Dewei zögernd ein.

»Dann bring ihm den Rest«, erklärte Viktoria. Das erwartungsvolle Starren seiner Augen im Mondlicht verwirrte sie etwas. Warum gehorchte er nicht einfach?

»Ich glaube, das solltest du tun«, erklärte der Junge. »Ihr könnt euch nicht dauernd nur anschweigen.«

Viktoria wurde unwohl, aber sie sah ein, dass er Recht hatte. Sie musste einen Weg finden, mit Jinzi auszukommen, bis sie Shanghai erreichten. Außerdem würde er unterwegs zusammenbrechen, wenn er weiter jede Nahrung verweigerte.

Sie nahm den inzwischen etwas abgekühlten Topf mit zermanschten Kartoffeln und Bohnen, um sich auf die Suche zu machen. Sobald sie den Baum umrundet hatte, erkannte sie den ihr mittlerweile sehr vertrauten, grazilen und doch muskulösen Rücken. Jinzi hockte auf einem Felsen. Das Tuch verbarg seine Haarpracht nicht mehr, die schwarze Flut glänzte im Licht des Mondes und er hatte das Gesicht in den Handflächen vergraben. Viktoria erstarrte für einen Moment, denn sie hatte in ihrem Leben bereits gelernt, dass Männer ihre Tränen am liebsten unbeobachtet vergossen. Aber sie hörte kein

Geräusch außer den Lauten der nächtlichen Landschaft. Zögernd tat sie ein paar Schritte und ließ Zweige unter ihren Füßen knacken. Jinzi regte sich nicht. In seiner starren Gestalt lag so viel Schmerz, dass Viktoria die Sehnsucht nach Yazi wie einen Messerstich in der Brust verspürte. Entschlossen, gegen die lähmende Schwermut anzukämpfen, ging sie weiter.

»Um ehrlich zu sein, habe ich noch niemals zuvor etwas gekocht«, plauderte sie so fröhlich wie möglich, als sie den Topf zu Jinzis Füßen abstellte. »Dewei und ich haben diese Pampe zusammen geschaffen und verzehrt. Zwar sieht es aus wie Nahrung für Schweine, aber es füllte unsere Mägen und wir leben noch.«

Jinzis Kopf bewegte sich kurz in Richtung des Topfes, aber er rührte ihn nicht an. Viktoria nahm neben ihm auf dem Felsen Platz.

»Wie ich schon sagte, das Essen schmeckt wirklich nicht sehr gut, doch mit einem vollen Magen schläft man wesentlich besser«, fuhr sie aufmunternd fort. Jinzi würdigte sie eines kurzen Blickes.

»Besser nicht schlafen. Jemand muss Wache halten, sonst wieder Überfall.«

Viktoria unterdrückte einen Seufzer. Wenn Jinzi bereit wäre, mehr Geschenke aus ihrem Schmuckvorrat anzunehmen, könnten sie sich sicher regelmäßig Herbergen leisten, was sicherer und zudem viel bequemer wäre.

»Ein halb verhungerter, unausgeschlafener Mann ist kein besonders guter Schutz gegen Räuberbanden«, merkte sie spöttisch an und sah Jinzis Körper zusammenzucken. Sie hatte es wieder einmal geschafft. Jetzt würde er wütend werden.

»Das Urteil besser überlassen mir«, meinte er jedoch nur knapp und wandte sich wieder ab. Viktoria verstand die unausgesprochene Aufforderung, dass sie sich entfernen sollte, aber diesmal schluckte sie ihren eigenen Zorn hinunter. Sie wusste aus eigener Erfahrung, wie unleidlich der Schmerz einen Menschen machen konnte.

Sie schlang die Arme um die Knie und richtete ihren Blick auf die schattigen Umrisse des Baumes. Wieder fühlte sie sich an chinesische Tuschezeichnungen erinnert. In Europa hatte sie Natur niemals als derart filigran und präzise wie eine Schraffur empfunden. Hatte die Landschaft dieses Landes solche Malerei inspiriert oder war ihre Wahrnehmung der Umgebung bereits von asiatischer Kunst geprägt? Sie konnte es nicht sagen.

»Vor ungefähr drei Jahren verlor ich meinen Vater«, begann sie unaufgefordert zu reden. »Zwar wuchs ich mit beiden Eltern auf, aber meine Mutter mochte mich nie besonders, also war mein Vater der einzige Mensch, den ich hatte.«

Jinzis Kopf drehte sich leicht in ihre Richtung. Zwar vermied er es weiterhin, sie anzusehen, doch machte er nun den Eindruck eines aufmerksamen Zuhörers.

»Dann starb er«, fuhr sie fort. »Er … er erschoss sich, weil er unser Vermögen verschleudert hatte, und ich war plötzlich der einsamste Mensch auf der Welt.«

Zu ihrem Entsetzen würgten Tränen in ihrer Kehle. Sie musste einige Atemzüge tun, bis sie ihre Stimme wieder unter Kontrolle hatte.

»Ich habe gelernt, ohne ihn zu leben«, fuhr sie entschlossen fort. »Ich weiß, er hätte nicht gewollt, dass ich den Rest meiner Zeit auf dieser Welt damit zubringe, um ihn zu trauern. Ich versuche, alles zu nutzen, was er mich gelehrt hat, um mich irgendwie durchzuschlagen. Das wäre sein Wunsch gewesen.«

Sie fühlte sich besser nach diesen Worten, obwohl sie nicht einmal wusste, ob sie der Wahrheit entsprachen. Ihr Vater hatte sich eine Kugel durch den Kopf gejagt, um den Folgen seines Verhaltens zu entkommen. Geldsorgen, schäbige Herbergen, Abhängigkeit von Anderen, die mehr Geld und Macht besaßen als man selbst, all das war ihm fremd gewesen und er hatte nicht den Mut gehabt, sich diesen neuen Erfahrungen zu stellen. Yazi, so wurde ihr klar, hätte ihr Kind niemals so einfach im Stich gelassen. Sie überlegte gerade, ob sie dies Jinzi mitteilen sollte, als ein merkwürdiges Geräusch sie aus ihren Gedanken riss. Es klang wie das Reißen eines rauen Tuchs. Jinzi hatte das Gesicht wieder in den Händen vergraben. Sie sah seinen Rücken beben, hob zaghaft die Hand und ließ sie wieder sinken.

Weinende Frauen zu trösten war eine Selbstverständlichkeit, ein geradezu natürlicher Drang. Doch ein weinender Mann glich einer Naturkatastrophe, auf die sie nicht vorbereitet war. Ihre Beine zuckten in dem Drang, sie weit fortzutragen, aber wenn sie jetzt einfach weglief, dann wäre es überaus kaltherzig. Nochmals bewegte sich ihre Hand und fand nach einigem Zögern Jinzis Rücken. Er fuhr zusammen, als habe er einen Schlag erhalten, und fegte Viktorias Arm unwirsch zur Seite.

»Dann fahr eben zur Hölle!«, murmelte sie leise auf Deutsch und sprang auf. Es war wirklich besser zu verschwinden. Morgen wäre die Erinnerung an diese Begegnung ihnen beiden peinlich. Sie hatte gerade den ersten Schritt getan, als sie plötzlich zurückgerissen wurde. Jinzis Arme umschlangen ihre Taille wie Fesseln, drückten sie wieder auf den Felsen und sein Kopf bohrte sich in ihren Schoß. Er hatte Dewei manchmal so bei ihr schlafen sehen und dabei das Gesicht verzogen. Jetzt schluchzte er, während Viktoria ratlos seinen Kopf streichelte.

»Du hast wunderschönes Haar«, murmelte sie in ihrer Muttersprache. »Aber wenn du mich noch länger so drückst, habe ich morgen ein paar blaue Flecken.«

Obwohl er sie nicht verstehen konnte, ließ die Gewalt seiner Umarmung langsam nach, während sie verzweifelt nach einer einigermaßen bequemen Haltung suchte. Glücklicherweise hatte sie eine Decke um ihre Schultern geschlagen. Für Mücken war es seit Wochen schon zu kalt. Alles nicht so schlimm, dachte sie, und streichelte weiter Jinzis Kopf. Sein Schluchzen verstummte allmählich, er richtete sich auf und wandte ihr wieder den Rücken zu.

»Es tut mir leid«, murmelte er. Sie sah die Bewegung seiner Arme und vermutete, dass er sich gerade die Augen trocken rieb.

»Das war doch nicht schlimm. Jeder Mensch braucht manchmal Trost«, entgegnete sie. »Aber jetzt sollten wir schlafen, sonst überstehen wir die morgige Reise nicht. In Zukunft würde ich lieber in Herbergen übernachten, denn es wird kalt, und außerdem ist es dort sicherer.«

Entschlossen stand sie auf. Jinzi hatte sich ihr wieder zugewandt und musterte sie mit dem gewohnten, leicht missbilligenden Blick.

»Wie die Lady wünscht. Vielleicht hätte sie den Dampfer nehmen sollen. Ohne eine Lao Wai, die überall ihr goldenes Haar zur Schau stellt, wären wir wahrscheinlich nicht überfallen worden.«

Viktoria zog die Decke enger um ihre Schultern, doch trotzdem fraß Kälte sich in all ihre Knochen. Gab er ihr nun die Schuld an Yazis Tod?

»Ich nehme einen Dampfer, sobald wir am gelben Fluss sind«, erwiderte sie nur und lief fort.

Die Reise verlief ein paar Tage ohne besondere Ereignisse und vor allem ohne längere Gespräche. Dewei gab seine Versuche, eine Unterhaltung aufkommen zu lassen, bald auf. Er redete abwechselnd mit Jinzi und Viktoria, versuchte unauffällig zu vermitteln und fügte sich schließlich in das allgemeine Schweigen. Die Herbergen, so schäbig und verschmutzt sie auch waren, sorgten für ein wenig Aufmunterung, da die Gegenwart anderer Menschen von dem Graben zwischen Viktoria und Jinzi ablenkte. Viktoria verbarg ihr Haar nun geflissentlich, hielt überall den Blick gesenkt und überließ das Reden ihren chinesischen Begleitern. Tatsächlich wurde sie weniger angestarrt als bisher.

Sie erreichten den Huang He, als bereits der erste Nachtfrost aufkam. Viktoria hatte sich in Marjories Felljacke gehüllt. Am Ufer des Flusses stießen sie auf ein Zollhaus, das vorbeiziehende Schiffe kontrollierte. Daneben befand sich eine kleine Herberge. Viktoria drängte auf einen längeren Aufenthalt an diesem Ort, denn früher oder später würde sie sicher eine Mitfahrgelegenheit finden und irgendwie nach Shanghai gelangen. Die Sorge, wie ihr zukünftiges Leben aussehen sollte, rückte nun langsam wieder in den Vordergrund, denn sie wusste nicht, wie sie einem stets abweisenden Jinzi bei der Suche nach seinem Vater helfen sollte. Mit den Huntingdons würde sie reden, um Yazis Willen. Dann wäre sie wieder allein mit Dewei.

Am dritten Tag stellten die Beamten des Zollhauses ihr ein paar Händler vor, die mit ihrer Dschunke nach Shanghai unterwegs waren. Obwohl Viktoria lieber wieder ein paar weniger fremde, blasse Gesichter mit langen Nasen um sich gesehen hätte, nahm sie das Angebot an, denn sie vermochte nicht länger zu warten. Als sie in ihrer Schmuckschatulle kramte, um die Mitnahme von drei Leuten bezahlen zu können, spürte sie Jinzi wieder einmal als Schatten in ihrem Rücken.

»Ich kann weiterfahren mit Karren. Bis Shanghai«, schlug er vor.

»Wie Sie wünschen.« Viktoria sah ihn nicht an.

»Aber diese Händler sind merkwürdig. Keine Ware auf Dschunke. Vielleicht besser noch warten auf englisches Schiff«, redete Jinzi dennoch weiter.

»Nun«, Viktoria klappte die Schatulle zu. Von dem Granatcollier würde sie sich wohl trennen müssen. »Wenn diese Händler noch keine Ware aufgeladen haben, dann haben Dewei und ich mehr Platz auf dem Schiff. Seriös müssen sie sein. Sie sind den Beamten des Zollhauses bekannt, also müssen sie hier schon öfter entlanggefahren sein.«

Jinzi holte Luft, als wolle er noch etwas sagen, aber sie winkte ab. Vielleicht würde die Schwermut endlich von ihr abfallen, wenn sie diesen missgelaunten Halbchinesen nicht mehr ständig um sich hatte.

Viktoria wurde in einer kleinen Hütte auf dem Deck der Dschunke untergebracht, wo ein schmutziges Bett, ein Tisch und eine Bank standen. Drei Mahlzeiten am Tag für Dewei und sie waren ebenfalls im Preis inbegriffen. Der Anführer der Händlertruppe, ein kleiner, kugelrunder Mann mit Zahnlücken, der zu Viktorias Missfallen ständig spuckte, war recht angetan von dem Granatcollier gewesen und hatte Viktoria angeboten, ihr noch weitere Schmuckstücke abzukaufen, was sie jedoch abgelehnt hatte. Die Kommunikation mit den Männern erwies sich als schwierig, denn sie sprachen einen Dialekt, den selbst Dewei kaum verstehen konnte. Viktoria beschloss, dass es nicht wichtig war. Sie brauchte mit diesen Händlern nicht zu reden, wollte nur von ihnen schnellstmöglich nach Shanghai gebracht werden.

Die Reise begann am nächsten Morgen. Sie folgten dem Lauf des Flusses, der sich durch Felsen, Felder und Wiesen schlängelte. Viktoria verbrachte den Tag in dem Zimmer und spähte nur gelegentlich aus dem kleinen Fenster hinaus. Es war angenehm, nicht mehr auf einem holpernden Karren sitzen zu müssen. Sie nahm es hin, dass manchmal Ungeziefer über die Wände huschte und würgte das vor Fett triefende Mahl hinunter. Bald schon wäre all dies vorbei. In Shanghai würde sie wieder ein paar englische Sandwiches essen können, vielleicht auch Marmorkuchen wie damals bei Max von Brandt. Ihr Gaumen gierte nach dem bitteren, aromatischen Geschmack gemahlener Kaffeebohnen. Margarets Kaffeemühle war noch bei den Dingen, die sie nach ihrem stürmischen Aufbruch bei Lao Tengfei gelassen hatte. Viktoria begann Pläne zu schmieden. Sie würde sich in Shanghai an das deutsche Konsulat wenden, um ihre Habseligkeiten aus Peking irgendwie abholen zu lassen.

Die geplante Route sollte zum gelben Meer führen, dann wollte man an der Küste entlang bis Shanghai segeln. Als die Dschunke eine Stadt namens Binzhou erreichte, wurde plötzlich zwei Tage Halt gemacht. Viktoria war etwas ungehalten, doch hatte sie kaum Möglichkeit, die Händler zu einer rascheren Weiterfahrt zu bewegen. Chinesen hatten offenbar ein recht breit gefasstes Verständnis von getroffenen Abmachungen. Sie verbrachte die Zeit hauptsächlich in ihrer Kabine, denn ihr stand nicht der Sinn nach weiteren Ausflügen in chinesische Städte, wo sie auf Schritt und Tritt angestarrt wurde. Schließlich luden Lastenträger mehrere Kisten auf das Schiff, wohl jene Ware, die Jinzi vermisst hatte, und es ging weiter.

Sie hatten den Hafen von Binzhou erst vor etwa drei Stunden hinter sich gelassen und die Abenddämmerung legte sich rotgolden über die feinen Hügel der Landschaft, als die Dschunke plötzlich wieder zum Stillstand kam. Viktoria spähte irritiert aus dem Fenster. Weit und breit waren keine Behausungen in Sicht, was also wollten die Händler hier? In der Hoffnung, dass es nur ein kurzer Aufenthalt wäre, vertiefte sie sich wieder in ihr Buch.

Dewei fuhr zusammen, als die Tür aufgerissen wurde. Sie selbst ließ den Dickens-Roman verärgert sinken. Vor ihr baute sich der Anführer der Händler auf und bellte etwas Unverständliches. Sie hatte von Anfang an gewusst, dass er schlechte Manieren hatte, aber das war nun der Gipfel an Unverschämtheit. Empört kramte sie in ihrem Gedächtnis nach dem chinesischen Wort für »anklopfen«, als Dewei sie zaghaft am Ärmel zupfte.

»Vi Ki, die wollen deinen Schmuck.«

Viktoria schnaubte.

»Ich habe doch schon gesagt, dass ich nichts mehr davon verkaufe. Und den Preis für die Reise jetzt noch erhöhen zu wollen, das muss wohl ein schlechter Scherz sein! Ich glaube, er hat mir von dem Verkauf des Colliers ohnehin nicht genug zurückgegeben. Er soll sich hinausscheren und sein gottverdammtes Schiff wieder in Gang bringen, denn dafür habe ich ihn bezahlt.«

Der Dolch blitzte so plötzlich vor ihrem Gesicht auf, dass sie für einen Moment nur die glänzende Glätte der Klinge bewunderte. Erst als sie zur Wand gedrängt wurde, setzte das Herzrasen der Angst ein.

Drei weitere Männer stürmten herein und begannen Viktorias Koffer auszuschütten, rissen die Innenflächen auf, bis sie endlich die Schmuckschatulle in den Händen hielten. Viktoria unterdrückte ein Wimmern, als sie sah, wie der geliebte Drachenreif und der kümmerliche Rest des Familienerbes von schmutzigen Fingern betastet wurden. Die bestickte chinesische Geldbörse, in der ihr der Rest von dem Erlös für das Collier überreicht worden war, nahm der Anführer selbstverständlich wieder an sich. Dann bellte er nochmals und alle stürmten hinaus. Viktoria atmete erleichtert auf, als die Tür zuknallte, doch das Geräusch eines vorgeschobenen Riegels ließ erneutes Unbehagen aufkommen.

»Ich hätte niemals zugeben dürfen, dass ich noch mehr Schmuckstücke habe«, meinte sie, sank auf die Bank und vergrub hilflos ihr Gesicht in den Händen.

»Sie hätten trotzdem danach gesucht. Alle denken, dass Lao Wai reich sind«, erwiderte Dewei. Zu ihrem Staunen überkam Viktoria ein Gefühl von Erleichterung. Wenigstens war sie nicht selbst an dieser Misere schuld. Um Ruhe bemüht, rieb sie sich die Schläfen.

»Meinst du, sie lassen uns jetzt gehen?«, fragte sie Dewei, obwohl ihr klar war, dass er es ebenso wenig wissen konnte wie sie selbst. Nach Shanghai würde sie nun keinesfalls mehr gebracht werden, denn dort hätte sie sogleich Anklage erheben können. Bestenfalls würde sie allein und mittellos am Ufer eines Flusses zurückgelassen werden, der sich bei Piraten angeblich großer Beliebtheit erfreute. Aber dieses Szenario schien allemal besser denn andere Möglichkeiten, die ihr Verstand unerbittlich aufzuzählen begann. Sie konnte auch als Wasserleiche enden. Dann gab es noch die Gruselgeschichten über chinesische Sklavenhändler. Dewei, dem wohl ähnliche Dinge durch den Kopf gingen, schmiegte sich an ihre Seite.

»Vielleicht werden sie Lösegeld für dich verlangen«, flüsterte er. »Für Lao Wai bekommt man sicher viel.«

Er redete nicht weiter, aber die Angst in seinen Augen verriet, was er dachte. Für einen gewöhnlichen chinesischen Jungen würde kein Konsulat der Welt auch nur einen Tael bezahlen. Viktoria strich ihm über den Kopf und versicherte nochmals, dass sie ihn niemals im Stich lassen würde. Er lächelte sie zaghaft an, aber schwieg. Beide wussten, dass es diesen Männern nicht auf die Wünsche ihrer exotischen Gefangenen ankommen würde.

Das Schiff schaukelte, doch bewegte es sich nicht vorwärts. Viktoria begann schließlich, ziellos von einer Wand zur nächsten zu laufen, da ihr Körper keinen weiteren Stillstand ertrug. Kurz öffnete sich die Tür und eine Hand schob hastig eine Schüssel Reis hinein. Viktoria holte Luft. Sie musste versuchen, ruhig mit diesen Männern zu reden, ihnen einen freiwilligen Verzicht auf ihren Besitz anbieten, wenn man sie nur irgendwo in der Nähe von Shanghai absetzte. Eine tote Lao Wai brachte Ärger, das hatte bereits Jinzi erkannt. Doch bevor sie ein paar chinesische Worte hervorgebracht hatte, fiel die Tür wieder zu. Viktoria rannte los und begann schreiend gegen das Holz zu hämmern, bis ihre Fingerknöchel wund gerieben waren. Dewei strich ihr schließlich sanft über den Rücken.

»Wir essen jetzt besser, bevor es kalt wird«, schlug er vor. Viktoria gehorchte und schlang den Reis hastig hinunter. Obwohl sie keinerlei Hungergefühl verspürt hatte, wurde ihr mit vollem Magen etwas wohler. Gemeinsam mit Dewei streckte sie sich auf dem schmutzigen Bett aus und versuchte, in den Schlaf zu fliehen.

»Es dämmert bereits«, weckte Deweis Murmeln sie schließlich auf. »Und es ist sehr still. Ich glaube, sie sind losgezogen, um deinen Schmuck zu verkaufen.«

Viktoria wehrte sich vergeblich gegen den Schmerz, den diese Vorstellung in ihr auslöste. Kleine Teile ihres Herzens wurden mit Zangen herausgerissen.

»Sobald es dunkel ist, versuche ich aus dem Fenster zu kriechen. Ich kann mich schon irgendwie durchzwängen«, redete Dewei weiter. »Vielleicht kann ich dann auch unauffällig die Tür öffnen und wir schaffen es bis zum Ufer. Dann laufen wir nach Binzhou. Dort gibt es vielleicht irgendeine Mission, die dir hilft.«

Viktoria richtete sich auf. Dieser Plan klang wie der Tanz auf einem dünnen Seil, aber ein solcher Versuch war allemal besser, als tatenlos in den Abgrund zu fallen. Als sie Dewei durch die Fensteröffnung in eine unbekannte Dunkelheit entschwinden sah, warf sie ihre restlichen Habseligkeiten wieder in den malträtierten Koffer. Das Schloss funktionierte noch, was ihr ein gutes Zeichen des Schicksals schien. Irgendwie würden sie entkommen.

Die Tür ging zaghaft auf.

»Vi Ki!«

Viktoria lief los, legte ihren Arm um Deweis schmale Schultern und drückte ihn für einen kurzen Moment dankbar an sich. Dann betraten sie das Deck des Schiffs, das weiter auf den Wellen schaukelte. Viktoria warf einen sehnsüchtigen Blick auf jene Schattierungen von Grau, die sich in fast greifbarer Ferne abzeichneten und wohl das nächtliche Ufer sein mussten. Sobald sie in irgendwelchen Büschen verschwunden waren, hatten sie das Schlimmste überstanden, doch vorher würden sie wohl ins Wasser springen und ein Stück schwimmen müssen. Zum Glück trug sie noch die einfache Kleidung chinesischer Bäuerinnen und musste nicht befürchten, von zahlreichen Stoffbahnen in die Tiefe gezogen zu werden. Entschlossen sah sie auf die dunkle Masse unterhalb des Schiffes hinab. Ihr Atem stockte. Das Gewässer schien so finster und unergründlich wie ein Höllenschlund. Es wäre sicher unerträglich kalt, sobald sie darin eintauchte, denn die Nächte waren frostig geworden.

»Kannst du schwimmen?«, fragte Dewei. Viktorias Unbehagen nahm zu. Während der Italien-Reisen mit ihrem Vater war sie manchmal heimlich mit Bauernkindern ins Meer gelaufen, und ein aufmerksamer Junge hatte ihr ein paar Schwimmzüge beigebracht, doch lag das sehr viele Jahre zurück. Warum hatte sogar ihr liebender Vater keine Notwendigkeit gesehen, ihr ein paar Fähigkeiten zu vermitteln, die in Notlagen überlebenswichtig waren? Doch dies war nicht der Moment für lange Grübeleien.

»Ich kann mich über Wasser halten«, versicherte Viktoria.

»Gut. Ich zeige dir dann, wie du vorwärts kommst«, sagte Dewei. »Den Koffer nehme besser ich. Wirf ihn hinterher, sobald ich gesprungen bin. Dann musst du selbst folgen.«

Viktoria überließ sich erleichtert seiner Führung, sah ihn flink wie ein Äffchen über die Reling klettern und presste die Hand vor den Mund, um einen Angstschrei zu unterdrücken. Gleich würde er in die unbekannten Tiefen fallen. Ein Geräusch in ihrem Rücken ließ sie herumfahren. Nun schrie sie tatsächlich auf, denn vor ihr stand ein Mann mit einem Dolch in der Hand. Sein Gesicht kam ihr vage vertraut vor, doch hatte sie schon so viele kleine Chinesen mit eingefallenen Gesichtszügen gesehen. Die Augen blitzten zornig im schwachen Mondlicht. Viktoria schrie noch gellender, als er Dewei am Kragen packte und wieder auf das Deck zog. Das Schiff war nicht leer gewesen, und sie hatten durch ihr Gerede den schlafenden Wächter geweckt.

Der Mann begann auf Dewei einzuprügeln, warf ihn brüllend zu Boden und hob den Dolch. Für eine Sekunde war Viktoria in fassungsloser Starre gefangen, doch als sie sah, wie die Klinge auf Deweis schmächtigen Körper niedersauste, geriet sie auf einmal in Bewegung.

Sie brüllte und trat und biss. Eine rasende Wut hatte von ihr Besitz ergriffen, verlieh ihr Kräfte, die sie niemals in sich vermutet hätte. Ihre Fingernägel kratzten Blut aus den Wangen des Wachmanns, der ein paar Schritte rückwärts taumelte. Der Dolch entglitt seiner Hand, aber Viktorias Übermacht war von kurzer Dauer. Der Mann mochte einen Kopf kleiner als sie sein und hatte mit ihrem Angriff nicht gerechnet, doch sobald er sich wieder gefangen hatte, stieß er sie von sich und hob entschlossen die Hand zum Gegenschlag. Viktorias Knie wurden schwach. Das war kein ängstlicher Bauer, sondern ein Mann, der mit Waffen umzugehen verstand und wahrscheinlich auch Übung im Töten hatte. Die Welt stand still, sie hörte ihren Herzschlag nicht mehr und die Fäuste des Mannes bewegten sich erstaunlich langsam in ihre Richtung. Weglaufen, hallte es in ihrem Kopf, doch schienen ihre Beine zu keiner Regung fähig. Würde sie jetzt tatsächlich sterben?

Eine plötzliche Regung in der Finsternis riss Viktoria aus ihrer Angststarre in die Wirklichkeit und ermöglichte es ihr, ein paar Schritte rückwärts zu tun. Dewei, der sich wieder aufgerappelt hatte, legte schützend einen Arm um ihre Taille. Gemeinsam sahen sie zu, wie eine scheinbar aus dem Nichts aufgetauchte Gestalt den Wächter mit ein paar gezielten Hieben zu Boden schlug und dann den Dolch aufhob, um ihn kurz gegen die Kehle seines Besitzers zu drücken. Viktoria unterdrückte ein Wimmern, denn sie hatte noch niemals gesehen, wie ein Mensch getötet wurde. Aber der Dolch wurde im letzten Moment zurückgezogen, stattdessen traf nur ein weiterer Tritt die Leiste des Mannes, der stöhnend fortkroch.

»Wir müssen ihn fesseln«, sagte die Gestalt auf Englisch. »Sonst läuft er gleich nach Binzhou, um seinen Herrn zu alarmieren.«

Viktoria war nicht wirklich überrascht, als sie Jinzis Gesicht erkannte, denn die Größe und die Geschmeidigkeit der Bewegungen des unbekannten Retters hatten bereits Erinnerungen in ihr geweckt. Sie war aber noch nie zuvor so froh gewesen, Yazis aufbrausenden, unverschämten Sohn vor sich zu sehen. Ohne weiter zu überlegen, lief sie los und schlang ihre Arme um seinen Hals. Als ihr bewusst wurde, wie albern sie sich benahm, staunte sie nur, nicht fortgestoßen zu werden. Jinzi erwiderte ihre Umarmung sogar für einen kurzen Augenblick. Sie spürte kalte Nässe. Er musste durchs Wasser geschwommen sein, um dann irgendwie auf die Dschunke zu klettern. Ein leichtes Zittern ließ Viktoria erahnen, dass er wohl fror. Sie wollte ihre Umarmung verstärken, wurde aber sanft fortgeschoben.

»Als ich hörte, mit welchen Leuten Lady losgezogen ist, dachte ich, sie liegt bald schon tot im Wasser. Aber zum Glück ist es nicht so«, meinte er und seine Finger pressten Viktorias Schultern so stark zusammen, dass sie wieder mit blauen Flecken zu rechnen begann. Trotzdem war sie zu glücklich über diese Berührung, um sich ihr zu entziehen.

Kapitel 4

Der Sprung ins Wasser blieb Viktoria nicht erspart, doch nahm Jinzis Gegenwart ihm etwas an Schrecken. Trotzdem stach die Kälte mit Messern in ihren Körper, sie wimmerte und hörte ihre Zähne klappern, während Jinzis Arm sie energisch packte und zum Ufer schleppte. Dewei zerrte wie bereits verabredet den Koffer durchs Wasser. Kaum waren sie angekommen, wurde der frische Nachtwind zur Qual. Viktoria zitterte wie nie zuvor in ihrem Leben, während Jinzi rasch die Decken vom Wagen holte.

»Wärmt euch gegenseitig«, rief er, als er Dewei zwei davon zuwarf. Die dritte schlang er um seine eigenen Schultern und setzte sich vorn auf den Karren.

»Wir müssen erst einmal weg von hier. Die Händler feiern ihr großartiges Geschäft in Binzhou, aber vielleicht schickt der Anführer ein paar Leute früher zurück.«

Viktoria sehnte sich nach einem weichen Bett und einer heißen Tasse Tee, doch der Karren holperte unerbittlich los. Sie spürte das Beben von Deweis Gliedern an ihrer Seite. Er schmiegte sich so heftig an sie, als wolle er in ihren Körper kriechen. Eng umschlugen fanden sie tatsächlich etwas Wärme. Jinzi, der allein den Karren lenkte, tat ihr plötzlich leid, denn er fror sicher nicht weniger.

Die Fahrt durch die nächtliche Uferlandschaft schien endlos. Viktoria fragte sich, ob sie alle nicht bald von einem heftigen Fieber niedergestreckt würden, an dem sie ebenso sterben könnten wie Yazi. Doch der Karren rollte weiter. Es waren bereits die ersten Töne sorgloser Vögel zu hören, als er endlich zum Stillstand kam. Ein verziertes Tor wies den Weg zu einer Felsenhöhle.

»Hier wir können uns verstecken«, meinte Jinzi, als er vom Karren sprang. Viktoria rüttelte den bereits schlafenden Dewei wach.

»Wir brauchen etwas Heißes zu trinken«, erklärte sie. Jeder ihrer Muskeln schmerzte, als sie mühsam vor sich hin torkelte.

»Sie nehmen Wasser. Kochen es. Wir trinken es«, kam es sogleich zurück. Eine prall gefüllte Wasserflasche wurde ihr entgegengehalten. Sie griff gehorsam zu, dann folgte sie Jinzi, der den Karren in ein Gebüsch gelenkt und das Maultier festgebunden hatte, in die Finsternis der Felsen.

Es war ein verwinkelter, unebener Weg. Viktoria stolperte mehrfach, doch konnte sie sich auf Dewei stützen. In den Felsnischen entdeckte sie bunte chinesische Götterfiguren, vor denen brennende Räucherstäbchen für ein wenig Helligkeit sorgten.

»Ist das so etwas wie ein Heiligtum?«, wandte sie sich an Dewei.

»Ja. Wahrscheinlich kommen die Leute aus dem Umland her, um zu beten und Gaben zu bringen. Wenn wir Glück haben, finden wir auch etwas zu essen.«

»Das würde ja heißen, Götter zu bestehlen«, kicherte Viktoria.

»Götter nicht sterben vor Hunger«, kam es von Jinzi, der sich entschlossen durch die Dunkelheit tastete.

Viktoria verspürte Bewegungen in der Luft. Im letzten Moment konnte sie den Fledermäusen ausweichen, deren Flügelschlag ihr ein lautes Schreien entlockte. Jinzi drehte sich um. Sie erwartete einen abfälligen Kommentar über ihr dümmliches Benehmen, doch zu ihrem Erstaunen ergriff er einfach ihre Hand.

»Hier nicht gefährlich. Bald wir können uns ausruhen«, murmelte er, und Viktorias Panik ließ tatsächlich nach.

Schließlich erreichten sie eine große Grotte, die mit Lampen erhellt war. In ihrer Mitte erblickte Viktoria zwei große, steinerne Figuren, die Seite an Seite knieten. Ihre Hände ruhten dicht nebeneinander, als wollten sie sich gerade berühren. Ein völlig entspannter, weltentrückter Ausdruck lag auf den glatt polierten Gesichtern. Wieder verspürte Viktoria jenen Hauch der Leichtigkeit, die chinesische Heiligtümer ausstrahlten. Versonnen musterte sie die Girlanden, mit denen die Hälse der Figuren geschmückt waren.

»Hier gibt es Essen!«, riss Dewei sie aus ihrer Andacht und stürzte sich auf die Schüsseln und Bretter, die vor den Figuren standen. Gierig verschlang er einen Apfel, während Jinzi den Inhalt der verschlossenen Gefäße untersuchte.

»Kalter Reis besser als nichts«, meinte er und reichte Viktoria eines davon. »Wir noch müssen machen Feuer, um warmes Wasser zu trinken.

Er schüttelte den Inhalt einiger kleiner Holzschüsseln in eine große, dann zerschlug er die leeren Gefäße an der Steinwand. Inmitten des felsigen Bodens entdeckte Jinzi eine Mulde, wo er die hölzernen Trümmer verteilte und anzündete. Er goss das Wasser aus der Flasche in eine tönerne Kanne, in der bereits ein paar Teeblätter schwammen, und setzte sie auf das Feuer. Viktoria staunte, wie flink er sich mit den einfachsten Mitteln behelfen konnte. Selbst den Reis vermochte er nun ein wenig aufzuwärmen. In ihre Decken gehüllt kauerten sie um das Feuer, griffen mit den Fingern in die Reisschüssel und füllten den Inhalt der Kanne in eine Tasse, die sie bei den Abgaben gefunden hatten und herumgehen ließen. Viktoria überlegte, dass ein Schuss Rum die vage nach Tee schmeckende Flüssigkeit genießbarer gemacht hätte, doch tat die Wärme in ihrem Magen wohl genug. Ihre Kleidung war weitgehend getrocknet, das quälende Frieren ließ nach und sie empfand erstaunliche Zufriedenheit. Hier in der Höhle blies kein eisiger Wind mehr, auch wenn klamme Feuchtigkeit herrschte.

»Wir schlafen hier. Besser als draußen«, entschied Jinzi und wies auf einen Felsspalt dicht hinter der Feuerstelle. Dahinter tat sich eine weitere, kleine Höhle auf. Durch das prasselnde Feuer war es dort bereits einigermaßen warm geworden.

»Hier am besten. Man kann uns nicht gleich sehen«, fuhr er fort. Dewei breitete sogleich die Decken aus und ließ sich erleichtert fallen. Viktoria kämpfte mit dem Schloss ihres Koffers, zog schließlich den Paletot heraus. Er war noch etwas feucht, doch die Wärme ihrer Körper würde bald Abhilfe schaffen. Als sie sich neben Dewei legte, schien diese kleine Höhle ihr plötzlich so komfortabel wie ein teures Hotelzimmer, so sehr sehnte ihr Körper sich nach Ruhe und Schlaf. Unter halb geschlossenen Lidern nahm sie wahr, dass Jinzi nicht folgte, sondern in die dritte Decke gewickelt an der Feuerstelle sitzen blieb.

»Sind Sie nicht müde?«, fragte Viktoria.

»Jemand muss Wache halten«, kam es nochmals zurück. Sie war zu erschöpft, um länger zu diskutieren, und schlief gleich darauf ein.

Als ihre Augen sich wieder öffneten, herrschte völlige Stille. Durch den Felsspalt sah sie das Feuer flackern und wurde dadurch an ihre gegenwärtige Lage erinnert. Sie regte sich leicht. Ihre Knochen taten weh, doch zum Glück verspürte sie keinerlei Anzeichen eines beginnenden Fiebers. Ihre Hand tastete ängstlich nach Dewei. Er atmete völlig ruhig und seine Körpertemperatur schien normal. Viktoria wurde leichter ums Herz. Dann richtete sie sich langsam auf. Es gab noch einen Menschen, dessen Wohlergehen ihr wichtig war.

In den Paletot gewickelt kroch sie durch den Felsspalt und fluchte leise, als sie sich den Kopf anstieß.

Jinzi saß aufrecht neben der Feuerstelle. Die Decke lag auf seinem Rücken, das lange Haar floss darauf hinab und schimmerte blauschwarz. Er wirkte so regungslos wie die zwei Götterstatuen, deren Gesichter weiterhin überirdische Harmonie ausstrahlten.

Viktoria setzte sich unaufgefordert an seine Seite.

»Sind das buddhistische Gottheiten? Sie wirken wie das vollkommene Ehepaar. Entspannt und glücklich Seite an Seite.«

»Sie sehen einander nicht an. Jeder in sich versunken«, kam es zurück.

»Aber ihre Hände berühren sich fast«, entgegnete Viktoria. »Also, ist das nun die perfekte buddhistische Ehe?«

»Nein.« Jinzi rückte leicht zur Seite, um ihr Platz zu machen. »Buddha verheiratet, aber verließ seine Frau, um Glauben zu predigen. Ich glaube, das sind Gottheiten aus dieser Gegend. Menschen, die vor langer Zeit große Taten vollbrachten, wurden später als Götter verehrt.«

»Was die zwei wohl getan haben?«, sinnierte Viktoria. »Vielleicht lebten sie einfach nur in Harmonie zusammen. Ich kenne so wenige glückliche Ehen.«

»Ich auch nicht. Schwierig. Meist von Eltern arrangiert.«

Jinzi hatte ihr endlich das Gesicht zugewandt. Er musterte sie aufmerksam und ohne jede Feindseligkeit.

»So ist es bei uns auch«, erzählte sie. »Aber immer mehr Leute wehren sich dagegen. Ich wollte nur einen Mann heiraten, den ich wirklich liebe. Deshalb habe ich keinen.«

Sie lachte kurz auf. Jinzis Augen funkelten neugierig.

»Ich dachte, Sie mögen deutschen Gesandten.«

»So, wie man eben Leute mag, die einem in Notlagen helfen können. Mehr ist es nicht«, entgegnete Viktoria. Woher wusste Jinzi überhaupt von ihrer Bekanntschaft mit Max von Brandt? Er musste Klatschgeschichten gehört haben, als er mit Lao Tengfeis Dienern sprach, doch aus unergründlichen Gründen erfreute es sie, dass er sich diesen Klatsch gemerkt hatte.

Jinzi schob ein Stück Holz tiefer ins Feuer.

»Ich habe etwas für Sie«, meinte er und griff in eine Tasche, die an seinem Gürtel hing. Ohne Viktoria anzusehen, hielt er ihr eine Handvoll Schmuckstücke entgegen.

»Das konnte ich retten«, meinte er nur. »Der Rest war leider schon verkauft.«

Viktoria erkannte den Jadeschmuck, den Dewei ihr einmal geschenkt hatte. Dann schoben sich zwei Drachenköpfe in ihr Blickfeld. Ihr schossen Tränen in die Augen, als sie das letzte Stück Erinnerung an ihren Vater wieder in die Hand nehmen konnte. Sanft streichelte sie die glatten Korallenperlen, fühlte sich kurz an einen weit entfernten Ort versetzt, wo sie ihren letzten Geburtstag in der Heimat gefeiert hatte.

»Wie haben Sie herausgefunden, dass … dass …«

»Ich redete mit den Bediensteten der Zollstelle«, erzählte Jinzi. Sein Arm legte sich unauffällig um Viktorias Schulter. Die Berührung schien auf einmal völlig selbstverständlich.

»Die Händler sind keine Piraten, aber sie machen manchmal Geschäfte mit Piraten. Die Beamten der Zollstelle werden von ihnen bestochen, damit sie beide Augen verschließen. Es klang nicht wirklich gefährlich, aber verdächtig. Ich folgte mit dem Karren nach Binzhou. Es ist keine große Stadt, ich hörte bald die ersten Gerüchte.«

Während Viktoria angespannt lauschte, breitete Jinzi eine Hälfte seiner Decke auf ihrem Rücken aus, doch hatte sie den Verdacht, dass es sich dabei nur um einen Vorwand handelte, um sie näher an sich heranzuziehen.

»Die Händler wollten Sie zunächst einfach nach Shanghai bringen wie vereinbart. Aber dann, als sie nach einem Käufer für das erste europäische Schmuckstück suchten, da stießen sie auf einen Mandarin, der ihnen einen sehr hohen Preis dafür zahlte. Wie hoch, dass hat man Ihnen sicher nicht gesagt. Er sammelt solch exotische Dinge. Ich glaube, dann erst beschlossen sie, Sie auszurauben, weil sie die Chance auf ein großartiges Geschäft witterten. Ich konnte nur einem ihrer Diener auflauern, der den chinesischen Armreif und den Jadeschmuck bei sich hatte. Dafür hatten sie noch keinen Käufer gefunden.«

Viktorias Kopf legte sich auf seine Schulter. Sie verspürte ein durchaus angenehmes Kribbeln in ihrem Magen.

»Ich bekam aus ihm heraus, wo die Dschunke vor Anker lag, und folgte. Das Boot, mit dem die Händler an Land gingen, fand ich nicht, deshalb musste ich schwimmen. Ich kletterte auf das Schiff und sah, wie Sie den Jungen gerettet haben.«

Der Druck seiner Umarmung wurde enger.

»Ich dachte, er wäre nur so etwas wie ein Schoßhund für Sie. Es machte mich wütend, zu sehen, wie er Sie anbetet, denn ich ging davon aus, dass Sie sich irgendwann mit einem Tritt von ihm verabschieden würden.«

Viktoria drängte sich an seinen Körper, der hart und gleichzeitig warm war. »Meinen Sie wirklich, Leute wie ich können niemanden lieben? Nur weil Ihr Vater Ihre Mutter im Stich ließ? Aber vielleicht war es gar nicht so.«

Jinzi ging nicht darauf ein. Sein Gesicht war dem ihren plötzlich so nahe, dass es zu verschwimmen begann. Sie hob die Hände und wagte es endlich, über die hervorstehenden Wangenknochen zu streichen. Der Herzschlag tanzte aufgeregt in ihren Ohren. Kannten Chinesen überhaupt das Küssen? Sie hatte derartige Intimität bei ihnen niemals in der Öffentlichkeit gesehen, doch als Jinzi seine Lippen auf die ihren presste, wusste er genau, was zu tun war.

»Du bist seltsam«, flüsterte sein Mund bald darauf an ihrem Ohr. »Manchmal benimmst du dich wie eine hochnäsige Prinzessin, und gleich darauf bist du unglaublich nett.«

»Vielleicht«, entgegnete Viktoria kichernd, während sie ihre Finger in seine schwere, blauschwarze Haarflut gleiten ließ. »Vielleicht können verwöhnte Prinzessinnen eben auch sehr, sehr nett sein.«

Dann wurde sie sanft in eine neue Welt geführt. Seine Hände bewegten sich mit sicherer Zielstrebigkeit auf ihrem Körper, streiften ihre Kleidung ab und verwandelten ein erstes Wohlbehagen in eine Gier, die sie an sich selbst nicht kannte. Sie hörte ihr eigenes Wimmern und Stöhnen, während sie sich auf der Decke ausstreckte, empfand kurz einen Hauch von Scham, der aber wieder verschwand. Als er die Innenseite ihrer Schenkel zu küssen begann, tauchte die Zeichnung wieder in ihrem Gedächtnis auf. Jene Mischung aus Abscheu, Neugier und Verlangen, die ihr Anblick damals ausgelöst hatte, erwachte von Neuem. Viktoria richtete ihren Blick auf die Gesichter der Götterfiguren, die nachsichtig auf sie hinabzublicken schienen. Sie vermochte nichts Schlimmes an dem zu finden, was sie gerade erlebte, denn es fühlte sich nicht schmutzig an. Dann schossen plötzlich Blitze der Wonne durch ihren Unterleib, sie streckte sich dem eigenartigen Kuss entgegen und bemerkte, wie Jinzis Augen aufmerksam jede ihrer Reaktionen beobachteten. Schließlich fiel sie in einen Rausch, der durch all ihre Glieder wallte. Als es vorbei war, schob Jinzi seinen Körper auf den ihren und strich ihr das Haar aus der Stirn.

»Willst du mehr?«, fragte er. Sie musterte seine Augen, die im Licht des immer noch glimmenden Feuers strahlten. Ihre Form schien nun feiner, eleganter als jemals zuvor. Sie wusste, was er meinte, aber es gefiel ihr, dass er nicht drängte, obwohl sie sein Verlangen als Druck zwischen ihren Schenkeln spürte und sein Atem noch lauter war als der ihre. Ihre Hände bewegten sich wie von selbst über seine Schultern, strichen seine Wirbelsäule entlang. Als sie die Kordel an seiner Hose löste, um das letzte Stück Stoff, das sie noch trennte, selbst zu entfernen, spürte sie sein Zittern. Sie hatte keinen Schmerz erwartet wie beim ersten Mal mit Anton, doch es überraschte sie, als plötzlich der Rausch erneut begann.

Trotz der Decke fühlte sie die harten, spitzen Stellen des Höhlenbodens deutlich in ihrem Rücken und versuchte, sich in eine bequemere Position zu räkeln. Das Feuer war erloschen, nur der Rauch kratzte noch leicht in ihrer Kehle. Sie hüstelte. Jinzi hatte sie wieder fürsorglich zugedeckt, bevor er einschlief, und dabei in ihr Ohr geflüstert, dass sie viel zu wenig auf sich selbst aufpassen würde. Viktoria kuschelte sich in den Kamelhaarstoff, der auf ihrer nackten Haut kratzte. Dicht neben ihr ertastete sie Jinzis Körper und deckte ihn ebenfalls zu. Wer passte hier zu wenig auf sich auf?

Erinnerungen brannten in ihrem Gedächtnis. Es war alles so leicht gewesen, so selbstverständlich, als hätte ein Pfad, den sie damals vor dem Shanghaier Teehaus ganz zufällig betrat, nun zu seinem Ziel geführt. Statt des unangenehmen Brennens zwischen ihren Beinen, das jede Vereinigung mit Anton hinterlassen hatte, empfand sie eine feuchte, entspannte Zufriedenheit. Wenn es sich für Männer immer so anfühlte, dann war es nicht einmal verwunderlich, dass sie kaum etwas anderes im Kopf hatten.

Sie spürte das Tasten von Jinzis Fingern auf ihrer Haut und streckte sich ihnen entgegen.

»Dein Körper ist wie eine Landschaft mit Hügeln und Tälern«, flüsterte er schlaftrunken und rollte sich nochmals auf sie. Seine Hände versanken in ihren Locken.

»Damals in Shanghai wollte ich wissen, wie dein Haar sich anfühlt. Es sah aus wie eine gelbe Wolke.«

In diesem Moment wünschte sie sich, den Rest ihres Lebens in dieser dunklen, steinigen Höhle verbringen zu können, wo zwei glücklich vereinte Götterfiguren auf sie hinabsahen.

Sie wurde sanft wachgerüttelt. Jinzi hatte das Feuer neu entfacht, seine Kleidung angezogen und sammelte gerade die restlichen Gaben am Götterschrein, um ihnen ein Frühstück zu ermöglichen. Während in Viktorias Kopf Erinnerungen und Eindrücke erst langsam ein vollständiges Bild ergaben, schob sich bereits Deweis Gesicht durch die Felsspalte.

»Müssen wir schon los?«, fragte er und rieb sich die verquollenen Augen. Viktoria wurde bewusst, dass er zum ersten Mal seit vielen Monaten nicht an ihrer Seite aufgewacht war, deshalb aber keinerlei Fragen stellte. Ein kleiner Kloß begann in ihrer Kehle zu wachsen. Wie viel hatte der Junge mitbekommen? Sie erinnerte sich an Seufzer, die sie ausgestoßen hatte, auch an einen lauten Schrei. In der Nacht hatte die Welt für sie nur noch aus Jinzis Körper und dem ihren bestanden. Nun fürchtete sie auf einmal, Jinzi anzusehen, als würde das Geschehene erst endgültige Wirklichkeit werden, wenn ihre Blicke einander wieder begegneten.

Viktoria wickelte sich rasch in eine Decke und aß einige von den Früchten. Dann sammelte sie ihre Kleidung und schlich durch den Felsspalt, um sich unbeobachtet anziehen zu können. Ihr wurde wohler, sobald sie allein war. Noch spürte sie das Blut in ihren Adern pochen, genoss die völlige Entspannung ihrer Glieder, doch ihr Verstand dämpfte dieses Wohlbehagen mit jedem neuen Gedanken. Sie war schamloser gewesen als jemals bei Anton am Alsterufer, hatte sich einem Mann in die Arme gestürzt, der als Gatte niemals in Frage kam, selbst wenn er einen derartigen Vorschlag machen würde, wovon nicht auszugehen war. Ihre Finger zitterten, als sie die Froschverschlüsse an ihrer Jacke schloss. Am liebsten wäre sie in dieser kleinen Höhle geblieben, um sich nicht mehr der Welt stellen zu müssen.

Das Tageslicht blendete, obwohl es noch nicht einmal richtig hell war. Morgennebel verschleierte die Landschaft. Es war beißend kalt. Viktoria kuschelte sich in ihre Decke. Auf einmal fiel es ihr sogar schwer, die wärmende Nähe von Deweis Körper zu suchen. Der Junge musste etwas mitbekommen haben. Vielleicht wusste er nicht viel von diesen Dingen, doch steckte in jedem halbwüchsigen Knaben sicher eine Ahnung. Wenn sie sich ihm jetzt näherte, würde er es vielleicht missverstehen. Viktoria ballte ihre Hände zu Fäusten. Die Dinge waren so kompliziert geworden, dass sie ihr über den Kopf zu wachsen begannen. Mit halb geschlossenen Augen lehnte sie sich auf dem Karren zurück. Jinzi hatte wie ein brillanter Virtuose mit ihrem Körper gespielt und ein lüstern schreiendes Wesen aus ihr gemacht. Anton, der weltgewandte Dandy, konnte im Vergleich zu ihm nur als mittelmäßiger Liebhaber bezeichnet werden.

Diese Erkenntnis bereitete Viktoria für einen Augenblick hämische Freude. Dann fragte sie sich, wo Jinzi derartiges Geschick im Umgang mit dem weiblichen Körper erworben haben konnte. Eine Frau musste es ihm gezeigt haben, eine in Liebesdingen selbst sehr erfahrene Dame, der er zu gefallen bemüht gewesen war.

Viktoria zuckte entsetzt zusammen, als ihr bewusst wurde, wer Jinzis Lehrerin in Liebesdingen gewesen sein musste.

»Ist irgendwas? Geht es dir nicht gut?«, hörte sie Deweis Stimme. Er musterte sie so besorgt, dass sie alle Bedenken vergaß und den Arm um seine schmalen Schultern legte. Wenigstens hatte die Beziehung zu ihm durch den nächtlichen Fehltritt keinen Schaden genommen.

Während der Karren durch die morgendliche Landschaft holperte, wurde Viktoria endgültig bewusst, dass sie zu der Geliebten eines Jahrmarktgauklers geworden war, der einer alten Hure als Zeitvertreib diente. Bei Anton hatte sie ihr Verhalten wenigstens durch eine offizielle Verlobung erklären können, doch nun gab es nichts, um einen derartigen Fehltritt zu entschuldigen. Die Stimme ihrer Mutter hallte unerbittlich in ihrem Kopf: Dummheit, unbeschreibliche Dummheit.

Sie brauchten noch einige Tage, um das gelbe Meer zu erreichen. Viktoria vermied es zunächst geflissentlich, mit Jinzi allein zu sein, denn sie fürchtete sich vor jeder Anspielung auf die Ereignisse in der Höhle. Dewei fand zwar Gründe, für eine Weile zu verschwinden, wurde aber von ihr zurückgehalten. Sie fühlte sich verletzlich und schutzlos, als wäre ihr die Haut vom Fleisch gezogen worden. Jinzi versuchte zunächst immer wieder, Blicke mit ihr zu tauschen, doch als sie diese zaghaften Annährungen zurückwies, verfiel er in die gewohnte, kalte Zurückhaltung. Er trat wieder als Akrobat in Dörfern auf, um ihnen das nötige Essen zu besorgen. Die Ausbeute war mager, reichte aber knapp, um den schlimmsten Hunger zu bekämpfen. Viktoria fiel auf, dass er in stillschweigender Absprache mit Dewei stets die größte Portion in ihre Richtung schob. Sie hätte sich gern für diese Großzügigkeit bedankt, doch mied Jinzi bereits jeden Versuch, mehr als die notwendigsten Worte mit ihr zu wechseln. In eisigem Schweigen erreichten sie die Küste des gelben Meeres, das sich in endloser, schimmernder Weite vor ihren Augen erstreckte.

Beim Abstieg zum Ufer rutschte das Maultier aus und brach sich ein Bein. Jinzi vermochte ein Kippen des Karrens zu verhindern, doch blieb ihm nichts anderes übrig, als dem hilflos am Boden zappelnden Tier die Kehle aufzuschneiden. Viktoria wollte Dewei trösten, indem sie ihn in die Arme schloss, aber sie wurde in diesem Moment selbst von einem heftigen Weinkrampf erschüttert.

»Hast du das Tier denn so gemocht?«, fragte der Junge verwirrt.

Viktoria schüttelte nur den Kopf. Sie kämpfte zu sehr mit den Tränen, um zu sprechen. Tief in ihr nagte Verwirrung über die ungeahnten Wege, die ihr Leben genommen hatte, und Angst vor der Zukunft. Sie musste endlich wieder nach Shanghai, um in der internationalen Siedlung Boden unter den Füßen zu finden. Doch nun hatten sie nicht einmal mehr ein Zugtier für den Karren.

Schließlich stand Viktoria am Meeresufer und hielt Ausschau nach einem Schiff, das sie nach Shanghai bringen würde, doch wurde ihr verzweifeltes Winken ignoriert. Erst als der Wind den Hut von ihrem Kopf fegte und ihr Haar zerzauste, verlangsamte ein kleiner, schneidiger Klipper seine Fahrt und ein Boot wurde in ihre Richtung geschickt. Viktoria schossen Tränen der Erleichterung in die Augen, als sie die hochgewachsene Gestalt eines Mannes mit blondem Haar und langer Nase erblickte, die durchs Wasser auf sie zu watete.

»Ich bin Joseph Andrews, Angestellter des Handelshauses Butterfield and Swire«, stellte er sich sogleich vor. »Was ist mit Ihnen geschehen? Sind Sie Missionarin, Miss … Miss …«

»Virchow«, erklärte Viktoria erfreut. »Ich bin Gouvernante, habe meine Anstellung in Peking verloren und wollte nach Shanghai zurück«, entwarf sie rasch eine Version ihrer Lage, die für einen aufrechten englischen Gentleman annehmbar sein musste. »Unterwegs wurde ich überfallen. Dieser Mann«, sie wies auf Jinzi, »hat mich gerettet. Und der Junge hier ist …«

»Ihr Boy, ich verstehe«, wurde sie von Joseph Andrews unterbrochen, der ihr bereits die Hand entgegenstreckte, um sie aufs Boot zu führen. »Wir bringen Sie natürlich nach Shanghai, Miss Virchow. Dieses Land ist kein Ort, den eine Lady allein bereisen sollte. Es schadet dem Ansehen der europäischen Nationen, wenn sie zum Opfer von … von Übergriffen wird. Ihre Diener können natürlich mitkommen.«

Viktoria wurde unwohl. Sie wusste, dass sie klarstellen sollte, dass weder Jinzi noch Dewei ihre Bediensteten waren, doch schien die Aussicht auf das baldige Betreten einer Schiffskabine zu verlockend, um sie durch eine längere Erklärung hinauszuzögern.

Dewei kletterte nach ihr ins Boot. Jinzi stand wie festgewachsen am Ufer. Erst als der Junge ihm ein paar unverständliche Worte zugerufen hatte, folgte er mit finsterer Miene.

Der Klipper transportierte Tee und Porzellan von Tianjin nach Shanghai. Für Joseph Andrews, einen Mann von knapp zwanzig Jahren, war es seine erste Reise durch chinesische Gewässer im Auftrag von Butterfield and Swire. Er war, wie er Viktoria bereits im Boot erzählte, ein entfernter Verwandter eines der Eigentümer. Sein Vater, Anwalt in Portsmouth, hatte den von Schulbüchern nicht gerade begeisterten Jungen nach Shanghai in die Lehre geschickt. Sollte er sich bewähren, versicherte Joseph Andrews, stand ihm eine glänzende Laufbahn in der Firma bevor.

Er schien gern von sich selbst zu erzählen. Bereits als sie auf das Schiff gehievt wurden, fragte sich Viktoria, ob ihre Freude über den Anblick des blondgelockten Jünglings nicht verfrüht gewesen war, denn nun würde sie mehrere Tage lang sein Gerede ertragen müssen. Er erwies sich allerdings als perfekter Gentleman, indem er ihr seine persönliche Kabine überließ und in die seines Kompradors umzog, eines jener Chinesen, die westlichen Geschäftsleuten als Dolmetscher und Vermittler dienten, wobei sie oft selbst ein kleines Vermögen anhäuften. Der Komprador, so vermutete Viktoria, würde nun den nächsten Rangniederen von seinem Schlafplatz verdrängen, sodass ihr Auftauchen auf dem Schiff einiges Aufheben auslöste.

Sie überraschte Joseph Andrews durch ihr Beharren darauf, dass auch Dewei und Jinzi in die Kabine ziehen sollten. Er schlug die zahlreichen Schlafräume der anderen Chinesen auf dem Schiff als angemessenere Unterkunft vor, doch Viktoria blieb eisern. Sie wollte sich nicht ausmalen, wie Jinzi eine Verbannung in die Dienstbotenräume aufnehmen würde. Es hätte wenig Sinn gehabt, einem frisch aus England eingetroffenen Wichtigtuer klarzumachen, dass sie viele Wochen lang an der Seite dieser zwei Menschen verbracht hatte und an ihre Gegenwart gewöhnt war. Daher erzählte Viktoria etwas von schlechten Einflüssen, denen sie ihre zwei gerade zum Christentum konvertierten Dienstboten nicht aussetzen mochte. Joseph Andrews nickte mit übertrieben ernster Miene. Es sei sicher schwer, in diesem Land das Wort Gottes zu predigen, meinte er, und verwies auf eine Seitenkammer neben der Kabine.

»Der erwachsene Mann kann hier schlafen«, schlug er mit vielsagendem Blick vor. Viktoria wollte sich auf keine längere Diskussion einlassen, ob Jinzis Aufenthalt in ihrem Schlafgemach nun unschicklich war oder nicht. Wenn Joseph Andrews nur den geringsten Verdacht bekam, dass ein Chinese weitaus mehr für sie war als nur ein gewöhnlicher Bediensteter, würde er jeden Respekt vor ihr auf der Stelle verlieren.

Zum Glück arrangierte Jinzi sich ohne Wutausbrüche oder bissige Kommentare mit der Situation und bezog die Kammer, in der eine Matte lag. Während er sich dort mit Dewei ausruhte, kam Viktoria wieder in den Genuss lang entbehrter Annehmlichkeiten. Dienstboten brachten eine kleine Holzwanne herein, in der sie sich ausgiebig waschen konnte. Sie klopfte an die Tür zur Kammer, um auch Jinzi und Dewei die Möglichkeit einer gründlichen Reinigung anzubieten, aber nur der Junge nahm den Vorschlag an. Viktoria begann zu ahnen, dass es in den nächsten Tagen durchaus von Vorteil sein könnte, wenn eine geschlossene Tür zwischen ihr und dem Liebhaber aus der Höhle lag.

Während Dewei noch in der Wanne plätscherte, legte sie sich für eine Weile auf das Bett, ohne irgendeinen Gedanken daran zu verschwenden, ob auch die Wäsche gewechselt worden war. In ihrem früheren Leben hätte sie niemals freiwillig in dem benutzten Bettzeug eines fremden Mannes gelegen, doch nun schien es einfach ein Genuss, beim Einschlafen weder kalte Steine noch feuchte Erde unter sich zu spüren. Es dämmerte bereits, als sie erwachte und neue Lebenskräfte durch ihren Körper strömen fühlte. Entschlossen stand sie auf. Dewei war nicht zu sehen, vermutlich hatte er sich wieder zu Jinzi in die Kammer gelegt. Viktoria staunte, dass ihr dies einen Stich versetzte, beschloss aber, beide gemeinsam schmollen zu lassen, wenn sie denn unbedingt wollten.

Sie öffnete den Koffer, um nachzusehen, wie ihre spärlichen Habseligkeiten die abenteuerliche Reise überstanden hatten. Die drei Kleider rochen zwar etwas muffig, da sie beim Schwimmen ans Ufer des gelben Flusses nass geworden sein mussten, doch davon abgesehen waren sie glücklicherweise unversehrt. Sie legte ihre Bücher auf Joseph Andrews Schreibtisch, damit auch aus dem Papier alle Feuchtigkeit entweichen konnte, schüttelte dann ihre Kleidung aus. Sie wählte das Musselinkleid, obwohl es dafür schon etwas zu frisch war, doch hatte der leichte Stoff am wenigsten Feuchtigkeit aufgesaugt. In einem kleinen Spiegel in der Ecke der Kabine musterte sie nervös ihre Erscheinung. Ihr Gesicht schien etwas eingefallen, das Haar war zerzaust, doch insgesamt bot sie keinen abstoßenden Anblick. Erleichtert zog sie den Kamm aus ihrem

Koffer, um die Locken in Form zu bringen. Sie drehte und wendete sich in dem vertrauten Gefühl, dass ein weiter Rock um ihre Beine schwang. Die chinesischen Hosen waren praktischer gewesen, aber in europäischer Kleidung empfand sie sich als wesentlich attraktiver. Summend machte sie ein paar Tanzschritte. Es war ein herrliches Gefühl, sich selbst wieder zu gefallen. Nur etwas Schmuck fehlte noch.

Sie eilte wieder zum Koffer. Die Erinnerung an den Verlust der letzten Erbstücke tat weh, aber etwas war zum Glück noch übrig. Ungeduldig zog sie den Drachenreif heraus und erstarrte.

Der Anblick von zwei vertrauten Köpfen ließ eine Sturmflut von Erinnerungen hochwallen. Ein plötzlicher Kuss, die Wärme einer Umarmung und der glatte, sehnige Körper eines Mannes, der sich ihren Berührungen dargeboten und unbekannte Sehnsüchte in ihr geweckt hatte. Sie sank auf den Stuhl vor dem Schreibtisch, vergrub ihr Gesicht in den Händen. Es ergab keinen Sinn, so zu tun, als ob nichts geschehen wäre. Jinzi hatte ihr nichts Übles getan und verdiente es nicht, wie Luft behandelt zu werden. Sie mussten sich aussprechen, am besten jetzt. Sicher würde jemand bald ein Abendessen bringen und danach konnte sie Dewei bitten, für eine Weile in die Kammer zu gehen. Viktoria wusste nicht, was sie selbst von Jinzi erwartete, doch konnte es vielleicht helfen, etwas über seine Gedanken und Gefühle zu erfahren.

Sie wollte eben aufstehen und zu der kleinen Kammer laufen, als es an der Eingangstür klopfte. Das Essen, so hoffte Viktoria. Doch als sie ein lautes »Herein« gerufen hatte, trat nur ein rundlicher Chinese ohne Schüsseln ein.

»Taipan möchte wissen, ob Lady wollen mit ihm essen zu Abend«, verkündete er. Viktoria musste ein Kichern unterdrücken. Taipan durfte sich gewöhnlich nur der Eigentümer eines Handelshauses nennen, nicht sein Angestellter. Doch die Aussicht auf Essen ließ ihren Magen fordernd knurren.

»Nun, warum nicht«, entgegnete sie diplomatisch. Sie schuldete Joseph Andrews Dankbarkeit. »Aber meine zwei … meine … Diener …«

Sie verstummte ratlos. Ihr war klar, dass Joseph Andrews sich niemals an einen Tisch mit zwei Chinesen setzen würde.

»Für Chinesen Essen in der Küche«, meinte der Diener auch schon. Viktoria zog entschlossen die Schultern zurück.

»Ich war Gouvernante bei einer chinesischen Familie in Peking und bin es gewohnt, mit Chinesen zu essen«, entgegnete sie. Der ihr gegenüberstehende Chinese schien darüber nicht unbedingt erfreut, denn er verzog nur das Gesicht angesichts unnötiger Schwierigkeiten.

»Dann bringen wir zwei Teller in die Kammer«, kam es aus dem Hintergrund. Das blasse, rotgefleckte Gesicht von Joseph Andrews schob sich durch den Türrahmen. Ein begeistertes Aufleuchten seiner Augen sprach deutlichere Worte als alle Spiegel: Viktoria war immer noch eine durchaus anziehende Frau.

»Bringen wir erst einmal den Tisch herein«, schlug er vor. »Sind Ihre Diener europäisches Essen gewöhnt, Miss Virchow?«

Voller Bereitschaft, sich nach ihren Wünschen zu richten, stand der junge Engländer vor ihr.

»Der Junge ist es gewöhnt«, erklärte sie. »Der erwachsene Mann eher nicht.«

»Nun dann bringen Essen aus Küche zu zwei Leuten in Kammer«, ahmte Joseph Andrews das verstümmelte Englisch chinesischer Dienstboten nach. Der dickliche Chinese eilte davon, während drei andere Bedienstete einen Tisch in die Kabine trugen.

»Gewöhnlich esse ich hier allein an dem Schreibtisch«, erklärte er mit einem verlegenen Räuspern. »Es ist lange her, dass ich in den Genuss kultivierter weiblicher Gesellschaft gekommen bin. Es wäre eine große Ehre für mich, wenn Sie mit mir das Dinner einnehmen würden, Miss Virchow.«

Viktoria sah, wie ein weiterer Stuhl hereingetragen wurde, um dem vor dem Schreibtisch stehenden Gesellschaft zu leisten. Dann folgten einige Töpfe und Schüsseln. Sie war leicht pikiert, dass der Gastgeber nicht einmal ihr Einverständnis zu der Einladung abwartete. Joseph Andrews hatte bereits einen schwarzen Frack angezogen und lief geschäftig herum. Der dickliche Chinese erschien wieder, um zwei Schüsseln in die Kammer zu tragen. Die Vorstellung, dass Dewei und Jinzi nun ohne sie essen würden, versetzte Viktoria einen leichten Stich.

»Nun, Miss Virchow, ich hoffe, es ist alles zu Ihrer Zufriedenheit. Mein Koch ist in der Lage, echt englisches Roast Beef zuzubereiten, mit Bratkartoffeln, ganz wie zuhause.«

Joseph Andrews musterte sie wie ein nervöser Schuljunge, der gelobt werden wollte, was Viktoria etwas mit seinem Verhalten versöhnte. Eigentlich war die Aussicht auf Roast Beef nicht einmal übel, denn sie hatte in den letzten Wochen fast nur Reis und Süßkartoffeln gegessen. Morgen würde sie eine Entschuldigung finden, um wieder bei ihren vertrauten Begleitern sitzen zu können, aber dieses eine Mahl mit dem Herrn des Schiffs durfte sie sich gönnen.

Champagner wurde in Kristallgläser gefüllt, dann zogen sich die Diener mit einer Verbeugung zurück. Viktoria nippte erfreut am dem lang entbehrten Getränk. Der Braten roch köstlich und sie starb fast vor Hunger. Ungeduldig lud sie ihren Teller voll. Ob Jinzi wohl Geschmack an Roast Beef finden würde? Sie musste ihm zeigen, wie man mit Messer und Gabel aß, denn in Shanghai bei den Huntingdons …

»Nun, Miss Virchow, Sie scheinen mir eine sehr mutige und ungewöhnliche Frau«, riss der Gastgeber sie aus ihren Gedanken. »Kaum ein Mädchen, das ich in England kannte, hätte sich bereitwillig in ein derart unzivilisiertes Land begeben.«

»China hat eine uralte Zivilisation«, warf Viktoria ein und erntete ein Lächeln.

»Natürlich. Wie dumm von mir. Aber wie ich schon sagte, Bücherwissen ist nie meine Stärke gewesen«, kicherte Joseph Andrews. Dann folgte ein weiterer, ausführlicherer Bericht über seine Jugendzeit in England, wo er unter der gnadenlosen Strenge verknöcherter Lehrer an einer Privatschule gelitten hatte und sein Herz an ein liebreizendes Mädchen namens Maud verlor. Doch bevor er um die Hand der Liebsten anhalten konnte, musste er sich erst einmal als Geschäftsmann bewähren. In Shanghai boten sich gute Möglichkeiten. Ein Hoch auf Butterfield and Swire. Viktoria stieß brav mit ihm an, während sich endlich wohlige Wärme in ihrem Magen ausbreitete. Mit dem Sättigungsgefühl ließ die Lust auf Champagner nach. Ihr fiel auf, dass die Flasche leer war, obwohl sie selbst nur ein Glas geleert hatte. Joseph Andrews musste ebenso eifrig getrunken haben wie er redete.

»Trotzdem, es ist hart in China«, fuhr er fort und entkorkte selbständig eine weitere Flasche. »Ganz besonders für einen jungen Mann ohne eine Frau an seiner Seite, die auf ihn aufpasst.«

Als er die Gläser erneut füllte, goss er ein paar Tropfen daneben. Viktoria bemerkte das Glühen seiner Wangen. Joseph Andrews war kein geübter Trinker, aber heute Abend trank er.

Ihr wurde ein wenig unwohl. Der junge Mann gehörte ins Bett. Sie selbst empfand mit einem vollen Magen nur noch bleierne Müdigkeit.

»Es ist schon spät«, begann sie zaghaft, wurde aber überhört.

»Ich habe so schreckliche Sehnsucht nach England. Die frische, klare Luft. Meine Mutter und ihr Apfelkuchen am Sonntag. Und Maud, sie ist so ein nettes Mädchen, unverstellt, ganz anders als diese grell bemalten Chinesinnen, die einen Mann Dinge tun lassen, die … die … widerwärtig sind.«

Auf einmal begann er zu weinen. Sein Gesicht verschwand hinter seinen Händen und er beugte sich so dicht über den Teller, dass ein paar Haarsträhnen in die Reste der Soße fielen.

Viktoria streckte zaghaft die Hand nach ihm aus. Bilder entstanden in ihrem Kopf. Joseph Andrews schwankte betrunken an dem Arm seines Kompradors in ein bunt geschmücktes Boot, wo zarte, liebliche Kreaturen ihn in Empfang nahmen, um seinen Geldbeutel zu erleichtern.

Warum hatte man diesem Jungen nicht erlaubt, seine Maud gleich zu heiraten? Die notwendige Lehrzeit in China könnte einen Mann aus ihm machen, der seiner Braut völlig fremd war.

»Jeder Mensch hat Schwächen«, begann sie, ratlos, wie das schlechte Gewissen eines Bordellbesuchers zu beruhigen war.

»Natürlich«, meinte er, richtete sich langsam auf und wischte seine Nase mit der Serviette trocken. »Nur ist es hier so schwer, sittsam zu bleiben. Dieses Land kennt keine Moral. Überall nur Opiumhöhlen und Freudenhäuser. Ich ... ich ... schäme mich manchmal so.«

Viktoria merkte, dass er immer stärker zu lallen begann. Nun wollte er ihr Dinge anvertrauen, die er in nüchternem Zustand niemals einer Dame erzählt hätte und die ihm am nächsten Tag peinlich wären. Sie musste ihn irgendwie aufhalten.

»Gehen Sie besser schlafen, Mr. Andrews«, erklärte sie entschieden. »Sonst haben Sie morgen einen fürchterlichen Kater.«

Joseph Andrews ergriff völlig unvermittelt ihre Hand und drückte sie so fest, dass es fast wehtat.

»Ich war so froh, sie am Ufer zu sehen, Miss Virchow. Endlich wieder eine richtige Frau, mit der ich reden kann. Kein so bunt bemaltes, halb verhungertes Ding. Ich sehne mich so ... so nach Maud ...«

Zu Viktorias Entsetzen stand er auf und kam mit leicht torkelnden Schritten um den Tisch herum auf sie zu. Sie unterdrückte den Drang, aus der Kabine zu laufen. Wenn sie die nächsten Tage auf dem Schiff verbringen wollte, musste sie diesen Mann daran hindern, sich völlig vor ihr zu blamieren.

»Mr. Andrews, wir sollten die Diener rufen, damit sie abräumen«, begann sie und richtete sich auf, doch wieder schenkte er ihren Worten keinerlei Gehör.

»Bitte seien Sie doch … seien Sie ein bisschen nett zu mir. Ich fühle mich so allein in dieser Fremde.«

Er fiel ihr um den Hals. Viktoria wollte ihn sanft von sich schieben, doch wog sein Körper zu schwer, blieb wie ein Sack an ihr hängen.

»Miss Virchow … Sie sind so … so hübsch … und Sie kennen China … Sie verstehen sicher, was es aus einem Menschen machen kann.«

Viktoria versuchte vergeblich, seine Hände fortzufegen, die sich von ihrer Taille aus in einer Weise über ihren Körper bewegten, die einem Gentleman nicht zustand. Sobald sie verscheucht worden waren, griffen sie an anderer Stelle erneut zu und wurden immer dreister.

»Mr. Andrews«, rief sie, zunächst bewusst kichernd, dann immer empörter. »Lassen Sie das … hören Sie auf.«

Sein Kopf lag auf ihrer Schulter und er begann, ihren Nacken zu küssen. Viktoria versuchte immer noch vergeblich, seinen Berührungen auszuweichen, denn seine Umarmung entwickelte sich zur Fessel. Sie hörte seinen Atem, der schwer und rasselnd klang. Ein kräftiger Tritt mochte helfen, ihn endgültig abzuschütteln. Viktoria hob ihr Knie. Erleichtert sah sie ihn zurücktorkeln, kurz schwanken, aber dann wieder sein Gleichgewicht finden. In den blauen Augen blitzte plötzlich ein maßloser Zorn auf, der ganz und gar nicht zu dem wichtigtuerischen, aber harmlosen Jüngling passte, den Viktoria zunächst in ihm gesehen hatte.

»Verfluchte Schlampe!«, zischte er, packte sie an den Schultern und schubste sie grob gegen den Tisch. Viktorias Herzschlag beschleunigte sich. Dieser betrunkene Jüngling, dessen Haarspitzen noch von Sauce verklebt waren, vermochte ihr keinerlei Furcht einzuflößen, aber allmählich kochte sie vor Wut. Mit ausgestreckten Armen schob sie ihn energisch von sich.

»Es reicht jetzt, Mr. Andrews!«

Kurz flackerte Erschrecken in seinen Augen auf, als würde ihm plötzlich klar, wie völlig unpassend er sich benommen hatte. Sein Griff um Viktorias Taille lockerte sich.

»Miss Virchow … ich … ich … kann nicht anders«, meinte er dann laut. »Und eine Frau, die sich einfach an einem Ufer aufsammeln lässt, mit gewöhnlichen Chinesen herumreist und im Bett eines fremden Mannes schläft, die … die … sollte sich nicht so anstellen.«

Er versuchte sie nochmals an sich zu ziehen. Viktoria sammelte ihre Kräfte, um ihn nun endgültig abzuschütteln, als sie das Knarren einer Tür in ihrem Rücken hörte. Ihr Atem stockte.

»Lassen Lady in Ruhe!«

Sie musste sich nicht umdrehen, um zu wissen, wer da sprach. Im Geiste verfluchte sie Jinzi. Gegen bewaffnete Bauern und korrupte Händler hatte sie seine Hilfe gebraucht, doch mit dieser Situation wäre sie durchaus allein fertig geworden. Kurz blickte sie mit einem heftigen Kopfschütteln in seine Richtung, aber auch er schenkte ihren Wünschen keine Beachtung. Mit ein paar Sätzen eilte er heran, packte Joseph Andrews an seinen schmächtigen Schultern und zog ihn von ihr fort.

»Was … was soll das?«, stammelte der Engländer.

»Mr. Andrews, wir gehen jetzt am besten alle schlafen. Bitte rufen Sie die Diener«, versuchte Viktoria ein letztes Mal, die unangenehme Lage zu entspannen, doch leider hatte der junge Mann bereits begriffen, wie ihm geschah.

»Lass mich los, du … du … Chink«, rief er empört, während er in Jinzis Griff zappelte.

»Lass ihn!«, zischte Viktoria auf Chinesisch und diesmal wurde sie endlich erhört. Joseph Andrews geriet ins Schwanken und musste sich am Tisch festhalten.

»Was fällt dir ein, was erlaubst du dir!«, lallte er empört, um sich dann gegen Jinzi fallen zu lassen.

Es war nur ein kleiner Schubser. Viktoria hatte Jinzi oft genug zuschlagen sehen, um den Unterschied zu erkennen. Doch reichte dieser sanfte Stoß, um den hochgewachsenen Jüngling auf den Boden der Kabine plumpsen zu lassen. Zunächst musste Viktoria ein Kichern unterdrücken, denn Joseph Andrews zappelte wie ein auf dem Rücken liegender Käfer. Doch als er wieder auf die Beine gekommen war und mit gellender Stimme nach seinen Dienern rief, schloss sie die Augen und wünschte sich, auf einem Karren irgendwo in der chinesischen Wildnis zu sitzen.

»Es war alles nur ein unglückliches Missverständnis«, erklärte Viktoria, als sie am nächsten Tag die Kabine des Kompradors betreten hatte, wo Joseph Andrews vorübergehend hauste. Sie zwang ein Lächeln auf ihr Gesicht. Nun trug sie ihr hochgeschlossenes, flaschengrünes Kleid, das glücklicherweise über Nacht getrocknet war. Ihr Haar hatte sie zu einem sittsamen Knoten gebunden. Niemand konnte ihr noch vorwerfen, einen falschen Eindruck auf Männer zu machen.

Joseph Andrews blickte von ein paar Papieren hoch. Unter seinen Augen lagen dunkle Schatten, doch sonst wies nichts mehr auf seinen gestrigen Zustand hin. Seine Kleidung saß tadellos, und er hatte sich frisch rasiert.

»Das ist möglich«, erwiderte er, wobei sein Blick Viktoria nur einen Moment lang streifte. Die blauen Augen schienen erstaunlich kalt. »Ich werde Sie selbstverständlich nach Shanghai bringen, Miss Virchow. Sie können auch weiterhin in meiner Kabine wohnen.«

Was gestern noch eine ritterliche Geste gewesen war, klang nun wie ein Akt der Gnade gegenüber einem Wesen, das sie eigentlich nicht verdiente. Viktoria fröstelte. Joseph Andrews wusste, dass er sich vor ihr blamiert hatte, und würde ihr das niemals verzeihen.

Entschlossen nahm sie auf einem Stuhl Platz, obwohl er sie nicht dazu aufgefordert hatte.

»Das ist sehr freundlich von Ihnen«, zwang sie sich zu sagen. »Aber mein … mein Diener, den sie gestern Nacht einsperren ließen … wäre es nun nicht an der Zeit, ihn wieder freizulassen?«

Joseph Andrews stieß einen jener gequälten Seufzer aus, den sie bereits von Robert Huntingdon kannte.

»Ihr Diener – oder was auch immer Sie in ihm sehen - hat mich angegriffen«, stellte er knapp fest. Viktoria hob hilflos die Hände.

»Aber er wollte mich doch nur schützen. Er hat die Lage leider völlig missverstanden«, log sie verzweifelt.

Joseph Andrews warf ihr einen jener Blicke zu, den er selbst an seinen Lehrern gehasst hatte. Schulmeisterlich, abfällig und selbstgerecht.

»Das mag Ihre Sichtweise sein, meine verehrte Miss Virchow, aber wir Briten und auch andere Staatsbürger zivilisierter Nationen sind in diesem Land leider schon öfter Opfer brutaler Übergriffe geworden. Ein derartiges Verhalten kann keineswegs geduldet werden. Wir müssen klare Zeichen setzen, verstehen Sie?«

Viktoria verstand nur, dass dieser Junge ein paar kräftige Ohrfeigen verdient hätte. Sie musste sich mit aller Kraft zur Ruhe zwingen.

»Mein Diener hatte keineswegs die Absicht, Sie zu verletzten, Mr. Andrews.«

Sie hätte hinzufügen können, dass Joseph Andrews ansonsten nicht so glatt und geschniegelt auf seinem Stuhl hätte thronen können, doch schien eine derartige Bemerkung ungeschickt.

»Ich bedauere, dass Sie sein Benehmen derart missverstehen«, fuhr sie daher fort. »Sie können uns gern wieder an einem Ufer absetzen. Ich bin mir sicher, dass ich mit meinen Bediensteten sicher nach Shanghai kommen kann.«

Der junge Mann runzelte kurz die Stirn.

»Sie können das Schiff natürlich jederzeit verlassen. Ich halte Sie keineswegs gewaltsam fest.«

Er lächelte. Viktorias Handflächen juckten vor Verlangen, auf seinen zart geröteten Wangen zu landen.

»Ihren Boy können Sie auch mitnehmen. Aber der Aufwiegler wird der Gerichtsbarkeit in Shanghai übergeben werden. Dabei verhalte ich mich großzügig. Ich hätte gestern Grund genug gehabt, ihn auf der Stelle zu erschießen.«

Viktorias Kinn schoss in die Höhe. Das wurde langsam zu viel.

»In diesem Fall, Mr. Andrews, werde ich auch eine Aussage über Ihr Benehmen mir gegenüber machen müssen«, erklärte sie laut.

Sein Blick wurde so unvorstellbar kalt, dass Viktoria zu frieren begann. Die menschliche Seite von Joseph Andrews würde sie niemals mehr erreichen können. Am gestrigen Abend war eine Tür zwischen ihnen zugefallen.

»Mein Benehmen? Ich verstehe nicht, was Sie meinen«, erwiderte Joseph Andrews mit unbewegter Miene. »Ich habe Ihnen meinen Schutz angeboten, Sie in meiner Kabine untergebracht. Und das obwohl Sie, wenn ich es mir erlauben darf, offen zu reden, eine recht zwielichtige Abenteurerin scheinen. Wie eine Missionarin sehen Sie keineswegs aus. Sie reisen allein mit zwei Chinesen herum, haben, wie Sie mir selbst erzählten, in den Frauengemächern eines Mandarins gelebt. Ich bezweifle, dass Sie einen guten Leumund haben, Miss Virchow.«

Viktorias Beine begannen zu zucken. Sie wäre bereit gewesen, nochmals in eisige Gewässer zu springen, nur um von dem Schiff dieses Mannes zu kommen, doch konnte sie Jinzi hier nicht einfach zurücklassen.

»Darf ich nach meinem Diener sehen?«, fragte sie leise. Joseph Andrews nickte nach kurzem Zögern.

»Wenn Sie es für nötig halten, wird man Sie zu ihm bringen.«

Viktoria stand auf und zwang ihre Füße, sich Richtung Tür zu bewegen. Der Zorn rauschte in ihren Ohren. Als ihre Hand auf der Klinke lag, blieb sie kurz stehen.

Was hatte sie noch zu verlieren?

»Wenn Ihre Maud ein so nettes Mädchen ist, wie Sie behaupten, dann ist sie als Ihre zukünftige Ehefrau zu bedauern«, zischte sie, bevor sie durch den Türspalt verschwand.

Er war in einer winzigen Kammer gleich neben der Schiffsküche eingesperrt worden. Scharfe Gerüche schwappten herein, und Viktoria bemerkte erleichtert zwei leere Essschüsseln in seiner Nähe. Wenigstens ließ man ihn nicht hungern.

Er kauerte in einer Ecke, hatte die Hände um die Knie geschlungen und starrte ins Leere. Auf seiner Wange entdeckte sie einen blaugrünen Fleck, doch ansonsten schien er unversehrt, da er klug genug gewesen war, keinen Widerstand gegen seine Verhaftung zu leisten. Die Diener von Joseph Andrews hätte er vielleicht niederschlagen können, aber das Schiff war zu weit vom Ufer weg, um eine Flucht möglich zu machen.

Viktoria zwang wieder ein Lächeln auf ihr Gesicht, als sie eintrat. Eine unsichtbare Hand schnürte ihr die Kehle zu. Die Angst um Jinzis Wohlergehen vermischte sich mit unklaren Schuldgefühlen, obwohl sie sich keines Vergehens bewusst war. Aber ohne ihre Einmischung in Jinzis Leben wäre er Joseph Andrews niemals begegnet.

»Es tut mir leid«, sagte sie und blieb ratlos stehen.

Etwas blitzte in seinen Augen auf, doch konnte sie nicht einschätzen, ob es Freude war oder Zorn. Zögernd trat sie ein paar Schritte vor, nahm eine zerschlissene Matte und einen

Nachttopf zur Kenntnis. Jinzis Augen schienen ihrem Blick zu folgen, denn er schob den Nachttopf mit einer raschen Bewegung hinter sich. Viktoria hockte sich vor ihm auf den Boden, obwohl sie dadurch Gefahr lief, eines ihrer wenigen, guten Kleider zu beschmutzen. Nervös strich sie Stoffbahnen glatt. In chinesischer Bauernkleidung war vieles unproblematischer gewesen.

»Du hast es missverstanden«, erklärte sie. »Oder auch nicht. Aber ich wäre mit ihm allein fertig geworden. Er war nur ein unglücklicher, betrunkener Junge.«

Jinzis Kinn schoss in die Höhe.

»Ich habe viele solcher Jungen im Bordell erlebt. Ich weiß, was sie tun können. Er gefiel mir nicht, von Anfang an. Es gefiel mir nicht, wie er dich ansah.«

Sie zuckte hilflos mit den Schultern.

»Er fühlte sich allein in China. Ich war ein vertrautes Gesicht«, versuchte sie, das Verhalten von Joseph Andrews auch für sich selbst zu erklären.

»Warum dann nicht zuhause geblieben?«, kam es sofort zurück.

»Wir können alle nicht immer tun, was wir wollen«, entgegnete Viktoria. Zu ihrem Erstaunen schien Jinzi das hinzunehmen, denn er erwiderte nichts.

»Sind sie hier … einigermaßen nett zu dir?«, tastete Viktoria sich weiter. Er warf ihr einen nachsichtigen Blick zu.

»Die Chinesen hier bewundern mich. Sie denken, ich habe Taipan geschlagen. Das wollen sie alle selbst gern tun.«

Viktoria lachte auf.

»Ich habe es mir vor einer Weile auch gewünscht.«

Es tat weh, dass er nicht in ihr Lachen einstimmte.

»Ich wusste, Lao Wai machen Ärger«, entgegnete er nur. Sie war sich nicht sicher, ob er sie nicht in diesen Vorwurf miteinbezog, doch änderte dies nichts an dem Drang, ihn in die Arme zu schließen. Hilflos hob sie ihre Hände, wagte es aber nicht, sie auf seinen Körper zu legen, so kalt und abweisend schien seine in sich gekehrte Haltung. Auf einmal wurde die Sehnsucht nach dem Moment in der Höhle, da es auf einmal ganz selbstverständlich gewesen war, ihn zu berühren, derart stark, dass ihr Tränen in die Augen stiegen.

»Ich bringe es in Ordnung«, versicherte sie ihm und auch sich selbst. »Sobald wir in Shanghai sind, wirst du wieder freigelassen.«

Er nickte nur kurz, um ihre Worte zur Kenntnis zu nehmen. Dann schwieg er. Viktoria suchte nach einer Möglichkeit, Mitgefühl, Zuneigung und Reue über ihr Verhalten nach der Nacht in der Höhle passend auszudrücken, doch fürchtete sie, er könne dies als leeres Gerede abtun. So saß sie eine Weile ebenfalls schweigend da wie er, um sich schließlich zu verabschieden.

Kapitel 5

In Shanghai wurde Jinzi dem englischen Konsulat übergeben, das ihn sogleich hinter Schloss und Riegel setzte. Viktoria verzichtete auf einen Abschied von Joseph Andrews, sondern suchte sogleich das deutsche Konsulat auf, wo sie neue Papiere erhielt und etwas Geld, um gemeinsam mit Dewei in einem billigen Hotel unterzukommen. Man bot sich an, ihr die Heimreise zu bezahlen, doch sie versicherte, sich sogleich um eine neue Anstellung zu bemühen.

Das Hotel befand sich in einer Seitenstraße der Foochow Road, nicht weit vom Zollhaus entfernt. Es gehörte einem ehemaligen schottischen Seemann namens Ian McGregor, der sich bereits vor fünfzehn Jahren dauerhaft in Shanghai niedergelassen hatte. Den Grund dafür, eine drahtige Chinesin, die ihm kaum bis zur Schulter reichte, aber deren schrille Stimme kaum zu überhören war, hielt er meist in den hinteren Räumen des Hotels versteckt, ebenso wie alle Kinder, die inzwischen aus dieser Verbindung entstanden waren. Die Kundschaft von Ian McGregor war rein westlich, setzte sich aus kleinen Angestellten auf der Suche nach einer festen Bleibe, Abenteurern und sonstigen Leuten ohne besonderes Vermögen zusammen. Die Räume waren schäbig eingerichtet, doch sauber, was wohl der meist unsichtbaren Chinesin zu verdanken war. Viktoria war froh über eine Bleibe mit etwas Privatsphäre.

Sie suchte zunächst einmal das Haus der Huntingdons auf, da sie auf die Möglichkeit zu einer Unterhaltung mit Margaret hoffte, doch wurde sie bereits vom Hausdiener abgewiesen. Der alten Dame ging es zu schlecht, um Besuch zu empfangen, lautete die knappe Botschaft. Viktoria war klar, dass sie kein gern gesehener Gast bei dieser Familie mehr war, und so zog sie widerstandslos von dannen. Das Problem würde sich irgendwie lösen lassen, doch zunächst musste Jinzi wieder auf freiem Fuß sein. Voller Tatendrang machte sie sich daran, Briefe an das deutsche und englische Konsulat zu verfassen, um die Ereignisse auf Joseph Andrews Schiff in einem für Jinzi günstigeren Licht darzustellen. Sie verzichtete auf Anklagen gegen den Engländer, denn ihr war klar, wie schnell er seine Drohung wahrmachen und sie selbst in Verruf bringen konnte, stellte Jinzis Angriff daher als eine auf einem Missverständnis beruhende Maßnahme zu ihrem Schutz dar.

Dann wartete sie zwei Wochen lang vergeblich auf Antworten. Als diese ausblieben, wollte sie selbst in den Konsulaten vorsprechen, wurde jedoch mit Entschuldigungen vertröstet. Es fiel ihr schwer, nachts Schlaf zu finden, da Jinzi blutig geschlagen oder gar erschossen ihre Träume heimsuchte. Zwar versicherte der uniformierte junge Mann am Eingang des britischen Konsulats ihr stets, dass der gefangene Chinese wohlauf sei, doch schien niemand so recht zu wissen, was aus ihm werden sollte. Ein Prozess war geplant, ein Termin allerdings nicht in Aussicht und der Konsul hatte grundsätzlich keine Zeit, Viktoria persönlich zu empfangen.

Nach dem fünften dieser erfolglosen Besuche schlenderte Viktoria ziellos den Bund hinab, denn es graute ihr vor der Stille des Hotelzimmers. Dewei hatte begonnen, unter der Fuchtel von Ian McGregors inoffizieller Ehefrau in der Hotelküche auszuhelfen, wodurch er den Aufenthalt für sie beide zu verlängern hoffte. Das deutsche Konsulat würde gewiss nicht ewig zahlen.

Viktoria ging an den monumentalen europäischen Geschäftshäusern vorbei, ließ die Oriental Bank hinter sich und wollte nach dem Zollhaus abbiegen, um nun doch den Heimweg anzutreten. Sie erblickte einen Straßenhändler, der Nudeln und Teigtaschen anbot. In dem chinesischen Beutel, den Dewei ihr als Ersatz für das verlorene Ridikül besorgt hatte, klimperten noch ein paar Dollars, der Rest der Almosen des Konsulats. Sie verspürte ein hungriges Ziehen in ihrem Magen. Nach den langen Monaten, da sie kaum europäisch gegessen hatte, war die chinesische Kost ihr so vertraut geworden, dass sie sich nach ihr sehnte. Gerade hatte sie in den Beutel gegriffen, als eine vage vertraute Stimme im Hintergrund erklang.

»Mademoiselle Virchow! C'est vraiment vous!«

Viktoria wandte sich um und sah endlich wieder ein vertrautes Gesicht in der Menschenmenge. Vor Freude wäre sie Anette Desmoulins fast um den Hals gefallen, doch wirkte die Französin auf einmal so elegant, dass sie vor einer Berührung zurückschreckte. Die einst plumpen Körperformen hatten sich in eine weiche, üppige, aber durchaus anziehende Figur verwandelt, die in taubenblauer Seide steckte. Ein kleines, keckes Hütchen zierte Anettes Hochsteckfrisur und um ihre Schultern lag ein Umhang aus weichem Fuchspelz. Hinter der jungen Dame stand eine chinesische Amah mit Einkaufstaschen in beiden Händen.

»Maintenant je suis Madame Sassoon«, erklärte Anette lächelnd die Situation. Dann ergriff sie Viktorias Arm und begann, mit ihr den Bund hinabzuschlendern.

»Ich bin so gespannt zu hören, wie es Ihnen in der Zwischenzeit ergangen ist«, plauderte sie fröhlich. »Wollen wir gemeinsam zu Mittag essen? Ich lade Sie natürlich ein, um der alten Zeiten willen. Schließlich habe ich Ihnen mein Glück zu verdanken.«

Viktoria wurde bewusst, dass ihr nun auf höfliche Weise ein Almosen angeboten wurde. Anette ging davon aus, dass nur völlig verarmte Europäer sich bei chinesischen Straßenhändlern ernährten, womit sie streng genommen nicht einmal Unrecht hatte. Die Vorstellung, wie schäbig sie in ihrem uralten Paletot, der während der Reise ein paar kleine Risse abbekommen hatte, aussehen musste, trieb Viktoria Schamesröte ins Gesicht. Ihr Haar hatte sie nur kurz durchgekämmt, in einen Zopf gebunden und auf Schmuck ganz verzichtet, da sie von anderen Sorgen geplagt wurde. Nun musterte sie beeindruckt die zwei kleinen Brillanten, die in Anettes Ohrläppchen funkelten.

Die Französin führte sie am Park vorbei über die Suzhou Creek zum Astor House Hotel, angeblich nun die vornehmste Adresse in Shanghai. Während Viktorias Abwesenheit hatte sich einiges verändert, wie die Französin aufgeregt erzählte. Shanghai hatte elektrisches Licht bekommen und in diesem Hotel waren die ersten solchen Lampen installiert worden. Viktoria erblickte eine große, von grünem Rasen umgebene Anlage, die zu durchqueren einiges an Zeit erforderte. Dann nahmen sie auf einer Terrasse in Liegestühlen Platz, um sich in den Strahlen der Dezembersonne zu wärmen, denn tagsüber waren die Temperaturen noch recht milde. Chinesische Diener servierten Sandwiches und Getränke. Viktoria nahm die belegten Brote dankbar entgegen, denn ihr Magen knurrte inzwischen mit peinlicher Lautstärke. Die ersten Tage nach der Ankunft in Shanghai hatte sie aus Sorge um Jinzi kaum zu essen vermocht, nun machte der lange Hunger sich bemerkbar.

»Xièxie«, murmelte sie dem Diener ganz selbstverständlich zu, nahm einen Hauch von Staunen in seinen Augen war, obwohl sein Gesicht ausdruckslos blieb. Er entfernte sich mit einer Verbeugung.

»Sie sprechen jetzt Chinesisch?«, fragte Anette. Viktoria zuckte mit den Schultern.

»Ich war in letzter Zeit viel mit Chinesen zusammen und habe so ein bisschen ihre Sprache gelernt.«

»Erstaunlich«, kommentierte Anette. »Nathan kann es, aber er ist hier aufgewachsen und außerdem eben sehr klug. Ich frage mich immer, ob ein normaler Mensch überhaupt in der Lage ist, diese Sprache zu lernen.«

»Wie Sie sehen, geht es«, entgegnete Viktoria und biss in ihr Gurkensandwich. Es schmeckte so fad, dass sie sich nach den chinesischen Nudeln zu sehnen begann, aber wenigstens stillte es ihren Hunger. Sie hegte die Hoffnung, anschließend frischen Kaffee zu bekommen, den sie in den letzten Monaten tatsächlich vermisst hatte. Kauend musterte sie ihre Umgebung. Nur ein paar Meter entfernt unterhielt eine Runde von jungen Amerikanern sich lautstark über die Erfolge ihrer Rennpferde. Drei Damen in ähnlich eleganter Kleidung wie Anette saßen im Hintergrund und plauderten mit zarten Teetassen in der Hand. Wieder fühlte sie sich an ihre Heimat erinnert, denn ähnlich wohlhabend und wichtig hatten die Gäste des Alsterpavillons ausgesehen. Nur die Insel auf der anderen Seite des Huangpu störte, denn sie war mit chinesischen Häusern bedeckt, und manchmal blies der Wind fremde Gerüche bis auf die Hotelterrasse. Nach einer Weile versammelten sich drei Männer in Frack auf dem Rasen zu einem kleinen Orchester, das mit einer Geige und zwei Oboen beliebte Melodien anstimmte.

Die Musiker waren bestenfalls mittelprächtig. Viktoria meinte, einst auf dem Klavier nicht schlechter gewesen zu sein. Sie erinnerte sich an ein altes, verstimmtes Piano, das im Hotel der McGregors langsam verstaubte, und begann, an einem möglichen Zukunftsplan zu spinnen.

»Nun, Mademoiselle Virchow, wie ist es Ihnen in der Zwischenzeit ergangen?«, riss Anette sie aus ihren Gedanken. Ihre Stimme klang gelassen und sie knabberte an ihrem Sandwich, ohne zu bröseln oder Teile der Füllung herausfallen zu lassen, ein Missgeschick, das ihr früher sehr oft passiert war. Das ungeschickte junge Mädchen, dem Viktoria sich auf durchaus angenehme Weise hatte überlegen fühlen können, war zu einer selbstsicheren Dame von Welt herangereift. Hatte Nathans Liebe diesen Wandel ermöglicht? Viktoria verspürte einen alten, vergessen geglaubten Stich in ihrem Herzen.

Sie gab eine gekürzte, gefällige Fassung ihrer bisherigen Abenteuer zum Besten, doch reichte diese aus, um Anette ein wenig aus ihrer vornehmen Lässigkeit herauszureißen. Sie starrte Viktoria kurz mit offenem Mund an, in dem noch Sandwichreste steckten. Dann schluckte sie rasch.

»Sie sind allein mit einem Karren durchs Land gezogen, wurden von Piraten entführt und sprangen in den gelben Fluss, um ihnen zu entkommen?«

»Ungefähr so«, entgegnete Viktoria. Plötzlich empfand sie Stolz auf ihre Abenteuer. Die Schäbigkeit ihrer Erscheinung schien unwichtig geworden zu sein. »Ich hatte aber Freunde, die mir halfen«, fügte sie um der Wahrheit willen hinzu. Dann verschwand die elegante, saubere, entspannend friedliche Umgebung hinter einem Schleier der Sorge und Angst. Sie wollte nicht mehr hier sein, unter all diesen teuer gekleideten Leuten sitzen, die über Belanglosigkeiten plauderten. Lieber hätte sie gemeinsam mit Dewei in dem schäbigen Hotelzimmer ein Buch gelesen. Noch stärker aber war der Wunsch, nun an der Seite jenes Mannes sein zu können, den sie durch ihr Ungeschick zu einem Gefangenen gemacht hatte.

»Was für Freunde? Chinesen etwa?«, holte Anettes Stimme sie in die Wirklichkeit zurück.

»Ja, am Ende waren es nur noch Chinesen«, erwiderte Viktoria und nahm geduldig einen weiteren, fassungslosen Blick hin.

»Nun, es war auch für mich nicht einfach mit … mit Nathans Familie. Juden, und dann auch noch aus Bagdad.«, meinte Anette. »Mein Vater verzieh mir recht schnell, was ich getan hatte, denn er sah, dass ich glücklich war. Maman war etwas störrischer, doch Nathans Leute …«

Sie stieß einen Seufzer aus und verzog das Gesicht.

»Sie haben ihn zunächst meinetwegen verstoßen. Wäre ich konvertiert, hätten sie mich vielleicht doch akzeptiert, aber Nathan wollte mich zu nichts drängen. Wir verbrachten zunächst ein paar Monate in Japan und wurden auf der Reise dorthin einfach von einem Schiffskapitän getraut, ohne religiöse Zeremonie. Nathan macht jetzt selbst seinen Weg, ohne Unterstützung der Familie, und hat gemeinsam mit einem Partner aus Tokyo sein eigenes Handelshaus eröffnet. Wir kommen gut miteinander aus, weil er modern erzogen wurde. Aber Chinesen, ich meine, die sind doch völlig anders, ich denke, es muss sehr, sehr schwer sein, sich mit ihnen zu verstehen.«

Viktoria lehnte sich auf dem Stuhl zurück. Sie war zu ausgelaugt für eine längere Diskussion.

»Vielleicht«, meinte sie mehr zu sich selbst als zu Anette, »sind Chinesen im Grunde gar nicht so anders, wenn man erst einmal eine Ahnung davon hat, unter welchen Bedingungen sie leben. Ich meine, es gibt in jedem Land die unterschiedlichsten Menschen, mit denen man sich eben versteht oder nicht.«

Anette widersprach nicht, sondern winkte den Diener herbei, um endlich den Kaffee zu bestellen. Viktoria musterte beeindruckt die gelassene Handbewegung einer Frau, die es nun gewöhnt war, Weisungen zu erteilen. Dann fügten die Umstände sich in ihrem Kopf zusammen. Anette war nun die Frau eines wohlhabenden Mannes, der sicher Einfluss in der internationalen Siedlung besaß. Ohne einen Augenblick zu zögern, richtete sie sich auf.

»Anette«, rief sie und drückte die weiche Hand der Französin. »Bitte, Sie müssen mir helfen.«

Sie trafen sich zwei Tage später in einem Kaffeehaus in der französischen Konzession wieder. Viktoria hatte ihr Musselinkleid angezogen, obwohl sie darin ein wenig fröstelte, denn es war immer noch ihr bestes Kleidungsstück. Das Haar war durchgekämmt und hochgesteckt. In dieser Aufmachung vermochte sie Anettes eleganter Erscheinung gefasster gegenüberzutreten. Ihr Herz klopfte hoffnungsvoll, als sie beide ihren Kaffee bestellten.

»Ich habe mit Nathan gesprochen und er hat sich umgehört«, begann Anette sogleich unaufgefordert. »Nur müssen Sie verstehen, dass er als Jude, nun ja, ihm stehen nicht alle Türen offen. Im englischen Club ist er natürlich nicht erwünscht, aber trotzdem, er hat britische Geschäftspartner.«

Sie nahm mit einem »Merci« ihren Kaffee entgegen und nippte an der Tasse.

»Also, es scheint eine gewisse Ratlosigkeit zu herrschen, was mit Ihrem … Ihrem chinesischen Freund geschehen soll«, redete Anette weiter. »Gewöhnlich lösen Leute Probleme mit der Dienerschaft selbst, ohne einen öffentlichen Fall daraus zu machen. Man hält diesen … Andrews für einen Schwächling und Wichtigtuer, weil er einen Prozess inszenieren möchte. Aber das wird nur hinter seinem Rücken gesagt.«

Sie kicherte kurz. Viktoria beugte sich vor.

»Man könnte Jinzi doch einfach freilassen und der Fall wäre erledigt. Wenn ich nur eine Gelegenheit bekäme, mit dem Konsul zu reden …«

»Es tut mir sehr leid.« Anette legte kurz ihre Hand auf Viktorias Finger. Ein goldener Ehering blitzte auf. »Ich fürchte, dieser … Andrews hat Sie in einem sehr schlechten Licht dargestellt. Ich meine, eine Frau, die in chinesischer Kleidung an einem Ufer aufgelesen wird … nur Missionarinnen ziehen sich manchmal so an und die sind bei den Herren vom Konsulat nicht besonders beliebt, weil sie immer wieder Probleme machen.«

Viktoria zog die Schultern zurück.

»Ich habe nichts Unrechtes getan«, beharrte sie. »Ich wollte nur durch China reisen und in chinesischer Kleidung war es einfacher.«

Wenn sie den Dampfer genommen hätte, wäre all das nicht nötig gewesen. Vielleicht wäre es zu keinem Überfall auf Yazi gekommen und sie wäre noch am Leben. Jinzi säße jetzt ganz sicher nicht als Gefangener im britischen Konsulat.

Sie schüttelte die Schuldgefühle ab, denn sie halfen jetzt nicht weiter.

»Was für Pläne haben sie denn mit Jinzi?«, wandte sie sich wieder an Anette.

»Nun.« Der Blick der Französin senkte sich auf die Kaffeetasse. »Dem Konsul scheint ein Prozess, wie dieser junge Engländer ihn will, unnötiger Aufwand. Bei diesen Prozessen gegen Einheimische ist immer ein chinesischer Magistrat zugegen, auch wenn am Ende natürlich der Vertreter des englischen Konsulats die Entscheidung trifft. Der Fall könnte für Unruhen sorgen, denn es gibt eine gewisse Unzufriedenheit unter den Chinesen über die Art, wie man sie behandelt. Aber der Konsul will einen gewöhnlichen Diener, der einen Briten angriff, auch nicht so einfach gehen lassen. Es wurde eine Möglichkeit erwähnt, die ihn … nun … sozusagen aus dem Weg schaffen würde.«

Anette drehte den Löffel so schnell, dass in der Tasse ein kleiner Kaffeesturm begann. Ein paar Tropfen schwappten über den Rand. Viktoria fühlte, wie Kälte sich von ihren Fußspitzen bis zu den Haarwurzeln zog.

»Welche Möglichkeit?«, zwang sie sich zu fragen. Anette beugte sich vor. Sie sprach sehr leise: »Es gibt Schiffe, die chinesische Männer als Arbeitskräfte ins Ausland bringen. Die meisten von ihnen werden angeworben. Aber ganz freiwillig ist es angeblich nicht immer.«

Viktoria befiel ein leichter Schwindel und sie musste sich an der Tischkante festhalten.

»Was für Schiffe … wohin …?«

»In Kolonien in Lateinamerika«, berichtete Anette. »Früher war es die Eisenbahnstrecke in Kalifornien, aber die ist seit zwanzig Jahren fertig. Doch auf Plantagen braucht man immer wieder Arbeitskräfte. Ein paar solcher Schiffe fahren noch.«

Viktoria starrte auf die braune Flüssigkeit in ihrer Tasse. Trotz des köstlichen Dufts empfand sie kein Verlangen mehr nach Kaffee. Ihr Gaumen war abgestorben und ihr Magen zugeschnürt.

»Meines Wissens ist Sklavenhandel im britischen Imperium verboten«, erklärte sie so laut, dass ein paar Köpfe sich nach ihr umdrehten. Anette stieß einen mahnenden Laut aus.

»Offiziell ist es kein Sklavenhandel«, fuhr sie noch leiser fort. »Die Männer werden bezahlt. Aber sie bekommen ihr Geld erst, wenn man sie wieder entlässt, und es wird viel davon abgezogen. Angeblich kommen viele nie wieder zurück.«

Nun war die Panik ein Fieber geworden. Viktorias Herz raste, Schweiß nässte den feinen Musselinstoff und die Umgebung verschwamm vor ihren Augen.

Jinzis war kräftig und mochte ein paar Jahre harter körperlicher Arbeit durchaus überstehen, aber sein aufbrausendes Naturell würde ihn bald schon in Schwierigkeiten bringen. Zudem wollte er den letzten Wunsch seiner Mutter erfüllen und nach dem verschollenen Andrew Huntingdon suchen.

Schon aus diesem Grund würde er alles daransetzen, von dem Schiff zu entkommen, was ihn das Leben kosten konnte.

»Ich muss es verhindern«, rief sie. Anettes vorwurfsvoller Blick machte ihr klar, dass sie wieder zu laut gewesen war, doch diesmal kümmerte es sie nicht. Sie ergriff die weiche Hand mit dem Goldfinger und drückte sie verzweifelt zusammen.

»Bitte, Anette, Ihr Mann hat doch sicher einigen Einfluss, kann er denn nichts dagegen unternehmen? Ich würde ... ich werde sicher Möglichkeiten finden, wieder Geld zu verdienen, und dann erstatte ich natürlich alle Ausgaben, die ... die eventuell notwendig waren.«

Sie senkte den Blick. Es gehörte sich nicht, offen über Bestechung zu sprechen, doch sah sie im Augenblick keinen anderen Ausweg. Zum ersten Mal nach langer Zeit sehnte sie wieder das väterliche Vermögen herbei, denn es hätte ihr in Shanghai genug Einfluss verliehen, um die Verleumdungen eines Joseph Andrews unwichtig zu machen.

Anettes Gesicht war schlagartig abweisend geworden.

»Es tut mir leid, aber Nathan etabliert sich hier gerade als Geschäftsmann, er hat längst nicht so viel Einfluss, wie Sie annehmen, und eine Einmischung in die Angelegenheiten des britischen Konsulats wäre ... ungünstig.«

Sie nippte nochmals an der Kaffeetasse.

»Es gibt noch eine Neuigkeit, die Sie interessieren könnte, Mademoiselle Virchow«, meinte sie dann etwas freundlicher. »Dieser deutsche Gesandte, den Sie in Peking getroffen haben ...«

»Max von Brandt?«, warf Viktoria ein.

»Ja, ich denke, so heißt er. Er soll in zwei Wochen in Shanghai eintreffen. Das habe ich bei einem Teezirkel von der Frau eines deutschen Ingenieurs erfahren, der sich eine gute Anstellung als Berater der chinesischen Armee erhofft, denn angeblich wollen die Chinesen ja nun von uns Europäern lernen. Jedenfalls wird dieser Max ... wie auch immer er heißt ... auf seiner Rückkehr aus Korea hier Halt machen und das deutsche Konsulat besuchen.«

Viktoria lehnte sich zurück. Ihr Atem wurde langsam ruhiger, denn sie sah wieder einen Weg vor sich, dem sie folgen konnte.

»Vielen Dank, Anette«, meinte sie nur. Die Französin lächelte.

»Nun muss ich zu meinem Arzt. Ich habe Hoffnungen, dass …«

Ihre Hand strich rasch über ihren Unterleib.

»Das würde vielleicht sogar Nathans Familie wieder milde stimmen«, fügte sie hinzu.

Es dauerte eine Weile, bis Viktoria die Anspielung begriff. Dann beglückwünschte sie Anette zum Abschied. Wieder verspürte sie einen feinen Stich in ihrem Herzen, als die elegante, ganz und gar weibliche Erscheinung in eine Jinrikscha stieg und von der Menschenmenge verschluckt wurde. Sie hatte sich niemals wirklich nach Mutterschaft gesehnt, doch musste es ein beruhigendes Gefühl sein, seinen festen Platz in einer Familie zu haben. Sie selbst hatte seit dem Tod ihres Vaters das Gefühl, wie ein verlorenes Stück Holz auf stürmischen Gewässern zu treiben.

Sie schüttelte die Schwermut ab. Nun musste sie sich innerlich auf ein Gespräch mit Max von Brandt vorbereiten, der ihr wenigstens wohlgesonnen war. Die Aussicht auf ein Wiedersehen mit ihm verlieh ihr einen erfrischenden Funken von Lebensmut. Um ihre spärlichen letzten Münzen zu sparen, lief sie zu Fuß zum Hotel, kämpfte sich durch schreiende Menschenmassen in der Foochow Road, wo die Häuser wohlhabender chinesischer Kompradors sich an Bordelle und Opiumhöhlen reihten, sobald der europäische Bund am Horizont verschwunden war. Viktoria wusste inzwischen von Rosie McGregor, dass es unter den Prostituierten eine klare Rangordnung gab. Wohlhabende Kurtisanen besaßen ihre eigenen, elegant eingerichteten Häuser, wo sie tagsüber sangen und auf Instrumenten spielten. Männer kamen, um sie zu bewundern und erste Kontakte zu knüpfen. Diese Mädchen konnten es sich erlauben, Kunden abzulehnen, die ihnen nicht gefielen, und in vielen dieser Häuser waren westliche Herren nicht willkommen, da es ihnen an dem gewünschten Benehmen mangelte. Doch mussten diese Mädchen in der kurzen Zeit ihrer Jugend versuchen, genug Geld für ihre restlichen Lebensjahre anzusammeln, sonst drohte ihnen der Abstieg in ein gewöhnliches Bordell. Viktoria versuchte, durch ein paar offene Tore zu spähen, denn die zarten, mit Blumen und leuchtenden Juwelen geschmückten Gestalten dieser Mädchen gefielen ihr. Jener Sündenpfuhl, den Joseph Andrews als Gefahr für aufrechte Europäer empfunden hatte, begann in ihrem Leben eine Selbstverständlichkeit zu werden, deren Anblick sie nicht mehr verstörte.

In dem Speisesaal des Hotels blies sie entschlossen die Staubflocken vom Piano, öffnete die Klappe über der Tastatur und versuchte, ein paar Melodien zu klimpern. Sie klangen schräg, da das Instrument verstimmt war. Ian McGregor fehlte sicher das Geld, diesen Missstand zu beheben, doch während Viktorias Finger über die Tasten glitten, um Walzermelodien und Schuberts Lieder erklingen zu lassen, verdrängte die Freude an einer lang entbehrten Leidenschaft alle Misstöne. Viktoria spielte mit zunehmender Begeisterung, summte vor sich hin und vergaß für eine Weile all ihre Sorgen. Sie spürte einen Schatten in ihrem Rücken, doch als sie sich umdrehte, huschte die kleine Gestalt auch schon davon.

Das Abendessen wurde ihnen wie gewöhnlich aufs Zimmer gebracht, denn die Anwesenheit eines chinesischen Jungen galt im Speisesaal als unpassend. Dewei verspeiste zufrieden eine englische Pastete. Dann wischte er sich den Mund ab und warf Viktoria einen anerkennenden Blick zu.

»Das war eine gute Idee.«

Sie musste nicht fragen, was er meinte.

»Wir werden erst einmal nicht rausgeworfen, auch wenn dein Konsulat nichts mehr zahlt«, redete er weiter. »Wenn ich weiter in der Küche mithelfe und du abends für die Gäste spielst, dann bekommen wir sogar dreimal täglich Essen.«

Viktoria lächelte triumphierend. Der Plan war aufgegangen.

»Du sollst dabei dieses hübsche Kleid anziehen und dein Haar offen tragen«, fügte er hinzu. Viktoria nickte fügsam. Sie ging davon aus, dass Ian McGregor den Beschlüssen seiner Frau nicht widersprechen würde, auch wenn sie für die Gäste weiterhin unsichtbar blieb.

Zwei Wochen später schritt Viktoria gelassen an dem Empfangsherrn vorbei, der ihr bisher jeden Zugang zum deutschen Konsulat verwehrt hatte. Sie wedelte mit dem Einladungsschreiben von Max von Brandt wie mit einem Fächer vor ihrem Gesicht. Der Triumph schmeckte köstlich. Das flaschengrüne Winterkleid war schlicht, aber inzwischen wieder völlig sauber und ließ sie höchst respektabel aussehen. Zwar harmonierten Koralle und Türkis des Drachenreifs farblich nicht optimal, doch wollte Viktoria bei einem so wichtigen Gespräch das letzte Erinnerungsstück an ihren Vater am Handgelenk spüren.

Sie trat ein, knickste. Max von Brandt erhob sich.

Er wirkte älter, als sie ihn in Erinnerung hatte. Silberfäden durchzogen seinen makellos gestutzten Backenbart und seine Erscheinung schien nun etwas behäbig, fast schwerfällig. Sie begriff nicht mehr, was sie an diesem Mann einst anziehend gefunden hatte, doch war das jetzt auch unwichtig.

Der Handkuss blieb diesmal aus. Sie wurde auf einen Stuhl gewiesen, dann nahm auch der Gesandte wieder hinter seinem Schreibtisch Platz.

»Nun, Fräulein Virchow, Sie scheinen eine sehr … eigenwillige Frau.« Sein Ton war jovial, doch fehlte jene schmeichelhafte Galanterie, die er ihr einst gegönnt hatte. »Zunächst streiten Sie sich öffentlich mit einem angesehenen Mandarin, einem Anhänger von Li Hongzhang, dem wichtigsten Beamten des Kaiserhauses, der dem Westen wohlgesonnen ist und unserem Heimatland gute Geschäfte ermöglichen kann …«

Viktoria zuckte zusammen. Diese alte Geschichte schien ihr nun völlig unwichtig.

»Es gefiel mir nicht, wie er seine Frau behandelte«, verteidigte sie sich. Max von Brandt stieß einen Seufzer aus.

»Überall auf der Welt, mein verehrtes Fräulein, hat der Mann die Oberherrschaft über die Frau gewonnen. Doch in kaum einem Land ist es ihm so grundlegend gelungen wie in China.«

Die Selbstgefälligkeit dieser Aussage weckte in Viktoria den Wunsch, Max von Brandt einen mittelschweren Gegenstand an den Kopf zu werfen. Allerdings hatte sie keinen zur Hand, was wohl ein Glück war.

»Das mag so sein, aber deshalb muss ich es nicht richtig finden«, erwiderte sie trotzig.

»Nein, das müssen Sie natürlich nicht«, entgegnete der Gesandte sanft. »Aber etwas mehr diplomatisches Feingefühl im Umgang mit einem wichtigen Mann wäre trotz all dem aufrechten Zorn ratsam gewesen.«

Viktoria senkte den Kopf. Max von Brandt hatte zweifellos Recht, wie ihr selbst seit Langem klar geworden war. Doch gab es einen Mann, der sogar chinesisch erzogen war, aber dennoch Verständnis für ihr Verhalten gezeigt hatte.

»Danach verschwinden Sie spurlos«, fuhr Max von Brandt unerbittlich fort. »Ungefähr fünf Wochen später tauchen Sie plötzlich in Shanghai auf, um für neuen Wirbel zu sorgen. Liebes Fräulein Virchow, der ferne Orient ist keine Theaterbühne für exzentrische Damen mit dem Hang zu Selbstdarstellung.«

Viktoria krallte ihre Finger in die Stuhllehne, denn ihr wurde wieder schwindelig. Das alles lief so völlig anders als erhofft. Wo war der gelassene, nachsichtige Weltmann geblieben?

»Ich bedauere, wenn mein Verhalten für Aufsehen gesorgt und vielleicht sogar unserem Heimatland geschadet hat. Das ist niemals meine Absicht gewesen«, sagte sie völlig ehrlich. »Aber nun brauche ich Ihre Hilfe. Es geht um einen Mann, der mir ein loyaler und hilfreicher … Diener war, aber nun im englischen Konsulat gefangen gehalten wird, weil er mir in einer heiklen Situation zu Hilfe kam.«

Sie hörte den schwachen, flehenden Klang ihrer Stimme. Leider war ihr wieder eine von der Mutter vermittelte Lebensweisheit eingefallen: Eine Frau, die in heikle Situationen geriet, trug selbst die Schuld daran, weil sie auf Männer einen falschen Eindruck machte. Viktoria bekam eine Ahnung davon, wie sehr Max von Brandt sie verurteilen musste.

»Ich habe von dem Fall gehört«, entgegnete er gelassen. Dann legte er beide Hände auf den Tisch und beugte sich vor.

»Ich fürchte, Sie haben eine Regel missachtet, die für uns Europäer in dieser fremden Welt von elementarer Wichtigkeit ist«, erklärte er. »Ich gehöre keineswegs zu jenen Diplomaten, die sich nach langjähriger Anwesenheit in China rühmen, niemals einen Chinesen über ihre Türschwelle gelassen zu haben. Ich habe chinesische Bekannte. Doch war mir und auch ihnen stets klar, dass allzu enge, persönliche Beziehungen vermieden werden sollten. Bei so grundlegend unterschiedlichen Kulturen sind sie gewissermaßen ungesund, sorgen naturgemäß für Schwierigkeiten.«

Viktoria schluckte. Wenn Max von Brandt wüsste, wie eng und persönlich ihre Beziehung zu Jinzi bereits geworden war, hätte er sie vielleicht nicht einmal mehr empfangen. Sie zwang sich, ruhig zu atmen. Wie viele hübsche chinesische Kurtisanen hatte der wichtige Gesandte wohl schon aufgesucht, seit er in Asien lebte? Aber für Frauen galten überall auf der Welt andere Regeln.

»Vielleicht hätte ich auf Ihren Rat hören sollen«, meinte sie nun durchaus diplomatisch. »Doch nun ist es eben so, wie es ist. Ich würde Sie nur bitten, für die Freilassung meines Dieners zu sorgen, und ich werde in Zukunft vernünftiger sein.«

Max von Brandt lehnte sich wieder auf dem Stuhl zurück.

»Ich würde Ihre Wünsche gern erfüllen, aber Sie scheinen meinen Einfluss zu überschätzen. Ich kann dem britischen Konsul nicht einfach vorschreiben, was er zu tun und zu lassen hat.«

Viktoria bohrte ihre Zehenspitzen in den Teppich.

»Ein so geschickter Diplomat wie Sie kann sicher wirksamere Wege finden als einen direkten Befehl«, entgegnete sie und hatte endlich wieder das Gefühl, sich richtig zu verhalten. Max von Brandt war durchaus stolz auf seine Fähigkeiten, daher war es wohl die richtige Strategie, an diese zu appellieren.

Er schien eine Weile nachzudenken, musterte das Holz seines Schreibtisches, seine Hände, die darauf lagen und einen Stapel von Papieren.

»In diesem Land ist der Zusammenhalt zwischen den europäischen Nationen sehr wichtig«, sagte er dann. »In der Fremde sind wir einander näher als in der Heimat. Ich bedauere, Fräulein Virchow, aber ich will das Wohlwollen der Briten nicht aufs Spiel setzen, indem ich den Wunsch abenteuerlustiger Damen erfülle und mich in ihre Angelegenheiten mische.«

Viktoria sackte in ihrem Stuhl zusammen. Diese Worte klangen endgültig. Sie hatte verloren. Ihre Hände verkrampften sich hilflos in ihrem Schoß. An ihrem Daumen verspürte sie das Stechen kleiner Steine, ihr Blick fiel auf den Drachenreif und eine Idee nahm in ihrem Kopf Gestalt an. Max von Brandt war begeistert von diesem Schmuck gewesen. Ohne einen Moment zu zögern, streifte sie das geliebte Stück Erinnerung von ihrem Handgelenk, um es auf den großen Schreibtisch zu schieben.

Es war eine Geste, die keiner Worte bedurfte. Ein Angebot. Eine verzweifelte Bitte. Zögernd hob sie ihren Blick zu dem selbstsicheren, breiten Gesicht des Gesandten. Es schien für einen Moment nur versteinert.

»Fräulein Virchow«, meinte er dann mit einer Stimme, in der eisige Kälte klirrte. »Ich bin ein Gesandter der deutschen Nation und kein kleiner Gauner, der sich bestechen lässt.«

Viktoria fuhr zurück, als habe sie eine Ohrfeige erhalten. Ihr wurde leicht übel. Sie wollte sich Augen und Ohren zuhalten, um nicht mehr zu wissen, wo sie war. Sie wollte aufstehen und hinausrennen. Doch sie blieb nur hilflos sitzen, da jede Energie aus ihrem Körper gewichen war. In ein paar Wochen würde Jinzi auf ein Schiff geschleppt werden, das ihn seiner Heimat entriss und in ein Leben zwang, das er nicht wollte.

Ein Krampf schüttelte sie aus ihrer Starre. Eine Weile war sie nicht in der Lage zu sprechen, denn sie würgte an dem verzweifelten Bemühen, ihre Schluchzer zu unterdrücken. Es gelang ihr nicht. Ströme von Nass zwängten sich durch ihre geschlossenen Lider.

»Es tut mir leid«, stieß sie haspelnd hervor. »So schrecklich leid.«

Ein breiter Schatten legte sich über sie. Verschwommen nahm sie das Weiß eines Taschentuchs wahr, ergriff es dankbar, um ihr Gesicht trocken zu wischen.

»Es ist schon gut, Fräulein Virchow, es braucht Ihnen nicht peinlich zu sein.«

Die Stimme des Gesandten klang sanfter als jemals zuvor. Viktoria vermochte wieder entspannter zu atmen und sich aufzurichten, während Max von Brandt rasch hinter seinen Schreibtisch flüchtete. Sein Blick mied den ihren. Sie ahnte, dass ihm diese ganze Situation nicht weniger peinlich war als ihr selbst.

»Nun gut«, meinte er nach einem Räuspern. »Ich werde sehen, was ich für Ihren Diener tun kann.«

Viktoria bedankte sich, stand hastig auf, knickste und wandte sich zum Gehen. Sie wusste, dass Max von Brandt sie niemals mehr auf einen Gesandtschaftsball einladen würde, aber die Sehnsucht nach solchen Geselligkeiten lag ohnehin weit zurück. Sie gehörte zu einem anderen Leben. Als ihre Hand auf der Türklinke lag, kam ihr plötzlich ein neuer Gedanke, und sie wandte sich noch einmal um.

»Mein Diener ist nicht einfach irgendein Chinese«, sagte sie entschlossen. »Sein Vater war Brite, der verschollene Bruder von Robert Huntingdon, einem recht angesehenen Geschäftsmann in Shanghai. Ich kann es beweisen.«

Ihr Kinn hob sich um ein paar Zentimeter. Sie fühlte sich endlich nicht mehr als Bittstellerin, nun, da sie einen wichtigen Verbündeten hatte. Max von Brandt war bereits wieder im Begriff, die Papiere auf seinem Schreibtisch zu studieren.

»Interessant«, murmelte er. »Ich werde es mir für den Notfall merken.«

Die nächsten Tage suchte Viktoria verzweifelt nach irgendeiner Beschäftigung, um nicht ständig im Zustand des Wartens zu leben. Tagsüber übte sie geflissentlich Melodien, die sie abends den Gästen der McGregors vortrug. Die Freude an dieser neuen Aufgabe erwies sich als Geschenk des Schicksals. Viktoria ließ ihre Finger mit Schwung über die Tasten fliegen und erntete unverhofften Applaus. Nach ein paar Tagen schien der Speisesaal ein wenig voller geworden zu sein, da auch Leute, die nicht in dem Hotel wohnten, sich einzufinden begannen. Blondgelockte Pianistinnen gab es nicht an jeder Straßenecke in Shanghai, und Viktoria schien die in der Umgebung verstreuten Europäer und Amerikaner durch vertraute Klänge anzulocken.

»Sie sagt, wir können mit der Familie essen«, meinte Dewei zwei Wochen später kurz vor der Mittagszeit. Viktoria brauchte nicht zu fragen, wer diese ›sie‹ denn war, und folgte dem Jungen in einen kleinen Raum hinter der Küche.

Die McGregors saßen um einen großen Tisch mit zwei Bänken versammelt, auf dem chinesische Schüsseln dampften. Teller wurden herumgereicht, während das hierzulande übliche Geschrei Viktorias höfliche Begrüßungsworte unhörbar werden ließ. Es waren fünf Kinder, stellte sie fest, denn sie hatte sie noch nie zuvor alle gleichzeitig zu Gesicht bekommen. Drei davon sahen aus wie Chinesen, der älteste Sohn hingegen hatte die rötlichen Locken seines Vaters geerbt und ein etwa siebenjähriges Mädchen glich einem rotwangigen, blauäugigen Engel aus einer barocken Kapelle, doch bildete sein pechschwarzes, seidig glattes Haar hierzu einen ungewöhnlichen Kontrast.

Dewei schob die Kinder zur Seite, damit er und Viktoria etwas Platz auf einer Bank bekamen. Drei Hausdiener kamen aus der Küche herein und zwängten sich ebenfalls unter die Versammelten. Viktoria überlegte, ob es wirklich ein Privileg war, hier essen zu dürfen, oder ob sie nun einfach zum Personal gehörte. Doch dufteten die Schüsseln so köstlich, dass sie diese Bedenken sogleich vergaß. Die Hotelgäste, denen mittelprächtige Imitationen englischer Gerichte serviert wurden, waren eigentlich zu bedauern.

Sie verzehrte Suppe, Nudeln und Schweinefleisch mit Ingwer. Das Gebrüll schwoll während der Mahlzeit manchmal ab, hörte aber niemals gänzlich auf. Mrs. McGregor hieß Meigui, Rose, so wie Viktorias Feindin im Haus von Lao Tengfei. Ihr Ehemann schien die Bedeutung des Namens zu kennen, denn er nannte sie Rosie. Er sprach seine Familie stets auf Englisch an und erhielt meist Antworten in dieser Sprache, obwohl die Kinder untereinander im lokalen Dialekt plauderten. Erst als er versehentlich eine Schüssel umstieß, zischte seine Frau ein paar chinesische Worte in seine Richtung, die er offenbar recht gut verstand, denn er erinnerte sogleich daran, dass die Schüssel mitnichten ein Erbstück sei, da sie von einem Straßenhändler stammte und außerdem bereits einen Sprung gehabt hatte. Ein zotteliger

Haushund verzehrte das verschüttete Essen und auch alle anderen, in den Schüsseln verbliebenen Reste. Viktoria wusste, dass es ihr noch vor zwei Jahren davor gegraut hätte, in einem derart lauten, chaotischen Umfeld Mahlzeiten einnehmen zu müssen. Nun war sie einfach erleichtert, denn die McGregors hatten sie für ein paar Stunden davor bewahrt, Schuldgefühle, neue Hoffnung und Sorge wie schwere Gewichte in ihrem Kopf hin und her zu wälzen.

Zwei Tage später klopften die drei Töchter des Hotelbesitzers zaghaft an Viktorias Tür und fragten, ob sie ihnen beibringen könnte, ein paar Melodien auf dem Klavier zu spielen. Die Mädchen waren alle nach Blumen benannt: Daisy, Lily und Violet. Ihre Mutter schien die chinesische Übersetzung zu benutzen, denn sie hatte chinesische Namen für ihre Töchter. Viktoria fragte sich, wie die McGregors es mit den Söhnen hielten, wollte aber nicht allzu neugierig scheinen.

Zu dem Klavierunterricht kamen nach ein paar Tagen noch Stunden in Französisch und Deutsch, denn die Mädchen erwiesen sich als wissensdurstig. Ihre Mutter schlich manchmal unauffällig herein, um zuzuhören. Ein zufriedener Ausdruck lag um ihre Mundwinkel, während sie die Arme in die Hüften stemmte und zustimmend nickte. Dewei steigerte ihr Wohlbefinden, indem er darauf hinwies, dass Viktoria bereits die Töchter eines angesehenen Mandarins in Beijing unterrichtet hätte. Schließlich wurden auch die weniger begeisterten Söhne zum Unterricht befohlen, der mit Deweis Beistand sogar recht gut gelang. Viktoria war zufrieden, nicht mehr auf die Gnade des Konsulats angewiesen zu sein. Sie hatte auf absehbare Zeit ein Dach über dem Kopf gefunden und konnte sich auf regelmäßige Nahrung verlassen. Sie erwog, in ein paar Wochen taktvoll anzudeuten, dass Gouvernanten für gewöhnlich auch ein Gehalt bezogen, doch wusste sie nicht, wie viel Geld den McGregors zur Verfügung stand.

In ihrem kleinen Zimmer hatte sie sich inzwischen häuslich eingerichtet. Es beinhaltete zwei chinesische Bambusstühle, einen europäischen Schreibtisch, einen Schrank aus schwerer Eiche, der leicht wackelte und dessen Tür sich nicht schließen ließ, sowie ein Kastenbett, wie sie es aus Lao Tengfeis Haus kannte. Allerdings waren die Papierwände rissig und die Bemalung stark verblasst. Die McGregors mussten nach dem Erwerb des Hotelgebäudes alle alten Möbel eingesammelt haben, die sich irgendwo günstig auftreiben ließen, um die Zimmer einzurichten. Viktoria fand Gefallen an diesem kuriosen Sammelsurium. Zum ersten Mal, seit sie ihr Zuhause verloren hatte, begann sie an einem Ort jene behagliche Vertrautheit zu empfinden, die ein Heim ausmacht. In einigen Momenten, da es ihr gelang, nicht an Jinzis Schicksal zu denken, war sie sogar recht beschwingter Laune. Trotzdem konnte sie ein Gefühl von Leere niemals ganz abschütteln, als sei plötzlich etwas Wichtiges aus ihrem Leben verschwunden und hätte ein Loch in ihrem Inneren hinterlassen.

Bei der Heimkehr von einem kurzen Spaziergang durch die Foochow Road entdeckte sie Ian McGregor mit seiner Rosie auf einer Bank im kleinen Vorgarten des Hotels, leise plaudernd, mit zusammengesteckten Köpfen und Fingern, die sich in ihrem Rücken ineinander verflochten. Der Schotte war ein breiter Baumstamm, an den seine Frau sich wie ein zartes Pflänzchen schmiegte, sodass sie zu einem idyllischen Naturbild verschmolzen. Da erst begriff sie es endgültig. Sie sehnte sich nach dieser Nähe und Vertrautheit mit einem anderen Menschen in ihrem Leben. Dewei konnte diese Rolle nicht ganz erfüllen, denn er war ein Kind, für das sie Verantwortung trug. Seltsamerweise tauchte Jinzis Gesicht nun in aller Deutlichkeit in ihrer Erinnerung auf. In jener Nacht in der Höhle war er ihr näher gewesen als kaum ein Mensch zuvor.

Zwei Tage später erhielt sie ein Schreiben von Max von Brandt, das sie mit zitternden Händen aufriss. Ihre Augen rasten über die Zeilen, versuchten deren Inhalt in Sekundenschnelle aufzusaugen. Zunächst tat ihr Herz einen freudigen Sprung. Der Gesandte erklärte knapp, dass er dem Konsul zu einer Freilassung des gefangenen Chinesen geraten hatte, da jedes andere Vorgehen für unnötige Unruhen sorgen könnte, sobald der Fall sich herumsprach. Der Konsul hatte zunächst sehr offen für diese Argumentation gewirkt, zumal er den jungen Andrews mit seinen steten Klagen für einen recht anstrengenden Zeitgenossen hielt. Dann aber folgten vier rasch dahingekritzelte Zeilen, die einen Abgrund unter ihren Füßen aufrissen. Da der Konsul Hinweise erhalten hatte, dass dieser chinesische Diener zu Aufwieglern gegen das chinesische Kaiserreich gehörte, hatte er schließlich beschlossen, ihn der chinesischen Gerichtsbarkeit zu übergeben. So konnten sich weder die chinesischen Beamten noch der nörgelnde Joseph Andrews gekränkt fühlen. Ein kluger Schachzug, diplomatisch gesehen.

Viktoria sah, wie das Papier ihr aus den Händen glitt und langsam zu Boden segelte.

»Ist etwas nicht in Ordnung?«, fragte Dewei besorgt.

»Was für Gründe könnte es geben, dass Jinzi als Aufwiegler gegen eure … Kaiserin, oder wer auch immer jetzt regiert, gelten könnte?«, flüsterte Viktoria verwirrt.

Dewei warf einen Blick auf das zu Boden gefallene Papier.

»Ist er in einem chinesischen Gefängnis?«, fragte er nur. Viktoria nickte. Sie sah seine Schultern erschlaffen.

»Das lange Haar«, sagte er nach einer Weile des Überlegens. »Es war ein Zeichen der Taiping. Die Mandschu wollen kahl rasierte Köpfe mit Zöpfen bei Männern.«

Viktoria unterdrückte ein hysterisches Lachen.

»Man kann einen Menschen doch nicht nur wegen seiner Frisur verhaften. Ich habe in Shanghai andere Männer mit langen Haaren gesehen!«

Dewei scharrte mit dem Fuß auf dem Boden. Er selbst hatte inzwischen kurzes Haar wie ein europäischer Junge, da sie es ihm regelmäßig schnitt.

»Das waren Japaner, die du gesehen hast«, erklärte er. »Oder irgendwelche anderen Völker. Aber du hast Recht, es wird nicht mehr so sehr darauf geachtet, vor allem hier in Shanghai nicht. Jinzi hat sein Haar auch fast immer versteckt. Es gibt sicher noch einen anderen Grund.«

Er trat ein paar Schritte auf sie zu.

»Damals bei dieser englischen Familie hast du mir ein Papier mit dem Siegel der Taiping gezeigt. Was ist aus ihm geworden?«

Viktoria schlug die Hände vors Gesicht. Der Schwindel löste ein Gefühl von Übelkeit aus.

Dieses Papier hatte sie nach Peking mitgenommen, obwohl Nathan Sassoon sie davor gewarnt hatte, mit einem solchen Dokument die internationale Siedlung zu verlassen. Der Ring und das halbe Liebesgedicht, Andrew Huntingdons andere Hinterlassenschaften, ruhten nun in Yazis Grab. Aber das Siegel der Taiping war in ihrem Koffer geblieben. Sie hatte ihn auf dem Schiff von Joseph Andrews ausgepackt, um seinen Inhalt trocknen zu lassen. Sie erinnerte sich an ihre Kleider und Bücher. Was war mit diesem Papier geschehen?

Sie rannte zu dem Koffer, riss ihn auf und vergrub ihre Hände in den Seitentaschen. Mit einem Zischen riss das Futter unter ihren ungeduldigen Griff.

Aber sie fand das Papier nicht. Es musste unbemerkt auf dem Schiff zurückgeblieben sein.

Kapitel 6

Ein Stück Papier, das dieser Joseph Andrews sicher nicht entziffern kann. Wirklich, Fräulein Virchow, Sie machen sich unnötige Vorwürfe. In China reicht ein unpassender

Haarschnitt durchaus aus, um einen Menschen in Schwierigkeiten zu bringen. Und ein in China aufgewachsener Mensch sollte das wissen. Ihr Diener war doch selbst verantwortlich für seine Frisur.«

Max von Brandt schenkte ihr ein rasches, nachsichtiges Lächeln, bevor er sich wieder über seinen Papierberg beugte. Viktoria war wiederum kein Stuhl angeboten worden und sie empfand zu viel Unruhe, um sich dennoch zu setzen. Der Weg am Empfangsherrn vorbei war diesmal deutlich schwerer gewesen. Sie hatte mehrfach erscheinen und drängen müssen, um zum Gesandten vorgelassen zu werden, der bereits seine Abreise nach Peking plante. Nun stand sie hier als ungebetener Gast.

»Welche Möglichkeiten gibt es, einen Menschen aus einem chinesischen Gefängnis zu holen?«, fragte sie gerade heraus, denn sie wusste, dass ihr wenig Zeit blieb. Max von Brandt seufzte ungeduldig.

»Für uns Europäer keine«, entgegnete er. »Einmischung ist unerwünscht. Nur die von den Missionaren bekehrten Chinesen können sie beanspruchen, und glauben Sie mir, Fräulein Virchow, ich hatte genug Ärger wegen solcher Fälle. Die meisten chinesischen Christen sind nur aus diesem Grund konvertiert.«

Er senkte den Blick. Viktoria wusste, dass er auf ihre Abschiedsworte wartete.

»Aber es muss etwas geben, das ich tun könnte. Ich meine, wenn ich meinen restlichen Schmuck verkaufe …«

Ein tieferer Seufzer folgte, doch Max von Brandt hob endlich den Blick von seinen Papieren. Er sah müde aus.

»Bestechung von Richtern ist in diesem Land durchaus üblich, das haben Sie gut erkannt. In einem chinesischen Gefängnis verschwindet man auf unbestimmte Zeit. Bis es zu einer Verhandlung kommt, hat so mancher Gefangene bereits das Zeitliche gesegnet, obwohl er sich vor seiner Verhaftung noch bester Gesundheit erfreute. Krankheiten grassieren, die Wärter sind so allmächtig wie Götter und sollen besonderes Vergnügen am Quälen der Gefangenen finden. Zustände wie im Mittelalter. Manche Leute vergleichen China auch mit dem alten Rom.«

Viktoria musste sich am Schreibtisch abstützen, denn ihr war wieder einmal schwindelig geworden.

»Es interessiert mich im Moment nicht, mit welchen Epochen der europäischen Geschichte China am besten verglichen werden kann«, unterbrach sie Max von Brandt. »Ich brauche eine Antwort auf meine Frage.« Dann erschrak sie über die Schärfe in ihrer Stimme. Warum konnte sie sich in entscheidenden Augenblicken niemals beherrschen, diplomatisch und taktisch klug vorgehen? Aber der Gesandte schien nicht verärgert, er schenkte ihr nur einen sehr ernsten Blick, als habe ihr Tonfall ihm klargemacht, wie wichtig diese Sache ihr war.

»Nun gut. Bestechung ist wie gesagt üblich. Dadurch kann die Verhandlung beschleunigt und ihr Ausgang günstig beeinflusst werden. Aber, liebes Fräulein Virchow, selbst wenn Sie all Ihren Schmuck verkaufen, so wissen Sie nicht, wie bei der Bestechung vorzugehen ist. Sie bräuchten einen einflussreichen chinesischen Verbündeten, der Kontakte zu den richtigen Leuten besitzt. Versuchen Sie es nicht selbst, man wird Sie nicht einmal vorlassen, schlimmstenfalls gar betrügen. Sie scheinen mir offen gesagt nicht im Wohlstand zu schwelgen, daher sollten Sie ihre restlichen Wertgegenstände nicht sinnlos verschleudern.«

Viktoria holte Luft, um zu widersprechen, aber der Gesandte erhob sich unerwartet, umrundete den Schreibtisch, legte ihr eine väterliche Hand auf die Schulter und blickte in all seiner stattlichen Größe auf sie hinab.

»Fahren Sie wieder nach Hause«, sagte er sanft. »Das Abenteuer ist vorbei. Sie müssen an Ihre Zukunft denken. Das Konsulat wird für Ihre Schiffsfahrkarte aufkommen, und ich lege ein gutes Wort für Sie ein, damit Sie noch etwas finanzielle Unterstützung für einen Neubeginn in Deutschland erhalten. Verlassen Sie diesen Kontinent. Sie sind ... wie soll ich sagen ... zu emotional für Asien.«

Viktoria tat einen Schritt Richtung Tür, um seine Berührung unauffällig abzuschütteln. Sie wusste, dass die Worte freundlich gemeint waren, doch schien der Gesandte nicht zu begreifen, wie sehr China bereits Teil ihrer selbst geworden war.

»Ich danke Ihnen für Ihre Hilfe«, erklärte sie. »Aber ich habe bereits ein Auskommen in Shanghai und brauche die Unterstützung des Konsulats nicht mehr. Ich gedenke auf absehbare Zeit hier zu bleiben. Leben Sie wohl, Herr von Brandt. Ich wünsche Ihnen viel Erfolg beim Aufbau einer deutschen Kolonie.«

Sie straffte die Schultern, knickste und verließ den Raum. Zum ersten Mal seit langer Zeit hatte sie das Gefühl, sich souverän verhalten zu haben.

Viktoria ging wieder einmal zu Fuß nach Hause. Die ersten Schneeflocken tanzten in der Luft und am Bund hatten einige europäische Geschäfte ihre Schaufenster weihnachtlich dekoriert. Sie bog in die Foochow Road, wo es allmählich chinesischer wurde, sah zerlumpte Bauern, die Schubkarren schoben, brüllende Händler, gestikulierende Wahrsager und Blumenmädchen, die sich um Kunden zankten. Eine mit Pferden bespannte, europäische Kutsche rollte vorbei und sorgte für Geschrei, da sie die Bude eines Nudelverkäufers zum Einsturz brachte. Ein paar Münzen wurden aus dem Fenster geworfen, Bettler stürzten sich darauf, noch bevor der Nudelverkäufer etwas hatte ergattern können, und die Kutsche verschwand. Sedanstühle waren auch in der internationalen Siedlung in der Überzahl, schoben sich gemeinsam mit den Jinrikschas durch das Getümmel. Aus einem Restaurant drangen die hohen, schrillen Töne chinesischer Musik. Viktoria schritt gemächlich dahin, wälzte Gedanken in ihrem Kopf. Vor einem Schrein blieb sie kurz stehen und musterte die weltentrückte Miene einer unbekannten Göttin, zu deren Füßen Räucherstäbchen glommen. Eine Weile starrte sie nur, sog in all dem Lärm und Getümmel Ruhe in sich auf.

Plötzlich wusste sie, was nun zu tun war. Es widerstrebte ihr, doch sah sie keine andere Möglichkeit. Sie musste jede Chance nutzen, um Jinzi zu helfen.

Den Rest des Weges legte sie im Eilschritt zurück. Sie betrat das Hotel, grüßte Bedienstete, die gerade den Speisesaal für das Mittagessen herrichteten, und lief dann Richtung Küche, wo sie erwartungsgemäß die energische Stimme von Rosie McGregor vernahm. Viktoria ließ ein lautes ›Zǎo'ān‹ erklingen. Die Hausherrin drehte sich kurz um.

»Ich brauche Ihre Hilfe, Mrs. McGregor«, erklärte Viktoria. Sie wurde in eine Ecke gewunken.

»Machen Kinder Probleme?«

Viktoria schüttelte schnell den Kopf, um diesen Kindern eine Standpauke zu ersparen.

»Es gibt jemanden, den ich treffen muss«, sagte sie. »Eine Frau. Eine Chinesin. Sie ist nicht immer in Shanghai, aber sie hat einige … Besitztümer hier. Ihr Name ist Shen Akeu.«

Rosie McGregor hatte ein breites Gesicht mit entschlossenen Mundwinkeln. Nun sackte ihr Kinn kurz herab und ihr Mund öffnete sich, als sei sie ein Fisch, der an Land zu überleben suchte.

»Das nicht gute Frau!«, rief sie. »Nicht gut, sie kennen.«

Viktoria nahm erleichtert zur Kenntnis, dass die Hausherrin wusste, von wem die Rede war.

»Ich muss aber …«

»Junge Mädchen müssen aufpassen in Shanghai«, fiel Rosie ihr ins Wort. »Gefährliche Stadt. Frauen wie Shen Akeu versprechen Geld und leichtes Leben, aber sie böse. Wir Sie für Unterricht bezahlen, Miss Virchow, ich reden mit Ian.«

Sie legte eine Hand auf Viktorias Schulter.

»Das ist wirklich sehr nett«, bedankte Viktoria sich durchaus gerührt. »Aber ich will bei Shen Akeu nichts verdienen, ich brauche nur ihre Hilfe … um … um einem Freund zu helfen.«

Der Blick von Mrs. McGregor wurde immer fassungsloser.

»Das keine Frau, die anständige Mädchen kennen sollen«, entgegnete sie kategorisch. Kurz glaubte Viktoria, ihrer Mutter gegenüberzustehen.

»Manchmal muss man sich mit Leuten treffen, die man nicht wirklich treffen will«, begann sie. »Bitte, Mrs. McGregor, ich muss Kontakt zu dieser Shen Akeu herstellen. Wenn Sie mir nicht helfen wollen, dann werde ich es anderweitig versuchen.«

Die Hausherrin presste ihre Lippen wieder zu entschlossenen Strichen zusammen.

»Ich reden mit Ian«, wiederholte sie nach einer Weile. Obwohl sie das Hotel mehr oder weniger selbständig leitete, schien es dennoch Angelegenheiten zu geben, bei denen ihr Gemahl die übergeordnete Instanz war. Viktoria entfernte sich mit ein paar Dankesworten. Nun, da sie dieses Gespräch hinter sich gebracht hatte, würden die Dinge auf die eine oder andere Art ihren Weg nehmen.

Es ging erstaunlich schnell. Ian McGregor stellte den Kontakt über einige Landsmänner her, die, ebenfalls Seeleute, in Shanghai angeschwemmt worden waren. Die Frage, woher sie Shen Akeu kannten, erübrigte sich. Jedenfalls war die berüchtigte Dame bereit, Viktoria zu empfangen, ja schien sehr genau zu wissen, um wen es sich bei dieser Fremden handelte. Drei Wochen später saß Viktoria in einer Jinrikscha, die sie zum zweiten Mal in die verwinkelten, schmutzigen Gassen der Chinesenstadt trug. Diesmal bemerkte sie, dass aus fast allen Fenstern zum Trocknen aufgehängte Wäsche baumelte, was ihr bei dem ersten Ausflug in diese fremde Welt entgangen war, vielleicht aufgrund zahlreicher Eindrücke, die noch verstörender gewesen waren. Die Fußbinden chinesischer Frauen streiften fast ihren Kopf, während sie unter ihnen dahinrollte. Sie musterte die engen Kaufläden, in denen Lebensmittel, Kleidung und anderer Krimskrams dargeboten wurde, während die Händler nach Käufern brüllten. Die Elendsgestalten lungerten weiterhin vor Hausecken, lagen manchmal leblos auf der Straße und hielten den Verkehr auf, bis jemand sie zur Seite trat. Der Anblick war unangenehm, doch entsetzte er Viktoria nicht mehr so sehr, dass sie auf der Stelle hätte fliehen wollen. Sie war China mit all seinem Glanz und Schmutz allmählich gewöhnt. Ein großer Tempel fiel ihr auf, eine mit Girlanden geschmückte goldene Statue gleich hinter dem Eingangstor, vor der ein paar Menschen sich verneigten. Es gab auch hier Restaurants, herrschaftliche Häuser und ein sehr hübsches Teehaus inmitten eines Goldfischteichs, zu dem eine Brücke im Zickzack führte. Doch während die Chinesenstadt ihr keinen völligen Widerwillen mehr einflößte, krampfte ihr Magen sich in Erwartung der bevorstehenden Begegnung mit der Hure nervös zusammen. Dewei war alles andere als erfreut gewesen über ihren neuen Plan. Menschen wie Shen Akeu konnten andere Menschen einfach verschwinden lassen, hatte er ihr als Warnung mit auf den Weg gegeben. Selbst eine Lao Wai, die nicht unbedingt wichtig war. Viktoria zwang sich, ruhig zu bleiben. Ian McGregor wusste, wohin sie unterwegs war. Seine Freunde kannten Shen Akeu und waren noch am Leben. Die Hure war vermutlich kein Monster. Aber was für ein Mensch mochte sie wohl sein?

Die Jinrikscha hielt vor einem kleinen, mit den üblichen Laternen und Schnitzereien verzierten Haus, das sauberer wirkte als die meisten anderen dieses Stadtteils. Ein kleiner Mann mit

Spitzbart begrüßte Viktoria mit einer leichten Verbeugung und deutete an, dass sie ihm folgen sollte. Sie warf einen letzten Blick auf die Gasse, wo dicht gedrängte, mit Wäsche behangene Gebäude dem Sonnenlicht das Eindringen erschwerten. Würde es ihr gelingen, wieder aus diesem Dickicht herauszufinden, wenn sie die Begegnung mit der Hure heil überstand?

Ihr blieb wenig Zeit zum Nachdenken, denn der Mann führte sie zielstrebig durch ein paar Räume, in denen junge Mädchen auf Bänken und Kissen saßen. Sie rauchten - was genau, vermochte Viktoria nicht einzuschätzen - würfelten, plapperten und lachten. Shen Akeus Huren wirkten erstaunlich gelassen, zeigten weder Spuren von Auszehrung noch von Misshandlungen, wie manche andere Mädchen, die sie an den Straßenecken von Shanghai hatte stehen sehen. Viktoria erinnerte sich vage, dass Yazi Shen Akeu einmal als großmütig im Umgang mit ihren Angestellten bezeichnet hatte, doch beruhigte dieser Gedanke ihr flatterndes Herz nur sehr mäßig.

Es ging eine schmale Treppe hinauf, dort öffnete der Mann eine Tür und wies Viktoria hinein. Sie meinte, auf der Schwelle leicht zu schwanken. Hier also wartete die Hure.

Sie saß hinter einem Tisch und rauchte ebenfalls. Ihr Blick war klar, es musste sich um eine gewöhnliche Tabakpfeife handeln. Vor ihr standen eine Teetasse, ein Teller mit Melonenkernen und andere Knabbereien, die Viktoria nicht zu identifizieren vermochte. Ihr Gesicht schien weniger geschminkt als bei den bisherigen Begegnungen mit Viktoria, es wies nun sehr deutliche Einkerbungen zwischen den Brauen und an den Mundwinkeln auf. Unter den Augen war die Haut ebenfalls erschlafft, doch konnten diese kleinen Mängel der ebenmäßigen Harmonie des Knochenbaus nichts anhaben. Das Haar war zu einem schlichten, pechschwarzen Knoten geschlungen, der glänzte, als wäre er lackiert. Zwei schlichte Perlen schimmerten in den Ohrläppchen. Viktoria musterte fasziniert den langen, schmalen Hals und die elegante Zartheit der Schultern, die einen mädchenhaft schlanken Körper andeuteten.

Manchen Frauen würden vielleicht morden, um mit über 50 noch so aussehen zu können, schoss es ihr durch den Kopf.

Sie knickste. Auf einmal fühlte sie sich ungelenk und plump, so wie damals gegenüber Lao Tengfeis Lieblingsfrau Meigui.

»Zăo'ān«, begann sie und sprach dann jene Sätze aus, die sie gemeinsam mit Dewei eingeübt hatte. Dass sie dankbar sei, hier empfangen zu werden. Dass Jinzi in Schwierigkeiten geraten sei und nur die Hilfe einer sehr einflussreichen chinesischen Person ihn noch retten könne. Sie kam sich vor wie ein Schulmädchen, das einer strengen Lehrerin auswendig gelernte Gedichte vortrug, merkte, dass sie sich ein paar Mal verhaspelte, die Töne nicht richtig traf, und hoffte inständig, dennoch einigermaßen verständlich zu klingen.

Jede ersehnte oder befürchtete Reaktion blieb aus. Shen Akeu starrte nur weiter in Viktorias Gesicht, als erwarte sie, darin die Antwort auf eine wichtige Frage zu finden. Viktoria spürte, wie ihr der Schweiß in kleinen Bächen über den Rücken lief und sie kitzelte. Ihre Finger hatten sich bereits nervös verknotet. Vielleicht sprach Shen Akeu nur den Shanghaier Dialekt, obwohl sie sich auch oft in Peking aufhielt.

»Brauchen wir einen Dolmetscher«, begann sie sehr langsam und deutlich. Shen Akeu hob nur die Hand, um sie auf einen Stuhl zu winken. Dann holte sie eine weitere Tasse aus einem Regal, füllte sie mit Teeblättern, goss heißes Wasser darauf und schob das Getränk in Viktorias Richtung.

»Sie brauchen sich nicht weiter zu plagen«, kam es nun in einem fehlerfreien, wenn auch stark akzentuierten Englisch, das Viktoria bereits von Yazi kannte. »Aber Sie sind sehr gut. Die meisten meiner Mädchen, die aus allen möglichen Regionen kommen, sprechen nicht halb so fließend Mandarin. Dabei heißt es oft, ihr Lao Wai könnt unsere Sprachen gar nicht lernen.«

Viktoria war zu baff, um etwas zu erwidern. Sie stellte fest, dass sie sich durchaus geschmeichelt fühlte. Shen Akeu schob einen Melonenkern zwischen ihre Zähne, zerbiss ihn und spuckte aus. Diese Unart hatte Viktoria sogar bei den vornehmsten chinesischen Damen gesehen.

»Ich habe immer gedacht, dass das Unsinn ist«, fuhr die Hure fort. »Der Mensch kann so ziemlich alles lernen, wenn er sich nur genug bemüht.«

Sie nippte an ihrer Teetasse. Viktoria setzte sich und folgte dem Beispiel, denn es schien ihr die angebrachte Verhaltensweise. Der Tee war stark aromatisiert und duftete nach exotischen Blüten. Sie hatte die Untertasse auf die Tasse gelegt, wie Chinesen es taten. Kurz glaubte sie, Staunen auf Shen Akeus Gesicht zu erkennen, und empfand Stolz, etwas richtig gemacht zu haben.

»Jinzi ist also in Schwierigkeiten«, meinte Shen Akeu. »Ich wusste, dass es dazu kommt.«

»Aber warum?«

»Weil ein halbchinesischer kleiner Gaukler zum Abschaum der Gesellschaft gehört, ebenso wie ich«, antwortete die Hure gelassen. »Ich habe viele Jahre meines Lebens damit zugebracht, reichen Männern zu gefallen, um dem Schmutz zu entkommen. Dann wollte ich selbst einen jungen, hübschen Kerl, der sich anstrengt, mir das Leben schön zu machen. Jinzis Vorgänger enttäuschten mich. Sie rissen hinter meinem Rücken Witze über mich und belästigten meine Mädchen. Ich musste sie loswerden.«

Viktoria wollte nicht fragen, auf welche Weise Shen Akeu sie losgeworden war. Sie lauschte mit einer Mischung aus Widerwillen und Faszination.

»Jinzi war ein kluger Junge, loyal und verlässlich. Seine Mutter hatte ihn gut erzogen. Er hatte mehr Respekt vor Frauen als die meisten chinesischen Männer, ja als Männer allgemein, wenn Sie mich fragen. Mit seinem aufbrausenden

Temperament verstand ich umzugehen, es gefiel mir sogar, aber dann …«

Ein weiterer Melonenkern wurde zerbissen.

»Dann kommt so ein fremdes Wesen mit gelbem Haar und großen Füßen und er ist nicht mehr der aufmerksame Liebhaber, den ich kannte. Er will weg, nach Shanghai, zusammen mit dieser Frau aus einer anderen Welt.«

Der letzte Satz hatte so bitter geklungen, dass Viktoria zusammenfuhr.

»Ich glaube, das missverstehen Sie. Er wollte wegen seiner Mutter nach Shanghai, mich nahm er nur widerwillig mit. Ich hatte nie den Eindruck, dass er mich besonders gut leiden kann. Die meiste Zeit war er sehr … unhöflich zu mir. Vermutlich machte mein Anblick ihn nur neugierig, da er zum ersten Mal einen Menschen aus der Nähe sehen konnte, der seinem Vater glich.«

Viktoria hatte bei diesen Worten nicht einmal das Gefühl zu lügen, denn mit einigem Abstand betrachtet schien ihr dies die naheliegendste Erklärung für Jinzis Verhalten. Die Momente, da er sie freundlich, fast zärtlich angeblickt hatte, waren sehr selten gewesen. Und die Nacht in der Höhle war inzwischen nur ein schöner, vergangener Traum. Sie selbst hatte dazu beigetragen, keine dauerhafte Nähe zwischen ihnen wachsen zu lassen. Die Erkenntnis tat weh, doch entsprach sie den Tatsachen.

Shen Akeu ließ von den Melonenkernen ab und schob sich einen kleinen Keks in den Mund. Sie kaute bedächtig, spülte ihn dann mit etwas Tee hinab.

»Dort, wo Sie herkommen«, begann sie völlig gelassen. »Sind da alle Frauen so unglaublich blind, was Männer betrifft? Das würde mich überraschen. Dann müssten eure Völker doch schon längst ausgestorben sein.«

Es dauerte einen Moment, bis Viktoria den Sinn dieser Worte begriff. Wider ihren eigenen Willen musste sie lachen.

»Vielleicht bin ich eben ein besonders hoffnungsloser Fall. Das ist gut möglich.«

Shen Akeus Mundwinkel zuckten. Für einen Moment schien es, als könnten sie wie zwei Schulmädchen zusammen kichern, doch dann wurde das Gesicht der Hure wieder ausdruckslos.

»Ich wusste, dass es ihm nichts als Ärger bringt, sich in eine Lao Wai zu verlieben. Aber ich ließ ihn nach Shanghai gehen. Ich halte niemanden gewaltsam fest. Nun haben wir die Folgen.«

Sie lehnte sich vor. Ihre Finger streiften für den Bruchteil einer Sekunde Viktorias Arm.

»Ich soll ihm jetzt helfen. Sie kommen zu mir, um mich zu bitten. Ich weiß, das ist Ihnen nicht leichtgefallen. Aber was bieten Sie mir als Gegenleistung an?«

Viktoria wich zurück. Sie hatte mit vielem gerechnet, mit Beschimpfungen, mit Ablehnung und Spott. Aber was sollte sie einer Shen Akeu geben können?

»Ich habe noch etwas Schmuck«, sagte sie zaghaft. »Er ist chinesisch, sehr schön.«

»Chinesischen Schmuck habe ich selbst genug«, kam es ungeduldig zurück. »Was ich nicht habe, ist eine Gestalt wie Sie unter meinen Mädchen. Für die meisten chinesischen Männer wären Sie nicht wirklich schön, aber das Fremde hat immer einen gewissen Reiz.«

Sie lehnte sich in ihrem Stuhl zurück. Ihr Gesichtsausdruck blieb unverändert, doch etwas funkelte in den dunklen, schmalen Augen, Hohn, Zorn oder Hass, Viktoria vermochte es nicht zu benennen. Ihr war auf einmal so übel, dass sie fürchtete, den Tee auszuspucken.

Es war zu viel verlangt, es war unfassbar. Sie hatte getan, was sie konnte, um Jinzi zu retten. Niemand konnte ihr noch den Vorwurf machen, leichtsinnig oder selbstsüchtig zu sein, wenn sie nun einfach ging, denn Shen Akeus Angebot war zu widerwärtig, um einer Antwort würdig zu sein. Vielleicht hatte Max von Brandt doch Recht. Sie sollte fort aus dieser Welt, für die sie nicht hart genug war.

Sie legte die Hände auf den Tisch, um sich abzustützen und endlich aufzustehen, doch unsichtbare Gewichte drückten sie nieder. Die Erinnerung an das Leuchten von Jinzis Augen, als er in der Höhle die Kleidung von ihrem Körper entfernte, wurde in ihrem Gedächtnis so lebendig, als sei es erst gestern geschehen. Er war durch das eisige Gewässer geschwommen, um sie zu retten, hatte nur ihretwegen Joseph Andrews verärgert, und nun konnte sie ihn nicht einfach in einem Gefängnis verfaulen lassen.

»Gut, ich tue, was Sie wollen. Für eine Woche … einen Monat, wenn es sein muss. Dann ist es genug. Sie können mich nicht mit Gewalt festhalten, das wissen Sie hoffentlich.«

Sie hatte die Worte tatsächlich mit dem Tee ausgespuckt und musste sich den Mund abwischen. Trotzig sah sie in das Gesicht der Hure, erwartete ein triumphierendes Lachen oder schlichte Genugtuung, doch deren Miene drückte nur Fassungslosigkeit aus. Langsam hob sich eine der zarten, mit Ringen geschmückten Hände, versetzte den Teetassen und Tellern einen Stoß, der sie mit lautem Klirren auf dem Boden aufschlagen ließ.

»Gehen Sie jetzt!«, kreischte Shen Akeu, bis vor Kurzem noch Sinnbild orientalischen Gleichmuts, nun wie eine Furie. »Es reicht! Ich will Sie nicht mehr sehen.«

Viktoria flüchtete stumm, huschte die Treppe hinab und durch alle Räume, bis sie endlich wieder den Gestank der Chinesenstadt in ihren Nasenflügeln spürte. Der Herzschlag war ein Trommelwirbel in den Ohren. Als sie vor dem Eingangstor den geduldig wartenden Rikschafahrer erblickt hatte, wäre sie ihm fast weinend um den Hals gefallen.

Den nächsten Tag dämmerte sie nur auf ihrem Bett dahin, sagte den Unterricht ab und auch das abendliche Klavierspiel im Speisesaal. Die Vorstellung, ihre inoffizielle Anstellung zu verlieren wenn sie allzu lang unpässlich blieb, ließ sie erschreckend kalt. Sie hatte aus einem ihr unbegreiflichen Grund alles verdorben, war von Shen Akeu hinausgeworfen worden wie eine unverschämte Bettlerin. Sie wusste nicht, ob es an der zeitlichen Befristung ihres Angebots gelegen hatte oder ob sie auf irgendeine Weise unverschämt geworden war. Zurück blieb nur der bittere Geschmack einer Selbsterniedrigung, die völlig sinnlos gewesen war, und das Bewusstsein völligen Versagens. So dämmerte sie bis zum nächsten Morgen dahin. Dann brachte Dewei ihr eine Nudelsuppe ans Bett und forderte sie eindringlich auf, endlich aufzustehen. Sie gehorchte. Sie musste sich dem Leben weiter stellen, auch wenn Jinzi wohl verloren war.

Eine Woche lang bewegte sie sich wie eine Schlafwandlerin durch das Hotel, fand nur in den Momenten, da sie sich ganz auf ihre Aufgaben konzentrierte, etwas Erlösung von ihrer Niedergeschlagenheit. Es musste weitergehen. Sie war es Dewei schuldig, ihn nicht im Stich zu lassen. Bekamen Menschen aus diesem Grund Kinder, um bis an ihr Lebensende eine Aufgabe zu haben?

Sie hatte gerade das Mittagessen mit den lauten McGregors hinter sich gebracht und wollte für eine Weile auf ihr Zimmer flüchten, als einer der Hoteldiener sie auf der Treppe zurückhielt. Eine chinesische Sänfte wartete am Eingang, um die deutsche Lady mitzunehmen. Viktorias Herz tat einen Sprung, dann begann sie zu frieren.

Shen Akeu hatte also doch beschlossen, ihr Angebot anzunehmen.

Sie eilte in ihr Zimmer und verfasste rasch einen Brief an Max von Brandt, den sie Dewei in die Hand drückte.

»Sollte ich nicht zurück sein, wenn das chinesische neue Jahr beginnt, dann sorg dafür, dass der deutsche Gesandte in

Peking mein Schreiben erhält«, sagte sie. »Bis dahin werden die McGregors dich versorgen.«

»Ich komme mit«, widersprach er, doch sie winkte entschieden ab. Sie hatte ihn nicht aus einer Welt der Sklaverei befreit, nur damit er sie wieder dorthin begleitete. Wenn Max von Brandt den Brief erhielt, würde er alles daran setzen, sie aus den Klauen von Shen Akeu zu befreien, weil eine deutsche Frau in dieser Lage dem Ansehen ihrer Nation schadete. Sie wusste, dass er sie dafür verdammen würde, so tief gesunken zu sein. In Shanghai würde sie danach nicht mehr bleiben können, vermutlich musste sie sogar China verlassen, aber sie hatte nicht die Zeit für konkrete Zukunftspläne.

Die Sänfte schwankte gemächlich dahin. Viktoria saß aufrecht da und hatte ihre Hände zu Fäusten geballt. Was sie erwartete, vermochte sie sich nicht auszumalen. Sie musste einen Weg finden, für ein paar Wochen ihrem eigenen Körper zu entfliehen, doch während sie sich das vornahm, ahnte sie in ihrem tiefsten Inneren, dass es nicht möglich sein würde.

Zum dritten Mal durchquerte sie das Tor zur Chinesenstadt. Ein Stück vor dem alten Teehaus gesellte eine weitere Sänfte sich zu der ihren. Für einen kurzen Moment nur war die Straße breit genug, um sie Seite an Seite schweben zu lassen. Ein seidener Vorhang wurde fortgeschoben und Viktoria erblickte Shen Akeus Gesicht, diesmal nun wieder zur Maske geschminkt und mit einem kunstvollen Kopfputz versehen.

»Ich weiß, Sie sind nicht gerade froh über unser Wiedersehen«, meinte die Hure. »Aber ich habe Nachrichten, die sie über meinen Anblick hinwegtrösten sollten. Wir holen jetzt Jinzi aus dem Gefängnis.«

Viktorias Verkrampfung wich schlagartig rasender Freude.

»Wird er einfach freigelassen?« Für einen Augenblick empfand sie echte Bewunderung für eine Frau, die mehr bewirken konnte als Max von Brandt.

»Nein, aber der Fall wird heute schon verhandelt, damit er nicht langsam im Gefängnis verfault. Der Richter gehört glücklicherweise zu meinen ältesten Gästen. Mir wurde ein mildes Urteil versprochen, ein paar Ermahnungen und natürlich der Befehl, seine Frisur zu ändern. Es war sehr dumm von ihm, auf diesem langen Rebellenhaar zu bestehen«, entgegnete die Hure mit völliger Sachlichkeit. Dann verengte die Gasse sich wieder und Shen Akeus Sänfte übernahm die Führung. Eine endlose Weile wurde Viktoria durch die kreischend bunte Enge der Chinesenstadt getragen, dann kamen sie vor einem großen Gebäude zum Stillstand.

»Der Yamen«, erklärte Shen Akeu, nachdem sie aus ihrer Sänfte gestiegen war. »Hier findet die Verhandlung statt. Sie bleiben besser draußen, denn Frauen sind dort allgemein nicht gern gesehen und Jinzi kann nur dadurch Sympathien gewinnen, dass er Ärger mit den fremden Teufeln hatte.«

Dann spazierte die Hure durchs Eingangstor. Viktoria fiel jetzt erst auf, dass unter der langen, leuchtend blauen Robe winzige Lilienfüße hervorragten, doch schritt sie sehr rasch und zielstrebig dahin, ohne die Hilfe ihrer Diener in Anspruch zu nehmen. Vermutlich brauchte es mehr als verkrümmte Fußknochen, um eine Shen Akeu am Vorankommen zu hindern.

Viktoria knetete nervös den flaschengrünen Stoff ihres Winterkleides, während sie wartete. Das Plärren chinesischer Stimmen ließ sie immer wieder zusammenfahren, und sie sehnte sich nach jener Ruhe, die sie im buddhistischen Kloster oder in Lao Tengfeis Garten erlebt hatte. Dort, wo sich einfache Chinesen tummelten, war es wohl keine Sekunde lang still. Sie meinte, laute, energische Worte aus dem Yamen zu vernehmen, Männer debattierten offenbar. Dann erklang ein leidvoller Schrei, der wie ein Messer in ihre Eingeweide fuhr. Ihr fiel wieder Shikais Beschreibung chinesischer Hinrichtungsmethoden ein, und plötzlich empfand sie Übelkeit. Manche Dinge würde sie an China niemals akzeptieren können.

Immer wieder kamen Menschen aus dem Tor. Chinesische Soldaten schleppten einen Mann heraus, der schlaff in ihrem Griff taumelte. Sein Hals war in einen breiten, hölzernen Kragen gezwängt, sodass er kaum um sich blicken konnte, doch schien er viel zu apathisch, um dies tun zu wollen. Sein Gesicht bestand nur aus Schwellungen, Wunden und Ausschlag, sodass Viktoria angewidert den Blick abwandte. Aus Angst, sich in Shen Akeus Sänfte zu übergeben, presste sie eine Hand vor den Mund. Dann vernahm sie das fröhliche Geplapper einer Bauernfamilie, die ebenfalls den Yamen verließ. Das Atmen wurde wieder leichter und ihr aufgebrachter Magen fand ein wenig Ruhe. Offenbar gab es auch milde Urteile.

Nachdem eine gefühlte Ewigkeit vergangen war, empfand Viktoria beinahe Freude, als die zarte, elegante Gestalt der Hure wieder aus dem Tor schlüpfte. Die Träger der Sänfte folgten ihr. Zwischen ihnen hing eine leblose Gestalt, deren Füße über den Boden schleiften. Viktoria stockte der Atem und sie riss die Vorhänge zurück, um klarer sehen zu können. Als ihre Vorahnung sich bestätigte, stieß sie einen Schrei aus.

»Es war ein mildes Urteil«, erklärte Shen Akeu, bevor Viktoria ihr Entsetzen in Worte fassen konnte. »Hundert Stockschläge. Der Verdacht, mit Rebellen zu sympathisieren, reicht aus, um einen Mann zu jahrelanger Zwangsarbeit oder gar zu einer Hinrichtung zu verurteilen. Zudem ist es seine Schuld. Hätte er sich dem Richter um Gnade bettelnd zu Füßen geworfen, wäre er vielleicht ganz ungeschoren davongekommen. Aber er saß die ganze Zeit nur mit wütend funkelnden Augen da und machte ein Gesicht, als würde er alle Staatsdiener am liebsten auf der Stelle erwürgen.«

Viktoria sah sich stumm nach Jinzi um, der gerade in Shen Akeus Sänfte verladen wurde.

»Wir müssen nun zusammensitzen«, meinte die Hure mit einem feinen Lächeln und stieg zu Viktoria ein, die mechanisch zur Seite rückte, um Platz zu machen. Sie wurden hochgehoben und schwebten los. Viktoria verspürte das Kitzeln zuckersüßen Parfüms in ihrer Nase. Es war so eng in der Sänfte, dass sie durch den Stoff ihres Rocks Shen Akeus Hüfte fühlen konnte. Zaghaft hob sie den Blick auf das makellos geschminkte Gesicht. Die Hure wirkte so rein, so zart und zerbrechlich wie ein Wesen aus dem Märchenland. Nur um ihren Mund lag ein harter, fast bitterer Zug, der verriet, dass sie nicht das Leben einer Prinzessin geführt hatte.

»Konnte man denn nichts gegen das Urteil unternehmen?«, bohrte Viktoria hartnäckig nach. »Hatte Jinzi denn wenigstens einen Anwalt?«

»Was ist das, ein Anwalt?«, fragte die Hure sichtlich neugierig. Viktoria erklärte kurz das westliche Rechtssystem. Shen Akeu lauschte aufmerksam.

»Hier gibt es nur den Richter, der den Angeklagten und Zeugen befragt«, sagte sie dann. »Und kaum jemand will Zeuge sein, weil Zeugen auch erst einmal ins Gefängnis kommen. Trotzdem sind die Urteile der Richter nicht immer gnadenlos. Dieser alte Bekannte von mir ist kein schlechter Mensch. Was ihr macht, ist aber interessant. Haben dann auch einfache, ungebildete Leute Aussicht auf ein milderes Urteil, weil dieser … dieser Anwalt an ihrer Stelle redet?«

Viktoria hätte das gern bestätigt, aber sie wusste aus Magdas Erzählungen, dass die Wirklichkeit anders aussah.

»Ich fürchte, nur reiche Leute können sich einen wirklich guten Anwalt leisten«, gestand sie. Shen Akeu verzog das Gesicht.

»Warum dann überhaupt diesen Anwalt? Man kann mit dem Geld auch einen Richter bestechen, das ist schneller und sicherer. Es klingt wie eine Beschäftigung für gebildete Söhne aus reicher Familie. Sie werden Anwalt und glauben, sie kämpfen für Gerechtigkeit, aber in Wirklichkeit helfen sie nur denjenigen, die sich auch anderweitig helfen können.«

Sie stieß ein feines Kichern aus. Viktoria fühlte Ärger in ihrem Magen kribbeln, konnte dem aber kaum etwas entgegenhalten. Sie hätte einer Hure keine derart komplexen Gedankengänge zugetraut. Wenigstens lenkte das Gespräch sie ab, bis sie wieder vor Shen Akeus Haus aus der Sänfte steigen konnte.

Jinzi wurde ins obere Stockwerk geschleppt, wo ein kleiner Raum bereits für ihn hergerichtet schien. Viktorias Augen erfassten rasch den üblichen Kang in der Ecke, einen kleinen Tisch mit Essgeschirr und zwei Eimer Wasser. Shen Akeu winkte die Sänftenträger hinaus, nachdem Jinzi auf der Matte des Kangs abgelegt worden war. Es fiel Viktoria nicht leicht, ihren Blick auf die blutige Masse zu richten, die einmal sein Rücken gewesen war. Wieder quoll Spucke aus ihrer Kehle. Sie hatte wohl zu wenig gegessen, um sich wirklich erbrechen zu können, aber ihr Magen schmerzte dadurch umso heftiger. Zögernd trat sie an den Kang heran. Nach diesem Wiedersehen hatte sie sich gesehnt, gleichzeitig große Angst davor empfunden, doch niemals hatte sie sich derartige Umstände ausgemalt. Jinzis Kopf regte sich. Er schien bei Bewusstsein, was es Viktoria plötzlich unmöglich machte, in sein Blickfeld zu treten. Sie wollte erklären, wie leid ihr alles tat, da sprach bereits Shen Akeu ein paar rasche chinesische Worte, deren Sinn Viktoria nicht erfassen konnte. Jinzi sah nun in die Richtung der Hure, was es Viktoria ermöglichte, unauffällig etwas näher zu kommen. Sein Gesicht hatte eine gelblich fahle Färbung angenommen und war derart eingefallen, dass die Wangenknochen wie Beulen hervorstanden. Das prächtige, pechschwarze Haar fehlte, nur eine lange Strähne blieb davon übrig, die zu einem ungleichmäßigen Zopf geflochten war. Blutige Krusten auf dem Schädel verrieten, dass wer auch immer ihn geschoren hatte, dabei nicht sanft vorgegangen war. Viktorias Kehle wurde eng. Tränen schossen ihr in die Augen, sie wollte schreien und vor Wut heulen. Wer gab Menschen das Recht, jemanden wegen ein paar frecher Blicke und einer als anstößig empfundenen Frisur derart zuzurichten? Aber sie vermochte nur stumm dazustehen, reglos, hilflos und ohne jeden Nutzen.

Sie sah Erkenntnis in Jinzis Augen, als er Shen Akeu erblickte, verhaltene Erleichterung, bevor er respektvoll den Kopf senkte und ein paar Dankesworte murmelte. Viktoria wagte sich noch einen Schritt näher. Nun musste er ihre Gegenwart erahnt haben, denn sein Kopf drehte sich weiter rückwärts. Viktoria unterdrückte den Wunsch, aus dem Zimmer zu rennen. Ihr Herzschlag schien ohrenbetäubend laut. Würde er überhaupt noch mit ihr sprechen wollen?

»Vi Ki!«, vernahm sie seine Stimme und begann endgültig zu weinen. Doch erstaunte sie das plötzliche Leuchten in seinen Augen. Für einen kurzen Moment sah er so glücklich aus, als sei dies ein ungewöhnlich schöner Tag in seinem Leben.

»Was machst du hier?«, fragte er auf Englisch. Anstatt zu antworten, eilte Viktoria heran und legte ihre Hand auf die seine. Ihre Finger verflochten sich wie von selbst ineinander, und er drückte so fest zu, dass sie erleichtert spürte, wie viel Leben noch in ihm steckte. Mechanisch wischte sie mit der anderen Hand ihre Augen trocken. Auf einmal fühlte sie sich stark genug, mit der Lage fertig zu werden.

»Er muss gewaschen werden«, schnitt Shen Akeus Stimme in ihre unerwartete Verbundenheit. Viktoria hob kurz den Kopf, um für einen Moment eine alternde, schmächtige, enttäuschte Frau vor sich zu sehen. Dann rückte Shen Akeu ihre Gesichtszüge zurecht, verwandelte sich wieder in die unnahbar schöne, geheimnisvolle Hure, doch fühlte Viktoria ihre Angst ebenso schwinden wie ihre Abneigung. Der Schmerz, den sie auf Shen Akeus Gesicht hatte lesen können, machte die Hure menschlich, denn Viktoria wusste selbst gut genug, wie weh unerwiderte Gefühle für einen Mann taten.

Shen Akeu schob einen der Wassereimer heran.

»Zunächst wischen wir das Blut ab und dann reiben wir ihn mit einer Salbe ein«, bestimmte sie. Ihre Finger legten sich auf den zerfetzten Stoff von Jinzis Hemd, das man ihm vor der Prügelstrafe nicht ausgezogen hatte.

»Ich muss das entfernen. Es wird nicht gerade angenehm für ihn sein. Halten Sie also brav seine Hände und lassen ihn noch eine Weile in Ihre blauen Augen sehen.«

Viktoria gehorchte. Auf einmal schien die Gegenwart der Hure sogar erleichternd. Sie sah, wie Shen Akeu die Stofffetzen mit raschen, energischen Bewegungen fortriss. Jinzi zuckte mehrfach zusammen, am Ende bäumte er sich auf. Er schrie nicht, doch wurde der Druck seiner Finger so stark, dass Viktoria schließlich an seiner Stelle zu wimmern begann.

»Habe ich dir wehgetan? Das wollte ich nicht«, murmelte er. Viktoria zwang sich zu lächeln.

»Schon gut, es war nicht schlimm.« Sie strich über seine Wangen und versuchte, jene Kruste aus Schmutz, getrocknetem Schweiß und Blut, die sie bedeckte, sanft fortzuwischen.

»Mir scheint, den Rest können Sie allein erledigen«, drang Shen Akeus Stimme schnippisch an ihr Ohr. »Ich will nicht weiter stören. Bitte waschen Sie ihn gründlich. Leute, die im Gefängnis waren, stinken elendig. Und in diesem Topf ist die Salbe für seine Wunden.«

Sie hatte die Schultern gestrafft und das Kinn emporgestreckt, doch schienen die Falten um ihre Mundwinkel tiefer als jemals zuvor. Viktoria staunte, dass ihr der Anblick der Hure plötzlich Mitgefühl einflößen konnte. Wie hatte eine derart gerissene, erfahrene Frau sich in einen Mann verlieben können, der ungefähr dreißig Jahre jünger war?

Die Tür fiel zu und sie war allein mit Jinzi. Shen Akeus Anweisungen entsprechend tauchte sie ein Tuch in den Eimer. Es war nicht einfach, das Blut von seinem Rücken und Schädel zu wischen, denn blieb sie sanft, so konnte sie es nicht gründlich genug entfernen. Jinzi zuckte einige Male zusammen, forderte sie aber sogleich auf, fortzufahren. Eine Ewigkeit verging, bevor sie endlich zu der Salbe greifen konnte, die ihm offenbar wohltat, denn sein Körper entspannte sich unter den neuen Berührungen.

»Schneide den Zopf ab!«, zischte er, als sie endlich fertig war. »Ich will diesen Mandschu-Rattenschwanz nicht an meinem Kopf.«

»Das können wir machen, wenn es dir besser geht«, wich Viktoria aus, doch er beharrte mehrfach auf seinem Wunsch. Schließlich sah sie sich ratlos nach einem Messer um, konnte aber keines finden. Als Rettung fiel ihr die kleine Nagelschere in ihrem Beutel ein. Mit ihr Jinzis dickes Haar zu durchtrennen, erwies sich als mühselige, zeitraubende Aufgabe, wobei die Erinnerung an seine einst so prächtige Haarflut ihr wieder Tränen in die Augen trieb. Als sie endlich fertig war, warf sie den Zopf erleichtert in eine Zimmerecke und legte eine Hand auf seinen Nacken, die einzig unverletzte Stelle, die sie an seinem Körper entdecken konnte.

»Es wächst wieder«, versuchte sie ihn und auch sich selbst zu trösten. »Bald schon ist es so lang und schön wie vorher.«

Er schlang einen Arm um ihre Taille und zog sie zu sich auf den Kang. Sein Kopf zwängte sich an ihre Schulter, als er begann, ihren Körper zu streicheln. Viktoria staunte über die plötzliche Wärme zwischen ihren Beinen und ermahnte sich, dass dies nicht der Moment für solche Empfindungen war. Sie fühlte seine Hände an dem Verschluss ihres Kleides und stellte belustigt fest, dass er mit den europäischen Knöpfen einige Schwierigkeiten hatte. Schließlich kam sie ihm zu Hilfe. Er schob eine Hand auf ihre Brust, um sie dort einfach nur liegen zu lassen.

»Du bist so weich und warm«, flüsterte er. »Ich dachte, ich sehe dich nie wieder.«

Viktoria lauschte seinen Atemzügen, die langsam tiefer und schwerer wurden. Er roch weiterhin nach Elend, Angst und

Schmutz. Sobald es ihm etwas besser ging, würde er ein richtiges Bad brauchen. Sie spürte deutlich den Druck seiner Rippen, die aus dem abgemagerten Körper hervorstachen. Zaghaft strich sie über sein ausgezehrtes Gesicht, bemerkte eine verschmutzte Schürfwunde an der rechten Hand, die dringend noch gereinigt werden musste. An beiden Daumen war die Haut aufgerissen, als hätte man ihn daran aufgehängt.

Trotz seines Zustands empfand sie nichts weiter als tiefe Erleichterung, ja beinahe Glück, ihn wieder lebend an ihrer Seite zu wissen und ohne Scheu berühren zu können.

Endlich war Frieden zwischen ihnen.

Kapitel 7

Es ist gar nicht schwer«, meinte Viktoria. »Du musst nur auf meine Füße schauen. Eins zwei drei, eins zwei drei …« Sie ließ ihre Hand vorsichtig auf Jinzis Schulter ruhen. Obwohl er schon nach den ersten Tagen begonnen hatte, die Glieder zu strecken und Übungen zu machen, damit sein Körper nichts an geschmeidiger Beweglichkeit einbüßte, wusste sie, dass sein Rücken ihn noch schmerzte.

»Du willst mir doch nicht erzählen, dass Männer und Frauen bei euch so öffentlich miteinander tanzen?«, kam es nun ungläubig zurück. Jinzi hatte sie den Anforderungen gemäß umarmt, aber die Schritte wollten ihm nicht so recht gelingen. Stattdessen zog er Viktoria noch enger an sich heran, als es in Ballsälen üblich war. Sie verspürte ein nervöses Kribbeln im Magen und riss sich zusammen. Jinzi sollte einfach nur lernen, Walzer zu tanzen.

»Wir tanzen so in der Öffentlichkeit miteinander«, erklärte sie. »Anfangs löste dieser Tanz Empörung aus, aber inzwischen hat man sich daran gewöhnt. Was stört dich denn so daran?«

Er lachte kurz. Viktorias Versuche, die Tanzschritte weiter auszuführen, scheiterten endgültig an der Kraft seiner Umarmung.

»Weil es völlig unmöglich ist, mit einer schönen Frau so zu tanzen, ohne sich dabei ganz andere Dinge zu wünschen«, flüsterte seine Stimme an ihrem Ohr.

»Alles eine Frage der Selbstdisziplin«, erwiderte sie schnippisch. »Und jetzt sieh endlich auf meine Füße.«

Beharrlich vollführte sie ein paar Drehungen. Jinzi lief mit, doch hielt er sich nicht an den Dreivierteltakt.

»Jetzt streng dich an, du beherrschst deinen Körper doch sonst vollkommen. So schwer kann das für dich nicht sein«, mahnte Viktoria. »Diese Dinge solltest du können, wenn du die Verwandten deines Vaters triffst. Ich werde dir auch noch zeigen, wie wir essen und …«

Jinzi brachte die nächste Walzerdrehung so schlagartig zum Stillstand, dass Viktoria leicht ins Schwanken geriet. Wieder sah sie das altbekannte, zornige Funkeln seiner Augen, doch erschreckte es sie nicht mehr so sehr wie früher.

»Und wenn ich all diese Dinge kann, dann wird man mich am Familientisch sitzen lassen. Bei dem nächsten Fest, da kann ich mit all den Ladies der internationalen Siedlung solche Kreise drehen. Meinst du das denn wirklich?«, zischte er. Viktoria senkte den Blick. Zu gern hätte sie ihm versichert, dass es genauso wäre, doch hatte sie die Konsulatsbälle noch in zu guter Erinnerung. Nach einigem Grübeln sah sie ihm wieder ins Gesicht.

»Ich werde mit dir tanzen«, versprach sie. »Wann und wo du willst. Ist das genug?«

Die Umarmung wurde wieder enger.

»Es ist mehr als genug«, erklärte Jinzi, nun völlig ruhig und ernst. Dann bemühte er sich erstmals, die Tanzschritte richtig auszuführen, und sie drehten ein paar Runden durch das kleine Zimmer. Zwei Stühle gerieten ins Wanken, ein kleiner Tisch klapperte und Viktoria stolperte schließlich über eine herumliegende Decke.

»Diese Kreise gehen auch viel einfacher«, grinste Jinzi schließlich, legte nun beide Hände auf ihre Taille, um sie in die Höhe zu heben. Dann wirbelte er sie herum, bis ihr schwindelig wurde und sie beide lachend auf dem Kang landeten. Nun, da es draußen Winter geworden war, wärmte er auf sehr angenehme Weise. Viktoria spürte das Gewicht von Jinzis Körper. Diese Nähe war ihr inzwischen vertraut, doch hatte sie seine Berührungen bisher als das Suchen nach Trost und Wärme eines geschundenen Menschen geduldet. Mehr zuzulassen wäre unklug, solange ihrer beider Zukunft ungewiss war. Nun schmolzen all diese guten Vorsätze unter dem ersten Kuss dahin. Wieder erwachte jene Sehnsucht, die sie zum ersten Mal in der Höhle empfunden hatte, verwandelte sie in ein Wesen, das nur noch von körperlichen Bedürfnissen bestimmt wurde und sich gierig den Berührungen von Jinzis Händen entgegenstreckte. Erst als er den Stoff ihres Rockes hochzuschieben begann, gewann Viktorias Verstand die Oberhand. Sanft legte sie ihre Finger auf die seinen.

»Lass das jetzt besser.«

Sie stellte sich innerlich auf einen Wutausbruch ein, doch blickten seine Augen nur verstört in die ihren.

»Was ist? Das erste Mal hat es dir gefallen, aber danach hast du mich behandelt, als hätte ich deine Ehre verletzt. Ich dachte, es wäre, weil du mich nicht wirklich leiden kannst. Dazu hatte ich dir auch einigen Grund gegeben. Aber dann bist du plötzlich da, um mir zu helfen. Ich verstehe das nicht.«

Viktoria drückte ihren Kopf in die weiche Polsterrolle, die ihnen als Kissen diente. Im Grunde war sie erleichtert, dass er diese Dinge endlich ansprach, denn sie selbst hätte es nicht gewagt.

»Ich weiß nicht, woran ich bei dir bin. Ich habe einmal einem Mann vertraut und es bereut«, erklärte sie schließlich und begann zu erzählen, gestattete ihm erstmals Einblick in ihr altes Leben in einer Welt, die er nicht kannte. Er lauschte mit erstaunlicher Geduld, hatte das Kinn auf seine Handfläche gestützt und sah sie aufmerksam an.

»Das klingt alles nicht einmal fremd für mich«, sagte er, nachdem sie ihre Geschichte beendet hatte. »Männer wie diesen, in den du so unsterblich verliebt warst, gibt es auch bei uns genug. Dein Geld hättest du auf jeden Fall verloren. Wenn dein Vater es nicht geschafft hätte, es zu verschleudern, dann er. Du hättest zuhause gesessen, während er sich in Bordellen herumgetrieben hätte, und hättest dir den Kopf zerbrochen, was einmal aus euren Kindern werden soll.«

Obwohl diese Worte durchaus hart klangen, war Viktoria auf einmal sehr leicht zumute und sie schmiegte sich ohne jede Bedenken an seinen Körper. Anton war schon lange unwichtig geworden.

»Dieser Mann kannte keine Loyalität«, fuhr Jinzi fort. »Du hast ihn nicht verloren, denn er war niemals wirklich an deiner Seite.«

Viktorias Hand fuhr über seinen Schädel, auf dem die ersten Stoppeln zu wachsen begannen. Sein Gesicht war wieder voller geworden, stellte sie erleichtert fest.

»Du weißt nicht, wie es ist, als verwöhntes Kind aufzuwachsen. Anton und ich, wir glichen einander. Wir dachten beide vor allem an uns selbst«, versuchte sie, ihm ihre Vergangenheit noch näherzubringen. Jinzi ergriff ihre Hand und hielt sie fest.

»Verwöhnt bist du, das ist mir aufgefallen. Du rümpfst über jeden Schmutz die Nase und hasst körperliche Arbeit. Aber loyal bist du immer gewesen. Gegenüber meiner Schwester, obwohl du deshalb eine gut bezahlte Arbeit verloren hast. Du hast meiner Mutter bis zum Ende beigestanden. Ich bin froh, dass du bei ihr warst, bevor sie starb.«

Viktoria starrte ihn fassungslos an.

»Es war doch alles meine Schuld, diese Reise. Sonst wäret ihr beide in Beijing geblieben und …«

»Sie wollte immer herausfinden, was mit meinem Vater geschehen ist«, unterbrach Jinzi. »Du hast ihr den Glauben geschenkt, dass er sie nicht einfach verlassen wollte. Es war gut so.«

Sein Gesicht kam dem ihren wieder näher. Viktoria fühlte ein glückliches Lachen aus ihrer Kehle perlen.

»Es ist ungerecht von dir, mich jetzt anzusehen. Wie soll ich zu so schönen Augen nein sagen.«

Wieder legte eine leichte Röte sich auf sein Gesicht. Viktoria staunte. Anton hatte Komplimente angenommen wie ein König die Huldigung seiner Untertanen. Es war Jinzis offensichtliche Verlegenheit, die ihren letzten Widerstand zum Erliegen brachte.

»Ich darf nicht schwanger werden«, flüsterte sie, als ihre Hände sich bereits wieder um seinen Nacken schlangen, denn den Rücken durfte sie nicht berühren. Jinzi öffnete die Knöpfe des Kleides nun ohne weitere Schwierigkeiten.

»Das weiß ich. Ich wusste es schon damals in der Höhle. Mach dir deshalb keine Sorgen.«

In der frühen Morgendämmerung wurde Viktoria von einem zarten Klopfen an der Tür geweckt. Sie rieb sich die Augen. Jinzi lag tief schlafend neben ihr. Sie strich über seine Rippen, die immer noch sehr deutlich aus seinem Körper herausragten. Sie musste dafür sorgen, dass er genug aß. Das Klopfen wurde dringlicher, und sie richtete sich auf. Dreimal täglich kam ein Diener, der ihnen Tee und Mahlzeiten brachte, doch war es noch zu früh für sein Erscheinen. Eine unangenehme Ahnung beschlich Viktoria. Von Shen Akeu war kein Lebenszeichen mehr gekommen, seit Jinzi in das Zimmer gebracht worden war. Trotzdem musste sie sich noch in diesem Haus aufhalten, als jene unsichtbare Macht, die für Nahrung, Badewasser und frische Kleidung sorgte. Wollte sie Viktoria nun an das gegebene Versprechen erinnern?

»Herein!«, rief Viktoria auf Englisch und die Tür öffnete sich. Sie fühlte eine unsichtbare Hand an ihrer Kehle, die ihr das Atmen erschwerte. Dann trappelten Schritte über den Boden.

»Vi Ki!«

Kaum hatte sie erleichtert nach Luft geschnappt, drohte sie auch schon in Deweis Umarmung zu ersticken. Verlegen versuchte sie, ihren nackten Körper unter einer Decke zu verstecken, doch schien Dewei nicht überrascht, sie in dieser Lage an Jinzis Seite zu erblicken.

»Ich wollte nach dir sehen. Die McGregors haben mich losgeschickt. Wir machten uns alle Sorgen.«

»Das war dumm von dir. Ich habe doch gesagt, du sollst bleiben, wo du bist. Ich komme hier allein zurecht«, versicherte sie. Dewei schüttelte energisch den Kopf.

»Du brauchst mich. Jedes Mal, wenn du die internationale Siedlung verlässt, da brauchst du mich.«

Viktoria war es inzwischen gelungen, sich ganz in die Decke zu wickeln. Sie richtete sich im Bett auf und versuchte, ihre Haarsträhnen in Ordnung zu bringen.

»Du kannst jetzt zurückkommen. Mit ihm«, schlug Dewei vor, während er auf den immer noch schlafenden Jinzi deutete. »Vielleicht findet er auch Arbeit im Hotel.«

Viktoria staunte über diesen so einfachen, dennoch naheliegenden Vorschlag. Sanft begann sie, Jinzi wach zu rütteln. Bisher war es hier in diesem Zimmer durchaus angenehm gewesen und sie hatte erfolgreich verdrängen können, wo sie sich befand. Sie wusste, dass es auf Dauer nicht so bleiben würde.

Jinzi schien über Deweis Erscheinen weitaus weniger überrascht als sie selbst. Er begrüßte ihn, indem er ihm grinsend das Haar zerwühlte. Chinesisches Geplapper erklang. Viktoria stellte erleichtert fest, dass sie etliche der Worte verstand. Dewei wollte wissen, wie es Jinzi ging, und wurde beruhigt.

»Ich kann nicht so einfach von hier fortgehen«, sagte Jinzi dann wieder auf Englisch. Viktoria überkam Unbehagen.

»Es ist ... es ist wegen ihr, nicht wahr?«, meinte sie mit gesenktem Blick. In den letzten Tagen waren sie einander nähergekommen als jemals zuvor, doch nun sah sie wieder den Graben zwischen ihnen, dessen Existenz sie fast vergessen hatte. Jinzi schwieg. Sie rückte ein Stück an ihn heran und legte ihre Hand auf seine Schulter.

»Wird sie dich verfolgen?«

Ihr fiel ein, dass sie wegen des gegebenen Versprechens ebenso verfolgt werden konnte. Würde das Konsulat ihr noch helfen, nach all ihrem unpassenden Benehmen?

»Ich glaube nicht, dass sie das täte«, erwiderte Jinzi. »Dazu ist sie zu stolz. Sie würde mich nicht gewaltsam zurückholen. Ich wäre für sie einfach nur gestorben.«

»Und was wäre daran so schlimm?«, entwich es Viktoria, obwohl diese Worte vielleicht unklug waren. Wieder drückte eine unsichtbare Hand an ihrer Kehle. Sie hatte keinem Mann jemals mehr die Macht geben wollen, sie zu verletzen. Warum war es so schwer, diesem guten Vorsatz zu folgen?

»Hör zu, Vi Ki«, begann Jinzi nun mit einem unangenehm ernsten Blick in ihr Gesicht. »Diese Frau hat sehr viel für meine Mutter und mich getan. Bevor wir sie trafen, waren wir nichts als herumziehende Gaukler. Ich habe lange ohne ein festes Zuhause gelebt, und es gab immer wieder Zeiten, da wir uns kaum satt essen konnten. Durch Shen Akeu bekamen wir ein Auskommen. Sie hätte mir sogar einen Aufstieg an einem angesehenen Theater ermöglicht, wenn ich bereit gewesen wäre ... bestimmte Dinge zu tun.«

Ein Schauer rollte über Viktorias Rücken.

»Was für Dinge?«

Nun wich er ihrem Blick aus.

»Was für Dinge?«, wiederholte sie beharrlich ihre Frage. Sie wollte keine Geheimnisse mehr. Jinzi hob langsam sein Gesicht zu dem ihren.

»Dinge, die junge, männliche Schauspieler tun, um aufzusteigen. Mit Männern, denen sie gefallen.«

Viktoria sprang von dem Kang. Mit zitternden Händen ergriff sie das erstbeste Kleidungsstück, das sie am Boden herumliegen sah, eine jener langen chinesischen Männerroben, die wohl für Jinzi hereingebracht worden waren. Sie verschwand in einer Ecke, um sie rasch überzustreifen, denn sie wollte in diesem Haus nicht mehr unbekleidet herumsitzen.

»Diese Frau ist widerlich! Wie konnte sie so etwas von dir verlangen?«, rief sie dann. Der Herzschlag hämmerte ihr in den Ohren. Am liebsten wäre sie mit Dewei auf der Stelle hinausgerannt, doch fühlte sie sich trotz allem nicht in der Lage, Jinzi einfach zurückzulassen.

»Geh sofort zurück zu den McGregors!«, zischte sie dem Jungen nur zu. »Du sollst hier keinen Moment länger als notwendig bleiben.«

Dewei schlich leise zur Tür.

»Ich hole uns allen erst einmal ein Frühstück, dann sehen wir weiter.«

Rasch huschte er nach draußen. Sein Verschwinden steigerte Viktorias Anspannung, denn nun war sie wieder allein mit Jinzi, der ihr nachdenklich in die Augen blickte. Sie hatte ihn als aufbrausend kennengelernt, doch nun war er unerträglich ruhig, sodass sie mühsam gegen den Wunsch ankämpfte, ihn zu schütteln und anzuschreien. Stattdessen drehte sie eine Runde durch das kleine Zimmer, trat ein paar Gegenstände zur Seite und blieb schließlich stehen, ratlos, wie sie die stürmischen Wogen in ihrem Inneren glätten sollte.

Jinzi stand auf und goss über Nacht sicher erkaltetes Wasser aus einer Kanne in Teetassen.

»Als du in Beijing gelebt hast, hast du da manchmal morgens diesen Wagen durch die Straßen fahren hören, Vi Ki?«, fragte er. Viktoria drehte sich ungeduldig um. Was sollte jetzt diese Frage?

»Welchen Wagen denn?«

»Nun, in der Gegend, wo die Häuser der Mandarine stehen, ist er seltener. Aber der Wagen sammelt all die von ihren Eltern ausgesetzten weiblichen Säuglinge auf, um sie in ein Waisenhaus zu bringen.«

Viktoria setzte sich verwirrt auf einen Stuhl. Sie war bisher davon ausgegangen, dass nur Missionare wie die Frazers sich um diese Mädchen kümmerten, aber warum fing Jinzi jetzt damit an?

»Shen Akeu war eines dieser Mädchen«, beantwortete er auch schon die unausgesprochene Frage. »An einem Anhänger um ihren Hals wurde sie als eine Akeu, das ist ein Volksstamm, erkannt und erhielt diesen Namen. Mehr weiß sie nicht von ihren Eltern. Sie war ein unerwünschtes Kind, ein Niemand, schlimmer dran als ich, denn ich hatte wenigstens noch meine Mutter. Mit fünf Jahren wurde sie von dem Leiter des Waisenhauses an ein Bordell verkauft, weil sie auffallend hübsch war. Und überlege, wo sie nun ist? Wie weit sie es gebracht hat? Kannst du eine solche Frau wirklich verachten?«

Verwirrt nahm Viktoria den kalten Tee entgegen. Etwas hatte sich verändert. Noch während der Reise nach Shanghai hätte Jinzi ihr diese Worte ins Gesicht gebrüllt und sie wäre mit Dewei empört hinausgestürmt. Doch nun, da er ruhig mit ihr sprach, blieb ihr nichts anderes übrig als zuzuhören und über seine Worte nachzudenken.

Sie senkte seufzend den Kopf.

»Ich gebe zu, es ist eindrucksvoll, wie weit diese Frau im Leben gekommen ist«, musste sie schließlich gestehen. »Aber im Grunde wurde sie wie die Leute, die ihre Lage ausgenützt haben. Sie betreibt selbst Bordelle.«

Jinzi setzte sich an ihre Seite.

»Sie kauft keine jungen Mädchen ein«, widersprach er. »Alle kamen freiwillig zu ihr. Es gibt so viel Elend bei uns, da muss sie niemanden zwingen. Sie behandelt ihre Leute gut, wenn sie ihre Arbeit machen. Die Anderen werden einfach nur fortgeschickt. In all den Jahren, da ich bei Shen Akeu war, hat sie kein Mädchen schlagen lassen. Ich sollte sogar Männer hinauswerfen, die gewalttätig wurden. Du brauchst dir um Dewei keine Sorgen zu machen, ihm droht hier keine Gefahr.«

Er legte seine Finger auf ihr Handgelenk. Die Berührung tat erstaunlich wohl.

»Es ist alles so schwer für mich«, sagte sie mit ungewohnter Ehrlichkeit und fuhr sich mit der freien Hand über die Stirn. »Diese ganze Welt der Bordelle, daran kann ich mich nicht gewöhnen. Shen Akeu ist nicht so, wie ich sie mir vorgestellt habe, das stimmt. Aber was sie tut und was sie andere tun lässt, das widert mich an. Ich kann nicht anders.«

Jinzis Finger entfernten sich. Sie fröstelte, als habe jemand eine schützende Decke von ihren Schultern gezogen. Auf einmal hatte sie Angst, ihn anzusehen, obwohl sie seinen Blick sehr deutlich spüren konnte.

»Widere ich dich auch an?«

Sie staunte, wie leise seine Stimme klang. Ein feiner Unterton der Unsicherheit schwang darin mit und ließ sie aufblicken. Niemals hätte sie sich vorstellen können, dass sein stolzes Gesicht so viel Angst und Verletzlichkeit ausdrücken könnte. Sie stand auf und drückte seinen Kopf in ihren Schoß, streichelte die Stoppeln auf seinem fast verheilten Schädel und ließ ein paar vorsichtige Finger über die verkrusteten Wunden auf seinem Rücken fahren.

»Du kannst mich gar nicht anwidern. Dazu bist du mir jetzt zu nah«, erklärte sie und ging vor ihm in die Hocke. »Aber ich will, dass diese … Dinge in deinem Leben aufhören. Wenn wir zusammengehören sollen, dann möchte ich dich nicht mit anderen Frauen oder … oder sonst jemandem teilen.«

Ihr war leichter zumute, als diese Worte ausgesprochen waren. Jinzi starrte sie lange schweigend an, dann legte er seine Hände um ihre Taille. Sie wurde hochgehoben und wieder zum Kang getragen.

»Das möchte ich auch«, flüsterte seine Stimme in ihrem Ohr, während er die chinesische Robe von ihrem Körper streifte. »Es war niemals so schön wie mit dir.«

Dewei schien geahnt zu haben, was in dem Zimmer vor sich ging, denn er ließ sich Zeit, bevor er zaghaft klopfte. Viktoria streifte schnell die Robe über, dann ließ sie ihn herein. Zu dritt verspeisten sie eine Schüssel voll gefüllter Klöße, die in der Chinesenstadt überall verkauft wurden. Ein Diener erschien mit frisch erwärmtem Wasser für neuen Tee.

»Was ist nun?«, fragte Dewei schließlich. »Gehen wir jetzt ins Hotel?«

Viktoria warf Jinzi einen abwartenden Blick zu. Er richtete sich auf und verbarg seine Gedanken wieder hinter einer stolzen Miene, von der sie sich nun weniger eingeschüchtert fühlte.

»Ich kann nicht fort, ohne von Shen Akeu Abschied zu nehmen«, wiederholte er schließlich. Viktoria drückte ihr Verständnis durch ein kurzes Nicken aus.

»Dann gehe jetzt zu ihr.«

Sie atmete tief durch. Es erstaunte sie, dass nichts weiter als Ruhe in ihr war, denn Jinzi hatte sie von den letzten Zweifeln an seinen Gefühlen befreit. Sie würde warten, bis er wiederkam, und anschließend mussten sie gemeinsam die Huntingdons aufsuchen. Margaret sollte endlich ihr Enkelkind kennenlernen.

»Zu einer so wichtigen Person wie Shen Akeu geht man nicht einfach«, entgegnete Jinzi. »Wenn sie Menschen sehen will, dann schickt sie Diener, die sie holen.«

Nun versteifte Viktorias Körper sich vor Ärger.

»Schick einen dieser Diener los und lass ihr ausrichten, dass du sie sehen willst. Warum ist bei euch immer alles so kompliziert?«

»Es geht um Respekt«, warf Dewei unaufgefordert ein. Viktoria schnaubte ungeduldig. Sie wollte fragen, warum es denn so wichtig sein sollte, wer wen holen ließ, als Jinzi seine Hand wieder auf die ihre legte.

»Gib ihr Zeit«, murmelte er leise. »Sie weiß genau, was hier zwischen uns vor sich geht. Sie lässt es in ihrem eigenen Haus geschehen, obwohl sie dich hinauswerfen und ihren Zorn an mir auslassen könnte. Es ist sehr großzügig von ihr, nichts von alldem zu tun. Wenn sie bereit ist, mit mir zu sprechen, dann wird sie mich rufen lassen.«

Viktoria lehnte sich zurück, ließ seine Hand aber in der ihren ruhen. Ihr schien, als sei in den letzten Stunden ein Bündnis zwischen ihnen geschlossen worden, dem sie vertrauen konnte.

»Nun gut, dann werden wir uns hier inzwischen die Zeit vertreiben«, meinte sie schließlich und stand auf. »Wer von den jungen Herren möchte nun Tanzunterricht?«

Dewei zeigte deutlich mehr Begeisterung für den Walzer, doch schien die Geschmeidigkeit, mit der er Viktoria bald schon herumwirbelte, Jinzi anzuspornen. Eine Weile später stampften sie gemeinsam eine Polka und lockten dadurch einen besorgten Diener herein, der das energische Hüpfen mit fassungsloser Miene betrachtete. Kurz darauf trug er das Mittagessen herein, was vielleicht als stillschweigende Aufforderung zu ruhigerem Verhalten gedacht war. Sie verbrachten den Nachmittag zu dritt auf dem Kang. Jinzi erzählte Geschichten, die auf chinesischen Bühnen dargestellt wurden, womit er Deweis Aufmerksamkeit völlig fesselte. Viktoria schien vieles allzu fremd, sie fand den vorbildlichen Mut der Helden und die Selbstlosigkeit der Frauen auf Dauer etwas ermüdend, doch war es ihr bei alten europäischen Geschichten manchmal ähnlich ergangen. Als Jinzi anschließend ein paar Kopfstände und Sprünge vollführte, hingen ihre Augen wieder fasziniert an seinem Körper. Dewei zog sich zurück, als es zu dämmern begann. Er wollte bei den Dienern schlafen. Viktoria staunte über sein Feingefühl. Sie hätte ihn gern zurückgehalten, aber der Wunsch, wieder mit Jinzi allein sein zu können, war stärker.

»Woher sind all diese Narben?«

Sie ließ ihre Finger über Jinzis Haut fahren. Die Wunden an seinem Rücken waren nun von dicken Krusten bedeckt, doch hatte sie weitere Einkerbungen auf seinem Körper entdeckt, Spuren von Verletzungen, die viel älter sein mussten und sich wie ein unregelmäßiges Muster über Rücken und Oberarme zogen.

»Ich weiß es nicht mehr«, erwiderte er gähnend, wälzte sich herum und schlang seine Arme um sie. »Als wir noch herumzogen, geriet ich manchmal in Schlägereien. Vielleicht war es auch mein Lehrer Wang Xingfu, der einen Akrobaten aus mir machte.«

Sie fuhr entsetzt zurück.

»Er hat dich dabei geprügelt?«

Leise lachend zog er sie wieder an sich.

»Und wie meint meine verwöhnte Prinzessin, dass man kleine Kinder dazu bringt, Kopfstände und halsbrecherische Sprünge zu machen, bei denen sie ständig blaue Flecken und Schürfwunden bekommen? Ihre Körper derart anzustrengen, dass ihnen am nächsten Tag jeder Muskel wehtut, sie aber trotzdem weitermachen?«, fragte er und küsste ihre Stirn. Viktoria wehrte ihn verärgert ab. Das war keine Bagatelle.

»Deine Mutter hat geduldet, dass du derart geschunden wurdest?«, bohrte sie fassungslos nach.

»Meine Mutter hat in einer Armee gedient. Kannst du dir vorstellen, wie dort mit ihr umgegangen wurde?«, erwiderte Jinzi nun etwas ernster. »Diese Dinge sind eben notwendig, damit Menschen alles geben, was sie können. Ich wäre sonst nicht wirklich gut geworden. Außerdem hatte ich Glück. Meine Mutter weigerte sich, mich an Leute zu verkaufen, die Talente für die großen Bühnen in Beijing suchten. Von denen wäre ich noch viel härter angepackt worden.«

Empörung brodelte in Viktoria, ließ sie alle Zärtlichkeiten abwehren und in die Höhe schießen.

»Mein Vater hat mich vieles gelehrt, aber er schlug mich kein einziges Mal. Sonst hätte ich den Unterricht gehasst. Ich will, dass Kinder mit Freude lernen. Wenn du Dewei auch nur einmal schlägst, dann hacke ich dir die Hand ab«, zischte sie.

Jinzi hob die soeben bedrohte Hand und begann, ihre Locken um seine Finger zu wickeln.

»Ich habe gemerkt, wie du ihn verwöhnst«, erzählte er unterdessen. »Ich fragte mich, was aus einem derart verzärtelten Jungen werden soll. Aber wenn ich darüber zu entscheiden hätte, würde ich jedem Kind so eine Behandlung wünschen.«

Er beugte sich vor und zog sie mit einer Heftigkeit an sich, die ihren Widerstand erlahmen ließ.

»Du bist so unglaublich nett«, flüsterte er, während er sie wieder auf dem Kang ausstreckte. »Vielleicht sollten alle Menschen derart verwöhnt werden, dann wäre es eine bessere Welt.«

Viktoria schluckte verlegen. Seit dem Tod ihres Vaters hatte niemand mehr derart anerkennende Worte zu ihr gesagt. Draußen graute bereits der Morgen, bald käme der Diener mit der Morgensuppe und auch Dewei. Sie küsste Jinzis Schlüsselbeinknochen und fühlte, wie ein Zittern durch seinen Körper zog. Es erstaunte sie immer noch, wie glücklich er über jede ihrer Berührungen war. Sie wollte die kurze Zeit, da sie noch allein waren, nutzen, doch wurden sie durch ein unerwartetes Klopfen gestört. Das Gesicht des Dieners schob sich herein, nur trug er diesmal keine Schüsseln.

»Die edle Dame Shen Akeu wünscht ihre fremde Besucherin zu sehen«, verkündete er stattdessen. Viktoria fuhr zusammen. Auf einmal wurde die Welt zu einem dunklen Schlund, in dem sie zu versinken drohte. Würde Shen Akeu nun verlangen, dass sie ihr Versprechen erfüllte? Mit butterweichen Knien streifte sie wieder die lange chinesische Robe über und fuhr sich mit den Fingern durch ihr zerzaustes Haar. Ein Blick in den Spiegel zeigte ihr ein frisches Gesicht mit rosigem Farbton. Lange hatte sie nicht mehr so entspannt und glücklich ausgesehen. Jene Dinge, die Mann und Frau gemeinsam taten, konnten ihr Aussehen tatsächlich verändern, wenn sie nicht nur aus einem heftigen Stechen zwischen den Beinen bestanden. Würde sie nun erfahren müssen, wie abstoßend sie ebenfalls sein konnten?

»Was kann sie von dir wollen?«, hörte sie Jinzis Stimme in ihrem Rücken. Er klang besorgt.

»Ach, nichts Besonderes. Bevor wir dich aus dem Gefängnis holten, haben wir uns eine Weile unterhalten. Sie will vielleicht das Gespräch fortsetzen«, beruhigte sie ihn. Es war nicht der Moment, ihm die genaueren Umstände zu erklären. Sie schlüpfte in ein paar Stoffschuhe, die auf dem Boden herumlagen, und huschte mit hämmerndem Herzen hinaus.

Der Diener führte sie Stufen hinab. Sie durchquerten ein paar Räume, in denen Leute schlafend auf Betten und manchmal auch auf dem Boden herumlagen. Der Tag begann erst spät in einem Bordell, dachte Viktoria, was also konnte Shen Akeu im Morgengrauen von ihr wollen?

Sie wartete bereits auf der Straße. In einer schlichten, dunklen Hose und einer gefütterten Jacke war sie kaum wiederzuerkennen. Ihr Haar war zu einem Zopf geflochten und nicht einmal in den Ohrläppchen war das Funkeln von Schmucksteinen zu sehen. Viktoria stellte staunend fest, dass diese Frau auch ohne Schminke und teure Kleidung einen höchst eleganten Eindruck machte.

»Ich hoffe, mein Diener hat Sie nicht geweckt«, begann Shen Akeu. »Ich hatte ihn ausdrücklich angewiesen, nur zu klopfen, wenn er bereits Geräusche hinter der Tür hört.«

Viktoria räusperte sich etwas verlegen.

»Wir waren schon wach, keine Sorge.«

»Dann möchte ich Sie nun zu einem Spaziergang durch das alte Shanghai einladen«, fuhr Shen Akeu fort. »In den Morgenstunden ist die Stadt noch ruhig, fast menschenleer. Und die Luft riecht erstaunlich frisch. Ein paar Ecken weiter gibt es einen Straßenhändler, der bereits seinen Stand aufgebaut hat. Ich hole mir fast jeden Morgen gefüllte Teigtaschen bei ihm. Mein Diener wird Ihnen eine Jacken bringen und wärmeres Schuhwerk.«

Sobald Viktoria wintertauglich eingekleidet war, gingen sie gemeinsam los. Der Gestank der Chinesenstadt war tatsächlich so schwach geworden, dass Viktoria ihn fast nicht wahrnahm, denn eisige, reine Morgenluft wehte ihr ins Gesicht. Ein paar verlorene Schneeflocken tanzten darin herum. Die Zeit der Kälte war nur kurz in Shanghai, doch schien sie im Vergleich zu den langen, heißen Monaten besonders frostig. Das europäische neue Jahr würde bald beginnen, überlegte Viktoria und schlang die Arme um sich, da sie fror. Sie kamen langsam vorwärts, denn Shen Akeu konnte auf ihren Lilienfüßen keine langen Schritte machen. Viktoria bemühte sich, nicht vorauszueilen, obwohl sie sich gern durch Bewegung aufgewärmt hätte. Sie ahnte, dass die Chinesin es als Kränkung empfunden hätte.

»Ich liebe es, früh aufzuwachen«, erzählte Shen Akeu, während sie Seite an Seite über den zu einer festen Schicht gefrorenen Straßenschlamm schritten. »Viele Jahre lang fand mein Leben vor allem nachts statt. Ich fühlte mich völlig ausgelaugt, wenn der Morgen graute, dämmerte bis zum Mittag dahin.

Mein sehnlichster Wunsch war es, eine Nacht lang völlig ungestört schlafen zu können, damit ich den Morgen genießen konnte. Er ist so sauber, so voller Hoffnung.«

Viktoria nickte, obwohl sie selbst es eher als Privileg betrachtete, am Morgen friedlich ausschlafen zu können. Am Ende der Gasse erreichten sie einen Stand, der tatsächlich schon geöffnet war. Sein Besitzer überreichte Shen Akeu mit einer Verbeugung eine Schüssel Teigtaschen und zwei mit Sojamilch gefüllte Holzbecher, die Viktoria in die Hand gedrückt wurden.

»Hier in der Nähe ist ein alter Garten namens Yuyuan«, erzählte Shen Akeu, während sie weitergingen. »Leider wurde er in den letzten Jahren stark beschädigt, aber sehenswert ist er durchaus. Ich setze mich dort gern hin, um zu essen. Um diese Zeit ist er noch fast leer.«

Das Ziel des Spaziergangs lag hinter dem Teehaus, das Viktoria bereits aufgefallen war. Sie überquerten die Holzbrücke, durchschritten ein Tor und fanden sich in der akkurat ausgearbeiteten, grazilen Welt chinesischer Gärten wieder, doch begann die Natur hier bereits wieder ihre Rechte auf willkürliches Wuchern zu beanspruchen. Büsche kletterten an halb verfallenen Holzgebäuden empor, Teile der Grünflächen waren nur von Frost bedeckte Öde und zu Viktorias Entsetzen lag der bläulich verfärbte Leichnam eines Kindes zu Füßen eines Baumes. Schnell wandte sie sich ab. Shen Akeu stieß einen Seufzer aus.

»Mit Sicherheit ein unerwünschtes Mädchen«, murmelte sie und führte Viktoria schnell von dem hässlichen Anblick fort, um ihr die von einem berühmten Künstler bearbeitete Felsformation zu zeigen, angeblich die bedeutendste Sehenswürdigkeit dieses Gartens. Sie hatte der jahrelangen Vernachlässigung Stand gehalten, bezauberte immer noch durch harmonisch ineinander fließende Formen. Shen Akeu wies zu einer überdachten Tribüne, auf der eine klapperige Holzbank stand.

»Das war einst eine Theaterbühne«, erzählte die Chinesin. »Doch es ist viele Jahre her, dass es die letzte Aufführung gab. Die endlosen Kriege in unserem Land, das Elend und die Korruption machen fast alles kaputt, auf das wir stolz sein könnten.«

Eine ausgemergelte Gestalt kam aus den Büschen gekrochen. Viktoria fuhr erschrocken zusammen, doch der Bettler verbeugte sich ehrfürchtig vor Shen Akeu, breitete eine Decke auf der Holzbank aus und ließ scheinbar aus dem Nichts ein Kohlebecken erscheinen.

»Ich gebe den Bettlern Geld, damit sie diese Dinge für mich bewachen. Das ist einfacher, als sie jeden Morgen mitzubringen«, sagte die Chinesin, während sie sich setzte. »So können wir in Ruhe frühstücken. Und es ist einigermaßen warm.«

Gemeinsam verzehrten sie die Teigtaschen. Viktoria war stolz, mit den Stäbchen nun völlig sicher umgehen zu können. Sie empfand keine Angst mehr, auch keinen Widerwillen, neben der Hure zu sitzen.

»Dieser Ort ist wunderschön«, gestand sie. »Ich bin sehr froh, ihn sehen zu können. Bisher dachte ich, die Chinesenstadt in Shanghai besteht vor allem aus Schmutz, Elend und Lärm.«

Kurz erwog sie, ob Shen Akeu diese Worte beleidigend finden konnte, doch es kam kein Widerspruch.

»Von alldem gibt es hier auch mehr als genug. Ich staune nicht einmal, dass die Europäer uns verachten«, gab die Chinesin zu. »Dieser Garten erinnert daran, dass unser Land nicht immer so ausgesehen hat.«

Eine leichte Melancholie schwang in ihren Worten mit. Viktoria wollte erklären, dass es auch in europäischen Städten Elendsviertel gab, doch Shen Akeu gab ihr keine Gelegenheit dazu.

»Sie scheinen ein nettes Mädchen zu sein«, meinte sie. »Damit hatte ich nicht gerechnet. Jinzi ist kein solcher Narr, wie ich zunächst meinte.«

»Womit haben Sie denn gerechnet?«, wollte Viktoria wissen. Shen Akeu lachte.

»Nun, dass Sie ihm einen kräftigen, empörten Tritt versetzen, sobald er Ihnen seine Gefühle erklärt. Ehrlich gesagt gönnte ich es ihm sogar. Aber es kam völlig anders.«

Sie wischte sich den Mund ab, an dem die Sojamilch einen weißen Bart hinterlassen hatte.

»Sie haben Möglichkeiten, von denen viele Frauen nur träumen«, fügte sie dann hinzu. Nun war es an Viktoria zu kichern.

»Ach ja, und die wären?«

Shen Akeu blieb völlig ernst.

»In der internationalen Siedlung gibt es viele Männer, die eine Ehefrau aus ihrem eigenen Volk wollen. Von diesen Frauen leben nicht allzu viele in Shanghai. Sie sind jung, hübsch und haben ein durchaus angenehmes Wesen. Wenn Sie sich nicht völlig dumm anstellen, dann könnten Sie sogar ihre eigene Wahl treffen.«

Viktoria schüttelte den Kopf. Das also wieder einmal.

»Ich bin eben sehr wählerisch. Außerdem habe ich mich zu oft daneben benommen. Dieses Versprechen, das ich Ihnen gab …«

Shen Akeu unterbrach durch eine ungeduldige Handbewegung.

»Ich meinte es nicht ernst. Eine Lao Wai in meinem Haus anzubieten würde mir mehr Ärger einbringen als Gewinn. Ich wollte nur sehen, was Sie für Jinzi zu tun bereit waren. Hätten Sie abgelehnt, dann hätte ich ihn ebenfalls aus dem Gefängnis geholt. Aber Sie hätten es nicht erfahren.«

Viktoria lehnte sich auf der Bank zurück. Sie konnte nun etwas entspannter atmen.

»Ich danke Ihnen, dass Sie mich holen ließen. Das war sehr großzügig, ich meine, in Anbetracht der Umstände.«

Sie schluckte. Vielleicht war es ungeschickt, auf Shen Akeus Verhältnis zu Jinzi anzuspielen.

»Ich tat es seinetwegen«, erzählte die Chinesin unbeirrt. »Ich weiß, wie stolz er ist. Und mir war auch klar, dass die kaiserlichen Beamten und ihre Schergen versuchen würden, ihn zu brechen. Seit den vielen Rebellionen haben sie Angst vor zornigen jungen Männern wie ihm. Er kann Demütigungen nur schwer ertragen, ich fürchtete, er könnte den Lebenswillen verlieren. Daher ließ ich Sie holen. Sie haben Ihre Aufgabe hervorragend erfüllt, und allzu schlimm war es doch nicht, nach den Geräuschen in dem Zimmer zu urteilen.«

Ein leicht spöttischer Blick streifte Viktoria. Sie versteifte sich. Ihre Wangen brannten vor Scham, aber sie zwang sich, die wichtigste aller Fragen auszusprechen.

»Und nun? Sind Sie bereit, uns beide einfach gehen zu lassen?«

Für einen Moment setzte ihr Herzschlag aus. Shen Akeu musterte nachdenklich die Felsformation.

»Ich halte niemanden gewaltsam fest«, bestätigte sie schließlich Jinzis Aussage. »Aber ihr habt gemeinsam keine Zukunft. Sie könnten die Frau eines wohlhabenden Mannes werden, und das sollten Sie tun, solange noch Zeit ist. Für einen Mann wie Jinzi, ohne Vater, ohne Beziehungen und ohne Unterstützung, gibt es in diesem Land kein Auskommen. Ich kann es ihm geben, daher braucht er mich.«

Während Viktoria nach passenden Worten des Widerspruchs suchte, wandte Shen Akeu ihr das Gesicht zu.

»Ich habe immer gewusst, dass er sich irgendwann eine jüngere Frau wünschen würde«, redete sie weiter. »Ich war bereit, es hinzunehmen. Er sollte trotzdem mein Erbe werden. Sich um mich kümmern, damit ich im Alter nicht allein bin. Doch will ich ihn weiter an meiner Seite haben. Wären Sie bereit, in meiner Welt zu leben?«

Viktoria atmete tief durch. Es war eine ehrliche Frage, die eine ebensolche Antwort verdiente.

»Nein«, gestand sie. »Das kann ich nicht. Ich möchte, dass er die Familie seines Vaters kennenlernt. Vielleicht hat er dort eine Zukunft.«

Shen Akeu lächelte sanft.

»Es gibt etwas, das Sie wissen sollten. Der britische Konsul war bereit, Jinzi freizulassen, denn dieser junge Mann, der ihn verhaften ließ, machte sich überall unbeliebt. Aber ein anderer Engländer begann sich einzumischen, nachdem das Gerücht die Runde machte, er sei mit Jinzi verwandt. Dann wurde auf dem Schiff noch ein Papier mit dem Taiping-Siegel gefunden, doch was sollten die Engländer damit anfangen? Vermutlich hätten sie es weggeworfen. Die Idee, Jinzi deshalb den chinesischen Magistraten zu überlassen, stammte von einem Robert Huntingdon.«

Viktoria schlang die Arme um ihre Schultern. Auf einmal fror sie wieder.

»Woher wissen Sie das?«

»Ich erfahre solche Dinge. Muss ich Ihnen wirklich erklären, wie das vor sich geht?«

Viktoria schüttelte den Kopf. Zorn tobte in ihrem Inneren, Unverständnis und der Drang, das Rätsel über Andrews Verschwinden endlich aufzuklären.

»Ich möchte all das mit Jinzi besprechen«, sagte sie schließlich. Shen Akeu widersprach nicht. Gemeinsam standen sie auf und traten den Rückweg an.

»Sie wollen einen Erben«, fiel Viktoria unterwegs ein. »Haben Sie denn … ich meine … haben Sie niemals Kinder bekommen.«

Sie wollte nicht darauf hinweisen, dass Shen Akeu dazu sicher viele Gelegenheiten gehabt haben musste.

Die Chinesin hielt den Kopf gesenkt, tat konzentriert einen Schritt nach dem anderen.

»Mit vierzehn wurde ich schwanger. Die Bordellbesitzerin holte einen billigen Arzt, um das Problem zu lösen. Ich bin fast verblutet, und dann wuchsen keine Kinder mehr in meinem Leib.«

Ein eisiger Wind schien in Viktorias Gesicht zu blasen. Sie meinte, in einen Abgrund aus Schmerz und Hilflosigkeit zu blicken, der die Jugend dieser Frau gewesen sein musste. Kurz blieb sie stehen, bekämpfte den Wunsch, Shen Akeu eine tröstende Hand auf die Schulter zu legen. Dieses Verhalten wäre nicht angebracht.

»Ich kann mir vorstellen, wie schrecklich das war«, sagte sie in dem hilflosen Bemühen, Mitgefühl auszudrücken. Shen Akeu versteinerte ebenfalls für einen Moment.

»Nein«, erwiderte sie nur. »Sie können sich das nicht vorstellen.«

Dann gingen sie schweigend zu dem Bordell zurück.

Kapitel 8

»Warum willst du allein dorthin? Das ist vielleicht gefährlich.« Jinzi beobachtete mit verschränkten Armen, wie Viktoria wieder in ihr flaschengrünes Winterkleid schlüpfte und ihr Haar zu einem Knoten flocht. Der Anblick der weiten Pantalons entlockte ihm ein Grinsen.

»Mir können sie nichts tun«, erwiderte Viktoria. »Und deine Năinai mag mich. Ich muss es irgendwie schaffen, zu ihr vorzudringen. Sie wird froh sein, zu hören, dass es dich gibt.«

Diese Aussage löste nur ein ungeduldiges Schnauben aus. Viktoria wandte sich energisch um.

»Vielleicht solltest du meinem Urteil einfach vertrauen. Ich kenne die Welt deines Vaters besser.«

Jinzis Gesicht entspannte sich ein wenig.

»Was willst du denn herausfinden? Sie wollten mich loswerden, so wie damals meine Mutter. Es überrascht mich nicht.«

»Aber mich überrascht es«, entgegnete Viktoria. Dann steckte sie mit vor Aufregung zitternden Händen zwei Jadeperlen, die Dewei ihr einst zum neuen Jahr geschenkt hatte, in ihre Ohrläppchen. Ohne Schmuck fühlte sie sich nackt.

»Es muss einen Grund geben, warum sie solche Angst vor deinem Auftauchen haben. Dass Engländer hier Kinder mit Chinesinnen bekommen, das ist nun wirklich keine Seltenheit. Sie hätten dich einfach fortjagen können, aber …«

Ein Ohrring entglitt ihren Fingern, als sie plötzlich begriff. Es war so offensichtlich, wie hatte sie es all die Zeit nicht sehen können?

»Ganz einfach«, fuhr sie fort, während sie auf Knien nach dem verlorenen Schmuckstück suchte. Sobald es endlich in ihrer Handfläche lag, richtete sie sich triumphierend auf. »Deine Mutter war nicht einfach die Geliebte deines Vaters. Er hat sie geheiratet, es gibt ein Dokument, von einem englischen Priester ausgestellt, daher ist es auf jeden Fall rechtsgültig. Und da Robert Huntingdon keine Nachkommen hat, bleibst nur noch du. Du bist der Erbe des Handelshauses der Huntingdons.«

Sie musterte diesen Erben mit seinen hohen Wangenknochen und elegant geschwungenen, ganz und gar asiatischen Augen, den chinesischen Hosen und dem nackten, muskulösen Oberkörper eines Akrobaten. Die Vorstellung, er könne auf schweren Eichenstühlen unter Ölgemälden im Speisesaal der Huntingdons sitzen, schien so verrückt, dass sie fast lachen musste. Jinzi legte seine Hände um ihre Taille, zog sie an sich und küsste ihren entblößten Nacken.

»Es ist nett, dass du dich so bemühst. Aber das Dokument verschwand damals mit meinem Vater. Wahrscheinlich wurde es vernichtet.«

Viktoria rieb ihren Kopf an seiner Schulter.

»Dann hätten sie keine solche Angst. Sie wissen selbst nicht, wo das Dokument ist, können es jedenfalls nicht vernichten.

Vielleicht finden wir so auch deinen Vater, wer weiß. Vergiss nicht, was deine Mutter sich gewünscht hat.«

Dieses Argument zeigte die erwartete Wirkung, denn Jinzi ließ sie los, um ihr nachdenklich ins Gesicht zu blicken.

»Na gut, versuche herauszufinden, was aus ihm wurde. Aber ich will ihr Geld nicht, wenn sie mich nicht wollen.«

Ärger grummelte in Viktorias Magen. Stolz konnte manchmal eine sehr lästige Eigenschaft sein.

»Wir reden darüber, wenn alles geklärt ist«, sagte sie schließlich, denn dies war nicht der richtige Moment für eine längere Auseinandersetzung. Der Herzschlag klopfte aufgeregt in ihren Ohren. Sie musste eine persönliche Unterredung mit Margaret führen, ja vielleicht Robert konfrontieren, doch wusste sie nicht, wie sie überhaupt durch die Eingangstür der Huntingdons gelangen sollte, ohne von Dienern wieder hinausgeworfen zu werden. Wenn Margaret schwer krank war, dann ging sie auch nicht mehr nach draußen. Ideen entstanden in ihrem Kopf, nur um sogleich wieder als nutzlos verworfen zu werden. Anette konnte nicht helfen, sie hatte sicher keinen Umgang mehr mit den Huntingdons. Der englische Konsul würde sie weiterhin nicht empfangen wollen. Max von Brandt war wieder in Peking. Von den Europäern in Shanghai konnte sie somit keine Unterstützung erwarten.

»Sieh dich bitte nach Dewei um«, wandte sie sich an Jinzi. »Er hockt sicher irgendwo bei den Dienern und tratscht.«

Zu ihrer Überraschung kam kein Widerspruch. Jinzi ging hinaus, um bald darauf mit dem Jungen zurückzukehren.

»Wir gehen jetzt in die internationale Siedlung«, erklärte Viktoria. »In die Nanking Road, zum Haus der Huntingdons. Du musst versuchen, Shikai abzupassen, wenn er herauskommt. Ich kann ihm im Moment keine weiteren Dollars mehr in die Hand drücken, aber vielleicht erinnert er sich, wie großzügig ich früher gewesen bin.«

Dewei widersprach nicht und stellte keine Fragen. Nachdem Viktoria Jinzi mehrfach versprochen hatte, vorsichtig zu sein, ging sie zusammen mit dem Jungen los. Da sie kein Geld für eine Jinrikscha hatte, kämpften sie sich zu Fuß durch die Enge der Chinesenstadt, um dann auf die breiteren Straßen der internationalen Siedlung zu gelangen. Vor dem Haus der Huntingdons musste Viktoria warten, bis die Dämmerung hereinbrach. Erst dann tauchte Dewei wieder auf, um sie an der Hand zu nehmen.

»Es gibt einen Hintereingang, den die Dienstboten benutzen«, meinte er nur. »Jetzt sitzen alle beim Abendessen. Du kannst hereinkommen und in das Zimmer von Margaret Huntingdon eilen, die bettlägerig ist. Wie du das erklärst, falls du entdeckt wirst, bleibt aber dir überlassen. Du sollst Shikais Namen nicht nennen, das wäre nicht recht.«

Viktoria unterdrückte ein Lächeln. Hatte Jinzi den Jungen mit seinen Prinzipien von Loyalität angesteckt? Sie würde Shikai nicht verraten, zumal seine Beteiligung an ihrem Eindringen sich darauf beschränkte, sie zu einem günstigen Moment ins Haus zu winken. Sobald sie mit Margaret gesprochen hatte, brauchte sie Robert Huntingdon vielleicht nicht mehr zu fürchten.

Die hohen Wände und schweren Möbel befremdeten sie durch ihre Ausmaße, sie hatte sich zu lange in keinem europäischen Haus mehr befunden. Aber den Weg zu Margarets Zimmer kannte sie noch. Sie raffte ihre Röcke und nahm so leise wie möglich zwei Stufen auf einmal. Der Herzschlag hallte laut in ihren Ohren, sie fürchtete fast, allein deshalb entdeckt zu werden. Stimmen drangen an ihr Ohr, chinesisches Geplauder. Irgendwo saßen die Bediensteten zusammen. Robert und Emily redeten kaum miteinander, daran erinnerte sie sich noch sehr gut, und fand die Stille im Salon daher nicht befremdlich. Noch drei Stufen, dann war sie bei Margarets Tür. Sie bemühte sich ruhig zu atmen. Angeblich war die alte

Dame sehr krank. Sie durfte sie nicht aufregen, indem sie hereinstürmte und ihr die Neuigkeiten entgegenrief, obwohl sie erfreulich waren. Allein das unerwartete Wiedersehen würde Margaret aufregen. Sie musste behutsam vorgehen und leise sprechen, um nicht im Treppenflur gehört zu werden. Zaghaft legte Viktoria ihre Hand auf die Klinke. Das Knarren, mit dem die Tür aufging, schien ohrenbetäubend laut. Sie erstarrte, doch vernahm sie zum Glück keine Schritte auf dem Flur. In dem Zimmer zeichneten sich nur graue und schwarze Formen ab, denn Vorhänge sperrten das letzte Dämmerlicht des Tages aus. Sie tastete sich an den vertrauten Möbeln vorbei, um sie zur Seite zu ziehen. Die gelbe Helligkeit von Straßenlaternen floss herein und zeigte Margarets Gesicht als erschreckend eingefallen. Die leblose Hälfte war zur Mumie erstarrt. Tiefe Atemzüge rasselten röchelnd, was Viktoria an Betäubungsmittel denken ließ. Sie legte ihre Finger sanft auf die knochige Hand der alten Dame, die wie eine Vogelkralle auf der Bettdecke ruhte.

»Mrs. Huntingdon«, flüsterte sie. Eine gefühlte Ewigkeit verging, dann spürte sie plötzlich, wie ihr Griff erwidert wurde. Die Augenlider der Kranken öffneten sich. Ein leerer Blick streifte Viktoria, der kalt wurde. Die Möglichkeit, dass der bisher unerschütterlich wache Geist der alten Dame ebenso verfallen konnte wie ihr Körper, hatte sie bisher nicht in Erwägung gezogen. Wenn Margaret nicht mehr in der Lage war, Zusammenhänge zu erfassen und klar zu denken, war alles umsonst.

»Mrs. Huntingdon«, wiederholte sie so ruhig wie möglich. »Kennen Sie mich noch?«

Endlich vermeinte sie einen Funken von Erkenntnis in den grauen Augen wahrzunehmen.

»Da sind sie ja endlich, Miss Virchow«, kam es in dem vertrauten, leicht spöttischen Tonfall. »Sie haben länger gebraucht, als ich erwartet hatte. Fast schon wäre es zu spät gewesen. Viel Zeit habe ich nicht mehr.«

Ein Hustenanfall erschütterte den mageren Körper. Speichel schoss hoch und benetzte die Bettdecke. Viktoria spürte, wie ihr Tränen in die Augen schossen. Verlegen wischte sie sie fort.

»Na, na«, murmelte Margaret. »Bitte keine dramatischen Szenen, sonst kommt der ganze Haushalt hereingestürmt.« Sie drückte nochmals Viktorias Hand. »Ich muss noch ein paar Dinge in Ordnung bringen. Also, haben Sie meinen Enkel gefunden?«

Viktoria nickte und richtete sich auf. Margarets Verhalten schien nun so normal, dass sie einfach nur ihre Gedanken auszusprechen begann.

»Sie hätten mir auch gleich sagen können, worum es ging, anstatt mich mit ein paar unklaren Hinweisen ratlos herumtappen zu lassen.«

Margarets lebendige Gesichtshälfte verzog sich ungeduldig.

»Ich hatte kein Recht, etwas von Ihnen zu verlangen. Aber mir war aufgefallen, wie neugierig und abenteuerlustig Sie sind. Ich dachte, wenn Sie erst einmal Blut gerochen haben, dann erledigen Sie es ganz allein, ohne irgendeine Bitte von mir. Und ich hatte Recht, wie man sieht.«

Viktoria zog einen Stuhl heran und setzte sich. Es gab so vieles, das sie immer noch nicht begriff.

»Woher wussten Sie, dass ich im Haus des Mandarins Lao Tengfei den Weg zu Ihrem Enkel finden würde?«

»Ich wusste es nicht, ich hoffte es nur. Es war ein glücklicher Zufall, ein Wink des Schicksals.«

Margaret versuchte, sich mit ihrem beweglichen Arm aufzustützen. Viktoria half, indem sie das Kissen unter ihren Rücken schob.

»Als ich mich damals langsam wieder von einem geistlosen Wurm in ein menschliches Wesen verwandelte, als mein Verstand sich zu erinnern begann, was alles geschehen war«, erzählte Margaret, »da bat ich den Komprador meines verstorbenen Mannes, nach der Frau zu suchen, die mein Sohn geliebt hatte. Ich wusste, Andrew hätte sich gewünscht, dass ich sie unterstützte. Meinem Enkelsohn war ich es ohnehin schuldig. Ihre Spur ließ sich bis nach Nanjing verfolgen, denn von Andrew wusste ich, wie die Familie ihres ersten Mannes hieß. Ich erfuhr, dass sie ihre Tochter dort zurückgelassen hatte, bevor sie in der Weite Chinas verschwand. So, wie Andrew sie mir geschildert hatte, war mir klar, dass sie kein Kind einfach verlassen würde, ohne später nach ihm zu sehen. Ich erfuhr, dass diese Tochter einen Mandarin in Peking geheiratet hatte. Und als eben dieser Mandarin eine Erzieherin für seine Töchter suchte ... Sie müssen mir vergeben, aber wie hätte ich widerstehen können, Ihnen diese Stelle schmackhaft zu machen? Mehr konnte ich nicht tun. Ich wartete. Bis jetzt.«

Viktoria fühlte plötzlich eine schwere Last auf ihren Schultern, die sie niederdrückte. Margarets Worte wiesen in eine eindeutige Richtung.

»Ist Andrew tot?«, fragte sie flüsternd. Margarets Kinn sank hinab, was einem Nicken glich.

»Wie ist er gestorben?«, drängte Viktoria. »Hat ... hat Robert ihn getötet?«

Sie wusste nicht, wann diese Ahnung in ihr erwacht war. Vielleicht in dem Moment, da sie von Roberts Schuld an Jinzis Schicksal erfahren hatte. Margaret starrte durchs Fenster in die Ferne, als könne sie dort Dinge sehen, die für andere Menschen unsichtbar blieben.

»Mein Enkel«, murmelte sie. »Mein Enkel, er lebt. Nicht wahr, er lebt?«

»Ja, er ist wohlauf«, versicherte Viktoria und tätschelte Margarets Hand. Die alte Dame reagierte nicht. Ein Zucken fuhr durch ihren Körper.

»Ich will ihn sehen. Wann kommt er hierher?«

»Sobald es möglich ist«, versprach Viktoria. »Aber zunächst müssen wir ein paar Dinge klären. Was geschah damals, als Andrew zurückkam?«

»Ich will ihn sehen«, wiederholte Margaret, ohne auf diese Worte einzugehen. »Meinen Enkel. Ich will ihn sehen … ihn sehen …, wann kommt er?«

Ihre Stimme war unnatürlich schrill geworden. Speichel floss aus ihren Mundwinkeln. Viktorias Hoffnung, dass die alte Dame noch einen völlig klaren Verstand besaß, wurde durch dieses hysterische Kreischen zerstört. Tränen benetzten Margarets Wangen.

»Ihn sehen … ihn sehen … ihn sehen«, plärrte sie nun völlig hysterisch. Ihr lebendiges Bein trat immer wieder gegen unsichtbare Feinde. Es erstaunte Viktoria nicht einmal, als hinter ihnen die Tür aufging. Margaret wurde von einer noch helleren Stimme übertönt, die im Pidgin der Hausangestellten schrie.

»Böse Frau, schlechte Frau! Was machen hier? Wollen stehlen, wollen stehlen …«

Viktoria wandte sich um und spürte das zornige Blitzen in den Augen der Amah wie heftiges Kratzen im Gesicht. Dieser Chinesin war sie stets zuwider gewesen, weil alle grundanständigen, prinzipientreuen Frauen dieser Welt sie offenbar nicht mochten. Hilflos hob sie die Hände, doch welchen Sinn machte es, Unschuld zu beteuern? Sie war heimlich ins Haus eingedrungen und das allein reichte wohl, um sie zu verhaften.

Weitere Diener kamen herbeigelaufen und chinesisches Geschnatter erklang. Sie blickte verzweifelt zu Margaret, die ihre einzige Hoffnung war, doch die alte Dame lag schwer atmend mit geschlossenen Augen auf ihrem Bett. Viktoria sprang auf. Wenn sie jetzt einfach aus dem Haus rannte, kam sie wenigstens ungeschoren davon.

Drei Schritte konnte sie ungestört tun, denn die Chinesen wagten sie nicht aufzuhalten, aber dann baute sich die stämmige Gestalt Robert Huntingdons vor ihr auf. Viktoria sackte unter seinem zornig funkelnden Blick zusammen.

»Ich hatte niemals eine sehr hohe Meinung von Ihnen, Miss Virchow, doch dies übersteigt meine schlimmsten Erwartungen!«, donnerte seine Stimme auf sie nieder. »Wie können Sie es wagen, meine schwer kranke Mutter in solche Aufregung zu versetzen? Wollen Sie sie umbringen?«

Diese Worte rüttelten Viktoria aus ihrer Hoffnungslosigkeit. Empört schoss ihr Kinn in die Höhe.

»Sie reden von Mord?«, zischte sie. »Dabei haben Sie alles Erdenkliche getan, um ihren eigenen Neffen elendig krepieren zu lassen. Und ihren Bruder, den haben Sie wahrscheinlich auch auf dem Gewissen, weil er durch die Heirat mit einer Chinesin die Familie in Verruf gebracht hätte. So war es doch, oder? So war es!«

Sie bemerkte, dass ein paar Tropfen ihrer Spucke Roberts Gesicht getroffen hatte. Mit einem Murren wischte er sie ab, dann packte er Viktorias Hand.

»Hören Sie auf, solche Dinge zu behaupten. Dazu haben Sie nicht das geringste Recht«, sagte er nun sehr leise, obwohl der Zorn seine Stimme erzittern ließ. Viktoria wand sich, denn sein eiserner Griff tat weh. Hinter ihr tuschelten die Diener eifrig weiter.

»Lassen Sie meine Hand los, Mr. Huntingdon«, erklärte Viktoria mit jener hoheitsvoll damenhaften Stimme, die sie schon lange nicht mehr hatte einsetzen können. Sie erzielte die gewünschte Wirkung. Ihre Hand wurde befreit.

»Ich habe niemanden getötet«, sagte Robert Huntingdon nun ruhiger. »Mein Bruder tat, was ihm gefiel. Er dachte nur an sich selbst, nicht an seine Familie. Ich verurteilte ihn dafür, aber an seinem Tod trage ich keine Schuld. Und nun verlassen Sie bitte mein Haus, denn ich würde Sie ungern mit Gewalt hinauswerfen lassen.«

Viktoria atmete tief durch. Sie musste nun gehen, auch wenn dies bedeutete, dass sie niemals die Wahrheit über Andrews Schicksal erfahren würde. Seufzend tat sie den ersten Schritt.

»Bleiben Sie hier, Miss Virchow«, hörte sie plötzlich Margaret, die nun so gefasst klang, wie es sich für eine Hausherrin gehörte. »Und alle anderen können gehen. Mein lieber Robert, vergiss bitte nicht, dass ich zwar mit einem Fuß im Grab stehe, aber es immer noch an mir liegt, wer dieses Handelshaus erbt.«

Sie sah Robert Huntingdons Gesicht versteinern.

»Wie könnte ich das vergessen?«, rief er durch die offene Tür. »Wie könnte ich vergessen, dass ich meiner Mutter stets ein Dorn im Auge war.«

Dann drehte er sich ruckartig um und verschwand in einem der anliegenden Räume. Die aufgeregt plappernde Gruppe von Dienern löste sich ebenfalls auf, wobei ein paar neugierige Blicke Viktoria streiften. Doch trotz aller Sehnsucht nach aufregenden Klatschgeschichten ließ man sie allein mit Margaret, die mühsam auf dem Kissen in die Senkrechte rutschte.

»Sie wollen verstehen, was geschehen ist, nicht wahr?«, wandte sie sich an Viktoria. »Nun, ich muss mich beeilen. Mein Verstand lässt mich immer wieder im Stich, wie Sie vielleicht bemerkt haben. Das Unglück in unserer Familie begann, als mein geliebter Gatte starb und mich hier in Shanghai allein ließ. Francis und ich, wir waren einander so nahe. Er verstand meine Sehnsucht nach Abenteuer, erledigte die Geschäfte ganz allein und bemühte sich, mir ein Leben nach meinem Geschmack zu bieten. Ich hatte Glück im Leben, Miss Virchow, nur wenige Frauen werden derart geliebt. Doch dann raffte ihn die Cholera dahin. Ich blieb mit zwei halbwüchsigen Jungen und dem Handelshaus zurück. Der chinesische Komprador half mir, mich in jene Aufgaben einzuarbeiten, die ich niemals gemocht hatte. Indessen wuchsen meine Söhne heran. Andrew war das Kind meines Herzens, er sprühte vor Ideen, seine Fantasie kannte keine Grenzen. Mit ihm konnte ich Kunst und Literatur jeden Tag neu erleben. Sein Interesse an chinesischer Kultur gefiel mir, ich unterstützte es. Robert hingegen, so nüchtern und sachlich, erschien mir ein Langweiler. Eine Mutter sollte ihre Liebe in gleichen Teilen an all ihre Kinder vergeben, ich weiß. Aber es war so schwer. Als Robert bereits mit sechzehn begann, all seine Freizeit in unserem Kontor zu verbringen, sah ich darin nur die Bestätigung meiner Annahme, dass er eben eine Krämerseele war. Ich begriff nicht, wie sehr er sich um meine Anerkennung bemühte, indem er mir Aufgaben abnahm, die ich nicht mochte.«

Ein Hustenanfall erschütterte Margaret. Viktoria strich ihr sanft über den Rücken, aber sie brannte vor Neugier.

»Warum ging Andrew damals fort, wenn Sie sich doch so gut mit ihm verstanden?«, trieb sie die Geschichte voran. Margaret seufzte.

»Wegen Emily.«

Viktoria begriff nicht, was damit gemeint sein konnte. Dann fiel ihr ein Satz ein, den Andrew einst zu Yazi gesagt hatte. Dass Menschen ihn zu sehr liebten.

»Andrew und Emily?«, tappte sie sich ratlos durch das Dunkel. Die Vorstellung schien nicht stimmig. Emily war eine blasse, verhuschte, verbitterte Frau. Andrew mussten weibliche Herzen zugeflogen sein.

»Robert hatte eine chinesische Geliebte, wie die meisten jungen Engländer hier«, redete Margaret weiter. »Der Komprador hatte sie ihm zugeführt, so wie man hierzulande eben mit vielen Frauen umgeht, aber ich glaube, sie konnte Robert gut leiden. Doch als er nach seiner ersten Englandreise eine standesgemäße Braut gefunden hatte, da beendete er diese Beziehung. Er tat immer, was er tun musste, ganz gleich, wie schwer es ihm fiel. Emily kam nach Shanghai. Ich sah auf den ersten Blick, warum sie meinen jüngeren Sohn geheiratet hatte. Ein Mädchen ohne besondere Mitgift, leidlich hübsch, das war sie damals, aber so schrecklich schüchtern, dass sie überall übersehen wurde. Sie hatte gar keine andere Wahl, als den ersten Heiratsantrag anzunehmen, denn ein zweiter würde vielleicht nicht mehr kommen. Doch werden viele Ehen aus solchen Gründen geschlossen und funktionieren dann. Bei Robert und Emily wäre es vielleicht ähnlich gewesen, wenn sie in England geblieben wären.«

Margaret verstummte für einen Moment. Das Reden schien sie anzustrengen, denn sie atmete tief mit halb geschlossenen Lidern. Viktoria verkrampfte nervös die Hände. Sie hatte kein Recht, eine alte, schwer kranke Frau zu drängen, aber ihr blieb vermutlich nicht viel Zeit.

»Emily hasst China«, knüpfte sie durch eigene Eindrücke an die Geschichte an.

»Nicht jeder Mensch ist dazu geschaffen, in der Fremde zu leben«, bestätigte Margaret ihre Aussage. »Die Zeiten waren damals hart in Shanghai, denn wir blieben nicht unberührt vom Bürgerkrieg. Hungernde Flüchtlinge überschwemmten unsere bisher so geordnete internationale Siedlung, und immer wieder kursierten Gerüchte, die Taiping-Armee würde uns angreifen. Kein guter Einstieg für eine ängstliche, misstrauische Frau wie Emily. Sie brauchte Wochen, um endlich einen Fuß vor die Haustür zu setzen.«

Leise Verachtung schwang in Margarets Stimme mit. Emily hatte es wohl nicht leicht gehabt mit einer energischen, abenteuerlustigen Schwiegermutter, die wenig Verständnis für furchtsame Menschen aufbringen konnte. Zum ersten Mal empfand Viktoria ein wenig Mitgefühl für die so bittere, in sich selbst verschlossene Frau.

»Und Andrew?«, drängte sie auf eine Fortsetzung der Geschichte.

»Andrew kam und ging, wie es ihm gefiel. Geschäfte interessierten ihn nicht. Er war stets ein brillanter Schüler gewesen und studierte nun chinesische Literatur bei einem Gelehrten, den unser Komprador ihm vermittelt hatte. Er war für zahllose Liebschaften bekannt, mit Chinesinnen und auch gelangweilten englischen Ehefrauen. Eine so verhuschte Person wie Emily hätte er normalerweise kaum beachtet, aber gerade durch ihr offen zur Schau getragenes Unglück weckte sie sein Mitgefühl. Er begann mit ihr über chinesische Geschichte und Kultur zu sprechen, wollte ihr dadurch das Einleben erleichtern. Leider erzielte er eine völlig andere Wirkung. Emily wurde mit China weiterhin nicht warm, aber bald schon schwärmte sie für Andrew. Ich glaube, so viel Aufmerksamkeit hatte ihr noch niemand jemals geschenkt.«

Viktoria erinnerte sich, dass Andrew Yazi auf ähnliche Weise bezaubert hatte. Es gab nicht viele Männer, die verständnisvoll zuhören konnten.

»Aber haben sie … ich meine, sie war immerhin die Frau seines Bruders?«, bohrte sie nach. Margarets Augen schlossen sich. Kurz fürchtete Viktoria, der Augenblick geistiger Klarheit könnte nun wieder von einer Welle innerer Erregung zerstört werden, aber die alte Dame redete völlig ruhig weiter.

»Emilys Gesicht begann jedes Mal zu strahlen, sobald Andrew den Raum betrat. Auf einmal war sie willens, Ausflüge in die Stadt zu machen, vorausgesetzt, dass ihr Schwager sie begleitete. Sie sah glücklich aus in jener Zeit, verwandelte sich plötzlich in ein wahrhaft hübsches Mädchen. Die Diener tuschelten natürlich. Robert flüchtete sich in seine Arbeit, ohne von seiner Frau vermisst zu werden. Mir wurde klar, dass es so nicht weiterging, und ich beschloss, mit meinem Lieblingssohn zu reden. Es war schwer, ich hatte ihn noch niemals zurechtgewiesen. Nun stellte ich ihm eben jene Frage, die Sie selbst nicht aussprechen können, Miss Virchow. Er antwortete nicht. Er lachte nur. Mit einem Mal sah ich meinen charmanten, klugen Andrew in einem völlig neuen Licht.«

Margaret drückte ihren Körper in das Kissen. Ihr bewegliches Bein zuckte wieder, und sie wischte Speichel von ihrem Kinn. Ratlos sah Viktoria sich nach einem Taschentuch um, entdeckte lediglich ein noch halb volles Wasserglas auf dem Nachttisch, das von Margaret dankbar angenommen wurde.

»Andrew sagte, dass Robert eben nicht mit Menschen umzugehen verstand, dass er nichts im Kopf hätte außer Zahlen und Geld. Emily hätte etwas Ablenkung verdient, wie so viele unglücklich verheiratete Frauen. In seinen Augen war das kein Grund zur Aufregung. Hätte er Emily wenigstens wirklich geliebt, dann hätte ich ihm vergeben können. Aber sie war nur eine von seinen endlosen Affären. Dass er seinen Bruder im eigenen Heim demütigte und einem todunglücklichen Mädchen am Ende das Herz brechen konnte, das kümmerte ihn nicht. Ich wurde schrecklich wütend damals, nannte ihn egoistisch und verantwortungslos. Ich dachte, ich hätte ihn selbst verdorben mit meiner bedingungslosen Mutterliebe. Und daher gab ich ihm etwas Geld und schickte ihn fort. Er ging tatsächlich, ohne zu sagen wohin. Robert war erleichtert, doch Emily litt wie ein verwundetes Tier und mir selbst ging es nicht anders.«

Viktoria holte tief Luft. Sie merkte, dass ihre Hände vor Aufregung zu zittern begonnen hatten, und musterte besorgt Margarets Gesicht. War es wirklich richtig, eine schwer kranke Frau derartige Erinnerungen neu durchleben zu lassen? Doch Margaret atmete nun sehr ruhig.

»Acht Jahre später, an einem Vormittag, da war er plötzlich wieder da«, redete sie weiter. »Äußerlich hatte er sich nicht einmal verändert, doch er schien endlich erwachsen geworden zu sein. Er erzählte mir von der Frau, die er liebte, und von seinem Kind. Auf einmal war er bereit, Verantwortung für andere Menschen zu übernehmen. Er zeigte mir seinen Ehering und zog noch ein paar Papiere aus der Tasche. Das blieb alles in meinem Zimmer liegen, während er mit Robert sprach. Andrew wollte auf einmal nur noch Versöhnung und Frieden in unserer Familie. Ich war so glücklich. Von Robert und Emily konnte ich keine Enkelkinder erwarten, doch Andrew würde mir vielleicht noch weitere schenken. Ein paar Stunden lang konnte ich hoffen, wieder eine richtige Familie haben zu können.«

Margarets Gesicht verzog sich gequält.

»Haben Sie Schmerzen, Mrs. Huntingdon?«, fragte Viktoria, aber sie erhielt keine Antwort. Die alte Dame drehte ihr den Rücken zu, aber ihre Stimme floss weiter dahin.

An dem letzten Tag, da Margaret den Boden unter ihren Füßen spüren konnte, da sie in der Lage war, jedes Glied ihres Körpers dem Willen ihres Verstandes zu unterwerfen und sich nach Belieben durch Räume und Straßen zu bewegen, war ihr der größte Wunsch ihres Lebens erfüllt worden. Der schwere Kopfschmerz, der sie seit dem Morgen plagte, ließ dadurch etwas nach. Sie betrachtete versonnen Andrews chinesischen Ehering, den er abgenommen hatte, um ihn stolz herzuzeigen, wickelte ihn dann in ein Stück Papier, das ihr Sohn ebenfalls zurückgelassen hatte, und steckte sämtliche Gegenstände in eine Schublade. Sie konnte nicht genau sagen, warum sie einen so heftigen Wunsch empfand, die Zeichen von Andrews neuem Leben an einem sicheren Ort aufzubewahren, bis er wieder zurückkäme. Eine seltsame Unruhe hatte sie befallen. Sie hoffte, dass die Unterhaltung zwischen ihren beiden Söhnen nicht in einen bösen Streit ausarten würde. Andrew verlangte nichts weiter als ein Drittel des Erbes, wie es ihm nach dem Testament seines Vaters auch zustand. Er wollte sich ausbezahlen lassen und Robert das Handelshaus überlassen. Margaret würde versprechen, dass der jüngere Sohn auch ihren Anteil erhalten sollte, wenn sie verstarb. Andrew plante, eine Schule für chinesische Kinder zu gründen, am besten in Hongkong oder Kanton, wo die Huntingdons weniger bekannt waren. Er war sogar bereit, einen anderen Namen anzunehmen, um dem Ruf des Handelshauses nicht zu schaden. So viele Zugeständnisse mussten Robert milde stimmen. Margaret überlegte, ob sie selbst zu ihrem ältesten Sohn würde ziehen können, ohne Robert dadurch erneut zu kränken, als sie Stimmen im Gang vernahm.

»Ich werde mit unseren Anwälten reden, damit sie ein entsprechendes Dokument aufsetzen«, erklärte Robert. Margaret öffnete die Tür einen Spalt breit und sah ihre beiden Söhne ein Stockwerk tiefer im Hausflur stehen. Andrew hatte ihr den Rücken zugewandt, allein Roberts Gesicht befand sich in ihrem Blickfeld. Sie konnte keine Feindseligkeit darin erkennen, keinen Zorn, nur eine kühle, beherrschte Sachlichkeit, die ihr jüngerer Sohn bei Geschäftsverhandlungen stets an den Tag legte.

»Ich würde dich bitten, dich mit deiner … Frau nicht in der internationalen Siedlung zu zeigen«, redete Robert weiter. »Und wenn du selbst uns noch einmal besuchst, so trage bitte zivilisierte Kleidung. Bist du bisher jemandem aufgefallen?«

Margaret stockte der Atem. In früheren Zeiten hätten derartige Worte bei Andrew spöttische Kommentare über die Kleingeistigkeit der ansässigen Händler provoziert. Sie sah die kurze Zeit des Friedens bereits dahinschwinden, aber Andrews Stimme klang völlig gelassen, als er antwortete.

»Keine Sorge, ich traf keine Leute, die mich kennen. Ich werde mit meiner Familie in einer Herberge in der Chinesenstadt bleiben, wenn es dir lieber ist. Mutter kann uns dort besuchen.«

Margaret lehnte sich erleichtert gegen den Türrahmen. Es pfiff leicht in ihren Ohren, doch führte sie dies auf die Aufregung zurück. Der Kopfschmerz pochte hartnäckig an ihren Schläfen. Sie erinnerte sich an ein altes Hausmittel, schwarzen Kaffee mit Zitronensaft gemischt, das ihr sicher bald Linderung verschaffen würde. Vielleicht sollte sie auch einmal mit dem Arzt reden wegen ihrer immer wiederkehrenden Schwindelanfälle, doch hatte sie ihr Leben lang die Nase über zarte Damen mit endlosen Wehwehchen gerümpft und wollte nun nicht selbst eine davon werden. Im Geiste versuchte sie, sich das Gesicht ihres Enkels auszumalen, denn das trug zu einer sofortigen Steigerung ihres Wohlbefindens bei. Wenn nur irgendwie möglich, würde sie schon diesen Nachmittag in die Chinesenstadt aufbrechen, um den halbchinesischen Jungen in ihre Arme zu schließen und jene fremde Frau zu sehen, durch deren Einfluss ihr charmanter, leichtsinniger Sohn sich derart zum Besseren gewandelt hatte.

Sie sah, wie Andrew seinem Bruder die Hand entgegenhielt. Nach kurzem Zögern stimmte Robert in den Handschlag ein. Margaret atmete tief durch. Zu mehr Herzlichkeit würde es zwischen beiden sicher nicht kommen, doch hätten die Dinge sich weitaus schlimmer entwickeln können.

»Ich will mich nur schnell von meiner Mutter verabschieden, dann bin ich fort. An den Dienern schleiche ich mich, soweit möglich, vorbei«, versprach Andrew seinem Bruder und wandte sich dann um. Margaret lächelte ihm entgegen, als er die Stufen zu erklimmen begann.

»Andrew!«, kam es plötzlich aus dem Stockwerk über ihr. Mit einer unguten Ahnung blickte Margaret hoch. Emily trug ein leicht gerüschtes Négligé aus bereits vergilbtem Leinen, denn gewöhnlich stand sie nicht vor Mittag auf und verließ selten das Haus. Sie hatte sich in den letzten Jahren nicht zu ihrem Vorteil verändert, wurde Margaret bewusst. Ihre Gesichtsfarbe war fahl, da es ihr an frischer Luft mangelte, das Haar dünn und glanzlos. Doch plötzlich blühten wieder Rosen auf ihren Wangen.

»Wo hast du denn all die Jahre gesteckt? Du siehst ja aus wie ein Chinese!«, rief sie und begann die Stufen hinabzusteigen. Robert ließ mit einem lauten Knall die Zimmertür hinter sich zufallen. Andrews Kieferknochen pressten sich aufeinander. Sein Blick irrte durch den Treppenflur, um dem Emilys nicht begegnen zu müssen, aber bald schon stand sie vor ihm.

»Nun sag schon, wo bist du gewesen? Ich wusste, dass du irgendwann zurückkommst. Aber eine Überraschung ist es trotzdem!«

Die Freude in ihrer Stimme klang zu schrill, um völlig von Herzen zu kommen. Vermutlich ahnte Emily in ihrem tiefsten Inneren, dass die Dinge anders lagen, als von ihr erhofft, doch verschloss sie ihre Augen hartnäckig vor einer unerträglichen Wirklichkeit.

»Hör zu, Emily, ich kann nicht lange bleiben«, sagte Andrew schnell. »Ich habe jetzt Frau und Kinder, doch werden sie in diesem Haus nicht willkommen sein. Ich werde wieder fortgehen. Wenn du möchtest, kannst du uns gemeinsam mit meiner Mutter besuchen kommen, aber ich weiß nicht, ob …«

Er verstummte verlegen und sah sich sehnsüchtig zur Ausgangstür um. Nur die jahrelange Erziehung zum Gentleman hinderte ihn wohl daran, seine Schwägerin einfach stehen zu lassen. Emilys Körper war mit einem Schlag versteinert. Sie hob nur kurz die Arme, um sie gleich wieder sinken zu lassen.

»Wovon redest du denn? Eine Frau, die hier nicht willkommen ist? Andrew, ich verstehe, dass ein Mann manchmal Dummheiten macht, aber für mich hat sich nichts geändert.«

Margaret war froh, dass Robert sich in seinem Zimmer verbarrikadiert hatte. Eine Weile herrschte gespenstische Stille, dann räusperte Andrew sich laut.

»Aber in meinem Leben ist jetzt alles anders geworden. Hör zu, Emily, es war nicht richtig, was wir damals taten. Wir haben Robert verletzt und Unfrieden in diese Familie gebracht. Das hätte niemals geschehen dürfen.«

»Was erzählst du auf einmal?«

Jetzt kreischte Emily. Margaret lief ein Schauer über den Rücken. Hämmer schlugen gegen ihre Schläfen und sie musste die Zähne zusammenbeißen, um nicht vor Schmerz zu wimmern.

»Du hast gesagt, die Meinung engstirniger Kleingeister sei dir völlig unwichtig, dass der Mensch auf sein Herz hören muss«, schrie Emily weiter. »Dass wir jederzeit von hier verschwinden könnten, nach Europa gehen oder vielleicht auch nach Japan. Ich gehe nach Japan, wenn du unbedingt in Asien bleiben willst. All die Jahre habe ich gewartet, dass du die Dinge regelst und mich holen kommst wie versprochen.«

»Ich habe niemals etwas versprochen«, entgegnete Andrew nun mit neuer Entschiedenheit. »Jetzt habe ich eine Frau. Sie ist Chinesin. Mit ihr zusammen gehe ich nach Hongkong. Es tut mir sehr leid, dich zu enttäuschen. Wenn du zurück nach Europa willst, dann helfe ich dir. Robert kann dich nicht mit Gewalt in Shanghai festhalten. Ich gebe dir Geld von meinem Erbe und dann fährst du einfach wieder nach Hause. Es wäre am besten für dich. Du hasst China.«

Emily fuhr zusammen, als hätte sie einen schweren Schlag erhalten, und hielt sich am Geländer der Treppe fest.

»Aber was soll ich denn ganz allein in England? Meine Familie wird mich nicht wollen, sie werden sagen, dass ich zu meinem Mann gehöre.«

Ihre Stimme war leise geworden, so hilflos und schwach, dass Margaret plötzlich Mitgefühl empfand.

»Du solltest dir eine Arbeit suchen. Gib dich als Witwe aus, das macht einen besseren Eindruck«, redete Andrew unbeirrt weiter. »Vielleicht könntest du Gouvernante oder Gesellschafterin werden oder … oder …«

Die Ideen gingen ihm aus. Er wusste wohl ebenso gut wie Margaret, dass eine menschenscheue, zutiefst schüchterne Person für keine dieser Aufgaben besonders geeignet wäre. Emily hatte abwehrend die Hände gehoben, dann strich sie sich übers Gesicht und schüttelte den Kopf.

»Ich werde deine Chinesin tolerieren«, sagte sie, nun wieder deutlich gefasster. »Fast alle englischen Männer hier haben ihre kleine schlitzäugige Geliebte, das weiß ich doch. Geh mit mir fort und ich werde die Augen verschließen, wenn du manchmal deine Huren besuchst. Ich kann vernünftig sein, glaub mir.«

Margaret lehnte sich wieder gegen den Türrahmen. Wusste Emily denn nicht, dass eine Frau durch solche Selbsterniedrigung alle Aussichten auf die Liebe eines Mannes verlor?

»Wer sich dem Bruder des eigenen Mannes in die Arme geworfen hat, sollte andere Frauen nicht Huren nennen!«, kam es nun erbarmungslos von Andrew, dessen Stimme vor Zorn zitterte. Die kalte Verachtung in diesen Worten machte endgültig klar, dass er keine zärtlichen Gefühle mehr für seine Schwägerin hegen konnte. Emily krümmte sich mit vor der Brust verschränkten Armen. Margaret hätte ihren ältesten Sohn plötzlich ohrfeigen können. Aber war sie selbst nachsichtiger in ihrem Urteil über die stets klagende, selbstmitleidige Schwiegertochter gewesen?

»Es tut mir leid, ich habe mich dir gegenüber schlecht benommen«, redete Andrew etwas milder weiter. »Aber ich habe dich niemals geliebt, Emily, und daran kann ich nichts ändern. Vergiss mich bitte, es ist das Beste für dich.«

Zaghaft streckte er die Hände aus, um Emily aufzurichten, doch sie wich vor seiner Berührung zurück.

»Verschwinde! Ich hasse dich!«

Mit gerafftem Rock rannte sie die Stufen empor, vorbei an Margaret, deren Gegenwart sie offenbar nicht wahrgenommen hatte. Andrew wandte sich der Ausgangstür zu. Margaret atmete erleichtert auf, denn die Szene war beendet, ohne irgendwelche Diener herbeigelockt zu haben. Sie sah Emily hinterher und wartete darauf, die Schwiegertochter wieder in ihrem Zimmer verschwinden zu sehen. Ihre letzte, wutentbrannte Reaktion war endlich gesund, geradezu vernünftig gewesen. Morgen würde sie offen mit ihrer Schwiegertochter reden und ihr eine Rückkehr nach England vorschlagen, dies schien die beste Lösung für alle Beteiligten. Doch Emily blieb auf der letzten Stufe zum obersten Stockwerk stehen, legte ihre Hände auf das Geländer und beugte sich vor. Ihre Augen waren trocken, der Mund zu grimmiger Entschlossenheit verkrampft. Immer tiefer lehnte sie sich, bis ihr Körper zu kippen drohte. Margarets Füße gerieten in Bewegung, doch machte ein neuer, ungewohnt heftiger Schwindelanfall es ihr unmöglich loszulaufen.

»Andrew!«, schrie sie aus Leibeskräften ihrem entschwindenden Sohn hinterher. Sie sah, wie er sich umdrehte und zu Emily hochblickte. Dann raste er die Treppe hinauf.

Nach all den Jahren in China war die Neigung der Asiaten, sich aus Kummer, Stolz oder Loyalität umzubringen, Margaret immer noch unbegreiflich geblieben. Es schien ihr dumm und unbeschreiblich feige, das eigene Leben wegzuwerfen, denn mit der Zeit heilten die tiefsten Wunden. Nun, da sie Emilys blasse, tapfer entschlossene Miene sah, wurde ihr klar, dass zu diesem Schritt auch sehr viel Mut gehörte.

»Lass es«, wollte sie der Schwiegertochter zurufen. »Du bekommst Geld, um in England leben zu können. Ich selbst regele das alles.« Doch ihre Stimme war zu schwach, um Emily zu erreichen, deren Körper zunehmend in die Schräglage geriet. Bald schon würde das Gesetz der Schwerkraft ihn in die Tiefe ziehen. Margarets Augen schlossen sich kurz, denn das Licht schnitt wie ein Messer in ihren Schädel. Warum war das Pfeifen in ihren Ohren auf einmal so schrecklich laut? Ihre Hände krallten sich um den Türrahmen, da sie sonst nicht mehr hätte aufrecht stehen können.

»Emily, jetzt hör auf mit dem Unsinn!«, hörte sie Andrew schreien. Ihre Augen öffneten sich, trotzten der grausamen Helligkeit. Andrew hatte Emilys Hüften gepackt und zerrte sie rückwärts. Zappelnd trat sie nach ihm, wurde aber trotzdem wie ein Bündel hochgehoben.

»Lass mich los, du Schwein, es geht dich nichts an, was ich tue!«, kreischte sie aus Leibeskräften. Irgendwo erklang bereits chinesisches Getuschel. Bald schon wäre das Treppenhaus voller neugieriger Diener. Margaret befahl ihrem Körper Gehorsam, denn ihre Autorität hatte im Haus bisher immer für Ordnung gesorgt. Sie schaffte es tatsächlich, ein paar Schritte Richtung Treppe zu tun, was sie erleichterte. So schlimm stand es noch nicht um sie.

Im oberen Stockwerk rangen Andrew und Emily stumm miteinander. Ihre magere Schwiegertochter hatte ungeahnte Kräfte entwickelt, trat, biss und kratzte wie eine Furie. Andrew wich manchmal zurück, um dann wieder entschlossen zuzupacken.

Und dann sah Margaret plötzlich zwei Körper fallen, nicht in die tiefe Leere jenseits des Geländers sondern die Stufen der Treppe entlang, polternd und lärmend. Glieder schlugen gegen spitze Kanten, ließen Blutflecken zurück. Ein Stück vor ihren Füßen kamen sie endlich zum Stillstand, übereinander geworfen wie zwei Säcke. Emily lag auf Andrew, was ihren Aufprall abgeschwächt haben musste. Für eine Weile sahen sie aus wie ein Liebespaar, das friedlich gemeinsam eingeschlafen war. Dann regte sich etwas Leben. Emily hob den Kopf, um Margaret fassungslos anzustarren. Von ihrer linken Schläfe flossen rote Tropfen, ihr Mund öffnete sich und zeigte einen dunklen Rachen.

Unter Andrew begann sich eine Pfütze aus Blut zu formen, die langsam wuchs. Er rührte sich nicht, obwohl Emily ihn nun heftig schüttelte. Sein Kopf lag in einer unnatürlichen Schräglage, schmiegte sich enger an seine Schulter, als anatomisch möglich sein konnte.

Margaret wollte herbeilaufen, um ihm zu helfen, denn sie begriff in diesem Moment, dass sie diesen Sohn mehr liebte als jeden anderen Menschen auf der Welt. Aber die Gegenstände in ihrem Blickfeld hatten keine Stabilität mehr, sie fuhren wie ein Karussell um sie herum. Margaret wurde klar, dass sie nicht in der Lage war, einen weiteren Schritt zu tun, ohne dabei zu stürzen. Sie hörte das Pfeifen nicht mehr und auch aus Emilys weit aufgerissenem Mund drang kein Laut an ihr Ohr. Eine Glasglocke hatte sich über sie gelegt, um alle Geräusche auszusperren. Sie sah, wie Tränen über Emilys Gesicht rollten. Dann fiel sie plötzlich selbst in einen tiefen, finsteren Abgrund.

»An die ersten Wochen danach kann ich mich kaum erinnern«, erzählte Margaret, die sich nun wieder zu Viktoria herumgedreht hatte. »Manchmal erkannte ich die Menschen um mich herum, dann schienen sie wieder Fremde. Die rechte Seite meines Körpers gehorchte mir nicht mehr, ich war hilfloser als ein Wurm, denn der vermag wenigstens vorwärtszukriechen. Wenn jemand mit mir sprach, dann hörte ich Laute, die keinen Sinn ergaben. Allmählich verstand ich sie wieder und in meinem Kopf entstanden Worte, doch wollte ich sie jemandem mitteilen, kam nur das Brabbeln eines kleinen Kindes aus meinem Mund. Es war so entwürdigend, dass ich zunächst gar nicht mehr sprechen wollte. Der Arzt ermahnte mich ständig, es dennoch zu versuchen, und tatsächlich konnte ich irgendwann wieder einfache Sätze sagen. Mein Verstand heilte, doch mein Körper ließ mich im Stich. An die letzten Ereignisse vor dem Schlaganfall konnte ich mich lange nicht erinnern, ich glaube, ein Teil meines Gehirns sperrte sie aus, weil sie nicht zu ertragen waren. Nur ganz langsam setzten die Bruchstücke sich in meinem Gedächtnis zusammen. Als ich wieder wusste, wie Andrew gestorben war, da lebte er schon fast ein Jahr nicht mehr. Seine Frau und sein Kind waren irgendwo in China verschwunden. Wir hausten hier weiter unter einem Dach. Emily musste bleiben, obwohl sie Robert endgültig zuwider war. Ich glaube, wir haben einander alle nur noch aus Notwendigkeit ertragen.«

Margaret schloss die Augen. Ihre Brust hob und senkte sich in mühsamen Atemzügen. Viktoria hatte die Arme um ihre eigenen Schultern geschlungen, denn sie zitterte vor Aufregung. Vermutlich sollte sie jetzt besser gehen, die alte Dame war am Ende ihrer Kräfte.

»Soll ich jemanden rufen, Mrs. Huntingdon?«, fragte sie, ratlos, ob irgendeine Medizin helfen konnte. Margaret schüttelte schwach den Kopf.

»Ich will meinen Frieden«, flüsterte sie. »Aber es gibt etwas, das Sie mitnehmen müssen. Gehen Sie zu meinem Schreibtisch und öffnen Sie die unterste Schublade. Dort liegen viele nutzlose Papiere herum, aber wenn Sie das Holz darunter anheben, finden Sie ein Versteck, in dem ein einziges, wichtiges Dokument aufbewahrt ist. Ganz so hilflos war ich nicht, ich konnte ein paar Dinge vor Robert verbergen.«

Viktoria gehorchte. Sie wühlte herum, zerschnitt sich einen Finger an dem dünnen Holzbrett, doch schließlich zog sie ein zusammengefaltetes Papier heraus. Sie eilte zum Fenster, um es im Licht der Laternen zu entziffern. Eine Heiratsurkunde, unterzeichnet von der krakeligen Schrift eines englischen Vikars, schwungvollen Zügen, die den Namen Andrew Huntingdon wiedergaben, und schließlich drei chinesischen Zeichen. Ihr Herzschlag beschleunigte sich.

»Was wurde aus Andrews Leichnam?«, sprach sie das letzte noch ungelöste Rätsel aus. Margarets Augenlider flackerten.

»Er liegt in den Tiefen des Huangpu. So viele Menschen starben damals, einen Toten heimlich verschwinden zu lassen, das war nicht besonders schwer. Robert erklärte mir, dass er nur einen Skandal hatte verhindern wollen. In gewisser Hinsicht verstand ich ihn. Aber vergeben konnte ich ihm niemals.«

Viktoria griff tröstend nach Margarets Hand, doch wurde sie abgewiesen.

»Gehen Sie jetzt, Miss Virchow«, sagte die alte Dame völlig gefasst. »Und bringen Sie mir bald meinen Enkel. Ihn zu sehen ist mein allerletzter Wunsch in dieser Welt.«

Kapitel 9

Viktoria gelangte völlig ungehindert nach draußen, wo es stockdunkel geworden war. Die Laternen glommen am Bund und auch noch am Anfang der Nanking Road, die hauptsächlich von Europäern bewohnt wurde. Sie sah sich nach Dewei um und entdeckte ihn am Stand eines Straßenhändlers, bei dem er gerade einen Teller Nudeln verzehrte. Dass Chinesen auch ständig ans Essen denken mussten, überlegte sie kopfschüttelnd, denn ihr eigener Magen war wie zugeschnürt. Als er Viktoria erblickte, ließ er seine Nudeln aber sogleich sinken, um ihr in die Arme zu stürzen.

»Ich dachte, die tun dir etwas an!«, rief er aufgebracht, während Viktoria beruhigend sein Haar streichelte. Dann spürte sie einen Schatten in ihrem Rücken. Es überraschte sie nicht wirklich, Jinzi zu sehen, und sie fiel ihm vor allen Leuten um den Hals, ohne auf das neugierige Starren in ihrem Rücken zu achten. Jinzi blieb merklich steif. Derart herzliche Berührungen in der Öffentlichkeit war auch er nicht gewöhnt, und er schob Viktoria daher verlegen von sich.

»Was hast du herausgefunden?«

»Viel, sehr viel.« Trotzig hakte sie sich bei ihm ein, und sie spazierten gemeinsam Richtung Chinesenstadt. Dewei folgte. »Dein Vater ist tatsächlich tot. Aber er liebte euch alle, deine Mutter, dich und auch deine Schwester.«

Plötzlich wurden ihre Augen feucht. Sie schmiegte sich enger an ihn und stellte erleichtert fest, dass er nicht zurückwich.

»Außerdem habe ich die Heiratsurkunde. Du wirst wahrscheinlich einen Anwalt brauchen. Ich werde mich umhören. Und morgen stelle ich dich deiner Nǎinai vor.«

Jinzi widersprach nicht, doch drückte seine Miene auch keinerlei Zustimmung aus. In seine eigenen Gedanken versunken führte er Viktoria zu Shen Akeus Haus, wo Dewei sich wortlos zu den Dienern gesellte, um ihnen ein Gespräch unter vier Augen zu ermöglichen.

»Sie haben ihn einfach in den Fluss geworfen! Er erhielt nicht einmal ein Grab!« Jinzi schritt wie ein eingesperrtes Tier im Raum auf und ab, trat einen Schemel zur Seite. Seine Hände waren zu Fäusten geballt.

»Sie hatten Angst vor einem Skandal«, warf Viktoria beruhigend ein, obwohl sie Robert Huntingdon nicht unbedingt ins Herz geschlossen hatte. »Dabei ging es vor allem um das Verhältnis deines Vaters zu seiner Schwägerin. Dass er so lange fort war und gleich nach seiner Rückkehr tödlich verunglückte, hätte auf jeden Fall für Gerede gesorgt. Dein ... Onkel wollte das unbedingt verhindern, deshalb ließ er die Leiche verschwinden. Aber glaube mir, mit dem, was geschah, waren sie alle gestraft genug.«

»Und meiner Mutter sagte man nichts!«, rief Jinzi dazwischen. »Sie wartete und wartete, bis sie fast den Verstand verlor. Wenn sie erfahren hätte, was geschehen war, sie wäre diesen Leuten an die Gurgel gegangen.«

»Das tat sie sogar, ohne es erfahren zu haben«, erinnerte Viktoria sich an Yazis Bericht von ihrem Angriff auf Emily Huntingdon. »Deine Năinai hätte nach deiner Mutter suchen lassen, wäre sie dazu in der Lage gewesen. Viele Jahre später schickte sie dann mich los. Du musst jetzt an die Zukunft denken. Margaret Huntingdon will dich sehen. Und dann musst du deine Ansprüche auf das Erbe durchsetzen. Der Anteil deines Vaters steht dir auf jeden Fall zu, und das wird sie befürworten, solange sie noch lebt.«

Triumphierend hielt sie die Heiratsurkunde in die Höhe, der Jinzi bisher kaum Beachtung geschenkt hatte. Er blieb ruckartig stehen, warf sich dann in einen Stuhl und verbarg das Gesicht in den Händen.

»Ich will kein Geld von diesen Leuten«, knurrte er. »So, wie sie meine Eltern behandelt haben! Meine Großmutter werde ich treffen, wenn das ihr letzter Wunsch ist, aber dann ist es genug.«

Viktoria stieß einen tiefen Seufzer aus. Warum konnte dieser Dickkopf nicht ein einziges Mal an seine eigenen Interessen denken statt an Ideale wie Loyalität? Erst als sie das leichte Beben seiner Schultern bemerkte, wurde ihr klar, dass die Neuigkeiten für ihn noch erschütternder gewesen sein mussten als für sie selbst. Zaghaft legte sie eine Hand auf seinen Rücken. Diesmal stieß er sie nicht fort, sondern schmiegte sich in ihre Umarmung.

»Es ist furchtbar traurig, was deinen Eltern widerfahren ist«, redete Viktoria weiter. »Dein Vater hatte Fehler gemacht, aber er hatte es nicht verdient, deshalb zu sterben.«

Jinzi erwiderte nichts, sondern drückte sie nur weiter an sich. Viktoria streichelte die Stoppeln auf seinem Schädel. Wäre Andrew Huntingdon nicht eine Treppe hinuntergestürzt, dann hätte sein Sohn ein sicheres Leben bei einem klugen Vater führen können, anstatt als Gaukler durch die Lande zu ziehen, oft genug mit knurrendem Magen. Auch Yazi wäre geliebt und versorgt gewesen. Der Bücherwurm Chuntian hätte eine Schule besuchen dürfen, anstatt einem Mann, der sie nicht schätzte, als mögliche Zuchtstute zu dienen. Irgendeine Entschädigung hatten sie alle verdient.

»Bitte Jinzi«, flüsterte sie eindringlich. »Wirf dein Erbe nicht einfach fort. Du wärest viel freier mit ein bisschen Vermögen. Du könntest dein eigenes Theater eröffnen oder … oder ein Hotel wie die McGregors. Wir hätten die Möglichkeit, uns zusammen ein Leben aufzubauen.«

Die Erkenntnis war plötzlich gekommen und sogleich ausgesprochen worden. Jinzi entzog sich ihrer Umarmung, legte aber beide Hände auf ihre Wangen, um ihr eindringlich ins Gesicht zu blicken.

»Ist es denn das, was du dir wünschst?«, fragte er leise. »Ein Leben mit mir?«

Viktoria nickte, ohne einen Augenblick zu zögern. Tief in ihrem Inneren hatte sie es schon lange gewusst.

Er ließ seine Hände sinken und rieb sich die Schläfen.

»Nun gut, ich werde darüber nachdenken. Morgen rede ich mit meiner Năinai. Wenn sie mir tatsächlich etwas vermachen will, dann nehme ich es an. Einen Habenichts hast du nicht verdient.«

Er hob Viktoria hoch und trug sie auf den Kang. Sie schlang ihre Arme um seine Schultern. Nun, da alles gesagt war, was es zwischen ihnen zu sagen gab, hatte sie das Gefühl, endlich ihren Platz im Leben gefunden zu haben.

Am nächsten Morgen begleitete sie Jinzi wieder zum Haus der Huntingdons und sorgte dafür, dass Shikai ihn hereinließ. Selbst wollte sie Robert Huntingdons Heim nicht mehr betreten, wartete daher auf der Straße und besorgte sich bei einem Händler eine Morgensuppe. Um sie herum zog das übliche Durcheinander aus europäischen und asiatischen Fahrzeugen vorbei, sie hörte chinesisches Gebrüll, gelegentlich unterbrochen von lauten englischen Flüchen. Langsam kämpfte Viktoria sich zum Bund vor, wurde kurz angerempelt und stolperte gegen einen Bambuskäfig, in dem Grillen zum Verkauf angeboten wurden. Sie murmelte rasch eine Entschuldigung, half einem kleinen Chinesen mit elegant geschwungenem Schnurrbart, seine Ware wieder ins Gleichgewicht zu bringen, und wurde von einem unverständlichen, aber durchaus freundlich klingenden Wortschwall überschüttet. Der Mann stellte sich grinsend auf die Zehenspitzen und blickte übertrieben bemüht zu ihr hoch. Viktoria ging lachend weiter. Trotz all ihrer anfänglichen Befürchtungen erwiesen die Menschen Chinas sich meist als sehr umgänglich, wenn man ihnen ebenso begegnete. Sie erreichte nun die breite, von großen, europäischen Gebäuden geschmückte Uferstraße und blickte auf die Masten und Segel der Schiffe, die den Blick auf den Horizont versperrten. Eine Hafenstadt war ihre erste Heimat gewesen. Nun sah sie eine völlig andere, weitaus exotischere als ihr zukünftiges Zuhause an, denn trotz allem Schmutz, aller Armut und Härte, die das Leben in Shanghai bestimmten, fühlte sie sich nun selbst als Teil dieser bunt zusammengewürfelten Mischung zahlreicher Nationalitäten und gesellschaftlicher Schichten. Ihr wurde klar, dass sie diese Stadt nicht mehr verlassen wollte.

Viktoria schlenderte eine Weile die Uferpromenade auf und ab, dann bog sie wieder zum Haus der Huntingdons ab, um in sicherer Entfernung auf Jinzi zu warten. Innere Unruhe nagte an ihr, machte es unmöglich, still zu bleiben, sodass sie immer weitere Runden drehte, die allmählich ein Grinsen auf die Gesichter der herumstehenden Straßenhändler trieben. Dann endlich sah sie ihn durch den Seiteneingang hinaustreten und musste sich zusammenreißen, um ihm nicht erneut vor allen Umstehenden in die Arme zu fallen. Er eilte sehr zielstrebig auf sie zu, doch war sein Blick gesenkt, und als er näher kam, erkannte sie eine tiefe Falte zwischen seinen Brauen. Der verbissene Zug um seinen Mund verhieß nichts Gutes. Viktoria lächelte ihn unsicher an und staunte, als er ohne Zögern einen Arm um ihre Schulter legte. Sie konnte nicht erkennen, wie die Straßenhändler darauf reagierten, denn sie hatte ihr Gesicht an seiner Schulter verborgen. Dann schob er sie entschlossen Richtung Chinesenstadt. Sie hatten fast schon das bunt geschmückte Tor durchschritten, als er endlich zu reden begann.

»Sie sehnte sich tatsächlich danach, mich zu sehen, all die Jahre lang. Auch meine Mutter hätte sie gern kennengelernt. Ich glaube sogar, die beiden hätten sich ganz gut verstanden.«

Viktoria nickte. Das war auch ihr Eindruck gewesen. Jinzi

drückte sie weiter an sich, als brauchte er eine Stütze, um weiter seinen Weg zu finden. Sie betraten gemeinsam Shen Akeus Haus und stiegen wieder die Stufen hoch. Von den anwesenden Mädchen wurden sie kaum noch beachtet, dennoch war Viktoria unwohl zumute, denn dies war eine Welt, zu der sie selbst niemals gehören würde. Sie wollte Jinzi in ihrem Leben, daher war es an der Zeit, wieder zu den McGregors zu ziehen oder an einen anderen, neutralen Ort.

Jinzi schob sie schweigend in das Zimmer und ließ die Tür hinter ihnen zufallen. Dewei war nicht da, vermutlich tratschte er wieder mit ein paar Dienern. Viktoria setzte sich steif auf den Kang.

»Sie möchte, dass ich das Erbe meines Vaters bekomme, nur einen Teil des Vermögens«, erzählte er mit gesenktem Blick, während er sich an ihrer Seite niederließ. »Ich bin bereit, das anzunehmen, weil es ihr Wunsch ist. Sie wird bald sterben, Vi Ki. Ich habe diese Frau so lange verflucht, wie auch den Rest ihrer Familie. Und nun, da ich sie endlich wirklich kennenlerne, da steht sie schon mit einem Fuß im Grab.«

Viktoria legte zaghaft eine Hand auf seine verkrampften Schultern.

»Es ist doch besser, als wenn du sie niemals getroffen hättest. So kannst du Frieden schließen mit deinem Vater und seinen Angehörigen. Keiner von ihnen wollte deine Eltern trennen, es war ein Unglück, nichts weiter.«

Nach langem Schweigen blickte Jinzi endlich auf. Er rieb seine Augen, die feucht geworden waren. Dann musterte er Viktoria nachdenklich.

»Ich weiß, du willst, dass wir gemeinsam von hier weggehen. Du kannst es kaum erwarten«, begann er. »Und wir gehen fort, das habe ich ebenso beschlossen. Aber Shen Akeu wünscht mich heute zu sehen.«

Viktoria wurde kalt. Ein Laut des Protestes entwich ihr, doch Jinzi legte eine beruhigende Hand auf ihren Arm.

»Ich werde es in Ordnung bringen und meinen Abschied von ihr nehmen«, versprach er. »Warte auf mich. Spätestens nach dem Abendessen bin ich wieder hier. Morgen verlassen wir dieses Haus und suchen uns eine neue Bleibe.«

Obwohl Viktorias Magen sich nervös verkrampfte, widersprach sie nicht, denn Jinzis ernster Tonfall gab ihr ein Gefühl von Sicherheit. Sie sah schweigend zu, wie er sich wusch und frische Kleidung anlegte, die bereits im Zimmer auf ihn gewartet hatte. Dann wurde er von einem Diener abgeholt. Viktoria schenkte sich eine Tasse Tee ein, an der sie langsam nippte. Morgen würde ihr gemeinsames Leben mit Jinzi beginnen, sagte sie sich wieder und wieder. Diese Vorstellung setzte neben rasender Freude eine Flut an Gedanken frei, sie begann zu planen und vergaß ihr Unbehagen. Kurz darauf kam Dewei hereingestürmt, stellte eine Schüssel mit duftenden Teigtaschen auf dem Tisch ab und überschüttete Viktoria mit Fragen, was Jinzis Besuch bei Margaret betraf. Sie fasste knapp die wesentlichen Neuigkeiten zusammen. Er lauschte mit weit aufgerissenen Augen, kletterte dann zu ihr auf den Kang, wo sie gemeinsam aßen.

»Es ist schwierig, derart fremde Menschen als Teil der eigenen Familie anzunehmen«, meinte er an Viktoria geschmiegt. »Aber hat man sich erst einmal an den ungewohnten Anblick gewöhnt, freut man sich, nicht allein zu sein.«

Viktoria begann zu ahnen, worauf er anspielte.

»Für mich bist du auch mein erstes Familienmitglied in China, obwohl du mir zunächst sehr fremd warst«, erwiderte sie. »Aber denkst du nicht manchmal an deine wirkliche Familie … an deine Eltern, meine ich. Und an deine Schwester?«

Zum ersten Mal wagte sie, ihm diese Frage zu stellen. Dewei schien ihr in den letzten Monaten erwachsener und gefestigter geworden zu sein. Es hatte keinen Sinn, die Augen vor der eigenen Vergangenheit zu verschließen. Sein Gesicht, das sich Viktoria nun zuwandte, war ernst, aber frei von Schmerz und Tränen.

»Meine ersten Eltern sind tot. Sie haben nicht einmal ein Grab, an dem ich sie ehren könnte, denn sie wurden wie Bettler in einer Grube verscharrt. Vielleicht treffe ich sie im nächsten Leben wieder«, sagte er völlig gefasst. »Mein Onkel gab mich fort, also warum sollte ich ihn vermissen? Meiner Schwester wünsche ich, dass sie in einem Haus wie diesem leben kann. Sie war hübsch, deshalb kam sie ganz sicher in ein Freudenhaus. Den Mädchen hier geht es nicht schlecht, sie müssen nicht jeden Mann annehmen und meistens scheinen sie fröhlich.«

Viktoria fuhr ihm sanft mit der Hand durchs Haar. Dass seine Schwester eine Herrin wie Shen Akeu gefunden hatte, schien unwahrscheinlich, aber sie wollte seine Hoffnungen nicht zerstören. Die Art, wie er sein Schicksal annahm, beeindruckte sie.

»Willst du eines Tages nach deiner Schwester suchen?«, fragte sie vorsichtig. Eine kleine Falte erschien zwischen Deweis Brauen.

»Ich weiß nicht, wie ich sie jemals finden sollte. Die Aussichten sind sehr gering. Vielleicht, wenn ich ein reicher Mann bin.«

Er zog die Schultern zurück.

»Ich kenne eure Welt und die unsere«, fuhr er fort. »Aus mir könnte ein guter Komprador werden, der zwischen beiden vermittelt. Und eines Tages möchte ich ein Taipan sein, mit einem eigenen Handelshaus.«

Viktoria presste ihre Hand vor den Mund, um ein Kichern zu unterdrücken. Was für ein Aufschneider, dachte sie. Doch wollte sie ihn nicht daran erinnern, dass die Taipans in Shanghai allesamt aus dem Westen kamen.

»Die Zeiten werden sich ändern«, erklärte er auch schon. »Sie ändern sich ständig, seit ihr Lao Wai hier angekommen seid.«

Viktoria nahm zur Kenntnis, dass er vielleicht mehr begriffen hatte als sie selbst.

»Ich habe jetzt eine neue Familie«, fuhr er fort. »Du bist wie meine Mutter gewesen und wenn du alt bist, dann sorge ich für dich. Und auch für ihn.«

Viktoria musste nicht fragen, wen er meinte. Sie legte ihren Arm um seine Schultern. Alles schien plötzlich so klar, so einfach.

»Wir drei gehen morgen von hier fort«, erzählte sie. »Zunächst zu den McGregors. Dann sehen wir weiter.«

Dewei kommentierte die Aussage mit einem knappen Nicken. Er schien nicht überrascht. Viktoria empfand eine unerklärliche Freude darüber, dass er diese Entwicklung der Dinge vorausgesehen hatte. Vielleicht hatte sie selbst durch endlose Bedenken alles verkompliziert.

»Wir bummeln jetzt draußen ein bisschen herum«, schlug sie Dewei vor und stand schwungvoll auf. In ihrem Beutel waren nur noch ein paar einsame Münzen, auf die es nun nicht mehr ankam.

»Hier gibt es sicher einen Markt in der Nähe. Wir vertreten uns die Beine, und sobald es dämmert, ist Jinzi wieder hier. Dann beginnt ein neues Leben für uns alle.«

Sie ergriff die dicke, chinesische Jacke und schlüpfte in die mit Fell gefütterten Stiefel, beides Gaben von Shen Akeu. Dewei folgte ohne Zögern. Hand in Hand liefen sie los. Viktoria fühlte sich so leicht und beschwingt als schwebe sie ein paar Meter über dem gefrorenen Schmutz der Chinesenstadt. Sie spazierten an dem Teehaus vorbei und fanden sich bald in einer von Kaufläden eingesäumten Straße wieder, in deren Enge man kaum vorwärts kam. Das ständige Brüllen störte Viktoria nicht mehr, es war Teil einer Welt, die sie ins Herz geschlossen hatte. Sie entdeckte ein paar baumelnde Ohrringe mit Glassteinen, deren tiefroter Farbton ihr gefiel. Dank Deweis eisernem Verhandlungsgeschick reichten ihre letzten

Münzen schließlich aus, um sie zu erwerben und sogar zwei Schalen Reis zu bekommen, als sich nach ein paar Stunden wieder der Hunger bemerkbar machte. Viktoria spürte die gewohnten, neugierigen Blicke in ihrem Rücken. In dem europäischen Kleid, der chinesischen Jacke und mit den exotischen Ohrringen unbekannter Herkunft zog sie wohl noch mehr Aufmerksamkeit auf sich als bisher. Die Vorstellung amüsierte sie. Das Leben war plötzlich so einfach geworden!

Sie bummelten ausgiebig in der Chinesenstadt herum. Erst als es zu dämmern begann, riet Dewei zur Rückkehr, denn im Schutz der Dunkelheit würden noch mehr zwielichtige Gestalten aus ihren Löchern kriechen. Es dauerte eine Weile, bis sie Shen Akeus Haus wiedergefunden hatten, da Viktoria einen halbwüchsigen Jungen nicht nach einem Bordell fragen lassen wollte. Die Temperaturen waren wieder gesunken und neuer Schneefall hatte eingesetzt. Als sie endlich durchs Eingangstor traten, waren Viktorias Hände vor Kälte steif geworden. Das Bordell war bereits in Betrieb, Männer tranken gemeinsam mit den Mädchen Reiswein, eine stark geschminkte Frau spielte auf einem Saiteninstrument und sang dabei mit flatternder, schriller Stimme. Ein bezopfter Herr in prächtiger Robe zupfte an Viktorias Ärmel, um auf den Stuhl an seiner Seite zu weisen. Gelächter erklang. Sie durchbohrte ihn mit einem wütenden Blick, der nur weiteres Kichern auslöste. Entschlossen zerrte sie Dewei die Treppe hoch. Je eher sie von hier fortkamen, desto besser. Vielleicht wartete Jinzi schon.

Sie öffnete die Tür zu dem vertrauten Zimmer. Gähnende Leere schlug ihr entgegen. Auf einmal breitete sich in ihrem Inneren Kälte aus, obwohl im Kamin ein Feuer prasselte, aber sie mahnte sich, geduldig zu bleiben. Jinzi brauchte sicher einige Zeit, um Shen Akeu alles zu erklären. Indessen sah sie sich nach ihren Habseligkeiten um. Außer dem Winterkleid und ihrem schon verschlissenen Paletot hatte sie nichts mitgebracht. Für die Rückkehr zu den McGregors musste es reichen, denn sie wollte keine Besitztümer von Shen Akeu entwenden. Ihr Koffer wartete weiter im Hotel, hatte Dewei versichert, sodass sie zunächst einmal mit dem Nötigsten versorgt wäre. Jinzi schien kaum etwas zu besitzen, aber sie hoffte, dass die McGregors ihm ein paar Kleidungsstücke überlassen würden, wenn sie höflich darum bat. Sie versuchte, sich ihn in einem europäischen Frack vorzustellen. Vielleicht würde das Erbe seines Vaters in seinen Gesichtszügen dann deutlicher hervortreten. Bei Begegnungen mit den Huntingdons und deren Anwälten wäre es auf jeden Fall von Vorteil, wenn er weniger chinesisch aussah.

Die Gedanken drehten sich in ihrem Kopf, während sie geschäftig herumlief, um die Wellen kribbelnder Unruhe in ihrem Inneren zu glätten. Dann spürte sie plötzlich Deweis besorgten Blick auf sich ruhen und kam zum Stillstand.

»Hast du irgendein Buch mitgebracht, aus dem wir lesen könnten?«, fragte er. Sie schüttelte den Kopf. Dickens oder eine der Brontë-Schwestern wären nun eine erlösende Abwechslung gewesen, denn sie konnte nicht stundenlang Runden durch das kleine Zimmer drehen. Wo blieb Jinzi nur so lange? Ihre Ungeduld begann sich allmählich mit Zorn zu mischen. Dahinter ahnte sie ein weitaus quälenderes Gefühl von Schmerz, das sich ihrer bald bemächtigen würde.

»Ich kann dir ein chinesisches Würfelspiel beibringen, wenn du möchtest«, schlug Dewei vor. Sie stieß einen Seufzer aus.

»Ich glaube, im Moment kann ich mich darauf nicht konzentrieren«, gestand sie. »Kannst du nicht nachfragen, wie … wie lange Jinzi vermutlich noch bei der Hausherrin bleiben wird?«

Er erhob sich nach kurzem Zögern und eilte hinaus. Viktoria nagte an ihren Fingernägeln, eine schlechte Angewohnheit, die Gouvernanten ihr vor Jahren bereits ausgetrieben hatten. Doch wie weit lag die Zeit der Gouvernanten zurück!

Eine Ewigkeit verging, dann tauchte Dewei endlich wieder auf. Mit gesenktem Blick schlich er zu Viktoria, die erwartungsvoll auf dem Kang hockte, und schmiegte seinen Kopf an ihre Schulter.

»Die Diener gehen davon aus, dass Jinzi die Nacht mit der Hausherrin verbringt!«, flüsterte er. Viktoria schoss in die Höhe. Rasender Schmerz durchfuhr ihren Körper, zerschnitt ihn in winzige Einzelteile.

»Unsinn!«, rief sie laut, obwohl die Diener sicher kein Englisch verstanden. »Er kommt bald wieder, das hat er gesagt. Bring mir etwas von diesem Reisschnaps, der hier überall getrunken wird. Dann legen wir uns ins Bett und warten auf Jinzi. Er ist sicher gleich hier.«

Dewei gehorchte, obwohl er dabei nicht glücklich aussah. Er ließ auch einen kleinen Bottich mit Wasser hereinbringen, sodass sie sich beide waschen konnten. Viktoria leerte einen Becher des bitter schmeckenden Getränks, dann noch schnell einen weiteren, bis wohlige Entspannung ihr ein rasches Einschlafen versprach. Sie schüttete das warme Wasser in ihr Gesicht und knöpfte ihr Kleid auf. Dewei wartete mit abgewandtem Gesicht, bis sie bettfertig war, dann legte er sich an ihre Seite.

Viktoria fiel rasch in einen tiefen Schlaf, doch als ihre Augen sich wieder öffneten, war es noch stockdunkel. Der Reisschnaps ließ ihre Zunge ausgetrocknet an ihrem Gaumen kleben. Sie wälzte sich herum, während Deweis tiefe, regelmäßige Atemzüge an ihre Ohren drangen. Es war still geworden in dem Bordell. Nur vereinzelt erklang Gekicher, dann wieder ein tiefes, männliches Schnarchgeräusch. Viktoria lauschte angespannt. Mit jeder Faser ihres Körpers sehnte sie Schritte vor der Tür herbei, ein knarrendes Öffnen und die Wärme von Jinzis Körper an ihrer Seite. Sie zählte leise bis zehn. Wenn er kam, bevor sie fertig war, dann würde sie ihm einfach vergeben, ohne Fragen zu stellen.

Es überraschte sie aber kaum, dass er nicht erschien. Sie ahnte bereits, dass diese Nacht vielleicht die längste ihres Lebens werden würde. Bilder zogen vor ihren geschlossenen Lidern vorbei, sie sah das Strahlen in Jinzis Mandelaugen, als sie ihm zum ersten Mal ihre Gefühle zeigte, den angestrengten, höchst konzentrierte Knoten zwischen seinen Brauen, wenn sie sich liebten, der sich erst im höchsten Moment der Lust löste. Doch ein anderer Körper schob sich dazwischen, die zarten Glieder einer asiatischen Frau umschlangen nun jene Sehnen und Muskeln, die Viktoria so gern berührt hatte.

Sie fuhr auf und presste eine Hand vor den Mund, um einen Schrei zu unterdrücken. Ihr Magen wand sich qualvoll und sie spuckte in den leeren Wasserbottich, um dann wieder wie eine Tote auf den Kang zu fallen.

Warum hatte sie einem Mann nochmals die Macht gegeben, ihr solchen Schmerz zuzufügen?

Der erste Schimmer des Morgengrauens war erlösend. Viktoria richtete sich mühsam auf. In ihrem Kopf kündete ein dumpfes Hämmern Schmerzen an, jedes Glied ihres Körpers tat bereits weh. Sie fühlte sich erschöpft und ausgelaugt wie eine alte Frau. Ein Stück neben sich verspürte sie eine Bewegung, fuhr mit hoffnungsvollem Herzschlag herum. War Jinzi vielleicht doch …

»Soll ich schon ein Frühstück besorgen?«, zerschlug Deweis Stimme alle Illusionen. Viktoria verschränkte die Hände vor der Brust, um Kraft zu schöpfen. Sie würde kein elendig wimmerndes, zurückgestoßenes Weib mehr sein!

»Wir brauchen kein Frühstück«, erklärte sie. »Wir gehen jetzt gleich zu den McGregors zurück. Zu Fuß, denn Geld für eine Jinrikscha habe ich nicht mehr.«

Sie nahm die rötlich schimmernden Ohrringe, mit denen sie Jinzi hatte gefallen wollen, und warf sie in eine Zimmerecke.

»Willst du nicht warten, bis er wiederkommt? Mit ihm reden?«, warf Dewei zaghaft ein. Viktoria schüttelte energisch den Kopf. Zwar sehnte sie sich danach, Jinzi ihre Wut und Enttäuschung ins Gesicht zu schreien, doch hätte dies an der Lage nichts geändert.

»Ich habe ihm nichts mehr zu sagen«, erklärte sie. Als ihr die Konsequenz dieser Worte klar wurde, begannen Tränen über ihre Wangen zu laufen. Entschlossen wischte sie sie fort. »Komm jetzt. Ich will hier weg!«

Dewei blieb mit gesenktem Kopf im Zimmer stehen.

»Ich glaube, du verstehst diese Dinge nicht«, sagte er. »Diese Frau hat sehr viel für Jinzi getan. Er … er hat ihr gegenüber Verpflichtungen, denen er sich nicht so leicht entziehen kann, selbst wenn er möchte.«

Viktoria schnaubte. Diese seltsame Mischung aus Prostitution, Bewunderung und Loyalität, die Jinzis Verhältnis zu der Hure ausmachte, schien ihr zu widersprüchlich und zu abstoßend, als dass sie sich damit auseinandersetzen wollte. Dann ließ Deweis mahnender, fast flehender Blick sie noch für eine Weile auf dem Kang verharren. Ihr Kopf schmerzte bereits höllisch, die Anstrengung tat noch mehr weh.

»Es ist nicht so, dass ich es gar nicht verstehe«, erkannte sie nach einer Weile. »Aber leben kann ich damit nicht. Dort, wo ich herkomme, sollte ein Mann nur eine einzige Frau haben. Ich kann nichts anderes akzeptieren.«

Mit deutlich mehr Ruhe als zuvor stand sie auf. Der Zorn war verraucht, stattdessen begann sich eine tiefe Trauer in ihr auszubreiten, die wohl noch Monate auf ihrem Gemüt lasten würde. Aber es gab keinen anderen Weg.

»Wo willst du jetzt hin?«, fragte Dewei, als sie bereits die Tür aufgeschoben hatte.

»Zurück zu meinen Leuten. In die Welt, wohin ich gehöre«, erwiderte Viktoria. Deweis Brauen zogen sich gequält zusammen.

»Deine Leute!«, rief er. »Ich dachte, dass wären jetzt Jinzi und ich.«

Viktoria atmete tief durch. Der Vorwurf hatte sie wie ein Messer in die Brust getroffen.

»Das dachte ich auch, aber es geht einfach nicht«, flüsterte sie mit abgewandtem Blick, denn ihre Augen quollen wieder über. »Ich gehe erst einmal in die internationale Siedlung, Shanghai werde ich wohl vorerst nicht verlassen. Du kannst mich begleiten, wenn du möchtest. Oder bei Jinzi bleiben, ich weiß, er hat dich gern.«

Sie stieg betont leise die Stufen hinab. Shen Akeu stand gern früh auf, und sie wollte ihr keinesfalls begegnen. Erst als sie bereits in dem Eingangsraum des Bordells stand, wo umgekippte Stühle, herumliegende Kleidung und Essensreste auf dem Boden den Eindruck erweckten, ein Orkan habe durch das Haus gefegt, hörte sie das Trappeln von Deweis Schritten hinter sich. Sobald seine Hand wieder fest in der ihren ruhte, wurde ihr leichter ums Herz.

Sie trat auf die Straße und schlug den Weg zur internationalen Siedlung ein. Ideen und Pläne wirbelten in ihrem Kopf herum, lenkten wenigstens für einen Moment von aller Schwermut ab. Sie erinnerte sich an Marjorie Frazers kluge, ausgeglichene Miene. Würde sie selbst jemals lernen, mit dem zufrieden zu sein, was das Schicksal ihr gönnte? Die Hoffnung, einen Menschen gefunden zu haben, mit dem sie ihr Leben teilen konnte, hatte sich als Illusion erwiesen. Sie trieb weiter allein dahin, suchte ein Ziel, eine Aufgabe.

Marjorie hatte ihr damals einen Namen aufgeschrieben. Eine Frau, die sich für Chinesinnen einsetzte, deren Rechtlosigkeit und die Prostitution bekämpfen wollte. Viktoria begann zu grübeln, wo der Zettel sich wohl befinden konnte. Irgendwo in ihrem Koffer musste er stecken. Sie würde nach ihm suchen, wenn sie wieder im Hotel war.

Kapitel 10

»Herzlich willkommen im Jahr des Schweins, 1887!«, rief Viktoria Anette Sassoon zu, als die elegante Gestalt durch die Tür des Kaffeehauses trat. Monsieur Malbert, der Besitzer, neigte ebenfalls grüßend den Kopf, denn diese Dame gehörte zu seinen wohlhabendsten Stammgästen.

»Et bien, Nathan und ich haben uns die chinesischen Feiern angesehen«, meinte Anette, als sie sich mit rauschenden Röcken niederließ. »Wir machen das regelmäßig, um uns an den Tag zu erinnern, da unser gemeinsames Leben begann.«

Ein junger Chinese kam sogleich herbeigeeilt, um die Bestellung aufzunehmen. Bald schon stieg der Duft frischen Kaffees in Viktorias Nase. Sie schloss die Augen, um ihn einzuatmen. Nach fünf Jahren in Asien war sie immer noch nicht bereit, auf dieses Getränk zu verzichten, und nirgends schmeckte es so köstlich wie bei Monsieur Malbert.

»Dein Kind wird liebevoll, einfühlsam, aber auch sehr eifersüchtig sein, wenn es in diesem Jahr geboren wird«, erzählte sie Anette, die nachsichtig lächelte und über ihren bereits leicht gewölbten Bauch strich.

»Amelie, die im Jahr des Affen geboren ist, hat tatsächlich eine Vorliebe für Bananen, meint die Amah«, erzählte sie kichernd. »Ich hoffe, dass sie dann mit der Zeit auch den Charme entwickelt, den Leute dieses Tierkreiszeichens laut den Chinesen haben sollen.«

Sie nippte an ihrem Kaffee, und ihre dunklen Augen musterten Viktoria aufmerksam über den Rand der Tasse.

»Und hat Mr. O'Neill schon mit dir gesprochen? Er ist Nathans bester Geschäftspartner, ein Mann mit hervorragenden Perspektiven«, fragte sie so beiläufig wie möglich, obwohl Neugier in den schönen, französischen Augen blitzte.

Viktoria unterdrückte einen Seufzer. Anette hatte es sich in den letzten Jahren zur Lebensaufgabe gemacht, das seltsame deutsche Fräulein unter die Haube zu bringen. Die Aussichten standen nicht schlecht, denn über die Gerüchte, die Joseph Andrews verbreitet hatte, war Gras gewachsen. Der Engländer war längst wieder in seiner Heimat, wo die herzensgute Maud vielleicht böse Überraschungen erleben durfte. Viktoria erfüllte ehrbare Aufgaben, erteilte Privatunterricht für Kinder und half bei den Reformprojekten der engagierten Mrs. Aberson mit. Zwar konnte sie keine Mitgift vorweisen, doch glich der Mangel an heiratsfähigen europäischen Frauen in Shanghai diesen Makel aus. Jack O'Neill hatte seinen Antrag sehr sachlich vorgetragen und sie erwartungsvoll angesehen. Mit einer Ablehnung seines Angebots hatte er wohl keinen Augenblick gerechnet, denn er war eine gute Partie.

»Er hat mit mir gesprochen und wir wurden uns einig, dass eine Ehe zwischen uns keine gute Idee wäre«, erzählte Viktoria, um die Dinge sogleich klarzustellen.

Anettes Gesicht verzog sich. Sie beugte sich leicht vor.

»Vicki, du wirst nicht ewig jung bleiben. Mit jedem Lebensjahr sinken die Aussichten auf eine gute Ehe. Es kommen immer mehr mittellose junge Frauen nach Shanghai, allmählich wird es zu einem beliebten Aufenthaltsort für Abenteurer und gestrandete Existenzen aus aller Welt. Willst du eines Tages zu ihnen gehören?«

Viktoria konnte ihr Grinsen nicht ganz unterdrücken. Anette verwandelte sich zunehmend in eine ehrbare Matrone, begann ihrer Mutter ähnlicher zu werden, als sie selbst je zugegeben hätte.

»Weißt du, was ich an England so mag?«, fragte Viktoria, ohne ernsthaft eine Antwort zu erwarten. »Seine unerschütterlichen alten Jungfern. Jane Austen zum Beispiel. Oder nimm einmal diese Isabella Bird, die hat zig Heiratsanträge in den Wind geschlagen und ist stattdessen durch Asien gereist.«

Anette schüttelte nachsichtig den Kopf und rührte noch einmal den Kaffee um.

»Nun, wie du meinst«, sagte sie gleichmütig. »Dein chinesischer Junge macht sich übrigens sehr gut. Nathan meint, er hat eine große Zukunft vor sich.«

Wieder musste Viktoria grinsen. Für Anette waren Nathans Urteile immer noch ein göttliches Orakel. Dennoch empfand sie Stolz, dass Dewei die Erwartungen des erfolgreichen Geschäftsmannes erfüllte. Er besuchte seit drei Jahren eine Missionsschule und hatte selbst den Wunsch geäußert, im Kontor von Nathan Sassoon aushelfen zu dürfen. Er arbeitete von morgens bis abends, hatte einen guten Kopf für Zahlen und brannte vor Ehrgeiz. All dies war sein eigener Verdienst, doch wäre er nicht vor fünf Jahren neben Viktoria im Straßendreck gelandet, hätte seine Zukunft weitaus düsterer ausgesehen. Durch ihre Einmischung in sein Leben hatte sie ihm den Weg geebnet. Seine Pläne, eines Tages ein großes Haus in der Foochow Road zu besitzen, belächelte sie schon lange nicht mehr, denn sie begannen glaubwürdig zu klingen. Sie musste zugeben, dass diese Vorstellung sie beruhigte. Dewei konnte sie davor bewahren, als eine in Shanghai gestrandete, mittellose und völlig vereinsamte Existenz zu enden.

»Ich muss jetzt leider aufbrechen«, erklärte Anette, die ihren Kaffee ausgetrunken hatte. »Meine Schwiegermutter wartet auf mich. Wir treffen uns manchmal, auch wenn Nathans Vater nichts davon wissen darf.«

Mit einem leisen Seufzer winkte sie den Kellner herbei. Viktoria bestand wie immer darauf, selbst zu zahlen, denn sie wollte nicht als Almosenempfängerin dastehen, auch wenn diese Tasse Kaffee sie mehr kostete als drei chinesische Mahlzeiten. Vor dem Kaffeehaus umarmten sie sich kurz, dann bestieg Anette eine Jinrikscha und Viktoria spazierte zu Fuß in den angloamerikanischen Teil der internationalen Siedlung. Das nächste Treffen würde in einer Woche stattfinden, wie immer am Freitagnachmittag.

Viktoria schlenderte geruhsam den Bund entlang. Mrs. Aberson erwartete sie noch zum Tee, um die weiteren Strategien im Kampf gegen Elend und Laster zu besprechen und Berichte an ihre Förderinnen in Amerika zu verfassen. Sie hatte ein Waisenhaus in der Nähe der Rennstrecken eröffnet und außerdem eine Einrichtung für junge Chinesinnen, die der Prostitution entfliehen wollten. Zunächst war Viktoria höchst skeptisch gewesen, denn was verstand eine eisern protestantische Witwe, die selbst in der höchsten Sommerhitze nicht auf hochgeschlossene schwarze Kleider verzichten wollte, von der Welt einer Shen Akeu mit ihren Fallstricken, aber auch der Macht, die sie manchen Frauen schenken konnte? Dennoch gelang es Mrs. Aberson, von dem Rat der internationalen Siedlung die Einrichtung der rettenden Tür bewilligt zu bekommen. Jede Frau, die es schaffte, über die Schwelle ihres Büros zu gelangen, war vor der Verfolgung von Zuhältern, Bordellbesitzern und Menschenhändlern geschützt. Drei Monate lang war das Angebot ungenutzt geblieben, obwohl Viktoria Dewei, Rosie McGregor und auch Shikai ermutigt hatte, das Gerücht zu verbreiten. Dann, mitten in der glühenden Sommerhitze des Jahres 1885, als Viktoria allein in dem kleinen Raum Papiere sortierte, hatte sie auf einmal ein lautes Hämmern an der Eingangstür vernommen, begleitet von chinesischem Geschrei. Etwas verunsichert hatte sie die Tür geöffnet. Ein halbwüchsiges Mädchen mit zerzaustem Haar und blauen Flecken im Gesicht war ihr laut keuchend in die Arme gefallen, während sich draußen eine alte Frau und drei Männer mit wütendem Gebrüll davonmachten.

Inzwischen kamen ungefähr drei flüchtige Prostituierte im Monat. Sie wurden zusammen in einem großen Zimmer untergebracht, sollten im Waisenhaus aushelfen, lernten Lesen, Schreiben und Haushaltsführung. Viktorias Vorschlag, ihnen etwas mehr Bildung angedeihen zu lassen, hatte Mrs. Aberson nicht überzeugt. Einfache Leute brauchten dies nicht, es würde nur unangemessene Sehnsüchte in ihnen wecken, meinte die Reformerin.

Mrs. Aberson besorgte Ehemänner für die reumütigen gefallenen Mädchen, indem sie ihnen eine bescheidene Mitgift zukommen ließ. Einige in Shanghai gestrandete Seeleute und viele chinesische Arbeiter gingen gern solche Verbindungen ein. Viktoria erschien dies keine besonders vielversprechende Zukunft für die flüchtigen Frauen, doch die meisten von ihnen nahmen die Möglichkeit einer respektablen Existenz als Ehefrau bereitwillig an. Die Narben und Verletzungen an ihren Körpern, die sie aus ihrem früheren Leben mitgebracht hatten, sprachen für sich.

Der Umgang mit diesen jungen Frauen hatte Viktoria geholfen, das eigene Schicksal ohne Bitterkeit anzunehmen. Wenn sie im Leben zurechtkamen, dann musste es ihr selbst auch irgendwie gelingen.

Das Treffen mit Mrs. Aberson verlief zufriedenstellend, denn es waren neue Fördergelder aus den Staaten eingetroffen. Die alte Dame musterte Viktorias neues, hellblaues Winterkleid und die baumelnden Ohrringe zwar leicht missbilligend, doch gab es nicht viele westliche Frauen in Shanghai, die gut Chinesisch sprachen, sodass die Reformerin nicht wählerisch sein konnte. Der Tee schmeckte leider schrecklich fad. Viktoria war erleichtert, bald schon entlassen zu werden. Sie spielte immer noch jeden Abend im Hotel der McGregors und wollte sich in Ruhe umziehen können.

Enge Gassen verbanden die Nanking Road mit der Foochow Road. Viktoria schlängelte sich an Verkaufsständen vorbei, bewunderte ein wunderschön besticktes Paar chinesischer Damenschuhe, in die ihre groß gewachsenen Füße niemals passen würden, und sah eine Weile Seiltänzern zu. Kaum hatte sie sich zur Eile ermahnt, da es langsam zu dämmern begann, vernahm sie eine Frauenstimme in ihrem Rücken.

»Vi Ki!«

Der zarte, leicht heisere Klang war seltsam vertraut, doch konnte Viktoria sie keiner Person zuordnen. Sie drehte sich um und starrte ungläubig.

Das unscheinbare Gesicht mit den schmalen, geraden Augen, die tief unter den Lidern lagen. Der erstaunlich intelligente, leicht verwirrte Blick einer altjüngferlichen Gelehrten. Mitten im Getümmel stand Chuntian, nun wie eine einfache Chinesin in dunkelblaue Hosen gekleidet, und tat, was vornehme Damen in keinem Land der Welt tun sollten. Sie winkte mit den Händen und schrie, um das Stimmengewirr um sie herum zu übertönen. Ein paar Blätter Papier entglitten ihren Fingern, segelten auf den schmutzigen Erdboden zu. Viktoria lief los, schubste Leute zur Seite, um beim Aufsammeln zu helfen. Kurz stießen ihre Köpfe zusammen.

»Ich schreibe jetzt Gedichte«, erklärte Chuntian unaufgefordert das verlorene Papier. »Mein Bruder ermutigt mich, sie zu veröffentlichen.«

Viktoria überreichte der Chinesin die verlorenen Schätze. Ihr Herzschlag raste vor Freude, doch gleichzeitig fühlte sie sich seltsam befangen. Sie meinte, schon lange mit der Vergangenheit abgeschlossen zu haben.

«Wie kommst du nach Shanghai?«, fragte sie. Chuntian zog sie am Ärmel zu einer freien Stelle zwischen zwei Verkaufsständen, wo es einigermaßen ruhig war.

»Ich lebe seit über zwei Jahren hier«, erzählte sie mit einem fröhlichen Kichern. »Ich musste zunächst ein halbes Jahr in einem Landhaus meines Gemahls zubringen, dann durfte ich nach Beijing zurück. Danach versuchte ich erstmal, schwanger zu werden, denn ich hatte begriffen, dass es nicht anders ging. Aber es gelang mir nicht. Stattdessen schaffte es Meigui, einen Sohn zu gebären. Sie war so glücklich, dass sie richtig nett wurde, kannst du dir das vorstellen? Für mich gab es keine Verwendung mehr. Mein Gemahl wollte mich zu meiner Familie zurückschicken, aber schließlich fiel ihm ein, mich zu fragen, was ich selbst wollte. Vielleicht hatte die Standpauke, die du ihm damals gehalten hast, doch eine Wirkung.«

Viktoria schüttelte ungläubig den Kopf. Sie konnte sich kaum vorstellen, in Lao Tengfei etwas anderes als reinen Zorn geweckt zu haben. Aber er war ein durchaus intelligenter Mann, das galt es zu bedenken.

»Also beschloss ich, nach meiner Mutter zu suchen«, plauderte Chuntian auch schon weiter. »Ich ging zu dem Haus, wo ich sie damals getroffen hatte, und erfuhr, dass sie nach Shanghai gegangen war. Ich verkaufte meinen Schmuck und meine schönen Kleider, die ich als dritte Ehefrau eines Mandarins erhalten hatte. Viel Geld kam dabei nicht heraus, aber es reichte, um ebenfalls hierher zu kommen. Ich fand einen fahrenden Händler, der mich mitnahm.«

Sie reckte stolz das Kinn in die Höhe.

»Ich suchte ein paar Wochen nach meinem Bruder und entdeckte ihn schließlich auf einer Theaterbühne«, beendete sie ihre Geschichte. »Er nahm mich auf.«

Viktoria senkte den Blick.

»Es tut mir leid, dass du deine Mutter nicht mehr wiedersehen konntest«, sagte sie leise. Chuntian nickte nur.

»Ich weiß, wie sie gestorben ist. Und dass du bei ihr warst, was ihr sicher geholfen hat.«

Sie legte wieder eine warme Hand auf Viktorias Arm.

»Wir wissen auch, wo du wohnst und was du machst. Jinzi hat gelegentlich mit Dewei gesprochen, doch der durfte dir nichts davon erzählen. Ich habe dich manchmal vorbeilaufen sehen, aber du hast mich nicht bemerkt.«

Sie kicherte, wurde dann ganz plötzlich ernst, als sei ihr ein neuer Gedanke gekommen.

»Heute bin ich so glücklich, weil meine Gedichte gedruckt werden«, redete sie weiter. »Als ich dich bemerkte, da dachte ich, du willst vielleicht wissen, wie es uns geht. Wir haben ein kleines Zimmer hier in der Nähe. Wir sind ganz zufrieden.«

Viktoria überkam ein leichter Schwindel. Gefühle, die sie lange begraben hatte, quälten sie nun von Neuem. Warum tat es so weh, dass Jinzi all die vergangenen drei Jahre nicht einmal versucht hatte, Kontakt mit ihr aufzunehmen?

»Wie geht es Shen Akeu?«, zwang sie sich zu fragen, um die Augen nicht vor der Wirklichkeit zu verschließen. Chuntians Augen wurden ein wenig größer.

»Das weiß ich nicht. Als ich Jinzi traf, hatte er keinen Umgang mehr mit ihr. Er versucht, sich allein als Schauspieler und Akrobat durchzuschlagen. Es ist schwierig, aber hier geht es einigermaßen. In Shanghai interessiert sich kaum jemand dafür, aus welcher Familie man stammt, Begabung ist wichtiger. Ich glaube, hier entsteht etwas, wovon meine Mutter träumte. Ein neues China, das sich nicht vom Rest der Welt abschotten will.«

Sie hatte wieder ihre vergeistigte Miene aufgesetzt und schien zu einer längeren Rede bereit, doch ein unbeabsichtigter Schubser des Händlers, der am benachbarten Stand seine Ware neu sortierte, holte sie wieder in die Gegenwart zurück.

»Wollen wir nicht zusammen Tee trinken, bei uns zuhause?« schlug sie einfach vor. »Wir könnten wieder gemeinsam Bücher lesen, das hat wirklich Spaß gemacht damals.«

Ihre Augen leuchteten. Sie sah viel jünger und lebendiger aus als in der Zeit bei Lao Tengfei. Viktoria wollte die Einladung sogleich annehmen, dann fiel ihr ein, dass sie bei dieser Gelegenheit vermutlich Jinzi begegnen würde. Eine unsichtbare Schnur legte sich um ihren Hals und würgte.

»Vielleicht irgendwann«, meinte sie ausweichend. »Jetzt muss ich zurück in mein Hotel.«

Chuntians enttäuschter, fast verletzter Gesichtsausdruck ließ sie innehalten, obwohl sie schon zum Aufbruch bereit gewesen war. Spontan wandte sie sich nochmals um.

»Ich kann dir vielleicht eine Arbeit bei Mrs. Aberson besorgen«, bot sie an. »Dein Englisch ist hervorragend. Du könntest die Mädchen unterrichten. Komm morgen Nachmittag einfach zu mir ins Hotel.«

Chuntian lächelte verhalten.

»Das wäre sehr nett von dir, Vi Ki«

Sie holte nochmals Luft, als wollte sie etwas hinzufügen, doch im letzten Moment senkte sie ratlos den Blick. Viktoria fragte sich, wie viel Chuntian von ihrem Verhältnis mit Jinzi wusste. Aber das war nicht wichtig, ermahnte sie sich. Diese Geschichte gehörte endgültig der Vergangenheit an.

»Also dann bis morgen«, sagte sie und ging los. Der Herzschlag hallte in ihren Ohren wider. Aus einem Grund, den sie nicht begreifen konnte, fühlte sie sich viel lebendiger als in den letzten Jahren.

Im Hotel nickte sie kurz Rosie McGregor zu, die sie sogleich in ein längeres Gespräch über die Lernfortschritte der Kinder verwickelte. Es folgten ein paar scheinbar unverfängliche Fragen, wie es Dewei im Kontor von Nathan Sassoon erging, doch kannte Viktoria Rosie inzwischen gut genug, um die Hintergründe zu durchschauen. Daisy, die älteste Tochter der McGregors mit dem Madonnengesicht, und Dewei hatten in den letzten Monaten ungewöhnlich viel Zeit miteinander verbracht. Es beruhigte Viktoria, dass der Junge ganz entgegen Jinzis Warnungen keine unnatürliche Fixierung auf sie selbst an den Tag legte, doch machte sie sich Sorgen um die Zukunft dieser ersten Verliebtheit. Dewei hatte kein flatterhaftes Wesen, es war durchaus möglich, dass die jugendliche Leidenschaft von Dauer sein würde. Ian würde seine Kinder heiraten lassen, wen immer sie wollten, aber Rosie betrachtete diese Dinge weitaus nüchterner. Ihre bildhübsche Tochter, die nun drei europäische Sprachen beherrschte, sollte an keinen dahergelaufenen Jungen ohne Familie und gesellschaftlichen Rang abgetreten werden! Viktoria gab sich die größte Mühe, Deweis Erfolge auf glaubwürdige Weise hervorzuheben. Sie selbst mochte Daisy, ein stilles, ernsthaftes Mädchen, mit dem es sich durchaus unter einem Dach leben ließe. Eine ihrer größten Sorgen war, dass Dewei ihr eine bildschöne, schwierige Nörglerin wie Meigui vorsetzen würde, und dagegen wollte sie entschieden ankämpfen.

Als sie die Stufen zu ihrem Zimmer hochstieg, wurde ihr bewusst, dass sie bereits ihre Zukunft als altjüngferliches Anhängsel ihres Adoptivsohnes zu planen begann. Auf einmal stimmte diese Vorstellung sie seltsam schwermütig, als betrachte sie ihr eigenes Leben nun mit Anettes Augen und sähe eine törichte Frau, die im Begriff war, ihre Jugend sinnlos zu vergeuden. Verärgert über diese plötzliche Stimmungsschwankung machte sie sich daran, ein Kleid für den Abend auszuwählen. Ihre Garderobe war weiterhin spärlich, sie hatte lange für ihr taubenblaues Winterkleid mit Spitzenbesatz gespart, doch hätte ein Schrank jener Ausmaße, die sie in ihrer Zeit als höhere Tochter benötigt hatte, auch kaum in das kleine Zimmer gepasst. Sie zog ein cremefarbenes Kleid aus feiner Wolle heraus, das mit einem zarten Blütenmuster bestickt war. Eine der Förderinnen von Mrs. Aberson, die Shanghai letztes Jahr besucht hatte, hatte es Viktoria mit dem Hinweis überlassen, dass sie selbst nicht mehr wirklich hineinpasste. Viktoria war lange versucht gewesen, das Almosen abzulehnen, doch hatte der Anblick des zart fallenden Stoffes und des makellos gefertigten, weißen Spitzenkragens sie zu sehr bezaubert. Die Farbe ließ sie vielleicht ein wenig blass wirken, doch minderte sie diesen Effekt durch das Paar leuchtend roter Ohrgehänge, das Dewei ihr von seinem ersten Gehalt bei Nathan gekauft hatte. Ein wenig ähnelten sie jenen, die in Shen Akeus Haus liegen geblieben waren, überlegte Viktoria. Die Erinnerung tat nicht mehr weh, was vielleicht an den Neuigkeiten lag, die sie von Chuntian erfahren hatte. Viktoria puderte nachdenklich ihr Gesicht, brachte ihr Haar dann mit einem schwarzen Samtreif in Form und begab sich in den Speisesaal.

Diesmal waren einige Freunde von Ian McGregor eingeladen worden und Viktoria hatte auf Rat des Hausherrn schottische Lieder eingeübt. Sie lächelte den versammelten Seebären freundlich zu, bevor sie vor dem immer noch verstimmten Piano Platz nahm. Die Männer machten einen gutmütigen Eindruck, doch plante sie auf ihr Zimmer zu flüchten, bevor zu viele Gläser Whiskey geflossen waren. »Will ye go lassie go«, begann Viktoria an einem Shanghaier Winterabend romantische Träume von schottischer Naturschönheit heraufzubeschwören. Sie wusste, dass ihre eigene Stimme die Kraft einer wirklich guten Sängerin vermissen ließ und dass sie auch nicht immer den richtigen Ton traf, doch genügte der lieblich weibliche Klang gemeinsam mit ihrer zarten Erscheinung, um die Herzen der Herren für sie einzunehmen. Bei dem dritten Musikstück grölten bereits alle Anwesenden mit, und einige Augen mussten trocken gewischt werden. Ermutigt setzte Viktoria nun zu ihrem Lieblingsstück an, einem alten Liebeslied:

Ca' the yowes to the knowes
Call them where the heather grows
Call them where the burnie rowes
My bonnie dearie

Kurz wurde sie von begeistertem Applaus unterbrochen, dann mahnten einige Stimmen zur Ruhe, sodass sie ungestört zum Ende kommen konnte.

You will get gowns and ribbons neat
And leather shoes upon your feet
And in my arms you'll lie and sleep
My bonnie dearie

As waters wimple to the sea
While day breaks in the sky so high
Till' clay-cold death shall blind my eye
I shall be thy dearie

Till' clay-cold death shall blind my eye
I shall be thy dearie

Als sie verstummte, waren auch ihre eigenen Augen feucht geworden. Sie bemerkte erstaunliche Stille im Raum, dann leises Tuscheln, das allmählich anschwoll. Zu ihrem Unbehagen klang es nicht lobend, sondern eher befremdet. Ratlos sah sie sich um. Fast alle Gesichter hatten sich von ihr abgewandt und waren nun zur Eingangstür gerichtet.

Dort stand ein hochgewachsener, chinesischer Mann mit kahl rasiertem Kopf. Er trug eine weite, schwarze Hose und das übliche, schräg geknöpfte Hemd. Als Einziger im Saal starrte er wie gebannt auf Viktoria. Erst als ihr Blick den seinen traf, senkte Jinzi den Kopf, um verlegen mit dem Fuß zu scharren. Sie hörte ihr eigenes Herz rasen, und der Schweiß trat ihr aus den Poren. Kurz glaubte sie zu träumen, da hatte das Tuscheln auch schon an Lautstärke gewonnen, sodass Wortfetzen an ihr Ohr drangen.

»Was will er denn hier, der Chink?«

Viktoria schoss in die Höhe und durchquerte mit langen Schritten den Raum. »Willkommen!«, sagte sie laut und hielt Jinzi ihre Hand entgegen. Nach kurzem Zögern ergriff er sie, doch blieb sein Gesicht dem Boden zugewandt. Viktoria drehte sich kurz um. Ian McGregor war aufgestanden und lud lautstark zu einer weiteren Runde von seinem hervorragenden Whiskey ein, was Jinzis exotische Erscheinung erst einmal unwichtig werden ließ. Dankbar lächelte sie den alten Schotten an. Er zwinkerte ihr nur kurz zu, um sich dann wieder mit seinen Gästen zu befassen. Viktoria wusste, dass er ihr den schlagartigen Abbruch der Gesangsdarbietung nicht übel nahm. Doch hatte sie dem kurzen, verschwörerischen Blick noch viel mehr entnommen. Wie konnte dieser alte Schotte so genau erkennen, was sie mit dem exotischen Fremden verband?

»Wir sollten vielleicht nach draußen gehen«, meinte sie zu Jinzi, denn auf Dauer konnten sie hier nicht vor aller Augen herumstehen. »Aber ich fürchte, da ist es ziemlich kalt.«

Schweigend reichte er ihr eine gefütterte Jacke, die über seiner Schulter gehangen hatte, und Viktoria zog sie an. Ihr fiel auf, wie schön Jinzis Hemd aus der Nähe betrachtet aussah, denn es war mit feinen Phönixen bestickt. Auch seine Hose hatte einen höchst eleganten Schnitt. Ganz gleich, wie es um ihrer beider Finanzen auch stehen mochte, sie würden stets eitle Pfauen bleiben.

»Wirst du denn jetzt nicht frieren?«, fragte sie, während er die Tür aufmachte. Jinzi winkte ab. Bald schon wehte frische, kühle Luft ihnen entgegen. Der Abend war nicht so frostig wie befürchtet. Langsam betraten sie den Garten des Hotels, wo Viktoria Jinzi zu einer Bank lenkte.

»Es tut mir leid, wie sie da drinnen über dich geredet haben«, meinte sie verlegen.

»Das war nicht deine Schuld«, sprach er seine ersten Worte an diesem Abend. Viktoria staunte. Er war nicht immer so großzügig gewesen.

»Warum kommst du jetzt auf einmal? Du hast all die Jahre gewusst, wo ich bin, und bist mir aus dem Weg gegangen?«, begann Viktoria. Auf einmal erschien es unnötige Zeitverschwendung, die Dinge nicht gleich anzusprechen. Jinzi entdeckte eine

Wolldecke auf der Bank und schlang sie um seine Schultern. Dann setzte er sich auf eines der Kissen, die dort ebenfalls herumlagen, und schob ein weiteres in Viktorias Richtung.

Jenseits des Gartens glommen rote Laternen. Das Kreischen der Freudenmädchen vermischte sich mit den tieferen Stimmen der Straßenhändler und Jinrikschafahrer, alle auf der Suche nach Kundschaft. Essensgerüche durchdrangen die kühle Abendluft. Shanghai schlief niemals.

»Ich habe nicht gedacht, dass du mich sehen willst«, beantwortete Jinzi endlich ihre Frage. »Du bist damals einfach fortgegangen, hattest deine Entscheidung getroffen.«

Empört fiel Viktoria auf das Kissen.

»Was hätte ich denn sonst tun sollen? Du hast dein Versprechen nicht gehalten. Die ganze Nacht warst du bei ...«

Sie verstummte, denn der Schmerz schnürte ihr die Kehle zu. Sie spürte Jinzis Blick auf sich ruhen und zwang sich, ihn anzusehen. Seine Augen blitzten, so wie früher bei seinen Wutausbrüchen.

»Jetzt hör mir zu, Vi Ki«, begann er unnötig laut. »Ich bin zu Shen Akeu gegangen und habe ihr erzählt, dass ich nicht mehr bei ihr bleiben will. Sie schien nicht überrascht, ich glaube, sie hatte nichts anderes erwartet. Dann bat sie mich, noch eine Nacht mit ihr zu verbringen. Ich konnte nicht ablehnen, es wäre eine zu große Kränkung für sie gewesen. Begreifst du nicht, wie großzügig sie war? Sie hätte mich ohne große Mühe vernichten können, war aber bereit, uns gemeinsam gehen zu lassen. Mir blieb gar nichts anderes übrig, als ihr diesen Wunsch zu erfüllen.«

Viktoria zuckte zusammen. Ihr Kopf drehte sich plötzlich. Bisher war alles völlig klar gewesen, sie hatte sich für die Konsequenz gelobt, mit der sie diese Beziehung ohne Tränenausbrüche und sinnloses Betteln beendet hatte.

»Warum hast du mir das nicht gesagt?«, flüsterte sie fassungslos.

»Weil du schon weg warst, als ich es dir sagen wollte. Ich sah dich nur kurz bei der Beerdigung meiner Großmutter. Das war nicht der richtige Moment für ein Gespräch.«

Viktoria schluckte.

»Du warst auch dort?«

Margaret Huntingdon war drei Tage nach ihrem Gespräch mit Jinzi gestorben. Viktoria hatte an der Beerdigung teilgenommen, obwohl sie nicht eingeladen gewesen war. Robert Huntingdon hatte es nicht gewagt, sie fortzuschicken. Aber Jinzi hatte sie nicht gesehen.

»Ich hielt mich im Hintergrund«, beantwortete er die unausgesprochene Frage. »Die Kirche habe ich nicht betreten, aber ich folgte den Gästen zum internationalen Friedhof am Nordtor der Chinesenstadt. Dort gehe ich jetzt noch manchmal hin und zünde Räucherstäbchen an.«

Viktoria fragte sich, ob Robert Huntingdon dies bemerkt hatte, falls er überhaupt das Grab einer Mutter besuchte, von der er niemals die ersehnte Liebe erfahren hatte.

»Was ist mit deinem Erbe?«, wechselte Viktoria das Thema. Jinzi hob leicht die Hand.

»Ich habe es nicht beansprucht. Ich wollte es niemals wirklich haben. Nur deinetwegen hätte ich es versucht. Um dir ein Leben zu ermöglichen, wie du es gewöhnt warst. Ich wollte dich nicht unglücklich machen. Aber im Grunde habe ich immer damit gerechnet, dass du deine Meinung wieder ändern wirst. Warum sollte eine Frau wie du sich mit einem mittellosen Halbchinesen einlassen?«

Viktoria schnappte nach Luft. Auf einmal wurde sie von Vorwürfen überrollt.

»Vielleicht, weil ich diesen Halbchinesen wollte«, erwiderte sie aufgebracht. »Doch als er sich nicht so loyal verhielt wie versprochen, da ging ich eben fort. Er machte sich niemals die Mühe, mich aufzusuchen und mir die Dinge zu erklären.«

Dann begann sie zu überlegen, ob Shen Akeu eine solche Entwicklung der Dinge vorausgesehen hatte, ob all dies von ihr geplant gewesen war. Klug genug wäre sie dazu gewesen. Doch wollte sie auf einmal nicht schlecht von dieser eindrucksvollen Frau denken.

Jinzi scharrte mit den Füßen im Kies. Zögernd streifte sein Blick Viktoria, verlegen und ratlos, als sei ihm plötzlich seine eigene Schwäche bewusst geworden. Triumphierend holte sie Luft, doch plötzlich erschien es ihr sinnlos, sich weiter gegenseitig mit Vorwürfen zu überhäufen.

»Warum bist du jetzt auf einmal hier?«, fragte sie nur.

»Weil meine Schwester meinte, ich wäre ein Feigling, wenn ich nicht käme. Ich lasse mich nicht gern feige nennen.«

Er lachte kurz.

»Dewei wollte mich auch ständig dazu überreden. Er sagte, du würdest verstehen, wenn ich dir alles erklärte. Ich glaubte ihm nicht, wollte mir die Zurückweisung ersparen. Erst Chuntian fand die richtigen Worte.«

Er hielt den Blick gesenkt, aber seine Finger legten sich zaghaft auf Viktorias Hand. Es schien auf einmal selbstverständlich, diese Berührung zu erwidern. Sie neigte den Kopf, bis er an seiner Schulter lag. Dann fühlte sie die Wärme einer Umarmung.

»Chuntian und ich, wir haben einen Familienaltar gebaut«, erzählte Jinzi nun deutlich ruhiger. »Die Heiratsurkunde meiner Eltern liegt dort. Und ein paar getrocknete Blumen, die ich vom Grab meiner Großmutter stahl, denn sonst hatte ich nichts, das mich an sie erinnerte. Ich habe gelernt, beide meiner Eltern zu schätzen. Willst du dir mein Zuhause ansehen?«

Viktoria nickte. Ihr Herz schlug nun ruhig, sie empfand weder Aufregung noch Angst.

»Ich schreibe meiner Mutter jetzt regelmäßig«, erzählte sie. »Sie weiß, wo ich bin und wie es mir geht. Aber wir waren einander niemals nahe und daran wird sich wohl auch nichts ändern.«

Zaghaft blickte sie zu Jinzi. Er stammte aus einer Welt, die Eltern zu Halbgöttern erhob und von Kindern unbedingten Gehorsam erwartete. Doch verzog er keine Miene. Für einen mittellosen Akrobaten gab es wichtigere Sorgen als eine Gefährtin, die sich nicht mit ihrer Mutter verstand. Viktoria atmete erleichtert auf.

Gemeinsam wagten sie sich in den Lärm und das Gedränge Shanghais. Während sie sich vorwärts rempelten und immer wieder selbst geschubst wurden, schienen ihre Hände miteinander zu verwachsen, sodass niemand mehr sie trennen konnte.

»Ich will den Drachenreif auf diesen Familienaltar legen«, sprach Viktoria ihren ersten Gedanken aus. »Ohne dieses Geschenk meines Vaters wäre ich niemals nach China gekommen.«

Ihr war ungewohnt leicht zumute. Ihrem Vater hatte sie schon lange seinen Verrat vergeben. Er hatte ihr den Weg nach China gewiesen und nun fühlte sie sich hier endgültig zuhause.

Nachwort

Der Taiping-Aufstand gehört zu den blutigsten Bürgerkriegen der Menschheitsgeschichte und war von entscheidender Bedeutung für Chinas Entwicklung. Dennoch ist dieses historische Ereignis in Europa bis heute weitgehend unbekannt. In der Hoffnung, es den deutschen Lesern etwas näherzubringen, habe ich mich in meinem Roman um eine akkurate Beschreibung der Ereignisse bemüht, musste sie aber um der Geschichte willen etwas vereinfachen und zusammenfassen.

Beginnt man sich als Europäer mit den Taiping zu beschäftigen, so gewinnt man schnell den Eindruck, sich in einer Zeit zu befinden, die viel weiter zurückliegt als das 19. Jahrhundert. Der religiöse Eifer, mit dem sie Andersgläubige niedermetzelten und Kunstwerke von unschätzbarem Wert zerstörten, findet sich in der europäischen Geschichte im Mittelalter und in der frühen Neuzeit.

Als ich zum ersten Mal auf Informationen über Hong Xiuquan, der sich zweiter Sohn des christlichen Gottes nannte, stieß, fragte ich mich, ob er ein Verrückter oder ein Hochstapler war. Doch in Wahrheit war er wohl keines von beidem, sondern vielmehr ein von seiner Mission überzeugter Visionär. Das China des 19. Jahrhunderts wurde von einer hochgebildeten, sehr rational orientierten konfuzianischen Elite beherrscht, die aber in starren, uralten Traditionen gefangen war. Die breite Masse der Bevölkerung hatte kaum Möglichkeiten, sich Bildung anzueignen, und war in ihrem Glauben an Götter, Geister und Dämonen sehr empfänglich für Hong Xiuquans Botschaft. Seine Interpretation der Bibel griff in vielerlei Hinsicht bereits kommunistische Ideen auf – auch darin ähnelt er radikalen christlichen Sekten der europäischen Geschichte. Privatbesitz wurde aufgehoben, Frauen erhielten zwar nicht völlige Gleichberechtigung, doch standen ihnen viel mehr Freiheiten zu als in der etablierten chinesischen Gesellschaft. Auch das traditionelle Einbinden der weiblichen Füße wurde abgeschafft. Durch diese Maßnahmen gelang es Xiuquan, gerade in den benachteiligten Bevölkerungsschichten zahlreiche Sympathisanten zu gewinnen. Allerdings setzten die Taiping seine Ideen nicht konsequent um. Nach der Eroberung Nanjings zog Hong Xiuquan sich weitgehend aus dem Kriegsgeschehen zurück, widmete sich dem Studium der Bibel und begann, den traditionellen Lebensstil eines chinesischen Kaisers nachzuahmen. Gleichzeitig schwächten interne Machtkämpfe das Reich der Taiping. Den Todesstoß versetzten ihm jedoch die westlichen Mächte, die sich auf die Seite der Kaiserlichen schlugen. Den an wirtschaftlichem Gewinn interessierten Alliierten war der religiöse Eifer der Taiping suspekt. Das korrupte, schwache Kaiserreich war leichter zu kontrollieren und wurde deshalb auch militärisch unterstützt.

Aber wie konnte das in China kaum verbreitete Christentum Auslöser eines chinesischen Bürgerkriegs werden? Versuche, China zu christianisieren, hatte es bereits vorher gegeben. Im 9. Jahrhundert flüchteten die als Ketzer vertriebenen Nestorianer nach Asien und gründeten dort Gemeinden. Auf diese stieß im 16. Jahrhundert der Jesuit Matteo Ricci, der gemeinsam mit anderen Missionaren versuchte, den Katholizismus in China zu verbreiten. Er konnte einige Erfolge verzeichnen, doch scheiterten seine Bemühungen an dem Unwillen der katholischen Kirche, das Befolgen traditioneller konfuzianischer Riten und Opfergaben für den Kaiser bei chinesischen Katholiken zu tolerieren. Die Jesuiten verloren allmählich an Einfluss am Kaiserhof, und schließlich wurde der Orden aus politischen Gründen im 18. Jahrhundert vom Papst aufgelöst. Dennoch blieb eine christliche Gemeinde in China zurück, die als Sekte angesehen wurde. Sie war gelegentlich Verfolgungen ausgesetzt, doch waren davon auch daoistische und buddhistische Sekten betroffen. Die christlichen Chinesen wurden nicht als Fremdlinge empfunden, denn sie hatten wenig Kontakt zum christlichen Europa. Im 19. Jahrhundert begann mit dem Eindringen der Europäer nun eine neue Welle des Missionierens, diesmal auch durch Protestanten. Chinas Lage in der Welt hatte sich geändert, die uralte Hochkultur lag wirtschaftlich und politisch am Boden und konnte nun erstmals von Europäern dominiert werden. Die zahlreichen Missionare waren nicht frei von dem üblichen Überlegenheitsgefühl der Kolonisten. Im Gegensatz zu den jesuitischen Missionaren schenkten sie chinesischen Traditionen keinerlei Beachtung und lösten so häufig Unmut und Aggressionen aus. Allerdings waren sie auch bemüht, das große Elend der einfachen Leute zu lindern.

Hong Xiuquan (1814-1864) erfuhr durch das Traktat eines solchen Missionars erstmals vom christlichen Glauben. Angeblich sorgte ein Traum dafür, dass er in sich den zweiten Sohn Gottes und Bruder Jesu Christi erkannte – was ihn für die meisten Missionare inakzeptabel machte. Viele Chinesen hingegen nahmen ihn als solchen an. Ein chinesischer Gottessohn machte die fremde Religion zugänglicher. Zudem reihte die Bewegung der Taiping sich in eine durchaus chinesische Tradition von Rebellionen ein, die unter dem Begriff »Weißer Lotus« zusammengefasst wird und im 12. Jahrhundert nach westlicher Zeitrechnung ihren Anfang nahm. Bereits damals wurde der einfachen, benachteiligten Bevölkerung ein Erlöser versprochen, mit dem ein neues Zeitalter beginnen würde. Dieses Gedankengut sorgte im Laufe der chinesischen Geschichte immer wieder für Aufstände. Auffällig ist dabei die aktive Beteiligung von Frauen am Kriegsgeschehen, wie es auch bei den Taiping der Fall war.

Der Ausgang des Taiping-Aufstandes veränderte auch das Verhältnis der kaiserlichen Qing-Regierung zu den westlichen Mächten, denn ohne deren Hilfe wären sie wahrscheinlich unterlegen gewesen. Der Widerstand gegen westliche Einflüsse ließ nach, und man erkannte die Notwendigkeit, von Europäern zu lernen. Diese neue Haltung wird unter dem Begriff »Mit Barbaren gegen Barbaren« zusammengefasst. Das Ziel bestand darin, genug Wissen zu erwerben, um den fremden Mächten erfolgreich die Stirn bieten zu können. Der Versuch scheiterte aber an dem Unwillen, die gesellschaftlichen Strukturen wirklich zu verändern. Als die ersten Studenten mit Reformideen aus dem Ausland zurückkehrten, wurden sie der Regierung sehr schnell suspekt.

Vor diesem Hintergrund spielt Viktorias Geschichte. Sie ist natürlich eine rein fiktive Figur, und ihre Bereitschaft, in die Welt der Chinesen einzutauchen, ist keineswegs typisch für das Verhalten der westlichen Damen, die damals in Shanghai lebten. Allerdings gab es einzelne Fälle solcher Außenseiter. In einigen Punkten habe ich um der Geschichte willen eine Verschiebung von Daten vorgenommen. Die Tür der Hoffnung, hinter der chinesische Prostituierte Zuflucht finden konnten, wurde erst 1901 eröffnet. Die berühmte Autorin Pearl S. Buck arbeitete dort 1909. Karitative Einrichtungen von Missionaren gab es in Shanghai jedoch schon lange vorher. Das elektrische Licht wurde in Shanghai bereits 1882 eingeführt, nicht 1883, wie in meinem Roman.

In diesem Roman treten auch einige historisch dokumentierte Personen auf, Verfasser von Texten, die mir beim Eintauchen in die Welt des damaligen China eine große Hilfe gewesen sind. Das ist zunächst einmal Max von Brandt (1835-1920). Er war 1875 bis 1893 deutscher Gesandter in China und genoss im diplomatischen Korps in Beijing großes Ansehen. Seine langjährige Ostasien-Erfahrung ließ er in etliche Fachbücher einfließen, die damals zur besten verfügbaren völkerkundlichen Beschreibung dieser fremden Welt gehörten. Obwohl ihm aus moderner Sicht durchaus ein imperialistischer und eurozentrischer Blick auf die chinesische Kultur vorgeworfen werden kann, verfügte er über sehr detaillierte

Kenntnisse der Lebensumstände von Chinesen dieser Zeit. Einige seiner Aussagen in diesem Roman sind direkte Zitate aus seinen Texten. Von Brandt reiste tatsächlich wegen politischer Verhandlungen nach Korea, doch bereits 1882.

Der zweite wichtige Europäer, den ich in meinem Buch auftreten lasse, ist Augustus Lindley, einer jener westlichen Abenteurer, die sich den Taiping anschlossen. Er veröffentlichte 1866 in England eine Geschichte des Taiping-Aufstandes, in der er das Verhalten der britischen Regierung heftig kritisierte. Danach brach er zu weiteren Abenteuern in ferne Länder auf. Seine Frau Marie ist nur aus seinem Buch bekannt, wo er ihren Tod während eines Gefechts beschreibt.

Die Umschriften aus dem Chinesischen wurden auf Pinyin vorgenommen. Bei Städte- und Eigennamen habe ich keine Töne angegeben, da diese Wörter im Deutschen meist ohne geschrieben werden. Bei den Namen bekannter Städte verwendete ich aber die damals übliche Umschrift, also Nanking und Peking, wenn aus der Perspektive meiner deutschen Heldin geschrieben wurde. Es sind darüber hinaus auch einige Begriffe aus der Hakka-Sprache eingeflossen. Sämtliche damals verbreitete Dialekte zu berücksichtigen, überstieg aber meine Möglichkeiten.

Zum Abschluss möchte ich mich bei den drei Leuten bedanken, die mich beim Schreiben des Buches unterstützt haben. Zunächst einmal meine Testleserin Claudia Stach, bei den Büchereulen als ottifanta bekannt, die das ganze Entstehen des Textes begleitet hat, sowie auch Monika Mey vom China Coaching Center in München und Guo Lanfang, die mir bei der Beschreibung chinesischer Sprache und Kultur mit Informationen und Ratschlägen zur Seite standen.

Tereza Vanek November 2011

Anhang

Wichtige historische Daten

11. Januar 1851: Hong Xiuquan ruft am Dornenberg in Guangxi das Himmlische Königreich aus. Die Taiping-Bewegung hat ca. 10.000 Anhänger.

8. März 1853: Nanjing wird belagert und 11 Tage später erobert.

September/ Oktober 1856: Innere Konflikte in Nanjing führen zu gewaltsamen Auseinandersetzungen unter den Anführern der Taiping. Yang Xiuqing, König des Ostens, wird gemeinsam mit seinen Anhängern niedergemetzelt, insgesamt ca. 20.000 Tote, Shi Dakai, der Flügelkönig, verlässt Nanjing. Der Untergang des Taiping-Reichs setzt allmählich ein.

1858: Qing-Truppen rücken gen Nanjing vor, können es aber nicht einnehmen, eine lange Belagerung beginnt.

1859: Hong Rengan, ein westlich geschulter Cousin von Hong Xiuquan, kommt nach Nanjing, will Reformen einführen und ein Bündnis mit den westlichen Alliierten schaffen. Mit ihm kommen auch verstärkt westliche Missionare und Abenteurer nach Nanjing, so Augustus Lindley und Issacher Jacox Roberts.

Mai/ Juni 1860: General Li Xiucheng und Shi Dakai durchbrechen die Belagerung und erobern Suzhou. Die »ewig siegreiche Armee« wird gegründet, eine Vereinigung von chinesischen und westlichen Streitkräften, deren Ziel die endgültige Vernichtung der Taiping ist. Zunächst wird sie von dem Amerikaner Frederick Townsend Ward angeführt, nach dessen Tod 1862 übernimmt der Brite Charles George Gordon das Kommando.

6. Oktober 1860: Die alliierten Streitkräfte der Briten und Franzosen unter der Führung des Briten Lord Elgin stürmen Beijing und vernichten den Sommerpalast. Damit ist der letzte Widerstand des Qing-Kaiserreichs gegen westliche Einflüsse gebrochen, der Opiumhandel wird legalisiert und westliche Missionare erhalten das Recht, sich frei in China zu bewegen. Die Alliierten verlieren dadurch jedes Interesse an einem Bündnis mit den Taiping, die bei ihrem Einmarsch in Shanghai gewaltsam von der internationalen Siedlung abgewehrt werden.

Januar-August 1862: Die Taiping erleiden zahlreiche Niederlagen durch die »ewig siegreiche Armee« und sind eigentlich bereits geschlagen.

13. Juni 1863: Shi Dakai, der Flügelkönig, ergibt sich in Sichuan und wird exekutiert. Das ihm gegebene Versprechen, seine Anhänger zu schonen, wird nicht eingehalten. Charles George Gordon zieht sich aus Protest gegen dieses Vorgehen wieder aus dem Kriegsgeschehen zurück.

Juni/ Juli 1864: Hong Xiuquan stirbt, vermutlich an einer Lebensmittelvergiftung, Nanjing wird von den kaiserlichen Qing-Truppen gestürmt.

Eva-Ruth Landys

Pflicht und Verlangen

480 Seiten
gebunden
Edition Carat
im Bookspot Verlag
ISBN 978-3-937357-46-1
16,95 €

Charlotte Brandon, die Tochter eines Paares, das einst durch seine unerlaubte Heirat einen gesellschaftlichen Skandal auslöste, wird nach dem Tod ihres Vaters von ihrem weichherzigen, aber schwachen Onkel adoptiert. Rasch muss sie erkennen, dass sie in ihrer eifersüchtigen Tante eine Feindin hat, die ihr kein gutes Leben gönnen will. Um das Familienvermögen zu sichern, soll sie – wie in ihren Kreisen üblich – bald mit einem möglichst reichen Schwiegersohn verheiratet werden.

Da lernt sie den gut aussehenden Herrn des Nachbargutes kennen, Captain John Battingfield. Der weltoffene, wissenschaftlich hochinteressierte und sensible Marineoffizier verliebt sich heftig in die so schöne wie gebildete junge Frau, ist aber in einer unglücklichen Ehe gefangen. Obwohl Charlotte und John sich dagegen wehren, entwickeln sie schnell tiefe Gefühle füreinander. Vergeblich versuchen sie, der immer stärker werdenden Zuneigung zu widerstehen, um eine Katastrophe zu verhindern …

Pflicht und Verlangen, ein dramatischer, literarisch anspruchsvoller Liebesroman in der Tradition Jane Austens, erscheint im Winter 2011/12 in der neuen Edition Carat des Bookspot Verlags.

Silvia Stolzenburg

Das Launen des Teufels

466 Seiten
gebunden
Edition Aglaia
im Bookspot Verlag
ISBN 978-3-937357-41-6
16,95 €

Ulm im Jahre des Herrn 1349: Um den Reichtum der Stadt zu mehren und Gott ein Denkmal zu setzen, beschließen die Stadtoberen den Bau eines gewaltigen, himmelstürmenden Münsters. Der brutale Glockengießer Conrad setzt alles daran, von diesem Bauvorhaben zu profitieren und scheut weder vor Intrige noch vor Mord zurück, um sich einen einflussreichen Platz im Rat der Stadt zu sichern.

Skrupellos legt er seine blutjunge Tochter Anabel ins Bett des lüsternen Abtes der Barfüßerabtei, von dem er sich Vorteile zur Erlangung seiner Ziele erhofft – doch Anabel liebt Bertram, den Lehrling ihres grausamen Vaters. Gemeinsam beschließen sie, aus Ulm zu flüchten, aber sie haben nicht mit dem schrecklichsten aller Feinde gerechnet: Der Schwarze Tod schleicht durch die Gassen der Stadt, bereit, wahllos zuzuschlagen …

Die Launen des Teufels ist der erste Teil der Trilogie über die wegen ihres Münsters weltbekannte Stadt Ulm und die – fiktiven – Schicksale der Menschen, die dort lebten, liebten und litten.

Silvia Stolzenburg zeichnet ein farbenprächtiges Porträt der Stadt Ulm in der Mitte des 14. Jahrhunderts ... überzeugt mit Lebendigkeit und Anschaulichkeit, außerdem erzählt die Autorin atmosphärisch dicht und spannend. www.literaturkritik.de

Silvia Stolzenburg

Das Erbe der Gräfin

464 Seiten
gebunden
Edition Aglaia
im Bookspot Verlag
ISBN 978-3-937357-45-4
16,95 €

Straßburg im April 1368: Nach einem heftigen Streit mit seinem Ziehbruder bricht der junge Steinmetz Wulf Steinhauer nach Ulm auf, um den Traum zu verwirklichen, der seinem Ziehvater Bertram versagt geblieben ist. Er will an einer der prächtigsten Kirchen des Abendlandes mitarbeiten – dem Ulmer Münster. Nachdem er erfahren hat, dass er nicht der Spross einer Handwerkerfamilie ist, treibt ihn auch die Suche nach seinen leiblichen Eltern dazu, seine Heimatstadt Straßburg zu verlassen.

Ausgestattet mit seinem Werkzeug und dem einzigen Erbstück seiner Mutter, der Gräfin von Württemberg, macht sich der Jüngling auf den Weg nach Ulm. Dort angekommen, verliebt sich Wulf in Brigitta von Ensingen, die temperamentvolle Tochter des Baumeisters. Doch ihre Liebe steht unter keinem guten Stern: Ortwin, der arrogante und grausame Gehilfe ihres Vaters, hat ein Auge auf das schöne Mädchen geworfen …

Das Erbe der Gräfin ist der zweite Teil der Trilogie über die wegen ihres Münsters weltbekannte Stadt Ulm und die – fiktiven – Schicksale der Menschen, die dort lebten, liebten und litten. Dieser Titel erschien im Mai 2011, der dritte Teil befindet sich in Vorbereitung.

Silvia Stolzenburg

Die Heilerin des Sultans

464 Seiten
gebunden
Edition Aglaia
im Bookspot Verlag
ISBN 978-3-937357-47-8
16,95 €

Ulm 1399: Nach dem überraschenden Tod seiner Eltern, die bei einem schrecklichen Brand in Straßburg ums Leben gekommen sind, kehrt der fünfzehnjährige Falk von Katzenstein nach Ulm zurück. Dort ringt er mit der Entscheidung, seine begonnene Steinmetzausbildung zu Ende zu bringen oder sich ausschließlich der umfangreichen Pferdezucht zu widmen, die er von seinem Vater geerbt hat, als unvermittelt ein unbekannter Onkel, Otto von Katzenstein, in sein Leben tritt. Ungeachtet der Warnungen seines Verwalters und väterlichen Freundes Lutz entflammt der junge Mann für den Plan des berechnenden Verwandten, eine Reise in den Orient anzutreten, um feurige Araberpferde zu erwerben, mit denen sowohl Falk als auch Otto ihre Zucht veredeln können.

Doch nach der Abreise von Venedig wird er von Piraten gefangen und als Militärsklave an den osmanische Sultan Bayezid Yilderim verkauft. In einem Übungskampf schwer verletzt, wird Falk von der aus dem kaiserlichen Harem kommenden schönen jungen Heilerin Sapphira gesund gepflegt. Die zwischen den beiden entflammende Liebe bringt sie jedoch bald in höchste Lebensgefahr …

Die Heilerin des Sultans, der dritte Band der großen historischen Romanreihe, die im Ulm des 14. Jahrhunderts ihren Ausgangspunkt hat, erscheint im Winter 2011/12.

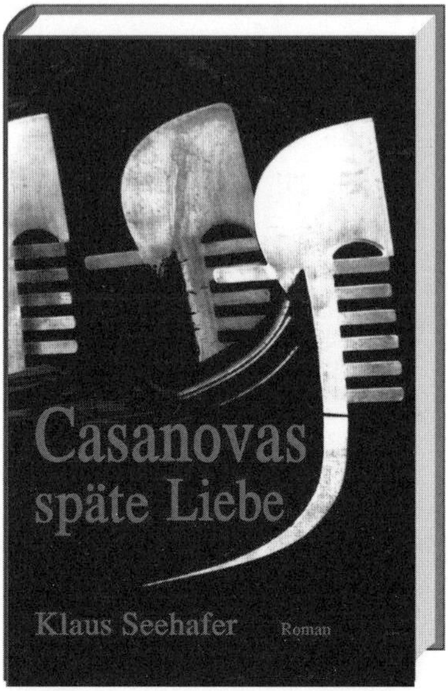

Klaus Seehafer

Casanovas späte Liebe

208 Seiten
gebunden
Edition Aglaia
im Bookspot Verlag
ISBN 978-3-937357-36-2
14,80 €

Nach seiner Flucht aus dem schrecklichsten Gefängnis des Kontinents ist Casanova jahrelang durch ganz Europa gereist, heute reich und morgen arm. Nun ist er wieder in Venedig und scheinbar ganz der Alte: nachts liebt er die junge Elvira, nachmittags ihre Schwester Mona. Die Reichen und Noblen der Stadt laden ihn ein, um von seinen Abenteuern zu hören.

Und doch ist etwas anders als früher. Casanova will nicht mehr als die schillernde Gestalt gelten, die alle Welt in ihm sieht. Er ist schließlich auch Erfinder, Entdecker und Mathematiker, Übersetzer, Dramatiker, Romanautor und Philosoph. Aber seine Ideen interessieren niemanden. Gleichzeitig lässt Casanova die ständige Frage nach seinem Verräter, dem Mann, der ihn in die furchtbaren Bleikammern der Lagunenstadt gebracht hat, nicht los. Doch dann macht er eine Entdeckung, die ihn alles in anderem Licht sehen lässt.

... ein ebenso unterhaltsamer wie intelligenter historischer Roman, der zugleich das venezianische Lokalkolorit des späten 18.Jahrhunderts recht plastisch einfängt. Breite Empfehlung. ekz-Informationsdienst